ハヤカワ文庫 JA

〈JA1587〉

堕天使拷問刑

飛鳥部勝則

早川書房

9129

堕天使拷問刑

目次

プロローグ

彼女は月へ行けたのだろうか。

行けたのだ、と今は思う。

夏の終わりに、アパートの明かりを消し、窓から花火を見る。赤や黄色の鮮やかな光の輪が、空に満ちては消えていく。そんな時でも、私は目の隅で月を探してしまうのだ。月は見えるのか、彼女は月へ行けたのだろうか、と。

月へ飛ぶ。

少女は月に行った。

今でも時々、彼女のことを思い出す。

遙か昔の出来事だったような気がする。自転車で行ける範囲が世界のすべてだった時代、だからこそ空想がとめどなく広がった時代、そんな時代に私は少女と出合ったのだ。

あの頃、現実と空想の境界線はなかった。

六畳間の自室が宇宙と結びつき、教室が天国と地獄に通じ、友人たちは神と悪魔に変身し、妄想は際限がなく、私は想像力だけでどこまでも飛んでいけると信じていた。

いや……本当は、信じたかっただけかもしれない。

私は幼少の頃から、夢想家である一方、現実世界を定規で測っているような大人じみた面も持っていたし、今と比べて昔の自分の考え方が、それほど幼稚だったとも思わない。進歩がないともいえる。だが夢を見ている時間が、今よりも遙かに長かったことだけは確かだ。

そんな時、私は恐怖を知った。

この世はいつ何時でも、足元を確かめなければ一歩も進めないような、暗く怪奇な世界に変わり得る。そして彼女の思い出は、生まれて初めて体験した、そんな真の恐怖の記憶と分かちがたく結びついているのである。

東京で生まれ育った私は、故あってあの頃、地方で暮らしていた。町とは名ばかりの山村だったが、二度と行きたいとは思わない。

私は怖い。路上に這う蛇や、明かりに集う虫の群れや、原生林や、粗野な老人の顔や、赤いカニや、闇に消えていく獣道《けものみち》や、カラスの鳴き声や、高い塔が……そう、とりわけ高い塔が怖い。事件が終わり、何年か経った今でも、家鳴りの音に、身を震わせることがある。動物園のガラスの向こうの、とぐろを巻く爬虫類の微かな動きに、息を止めることがある。ブラウン管から日常茶飯事のように流される、ちょっとした殺人事件の報道に、芯から戦慄してしまうことがある。

あの町に住んでいたのは中学一年生の頃だ。大地の怒りが、緩やかな斜面にへばりついている集落に襲いかかり、思い出すだに忌まわしい、ツキモノイリ、ツキモノハギ——そして信じがたいヒトマアマ——の町を破壊した。町民に憑いていたのは、狐や狸ではなく、どちらかというと（おかしなことに）西洋の魔物や悪魔の類だった。

私は今でも、憎悪を剥きだしにした彼らの顔を忘れない。目に焼きついた数々の凄惨な死体を忘れない。超自然的な怪物としか思えない生き物が暴れ回るさまを忘れない。冷酷無比な殺戮者の、凍結した笑顔を忘れることができない。

一連の事件の発端は、何だったのだろう。

コンクリートで固められ、施錠された部屋の中で、男が死んでいたことか。

あるいはもっと前の、三人が一瞬のうちに首を切断された――辺りには殺人者の影も形もなかったという――事件から始まっているのだろうか。

それとも……さらに遡り昭和、大正、明治、江戸、あるいはそれ以前からこの事件は始まっていたのだろうか。

どうだろう。私はどこから語っていけばいいのだろう。

例えば……

試しに、こんな場面から書き起こすのはどうか。

一面識もない祖父の――私が引越す数ヵ月前に起こった――異常な死の場面から、この手記を始めるというのは、どうなのだろうか。

＊

大門大造《だいもんたいぞう》は、自分の誕生パーティを六月六日の午後六時から始めた。

６６６は悪魔の数字である。

誰一人、これが偶然だとは思わなかった。

そしてその夜、事件は起こったのだ。

日中は首を傾げたくなるような天気だった。雨が降り始めたかと思うと、雨雲の間から晴れた空がのぞき、陽が差す。陽が差しながらも、同時に雨が降っている。空が狂っているようにも思えた。

異常だったのは空だけではない。大門邸の庭の眺めにも、視覚を疑うような異常さがあった。

庭に船が置いてあるのだ。

どこからどうやって運んできたのか、老朽化した中型の漁船が、離れの近くに横たわっていたのである。

——箱舟だな。アララト山に漂着したノアの箱舟だ。

差賀《さが》あきら医師は思った。

彼が大門邸に着いた時、大造は離れのベッドに寝かされていた。誕生パーティの途中で持病の発作に襲われ、倒れたのだという。

大門大造はその頃、本館の寝室をまったく使わなくなっていた。離れの方が落ち着くらしい。おかしなものだと差賀は思った。彼の感覚では、このコンクリートの牢獄のような部屋には不安感しか抱かなかった。窓がなく、閉所恐怖症になりそうな感じなのだ。一面の書棚を洋書が埋め、灰色の床には、白い塗料で奇妙な文様——魔法陣？——が描かれている。妻の大門松《だいもんまつ》が飲ませた薬が効いたらしく、発作は既に治まっていたが、念のため診察を始めると、大造は弱々しい声でこういった。

「ありがとう差賀先生。こんな夜に迷惑をかけてすまない。せっかくパーティに呼んでやったのに、わしの一族ときたら馬鹿ばかりだ。腹が立つことこの上ない。おかげでこの体《てい》たらくだ。しかしもう大丈夫、明日の朝になれば、元気になっていることだろう」

「絶対安静ですよ」

大造はうなずき、

「それから松」

ベッドに寄り添う老妻に目を遣り、

「お前も家に戻ってよい。皆にわしは無事だと伝えてくれ」

診察を終えると、差賀は大門松を伴ってコンクリートの建物を出た。時計を見ると午後八時である。雨は上がり、雲の隙間から月が出ていた。

月光が老朽船の姿を怪しく照らし出す。白い塗装が剝げ、あちこちが破損している。船底の一面に、海生物がびっしりと付着し、もともとの色がわからなくなっていた。この船は何かと聞こうとした時、松が不安げにいう。

「大造を一人にしておいて大丈夫でしょうか」

「安静にしていれば心配いりません。ところで松さん、この船は何ですか」

「夫への誕生日プレゼントですの。漁師さんからいただいたのです」

「変わった贈り物ですね」

「夫にとっては、思い出深い物なんでしょう。海釣りに行く時にこれを使っていたらしいですから」

「ああ、では粟島《あわしま》に頻繁に行ってた頃、乗っていた船ですね」

「一時は流行り病にかかったように、海に出ていたものですわ」

差賀は、赤錆の浮いたスクリューに目を遣り、

「動くんですか」

「エンジンは壊れてるみたいです。でも網を巻き上げるモーターは、まだ生きてるということでしたよ」

「網だけ動かせても、肝心のエンジンがいかれていたら、意味ないですね」

「漁師だって、使える物ならば手放しませんわ。もし夫が亡くなったら、こんな粗大ゴミはすぐに捨てさせてもらいます」

事実この老朽船は、その後、大造の死後五日後に解体、廃棄処分されている。

差賀は軽く顎を引いて、

「本人にとってだけ大切な物の典型ですね」

「あの人の感覚は、誰にも理解できません」

松は、コンクリートで出来たトーチカのような離れに目を遣り、

「あんな建物を建てたり、変な形の私設美術館を創ったり、不気味な洋書を読みふけったり、仲がよくもない一族を集めて誕生パーティを開いてみたり」

差賀は、さっき見た離れの床を思い浮かべ、

「離れの部屋の床に、魔法陣みたいなものが描かれていました。何ですか」

「わかりませんわね」

「大造さんが描いたんですね」

「はい。夫のおかしな趣味にも困ったものです。気味の悪いことに凝っているようなので、およしなさいといい続けてはいるのですけれど、聞く耳を持ちません」

「趣味の範囲なら問題はないでしょう」

「世間体というものもありますわよ」

差賀は一拍置き、

「今日は誕生日のお祝いで、皆が集まっていると聞きましたが」

「正月にも集まらないのに、おかしいですよねえ。来ているのは次女夫婦の鳥新啓太《とりしんけいた》と法《のり》子《こ》、その娘の康子《やすこ》、三女夫婦の憂羅希明《うらのりあき》と有里《ゆり》、その息子の充《みつる》」

大門夫妻は末娘の玲《れい》と暮らしているので、家には全部で九人いるということになる。

彼は松の白髪をちらりと見て、

「よい習慣だと思います。そのパーティの最中で、大造さんが興奮するようなことが起きたんですね」

「玲が、場もわきまえず、父親にぐちぐちと文句をいい始めたのです。大造が自分に押しつけた〝仕事〟に、よほど不満があるのでしょう。夫もああいう人ですから、ヤカンみたいに沸騰し、あげく、泡を吹いて倒れ、差賀さんにご迷惑をお掛けする次第となったわけですの」

「玲さんなら、いうでしょうね」

差賀は深くうなずいた。確かに大門玲の〝仕事〟は、気持ちのいいものではない。ある意味、町の呪いを一身に引き受けている感がある。

「今夜は皆さん、一泊されるのですか」

「お酒も入りますから、全員に部屋が用意されていますわ」

本館に入り、食堂へ行くと、憂羅希明と法子と玲が三人で飲んだくれていた。鳥新啓太と康子、憂羅有里と充は、七時半頃に、あてがわれた部屋に入ったという。

松は腰に手を当て、呆れたように、

「あらあら、あなた方は何をしているのです。主人が病気で倒れたというのに、まだお酒を飲んでいたのですか。少しは気を遣ったらどうです。玲さん、法子さん、後片づけをしますよ。手伝って下さいね」

憂羅希明が二階へと退散する。玲と法子が洗い物をしている間に、松がお茶をいれてくれた。良い香りがし、苦味の中に上品な甘さがある。大門玲は一度も、差賀と目を合わせようとしない。九時になると片づけも終わり、法子と玲も自分の部屋へと帰った。

二人きりになると、松はいった。

「差賀先生、お願いがあるのです。あなたは大丈夫だとおっしゃいましたが、わたくしには、夫の体がものすごく弱っているように思えます。いざという時のために、しばらくここで待機していただきたいのです。駄目でしょうか」

「一時間くらいならいいですよ」

「ありがとうございます。歳を取ると心配症になっていけませんね」

「お気持ちはわかります。松さんもお休みになったらいかがですか。私は一人で待機していますから」

松はそれから三十分ほど差賀の相手をして、九時半に自分の部屋に行った。

辺りは気味が悪いくらいの静寂に包まれている。

差賀は煙草をふかしながら、時間を潰す。

大造の容態に変化はないだろうが、老夫人の気持ちを楽にするために、一時間くらいなら、いてもいい。十時頃もう一度離れに行き、大造の様子を確認した後で、帰宅することにしよう。

その時、鼓膜が微かな音をとらえた。

ズルル……

庭の方で、何かを引きずるような音がした……ような気がする。耳を澄ます。音はもう消えている。錯覚だったのだろうか。時計を見ると、九時四十五分だった。

煙草をもう一本ふかす。マイルドセブン。最近、また吸うようになった。別れた妻は煙草が嫌いだった。だから、苦労して禁煙したのだ。彼はしばし、短かった結婚生活のことを回想する。気づくと、時計は十時を回っていた。

大造の様子を見て、帰ることにしよう。

外に出ると、暗黒の中に、直方体の離れが、巨大な墓石のように浮かんでいる。

ドアの前に立って、そっと押したり引いたりしてみた。開かない。不思議だ。午後八時に松と離れを出た時、施錠した記憶はない。中にいる大門大造が鍵を掛けたとしか思えなかった。

合鍵を使って開けるしかないが、そこまでする必要があるのだろうか。鍵が掛かっているということは、大造の体力が——少なくともベッドから起き、ドアの前まで歩いて、施錠できるほどには——回復したということを示しているのではないか。念のため、松に相談してみよう。

本館に戻って、事の次第を松に話すと、老女の顔に不安の影が差した。

「差賀先生、わたくしと一緒に離れまで来て下さい」

松を連れて、離れの前に戻る。合鍵はないという。ノブを回してみた。が——

「やはり開きませんね」

「鍵は夫が肌身離さず持っているんですの。ドアは鍵の他に、内側から、かんぬきで施錠もできます」

「二重のロックですか。どうしようもありませんね。二人で呼びかけてみますか。大造さんは単に眠っているだけなのかもしれませんが」

「心配性だと笑われるかもしれませんが、胸騒ぎがしますわ」

差賀はうなずき、ドアを叩きながら、大造の名を呼ぶ。反応はない。途中から松も声をかけ始める。しかし建物の内部に動きは感じられなかった。騒ぎに気づいたのか、本館の中から、憂羅希明と鳥新法子が出てくる。四人で離れの中に呼びかけた。誰も答えない。さすがにおかしい。

鳥新法子が、脅えた声で松にいう。

「お父様の身に何かあったのかしら。お母様、ドアを壊してみましょうよ」

憂羅が無精髭をなでながら、

「中から鍵を掛けたはいいが、それで無理しちまって、発作が再発したんじゃねえのか。やっぱ、入ってみた方がいいぜ」

彼は許可を求めるように義母を見る。

松は意を決したようにうなずき、

「ドアを壊しましょう。憂羅さん、差賀先生、お願いします」

差賀と憂羅は、一瞬目を交わすと、揃ってドアに体当たりした。憂羅のタックルは猛牛のように凄まじい。差賀は肩が痛くて、二度目からは力が入らなかった。ドアは破れない。騒がしい物音を聞きつけ、いつの間にか一族全員が、ドアの前に集まっている。憂羅有里が手斧を持ってきて夫に渡す。憂羅は鍵のありそうな部分を集中的に攻め、ついにドアが開いた時には、十時半を過ぎていた。

憂羅は建物の中の闇に目を凝らして、

「入るのは俺と差賀さんだけだ、いいな」

松は何かいいかけたが、言葉を呑み、静かにうなずき、

「室内灯のスイッチは、ドアの右側にあります」

差賀がスイッチを入れる。

蒼白い光が室内を照らす。殺風景な書斎だ。無造作に書き物机や書棚やベッドが置かれている。しかし、床の中央に目が行った時、心臓を握られたようなショックを受けた。

魔法陣のような模様の中央に、大造が横たわっている。

明らかに死んでいた。

手足が、てんでんの方向を向き、ねじくれ、関節というものがなくなって——あるいは増えて——いる。〝バラバラになっていないバラバラ死体〟という言葉が頭に浮かぶ。どうしたら、こんな状態になるのだろう。

差賀はゆっくりと死体に近づき、しゃがみこむ。

濃い紫色のパジャマを着た死体が大の字、というより斜めにした卍のような恰好になっている。

胴体がドリルのようにねじれ、胸と腹の下に尻が見えた。長く伸びた首は、しめ縄のようで、一回転していることが知れる。皺だらけの顔は歪み、赤黒い舌を付け根まで出し、二つの眼球は半ば飛び出て、ゆで卵に墨で黒目を描いたようだった。普段はピンと立っていた鼻髭が海苔みたいに顔に貼りついている。両脚をだらしなく開いて、左足首は外れて内側を向き、右膝は逆方向に直角に折れていた。左腕の損傷は比較的少ないが、右肘の先に関節がもう一つでき、指先までが弧を描いて？《なぞ》のような形になっている。

「ひどい……」

死体の異様さにあらためて衝撃を受けた。

ねじ切られるようにして死んでいるのだ。

全身の骨が砕けている。巨人が、広大な布で人間を包み、雑巾のように絞り上げたら、こんな死体になるかもしれない……

そう——

六月六日、誕生日の夜、大門大造は、閉ざされたコンクリートの建物の中で、全身をひねり潰されたようにして、死んでいたのである。

＊

駄目だ。

しょせん私は小説家ではない。

見ていない場面を想像して書くのに無理があるし、三人称で綴るのにも抵抗を感じる。人物の外面描写も、もう少しは必要だろう。こんな調子で記していって、一連の体験をうまくまとめ上げる自信はない。最初から仕切り直した方がいい。

どうやら――

伝聞や想像からではなく、地道に、私自身の実体験から事件を語り始めるしかないらしい。人は誰でも一篇の小説なら書けるという。その言葉を信じ、私は、そう……養子となったあの年の、学園生活の異常な一齣《ひとこま》から、この陰湿で異常な連続殺人事件の手記を書き起こすことにしたいと思う。

第一部　アンダー・ザ・ムーン

第一章　蛇

黒板に刺さったナイフが、バネのように震えた。

もう少しずれていたら、私の顔に突き刺さっていたはずだ。

自己紹介したとたんに、ナイフが飛んできたのだ。「初めまして」といいかけた直後のことだ。一瞬のうちに頭の中が真っ白になった。

目の前に三十以上の机が並んでいる。制服を着た、どことなく垢抜けない少年少女たちの顔が、黒板のナイフと、教室後ろに座る柄の悪い男子生徒の間を、素早い振り子のように往復した。教室は静まり返っている。後ろの壁にも落書きだらけの黒板があり、その両脇の掲示板に貼られたプリントは、破れて垂れ下がっていた。

生徒たちの視線の先にいる少年に目を遣る。

窓際の一番後ろの生徒だ。両足を机の上に上げ、シャツをだらしなく開いている。中学一年とは思えないがっしりした体の上に、スキンヘッドの頭があった。剃りあげているらしく眉もない。白目が広く、黒目が点のように小さかった。ドラマに出てくる、暴力団の下っ端の劣化コピーのような男——こいつがナイフを投げたのだ。

私は教卓の横で、棒のように硬直していた。

凍っていた空気を溶かしたのは担任だ。彼は何事もなかったかのように、黒板からナイフを引き抜き、教卓の上に置いて、スキンヘッドの少年に呼びかける。

「木村君！　ナイフなんて投げるんじゃありませんよ」

叱責とはいえなかった。友だちに語りかけるような口調だ。何故怒らないのか。怒濤《どとう》の勢いで怒鳴りつけるくらいが普通の対応ではないか。

しかし担任は学者のような口調で、

「朝から私を怒らせるんじゃないですよ。まず足を床に置きなさい。それから、ナイフなんて投げてはいけません。人に当たったら危険でしょうが」

木村と呼ばれた少年は、机に足を載せたまま、かすれた声でいう。

「投げてねえよ」

「いいえ、あなたが投げました」

「投げてねえんだよ。鉛筆を削ってたら、手がすべった。偶然、ナイフがそっちに飛んでったんだ。何てったっけ……そうそう不可抗力ってやつよ。事故だぜ」

見え見えのいいわけだ。しかし教師は調子を合わせた。

「そうですか、手がすべったんですか。鉛筆なんて家で削ってきて下さい。朝のショートホームルームは、鉛筆削りの時間ではないのです」

ポイントがずれている。

「鳥新先生」

木村は担任に気安く声をかけ、

「トイレに行ってもいいか」

と聞く。

教師も、間の抜けた顔で受ける。

「どうぞ」

木村は勢いよく立ち、ゆっくりと出口へ向かった。「帰ってこねえよ」と誰かがささやく。その声が耳に入ったかのように、木村はドアの前で足を止めたが、何故か私の顔を見た。

「おい、転校生!」

彼は怒鳴り、唐突にいう。

「おめえ、ツキモノイリだな」

それから低く、不気味な口調で繰り返す。

「おめえもツキモノイリなんだろ」

彼は音を立ててドアを閉め、出ていった。

何が何やらわからない。

気づくと、全員の視線が私に集中している。好奇心をむきだしにした目、また目だ。中には嫌悪感をこめて見ている者もいる。鳥新先生の視線に気づく。動物園の珍獣に向けるような眼差しだ。何故こんな目で見られるのだろう。さっきの木村の捨てゼリフで、ナイフを投げた者と投げられた者――加害者と被害者の立場が入れ替わってしまったかのようだ。どうしてこんなことになったのか、何故ナイフを投げつけられなければならないのか、何でツキモノイリなどと呼ばれたのか、そもそもツキモノイリとはどういう意味なのか、すべてがわからない。

先生は、私と視線が合うと、目の端に笑いを浮かべてこういった。

「転校早々おかしなことになってしまい、すみませんでしたね。ま、君も早くクラスになじんで下さい。さぁ自己紹介を続けましょう」

こんなことがあって、早くクラスになじめもないだろう。改めてクラスメイトたちを見直すと、大部分は十二、三歳相応の朴訥《ぼくとつ》な顔をしている。木村という暴れん坊は例外中の例外らしい。気を取り直し、再び頭の中に用意した原稿を最初から読み上げ始めた。

「……初めまして。如月《きさらぎ》タクマといいます。東京から転校してきました。自然が豊かな地域で暮らすのは初めてなので楽しみです。どうか宜しくお願いします」

頭を下げると、先生が拍手し、生徒たちからまばらな拍手が起きた。

教師は廊下側の列の最後尾を指し、

「君の場所はそこ、土岐不二男《どきふじお》君の隣です。わからないことがあったら土岐君に相談して下さい」

私は指示された席へ向かう。好奇の視線が向けられたのは一瞬だけで、今はもう、こちらのことなど見もしない。クラスメイトと自分の間に、急に空気の壁ができたような感じだ。田舎は排他的だという俗説が頭をよぎる。それにしてもツキモノイリとは何だろう。ツキモノとは憑き物、すなわち人に取り憑く霊のことだろうか。狐が憑く、狸が憑くとはよく聞くが、僻村《へきそん》といえども、そんなことが現代に、実際に起こるはずもない。それに、どうして私がツキモノイリなどと呼ばれなければならないのか。

座席に着くと、机からおかしなものがはみ出していた。新聞紙だ。くしゃくしゃに丸められた古新聞が、机の中に溢れんばかりに詰めこまれている。いじめの一種だろうか。新参者に対する嫌がらせにしては地味だし、意味も効果もよくわからない。教科書やノートを机の中に入れるのを妨害するのが目的なのか。

茫然としながらも、新聞紙を引き抜いた。紙はあっけないほどあっさりと取れていく。机の中にぎっしりと詰めこまれているわけではなかったらしい。ごみ箱はどこか、と視線をさまよわせた時、腿の辺りに置いた手が、ぬるりとした。

ぬるり？

違和感に、慌てて目を戻す。

「うっ！」

思わず叫んでいた。

蛇だ。

かなり大きな黒い蛇が、机の中から這い出し、腿に置かれた手の上を、ぬらぬらと前進していく。何百という鱗が粘つく底光りを放つ。滑らかでありながらざらざらした、腐った濡れ雑巾のような感触に背筋が凍る。生ぐさい臭いが鼻を突く。体が硬直し、動かせない。下手に動いたら噛まれるのではないか。毒を持っていたらどうする。ちくしょう、新聞紙は、机の中に蛇を閉じこめておくための蓋だったのだ。ひどい嫌がらせ、いじめだ。

スキンヘッドが頭に浮かぶ。これも、さっき出ていった奴――木村とかいう少年のやったことだろうか。それとも他の誰かか。

蛇が動きを止め、鎌首をもたげる。生まれて初めて目が合う。小さな罅《ひび》割れた顔の、二つの丸い目に圧倒された。大げさではなく巨大な爬虫類に襲われた頃の、人類の原初的な恐怖みたいなものに囚われたのだ。蛇の目は、人間が想像しうるすべての感情から切り離されており、感覚的には虫の目に近い。人類とはまったく別の原理で動くものの双眸《そうぼう》である。こんなもの……わからない。

なおも動けずにいると、不可思議なことが起こった。

左から、石膏のように真っ白い手が伸びてきたのだ。

骨ばった細い指が一瞬さりげなく広がったかと思うと、機械のように正確に、蛇の頭をつかむ。

「蛇を捕まえる時はね」

白い手の少年はいった。

「頭をつかむんですよ。そしたら嚙まれないでしょう? ちなみにウサギは耳をつかむといいますが、あれは間違いです。耳をつかまれるとウサギは痛がります」

甲高いが、落ち着いた声だ。

見ると、隣の席の少年が蛇をつかみ、はにかんだような笑いを浮かべている。白い少年だった。肌が異常に白く、蠟人形のような色合いだ。髪や黒目の色も心なしか薄い。女の子のように細くきれいな顔立ちである。

彼は、変声期を迎える前のような高い声でいう。

「土岐不二男です。先生がいった通り何でも相談して下さい。見かけよりずっと頼りになりますよ」

不二男の手が気になった。蛇の長い胴体が彼の腕に、ぐるぐると巻きついているのだ。

私の視線に気づき、彼はのんびりと蘊蓄《うんちく》をこねる。

「青大将です。大きいけれど毒はありません。いや、少し前の研究で、どこか口の奥の歯から毒が出ることが発見されたのでしたっけ。どっちにせよ、蝮《まむし》なんかに較べれば安全極まりない蛇です」

私は、くねくね身を這わせる蛇から目が離せず、聞いてみる。

「気持ち悪く……ないんですか」

何故か口調が丁寧になった。

不二男は不思議そうな顔をして、

「気持ち悪いですよ。当たり前じゃないですか。でもこの場合、他にどうすればいいというのです。慌てたり悲鳴をあげたりしてもしょうがない。こうするしかないじゃありませんか。それとも君は、自分で蛇を処理できましたか」

「自分では、とてもできない。ありがとう」

彼は白い顔を心持ち赤くした。

「ありがとうなんてそんな。モロにいわれると照れますよ。君は——如月タクマ君でしたね、新聞紙をゴミ箱に捨てて下さい。ゴミ箱はすぐ後ろにあります」

彼は「よいしょ」と芝居けたっぷりにいって立ち上がり、窓まで行き、蛇を捨てた。私もゴミを捨てる。その時私は教室の静けさに気づいた。蛇が出てきたのに、騒ぎはおろか私語も起こらず、悲鳴一つあがらない。担任も含めて、不二男以外の全員がぼんやりとこちらを見ているだけだ。教室の中の全員が決まりきったドラマの進行を眺めているかのようである。彼らの中の大部分は——推測にすぎないが——転校生の机の中に蛇がいることを知っていたのかもしれない。

私と不二男が机に戻ると、担任がショートホームルームを再開した。

「えーっと皆さん、机に蛇を入れないで下さい。ひとこと注意しときます。では朝の諸連絡に入ります」

そんなことしかいえないのか。この教師、根本的におかしいのではないか。微妙に狂っているといってもいい。

そう……

狂っているといえば、何もかもが狂っている。転校し、自己紹介した途端、ナイフを投げられ、机の中から蛇が這い出す。担任はピントの外れたことしかいわず、隣の異様に白い美少年は蛇を平気でつかむ。異常事態が続発しているのに、教室の中は騒然とすることもなく——地方の中学生は鈍いのか——静かだ。こちらが環境に慣れていないだけなのか。それとも……この世界そのものが歪んでいるのだろうか。

第二章　脅迫状

気持ちはいつまでも晴れなかったが、裏腹に、その日は淡々とすぎていった。九月一日、二学期の初日で、ショートホームルームの後に大掃除があり、体育館で始業式をし、ロングホームルームに入る。教室で静かに話を聞いていると、外で蟬が鳴いているのに気づく。じっとしていても汗ばむほど蒸し暑い。一度、鬼ヤンマが窓から入ってきて、目の前をかすめて飛び去った。都会ではお目にかかれない光景だが、虫の侵入など珍しくもないらしく、羽ばたく姿を目で追ったのは私だけだった。

ロングホームルームの後に普通授業が始まる。最初は国語で、担任の鳥新啓太が教鞭を執った。

午前十一時すぎであり、充分に明るいというのに教室には電灯が点いていた。電気の無駄遣いである。その蛍光灯にしても二本が切れており、床を仔細に見ると、所々に大きな綿ぼこりが溜まっていた。先生は気づいているのだろうか。教室の管理に無頓着な担任だということか。

教壇に目を遣ると、鳥新が堅苦しい表情で単調に話し続けている。国語の授業のはずだが、教科書の内容に入るつもりはないらしい。神父の説教もどきの道徳説話が続いている。この一時間は、二学期初めのオリエンテーションみたいなものなのだろう。

鳥新の声が右耳から左耳に通り抜けていく。周囲を見やると、生徒たちは服装も髪型も至って普通である。話を聞く態度もまずまずだ。木村はまだ戻らない。あんなのは――都会や田舎といった地域にかかわらず――めったにいないに違いない。

鳥新のお説教が雑然とした漫談へと変わった。その視線は、生徒の頭上をさまよい、決して子供たちと目を合わせようとしない。鳥新の極端に面長な風貌は見ようによっては知的であり、NHKの教育番組に出ている大学教授のようにも見えた。垂れ気味の眠そうな目が印象的だ。今日が初対面だが、個人的な事情から彼の名前だけは知っていた。この町に越してくる前から知っていたのである。本来なら、ずっと前から面識を得ているはずの関係だった。

お経のように退屈な話が睡魔を呼ぶ。

眠気を払うように、窓の方を見て、今更ながら衝撃を受けた。

目の前に山がある。

窓から山並が見えること自体が信じられないのに、グラウンドのすぐ向こうが山になっているのだ。裾野というより、山中にいる感覚である。稜線を追っているうちに、遠近法の狂った絵画を見ているような気がしてきた。なるほど狂った遠近法の世界の中では、狂った事態が起こりもしよう。ナイフが飛んできたり蛇が出てきたりしても、不思議ではないのかもしれない。

そして、ようやく昼休みになった。休憩時間に手を洗っていたが、冷たくてぬるぬるする蛇腹の感触は強烈で、いつまでも手の甲に残っている。不快さを消すため、また手を洗いに行く。

帰ってくると、机の中から紙切れがはみ出しているのに気づいた。今度は何なのだろう。引き出すと、ルーズリーフ式のノートだ。一度折った物を広げたのか、不規則な折れ目が走っている。手紙のようだ。大きくて汚い字が目に飛びこむ。習いたての子供が書くような乱暴で稚拙な文字が、可笑しさと戦慄を同時に孕《はら》んでいる。

サインペンで書かれたそれは、次のように読めた。

〝おまえはツキモノイリか。
でなくて、ツキモノそのものか。
ほうか後、しちょうかく室へ来い。〟

「ラブレターですか」

不二男が後ろからのぞき込んでいる。

私は答えなかった。

彼はこちらの浮かぬ気分を読んだのか、こう続ける。

「そんなわけないですね、むしろ脅迫状でしょうか」

何にせよ気持ち悪い文章だ。誰が机に入れたのだろう。不二男君は見ていなかったのか」

「不審人物ですか。わかりませんね。昼休みは人の出入りも激しいし」

「他のクラスの生徒は入ってきただろうか」

「気づいた範囲では見かけませんでした。犯人はおそらくクラスメイトの中にいるんでしょうね」

脳裏にスキンヘッドが浮かんだ。

「木村って奴は、帰ってこなかった？」

「木村？　ああ、ガンね。帰ってませんよ。あいつが一旦教室を出たら戻ってくるはずがない。ガンなんて義務教育だからクビにならないけど、高校だったら、とっくに退学になってますよ」

スキンヘッドの木村はガンと呼ばれているらしい。

私は不二男の白い顔を見て、

「木村っての、下の名前はガンタとかガンキチとかいうわけ」

「木村修一《きむらしゅういち》。名前にガンは入りませんよ」

「ならばどうして」

「ガンをつける、ガンを飛ばす。だからガン。異説としては、三年の不良少年グレンの舎弟であり鉄砲玉だからガン。さらなる異説としては、学級ひいては学校の癌だからガン」

上級生にはグレンと呼ばれる不良もいるらしい。こちらの由来は想像がつく。愚連隊のグレンなのだろう。あるいは紅蓮の炎のグレンか。いずれにせよろくなものではあるまい。どんな所にもクズはいる。

不二男は再び、私が手にした紙を見て、

「なになに、〝しちょうかく室へ来い〟って。馬鹿ですねえ、こいつ。放課後とか視聴覚室とか、漢字で書けないんでしょうか。小学校で何を教わってきたのやら」

軽い口調が沈んだ気分をわずかに救う。

彼は目を細め、笑みを浮かべながら、

「呼び出しなんて、よくあることですよ。放っておけばいいんです。どうせ相手は不良でしょうから」

「よくあることなのか」

不二男は肩をすくめて、

「転校生が来たら、起こりそうなことではありますね。閉鎖的な地域なので生徒も排他的です。よそ者にはなかなか心を開きません」

「不二男君は違うようだが」

「僕は博愛主義者ですから」

「でも何故、俺が目をつけられるのだろう」

「都会の子が珍しいんでしょう」

それだけでは例のツキモノイリ呼ばわりの理由がつかない。しかし聞かずにおいた。何となく今質問をすることではないように感じたのだ。

不二男は続けて、

「この中学には転校生なんてめったに来ませんから、どっかの馬鹿がタクマ君にイチャモンをつけたくなったんですよ。相手にする必要などありません。放課後視聴覚室へ行くより僕とつきあいませんか。校舎内を案内します。部活とか、決まってますか」

「決めてない。運動部はごめんだが」

「スポーツ、嫌いですか」

「スポーツマン・シップというやつが胡散臭くて嫌だね。運動部の顧問も妙に暑苦しい奴が多いし」

「同感です。体育会系のノリは苦手ですよ。文化部を見て回りましょうか」

「お願いしようか」

私は不二男の誘いを受けた。

しかし……

本当は放課後、視聴覚室へ行くべきだったのかもしれない。呼び出しに応じていれば、その後の展開も変わっていたかもしれないのだ。

不二男の後ろから、女の子が話しかけてきた。

「聞いてたよ、如月タクマ君。文化部へ入るのなら、わが新聞部なんてどうかしら」

姿勢のいい、背の高い少女だった。全体に細長く、棒をつなぎ合わせたような体型だ。眼鏡を掛け、顎のほっそりとした、秀才然とした容貌である。

不二男は掌《てのひら》を、団扇《うちわ》のように横に振って、

「駄目駄目、新聞部なんて寂れてます。入部しても幽霊部員にしかなりようがない」

少女も負けずにいい返す。

「あんたのオカルト研究部よりましでしょ」

不二男はこちらを見て、

「ロングホームルームの時、全員の自己紹介があったけど、念のため紹介します。わがクラスの委員長、鳥新康子さんです」

「鳥新」

私はいって、少女を見た。

康子の、すうっと切れた細い目が、まっすぐに視線を返す。

「鳥新康子です。改めてよろしく」

それから照れたように微笑み、

「ご推察の通り、担任の鳥新啓太の娘よ」

私は腑に落ちず、

「父親が、娘のクラスの担任をしているのか。東京では考えられない。同級生の親が教員で、同じ学校にいることはある。その場合、子供のクラスを持つことはないと聞いているが」

彼女はうなずき、

「普通はね。タクマ君のいた学校は、一学年何クラスだった」

「一学年が五クラスあった。俺は二組だった」

「うちはご覧の通り一学年一クラス、全校で三つのクラスしかないの。全校生徒の総数が百人以下。しょぼいもんよ。まさに僻地一等。そんなんだから、父親のクラスに子供がいることも、なきにしもあらずなのよ。信じられる」

僻地の小規模校にいることに我慢がならないとでもいうような、必要以上にとげとげしい声だった。

不二男があやすようにコメントする。

「信じられるも何も現実だから仕方ないでしょう」

「私は別に、それが不満だといっているわけではないの。全校で三クラスだろうが、担任が父親だろうが知ったことじゃない。親でも何でも教師は教師として扱うだけだし」

彼女は鼻を鳴らし、

「でも余計な気を遣うこともある。こんな田舎の学校でなければよかったと思うことも時々あるわ」

康子の顔に小馬鹿にしたような表情が浮かんでいる。私や不二男をあざ笑っているわけではあるまい。彼女は学校を、そしてこの小さな町を馬鹿にしているのだ。田舎育ちでありながら田舎を嫌うタイプなのだろう。

まじまじと彼女の顔を眺めていると、康子の顔に、いたずらっぽい笑みが浮かんだ。

彼女は眼鏡をいじりながら、

「タクマ君、あなた、こうして見るといい顔をしているね」

その時、私はどんな顔をしていたのだろう。

康子は視線を外さずにつけ加えた。

「とても整っている……というか」

当時の私が、不二男のような﨟《ろう》たけた美少年だったわけではない。鏡を見ても特に不細工だと思ったことはないという程度だ。しかし通りすがりの女の子が、じっとこちらを見つめていることに、度々気がついたりはしたので「まんざらではないのかも」とは思っていた。ちなみに私はあの頃、自分のことを〝俺〟と呼んでいた。プロの作家ならば手記の地の文も〝俺〟で統一するのだろうが、私はあえて〝私〟を使いたい。今の私には、地の文に〝俺〟を使うことがどうにもしっくりこないからである。それはともかく——

康子に続き、不二男も私を見て、何度かうなずいた。

「同感ですね。彼の顔なら芸能界でも通用します」

絶句した。二人は好意的な笑顔でこちらを見ている。ジョークでも皮肉でもないらしい。容姿をてらいなく褒められることが、こんなにも気恥ずかしいことだとは思わなかった。

未経験の事態に対応するのは難しいものだ。

康子は一歩近より、

「こんな子だったんなら、もっと早くから知り合っておくんだった。だって——」

私は半歩引いた。

康子はフフッと笑って、

「だって私たち、いとこだもんね」

「何ですって！」

不二男が大声を出した。今度は彼が戸惑う番だ。

私は照れくささを紛らわすように、

「俺たちはいとこなんだよ。もっとも今日、初めて会ったんだけど。話したのも今が初めてだし」

不二男は不審さを隠さず、

「いとこなのに、初対面」

康子が解説する。

「私たちの一族は、この地域に留まっているのだけれど、タクマ君のご一家だけは変わっていて、東京に出ており、冠婚葬祭の集まりにも来ない。顔を出してもこの町出身の伯母さん——タクマ君のお母さんだけとかね。だから私たちはいとこの関係だけど、今日初めて会ったというわけ」

その通りだが、異議がないこともない。

彼女は、私たちの家族を変わった一家であるかのようにいったが、父も母も中規模の商社に勤める平凡な小市民だったし、人づきあいが苦手なわけでもなかった。むしろ変わっているのは、地方に根を張った一族の方だったのではないか。母は私に故郷の話をほとんどしなかったし、盆や正月に連れて来ることもなかった。物心ついた頃からそうだったので不思議に思ったこともないが、今にしてみると、両親はこの町を避けていたのかもしれない。積極的に縁を切りたかった可能性もある。その辺りに例のツキモノイリが関係しているのではないだろうかと、ふと思う。

「待って下さいよ、ということは……」

不二男は芝居けたっぷりに手を振り、

「担任の鳥新先生はタクマ君のおじさんということになるんですか」

私はうなずき、

「彼とも今日初めて会った」

「なんと……」

　不二男は大げさに溜め息をつき、私を凝視して、

「歪んだ世界だ。だってそうでしょう。一つのクラスに父と子、おじと甥がいる。しかもその甥は、今までおじの顔もいとこの顔も知らなかった。こんな不自然な話がありますか」

「いわれてみれば」

「異常ですよ。異次元です。あなたがそれに気づかなかったのは、異次元の中に、自身がどっぷりと浸かっているからです。居場所の中からでは、自分がどんな場所にいるかわからない。世界の歪みに気づかないんです。傍《はた》から見ると、君の足場の歪みがよく見えますよ。外側からだと、世界の形が狂っていることがはっきりわかる。如月タクマ君――」

　彼は一拍置いた。

「あなたはいったい、誰なんですか。僕はまだ君のことを何も知らない。君はどこから来たんですか。何故ここへ来たんですか。どうしてここにいるんですか。あなたはいったい、何者なんですか」

第三章　オカルト研

叔父が伯父になることなどあるのだろうか。

私は、ないものだと思っていた。

自分の身にそんなことが起こるまでは。

如月は父方の姓だ。父は如月達也《きさらぎたつや》、母は幹子《みきこ》という。母の旧姓は大門といい、この地方の出身で、父の元へ嫁いだ。私たちは中野のマンションでつつましく暮らしている、どこにでもあるような小家族だった。しかしその両親が自動車の交通事故であっけなく逝ってしまった。あまりに唐突で、知らせを聞いた瞬間は「ああ、そう」と思った程度だ。衝撃は遅れてやってきた。悲しみや苦しみは時間をおいて現われ、その後は執拗に小学校を出て間もない私を責め立て、今に至る。

孤児になってしまった。

右も左もわからない。

どうしようもなかった。

そんな時に声をかけてくれたのがこの地方に住む私の祖母、大門松だ。大門家の養子にならないかという申し出だった。一も二もなく承知した。他にどんな選択肢があったというのだろう。大門松の申し出は、私を大門家の四姉妹の末娘である大門玲の息子として迎え入れるということだった。ちなみに実母の幹子は四姉妹の長女である。

大門松の夫であり、家長であった大門大造——私の祖父にあたる——は、今はない。大造と松の夫婦は男子に恵まれず、子供はすべて女だった。そのうち三人、つまり長女の幹子、次女の法子、三女の有里が嫁いでしまったので、残るは末娘の玲しかいなくなった。その玲にしても、一度は嫁に出て、大門の姓を継ぐ者は誰もいなくなりかけたのだが、どうしたものか離婚し、戻ってきた。

喜んだのは松だ。だが玲には子供もおらず、再婚するつもりもないらしい。このままではやはり大門の血は絶える。頭を抱えているところに私の問題が降って湧いた。こちらにとっては青天の霹靂《へきれき》だったが、松にとっては悪いことばかりでもなかった。彼女はさっそく、私に連絡を取ってきた。疎遠ではあったが、つながりがまったく切れていたわけではない。私にとってもありがたい話といえた。

引越しは夏休みに行なった。

数時間をかけて、新幹線から急行へ、急行から鈍行へと乗りつぐうち、ビルの姿は消え、建物も小ぶりになり、やがて緑が増えはじめる。列車からバスに乗り換える頃には、戸惑いを感じていた。四方を高い山で囲まれている。青々とした山脈が自然の巨大な檻のようだった。こんな所で暮らしていけるのだろうか。

バス停まで迎えに来た大門玲の車に乗り、さらに数十分走ってようやく目的地に着いた時には、はっきりと後悔していた。予想以上の僻地なのだ。町全体が山の斜面にへばりついているように見える。こんなところに家を建てて住みつかなくてもいいだろうにというのが、最初に抱いた感想だ。人は住める所ならどんな場所にでも住もうとする。

「それで年下の叔父が、年上の伯父になったんですね」

廊下を歩きながら不二男がいった。

放課後、文化部の部活動を見て回っている途中でのことだ。

学校の規模は小さいが、クラブ数はそこそこあるらしい。熱心に練習しているブラスバンド部以外は全体に低調で、美術部は二、三人しかいないし、マンガ兼アニメ部は女の子たちがおしゃべりしているだけだった。囲碁将棋部や生物部や天文部は、部員すら集まっていない。結局、不二男の所属するオカルト研究部を見ることになった。

　不二男は指で、宙に家系図らしきものを描きながら、

「タクマ君は大門家の長女の子供です。だから、普通なら鳥新先生は、父母の妹の夫、つまり叔と書く方の叔父ということになる。鳥新啓太は次女の夫なんですからね。でも君は不測の事態から四女の養子となった。その瞬間から鳥新先生は、父母の姉の夫、すなわち伯の方の伯父になったわけです。面白いですね」

「面白いか。ま、めったにないことだとは思うが」

「君は如月姓を名のっていますが、大門姓に変えないんですか」

「ちょっとデリケートな問題だね。祖母はすぐにでもそうしたいようだが、手続きを待ってもらっている。実は養子の正式な届出もまだなんだ」

「どうしてですか」

「感傷」

「センチメンタリティー？」

「父と母の姓を捨てたくないのかもしれない。今は。今すぐには」

　不二男は理解したのかしないのか、ふーんといった。

　オカルト研究部の部室は、音楽室や美術室のある特別棟の一角だという。一階の理科室の隣で、もともとは理科準備室だったらしい。

戸を開けると、埃の臭いがした。

薄暗く、細長い部屋だった。

物置として使っていたのか、フレスコやビーカーなどの実験器具が埃を被り、ガラス棚の中には鳥やオオトカゲの標本が息を潜めていた。内臓や筋肉を露出させ、右腕の欠落した人体模型もある。美術室からの廃品なのだろうか、顔に穴の開いたヴィーナスや、罅《ひび》の入ったブルータスの石膏像も、床に雑然と置かれていた。

ありふれてはいるが、しかし異形のオブジェたちに囲まれて、一人の少女が本を読んでいる。彼女は、部屋の中央にまとめて置かれた、四つの机の一つに向かっていた。私たちが入ってくると、少女はふと顔を上げ、大きな甘ったるい目をこちらに向ける。

丸顔で、唇がぼってりと厚い。ショートカットは薄い茶色に染められ、大造りな顔をソフトにまとめ上げていた。

不二男が紹介する。

「舞ちゃん、新入部員候補を連れてきましたよ。今日転校してきた如月タクマ君です」

彼は少女を示し、

「タクマ君、こちらが村山舞《むらやままい》さんです」

少女は、甲高い笑い声を上げ、

「タクマ君なら知ってるよぉ、だって私たち同じクラスじゃない。自己紹介もしてもらったし、ロングホームルームじゃ、あたしだって自己紹介したもんね」

不二男はにやりとして、

「一応、改めて紹介した方がいいでしょう。タクマ君が舞ちゃんの顔を覚えてるとは限らないし、まして君の顔と名前が一致するとは思えません」

彼のいう通りだ。こんな女の子が教室の片隅にいたかな、という程度の印象しかない。

不二男は、古い木造の椅子に腰かけ、舞に聞いた。

「ところで京香さんは」

「部長？　今日は見てないね。帰ったんじゃないのぉ」

舞はぼんやりとした眼差しで私を見て、

「タクマ君が入部してくれたら嬉しいなぁ。今年の部員は三人なの。あたしと京香さんと不二男君だけ。寂しいったらないよ。あたし、男子部員が欲しかったんだ。それも――タクマ君みたいな――かっこいい子が。不二男君はご覧の通り、女の腐ったみたいな奴だから物足りないの」

「僕は物足りないかもしれませんが、あなたは脳が足りませんから」

「おあいこね、うふふ」

確かに、舞の舌足らずなしゃべり方と気だるいムードは、何かが欠落している印象を与えた。

彼女は掲示板に貼ってある部員の名簿表を指差し、

「タクマ君、入部してよ。ここにある名簿に名前を書くだけでいいの。たったそれだけで入部手続き完了よぉ！」

舞の短い指先の向こうを見て、……しかし私の視線は、名簿の隣に貼ってある紙――写真か絵か――に貼りついてしまった。

これは何だろう。

見直すと、画集から切り取ったのだろうか、褐色と黄色の絵だった。描かれている黄色っぽいものは、どうやら塔らしい。しかし通常の塔の形ではない。円筒形を積み重ねたようなフォルムだが、天に行くほど円筒の幅が広がっているのだ。ウェディングケーキを逆さにした形、といえばわかりやすいだろうか。

私の視線に気づき、不二男が掲示板に近づく。

注視していると、彼は、私が見ていた絵をくるりと回転させ、画鋲を支点にして上下を入れ替えた。それから画鋲を抜き、絵の上を止める。見覚えのある塔の形が現われた。

「――バベルの塔か」

思わずいうと、不二男が受け、

「バベルです。描いた画家はモンス・デジデリオですね」

改めて絵を見る。闇を背景にして、朧《おぼろ》に、深海魚のように発光して浮かび上がる塔の姿は、建築物の幽霊のように思えた。

絵を見やっている私の耳に、不二男が、ささやくようにひっそりと、謎のような言葉を吹きこむ。

「君は、こんな塔を見たことがありませんか」

「……ない」

「正確には、僕が直す前のような形の塔を、現実に……この世界で、見たことがあるのではないですか」

「上下さかさまのバベルの塔を？　いいや、ない」

不二男は黙ったまま、じっと見つめている。

不可解な質問だ。現実にバベルの塔を見たことがあるかと聞かれて、「ある」と答える人は世界中で一人もいない。いるはずがない。そんなものは空想の産物、伝説上の建築にすぎないのだから。ましてさかさまのバベルの塔など、見たくても見られるものではあるまい。

「不二男君、何でそんなことを聞く」

「では、まだ見ていないと。でも君は近いうちに必ず、そんな塔に出合うでしょう。さかさまの、バベルの塔にね」

私は目に疑問をこめて彼を見る。

不二男はそれ以上何も答えなかった。

もやもやした気分が残ったまま話題を変える。

「オカルト研って、どんな活動をするのかな」

「読書」

舞が短く答える。

彼女は自分が読んでいた本を差し出し、

「部活といってもふだんは本を読んでるだけだよ。読書同好会みたいな感じかなぁ。そうそう文化祭ではテーマを決めて本を作ったり、展示とかしたりするけど、あれもけっこうメンド臭いんだよねー」

舞から手渡されたのは『悪魔百科』という本だ。開いてみると、様々な悪魔のデータが並んでいるらしい。

私は彼女に本を返し、

「こういった本を読んで、どうする。内容についてディスカッションするとか」

「読むだけですよ」

不二男がいい、

「単に読んでるだけです。面倒なことはしないんですよ。確かに読書部ですね」

「こっくりさんとか、ウィジャ盤とか、テレパシーの実験とか、本格的な悪魔召喚の魔術なんかはしないのか」

「廃部になりますよ」

「主にどんな本を読んでる」

「オカルト研ですから、オカルト関係の本とか、小説ならホラーかミステリーですね。つけ加えますと、ブームだったのは、去年はラヴクラフト、今年はアレイスター・クロウリーです」

「ラヴクラフト？」

不二男は軽く笑って、

「ラヴクラフトはアメリカの怪奇作家です。ぐちゃぐちゃした怪物が出てくるので病みつきになります。こたえられません。でもなんでハリウッド産の怪物って、あんなに粘っこいんですかね、エイリアンとか」

「アレイスター・クロウリーとは」

「二十世紀最大のイギリスの魔術師ですよ。〈獣666〉と名乗り、麻薬や性なんかと結びついた魔術研究に生涯を費やしています。ヨガを西洋魔術に導入したりもした、まあ、奇人変人の類ですね。自称新時代の預言者です。おかしな男ですよ」

「獣666ね……。二十世紀に魔術師なんて本当にいたのか。現実に魔術ができる人間がいるなんて、とても信じられないが」

「どうでしょうね」

彼は妙に歯切れ悪く答えた。私から目を外し、しばらく何か別のことに思いをはせるような目をしてから、視線を戻す。

「ま、自称魔術師かもしれないんですがね、彼の場合は」

「彼の場合？」

まるで他の誰かの場合は違う――その誰かは本当に魔術を使う――とでもいいたげな口ぶりだ。

沈黙が続いたので、私は話題を変える。

「読書と文化祭以外の、他の活動はないのか」

不二男は腕を組み、少し考えてから、

「今年の夏休みはキャンプをやりましたよ。巨大魚発見キャンプ」

「巨大魚？」

「近くに湖があるんですよ。そこでは時々巨大な魚の姿が目撃されます。古代魚が生存しているのではないかという噂です」

「屈斜路湖《くっしゃろこ》のクッシーみたいなものか」

「あれほどの規模の湖ではありませんがね。恐竜ではなく、ただの大きい魚らしいし。でも原生林を抜けたところに、ぽつりとある深い湖は不気味で、何かが潜んでいてもおかしくないという気持ちにはなります」

「未確認生命体、UMA。ツチノコとかはいないのか」

「この辺では出ませんね。ツチノコなんて、小動物を呑んでお腹がふくれた、ただの蛇ですし。もっと大きいのが現われたら面白いんですけどね。アマゾンのアナコンダのような奴とか、ドラゴンみたいな奴とかが」

「ドラゴン、龍？」

「あるいはヤマタノオロチのような」

「日本の環境で、そんな巨大生物が発生するはずがない。もし目撃されたとしたら、UMAではなく、誰かが飼っていたペットが逃げ出したんだと思う。それを見た地元の人が、

未確認生命体と錯覚した。西洋産の大きな蛇をペットにしてる人は意外と多いそうだし

「都会なら蛇も飼うでしょうが、この辺りではどうでしょうかね……」

しばらく〝この辺り〟の話が続いた。三人で他愛ないことをいい合う。〝この辺り〟でかろうじて町と呼べそうなのはメインストリートだけだ。その付近だけ近代的建築が建っているが、しかし駅すらない。〝この辺り〟の建物の後ろはすぐに田畑になっている。その田畑にしても緩い斜面に作られているため、いびつな形で、階段状に連なっていた。農業で生計を立てている者が多いのだろうが、豪農は少なかったに違いない。〝この辺り〟を歩いてみると、舗装されていない道も多く、夜になるとぽつりと立った街灯の周りにものすごい数の蛾が集まる。自然の生物が豊かなことだけは確かだ……

不二男は話題が豊富で、舞のぼけぶりも面白い。しかし一回だけ、妙な空気になった。

不二男が、

「タクマ君、そんなこの町に来て、中でも一番印象的なことは」

と、聞いた時のことだ。

私は軽い調子でこういった。

「老人が少ないことかな。田舎って、もっと歳を取った人が大勢いると思っていた。でもこの町ではほとんど見かけない。青年層がいないのはわかる。高校を出ると別の土地へ行

ってしまうのだろうから。でも老人が少ないというのは意外だったよ」

つまらないことを話したかな、と思った。

反応は意外だった。不二男は沈黙し、真面目な顔で考えこんでいる。人差し指で頬を掻き、熟考しているような具合だ。

思わず聞く。

「どうかしたのか」

不二男は慌てて私を見て、

「……いいや、確かにそうですよね。この町には本当にお年寄りが少ないです。タクマ君はよく見てますねハハハ」

笑いがしらじらしい。頭にある考えとは別のことを口にしている感じだ。本当にいいたいことを、ひとまず呑んで、さしさわりのない返答をしたのだろう。しかし追及するには手掛かりが足りない。私の言葉のどこに引っかかったのか想像もつかないからだ。

そうこうするうちに話題はまた変わり、クラスメイトや担任のことになった。今日から授業に出た私は、この点に関してはほとんどいうことがなかったので聞き役に徹し、かなりの情報を仕入れることができた。

僻地にはあるが普通の町、規模が小さいとはいえ普通の学校のようである。不二男も舞も、ちょっと変わってはいるが、都会の中学生と較べて本質的に違うわけではない。言葉の壁──方言もほとんどなく、このぶんだと案外簡単に友だちを作り、学校に馴染み、地域に溶けこむことができるのではないだろうか。

私たちはそれから、オカルト研らしく、超能力の実在に関して真剣に議論した。抽象論を戦わせるのは楽しかった。しかしオカルトそのものに心からの興味があったわけではないので、入部は留保し、一晩考えることにした。

部室の片づけをしてから帰るという不二男たちを残し、部屋を出る。

他愛ないことを熱中して話したおかげで、気分は軽くなっていた。今朝続いた異常事態も、この時だけは忘れ、ガンのスキンヘッドも頭から消し飛んだ。廊下を歩く足取りが軽い。生徒玄関のガラスドアが見えてきた。

しかしそこに隙ができた。

私は油断していたのだ。

廊下を歩きながら、その瞬間まで。

それは生徒玄関に出て、下駄箱を開けた時に起こった。

何げなく、鉄の蓋を開く。

──と。

いきなり呼吸が止まった。血液も流れを止めたような気さえする。

ミミズだ。

何十何百という丸々と太ったピンク色のミミズが、互いに体を絡ませぐじゅぐじゅと蠢《うごめ》いている。靴が見えない。完全にミミズの山に覆われている。生ぐさい臭いが吐き気を増幅させた。ミミズが互いの継ぎ目すらわからぬほど絡み合っている。こんなに大量に目にしたのは初めてだ。一匹のミミズでさえ満足に見たことがなかったのだ。言葉の遣い方としては間違っているが〝数の暴力〟という言葉が頭に浮かんだ。しかしこれは〝暴力〟というよりむしろ〝魔力〟——〝数の魔力〟というべきではないか。何故ならこれほどの数のミミズがピクピクしていると、超自然的なものすら感じられるからだ。誰かが嫌がらせで下駄箱に入れたものに相違ないのに、鉄の下駄箱から湧いて出たような気さえする。そんなはずは絶対にないのに。

何だ、何だよ、何だこれ、ミミズか、ミミズだよな……でもミミズというより、挽肉じゃないのか。あの、スーパーで売られている、傷みかけ赤みを増した、挽肉みたいじゃないか。動く挽肉。這い回り、下駄箱から溢れ、ずるりと垂れ下がって、一塊が足元に落ちる。ミミズ、ミンチ、ハンバーグ？　足元に落ちた赤くて細長いぬるぬるしたものは、絡み合い、なおも蠢き……ハンバーグというのは、こんなものでできているのだろうか。ミミズのミンチ・ハンバーグ。まさか？

第四章　グレン

食卓に祖母がいる。

新鮮だ。

夕食は父と母としか摂ったことがない。

お祖母さんという存在は、イメージの中にしかいなかった。松という祖母がいることは知っていたが、実感はまるでなかったのだ。

しかし今、空想の中の存在が実体化している。

生きて、目の前で、箸を動かしている。

彼女は染めたように白い髪を高くまとめ、伏し目がちの目にいつも憂愁を漂わせていた。おいしそうなものを少量だけ口に含み、ゆっくりと咀嚼する。横顔の輪郭には往年の美貌の名残りがあった。イギリスの上流家庭の老婦人といったイメージだ。

純白のテーブルクロスが敷かれた広い食卓に、まばらに盛りつけ皿が置かれている。山菜料理をメインにした質素な夕食だ。母と娘だけで暮らしてきたわけだから、少量の食事が習慣になっているのだろう。肉が食べたい――ミミズ・ハンバーグはごめんだけれども――と思わないではなかったが、わがままがいえるほど新しい家族に馴染んでいるわけでもなかった。ここに来て、まだ二週間ほどしか経っていない。私は一学期を中野の中学ですごし、夏休みの半ばをすぎてから、この家へ引越してきたのだ。未だにお客様のような気分が残っている。

箸を休め、軽く周囲を見回す。薄暗いが立派な食堂だ。田舎だということも、今の時代にいることも忘れてしまいそうだ。

印象としては、明治の洋館の一室といったところか。現代日本では珍しい光景ではないのかもしれないが、和食を食べていても部屋は洋風なのだ。しかしウィリアム・モリス風の装飾文様が入った壁紙と、デコラティブな洋風食器棚に囲まれて、ご飯を箸で搔き込んでいる姿は滑稽でもある。それもただ可笑しいだけではなく、このひずみが大きくなると狂気へと突き抜けていくような、わずかな異常性も感じられる。

田舎の豪農は――田舎者であるがために――時としてとんでもない豪邸を建てたがるものだと聞くが、大門家も相当なものだ。山の中にある町の、さらにひっそりと奥まった土地に、目黒の旧迎賓館のような洋館が現われたときには度肝を抜かれた。大きさだけではなく、形状からいっても突出して異様だった。和風か和洋折衷の家々の中で、孤絶して洋風の佇《たたず》まいなのだ。町並みには瓦屋根かトタン屋根が多く、藁《わら》葺《ぶ》き屋根は少ないが、大門邸のようにペディメント（切妻装飾）やドーマーウィンドー（屋根窓）が付いている屋根は他には見当たらなかった。

母と祖母は広く古い洋館の中、二人だけでひっそりと暮らしてきた。

祖母の大門松は私の右側で食卓につき、母の大門玲は正面にいる。

玲は箸を止め、大きな口でにっと笑っていった。

「タクマさん、学校はどう？　学期初めの日って、それでなくとも疲れるものだと思うけど、田舎の学校なんで戸惑ったでしょう」

「規模こそ小さいのですが、中身は東京の中学と同じようなものです。友だちも一人二人できましたし」

丁寧な口調で答えた。母とはいえ、まだ親しい口を利く気にならない。

玲は、少し下品にホホと笑って、

「もう友だちができたの。タクマさんは眉目秀麗だものね、そのうち人気者になるわよ。女の子が放っておかないでしょうしね」

彼女の品定めするような目つきが不快で、目を逸らし、

「人気者になる……か。そうでもないらしいです」

「何故かしら。どうしてそう思うの」

今日一日で起こった事件の数々を話すべきかどうか迷う。ナイフのこと、蛇のこと、ミズのこと——どれ一つとっても異常としかいいようがない。まともな保護者が耳にしたら、学校にクレームをつけてもおかしくないことばかりだ。下手をしたら、警察沙汰になるだろう。だが、とりあえず、さしさわりのない返答をすることにした。理由はよくわからない。悩みを打ち明けるほど新しい母を信用していないからかもしれないし、単に食事時にふさわしい話題とは思えなかったからかもしれない。

私は一般論を口にした。

「この辺の子供はわりと排他的で、他人に心を開かないみたいです。学校に馴染むのに、時間が掛かるかもしれません。友だちができたといっても、どんな子なのか、まだよくわかりませんし」

ところが玲は突っこんできた。

「学校で何かあったのね」

「具体的に、これということは」

「今日、何があったの」

彼女は大きな口を歪めて笑う。美人なのかもしれないが、どうにも品がない。ノーメイクのようだが、描いたように派手な顔つきだ。

玲は一度、右の眉をこすって、

「タクマさん、何か具合の悪いことが起こっているのなら、いっちゃいなさいよ。当たり前だけど、ここは中野みたいな都会じゃない。閉鎖的な土地だし、典型的な田舎気質の人ばかりで、よそ者には冷たいの。むろん彼らに問題があることも多いけど、逆にいえば、あなたがそれと気づかないうちに、彼らの癪《しゃく》に障るようなことをしている場合もあるわけよ。嫌な目に遭ったのなら、お母さんに相談した方がいいわよ。アドバイスできるかもしれないから」

お母さんという言葉が、ざらりと引っかかる。

「お母さん――」

あえて口に出し、ポイントをわずかにずらして聞いてみた。

「俺はツキモノイリと呼ばれました。ツキモノイリって、何なのですか」

いった途端、空気が凍った。母と祖母がすばやく目を交わす。

玲は笑いを貼りつけたまま、

「誰にそんなことをいわれたの」

「木村という、柄のよくない生徒です」

「木村？……ああ、あの有名な不良ね」

「知っているんですか」

「狭い町だからね。小学六年で担任を殴ったとか殴らないとかいうことになれば、町中に噂が広がるわよ。そんな子のいうことなんて気にしなくていいわ」

「気になります。というより、意味がわからないのです。ツキモノイリとは何なのですか。何故俺がそう呼ばれるんですか」

「その話、今はする気にならないわ。おいおい話すということで」

ところがその時、横から澄んだ声が飛んだのだ。

「わたくしがお答えしましょうか」

松だ。訛りのない、きれいな標準語だった。

玲は白髪の老婆にいぶかしそうな目を遣って、

「でもお母様——」

「わたくしが話すといっているのです」

松は体ごとこちらに向け、教科書を読むように平たい口調でいった。

「タクマさん、この辺りでは、難病に罹《かか》った人や、頭のおかしくなった人を、古来よりツキモノイリと呼んでいるのですよ。おそらく人の力ではどうしようもない部分を、憑き物すなわち魔物のせいにしようとしたのでしょう。体や頭がおかしくなったのは、魔のせいだというわけです」

あまりに平静に話されたので、内容の奇矯さに気づきかねるほどだった。松は七十歳をすぎているはずだが、その口調からは全然耄碌《もうろく》した印象を受けない。玲よりも頭脳明晰なくらいだ。

松は淀みなく続けて、

「昔、霊験あらたかな導師がこの土地にいて、村人の憑き物を落としたといいます。その噂を聞きつけ、近隣の町、ひいては遠方からも患者が集まるようになりました。そしてこの町は、いつの頃からかツキモノハギの町として知られるようになったのです」

私は思わず聞き返す。

「ツキモノハギ？」

「お祓いで、憑き物を剝ぎ取る、剝ぎ落とすのです」

私はちょっと考えてから、

「医学的に考えると、難病の患者ばかりが集まるわけですよね。お祓いなんかで効果はあったのですか」

「実のところはわかりませんね」

祖母はあいまいに答え、

「しかし重病者を持ち、にっちもさっちもいかなくなり、文字通りの神頼みしかなくなった家族たちが、最後にこの地をあてにしたのも事実なのです。そのために当地では、代々、祈禱師や巫女が必要でした。そしてその役割を、遙か昔から、わが大門家の一族がつとめているのです」

「代々……つとめている。ということは、今も」

突拍子のなさが徐々に呑みこめてきた。松の話でなかったら、からかわれているのではないかと疑ったほどだ。

松は厳かといった様子でうなずき、こういった。

「玲さんが、今の巫女です」

驚いて、前の女――母に眼を遣る。

玲は赤い唇でにんまりと笑って、

「あたしがツキモノハギをやるってわけよ。どうしたの、意外？　狐につままれたような顔をして。確かにあたしは巫女って柄じゃないけどさ」

こんな下品な、世俗的な女に、巫女の役割がつとまるとは思えない。いやテレビに出てくる巫女とか霊能者の類は、水商売風の女が多いから、案外はまり役なのだろうか。

私は控えめに聞いてみた。

「憑き物なんて落ちるものなんですか」

「馬鹿ね。落ちるわけないじゃない。現代の医学で治せないものが、どうしてあたしに治せるの。できるわけがない。あたしはただ決められた儀式を行うだけ」

「ならばお母さんのしていることは、サギまがいの行為といえるのではないですか」

彼女は奇妙な笑いを浮かべ、

「やっぱりまだ中学生ね。人にはね、気休めも必要なのよ。治療をやるだけやった。治らない。もう駄目だ。最後にツキモノハギをやってみる。駄目かもしれない。でも、気休めにはなるでしょう」

すんなりとは受け入れられず、

「気休めとわかっているならしない方がいい。結果がわかっているのなら、希望を与えるのは残酷です。そんな伝統は打ち切るべきです」

玲は目を見開き、

「人って、そんなに簡単に割り切れるものじゃないのよ」

突然強い口調になって、

「最悪の結果が待っていたとしても〝やるだけやった〟と思わせることは価値あることなんだよ。人の気持ち、心を救うっていうかさ。それにあんたさあ、やっぱり都会の子だね。伝統ってのは変えられないから伝統なんだ。気休めとわかっているならしない方がいいだって。偉そうに。田舎のしきたりは頑固ジジィみたいなもんだ。頭がコチコチに固くなっちまい、筋道立たなくったって、考えを曲げやしない。そうともさ。しきたりなんて変わるもんじゃないんだ。打ち切れないから伝統になるんだよ。それこそ、あんたみたいな新参者のガキがゴネたってびくともしやしないね。そういうものなの」

「しかしそうすると——」

激しい口調に気おされながらも、ふと思った。

「この町は、治癒不能の患者たちが集まってくる場所のわけで、いわば、死に場所を求める人たちの溜まり場だったということになりそうです。町全体がよくいえば病院、悪くいえば結果的には、火葬場か、墓場のような……」

「およしなさい」

松がいさめた。

「それ以上悪くいってはいけません。あなたがこれから生きていく町なのですよ。足場を侮辱して、どうしようというのです。玲さん——」

彼女は娘を見て、

「ツキモノハギを見せておあげなさい。タクマさんにも現実を見てもらうのです。ちょうど明日、儀式があるはずです」

「そうだけど、お母様」

玲の口ぶりが一瞬のうちに切り替わる。さっきの勢いは、私に対する感情というより、彼女が日頃抱いている怨念《おんねん》が、ふと滲み出たもののように思える。

「……お母様、いきなりあれを見せるのは、刺激が強すぎるのではなくて。まだ子供なのに」

「子供でも、この町の子供はみんな見てますよ。体験させておあげなさい」

「わかったわ」

玲はまんざらでもなさそうにうなずく。口とは裏腹に、私に巫女としての姿を見せておきたいのかもしれなかった。

今までの会話で、大まかにツキモノイリの意味がわかった。しかしまだ腑に落ちないことがある。

どちらともなく、問いかけた。

「どうして俺がツキモノイリなんて呼ばれるんですか。話の流れからいうと、大門の家は、憑き物が憑いているのではなく、憑き物を落とすほうの側ということになります。俺はその巫女の息子なのですから、ツキモノイリと呼ばれるのはおかしくありませんか」

「お父様が悪いのよ。あの男があんなことをするから――」

「お黙りなさい！」

松が激しくさえぎった。一瞬、私が叱られたかのように身が縮む。

祖母は声に力をこめて玲にいう。

「亡くなったお父様のことを悪くいうとは何事ですか。そんなことだから、あなたが大門を継ぐのは不安だというのです！」

「怒鳴らなくたっていいじゃないお母様。あたしが悪うございました。そんなにお怒りになると、お体に障りますことよ。もうけっこうなお歳なんですから、血圧を上げない方がよろしいのではなくて」

「玲さん、だいたいあなたは――」

割りこむ余地はない。松はしばらく小言を続け、玲は悪びれもせずに聞いていた。その様子を見ていると、〝亡くなったお父様〟のことでいい争うのは、よくあることなのかもしれないと思えた。むろん〝亡くなったお父様〟とは大門大造のことで、私の祖父にあたる。祖父とはまったく面識がなく、大造は私が引越す前に亡くなっている。彼が存命中だったら養子の話もどうなったかわからない。家長が故人となったからこそ、私という嫡子が求められたのだ。

さっき玲が口を滑らせたところによると、どうやらこの大造が、私がツキモノイリ呼ばわりされる原因を作ったらしい。本来なら私は——いわゆるツキモノハギの息子らしいから——憑き物を落とす側の人間であるはずだ。それが学校では、憑き物が憑いている側の人間として扱われている。この逆転は何故起こったのか。立場を百八十度回転させるほどの、どのようなことを大門大造はやったというのか。

「ところでタクマさん」

松から、いきなり話を振られた。娘に一通りの小言をいい終えたらしい。彼女はいつの間にか涼しい顔になっている。

祖母と私は、しばらく雑談を交わした。この二週間というもの、以前の中野での生活を何度も聞かれている。その度に面接試験を受けているような気持ちになり、私は繰り返しを恐れずに堅苦しく返答した。今日もいつも通り、そつなく答えられたように思う。

松はうなずき、不機嫌そうな玲に一瞬目を遣ってからいった。

「話は変わりますが、いっておきたいことがあるのです。明後日は私の誕生日です。わたくしは八十歳になるのです」

「おめでとうございます」

反射的にお祝いを口にする。

玲が当惑を含んだ、不思議なものを見る目つきで私を見た。〝あんた、馬鹿〟といわれたような気がする。祖母の誕生日を祝うのが、そんなにおかしなことなのだろうか。

眉をひそめて母を見返す。

すると玲は、

「タクマさん、あんたねぇ……」

何かいいかけたが、松が止めた。

「玲さん、いいのです。おめでたい……そうですね。確かにめでたい日なのかもしれません。いいえ、めでたい日であるはずです。タクマさん、でも明後日がわたくしの八十の誕生日だということだけは、頭の隅において下さいね」

「わかりました」

即答した。

しかし本当は何もわかっていなかったのだ。条件反射的に返事をしただけだ。

松の目が、初めてまともにこちらの目を捕らえる。皺に囲まれた小さな目が、いいようのない憂愁を湛えていた。この眼差しは何なのだろう。わからない。何もかもがわからない。この人たちは何者で、私はどこにいて、ここで何が起きようとして――あるいは起こって――いるのだろうか。

その夜はなかなか眠れなかった。不可解な事態のつるべうちに、へとへとになってはいたが、眠ろうとすると、頭の中で蛇やミミズ、母や祖母やガンの顔がぐるぐると回り始める。うとうとしかけた頃には明け方になっていた。

眠い目をこすりながら登校する。

二学期の二日目で、この日から本格的に授業が始まった。授業時間になると、安心した。環境を気にしないですむからだ。授業の進度もレベルも、前の学校とさほど違わない。先生の話に耳を傾け漫然と勉強していると、新しい町、新しい学校、新しいクラスメイトを意識しないで済む。

午前中を安穏《あんのん》とすごした。

平和な気分は昼休みまで続いた。

後ろから話しかけられる……その時まで。

「おいタクマ、話があるんだけどよ」

見ると、スキンヘッドの少年がにやにやしながら立っている。

私は立ち上がって、木村修一、通称ガンと対峙した。背はこちらと同じくらいだが、相手の方が遙かに逞しい。斜めに見下すような視線の圧力もかなりのものだ。しかし負けてはいられない。

「ガン、嫌がらせはやめてほしい」

「おめえにガンなんていわれる筋合いはねえぜ」

「嫌がらせをやめろ、といっている」

「嫌がらせ？　俺が何をした」

「ナイフを投げた」

「投げてねえ。手がすべっただけだ」

「机に蛇を、下駄箱にミミズを入れた」

「馬鹿か。いいがかりをつけるんじゃねえよ。証拠でもあんのか」

　ガンは床にぺっと唾を吐き、

「ふざけるな！　俺はやってねえ。てめえがツキモノイリだから、自然とおかしなもんが湧いて出るんじゃねえのか。死体に湧く蛆虫みてえに、蛇やミミズが湧いたってわけよ。全部てめえが悪いんだ。如月タクマが呪われてんだよ。人のせいにするんじゃねえぜ」

「自然に湧くなどあり得ない。それに俺には憑き物なんて憑いてない」

「へっ！　大門大造の孫のくせによ。お前がツキモノイリじゃなきゃ、何だってんだ」

「大門大造？　お祖父さんがどうしたって」

「しらばっくれるな。知らんとはいわせねえ」

「知らないね」

「なら来な！」

　ガンは怒鳴り、顎を引いた。

　一瞬、反応できなかった。

　突っ立ったままでいる私に、ガンは背を向け、振り返って、

「来いっていってんだよ。てめえに変ないいがかりをつけられたから、用事を忘れるところだったぜ。グレンさんが呼んでるんだよ。で、俺はてめえを呼びに来たってわけだ。大門大造についても、グレンさんが、そのナマクラ頭に、色々と叩きこんでくれるかもしれねえぜ。昨日はよくも呼び出しをすっぽかしてくれたな」

「昨日、視聴覚室に呼び出したのはお前か」

「そうよ」

「呼び出しの手紙を書いたのも」

「俺だ」

「漢字も書けないくせに」

「ああ？　何だって？　聞こえねえな」

「聞こえなくていい」

「ふん、今日こそ逃がさねえぜ」

逃げる気はなかった。興奮し、決着をつけたい気持ちでいっぱいだったのだ。私はガンと並ぶようにして、彼についていく。しかし威勢がよかったのは最初だけだ。歩いているうちに足が徐々に重くなり、頭が冷え、自分がとてつもなく危険な場所に向かおうとしているような気がしてきた。

おかしなことに気づく。昨日私を呼び出したのは――グレンの命令を受けた――ガンであり、手紙を書いたのもガンらしい。しかしその手紙を机の中に入れたのは誰なのだろう。呼び出しの手紙が入れられていた昼休みまで、教室にガンの姿はなかった。彼はショートホームルーム時に教室を出て、それきり帰ってこなかったはずである。となると、誰が手紙を入れたのか。私のクラスにもう一人、グレンの手下がいたということになりはしないだろうか……

四階の空き教室の前で、ガンは足を止めた。オカルト研の部室もそうだが、この学校には空いている部屋が多い。以前はこの寂れた校舎にも、もっと多くの生徒が通っていたのだろう。

「入れよ」

ガンはいい、音を立てて戸を引く。

私は室内の異様な光景に目を見張った。

机の配置がすっかり崩され、円形を描いて並べかえられている。

窓際の五つの机の上には、それぞれに椅子が置かれ、人相の悪い三年生が腰かけていた。

机の上に五人の生徒が座り、こちらに睨みを利かせているのだ。シュールな光景に、足が止まった。何故机が円形に並べられているのか。どうして机の上にわざわざ椅子を置いて座る必要があるのだろう。

茫然としている私に、ガンが咆えた。

「入れといってるだろ！」

ガンは私の胸倉をつかみ、円形の中心へと引きずりこむ。魔法陣……の中に入ったような気になった。悪い魔法にかけられそうだ。

ガンは机の外側に出て、用心棒のように三年生の脇に立つ。

一癖も二癖もある面構えの少年たちが並んでいるが、中央の男が特に凶暴そうだ。金髪が針金のように立ち、頬骨の出た細長い顔はカマキリを連想させた。吊り上がった目には、獲物を切り刻んで食らいつきそうな凄みがある。

私は金髪に向かっていった。

「お前がグレンか」

彼はにやりと笑って、

「そうよ。で、お前が如月タクマだな。しかし『グレンか』だって。口の利き方を知らねえ奴だな。先輩に向かって呼び捨てか。俺には王渕一也《おおふちかずや》という名前がある。王渕さんと呼びな。グレンさんでもいいぜ」

「何のようだ」

「一年坊主のくせに威勢がいいじゃねえか」

「手短に済ませたい。用件をいえよ」

「思った通りの生意気なガキだぜ。ツキモノイリのくせによ」

「そっちもガキだろうが。それに俺はツキモノイリではない」

グレンはそれを無視し、左右を見ていった。

「おめえら、裁判を始めようぜ。如月タクマ君の裁判をよ。魔女裁判ならぬ、魔物裁判を」

魔物裁判だと？　ふざけているのか。しょせんは子供のジョークか。しかし、この威圧感は何なのだろう。彼らから感じるプレッシャーは、本物の裁判官の前に立っているかのように、強力すぎる。周りに円形に並べられた机も、法廷を思わせないでもない。

グレンが、荒《すさ》んだ、しかしどこか厳かな口調でいう。

「如月タクマ。お前は何故呼ばれたのかわかるか」

「わからない」

「では教えよう。気に食わねえからだ」

「馬鹿か」

思わず口をついて出た。気に食わないから、いちゃもんをつける。不良はどこでも同じだ。田舎も都会も。

「俺のどこが気に食わないか教えてもらおうか」

「全部だ」

「話にならない」

「俺はお前のすべてが気に食わねえんだよ。中でも、その名前がな。自分の名前をいってみな」

「如月タクマだ」

「それだよそれ」

「それって何だ。俺の名前がどうしたって」

「だって如月――ってよ、変じゃねえか。お前は何で如月を名のる。ほんとは大門タクマだよな。養子になって大門になったんだろ。何故隠す」

こいつらに、如月姓を捨てられない理由が伝わるだろうか。グレンやガンに、親子のまともな機微が理解できるとは思えないし、理解する気があるとも思えない。

「俺は自分の姓を隠してなどいない」

「なら大門を名のれよ。当然だろうが」

「しかし――」

「ああ、わかったわかった！」

彼は手を大きく振りながら、私の言葉をさえぎり、

「いわなくてもわかるぜ！　隠してるんだよな、そりゃあ隠すよな、大門の血は汚れてるもんな、ツキモノイリの血だもんな、恥ずかしいもんな！」

「恥ずかしくなどない。それに俺は、ツキモノハギの家系と聞いている」

「ツキモノハギ！　同じことじゃねえか。ツキモノハギする奴に魔物が憑いてるか、自分が魔物そのものでなくて、どうして他人に憑いた魔物が落とせる。どだい普通の人間にツキモノハギなんてできるわけがねえんだ。化け物の力でもなきゃあ、絶対無理ってもんよ」

筋は通っている。しかし、

「俺は普通の人間だが」

「違うね。大門大造の孫が普通なわけねえ。あいつには正真正銘の憑き物が憑いてたんだからな」

「そう……なのか」

初めて普通に興味が湧いた。祖父の話は、この二週間というもの、母や祖母とはほとんどしていない。自分のことだけで手一杯で、故人のことにまで気が回らなかった。

私は眉に唾をつけながらも、聞いてみる。

「お祖父さんに何が憑いていたって」

グレンは唇の両端を吊り上げて、いった。

「悪魔だよ」

鋭い目つきのまま、引きつった笑いを浮かべるグレン自身が悪魔のようだ。

私は少しうろたえながらも、

「……悪魔。狐とか狸ではなく」

「舐めてんのか。悪魔だよ悪魔、デビル、デーモン、そっちの方の悪魔だ。お前は悪魔憑きの孫だ。絶対に呪われてるに違いねえ。親父も、町のみんなも噂してる。お前はツキモノイリに間違いねえし、お前が来たから、この町でよくないことが起こるってな」

「嘘だな」

「嘘なもんか。祟りがあるってよ、みんないってるぜ。大門タクマは悪魔憑きだってさ」

「違う」

「違わねえな。お前は悪魔憑きだ」

彼は左右に目を遣り、

「有罪だ！　判決、如月タクマは悪魔憑きにて有罪。そうだろ、お前ら！」

「有罪！」

ガンが大声でいった。

机上の四人も次々に「有罪！」の声を上げる。抵抗しても無駄だ。結論は最初から決まっている。魔女裁判にかけられた中世の女の気持ちがわかった。

私はグレンを睨み、

「俺をどうするつもりだ」

彼は宙に目をさまよわせ、

「どうしよーかなあ……」

ガンに目配せし、

「とりあえず入院でもしてもらおうかな」

そして、からかうような口調でいった。

「ガンよ、ギトギトにしちまいな」

ガンの手にしたものが、ギラリと光る。

ナイフだ。スキンヘッドの少年は、嬉しそうな顔をして机を飛び越えた。がっちりしているわりには身軽だ。あいつなら二歩で間合いを詰め、こちらを切り刻むだろう――

その時、

「君たち、何してるんですか」

甲高く鋭い声が飛んだ。

振り向くと、開かれた戸の向こうに、鳥新先生の痩せたシルエットがある。

ガンが手にしたナイフは、マジックのように消えていた。

緊張の糸が途切れ、息を止めていたことに気づく。

鳥新は教室の中を平然と見やり、冷静な口調でいった。

「五時間めが始まりますよ。各自の教室に戻りなさい」

明らかに異常な状況を目にしているのに、この教師は何とも思わないらしい。それともすべてわかっていて、とぼけているのだろうか。

第五章　人面瘡《じんめんそう》

オカルトなんてもうごめんだ。

まっぴらだ。

たった二日の間にずいぶんひどい目に遭った。不気味な生き物を使った嫌がらせ、ツキモノイリとツキモノハギ、魔女裁判ならぬ魔物裁判――うんざりだ。一つ一つのことは、オカルトと呼べるほど超自然のできごとではない。しかし変事が間断なく起きるというのは絶対におかしい。連続性が悪い意味での神秘性を生んでいる。悪魔や悪霊や祟りといったものがあるとしたら、信じたい気分だ。オカルト研に入るのなんかやめよう。実生活が充分にオカルトなのに、この上どうしてオカルトなど研究する必要があろう。暇そうな新聞部とか、あまり強くない運動部とか、あるいは帰宅部の方が今の気分に合っている。

清掃を適当にこなしながら、そんなことを考えた。グレンに呼び出されてからというもの、午後の授業にはまったく集中できていない。不二男は掃除当番ではなく、部室に直行するといっていた。入部を勧誘された手前、入部しないという意思を伝えてから帰ろう。固い決意を抱いて、部室の戸を開く。

中には三人の生徒がいた。

そのうち二人は土岐不二男と村山舞だが……もう一人、これは……生徒だろうか。いや生徒には違いないが、暗いオカルト研の部室には、なんと場違いな存在であることか。薄暗い部屋の中に、大輪の白薔薇——陳腐極まりない形容だが嘘偽らざる喩え——が咲いている。彼女はまさに華であり、匂い立つような美しさを備えていた。大きなアーモンド形の目と、高い鼻は、映画で見かけるスターを思わせる。爪の先までエレガントだ。村山舞とて水準以上ではあるのだが、完全にかすんで見える。その少女は、何というか、とびきりだ。

不二男が華のような少女を指していう。

「待ってましたよ、タクマ君。こちらが部長の根津京香《ねづきょうか》さんです」

部長と呼ばれた少女は、軽く頭を下げ、

「根津です。よろしく。如月タクマ君ね。入部してくれるって、本当」

「はい、入部します」

即答していた。

馬鹿か。固い決意とやらはどこへ行ってしまったのだ。部室の戸を開くまで〝入部しない〟と誓っていたではないか。それが――根津京香を目にしたとたんに――このざまだ。みっともない。ゲンキンだ。しかし、彼女の存在が暗い気分を一瞬のうちに払拭してしまった。一目惚れかもしれない――

その時の私は、陰鬱な気分を拭い去るために、自ら脳内麻薬を出していたらしい。下降する運気の流れを止めるためのよりしろ、それが根津京香というピースだったのだろう。

京香は軽くウェーブした長い髪に手を遣り、

「部員が増えて嬉しい。タクマ君はとても素敵だし」

「でしょう」

と追従したのは不二男だ。舞があさっての方向を向いてつぶやく。「ホモくさ」とかいったようだ。しかし気にはならなかった。京香から素敵などといわれ、頭が飛んでしまっていたのだ。血が上るのをはっきりと感じたから、顔が赤くなっていたかもしれない。

私は照れを隠すように聞いた。

「部長さんは三年生ですか」

「そうよ。でも部長なんて呼び方しないで。京香でいいわよ」

「なら京香さんと呼ばせてもらいます」

ずうずうしいだろうか。しかし京香は鈴のような笑い声を立てた。

しばらく雑談すると、彼女は大工——建築業者の娘だということがわかった。イメージとは違う。社長令嬢とか、銀行頭取の娘のような雰囲気なのだ。不二男のいうところによると、田舎の建築業者は事業を寡占できるから、意外に富んでいるらしい。その辺りのことを聞くと、彼女はまた笑った。

「金満家じゃないわ。町の大工なんて貧しいものよ。深窓の令嬢なんてとんでもない。大工の娘だから、こう見えて私、力仕事得意なのよ。リヤカーとか大八車でいつも重い荷物を運ばされてるわ」

「リヤカー？　大八車？」

「うーん、都会育ちの君は知らないかもしれないわね。タクマ君、荷物を入れる大きな箱みたいなものを想像してくれる。そう、そしてその箱には車輪が付いている。むろん動かすためによ。箱の前には把手《とって》が付いていて、引っ張って運ぶの」

大八車は江戸時代からある総木製の荷車で、リヤカーは大正時代に開発された、金属部分のある荷車だという。

「わかりました。というか、テレビで見たことあります」

京香がそんな道具を引く姿は想像できない。

彼女はアーモンド形の目を細めて、

「あなたは使ったことないわけよね。むろん、これからも使うことはないと思うわ。大門家のご令息ですもの」

「俺がご令息……ですか」

「あなたこそご令息なのよ。私がご令嬢などとはおそれ多いわ」

「しかし」

私は中流家庭の平凡な子供だ。少なくとも、そうだったはずだ。

不二男が口を挟む。

「とぼけないで下さいよ、タクマ君。大門家といったら、この町一番の財豪です。ひょっとしたら県下一という噂もあるくらいです。億単位の資産があるそうじゃありませんか」

「ステキ！」

舞が小さく叫んだ。

私は首をひねり、

「資産の話なんて誰からも聞いてない」

不二男は一つうなずき、

「タクマ君はここに来たばかりですからね。おいおいそんな話も出てくるのじゃないですか。お祖母さんはもう八十近いですよね。君みたいな人に、財産を守ってもらいたいんじゃないでしょうか」

「俺はまだ中学生だよ。母もいるし」

舞が寝ぼけたような声でいう。

「でもぉ……もしもよ、もしもタクマ君のお母さんが事故か病気で死んだらさ……いいえ、お亡くなりになったら、財産はタクマ君が独り占め……ってことになるんじゃない。ステキ！」

私にはその話が、あまりに突拍子もないように思えたため、

「ピンとこないし、ちっとも素敵じゃない。母がいなくなっても、伯父や伯母がいるし、いとこもいる。どう考えたって俺が独り占めなんてことにはならない」

しかし舞は、大きな目をキョロキョロさせながら、

「そんなことさぁ、わからないじゃん。周りの人がみんな死んじゃうってことも……」

ないだろう。私が首をひねると、不二男が、

「みんな死ぬ？ そんなことないですよ。現実には万に一つもあり得ない」

笑いながら否定し、

「横溝正史の探偵小説じゃあるまいし。タクマ君もタクマ君ですよ。お屋敷を一目見たら、

財産があるとかないとかの見当くらいつくでしょう。それに私設美術館とか」

美術館とは初耳である。大門家が、自ら設立した美術館を持っているというのだろうか。

私は不二男の目をのぞきこみ、

「私設美術館って何だ」

彼は一瞬、いいよどんだ。こちらがとぼけているのか、本気の質問なのか、見極めようとしているらしい。

私は心から聞く。

「美術館とは」

「やれやれ」

彼は心底呆れた声を出し、

「君はそんなことも知らないんですか。いとこや伯父にも学校で初めて会ったといいましたよね。一族のことといい、財産のことといい、美術館のことといい、自分の家のことをなーんにも知らないんですね。お母さんから聞いていないんですか。いったい、どういうことなんでしょうかね」

母の気が利かないことは確かだが、祖母はそうでもない。それにしては知らないことが多すぎる。隠していたのだろうか。しかし私設の美術館を持っていることを秘密にする必要などあるまい。急いで知らせる必要を感じず、話す機会を逸していただけということではないだろうか。こちらは中学一年の少年にすぎないのだから、新しい環境に慣れるだけで手一杯と踏んだのだろう。私にしても引越して二週間足らずで、いちいち親戚に紹介されたり、お金の話を切り出されたりしたら、わずらわしさを感じたに違いない。

不二男は言葉を継いで、

「君の家は私設の美術館を持っているんですよ。よくこんな場所に建てたものだと、呆れるくらい町外れの、奥地も奥地、おまけに足場の悪い場所に建っています。見かけは美術館というよりずんぐりした塔ですがね。塔すなわちタワー、タワー・オブ・バベル。バベルの塔、というより……」

彼は目を泳がせて、

「……アンチ・バベルかな」

頭の中に昨日見た映像の記憶が、川面に浮かぶ灯籠のように浮かんだ。掲示板にバベルの塔の暗い絵が貼ってあり、さかさまになっていた。さかさまのバベルの塔、建物の幽霊画。掲示板に目を遣ると、いつの間に剥がされたのか、今はない。部員名簿の横には数字だけのカレンダーがある。

私は不二男に視線を定めて聞いた。

「その美術館はバベルの塔のような形をしているのか」

「そうともいえるし、そうでないともいえます」

彼は曖昧に答え、

「見に行きますか、これから」

「どうしようかな」

「百聞は一見にしかず」

行きたい気持ちもある。しかし形はどうあれ美術館は美術館にすぎないのだし、美術に特別な関心があるわけでもない。田舎の私設美術館など収蔵品もたかがしれていよう。隠居した爺さんの道楽みたいな骨董品の寄せ集めを見せられても仕方がない。

「今日は行かないことにするよ。今夜はツキモノハギに呼ばれているし」

「わかりました」

不二男が答えるのと同時に、

「タクマ君」

京香が眉をひそめながらいう。どことなくセクシーな表情に見える。

「ツキモノハギに行くの。あれには町のかなりの人たちが行くけど、あなたも」

明らかに嫌悪感を含んだ眼差しにたじろぎながらも、

「祖母から見るようにいわれました」

「やめたら」

「どうしてです」

「私は行かないわ。だからあなたも」

理由をいわず、京香はただ私をじっと見つめる。

視線に操られるように、心の中では「なら俺も行きません」と答えていたが、口をついて出た言葉は違った。

「母が何をしているか見ておきたいんです」

「あんなもの、人間の見るものじゃない。どうして皆が集まるのか不思議で仕方ないわ」

不二男が遠慮がちにいう。

「しきたりだったからでしょう。びくともしない町の強固な鉄則。昔は町の全員が集まったと聞きますし」

京香はそれを聞き流し、私から目を離さずにいった。

「お母さんの姿を見たいのね。君がどうしても行きたいというのなら、それもいい。でも一つだけ、はっきりいっておくわ。私、あなたは好きだけど、大門玲――あなたのお母さんは嫌い。ツキモノハギなんて汚らわしい。それにこれもいっておく。あなたのお母さんのところに、夜毎に色々な男が通っている。夜這いしているの。不潔よ。知ってた？」

「そんなことが……」

この時の複雑な心境をいい表すことは難しい。まず、衝撃を受けた。不二男と舞の前で「あなたは好きだ」といわれたのだ。クラリときた。むろん続く言葉のための、単なる前振りにすぎなかったのかもしれない。そして衝撃と同時に当惑が生まれてもいた。彼女は知り合って間もない私に、いきなり母を貶《おとし》めるようなことを口にしたのだ。意外だった。ちょっと軽率な発言にも思える。京香の株が下がったわけではないのだが。

彼女は少し顎を上げ、

「大門玲のご乱行を知らないのはあなただけ。町の皆は知ってるわ。大げさじゃなく、ほんとなのよ。『出戻り女が、また男を引っ張り込んで！』って陰口を叩いてる。こんなことをいったらタクマ君に失礼なのはわかっているけど、私、嫌いなものは嫌い。覚えておいてね」

「……はい」

と、しかいいようがなかった。母のことについては反論する材料もなく、私自身、大門玲にさほど好感を抱いているわけではない。見かけで判断してはいけないが、母が男を連れこむというのは、いかにもありそうなことではある。

不二男や舞にも聞いてみたが、二人とも夜は用事があるとかで、ツキモノハギに行くのは私だけだった。

毒々しい夕焼けの中を帰宅し、一息つく。

既に出かけたらしく、大門玲の姿はない。松はどうするのだろうかと思ったが、腰が痛むので外出は控えるとのことだ。念のため祖母に、もう一度ツキモノハギの場所を確認しておく。

闇が下りてから家を出て、自転車で町の外れにある火葬場を目指して進む。学校は中心となる道路沿いに建っているのだが、その通りから、川沿いに細い道を、下の斜面側にそれていくと、林の向こうに巨大な煙突がニョッポリと見えてきた。狭いまばらな林を抜けると、ほどなく火葬場の全景が見え、手前に——ここがツキモノハギの舞台となるという——木造の小屋があるのがわかった。その粗末な小屋の周りを、何十人という町民が取り巻いている。壮年層が多く、子供もかなりいるようだ。小学生らしい姿もちらほらと見かけた。老人は少なく、青年層もほとんどいない。

林の近くに自転車を停め、鍵を掛けた時、群れを抜けて近づいてくる影に気づいた。背の高い、棒のようなスタイルの少女だ。

彼女は眼鏡を直しながらいう。

「タクマ君。君も来たね」

鳥新康子だった。

「委員長か。ツキモノハギはまだ始まっていないようだが」

「もうすぐよ。小屋の近くまで行こう」

集まった人々の中から、四十くらいの大柄な男が康子に声をかけてきた。

「よお康子、学級委員長、ツキモノハギに来るなんて珍しいな」

「希明さんか。最近こんなこと、めったにないからね。たまには見とこうかと思って」

男は鷹のような目で私を見てから、康子に視線を戻し、

「お前にしちゃ上出来だぜ。見てくれのいいカレシじゃないか」

「馬鹿いわないで。こちらは如月タクマ君。いとこよ。希明さんにとっては甥ね」

「如月タクマ？」

男は大声でいった。

幾つかの視線が突き刺さる。決して好意的な眼差しではない。

男は無精髭の浮いたいかつい顎をしごき、

「そういや、タクヤとかタツマとか聞いてたけど、正しくはタクマか。伯父と甥がこんなところで初対面とはな。ま、如月夫婦も相当変わってたから、故郷には全然帰ってこなか

ったし、仕方ないか。俺は憂羅希明だ」

大門大造の三女、有里は憂羅という家に嫁いだと聞く。ということは有里の夫、希明は確かに伯父にあたる。

「ところでタクマ」

彼は私を呼び捨てにして、

「何で未だに如月タクマなんだ。大門を名のらないのか」

「そのうちに、変えます」

色々な人に同じことを聞かれたが、その度に理由をいうべきかどうか迷う。深い意図のない質問だったらしく、憂羅はすぐに話題を変える。

「うちにも充っていう馬鹿息子がいる。中学一年だから同じクラスのはずだぜ。憂羅充。知ってるか」

覚えていない。バツの悪い思いをしたが正直に答えた。

「すみません。通い始めてから二日しか経ってないので、クラス全員の顔を覚えてないんです」

「なんだと……ま、知らなくて無理もないか。充は暗い奴だから、自分から話しかけることなんてできないだろうし、お前の方から声をかけてやってくれや。頼むぜタクマ」

康子が、

「今度、紹介する」

と請け合う。

その時ふと、嫌な気配を感じた。

少し離れた群衆の中から誰かが見ている。視線を返すと、逸らされた。一人ではない。

色々な位置から、鋭い視線がちらり、ちらりと送られているらしい。

居心地の悪さを感じながらも、

「希明さんは……」

私は実の両親から聞いた記憶を辿り、

「巡査だそうですね。身内に警官がいるなんて意外でした」

「俺は警官じゃねえぜ」

「巡査というからには、警察の人なんでしょう」

「違うね」

「でも」

「俺はヤクザだよ」

「ヤクザ？」

巡査とヤクザでは百八十度違う。いや、ヤクザのような巡査もいるだろうから、百度くらいだろうか。

からかわれているのかと思い、男の顔を見直す。

がっちりとした顎は真ん中で二つに割れ、無精髭に覆われていた。角刈りで、眉はマジックで書いたように濃く太い。猛禽類のように鋭い双眸だ。右頬に、消えかけた縦長の切り傷がある。確かに、刑事よりもヤクザの方が相応しい面構えではあった。

「腑に落ちんようだな」

希明はいい、康子に向かって、

「説明頼むぜ、委員長。都会の坊ちゃんは何もご存じない。こんなんじゃ、これから先、苦労するぜ」

康子はうなずき、

「タクマ君、この町でいう〝巡査〟ってのはね、警察の人じゃないの。一般市民なのよ」

「普通の人が、どうして」

「ここは昔、ものすごく隔絶された土地だったのよね。大事件が起こっても、警察もなかなか来られないような。だから町の人々は、自分で自分を守るしかなかった。そして自然と自警団ができあがった。この町でいう通称〝巡査〟ってのは、その末裔というわけ。文字通り嗅ぎ巡って調査するお巡りさん」

「旧来のシステムが残っているのか。この町にだって、ちゃんとした警察はあるわけだろう」

「もちろん。でも警察組織が完成しても、ここには旧態然として〝巡査〟が残っている。医療が幾ら発達しても、依然としてツキモノハギはなくならない。田舎ってそんなものなの。下らないけどね」

簡単に納得できる話ではなかったが、もっと気になることがあった。

視線だ。話に耳を傾けながらも、私は周りからの視線を気にし続けていたのである。ついさっきまではちらほらと感じていた程度の鋭い視線が、今ではあちこちから注がれ、剃《かみ》刀《そり》のように体を切りつけている。何故こんな目で見られなければならないのだろう。いたたまれない。

康子は、そんなことにはまったく気づかぬ様子で、

「町で事件が起こると、一一〇番ではなく、まず巡査に連絡するの。町の巡査である憂羅希明にね」

「そんな馬鹿な」

「馬鹿でも何でもしきたりだから。警察よりも巡査の方が頼りになる場合も多いのよ。私

たちのことをよく知っているし、腕は立つし」

憂羅希明の厚い胸と逞しい腕を見る。腕っ節は強そうだ。おそらく彼は、町民を、治安を力で守る。しかしその分の金は搾り取る。町の巡査とは、そういう役回りをするのだろう。希明のいう通り、確かにヤクザだ。というより時代劇の用心棒みたいなものだろうか。僻地にはそんな手合いもいるかもしれない。しかし世の中には力で解決できないこともある。

「康子さん、変死……とかあったらどうする」

彼女は首を縦に何度か振り、

「道端に死体が転がっていたとするね。明らかに普通の死に方じゃない。やっぱりここの人たちは、まず巡査に連絡すると思う」

「あり得ない」

康子は皮肉っぽく答える。

「何で？　町の巡査なら融通が利く。変死より自然死として扱った方が、その後の処理もずっと楽な場合があるはず。どうせ死んだ人は帰ってきはしないんだから」

「そういう問題ではない」

「まあね。でも田舎だから」

彼女の嘲るような顔は、私に向けられたものではなく、田舎に向けられたものらしい。

康子は薄ら笑いを浮かべて、

「田舎者は隠したがる。大ごとになることを極度に恐れ、自分の手の中に収まる範囲で問題をひっそりと処理しようとする。他人の手をわずらわせまい、迷惑をかけまい、とする気持ちは当然だけど、それだけじゃない。しょせん彼らは小心者、姑息なの。臆病者なのよ」

彼女は小さな声でつけ加えて、

「むろん私自身もね」

それから、

「あなたもたぶん、そんなに違わないでしょうがね、如月タクマ君」

私が名前を呼ばれた——これで何度目だろう——瞬間、それは起こった。

全身に刃物のような視線が突き刺さったのだ。物凄い数のナイフを投げられている。見回すと、すべての人が私を見ていた。全部の目が……これは憎悪だろうか……睨みつけている。体が血みどろになっていく。こんな馬鹿な……馬鹿なことがあるはずがない。集まったすべての人々が、私に憎悪の視線を叩きつけるなんて……悪夢だ、幻だ……幻覚に違いない……

「おっと、俺は小屋へ行くぜ。いい場所を取らなきゃな」

希明は大声でいった。踵《きびす》を返し、小屋の方へと向かう。

同時に悪い魔法は解けた。

頭をぐるりと回すと、人々はてんでんに、ばらばらな方向を向いている。こちらを見ている者は一人もいない。やはり幻覚だったのだろうか。では、この全身から噴き出す汗は何だ。あんなに生々しい幻があるものだろうか。

眼鏡の少女が、心配そうにのぞき込んでいる。

「タクマ君、具合が悪そうだけど大丈夫」

「……大丈夫だ。問題ない」

「そう。あら？」

彼女は、私の後ろ側に目を遣って、

「ツキモノイリが来たわ」

その言葉にぎょっとしながらも、振り返った。

林の中から中年の男女がやってくる。地雷原を探るように慎重な足取りだ。男は猫背で、うつむき、足元を見ながらとぼとぼと歩いている。後ろについてくる女は、さらに頼りなげな足取りであり、何故か半裸だった。彼女は白いシュミーズしか着ていない。

耳元で康子がささやく。

「田城努《たしろつとむ》さんと妻の祐子《ゆうこ》さんよ。雑貨屋をやってるの。半年ほど前に奥さんが憑かれたんだって」

「何でそんなことを知っている」

康子はあきれたような顔をして、

「町のみんなが知ってるよ。知らないのはタクマ君くらい」

「奥さんは何に憑かれたのか」

「見て」

夫婦が近づくと、人々は無言のうちに移動を始め、道を開けた。田城努のやつれた頬が目の前をかすめるように行きすぎる。続いて猫のような顔の祐子が通ったが、その肩に目が行った時、息が止まった。

顔だ。

月光の薄明かりが女の白い肩を照らし、握り拳くらいの小さな顔を浮かび上がらせている。その細い目は、皺くちゃの顔の中に恨みがましく沈み、歪んだ穴のような口は、今にも呪いの言葉を吐き出しそうだ。平べったく潰れた鼻が、暗く湿った二つの小洞穴と化している。

「人面瘡……」

思わず、口に出していた。

康子が声を潜めていう。

「あの人面瘡には歯が生えているという噂よ。旦那さんに毒を吐きかけたとか、夜毎呪いの言葉をぶつぶつとつぶやくとか」

「噂だ、というより嘘だな」

人面瘡――

あんなもの、母に落とせるはずがない。

康子の眼鏡の奥を見て、

「あれを治すのは医学のはずだ。オカルトなんかじゃない。ツキモノというよりデキモノだろうが」

「面白いことというね。確かにツキモノイリじゃなくてデキモノデキかもしれない。でも言葉遊びをしている場合じゃない。始まるよ、ツキモノハギが。さあ私たちも小屋の近くへ行きましょうよ！」

第六章　ツキモノハギ

日常生活の続きだ。

夕飯の後で、信心深い奥さんが、仏壇にお経を上げるのとまったく変わりない。大門玲は普段着だった。くたびれた水色のワンピースを着ている。肩透かしを食ったような気分だ。巫女というから、それらしい恰好をするものだとばかり思っていた。

彼女は、小屋の奥にしつらえられた祭壇に向かって正座し、お経のような文句を唱えている。日本語だと思うがよくわからない。お経のようでもあるし、どこか西洋の言語くさいイントネーションも感じられる。小屋の中は、八畳くらいの板間になっていて、祭壇以外は何もない。巫女の後ろには、少し離れて田城夫妻がいた。古びて黒ずんだ床に、背を丸めて正座している。

私と康子は、開け放たれた入り口から中をのぞきこんでいた。前にも後ろにも見物人がおり、前後から圧迫されている。肩車をして上からのぞきこんだり、地面に這うようにして見ている者もいた。入り口の矩形《くけい》のスペースに、大小様々な顔が詰まっている。窓のすべてにも町民の顔がびっしりと貼りついていて、ものすごく面白い見世物を見ているような具合だ。

　しかし。

　つまらない。

　おそろしく退屈だった。

　眠気さえ催す。

　変に期待していたわけではないが、良きにつけ悪しきにつけ、もう少し刺激的な儀式を想像していた。目を擦りながらも、見物人の顔を見ると、みんな身じろぎもせず、中の様子をじっと眺めている。何が面白くて見続けていられるのだろう。ひたすらお経のようなお祈りが続くだけだ。こんなことで憑き物が落ちるはずがない。最初からわかってはいたが、これでは気休めにすらならないのではないか。当事者の田城夫妻だけは慰めを得ているのだろうか。ツキモノハギは真に形骸化した儀式なのかもしれない。不思議なのは、どうしてこれほどの町民が集まるのかということだ。彼らは何を見に、そして何をしに、ここに来ているのだろう。

　もう三十分以上が経過している。

あと十分、同じことが続いたら帰ろう。

そう思った瞬間に、玲がお祈りをやめて立ち上がった。彼女は、大きな口にどこか淫蕩《いんとう》な笑いを浮かべて、田城たちの前に立つ。

「田城さん、お清めはすんだわよ。では始めるわ」

二人の体がびくりと震えたような気がする。大したことが始まるわけではあるまい。今まで以上に退屈な儀式に突入したらどうしよう。

田城夫妻は立ち上がり、玲に続いて入り口側へ歩いてきた。

と、私の手を引く者がある。

振り返ると、康子と目が合った。

「ぼんやりしないで。準備よ」

「何を準備する」

「〝場〟を作るのよ」

町民たちは一斉に動き始めている。大人も子供も無言で、無駄なく行動しているのが不気味だった。蟻の動きのように昆虫的なものが感じられる。見る間に、小屋の前に三重、四重の輪ができていく。

コロシアム。

極小の円形闘技場のような感じがした。これが〝場〟なのだろう。

脳裏に、グレンに呼び出された時の光景が甦った。あの時の教室も、机が円形に並べられていた。今は人間で輪を作っているが、原理的には同じものではないか。つまりあの時、グレンは私に、自分なりのツキモノハギを仕掛けようとしていたのではないだろうか。鳥新が来なかったら私はどうなっていたのだろう。

そしてこれから、何が起こるのか。

不吉だ。

人壁で作られた円陣が魔法陣のように見える。

田城夫妻は円の中央まで進んだ。

すべての目が、二人を見つめている。

小屋の入り口に立った玲が鋭く叫ぶ。

「剝ぎな！」

目を疑うようなことが起こった。

田城努が妻の顔を殴り飛ばしたのだ。

全力の打撃に見えた。

女は独楽《こま》のように回転し、人壁に激突する。と、すぐに中央に押し戻された。努は両手で顔を覆いながら後退し、輪の中へ紛れていく。すると輪の中から二人の男が歩み出て、がっちりした方が、後ろから祐子を羽交い締めにした。憂羅希明だった。彼はまったくの無表情だ。身動きできなくなった女を前にして、もう一人のでっぷりと太った男が、女の顔面を拳で殴り始める。田城祐子の顔は見る間に血だらけになっていった。

私は低い声で康子に問いかける。

「なんだこれ」

彼女はあくまでクールに、

「ツキモノハギよ。小屋の中での巫女さんのお祈りは儀式の前座にすぎない。これがメインイベント。プロレスみたいでしょ」

「ふざけてるのか。こんなのただの暴行、集団リンチだろうが」

「これが憑き物を剝ぐということなのよ」

女の悲鳴が宙に満ちる。

取り囲む人々の顔は蠟人形のように無表情だ。首の後ろの辺りがちりちりと粟立つ。

女の口と鼻から流れる血で、白いシュミーズが真っ赤に染まっていく。太った男は祐子の顔から腹に攻撃目標を変え、執拗に拳を叩きこんでいる。女をがっちりと押さえこんだ希明は、表情をまったく変えない。

「それに……康子さん、伯父さんは巡査じゃないのか。仮にも町の治安を守る立場の人間が、あんなことをやっていいのか」

「お祭り騒ぎって、無礼講が基本じゃない」

「お祭り？　無礼講？　馬鹿な」

「希明さんは巡査だけど、職業に貴賤なしともいうし。全然意味が通じないけど」

「そんなことをいう君の感覚は狂ってる」

「めったなことをいわないで。狂ってるのはあなたの方よ。少なくともこの町ではね」

ぞっとした。

常識が通じない。この町では良識より、しきたりが優先される。モラルよりもルールなのだ。慣習の前では、巡査さえ暴力を振るう。善と悪が簡単に逆転する。この瞬間には、暴力を振るうのが善だというのだ。そんなことは絶対にないのに。

康子は期末テストに向かう時のように固い顔で、

「あのデブ、誰だと思う。田代祐子を嬉しそうに殴っている、あのブタ野郎」

リンチに目を戻す。

百貫デブが殴打を繰り返していた。

丸々とした体に載った巨大な顔は、脂ぎってぎらぎらしている。二重顎を揺らしながら、腰の入ったパンチを繰り出す。大仏顔ともいえたが、福顔とはいえない。二匹の赤い長虫のように分厚い唇が、にやけたいやらしい笑いを浮かべている。

「あれが王渕一馬《おおふちかずま》よ。町長の王渕」

「この町の町長か。単なる変質者にしか見えないが」

「変質者、変態、最低男、だけど町長なのよ。しかもグレンの父親」

「グレン」

私を呼び出した上級生だ。奴は王渕一也といった。一馬と一也、自分の名前を一字継がせたわけか。グレンも円形の机の中で、私をあんなふうにズタズタにするつもりだったのだろう。

暴行はますます激しくなっていく。

加害者が更に増え、今では四人の男が、地面に倒れた女を蹴りまくっていた。血と反吐《へど》で汚れたシュミーズは赤茶けて、ぼろぼろになり、裂けた皮膚と区別がつかない。

康子の声が呪文のように響く。

「憑き物を落とすには、憑かれた人の肉体を痛めつけるしかない。魔物が苦痛に耐え切れなくなって、逃げ出すのを待つよりないの。ご覧なさい。人面瘡はもう消えかけている」

消えたのではない。単に潰れただけだ。祐子の肩のデキモノは殴打の結果潰され、真っ赤な肉塊となっている。というより、女は全身が真っ赤な肉の塊と化していた。肩の傷が全身の傷に――木を隠すなら森？――紛れている。しかしリンチはやまない。ツキモノハギが終わることはない。このままでは……

「死んでしまう。いいのか」

「いいのよ」

康子はこともなげにいう。

私は即座に否定した。

「いいわけがない。これは殺すための儀式のように見える」

「時にはそういうことになるわね。ツキモノハギにおいては、人間は死んでもいいの。人命よりも悪霊を祓う方が大事なのよ。憑き物を完全に消滅させないと、他の人に祟るかもしれない。田舎の人ってさ、何で死を恐れるか知ってる？　死そのものが怖いわけじゃない。家族や周りの人に迷惑をかけるのが怖いの。死んだらさ、葬式やら何やら面倒じゃない。その面倒を起こしたっていう、自責に耐えられないのよ。責められる時点では、自分自身はもう死んでるってのに、馬鹿よね。話がちょっと逸れたけど、ツキモノハギで死ぬのなら、本人も本望だろうし、家族も納得するってわけよ」

本望？　納得？

「本当にそう思っているのか」

康子は何も答えない。

田城祐子の顔は、今やぐちゃぐちゃの血と肉になっている。歯のほとんどは折れ、飛び散ったらしく、口が空洞のようだった。

こんな死に方……本望なのか？

納得するのか？

納得できるのか？

できるわけがない。

とめてやる。

俺がとめてやる。

やめさせる。

絶対にやめさせてやる！

前に出ようとした。

康子が腕をつかむ。

「駄目よ！　何をする気」

康子の手を振り切り、一歩前へ。

その時。

別の手が肩をつかみ強引に引き戻した。男だ。彼はそのまま、私を輪の外まで引っ張り出し、突き飛ばす。

私はたたらを踏み、小屋の壁に激突した。右肩を強く打つ。

めげずに輪の中へと走り出す。

再び男に捕まり、張り飛ばされた。

尻餅をつく。

思わず叫ぶ。

「何をする！」

「君こそどうするつもりだ」

「助ける！　当たり前だ」

「当たり前じゃない！」

男は強くいった。

スーツを身にまとった年齢不詳の男だ。黒髪をオールバックにまとめ、驚くほど整った顔をしている。落ち着いた眼差しは老賢者じみているが、顔立ちは三十代といっても通りそうだ。中背で痩身だが、動きは早く、力も強い。運動神経でも体力でも太刀打ちできないだろう。

女の悲鳴が途絶えた。気絶したのか、死んでしまったか。町の人たちは、私と男の諍《いさか》いにはまったく関心がないらしく、誰一人として振り向かなかった。戸口に立つ玲でさえ、こちらを見ようとしない。

あきらめられなかった。

助けたい。

立ち上がり、また突進する。すぐに捕まり、壁まで突き飛ばされた。

彼は埃を払うように、胸の辺りをパンパン叩き、よく通る声でいう。

「やめるんだ。頭を冷やせ」

相手を睨んで、あらためて驚く。欠点がなさすぎるくらい整った顔なのだ。秀でた額に、高い鼻のラインがすっきりと美しい。恰好のよい眉の下に、思慮深げで大きな目がある。口元も凜々しく引き締まっていた。こんな場合でなければ同性ながら見とれてしまいそうだ。

しかし今は、〝こんな〟場合なのだ。

私は足を一歩前に出し、

「とめるな。あの人を助けなければ死んでしまう」

「君の力では無理だ。無理なんだ。残酷だが放っておくしかないんだよ」

「無理でも放っておけるか。黙って見てるだけなんて、できない。していいことじゃない」

「君の考えは正しい。しかし今、動いてはいけないのだ。頭を冷やせ」

「いやだ。俺は行く」

「駄目だ。とめに入ったら、今度は君が暴行される。怪我人が二人に増えるだけだ。殺されでもしたら、死に損だぞ」

少し頭が冷えた。確かに彼のいう通りである。だが――

「だが、あれは理不尽だ」

「耐えろ。勇気と無謀は違う。飛びこむのは無謀だ。この場合は耐え忍ぶのが、勇気なんだ」

「それを勇気とはいわない」

「数の暴力には勝てない。呑みこまれるだけだ」

「では、どうしろというんだ。どうすればいいんだ」

「待つ」

「待つだと」

「ツキモノハギは、じきに終わる。それを、待つ。人々が帰ってから彼女を救う」

「それから救うだって。手遅れになったらどうする」

「その時は仕方がない。あきらめる」

「無責任だ。それに救うったって、どうやって救うというんだ」

「全力を尽くす。信じろ。私は医者だ。必ず治してみせる」

「医者？」

男はまっすぐに私を見つめた。憂いを含んだ、吸いこまれるような眼差しだ。何十人、何百人という患者を説得し、信用させてきた視線だった。彼は目を離さずに繰り返す。

「信じろ。私が治す」

その目に、私の心は説得されていた。

しかし、頭の方がなかなか折れず、

「納得できない。あなたは医者だという。放っておいて、傷つけるだけ傷つけさせておいて、すべてが終わってから助けるなんて、間違ってる。医者なら怪我の度合いが少ないうちに、いいや、怪我をしないうちに人を救おうとするのが本当じゃないか。こんなことになるまで——ここに至るまでに」

男の目に深い悲しみの色がちらりとよぎった。

私はいい淀んだが、続けて、

「あなたが本当に医者なら、ツキモノハギなんてやめさせるべきなんだ。人命を救いたいなら、こうなる前にその人を守るのが当たり前だろうが。悪しき伝統を認めてはいけない。やめさせなきゃならない。何故黙って見ていたんだ。今まで」

議論の不毛はわかっていた。この人に、こんなことをいっても始まらない。八つ当たりだ。しかし医者と名のる男は、子供の言葉をまともに受け止めようとしているように見えた。

私はなおも、駄々をこね続ける。

「そもそも、どうしてあの人を治してやらなかったんだ。肩にあった不気味なものは、確かに人面瘡のように見えた。でも実は、たかができものじゃないか。現代の医学なら治療できたはずだ。大騒ぎになる前に何故治療してやらなかった」

「すまない」

彼は素直に謝り、

「しかし医者は、患者の方から来なければ治療はできないのだ。彼女は私に、治療を頼みはしなかった」

それも本当だろう。理解してはいた。だが一言いわずにはいられなかったのだ。

彼は私の肩に両手を置き、伏し目がちにいう。

「君の言い分は正しい。心の中で、それは認めている。しかし私は医者であると同時に、〝この町の〟医者なのだ。今は、すべてが終わるまで、動けない。志を持っていても、治療の技術を持っていても、いやそれだからこそ、私は君以上につらく、みじめで、苦しいのだ。わかってくれ。そして無謀なことはやめてくれ。輪の中に飛びこみ、怪我人になって、これ以上、私の仕事を増やすようなことはしないでくれ。頼む」

彼は深々と頭を下げた。

わかった。

しかし言葉にはならない。

その時、横の方から、母の声が響いた。

「終わりだ！　ツキモノは剝いだ。逃げ去り、二度と戻らぬことを約束する」

脱力した。やっと終わったのだ。男の手が、私の肩から静かに離れる。

目と目が合った。

この町に来て、初めて、心から信用できる眼差しに出合ったような気がする。

「先生」

私はいった。

「先生、あなたの名前は」

「差賀あきらだ。一丁目で差賀クリニックを開業している」

「差賀……医師？」

どこかで耳にしたことがある。差賀――確かに一度は聞いた名だ。

「君は如月タクマ君だね」

「どうして知っているのです」

「憂羅巡査や女の子と話しているのが耳に入った」

この男も、私に視線を送っていた者のうちの一人なのだろう。

気づくと、人々は無表情のまま、そそくさと帰り始めていた。彼らにとっては、当然のことが当たり前に終わっただけらしい。

私は差賀に視線を戻し、

「病気や怪我をした時は、差賀クリニックへ行きますよ。いいですか」

「むろん。しかし来ないことを祈るよ。君の健康のためにね」

いつの間にか、玲の姿は消えていた。康子も憂羅巡査も王渕町長もいない。不思議なことに田城努の姿もなかった。

私は不審に思い、

「田城努さんはどうしたんでしょうか」

差賀は、一つうなずいてから、

「帰ったんだよ」

「奥さんを置いて。あんまりです」

「お祓いされた者を放置して帰るのが、慣わしだ。家族を含む関係者が連れ帰ってはならないことになっている」

「怪我人を連れていけない」

「しきたりだからね」

「そんな。ツキモノハギを受けた人が自分で動けるならまだいい。でも動けない場合はどうするんですか」

「関係者でなければ、助けていいんだよ。すべてが終わった後ならば」

人々は次々に林の中に消えていき、やがて私と差賀だけが残った。

月光が照らし出す世界に、死体のような祐子が取り残されている。私たちはすばやく彼女に近づく。ぴくりともしない。ボロ雑巾のようだ。血と泥にまみれている。生きているとは思えなかった。

差賀は傷口を検《あらた》めたり、脈を取ったりしてから、深く息を吐いていう。

「生きている。しかし早く手当てしないと危険だな。悪いが手伝ってくれないか」

「どうすればいいのですか」

「私の車まで運ぶ。足の方を持ってくれ」

差賀が静かに祐子の上半身を持ち上げる。私は彼女の足に手を伸ばしながら、ずっと気にかかっていたことを質問してみた。

「あなたの名前、どこかで聞いたことがあるんですが」

「だろうね。私は君の父親になったかもしれない男だから」

「何ですって！」

「君のお母さん、大門玲の、ちょっと前の名前は差賀玲。私は彼女の、夫だった男だよ」

第七章　絶対零度

大門玲はガムテープを手にしながらいった。

「ツキモノハギの小屋が全焼するなんて、信じられないわ」

彼女はガムテープをビーッと伸ばし、

「火事なんてめったに起こらない町なのにね。あそこがなくなったら、これからどうすんのかしら」

私は、折りたたまれていたダンボールの箱を、開いて組み立てた。母が箱の底をガムテープでとめていく。大門大造の部屋の床に、次々とダンボール箱が置かれていった。今朝母に、離れにある祖父の蔵書の片付けを手伝ってくれるよう、頼まれたのだ。放置しておくと本は腐っていく一方なので、売りに出すことにしたのである。

大門大造はかなりの蔵書家で、わざわざ離れを建てて本を収納していた。離れはコンクリートで造られた直方体の建物で、優雅な本館にはそぐわない。入り口のドアしかない無愛想な外観は要塞を思わせる。床面積は十六畳くらいだが、高さは普通の家屋の二階以上あった。窓はなく、壁の上部に、換気のための丸い通風孔がついている。

物憂い休日だった。

今の私には単純作業が向いている。

何もしないでいると、ツキモノハギの暴力シーンがまざまざと目に浮かび、それから……炎が現われるのだ。頭の中いっぱいに、猛火が荒れ狂う。映画の場面のようだった。横長の巨大なスクリーンに炎が舞っている。その緋のカーテンの前に、何か信じ難いものが立っているのを、私は見た。

玲は口紅を真っ赤に塗っていたが、他の化粧はほとんどしていない。髪には寝癖がついている。近づくと、肌がかさかさに荒れていることがわかった。ちょっと人生に疲れた普通のおばさんだ。神通力や魔力があるとは思えず、やはり巫女には見えない。

彼女は半目になって、

「何見てんのよ。あたしの顔になんかついてる」

「美人だなと思って」

「親にお世辞いってどうすんのよ」

彼女はガムテープを貼りながら、

「すごい事件よね。昨日の火事。この町で、ツキモノハギの小屋が燃えるなんて、有史以来の椿事だわ」

「大げさですね。小屋はいつから建っているのですか」

「物心ついた時にはあったわね。たぶん百年以上も前から、あのままなんじゃない。よく知らないけど」

「それが昨日、燃えてしまった」

「あなたがツキモノハギを見たとたんにね、タクマさん」

「俺と関係があるとでも」

「さあ。誰が放火したんでしょうね、タクマさん」

妙に私の名を繰り返すので、切り返す。

「知りませんよ。放火ではなく、祭壇の蠟燭がよく消えていなかったとか、そんなことが原因ではないんですか」

「あたしのせいだっていうの。蠟燭はしっかり消したわよ。火事にはなりようがないわね」

「やはり誰かが火を点けたと」

「放火魔は誰なんでしょうね、タクマさん」

「見当もつきません」

彼女はいたずらっぽい目で私を見て、にやりと笑った。

「あなたじゃないの、タクマさん」

「理由は何です」

「昨夜は帰りが遅かったじゃない。私が去ってからも、しばらくは小屋の前にいたんじゃないの。何をしてたか知らないけどさ。ツキモノハギが終わったのが十一時半くらいで、消防車のサイレンが聞こえたのはほぼ十二時ちょうど。この三十分間のあなたのアリバイは」

「不確かですね。しかし動機もありませんよ」

「動機ならあるわよ。タクマさんはツキモノハギを見て衝撃を受けた。そりゃ驚くわよね、初めてあれを見たら。それでお坊ちゃんは、こう思ったわけ。こんなものがあってはならない。なくさなきゃならない。そもそもあんな小屋や祭壇があるからいけないんだ。燃やしちまえ。だからあなたは小屋に火を点けたのよ」

「冗談でしょう。やってませんよ」

「ふふふ冗談よ。放火なんて犯罪、タクマさんにできるわけない。まあ誰か、町のしきたりに不平不満を持つ奴がやったんでしょうよ。いつでも、どこの世界にも、不平分子は潜んでいるものだから」

不平分子と聞いたとたん、差賀あきらの端正な顔が浮かんだ。彼はツキモノハギを憎んでいるので、動機は充分だ。しかし差賀に放火のチャンスがあったとは思えない。

昨夜、町民たちが帰った後、二人で傷ついた田城祐子の体を持ち上げ、差賀の車に運んだ。差賀は礼をいうと、すぐに車を発進させ、林の向こうへと消えた。その瞬間に、私は異臭に気づいたのだ。何かが燃えるような臭いがし、振り向くと、小屋の窓にちらちらと明かりが揺れている。母が蠟燭を消し忘れたのだろうか——と思った瞬間、ガラスが割れ、窓から火が噴き出し、壁一面を舐め始めた。私は小屋へと走った。物の焦げる猛烈な臭いは一歩近づくたびに強くなっていき、辺りに煙がもうもうと立ちこめ、炎は見る間に広まり、やがて小屋は巨大な火球のようになった。私は小屋のかなり手前で立ち止まり、呆然とするばかりだった。ともかくも、消防車を呼ばなければならないと思い、ポケットから携帯電話を取り出した、その時……

私は見た。

それは空から降り立つかのように、突然、出現した。

燃え盛る炎の前に立つ人影があったのだ。

「さてと」

母はいい、手をパンパンと叩く。ダンボール箱はすべて組み立て終わった。軽く二十は超えている。

私は漫然とそれを見やりながら、ふと思いついていった。

「お母さんは、どうして離婚したのですか」

彼女は目を見開き、両手を腰に遣って面白そうにいう。

「こりゃまた唐突ね。いきなり何をいい出すかと思えば」

「昨夜、差賀あきらさんという医者と会ったんです。素敵な人でしたよ」

「ああ、そう」

玲は一拍おき、

「彼、なんかいってた」

「特に何も」

「こっちも特にコメントすることはないわね」

「それでもあなたは、一時は確かに、差賀玲だった」

「そうよ。彼とは大学生の頃知り合った。彼は某有名大学の医学部で、あたしは外語大だったけど、合コンでたちまち意気投合しちゃってね。こんな僻地の出身者同士が、大都会で出合うなんて奇跡だし、けっこう幸せだったのよ。ここに戻ってくるまでは」

彼女は遠い目をし、

「彼はこっちで開業することにしたわ。古里の医者不足が気になったのね。正義感が強かったのよ。でも差賀クリニックが軌道に乗り始めた頃、ひずみが出始めた。医者とツキモノハギの巫女では、しょせん相容れなかったの。医者は医学で患者を治すけど、巫女が使うのはオカルトだもの」

ツキモノハギはオカルトというより、単なるバイオレンスにすぎない。しかし異議は口にせず、玲の話に耳を傾ける。

「差賀あきらは、ツキモノハギを憎んだ。彼はこの町を愛してもいたけど、たぶん、同じくらいに嫌ってもいたのね。町民すべてを殺したいくらいに」

「大げさですね」

「大げさなものですか。だって町中皆殺しにしなければ、ツキモノハギなんてなくならないでしょう」

玲は静かに息を吐き、

「彼はもともと、あたしとうまくいくはずもなかったのよ」

「離婚の一番大きな理由は、医者と巫女の立場の違いということですか」

「ま、そうね」

それだけだろうか。オカルト研の部長、根津京香は、玲の男癖の悪さを嫌悪しているようだった。そういったことも、別れる理由になったのではないか。それとも彼女は、離婚してから——京香の言葉を鵜呑みにするとしてだが——淫乱になったのか。

玲は軽く笑い声をあげて、

「あら、ずいぶん怪訝そうな目つきになっているわねえ。いいたいことがあるなら、いっちゃったら」

「いいえ」

私は疑惑を振り払い、少し考えてからいった。

「お母さんは外語大を出ていたんですか。専門は何だったのです」

「慌てて質問を探した感じね。でもいいわ、答えてあげる。英語を専攻したの。フランス語も話せる。ドイツ語も読めるわ。中国語もちょっと齧った」

「すごい」

心から感心し、

「語学に堪能なんですね」

「本当は頭いいのよ、あたし。どう見ても馬鹿に見えるらしいけど」

少しだけ得心がいった。昨夜から、どうして差賀あきらのような男が、一時的にせよ玲と所帯を持ったのか、腑に落ちなかったのだ。つまりは、人は見かけによらない——大門玲にも多面性があった、ということらしい。

玲は両手を上げ、伸びをすると、

「じゃあタクマさん、後は任せるわ。本棚の本を全部ダンボールに詰めてね。それから物置小屋に運ぶのよ。この離れの中をいったん空《から》にして、大掃除しなきゃならないから。きつい仕事だと思うけど頑張って。やっぱ、力仕事は男の子でなくっちゃね。さてと、あたしはお買い物に行くわ」

彼女は部屋を出ていった。

一人になってみると、剝き出しのコンクリートの壁に圧迫されるような気がした。閉所恐怖症になりそうだ。入り口の反対側に書棚や机と椅子、簡易ベッドが並んでいる。この離れは祖父の書斎であり、第二の寝室でもあったという。研究に興がのり、夜が更けてしまった時など、母屋には帰らず、この部屋のベッドで寝たらしい。彼は何を研究していたのか——と思いながら、蔵書を片っ端からダンボール箱に詰めていく。洋書ばかりであり、羊皮紙らしい装丁の、かなり古そうな本もあった。五箱ほど詰めて一息つく。まだ全体の五分の一にも満たないので、間違いなく、箱が足りない。

しかし祖父は、何を読んでいたのか。

任意に一冊取ってみると、タイトルには『Amon』とあった。アモンとは、何のことだろう。ページを繰ってみたが、外国語で書かれていて読めない。挿絵もなく、内容の見当もつかなかった。祖父に面識はなく、会話したこともないので、推測しようにも手掛かりがない。

本の入った箱を並べているうちに、妙なものに気づいた。

コンクリートの床に薄く文様が見える。おそらく何らかの塗料で描かれた絵を、消したものだ。床一面に大きな円を描き、その中に幾何学的な模様が描きこんであるらしい。大造が生前に描き、彼の死後、遺族によって消された絵かもしれない。祖父が死んだのは今年の六月で、数ヵ月前のことになる。葬式には、如月家を代表して母だけ——思えばかなり異常なことだ——が、参列した。ということは床の絵は今年の六月以降に、祖母や玲によって洗浄されてしまったと考えられる。何の絵なのかは見当もつかないが、残しておいては具合の悪いものだったに違いない。

気になって、その模様を生徒手帳に描き写すことにした。生徒手帳を常備している生徒は少ないが、意外と重宝している。円形の中の込み入った模様はほとんど消えており、よくわからない。

私はボールペンを走らせながらも思う。

祖父はこの部屋で逝ったと聞いたことがある。

亡き母が——玲ではなく、実の母がふと漏らした言葉は、

「普通の死に方ではなかった」

であった。

しかし私がどんなに聞いても、詳細は教えてくれなかった。子供に話してはならないと判断したのだろう。やはり変死だったのか。彼はこのコンクリートの部屋で、どんな死に方をしていたのだろう。

私は絵を描き終え、生徒手帳をポケットにしまった。

そもそも——

大門大造とはどんな人物だったのか。

豪農であり、一時期、林業をも組織的に運営して一財産作ったという話は聞いている。国立大学を出て大学院まで行ったらしい。晩年は離れに籠もって、ひたすら洋書に親しむ日々だったという。コンクリートの要塞に閉じこもり、一人かび臭い洋書を読みふける老人の姿を想像すると、自然に、偏屈な頑固者の姿が髣髴としてくる。おそらく実像とイメージにさほどの違いはあるまい。

大造の死については、玲や松からも、何も聞かされていなかった。

他に知っていることといえば、大造が海を好んだこととか、粟島に度々渡って、あわびやウニを獲っていたことくらいだ。大造は山国の出身で、それ故海が好きだったのかもしれないと、松はいった。しかしこんなことが、さして重要とは思えない……

はっ、とする。

重要——といえば、今日は重要な日だった。松の誕生日なのだ。今年で八十になるという。プレゼントを贈ることにしようか。片付けは一休みして、母に続き、私も買い物に出かけよう。箱詰めの仕事の続きはプレゼントを買ってからでも遅くあるまい。

離れを出た時、腕時計は十二時少し前を示していた。

改めて見ても、大門邸は立派な洋館だ。館の前の庭も広く、右側に大造の離れがあり、左側に物置小屋が建っている。本館と離れは異質の建築だが、物置小屋はさらに違っており、他の建物より何十年かは古く、完全な和風建築で、祠《ほこら》のようにも見えた。小屋の中には江戸中期風の仏像が安置され、もともとは神聖な場所だったのかもしれない。今では中に、ガラクタが山と積まれ、仏様も居心地が悪そうだ。その上ダンボール箱が一時積み置かれるのだから罰当たりもはなはだしい。しかし松も玲も、まったく気にしていないようだった。

本館の玄関の戸に手をかけようとすると、自動ドアのように独りでに開いた。

頭を丸く剃りあげた、狸のような男がそわそわと出てくる。ぶつかりそうになったので、素早く避けた。挨拶したが、無視される。すれ違った時、男の唇の周りに口紅らしきものがついているのに気づいた。

家に入ると、玲が立っていた。

狸男を見送っていたらしい。

「買い物に行ったのかと思ってました」

私がいうと、彼女は片方の眉を上げて、

「お客さんが来たのよ」

「すれ違いましたよ。誰です」

「安寧寺《あんねいじ》の間秀《ましゅう》さんよ」

「お坊さんですか」

背広を着ていたが、坊主に見えないこともなかった。

玲は変に上気しており、服の第二ボタンが外れ、うなじに虫刺されのような赤い跡もある。

「お母さん、あなた少し」

「何よ」

「若返ったように見えますね」

「変な子ね」

「すみません」

玲は間秀と、けしからぬ行為に及んでいたのかもしれない。彼女は独身——しかし坊主の方は独身なのか——だから、咎めるわけにもいかないが、昼から逢瀬しているとは、どういうことなのだろう。そういえばワイドショーの下品な司会がこんなことをいっていた。〝不倫は日中にやるのがいい。夜にやるから伴侶にばれるのだ。会社の昼休みを使ってホテルに行けば、まず発覚することはない〟——母と坊主の関係も、その辺から説明できるのか、あるいは考えすぎか。

「お昼にしない」

玲は物憂げにいう。買い物は食欲を満たしてから行けばよい。食事中に、祖母にそれとなく欲しいものを打診した。芳しい答えは返ってこない。自分で決めるしかないようだ。

自室で食休みしてから、外に出た。

自転車にまたがり、こぎ始める。

と、祖母の背中が目をかすめた。

物置小屋の中に入ろうとしている。

室内は真っ暗で、小さな背中が闇の中に溶けていくように見えた。

戸が静かに閉まる。

特別な光景ではないのに、不思議と印象に残る姿だった。力のない背中と、毅然とした足取りのアンバランスが、奇妙な印象をもたらしたようだ。おかしな話だが、死を覚悟し、断頭台に向かう老貴婦人のように感じた。

祠のような物置小屋にもう一度目を遣ってから、門の外へとこぎ出す。空はからりと晴れていたが、湿気が地面の近くにたまっているようで、不快だった。道の大部分は極端な上がりか下りで、平坦に感じる道がない。一見緩やかな斜面の上に町ができているようだが、個々の建物はかなり起伏のある土地に建っている。メインストリートをひやかすと、一通りの店舗が揃っていることがわかった。大きな店や高級店こそないが、町の中だけである程度の自給自足は叶うのだ。周囲から隔絶されたこの町は、自然とそんなふうになっていったのだろう。よくいえば小さな自治国家だろうか。

これといったあてもなく、贈り物を探しているせいか、なかなか相応しい物を見つけられない。ショーウィンドーをぼんやりのぞきこんでいると、後ろから声をかけられた。意外にもオカルト研の部長、根津京香だった。今日は長い髪を編んでいる。いつ見ても素晴らしいアーモンド形の目だ。緊張したが、ここは彼女の知恵を借りることにした。

京香は少し戸惑っていたが、

「お祖母さんへのプレゼントね。杖というのはどうかしら」

「杖を突いている姿は見たことがありません」

「老眼鏡は」

「眼鏡は掛けてないですね」

「安眠枕や、ナイトキャップは。ちゃんちゃんこ——では、駄目でしょうね……」

京香は次々にアイディアを出してから、

「買い物は、実物を見なきゃ決められないわ」

彼女は中学三年生だが、語尾によく「わ」をつける。意識してつけているのかもしれないが、フェミニンな感じがして、いいと思う。

私たちはいくつかの店を見て回り、疲れると喫茶店に入ったりした。本来の目的を忘れるほど楽しかった。私は憧れの先輩とデートできて夢のようだったし、京香もまんざらではなさそうだ。さんざん迷ったあげく、プレゼントを日傘に決める。しかしそれからが一苦労だった。なかなか一本に絞りこめないのだ。白がいいか、黒がいいか、いや案外、ど派手な赤がいいのでは。結局、無難な白の日傘を買った。京香が決めたのだ。

別れ際、彼女はいった。

「今日は楽しかったわ、タクマ君。またデートしてくれる」

もちろん承知した。帰り道、ペダルをこぐ足も軽くなる。しかし京香と離れ、一人で家への坂道をこいでいるうちに、浮かれた気分が急速にしぼんできた。これといった理由はないが、あんまり、帰りたくないのだ。

夕陽が自転車の先に影を作っている。タイヤが私の影を踏む。踏まれても踏まれても、影は先に進み続ける。自転車を止め、背後を振り返った。

血のような夕焼けだ。

それが、昨夜の光景と重なった。

一面の炎だ。

ツキモノハギの小屋の窓から火が噴き出し、壁を舐めていく。小屋の方へと走るうち、煙がもうもうと立ちこめ、炎は見る間に広がり、やがて小屋全体が燃え猛った。どうしてこんなことに。電話で消防車を呼ぶか。

私がポケットから携帯電話を取り出した時……

それは現われた。

一人の少女。

燃え盛る炎の前に、白い少女が立っていた。

白いブラウスに白いスカートというでたちで、肌はそれよりも青白い。肩くらいまである黒髪をボブ・ヘアーにきっちりとカットしていた。印象的なのは、その目だ。やや吊り上がり気味の細く切れた目が、こちらを切りつけるほどに鋭く、冷たい。薄い唇を酷薄に一本に結んでいる。

美しいといえば、まことに美しい。

しかしそれは、私を、そして炎をも凍らせる、絶対零度の美貌だった。

第八章　悪魔のモデル

白い日傘が泣いていた。

泣いていたのは、私の心だろうか。

月曜の弱々しい朝の光の中、机の上に白い日傘が置かれている。贈ることのできなかったプレゼントというのは、死骸みたいなものだ。痛々しく、侘しく、もの悲しい。苦労して探した贈り物だというのに、どうしてこんなことになったのか。

日曜日、母と目を合わせなかった。ここに来て初めての、二人だけの生活だ。

休日のほとんどの時間を町でぶらぶらしてすごした。祖父の蔵書は放っておいた。離れの床には、ダンボールの箱が放置されたままになっている。

月曜日の朝食の会話もなく、家を出る時も無言だった。ペダルを踏む足が重い。月曜の登校は気が重いが、今日は格別だ。休んでしまいたい。しかし家にいるのもつらい。このまま自転車で遠くまで行ってしまおうか。

一昨日の、土曜日の日暮れ時、京香と選んだプレゼントを持って家に到着すると、そこに祖母の姿はなかった。

どうしたのかと聞くと、玲は面倒臭そうに答えた。

「老人ホームに入ったわ」

耳を疑う。

「嘘でしょう。今日が誕生日なのに」

「お母様はもう歳だからね、あたしたちに迷惑をかけたくないのよ」

「そんな話は聞いていません」

「行ったものは行ったわ」

「どこの老人ホームですか。場所を教えて下さい」

「どうして」

孫が祖母の居場所を知りたがっているのに〝どうして〟はないだろう。玲の態度は異常だ。

私は日傘を示していう。

「誕生日のプレゼントを買ってきたんです。渡したいんですよ」

「じゃあ行けば」

彼女は意地悪くいって、

「鹿児島までね」

「鹿児……」

どう考えてもおかしい。突然老人ホームに入ったというのも変だし、鹿児島に行ったというのは嘘くさい。でまかせをいっているとしか思えない。

母は険のある目つきで私を見た。

「何よ、その顔は。文句ある」

文句をいおうとしたが、口を突いて出たのは、詮なき言葉だった。

「プレゼントを渡したいんです。白い日傘です。お祖母さんにこれを贈りたいんです」

「宅急便で送ったら」

「手渡したい」

「九州まで行きなさいよ。空を飛んでさ」

侮蔑するようないいぐさだ。

ムッときた。

「何で鹿児島なんですか」

「この町には老人ホームなんてないし、もともとお母様はね、あちらのご出身なのよ。鹿児島からはるばる嫁いできたの。老い先短い身だから、生まれ育った場所ですごしたいんでしょ。あたしゃ知らないけどさ」

嘘だ。おそらく、すべてが。

「変ですよ」

私は異議をとなえ、

「いきなりそんな話ってありますか。今朝までは、いや今の今まで、そんなことは一言もいってなかったのに急にいなくなるなんて。老人ホームに入るなら入るで、どうして教えてくれなかったんですか」

「ならあたしにも教えてよ。いちいちあんたに相談しなきゃならないわけ。あんたにいわなきゃ何もしちゃいけないの。一人前の口を利くんじゃないよ、ガキが」

「そんなことをいってるんじゃなくて――」

言葉を呑んだ。不毛だ。相手が本気で議論する気がないことは明白であり、何をいっても感情的な侮蔑の言葉が返ってくるだけだろう。

玲はあさっての方向を向いている。

私は自分の部屋へと向かった。中に入ると、日傘を握りしめた手が、びっしょりと汗をかいていることに気づいた。

学校が見えてくる。

気持ちとは裏腹に、やはり登校してしまうのだから習慣とは恐ろしい。徒歩で通学している生徒たちを追い抜きながら進んでいると、校門の前で根津京香を追い越した。背の高い少女と並んで歩いている。制服がきりっとしていて、清潔感に満ちており、横顔の高い鼻のラインが見事だ。追い越す時に挨拶し損ねたが、こちらに気づいてくれただろうか。

教室に入ると、委員長に話しかけられた。

「おはよう。紹介するよ」

怪訝に思った。何を紹介するというのか。

「金曜の夜に約束したでしょ。こちらは憂羅充君《うらみつる》」

すっかり忘れていた。

彼女は言葉を継いで、

「タクマ君ほら、希明さん――憂羅希明巡査の息子よ。充君の方は、タクマ君のこと知ってるよね」

「ああ」

憂羅充は低い声で、短く答えた。

「よろしく」

と、私はいったが、反応はない。彼はじっと足元を見ている。親子の容姿はまったく違う。憂羅巡査は、同じクラスに息子がいるといっていたが、親子の容姿はまったく違う。憂羅希明は、真ん中で割れた巌《いわお》のような顎が印象的だったが、充の顎は長くてほっそりしている。額が広く、薄い眉と陰気な目つきがどこか女性的で、頭の上の方についた耳が異様に大きく、先が少し尖っている様子は、蝙蝠《こうもり》を思わせた。一言でいうと、〝悪魔のモデル〟といった風貌だ。画家が悪魔を描く時にモデルを頼みそうな顔なのである。

「俺、もういいか」

充はいうと、一度もこちらを見ず、自分の席に戻っていった。

康子は肩をすくめて、

「変な奴」

私はぼんやりと答える。

「色々な人がいるから」

「あんな人、紹介しても面白くないよ。紹介するなら花も実もある紹介をしなきゃね。ところでねタクマ君、話は変わるけどさ、村山舞から聞いたんだけど、君は、オカルト研の部長のこと、気にしてるんだって。根津京香さんのこと」

「何のことだ」

「私なんかから見ると、君たちけっこうお似合いかと」

「部長さんは素敵な人ではあるけど」

「きっかけ、作ってあげようか。デートのチャンスとか。体育祭以来、彼女とは仲がいいのよ」

京香との初デートなら、土曜日にやったようなものだが、それには触れずに、

「遠慮しとく。どうしてそんなことをいい出す」

「お節介焼きなのよ。結婚相手を紹介しまくるオバサンっているでしょ。私そのタイプ」

「見かけによらない。デートの申しこみなら自分でやるからいいよ」

彼女は、ふーんと鼻でいって、席に戻った。

隣の不二男が話しかけてくる。

「康子さんって、くっつけたがり屋なんですよね。何が面白いのか、男女の仲をすぐに取り持ちたがる。僕も恋人候補を紹介されましたよ」

「で、どうなった」

「お断りしました。好みのタイプじゃなかったので」

「もったいない」

「それに僕、男の方が好きですから」

「すると君はホ——」

「違いますよ。でも確かに女は嫌いですね。醜いじゃありませんか」

女は醜い？　では男は？　こっちだってやっぱり醜い。おそらく人間が醜いのだ。今日は人間の美しい面が見えにくくなっている。よくない傾向だ。

憂羅充を見ると、背中を丸めてマンガを読んでいた。教室の一角にひっそりと潜んでいるような少年だ。クラスの中で表舞台に立つことはないのだろう。

しかし予測は外れた。

その日の昼休みに、憂羅充に舞台が回ってきたのだ。ショートホームルームの担任の言葉が伏線だった。

鳥新はいった。

「文化祭が来ます。クラスでも出し物を決めなければなりません。今週のロングホームルームは他にやってもらうことがありますので、昼休みに君たちだけで話し合いをして下さい。文化委員の土岐君と憂羅君、君たちが司会をし、話をまとめてくれますか」

不二男は黙っていたが、充は予想外に大きな声で「はい」と返事をした。

昼休みの話し合いは、予想通りの展開を見せた。まったく話し合いにならない。ガンをのぞく、すべての生徒が集まっていたのは立派だが、完全に烏合《うごう》の衆だ。主にテレビの話題で盛りあがっている。充が司会で、不二男が書記をしていた。黒板には、〈文化祭の企画について〉とあり、それ以外の文字はない。意見が出ないので、板書しようがないのだ。生徒同士の話し合いなんて、こんなものだ。中野もここも変わりはしない。

充はよくやっていた。大声でしゃべりまくるクラスメイトたち以上に、大きな声を張り上げ、

「文化祭の企画をどうしますか。意見はないですか」

と繰り返している。

意外と積極性がある。私や、もしかして康子でも、あれ以上にはできないだろう。人は見かけによらない。単なるネクラ少年ではなさそうだ。

しかし、議長の呼びかけに答えるものはなかった。

隣の不二男の席には、何故か村山舞が座っていて、しきりに話しかけてくる。私は適当に相槌を打っていたが、ふと思い立って、聞いてみた。

「間秀さんって、知ってるか」

「知ってるぅ。エロ坊主だよ」

「エロ？　どんな人なんだ」

「狸みたいな顔の中年よ。目がぐりっとした」

「会ったことはある。他に知ってることは」

「だからぁ、変態なの。彼ね、安寧寺の住職の一人息子だけど、二回結婚してるのよ。なんであんな気持ち悪い男が何度も結婚できるのかな」

「なら今も、妻帯者なのか」

「なんかブスの奥さんがいるよ」

母と間秀が男女の仲にあるとしたら、不倫ということになりそうだ。

私は舞の、くるくると動く目を捕まえながら、

「前の奥さんとはどうして離婚したのかな」

彼女はちょっと声をひそめて、

「あの坊主、変態極まりないことをしたらしいよ。ベッドの上で」

「変態極まりない……って、どんなことを」

「馬鹿ぁ、いえるわけないじゃない、こんな所で。今の奥さんも、すごいことをされているらしい」

「すごいことって何だ」

「だからぁ、す、ご、い、ことよ。特に前の奥さんなんて、殺されかけたとか聞いたよ」

「前の奥さん本人から。彼女、誰彼となく話しまくってるの。間秀は、ど変態だって。悪い噂はすぐ広まる。人の口に戸はたてられない」

「誰から」

玲と間秀も変態的なプレイをやっているのだろうか。母の狂態が想像できないでもないだけに、不快だ。

文化祭の企画については、何も決まらないうちに、始業のチャイムが鳴った。

不二男は最後に藁半紙を全員に配った。充がよく通る声で指示する。

「企画を思いついたら、配られた紙に書いて、俺か土岐君に出して下さい」

最後まで見事な司会だ。アイディアを出してくれる人がいることを祈る。

充は大役を終えると、まったく表情を変えずに席へ戻り、再びマンガを開く。先生はなかなか来ない。

後ろの戸が開き、一人の生徒が入ってきたが、煙草くさい臭いからガンだとわかった。彼は席に着く前に、こちらを睨む。ガンを飛ばしたというわけだ。嫌な予感がする。そして嫌な予感ほど、的中するものだ。

六限が終わった時、ガンから肩を叩かれた。

「顔貸しな」

みぞおちの辺りが重くなる。相手が怖いからだけではない。今日は——正確には一昨日の夜から——こちらも機嫌が悪い。挑発されたら乗ってしまいそうだ。馬鹿にかまわれて本気になるのは馬鹿だけであり、奴らと同じ土俵に立つのは避けたい。しかし。

連れて行かれたのは、例の空き教室だった。

中に入ると、今回は二人しかいない。一人はグレンだ。金髪が針のように立っている。いつ見てもカマキリみたいな顔だ。もう一人は、くにゃくにゃした背の高い三年生で、両目の間が異様に離れ、口先がすぼみ、えらが張っているので、半魚人のようだった。敵はガンを含めて三人ということになる。机は普通に並んでおり、前回のようにマジカルな要素はない。机を並べ替えるには人手が足りなかったのだろう。しょせんは中学生、やることが徹底していない。

グレンが相変わらずの口調でいう。

「よおツキモノイリ！」

よほど虫の居所が悪かったのだろう、私も吐き捨てるようにいった。

「よおクズ！　いつまでも同じことばかりいってんじゃない。たまには気の利いたことをいってみろ」

グレンはにんまりして、

「ほー偉そうによくいうな、下級生。最近ご活躍だもんな」

「どこが」

「目立ってるよ。放火までしたんだからよ」

「何」

「金曜の夜、ツキモノハギがあっただろ。あの場に俺もいたんだぜ。おめえの姿も見たよ。

そしてその夜、俺たちが全部はけてから、ツキモノハギの小屋に火を放った奴がいる」

「知ってるよ」

「そりゃそうだ。だって、おめえが火を点けたんだからな、このツキモノイリ！」

母と同じようなことをいう。怒りが倍増した。俺は如月タクマだ
「グレン、いいかげんに名前を覚えろ。俺は如月タクマだ」

「せめてグレンさんといいな。このツキモノイリが」

「そうかいグレン。あいにくだが俺は放火などしていない」

「おめえがやったんだよ。聞いたぜ。消防車を呼んだのはおめえだってな」

「そんなことも伝わってるのか」

「何もかもがすぐに伝わる。消防士なんて近所のあんちゃんだしな」

「恐ろしい町だ。プライバシーもへったくれもない」

「それが田舎ってもんよ。ところでおめえは、ツキモノハギが終わってから、消防車を呼ぶまで、あそこで何をしていたんだ」

傷ついた田城祐子を助けていた。しかし、いわずにおいた方がよさそうだ。

「星を見ていたのさ」

「放火していたのさ。小屋に火を点けていたんだよ」

「馬鹿か！　俺が火を点けたんなら消防車など呼ばない」

「怖くなったんだよ。よくあることさ。おめえは、犯罪に走ったはいいが、実行してからビビッちまった。おろおろして、自分から消防署に電話したのさ。ザマァねえぜ。肝っ玉の据わってない奴にはありがちなこった」

「ああいえばこういう」

「ココがいいんでね」

彼は頭を指差してから、

「あの小屋が燃えるなんて前代未聞だぜ。それくらい神聖な場所が全焼したんだ。おめえがこの町に来たとたんにな。おめえがツキモノハギに顔を見せた、その日によ。おめえが放火したんじゃなきゃ、誰がやったってんだよ」

「放火する理由がない」

「理由ならあるぜ。おめえはツキモノイリだ。よって当然、ツキモノハギにかけられる運命にある。だからあの小屋があっては具合が悪かったわけだ」

「小屋があっても何のさしさわりもないが」

「あるさ。ノータリンなタクマちゃんは、小屋がなければツキモノハギはできないとふんだ。だから火を点けた。放火犯はおめえだよ。明白じゃねえか。と、するとだ。次にお前は、母親を殺そうとしてるんじゃねえか、大門玲をよ」

「小屋の次は巫女というわけか」

「大門玲が生きてたら、いつかはツキモノハギをされちまう」

「くだらん。前提が間違っている。俺には何も憑いていない」

「憑いてるさ」

「何が」

「悪魔」

「悪魔だと」

「そうよ」

グレンは大きくうなずき、

「おめえの祖父、大門大造には悪魔が憑いていた。孫にも憑いていたっておかしくねえな」

「おかしいな。大造が悪魔憑きというのも怪しいものだ」

「間違いなく奴は悪魔憑きだった。だって奴は……」

グレンは顔をひどく歪めて、

「人を、三人も殺したんだからな！」

耳を疑った。そんな話は初めてだ。グレンの目を見る。見返すだけでズタズタになるような視線が返ってきた。真剣だ。からかっている様子はない。だが。

「祖父が、三人、殺した？」

「そうだ。奴は三人も惨殺した。俺の母と、二人の妹をな！」

今度こそ絶句した。

信じられない。万一、グレンの話が事実だとしたら、彼が私を潰そうとしているのは、母と二人の妹の復讐のためだったということになりそうだ。

私は視線を外さずにいう。

「祖父が殺人を犯したなんて、聞いたことがない。あんたの家族が死んだのは確かとしても、大門大造がやったという証拠はあるのか」

「証拠？　あんなこと魔物以外にできるか！　母と妹たちは、姿の見えない魔物に首をぶった切られたんだよ。一瞬のうちにな」

グレンは言葉を切り、更なる憎悪の視線を叩きつけてきた。

「さっきまでの威勢はどこにいった、下級生。あんな殺し方、人間にできるわけがねえ。母たちの首は、胴体と、ものの見事にすっぱりと切断されてた。目も当てられなかったぜ。俺でさえ吐き気を催したくれえだ。人間わざじゃねえ。まさに悪鬼の所業よ。そして、そんなことができるのは、悪魔と契約を結んでいた大門大造しかあり得ない。奴が悪魔に母たちを殺させたんだ」

「嘘だ」

「俺は被害者たちの子であり兄だぜ、嘘なんていうか」

私の目は、点になっていたに違いない。祖父が悪魔を呼び出し、女三人を殺した……グレンはそう信じている。あまりに信憑性のない話で、かえってリアリティを感じるくらいだ。少なくともグレンの憎しみは本物である。

「グレン……だからお前は」

「そうよ。復讐するは我にあり。大門大造を裁きてえが、あいにく、くたばっちまった。責任は孫であるおめえに取ってもらうしかねえ」

「だが」

「ゴタクは聞き飽きた。やっちまえ！」

命令と同時に、ガンと半魚人が襲いかかってきた。

第九章　魔女

サンドバッグになったことのある中学生が、どれほどいるかは知らない。

私には初めての体験だった。

ガンが後ろから羽交い締めにし、半魚人がパンチを繰り出す。拳は容赦なく腹に食いこんだ。姑息にも顔面は狙わない。顔に怪我があると、周りにすぐ気づかれる。問題になることを恐れているのだ。半魚人は、どこか嬉しそうな顔で拳を振るう。痛いことは痛いが、腕力はあまりないようだ。

ガンは、チッと舌打ちして、

「かわりな」

今度は半魚人に押さえつけられる。

途端に、腰の入ったパンチがみぞおちに来た。

意識が飛ぶ。呼吸ができない。足から力が抜ける。崩れそうになる体を、半魚人が無理矢理立たせた。ガンはボクサーのように拳を繰り出す。一発一発が厳しい。激痛で何度も気絶しかけた。

事実、気絶したのかもしれない。

気づくと、膝と両手を床に着いていた。

嘔吐の跡もある。吐いたのか。わからない。記憶が飛んでいる。

手にも足にも力が入らないが立とうとする。同時に、上からゴミが降ってきた。見ると、半魚人がにやけた顔をしながら、頭上で青いゴミ箱を逆さにしている。藁半紙やチリ紙、汚れた雑巾、菓子の袋、ペットボトルなどが降り注ぐ。マナーの悪い奴が入れた空き缶が、中身を振りまきながら床を転がっていく。顔が液体で濡れた。腐ったオレンジ・ジュースのひどい臭いがする。

「このゴミが！」

半魚人がいった。グレンとガンが爆笑する。

震えてきた。怒りだ。溜めていた怒りが出口を探している。

三人の笑いは止まらない。

震えも止まらない。

「ゴミ野郎！」

半魚人がまたいった。

私は不意に立ち上がった。ゴミ箱の端をつかみ、半魚人の方に押し出す。叩きつけたのではない。文字通り押したのだ。力をこめたつもりもない。しかし、ツボに入るということはあるらしい。ゴミ箱の角が半魚人の歯をへし折った。折れた歯が三つ、床に転がる。

「ぎゃぁぁぁぁぁ」

この世の終わりのような悲鳴だ。さんざん人を殴ったり侮辱したりしたくせに、惨めなものだ。

グレンとガンが、半魚人を気遣う。

「大丈夫か」

仲間を思う気持ちはあるらしい。半魚人は床をのた打ち回っている。

「痛ぇ、痛ぇーよ」

イキがっていても、しょせんは子供、だらしがない。もっともこちらも子供なのだが。

再び私を見たグレンとガンの視線は凄まじかった。

ガンがジャックナイフを開き、ゆっくりと足を踏み出す。

「てめえ殺す。ぜってえ殺してやる」

殴られすぎて体に力が入らない。背中を向ける気はないが、充分に戦うことも不可能だろう。殺されるかもしれないが、ただではやられない。腕一本、指一本でも奪ってやる。

ガンはさらに二歩進み、奇妙にも足を止めた。

　不自然な止まり方だった。

私の背後を見ている。グレンの目にも不可思議な表情が浮かんでいた。万引きが見つかった子供のような、バツの悪い目つきだ。

彼らの視線を追い、背後を見る。

予想外のものがあった。

女子生徒がいたのだ。

火事の時、炎の前に立っていた絶対零度の少女だ。

燃え盛る炎の代わりに、今日は窓からの緩い陽射しを背にして立っている。逆光に沈み、顔の蒼白さがいっそう際立っていた。微動だにせず、グレンとガンを鋭く見ている。ボブ・ヘアーの中の吊り上がった目が、凍てつく光を放っていた。冷たい目は不良たちを完全に拒絶し、私などは眼中にないようだ。居心地を悪くさせるような美しさというものがあるとしたら、彼女の美がそれだろう。

　光の加減か、一瞬、少女の瞳の色が変わったような気がする。色が薄くなったのだ。黒から、白に近い灰色になった。全部が白目みたいだ。外国には、瞳の色が変化する人がいると聞くが、彼女もそのくちか。でなくて目の錯覚か。見直すと、再び漆黒の瞳がそこにあった。

彼女はそっけない口調でいう。

「何しているの」

「見りゃ、わかるだろ」

ガンがナイフを隠しながらいう。グレンは顎をなでていた。

少女はもう一度繰り返す。

「何しているの」

彼女の双眸はグレンとガンのみに向けられており、泣き叫ぶ半魚人も私も見えていないようだ。

グレンがちょっとにやけて、

「何もしてねーよ、俺たち。なぁ、ガン」

少女はゆっくりと室内に入ってくると、私の前に立った。目の前に黒髪がある。底光りするような青みがかった黒い色だ。彼女はただ前に立っているだけだったが、盾になって背後を守ろうとしているようにも見えた。

しかし、そんなはずはない。一度見ただけで、名前も知らない女の子なのだ。私を守る義務も義理もない。ということは正義感が強いのか。いじめの現場に通りかかって、見すごすことができなくなったのか。彼女のクールな容貌は熱血タイプにはほど遠いのだが、不正を見て黙っていられなくなったとでもいうのだろうか。

ガンがうなるようにいう。

「ちょっとおめえ、邪魔なんだけどよ、どいてくれねえか。後ろのガキに用があるんだよ」

彼女はそっけなく答えた。

「何で」

「オハナシがあるんだよ」

「そう。だから」

「だからって……」

肩透かしの答えが、当惑を生む。普通はこんないい方をしたら、怒りの火に油を注ぐだけだろう。しかし彼女の場合は違う。その声は不良たちの気持ちをはぐらかし、獲物を一瞬にして凍死させる雪女の息のように、荒ぶる感情を凍てつかせてしまう。グレンもガンも表情から力が抜けている。半魚人は、まだ泣きわめいていた。

ガンがグレンに聞く。

「調子狂いましたね、どうします」

「行こうぜ。白けちまった」

「でもグレンさん」

「いいんだよ。よりによってこんな奴が出てくるとはな」

グレンは少女の顔をちらりと見、囁くようにいった。

「あんな女に関わるな、汚らわしい……」

汚らわしいとは、どういうことか。

少なくとも彼女の見かけは汚さとは無縁だ。顔立ちの秀麗さはいうまでもなく、前髪は測ったように切り揃えられており、白いブラウスも清潔そのもので、スカートの襞もぱりっとしていた。

グレンが大声で命令する。

「行くぞ」

二人は私をすごい目で睨むと、教室後ろ側の戸から出ていった。半魚人は取り残さないでくれとばかりに、いきなり立ち上がると、走ってボスの後を追う。あんがい元気だ。

三人の姿が消えると、彼女はくるりと体を回転させた。

筋の通った細い鼻が、目の前にある。鋭い目は透明な深い湖のように澄んでいた。息がかかるほど近くにいるのに、体温を感じない。肌が人間離れした白さだ。

私は後退する。

「あ、ありがとう」

どもってしまった。

「何が」

「助かったよ」

彼女はふっと顔を上げた。顎のラインがとても美しい。しかし表情はあくまで冷たく、横一本に結んだ薄い唇は、凍結しているかのようだ。こんな顔が微笑むとは思えない。

彼女は何もいわず、ゆっくりと歩き始め、部屋の外へと向かう。すれ違う時、肩が触れた。体を電気みたいなものが走る。

「君!」

思わず呼び止めていた。

彼女は足を止めた。振り向かない。

肩にはまだ、彼女の体の感触が残っている。柔らかかった。体も氷のように硬く冷たいような気がしていただけに、意外な感じがした。しかし彼女が人形かロボットであるわけもない。

私は少女の背中に呼びかける。

「君は、君の名は」

彼女は背中を見せたままいった。

「美麗。私の名は、江留美麗《えりゅうみれい》」

「えりゅう、みれい……さん」

彼女は振り返ることもなく歩き始め、廊下の向こうへ消えた。私は茫然とその姿を見送るだけだった。

しばらくして、体が痛みを思い出した。緊張が麻酔薬の役目を果たしていたらしい。殴られた部分だけでなく、全身が痛い。しかし病院へ行ったり、家に直行したりする気にはならない。それでは負けになる。もともと今日は部活に出るつもりだった。ならば殴られようが蹴られようが、何事もなかったかのように部活に出るのが筋ではないか。意地を張り、我慢し、平然と、やりたいこと、やるべきことをやりとげるべきではないだろうか。いじめに勝つ、とはそういうことだろう。

部室へ行くと、部員三人が集まって何か話しこんでいた。

私を見るなり不二男がいう。

「ひどい顔してますよ。まるでマラソン大会の最後尾を走ってる生徒みたいです」

「風邪気味だ。熱がある」

「やだぁ、うつさないでぇ」

舞が大げさにいう。

不二男は私に椅子を勧めて、

「文化祭のクラス企画について話し合ってたんですよ」

「オカルト研でか」

「京香さんにも知恵を貸してもらいたいと思いましてね。昼休みに話し合ったけど、決まらなかったでしょう。たぶん企画を紙に書いて出す人もいないと思います」

「考えるの、面倒だからね」

「鳥新先生は文化委員に責任をなすりつけますよ。決まらなきゃ、君たちが決めろってね」

「憂羅充と相談することになるのか」

「充君からアイディアが出るとは思えませんね。つまるところ僕が考えなきゃ、何も始まらないわけです」

「いいアイディアは浮かんだのか」

彼は首を振り、

「タクマ君の意見を聞かせて下さい」

すぐに思いついたものを挙げてみた。

「お化け屋敷は」

三人の顔に失望が走った。検討済みの提案だったらしい。

京香はちょっと微笑みながら、

「オカルト研のメンバーなら、すぐに思いつくアイディアよね。でも駄目よ。二年生がお化け屋敷をやるって決めたらしいから」

私は、前にいた中学のことを思い出しながら、

「同じ企画が二つあってもいいんじゃないですか」

「全校で、三つしかクラスがないのよ。そのうち二つがお化け屋敷なんて、先生は絶対に許可しないわ」

「洋風と和風で内容を変えるとか」

「職員会議では、お化け屋敷そのものも文化祭として相応しくない、という意見が出たそうよ。内容を変えたところで、二つ許可されるなんて考えられない」

「二年生のお化け屋敷はどんなふうになるんでしょうね」

「聞いたところでは、ダンボールで壁を作って迷路にし、化け物の恰好をした生徒が待ち

伏せて、脅かすらしいわ」

「本格的だな。ところで京香さん、三年生は何をするんですか」

「フリーマーケット」

「無難なところですね」

不二男が口を挟み、

「収入は生徒会に吸い上げられちゃうわけでしょう。僕たちの手元には一銭も入ってこない。空《むな》しくないですか」

「ただ働きなんて、つまんないよぉ」

舞がいかにもつまらなさそうにいった。

京香はうなずき、

「簡単に準備できる企画だし、それなりに盛り上がるからいいのよ」

「部長」

と、私はいい、

「わが部は文化祭に参加しないんですか」

「今年は参加しないかも。君はオカルト研としてやってみたいこととか、みんなに見せたいものとか、ある」

「特にありませんね」

もともと京香に魅かれて、入部したのだ。

「それより、やっぱり」

不二男がいった。

「問題なのは僕たち一年生の企画ですよ。どうします、タクマ君」

「うーむ……」

思いつくものを、片っ端から挙げていく。合唱、腕相撲大会、巨大モニュメント製作、演劇、クイズ大会、ダンス、習字の展示……

どれもこれもピンと来ない。

思いあまって、いった。

「絵」

舞が不思議そうな顔をして、

「何を描くっていうの」

「例えばだ」

私はやけくそ気味にいう。

「クラス全員の似顔絵を描いて展示する。ごますりで先生方の顔も描いて貼る」

「けっこういいかも」

京香がいった。

舞は首をひねり、

「でも誰が描くのぉ」

部長は不二男を見て、

「そりゃあ、彼でしょう。不二男君、マンガは得意だもの」

「僕ですか。僕がクラスに企画を提示して、僕が絵を描く……って、一人相撲じゃないですか。空しすぎますよ」

「いいんじゃないのぉ」

舞は笑いながら、

「きっとそれが文化委員の仕事なのよ。似顔絵に賛成！　あたし、なんにもしなくてよさそうだし」

「君も描かなきゃ駄目です。似顔絵描きなら、クラス全員で描かないと意味ありませんよ」

「んなこといってもさー、結局、不二男君が描くことになると思うよ」

話は一応の決着をみたようだ。

その後もしばらく話し合ってみたが、進展がないので、私は話題を変えることにした。

文化祭よりも気になることがある。

「京香さん。江留美麗って生徒を知ってますか」

何気なく質問したつもりだが、反応は凄まじかった。部屋の空気が一変したのだ。和気あいあいとした気分が消し飛んでいる。不二男は息を呑み、舞は目を丸くした。京香は、やや上目遣いにこちらを凝視している。一人の女子生徒の名前を口にしただけなのだが、まずいことをいったのだろうか。

私はもう一度、聞いてみようと、

「江留美――」

「その子は二年生ね」

京香はさえぎるようにいい、

「ある意味では有名人よ。どうしてそんなことを聞くの」

「ちょっと」

「一目惚れでもしたの。きれいな子よね」

「きれいなのかもしれませんけど、ぞっとするような美しさというか」

「彼女のことが気になるの」

迷ったが、ある程度まで打ち明けなければ話が進みそうにない。私はさっきグレンに呼び出され、いいがかりをつけられたことを話した。

不二男は始終、心配そうな眼差しだったが、私が話し終えると、

「非行少年たちに殴られたんですか」

「少し」

「その問題、解決は困難ですよね。無視しても向こうは放っておかない。殴り返せば、殴り返される。永遠に憎悪は連鎖していく。親や先生はまったく力にならない」

京香もいい添えた。

「たちの悪い連中に目をつけられたものだわ」

私は息を浅く吸ってから、

「グレンたちに絡まれている時、廊下を通りかかったのが江留さんなんです。彼女はグレンたちと俺の間に割って入りました」

京香は瞬きして、

「タクマ君を助けたわけね」

「そのように見えました。だから不思議だったんです。彼女が俺を救う理由がない」

「あの女、タクマ君のこと、好きなんじゃないのぉ」

舞は突っこみ、

「気持ち悪ーい」

気持ち悪いだろうか。

京香が低い声で異議を唱える。

「違うわね。好きとか嫌いとかじゃない。これはいわば、体制と反体制の問題よ」

私は首をひねった。

不二男が解説する。

「グレンすなわち王渕家と、江留美麗の江留家は、敵同士みたいなものなんですよ。王渕は町長であり体制の代表です。その場合、江留は反体制ということになります。つまり江留美麗は君には関係なく、相手が王渕一也だったから、割って入ったということですね」

「殴られているのが俺でなくても、彼女はグレンを妨害したと」

「思います。不満ですか」

「反体制ということは、この町の社会とか、制度に支配されないということか」

「されないということはないでしょうが、少なくとも、町の決め事や慣習には反抗しています。田舎者は事なかれ主義者というのが定番ですから、表立って逆らうのは珍しいんです。この地方では江留家くらいですね」

燃える小屋の前に立っていた江留美麗の姿が甦った。彼女は体制に逆らっていたという。体制の中にツキモノハギも含まれていたとするなら、彼女が火を放った可能性もある。

それには触れず、私は根本的な疑問を口にした。

「閉鎖的な地域で反逆なんてしたら、仲間外れにされるだけなのでは」

「まさにそうです。しかし江留の人たちは強い。普通なら弱者として虐げられるだけなのですが、彼らは……というか彼女たちは、決して折れない。世界を敵にして毅然と立っているのです」

「彼女たちとは」

「江留美麗と、祖母の麻夜《まや》です」

「二人暮らしなのか。女二人で地域の風習に反逆する。どうしてそんなことになったのだろう」

「二人は魔法を使うといいます」

耳を疑った。

不二男の目を捉える。

彼は真摯な眼差しで見つめ返し、

「彼女らは——魔女だ、というのです」

美麗の底冷えのするような視線を思い出す。そしてグレンの放った〝汚らわしい〟という言葉。

「……魔女……か」

ふと、思った。

グレンは、大門大造は悪魔憑きだといった。奴は江留の女たちも、魔女だと思っているのかもしれない。ということは、魔女とか悪魔というのは、この町では邪魔者に貼りつけるレッテルなのではないだろうか。魔力のあるなしにかかわらず、自分たちに都合が悪い者が、すなわち魔なのではないか。そもそも邪魔者という言葉そのものに魔が含まれている。

不二男は首を傾げながら、その考えとは裏腹なことをいった。

「ニューヨークのような近代都市でも、裏では未だにヴードゥの魔法が息づいているといいます。大きな石を持ち上げると、日の当たらぬ裏側に、奇怪な虫がうじゃうじゃと蠢いていることがあるようなものですね。少なくとも僕は、江留の婆さんが本当に魔法を使えるとしても、ちっとも驚きませんよ」

「そんなにすごい婆さんなのか」

「見るからに怖い」

「それほどでもないよぉ」

舞が茶々を入れる。彼女には怖いものなどないのかもしれない。

私は皆の顔を見回し、

「江留美麗も魔女か」

不二男はこっくりとうなずき、

「魔女の孫は魔女でしょうね」

グレンも似たようなことをいっていた。

ツキモノイリの孫はツキモノイリだと。

美麗と私は、おかしな部分で似ているらしい。

私は聞かずにはいられなかった。

「グレンは、俺の祖父をツキモノイリだといった。大門大造には悪魔が憑いていたと。しかも大造は、人を三人も殺したとも。もしみんなが、このことに関して何か知っているのなら教えてほしい。大造は本当に悪魔憑きだったのか。周りにそう思わせるような事件は、事実、あったのだろうか」

少しの間沈黙が続いたが、やがて不二男が、少女たちの顔をうかがうように見てから口を開く。

「ならタクマ君……あくまで僕の知っている範囲で、その点についてお話ししましょう」

第十章　悪魔の紋章

「事件が起こった時、僕は幼かったので、正確な経緯を知っているわけではありません。伝え聞いた話から、朧に輪郭が描ける程度です。それでよいでしょうか」

不二男は遠まわしに話を始め、怪談を語る時のように沈んだ口調で続ける。

「タクマ君の祖父、大門大造は、晩年、確かに悪魔に憑かれたと噂された時期があったのです。町の誰もが御前様はおかしくなったといっていました」

「ごぜんさま？」

私が聞くと、舞が混ぜかえす。

「毎晩飲んだくれてたから、午前様っていわれてたのよぉ」

「いえいえ」

不二男は軽くいなし、

「大門は歴代の地主でしたから、旦那様という程の意味で、御前様と呼ばれていたのです。

当時、僕は小さかったから、父や母からずいぶんいわれたものです。『御前様はおかしくなった。絶対にあの家のお庭に入ったらいけないよ』」

「私もいわれたわ」と京香。

「あたしもぉ」と舞。

「という具合だったのです。町の人々は大造を恐れました。彼は離れに入ってなかなか出てこない。通りかかった人が、たまに離れから出てきた大造を見かけると、鬼のような形相をしていたといいます。髪はぼさぼさに乱れ、落ち窪んだ目がらんらんと輝いている。人々は首を傾げます。御前様はいったい、コンクリートに固められた建物に籠もり、何をしているのだろう。すると誰がいい出したのか、こんな噂が広まりました。彼が研究しているのは悪魔についてだ。御前様は日夜、舶来の悪魔学の本を読みふけっている」

離れの本棚に並んでいた洋書は、オカルト関係の専門書だったのだろうか。手にした本のタイトルが目に浮かぶ。『Amon』。

「思い当たることがありますか、タクマ君」

不二男は私の顔色をうかがい、

「むろん噂はそれだけではありませんでした。そのうち、こんなことをいい出す人が現われました。大門家の離れの通風孔から、煙が出ていることがある。その煙は、鼻が曲がるほどひどい臭いがした。御前様は建物の中で、生き物か、その死体を焼いているのじゃないか。すると別の者がこんな話を始めます。うちの小屋から兎が盗まれた。兎小屋の中は血みどろだった。夜中に目が覚めてトイレに行くと、木戸の向こうに御前様の背中がちらりと見えたような気がする。それをいうなら――他の誰かが切り出します――うちのヤギもいなくなった。今度狙われるのは、たぶん、小さな子供なんじゃないか……」

「馬鹿な」

「町の子供が誘拐されたという話は聞きません。しかし当時の町民たちは、大造にリアルな恐怖を感じてもいたのです。そしてついに、こんな話が飛び出しました。大門家の庭に、怪物が這っていた。とうとう御前様は、悪魔を呼び出すことに成功したのだ」

「怪物って……どんな怪物を見たというんだ」

「わかりません。誰も話したがらないのです。いつどこで誰がどんなものを見たのか、すべては不明です。ただ……〝這う〟ものであることは、間違いないようです」

「這う怪物だって」

不二男は静かにうなずき、

「悪魔を召喚したのだ、という噂が広まりました。大門大造の黒魔術は完成し、彼はついに悪魔を呼び出したのだ――と」

黒魔術だと？

ここはどこだ？

現代日本の田舎町ではなかったのか？

なのに黒魔術？

中世の西欧ではあるまいし、あり得ない。だが。

私は生徒手帳を取り出し、離れの床に描かれていた模様を探し出す。それを不二男に示すと、二人の少女ものぞきこんだ。

「これは……」

彼は息を呑み、

「悪魔の紋章です。どこでこんなものを」

「祖父の離れの床に描かれていた。今では消し取られて、正確な模様は描き写せなかったが」

「この紋章はどの悪魔のものかな。たぶん――いや、確かめてみないとわからない。生徒手帳を貸してくれますか」

不二男に生徒手帳を渡してから、聞いてみる。

「悪魔の紋章とは」

「悪魔は固有の紋章を持っています。その紋章を使って悪魔を召喚するのです」

「紋章は呼び出すためのアイテムというわけか。それが床に描かれていた。ということは祖父は――」

「本当に、悪魔を呼び出す儀式をしていたのかもしれませんね」

「噂通り、悪魔に憑かれていたと。しかし何故そんなものを呼びたかったんだろう」

「古来より人は己の欲望を満たすために、悪魔の力を借りようとしてきました。大造の場合も例外ではなかったのでしょう」

「永遠の命を得たかったとか」

「かもしれませんし、もっと下世話な理由があったのかもしれません。例えば王渕一馬を呪うために、とか」

私は、ツキモノハギで暴れていた百貫デブの姿を思い描きながら、

「グレンの父、王渕町長か」

「町長！　まさにそれこそ大門大造が当時抱えていた問題、つまりは悪魔の手を借りたくなった問題だったのでしょう」

「どういうことだ」

「王渕一馬は今年で二期目の町長です。二期目はまだ一年も経っていません。彼が初めて

立候補したのは五年前で、この年には二人の立候補者がありました。王渕一馬と大門大造です」

「祖父は王渕の対立候補だったのか」

「選挙戦は熾烈でした。数少ない町民を奪い合うのですから、ダーティなことも行われたようです」

想像がつく。裏金も動いたことだろう。

「旗色が悪かったのは、大門でした。腹黒さでは王渕の方が勝っていたからです。過酷な選挙戦の中で、大造は目に見えて変わっていったといいます。以前からあった黒い噂が次第にエスカレートし始めたのもこの頃です」

「噂の陰に、王渕サイドの裏工作があったのでは」

「対立候補が足を引っ張るために汚い噂を流す。ありそうなことです。しかし一部の人たちはこういいました。王渕の腹黒さに対するに、大門は黒魔術を用いたと」

「くだらない。困った時の神頼みとでもいうのか」

「場合によっては神よりも悪魔の方が、頼りがいはあるでしょうね。そしてそんな時、あの事件が起こってしまったのです」

「あの事件とは」

「三人の死者が出たという殺人事件です」

不二男は息をつき、

「これについては、京香さんの方が詳しいかもしれませんね」

京香に話を振る。

彼女は首をひねり、

「そうでもないわ。私はまだ九歳だったけど、あの選挙戦のことはよく覚えてる。ひどかったわ。この狭い町を、ひっきりなしにお互いの広報車が通りかかり、スピーカーで宣伝しまくるの。鼓膜を破るくらいの大音量でね。うるさくて気が狂いそうだった。うちにも、王渕さんや、大門さんが、何度も頭を下げに来た。本人だけじゃなく、彼らの家族まで来るのよ。親も閉口してたわ」

彼女は遠くを見るような眼差しになる。

「ある日、私の家に、王渕の奥さんが、娘を二人連れて遊びにきたの。はっきりした選挙運動だったかどうかわからないけど、幼い私に不快感を与えたのは確かだから、それらしい話にはなったのでしょうね」

京香がいい淀んだようなので、先を促す。

「娘を二人連れて王渕の妻が来た。まさかその日、事件が起こったのではないでしょうね」

「そのまさかなの。私は三人の顔も覚えてないけど、その日殺人があったことは、はっきり記憶している。両親が大騒ぎしてたから。王渕の妻たちは、私の家から帰っていった。その帰り道の路上で殺人鬼に襲われたのね。彼女たちは、家から坂を少し下った場所で死んでいた。鋭利な刃物らしきもので、首をすっぱりと切り落とされて」

「死体を見たんですか」

「いいえ。近所で殺人があったとはいえ、九歳の子に親が死体を見せるはずもない。直接には、話すら聞かせようとはしなかった。私は親や、調査に来た憂羅巡査の話を漏れ聞いただけだったの。事件の詳細についてはほとんど知らないわ」

不二男は首を傾げ、

「その程度なら、僕の方が知っているかもしれません。とにかくそれは町を揺るがす大事件でした」

「犯人は見つかっていないのだろう」

「未だに逮捕されていません」

不思議だった。

「通り魔殺人みたいな未解決事件を、王渕サイドは祖父のせいにしたのか」

「王渕一馬によると、自分の一族に恨みや憎しみを持つ者は、政敵である大門大造以外にあり得ない、ということでした」

「根拠としては弱いな」

「王渕町長は短絡的な男ですよ。グレンを見ればわかるでしょう。警察でも一応、大門の一族を被疑者として考えてはみたようです」

「一族というと、大造を始めとして、母の玲とか、祖母の松、次女の鳥新夫婦、三女の憂羅夫婦あたりか。彼らは大造以上に動機が薄いように思える」

「そうですね。しかし王渕が、大門大造を犯人と考えたのには別の理由があります。グレンから聞いたかもしれませんが、殺人事件に魔術的な要素があったのです。悪魔が関わっているとしか思えないような不可解な点がね。それが、もともと流れていた大造の悪い噂と結びついたわけです」

不二男は人差し指を立てて、

「想像して下さい。道を三人の女たちが歩いています。母と娘二人です。その後ろを少し離れて、歩行者Aが歩いています。Aの目には、先を行く三人の姿がずっと映っていました。彼らは一本道を歩いています」

彼は一拍入れた。

「道は少し前で左に曲がっていますが、遮蔽物があってその先は見えません。母子三人が今、左に折れていきました。Aの視覚から、わずかの間、女たちの姿が消えます。少し遅れてAは曲がり角に着きました。その間、一分くらいでしょうか。Aは左側に曲がろうと、行く先を見て、思わず硬直してしまいました。恐怖で足が一歩も動きません。道に三人の女が倒れていたからです。彼女たちは明らかに死んでいました。何故なら、首が切断され、頭と体が別々になっていたのですから」

「彼女たち全員」

「三人ともです。彼女たちは三人が三人とも、Aが目を離したわずか一分の間に、スパッと首をちょん切られていたのです。ものすごい早業でした。それだけでも不思議なのに、Aはさらに不可解なことに気づきます。曲がった先も遙か向こうまで一本道が続いています。犯人がこちら側に逃げたのなら、当然すれ違わなければならない。しかし誰も来なかった。ならば犯人は向こう側に逃げる以外ないわけです。Aは逃げ去る犯人の姿を見ようと目を凝らします。どこにも犯人の姿がありません。人っ子一人、いないのです。目の前には遙かに一本道が続いているだけでした」

「犯人が、消えた？」

「あるいは最初から、目に見えない殺人鬼だったかのようです。Aはその場に、へなへなとくずおれてしまいました」

死神が鎌を振るって、三人の首をばっさりと切り落とす場面が浮かんだ。死神は悪魔とは異なるけれども。

私は念を押す。

「わずか一分の間に三人が殺されたのか」

「正確には一分ではないのかもしれません。噂話というのは、切りのよい時間で伝わっていくものです。でも非常に短い時間に犯行が行われたのは間違いないと思います」

舞がぼんやりという。

「剣道の達人みたいな人が殺したのかなぁ」

不二男は微笑み、

「現代の辻斬りですか。実際には、凄腕の侍でも首を一刀両断するのは難しかったと聞きます。まして三人です。時代劇のようにはいきませんよ」

「被害者の悲鳴は聞こえなかったのか」

「聞こえなかったようです。悲鳴を発したにしても、非常に小さかったのでしょう。それも不思議な点です」

私は頭の中で、事件の概要を反芻してからいった。

「気味の悪い事件だ。神業というか、悪鬼の所業のようでもある」

「それで王渕を始め、町の皆さんのほとんどは、事件を悪魔や魔物の仕業と考えたわけです」

「だから大門大造が——悪魔を呼び出していた俺の祖父が——犯人だと考えたのか。祖父が悪魔を使って女たちを殺したと」

「そういうことです」

ある意味筋が通っている。

「しかし不二男君、殺人事件なら必ず犯人がいるはずだ。悪魔が殺したなどということはあり得ない」

「犯人はトリックを弄して不可能犯罪を成し遂げた、というわけですね」

「その場合どんなトリックが考えられるだろう」

「さっぱりわかりません」

「では、犯人がそのトリックを使った理由は」

「魔物の仕業に見せかけ、警察の追及を逃れる」

「いかにこの地が迷信深くても無理だ」

「冗談ですよ。魔物の仕業に見せかけるとしたら、理由はただ一つ。殺人を大門大造がやったと町民に思わせるためです」

「その推測にも、かなり無理がありそうだが」

「他の土地ならね。しかしこの町では、未だに大造が三人を殺したと思っている人も数多くいます」

「何者かが祖父に汚名を着せようとしていたということか」

「大門大造の名を一番汚したかったのは王渕一馬でしょう」

「そのために、妻と娘二人を殺すだろうか」

「普通はやりませんね。つまり殺人犯は、王渕の肉親を葬り、同時に大門を潰したかったということになりそうです。犯人は王渕と大門の両方に恨みを持つ者なのかもしれません」

「心当たりは」

「ないではありませんが、うかつにいう気にもなりませんね。殺害のトリックがわかれば、犯人像はもっとはっきりします。すべてを解明するにはデータが少なすぎるんです」

「名探偵みたいなセリフだね。犯行の正確な状況をつかんでいるとしたら、誰だろう」

京香が答える。

「憂羅巡査でしょうね。発見者Aさんは、まず町の巡査に連絡したはずだわ」

「憂羅希明か」

町の巡査など、あてになるのか。憂羅は腕っ節は強そうだが、捜査能力や推理力となると疑わしい。しかし事件に関してかなりの事実をつかんでいることも確かだろう。話を聞いてみてもいい。

「でもさぁ」

舞がのんびりした口調で切り出す。

「何にせよタクマ君は幸せ者じゃん」

驚いて彼女の顔を見る。

不二男が私の気持ちを代弁してくれた。

「どうしてそういう発想が出てくるんですか」

「だってさぁ、過去の殺人事件なんてどうでもいいじゃん。何年も経ったけど、結局犯人なんてわからずじまいなんだしさ。仮にお祖父さんが悪魔憑きだったとしても、もう死んでるんだし、関係ないよ。問題はさぁ、つまるところ過去よりも現在、今がいいのが一番よ」

私には舞のいわんとするところがわからず、

「今現在、俺にいいことなんてあるのか」

「お金があるじゃん。今というより将来かもしれないけどさ。大門の莫大な遺産が転がりこんでくるんだよ。この幸せ者！」

「遺産なんて税金でほとんど持っていかれると聞くよ。親族も多いし、俺の取り分なんて微々たるものだろう」

「いいなぁ」

舞の耳には、こちらの言葉は入っていないようだ。

「あたしも億万長者になりたいな。しょせん世の中金よ。大門家の過去なんてどうでもいいじゃん」

「そうね」

意外にも京香が賛成した。

女性はいつでも現実的な考え方ができるらしい。それが中学生だったとしてもだ。

京香はじっとこちらを見つめて、

「タクマ君とは数回しか会ってない。だけど、いつも暗い顔をしているのには気づいていたわ。この町に来て、いいことがないのでしょう。グレンに目をつけられたりね。でもタクマ君、君も捨てたものではないのよ。いつかは莫大な遺産が転がりこむ。これは、いいことよ」

「そうですか」

「そうよ。お金のことは、はっきりいいことだもの。とすると」

彼女は言葉を呑んだように思えた。とすると――どうだというのだろう。

女は思考の積み重ね方が男とは違う。話を聞いていると、トピックの一つ一つが、男では考えつかないようなつながり方をすることがある。京香は今、何を考えているのだろう。頭の中をのぞいてみたいものだ。

不二男は肩をすくめて、

「お嬢さん方、確かにお金はいいものですよ。しかしまさに、それ故、とてつもない悪や不幸の元凶にもなるって覚えておいて下さいね」

「知ってるよぉ。ミステリーみたいに、大門家の遺産をめぐって一族の殺し合いが始まったりするかも。でもねタクマ君、その時はみんな殺しちゃえばいいのよ。自分以外は皆殺し。遺産は独り占め。幸せはあなたのもの」

「殺して金を手にしても、幸福にはならないでしょう」

皮肉をいう不二男に、

「幸福だよぉ」

舞はあくまで譲らない。

話題は私のことから外れ、相続争いの推理小説、サスペンス映画、ミステリーコミックへと移行していく。漫然と会話につき合っていたが、いつまで経っても終わる気配がないので、下校することにした。

挨拶をして、部室を出る。廊下を四、五歩進んだ時、後ろで戸の開く音がした。

「タクマ君」

戸を素早く閉めながら、京香がいう。

「どうしたんですか」

と聞く間に、彼女は目の前まで来て、

「遊びに行ってもいいかしら。今夜」

「いいですけど突然ですね」

彼女は思わせぶりにいった。

「ふふっ、思い立ったが吉日」

そして不思議な笑みを浮かべる。

私は戸惑いながらも、

「何で今夜……というか、夜なんですか」

「夕方にはピアノのレッスンが入ってるの。それが終わってから行くわ。夜中に遊びに行くと、お母さんに叱られるかな」

「母なんてどうでもいいです」

自然と吐き捨てるような口調になる。

京香は声を立てて笑った。

辺境の地にもピアノ教室があるらしい。洋書を読む老人もいれば、医学部出もいるわけだから、音楽家がいてもおかしくはない。

彼女はくるりと踵を返し、

「今夜八時ね。約束よ」

といい残して、部室へ戻っていく。

そのくるぶしがまぶしかった。

第十一章　夜這い

今にして思うと、その日は不思議な日だったことがわかる。晩から夜更けにかけて、私の家という書割に、様々な役者が舞台に上がっては消えた。時を隔ててみると、実際に演劇が上演されていたような気分になるのだ。当時そう思わなかったのは、自分も役者の一人だったからだろう。

あれは何の演劇だったのか。

ホームドラマのように始まり、中盤は恋愛ドラマもどきになり、終盤は紛うことなき殺人劇へと変貌していった。舞台にまず登場してきたのは医者だ。自転車で息を切らしながら——殴られた後はさすがにきつい——坂道を上がっていくと、カバンを提げた白衣の背中を見かけた。姿勢よく、きびきびと歩いている。

私は彼に追いつき、自転車から降りて呼びかけた。

「差賀先生」

差賀あきらは、厳しい目でちらりと見てから、表情を和らげた。

「君か、この間はどうも」

「こちらこそ」

差賀と並んで歩く。ツキモノハギの一件で、二人の間に奇妙な連帯感が生まれたような気がする。

「先生、田城祐子さんはどうなりましたか」

「一命は取り留めたよ。重症だが、君のおかげで助かった」

「俺には何もできませんでした」

「君の正義の心が患者を救ったのだと、私は思うよ。心から」

オールバックの男に微笑みかけられて、照れた。

私は視線を逸らし、

「こんな場所で会うなんて」

「あり得ないことじゃない。方角としては、私も君の家に向かっているのだからね」

「うちに来るんですか」

「君の家の隣に用がある。柿沼さんのお宅に往診に行くんだよ」

「やっぱり奇遇ですよ。目的地が同じ方向でも、行く時間まで一緒になるなんて、めったにありません」

彼は軽く笑って、

「君とは縁があるのかもしれないな」

ふと、疑問を抱いた。

夜七時に近い。田舎の医者というのは、こんなに遅くまで働いているものなのだろうか。

「先生、遅くまでお仕事、ご苦労様ですね」

「狭い土地の悲劇だね。クリニックを閉めても、ひっきりなしに電話が掛かる。顔見知りの相手だと放ってもおけない。プライベートの時間などなきに等しいんだ。それだけやりがいがあるともいえるのだがね」

母とうまくいかなくなった一因は、そんなところにもあったのかもしれない。

彼は静かに話を継いで、

「さっきも知人から電話があった。柿沼さんのご主人の足が急激に痛み出して一歩も動けないという。自分の部屋から電話口まで歩くことすらできない。今までになかったことなので、すぐに来てくれというのだ」

「足が急に動かなくなるなんてこと、あるんですか」

「症状からすると、痛風かもしれない。あれは、いきなり来るからね。痛みも骨折クラスだし。痛風になった患者は、最初は皆、驚くんだよ。何でこんなに痛いのかわからないから。思い当たる原因がないんだね。診てみないことには確かなことはいえないのだが……おや」

彼が頓狂な声を上げるのと同時に、私もそれに気づいた。樽のような体格の男が、門から私の家をのぞきこんでいる。

「町長！」

差賀が屈託なく話しかける。

太った男は、凄い目でこちらを見てから、一瞬のうちに笑顔の仮面を貼りつけた。私に声をかけられた時の差賀の反応に似ている。多かれ少なかれ人は仮面を被っているらしい。

町長は大仏のような顔をほころばせながら、

「差賀先生ですか。今晩は。お仕事、精が出ますな」

「貧乏暇なしです。王渕さんはどうされたんですか」

「仕事ですよ。これから町会議員の久保田さんの家にお邪魔しに行くのです。ちょっと相談事がありましてな」

「久保田さんちは、もう少し向こうですね」

「ええ、でも最近太りすぎなので――」

彼は丸々とした腹を揺すりながら、

「できるだけ歩くことにしとるんです。そしたら久しぶりに、大門家の前を通りかかった。で、ちょっとのぞきこんでおったというわけです。ところで先生、その少年は？」

差賀は私に掌を向けて、

「如月タクマ君です。大門家の総領となる男ですよ」

「ほう」

王渕は大げさに驚いてみせると、手を一つ叩いて、

「君が如月タクマ君でしたか。息子の一也から話には聞いていましたが、なるほどなかなかの男前ですな。大門の跡取りに相応しい面構えといえましょう」

細い目をいっそう細くして私の顔を見ている。表情が読めず、どこか不気味な感じがした。

「では町長、先を急ぎますので失礼します」

差賀は頭を下げ、歩き始める。私も一礼して後に続く。

王渕も、

「ごきげんよう」

と、張りのある声でいうと、歩き去った。

門の前で差賀と別れ、庭の中に入っていく。辺りはすっかり暗くなっていた。

差賀は隣の家に往診に行くという。隣には柿沼夫婦が住んでいるが、旦那の方は頑健そのものに見えた。あんな男が痛風になるのだろうか。今夜、私の家の近くに、差賀あきらと王渕一馬がいるのが、不思議といえば不思議だ。

玄関の前に立った時に腕時計を見ると、午後七時ちょうどだった。

戸を開けて、驚いた。四人の男女がそこにいたのだ。見知らぬ顔もある。状況がつかめなかった。

「お帰りなさい、タクマ君」

と、いったのは鳥新啓太だ。

頬の辺りがいっそうこけ、病人のような形相だ。細い目も落ち窪み、かなり疲れているらしい。担任が何故、こんな場所にいるのか。家庭訪問でもしていたのだろうか。

私も一応、挨拶した。

「ただいま……いいえ今晩は、先生」

「やけに他人行儀だな」

がっちりした顎と濃い眉の男がいい、

「俺たち、伯父と甥じゃねえか。もっとフランクにいこうぜ」

憂羅希明だ。

憂羅と鳥新の間にいた女が、一歩前に出て、けたたましくまくしたてる。

「あらぁ、じゃ、あんたがタクマちゃんね。啓太さんから聞いてるよ、けっこう頭いいんだってね。うちの学校ならすぐにトップになれるよ。この辺のガキって馬鹿ばっかりだからさ。ほんと、しょーがないんだよ。それにあんたさ、啓太さんがいうより、ルックスがいいじゃない。今度遊びに来なよ。歓迎するからさ。担任の家なんて来にくいかもしれないけど、なぁに、気にすることはない。あたしたち伯母と甥なんだからさ。そうそういい忘れたけど、あたし鳥新法子ね。これからもよろしく」

法子は一気にしゃべり切った。よく息が続くものだ。背は低いが、エネルギーが体に充満し、はち切れんばかりに膨らんでいる。くるくるとパーマを掛け、顔は饅頭のように丸い。目も鼻も口も丸く、愛嬌がある。化粧が下手で、アイシャドウの青がきつすぎ、田舎の商売女のようにも見えた。委員長の鳥新康子は父親似なのだとつくづく思う。

鳥新啓太はばつの悪そうな顔をして妻を見ている。

法子は後ろの方に呼びかけて、

「ちょっとちょっと、彼がタクマちゃんだってさ、あんたも初対面なんでしょ。自己紹介くらいなさいよ、有里」

憂羅希明の後ろに隠れるようにしていた女が、控えめに前に出た。

しかしぼんやりと、ただ立っているだけだ。

法子は舌打ちし、

「有里ったらほんとに暗いんだから。タクマちゃん、これがあたしの妹の憂羅有里。巡査のことは知ってるらしいわね。彼の奥さんよ」

有里は少し顎を引いた。

外国人かと思った。左の頬にホクロがあり、肌も浅黒く、インドから来たといっても通りそうだ。眉が濃く、ちょっとより気味の垂れ目が独特で、厚ぼったい唇もエキゾチックだった。横に広い獅子鼻で、どう見ても美人ではないが、ねっとりした艶みたいなものは感じられる。

「ねえねえ有里、黙ってないで何かいいなさいよ。タクマちゃんって、けっこういい子そうじゃないの、そう思わない」

異国から来たような女は、低い声でゆっくりと答える。

「中学生なんてみんな同じだね。何も考えてないし何もできない。ただの無駄飯食いだ」

シビアな女らしい。

憂羅充の、悪魔のモデルのような顔を思い描いてみるが、希明にも有里にもまったく似ていなかった。

私は一応、有里に、

「よろしくお願いします」

と、いっておいた。

それにしても、大門の四姉妹は驚くほど違う。同じ腹から生まれたとは思えない。大門松と一番似ていたのは、実の母である幹子だろう。長女の幹子は、確かに松の面影を宿していた。四女の玲にも、松に多少似ている部分がある。しかし二女の法子と、三女の有里はまったく違う。私がある程度、大門の家になじめたのは、松と玲が、実の母に似ていたからだと思う。祖母はともかく、新しい母が玲ではなく、法子か有里だったら、どんなに気が滅入ったかわからない。

四人の男女を順に見ながら聞く。

「伯父さんと伯母さんたちに、この家で会ったのは初めてですね。今日はどうして集まったんですか」

憂羅希明が答えた。

「一族が集合したんだから、話は一つだ。お前にも見当がつくはずだぜ。じゃあな、坊主」

彼が前進して来たので、私は道を開けた。

希明に続いて、有里が無言で帰っていく。

鳥新はすれ違いざまにいった。

「文化祭、何とかなりますかね。君がアイディアを出してくれるといいんですけど。そう

そう国語の宿題、忘れないように」

最後を行く法子が、振り返っていう。

「タクマちゃん、玲は不機嫌だと思うけど、よろしくね。ジョークでも連発してハイにし

てあげてちょうだい。じゃーね」

戸が音を立ててしまり、私は取り残されたような気分になった。

食堂にいた玲は明らかに不機嫌だった。一杯やりながら話し合ったらしく、テーブルに

はビール瓶が何本かと、店屋物らしい料理の皿が置かれている。玲はビールをあおりなが

ら、椅子に座る私を上目遣いにじろりと見た。白目が充血している。

「タクマさん、あんたも飲む」

「未成年ですから」

「ビールも飲めない男なんて最低」

「親のセリフじゃないですね」

「親のセリフをいい飽きたのよ」

彼女はジョッキに並々と琥珀の液体を注ぎ、飲み干す。

「残り物だけど食べてよ。夕ご飯の代わりに」

から揚げをつまんでみると、すごく脂っぽい。殴られた後なので食欲はない。

「不機嫌ですね」

「見りゃわかるでしょ」

「伯父さん伯母さんたちが来てましたね。何をしてたんですか」

「遺産相続の話し合いよ。あーあ、やってらんないわ。何でお金が絡むと、人って本性を剝き出しにするのかしら。醜いったらありゃしない」

「遺産か。もうそんな話になっているんですか」

「お母様が、ああなっちゃったでしょ。だから仕方ないの」

「老人ホームへ入っただけですよね。亡くなったわけでもないのに」

「死んだも同じなのよ」

そうなのか？　世間一般の常識とは、ずれているように思える。

「とにかくタクマさん、すべての財産の管理はあたしたち一族に任されたの」

「どうすることになったんです」

「議論百出で結論は出ず」
「法律とか条令とかの基準があるはずですが」
「都会っ子のいいそうなことね。この辺では何でもありなの。ガラス張りって言葉がある
けど、この町に張ってあるとしたら、不透明なガラス、しかも防弾ガラスね」
「そんなにデタラメなんですか」
「でたらめにできる部分のことをいっているのよ。啓太さんが何といったと思うの。年功
序列ですって。歳の順に配分を多くするのがベストとか。確かに自分の取り分が増えてい
いわよねえ」
「先生がそんなことを」
「地方公務員は貧しいから。希明さんに至ってはもっとはちゃめちゃ。固定収入のない者
に、多く配分するべきだ、それが人情ってもんだろうとか何とか。なるほど自分は、月々
決まった稼ぎはないでしょうよ。町の巡査なんて浮浪者みたいなものだからね。でもそう
そう都合よく、世の中が回るもんですか。法子姉さんは相変わらず強欲。遺産で投機しよ
う、株なら一儲けできる——ってさ。有里姉さんは、アイディアもないくせにひたすら私
に突っかかるし」
玲は有里の、ゆっくりした話し方を真似て、

「玲、あなたはこのうちの財産を食い潰す、ただの居候だ。そんな女に、なんにも口を出す権利はないはずだがね」

私は、どういっていいかわからず、

「誰も彼もお金が欲しいんでしょうね、喉から手が出るほど」

「あんたもそうでしょう」

玲はねっとりした眼差しを向けて、

「あんただって同じでしょう、タクマさん。誰だって金は欲しい。当たり前じゃない」

「否定はしませんが」

彼女はまたビールをあおり、

「そりゃそうとタクマさん、いつになったら離れの片づけが終わるのよ。土曜から始めて、今日はもう月曜よ。昨日はいったい何をしてたのさ。近頃のガキときたら使い物にならないんだから。与えられた仕事の一つも満足にこなせないで、一人前の面をされても困るわよ。飯ばっかり大食らいしてさ。ちょっとは仕事しなさいよ、このガキ!」

酔っ払いの八つ当たりが始まったので、退散することにした。

私の部屋は二階にある。

ベッドに横たわると、腹に鈍痛が走った。グレンたちに受けたダメージは回復しない。

時計を見ると、七時半だ。体が微熱を帯びているのは殴られたことによるものだろうか、それとも京香が来るからか。頭の中に根津京香の姿を、頭から爪先まで描こうとしてみる。不思議なもので、イメージの中の彼女は、顔の輪郭すら定かではない。欠点が少ないということは無個性に通じる。しかし本当に、来るのだろうか……

ベッドの上で体を反転させているうちに、八時十分前になった。落ち着かず、窓まで行き、外を見る。門の向こうに、京香の姿を探す。

――と、予想外の人影が目に入った。

庭を誰かが駆けてくる。

月明かりに浮かび上がった狸面《たぬきづら》は間秀のものだった。坊主はまっすぐに玲の部屋の窓まで行く。母の部屋は、斜め下にある。窓明かりは漏れていない。間秀は泥棒のように辺りを見回すと、窓を開けた。鍵は掛かっていないようだ。

玲の部屋の窓が、静かに閉まっていく。

間秀は何をしに来たのか。

もちろん玲と情交するために来たのだ。これが夜這いというものか。

悶々とし、いたたまれなくなった。何をしようというわけでもなく部屋を出て、階段を下り始める。階段が軋む音が奇妙に高く響いた。母の部屋の前に立つと、ドアが少し開いていることに気づく。その隙間から、荒い息遣いが漏れている。

目をわずかな隙間に寄せる。

月明かりが室内を満たしていた。

ベッドの上で、男が背中を見せている。間秀だ。シャツは着たままだが、尻が丸出しだった。彼はうめき声を上げながら、腰を小刻みに動かしている。

衝撃を受けた。

母の両脚が、想像もつかない恰好に持ち上げられている。あんなふうに、するものなのだろうか。映画やテレビドラマから受けるイメージとはかなり違う。美しさの欠片もない。グロテスクで、滑稽なだけだ。

阿呆らしくて醜い。

見るんじゃなかった。

母のあんな姿、見なくてもいいものなら、見るべきではない。

その時、玄関のチャイムが鳴った。

びくっとして、振り向く。京香が来たのか。目を戻すと、我関せずとでもいいたげに、間秀はピストン運動を繰り返している。

勝手にやってろ。

私は玄関に向かう。

戸を開けると、そこに根津京香が立っていた。

第十二章　鋏で舌を

テレビがあれば、どうしても点けてしまう。京香を部屋に上げたはいいが、一言二言話すと先が続かず、照れ隠しの気分でスイッチを入れた。大失敗だった。これでは話がテレビ番組よりに流れざるを得ない。もっと中身のある会話をすればいいのだが、ふんぎりがつかなかった。憧れの先輩と二人きりの時、何を話せばいいのだろう。ジレンマだ。テレビのことなんて話したくないのに、他に何をいったらいいのかわからない。ブラウン管の中では、最近売り出し中の若手芸人が新ネタをやっている。

「この人、面白いですかね」

と、仕方なくいった。

「まあまあね。大物コメディアンだって、昔の録画とか観るとちっとも面白くないわよ。ところでタクマ君、タオルない？」

衣装ケースの中に掛かっているタオルを渡した。見ると、彼女は顔全体にうっすらと汗をかいている。うなじの辺りに溜まった汗がちょっと艶っぽい。私は知らないうちに緊張していたらしく、その夜初めて京香の顔をまともに見たことに気づく。

「どうしたんですか。暑くもないのに汗なんてかいて」

彼女は乱暴ともいえる男性的な仕草で、顔や首をぬぐいながら、

「君といて緊張してるのよ」

「嘘ですね」

「嘘よ。本当は走ったから汗をかいたの。ピアノのレッスンが長引いて、約束の時間に遅れそうになったのよね。全力疾走してきたわ」

それにしては、玄関に立つ京香は息一つ切らしていなかった。見かけによらず体育会系なのかもしれない。

「遅れてもいいのに」

「遅刻するような自分は許せないわ。印象悪いでしょ。これ、ありがとう」

京香は私にタオルを返し、

「この芸人、目が変わったよね。整形手術したのかな」

話題をいきなり変化させる。テレビを観ながらの会話の弊害がこれだ。いつの間にか、話が番組の内容に飛んでしまう。

私はタオルを椅子の背に掛け、適当に答えた。

「二重瞼でなかったことは確かです。プチ整形してますね」

彼女は周りを見回し、

「にしても、あれ何」

部屋の一角を指差す。そこには黒光りする西洋の甲冑が立っていた。長い槍の先が天井に刺さっている。

彼女はまじまじと甲冑を眺めながら、

「夜に動き出しそうで怖くない？」

「平気ですよ。二、三日は嫌でしたが慣れました。単なるオブジェです。この家には、そこらじゅうにああいうものがあるんです。女神のブロンズ像とか、英雄の石膏像とか。甲冑はここと母の部屋にあります。こいつは槍を持ってるけど、母の部屋のは剣を持っているんですよ」

京香が笑い声を上げた。おかしなことをいったとは思えなかったが、見ると、彼女の目はテレビに貼りついている。ブラウン管の中では若手芸人五人が、巨大なハリセンで互いに叩き合っていた。

「見てよ。今やられたデブさ、数学の若田に似てる。君は若田には習ってないか。あいつ、授業中に二、三回は計算間違えるのよ」

「習ってないけど知ってます。彼はオーデコロンがきつすぎますね」

「女子の間ではワーストワンね。気持ち悪いから」

教師の悪口をいうのは楽しい。少なくとも芸人のハリセン大会を見るのと同じくらいには。

京香はいきなりくるりと頭を回し、コメントする。

「殺風景な部屋だよね。机と椅子、ベッド、衣装ケースくらいしかない。甲冑があるのが変だけど」

彼女はもう一度頭を回す。首の筋がくっきりと出て美しい。膝を揃えてベッドに掛けている。学校から直にピアノ教室へ行ったらしく制服のままだ。短めのスカートから出た膝頭が肉感的で、思わず目を逸らす。何故か頭の中に、玲と間秀の睦《むつ》ごとがちらつく。窓際に行き、窓を開けて夜気を吸う。湿った空気に気が滅入った。八時二十分——京香が来てから二十分が過ぎている。

月に影が掛かった。

少女はまた笑う。

その時、目の隅に動くものを捉えた。

斜め下を見る。間秀が母の部屋の窓から出てくるところだった。入る時と違い、のんびりした様子だ。開き直ってしまったか、官能に陶酔しているのか。造作のはっきりした狸面は夜目にも間違えようがないが、表情まではうかがえない。

「タクマ君、落ち着かないみたいね。どうしたの」

私は窓を閉めて振り返った。

「先輩と二人きりで部屋の中にいるんですから、落ち着くはずないですよ」

京香のアーモンド形の大きな目が微笑みを浮かべる。

「甲冑なんか片づけて、ポスターとか貼ったら。明るくなるわよ。好きな芸能人、いないの」

「いません」

何故会話が途切れてしまうようなことしかいえないのだろう。もっと気の利いたことを話したいのだが、できない。もどかしい。

「あ、映画が始まったわよ。今夜のは何だったっけ。タクマ君、映画は好き?」

「割と」

「今度、観に行こうか」

「いいですね」

気の抜けた返事をしてから、誘われたことに気づく。

妙な間が空いた。

どう話を継げばいいのか。〝何を見に行きますか。今、どんな映画が掛かってるんですか。いつ行きましょうか。……〟迷うことはない、全部聞いてしまえばいいのだ。しかし切り出すタイミングを逸した。そうこうしている間に、映画番組が始まる。

「今日は《スパイ・ハード》だわ。これ、くだらないのよね、面白いけど」

007を思わせるオープニングに度肝を抜かれた。冒頭のシーンに登場するシンガーは朗々とテーマ曲を歌い上げるのだが、歌い上げすぎて、頭が爆発してしまう。

「スキャナーズですか」

思わず突っこみながらも、二人で大笑いした。引退したスパイのディックが、世界征服を企むランカー将軍に立ち向かうという内容だが、見ているうちに筋などどうでもよくなる。パロディも含まれているようだが、元ネタがわからなくても面白い。ストレスの発散には最適だ。煮詰まった気分を逸らせるのに、ちょうどいい。

「レスリー・ニールセンって」

彼女は主演の白髪男を指していった。

「君のクラスの野口君に似てるよね。ひょうきん者の」

「そんな奴いましたね」

「友だちできた」

「オカルト研の皆さんくらいです」

「前の学校の友だちは」

「しばらく連絡取ってません」

「彼女とか、いたの」

「いませんよ」

「ふーん、そうなんだ」

彼女は、崖から人が落ちていくシーンを見て、また笑う。私も連られて笑った。

京香はテレビに目を向けたまま唐突にいう。

「舞ちゃんって、彼氏いるらしいわよ」

「不思議ではないですね。彼女は愛らしいと、いえないこともない」

「残念？」

「別に。で、彼氏は誰なんですか」

「わからないわ」

「不二男君ですか」

「違うと思う」

どうでもいい話題だった。しかし私はこの時、もっと興味を持つべきだったのかもしれない。後で起こったことを考えると、京香からヒントでも得ていれば、別の展開もあり得たかもしれないのだ。だが私は、それ以上聞かなかった。

彼女は続けて、

「私には彼氏がいると思う」

「舞ちゃんにいるのなら、いるのが自然ですね」

「いないわ」

「そうですか」

「安心した」

「まあ」

気の抜けたコーラのように、まずい返事しかできなかった。しかし基本的には他人の恋愛関係などに関心はなかったし、ある意味自分の恋愛についてもどうでもいいと思っていたのだ。いや、どうでもいいというのは語弊があるが、少なくとも極度に奥手ではあった。恋の告白や交際の申し出をしたことはない。好きだといわれたことはあるが、断わった。

妥協してつき合うほど女子に興味がなかったし、自惚《うぬぼ》れといわれても仕方がないが、こちらの意思を曲げるほどの相手が接近してこなかったともいえる。しかし私は間違っていた。一度くらいはちゃんとした男女交際をしておくべきだったのだ。経験なしで京香のような大人っぽい少女を相手にするのはきつい。免許証を取る前にF1レースに出たようなものだ。あるいは、ブレーキの位置もわからないのに高速道路に乗るようなものか。車を運転したことはないので、すべてはイメージなのだが。

時間は二人を置き去りにして、どんどん経っていき、〝どうしよう〟が〝どうにでもなれ〟になり、ついに〝どうでもいい〟に変わった。京香との関係の発展に甘い期待がなかったわけではないが、そうそう都合よく運ぶものでもあるまい。今夜は二人きりの夜をすごせただけで、良しとしよう。

映画が終わり、次週予告が流れる。来週は《マレーナ》だ。少年の、年上の女性への憧れを描いた作品らしい。京香と観るには《スパイ・ハード》よりも相応しい。

彼女の目はテレビに貼りついたままだ。蛍光灯の光を受けて、ウェーブのかかった髪が柔らかく輝いている。横顔の、高い鼻からすっきりした顎にかけてのラインに見とれた。ピンクっぽい色の唇の端が上がり、一瞬不思議な笑みを作る。

京香はいった。

「帰ろうかな」

「もう帰りますか。そうですね、十一時になります。お茶でも出しましょうか。今まで気がつかなくてすみません」

慌てて言葉を重ねる私に、彼女は笑って、

「じゃ、いただこうかしら」

さっぱりした口調でいった。

急かされたような気分で部屋を出て、階段を下りる。一階に漂う闇が普段より濃い。どうしたことか、一段下りるたびに違和感が増していく。蝙蝠が飛び回っていてもわからないほど暗い。いつもと、どこか、違うような感じがする。

一階の床を、足先に注意しながら進むうちに異臭に気づいた。

血の臭い……が漂っているような気がする。

足を止め、周囲を見回す。

ドアの隙間から、細く月光が漏れていた。

母の部屋だ。

悪い予感に囚われ、漏れる光の方へと向かう。

ドアは三時間前に見たままに、薄く開いている。

中をのぞく。

ベッドの上で、母はだらしなく寝ているように見えた。この位置からだとよくわからないが、ベッドの上の方は黒ずんでいる。血の臭いが強く鼻を突く。間違いなく、部屋の中から漂ってきていた。

異常事態が起こっている。

息を止め、ドアを大きく開く。

部屋に足を踏み入れ、電灯を点す。

蒼ざめた光が室内を照らした。

ベッドの染みの色は、黒ではない。赤だ。白いベッドの半分が真紅に染まっている。血に濡れているのだ。その血は、母の首から流れている。すっぱりと切断された、母の首から。

頭がない。

彼女は胴体に手足がついた、不細工で大きな人形のようになっていた。

頭は、どこにあるのか。

ベッドの向こう側をのぞきこもうと、歩を進める。

玲の頭は、床に生えていた。

切断面を床につけ、顔がまっすぐに立っている。両目が飛び出すほどに見開かれ、白目が黒目の四倍はありそうに見えた。白目に毛細血管がくっきりと浮いている。口も極限まで開けられ、歪んだ平行四辺形のようになっていた。真っ赤な舌が口の中でのたくっており、大きな赤い蛭《ひる》のようだ。頰には深い皺が刻まれたまま残り、生前の美しさは微塵もない。首の周りのカーペットには円形状の血の染みができている。切断された頭部が、たまたまその形でベッドの横に落ちたのか、あるいは犯人が置いたのだろうか。

私は無言のうちにドアまで後退していた。

恐怖で悲鳴も出ない。呆然と死体を見つめるのみだった。何故……どうして首が切れているのだろう。昔の事件が頭をよぎる。王渕の妻と娘は、首をぶった切られて殺された。今また、大門玲が首を切断されて死んでいる。一瞬のうちに三人の首を刈った魔物が甦ったとでもいうのか。一階の濃い闇の中に、死神の鎌のような凶器を持った怪物が、潜んでいたとでもいうのだろうか。

風が頰をかすめ、はっとした。

窓が開いている。間秀が出ていってから開きっ放しだったのだろう。彼が窓から出たのは八時二十分だったが、ではそれから十一時までの、二時間四十分の間に怪物が侵入してきて……いや、こんなことを考えている場合ではない。今、何をすべきか。どうしたらいいのか。

京香？　部屋にはまだ京香がいる。紅茶？　紅茶などどうでもいい。彼女をこんな椿事に巻きこんでいいのか。何事もなかったかのようなふりをして、彼女を帰した方がいいのではないか。いいや駄目だ。後でどんな弊害が出てくるかわからない。彼女には正直に知らせるべきだろう。

足元を確かめるようにゆっくりと、呼吸を整えながら階段を上っていく。

グレンの言葉が頭をよぎる。

……お前はツキモノイリだ……あの小屋があっては具合が悪かった……次にお前は母親を殺そうとしてるんじゃねえか、大門玲をよ。……大門玲が生きてたら、いつかはツキモノハギをされちまうからな……

奴の理屈によれば、私も玲殺害の容疑者の一人だ。馬鹿馬鹿しい。しかし町の大部分の人がそう考えたとしたらどうなるのか。人間は数の暴力には勝てない。

京香はまだテレビを見ていた。ニュースを伝えるアナウンサーの冷静な声が、今は雑音に聞こえる。まっすぐにテレビへ向かい、スイッチを切った。

「どうしたの」

京香の大きなアーモンド形の目が瞬きする。

「どうしたの、タクマ君。真っ青な顔をして」

すぐに言葉が出なかった。

彼女は重ねて、

「紅茶はどうなったの。何で黙りこむの。鋏で舌を切られちゃったみたいよ」

「切られたのは、俺の舌じゃありません。母の首です。大門玲が首を切られて死んでいるんです」

「何ですって」

「殺されています。母の胴体と頭が二つに別れているんです」

京香はおもむろに立ち上がり、私の目の前に立った。睫《まつげ》が長い。うっとりするほど肌のきめが細かかった。一本に結ばれた唇が清潔感に満ちている。駄目だ、そんなことを考えている場合ではない。

私は彼女の手を引き、

「一緒に来てください。母の部屋です。巻きこんですみません。しかし京香さんにも立ち会ってもらった方がいい」

母の部屋には、さっき見たままに、無残な死体が転がっていた。

京香もさすがに言葉を失っている。

私は彼女の硬直した横顔を見つめながら、

「警察を呼びます」

「巡査に電話よ」

私は携帯電話を取り出し、一一〇番しようとする。

「違うわ」

彼女の白い手が携帯を覆う。

「警察じゃないの。巡査よ、憂羅巡査」

「憂羅巡査ですって。伯父を呼ぶんですか」

「この町ではそうするのよ。それが慣わしなの」

彼女は力ずくで携帯を奪い、電話を掛け始める。

ひどい間違いを犯しているような気分だった。

第十三章　自然死

ワニの黒目は何故、線のように細いのだろうか。

丸い目の真ん中に、縦に長い線のような黒目がある。メガネカイマンという種類のワニだと、母から聞いた。このワニはメキシコからアルゼンチンにかけて生息し、ペットとして輸入されることもある。両目の間にメガネの柄のような皺があることから、メガネカイマンと呼ばれるようになったという。カイマンとは、カリブの言葉で、ワニを指すらしい。目の前のメガネカイマンは全長一メートルくらいだろうか。黒が点在した灰色の皮膚は、こすったら手がすりむけそうなほど、ざらざらに乾燥している。蛇は嫌いだが、トカゲやワニには怖さも気持ち悪さも感じない。爬虫類でも、足のあるやつは、ちょっと安心できるのである。恐竜や怪獣も——特撮怪獣が爬虫類かどうかは疑問だが——非常に好きだった。

ガラスケースに入ったワニの剝製は、大門玲の部屋には相応しくない。母ではなく、大門大造が置いたものだと聞いた。大造の部屋には熊の、祖母の部屋にはカメレオンの剝製が置いてある。

部屋は、十二畳くらいの広さだろうか。ドアの正面に窓があり、その脇に書き物机と椅子がある。机の上には和風の笠が付いたスタンドが置かれていた。左の壁には、ワニの入ったガラスケースがあり、メガネカイマンが入室者を威嚇するように口を開いている。隣には甲冑が立っていた。私の部屋の甲冑は黒かったが、これは灰色であり、以前は銀に輝いていたのかもしれない。女性の部屋に甲冑やワニが置かれているさまはシュールともいえ、ジョルジョ・デ・キリコの形而上絵画のようでもある。

部屋の中央にベッドが配置されており、枕は窓側に向いている。右の壁には作りつけの衣装棚があり、付近に三面鏡付きの化粧台が置かれていた。カーペットの色は薄い藤色で、古い物のようだ。ベッドのシーツは白で、その上に、首のない死体が奇妙なオブジェのように横たわっていた。

玲は緑色のスリップを着ている。濃い緑色で、上品さがない。体全体で大の字を描いている。不幸中の幸いは、下半身の露出が少なかったことだ。ロングドレスのように長いスリップを着ているので、右足の足首から膝までしか露出していない。

眉が濃く、陰険な目をした男が、無表情なまま死体を見下ろしている。いかつい顎が真ん中で二つに割れており、柔道家のようにがっちりした体格だ。彼は死体を見ても、表情一つ変えずに調査を続けていた。この男がうろたえる場面など想像できない。町の巡査、憂羅希明だった。

憂羅の隣で、もう一人の男が死体を検めていた。血が抜けたように、真っ青な顔色だ。オールバックの端正極まりない顔は苦悩に翳っている。差賀あきらだ。差賀医師は、死体を見た時から、明らかに様子が変わった。かつての妻の凄惨な姿に狼狽したらしい。顔を常にうつむけ、眉間の皺は消えそうもなかった。殺人現場を冷静に検分できるのかどうか不安になるくらいだ。

私と京香は部屋の中には入らず、開かれたドアの前で、憂羅と差賀の様子を見守っていた。室内に入ってはいけないと、巡査から固く禁じられている。彼らは十一時二十分頃到着した。

現在、十二時になろうとしている。

腕時計から目を離した時、憂羅と差賀がこちらに向かって歩いてきた。

四人で応接室へと向かう。

テーブルを挟み、私と京香は二人の男と向かい合って座った。憂羅巡査の視線は、射抜くほど鋭く、こちらを容疑者扱いしているようにも感じられる。差賀医師は放心状態のようだ。足元にぼんやりと目を遣り、決して目を合わせようとしない。

「タクマ」

憂羅が重々しく口を開く。

「死体を発見した経緯を、もう一度詳しく説明してくれないか」

間秀のことをいうべきかどうか迷ったが、とりあえず伏せて一通り説明する。

憂羅は天井を睨んでいたが、私が話し終えると、視線を京香に移し、

「それで、そっちのお嬢さん——根津京香さんといったな——が俺に電話をしたと」

京香はうなずき、

「差賀医師を呼んだのは、憂羅さんですか」

「俺だ。あんたの電話を聞いた限り、簡単な事件には思えなかった。だって首切り死体だぜ。爺さん婆さんの脳卒中とはわけが違う。そこで差賀さんの助力を仰いだのさ。運のいいことに、先生は隣の柿沼家にいた」

門の前で、差賀あきらと別れたのは午後七時少し前だった。彼はそれから隣家に往診に向かったはずだが、十一時になるまで、四時間も診察していたのだろうか。

不審に思い、聞いてみた。

「差賀さんは、俺と別れてからずっと隣の家にいたんですか」

差賀は部屋に入ってから初めて顔を上げると、弱々しく微笑み、

「お隣のご主人は痛風だった。処置は簡単に済んだが、帰ろうとするところを奥さんに引き止められてね。遅くに来てもらったんで、ご馳走するという。一杯やっていけというわけだ。断わるに断われなくなった。近所づきあいも大切だからね。で、そろそろ帰ろうかという頃に携帯が鳴った。出ると、憂羅さんからだ。その時は玲さんのあんな姿を見るはめになるとは、夢にも思わなかった。酔いも飛んでしまったよ」

「玲さんですが」

京香が物怖じせずに聞く。

「死因は何だったのですか。いきなり首を切断して殺すのは、難しいと思うんですけど」

憂羅はからかうように笑うと、

「探偵の真似事かい、お嬢さん」

京香は平然といい返す。

「中学生だってテレビのサスペンスくらい観ますから」

「推理マンガとかな。死因については差賀先生から説明してもらおう」

差賀は憂羅と一瞬視線を交わしてから、私たちを交互に見て話し始める。

「玲さんの後頭部に殴られたような陥没がある。傷痕の状態から見て、石みたいなもので

殴られたのだろう。傷は深く、致命傷となった可能性も高い」

京香は、考え込むような目つきになり、

「石……ですか」

差賀はうなずくと、

「手ごろな大きさの石は、道端にごろごろしている。犯人は石を拾って大門家に来た。石なんて服でもバッグでも、どこにでも隠せる。そして玲さんの部屋に入り、殴り倒した。被害者は死んだか、意識を失って昏倒する。犯人はそれから、彼女の首を切断した」

「待って下さい」

京香は首をひねり、

「被害者の首を切断した凶器は何だったのですか」

憂羅が答えた。

「剣さ。玲の部屋に、灰色の甲冑があっただろう。そいつは剣を持っていた。犯人はその剣を使って、玲の首をぶった切ったのさ。お嬢さんは知らなくて当然だが、タクマは覚えているだろう」

確かにあの甲冑は剣を持っていた。

伯父は鼻をすり、

「俺が部屋に入った時、甲冑の手に剣はなかった。剣は年代物だが、まだまだ使えそうだったよな、タクマ」

私がうなずくと、差賀がぼんやりした口調でいった。

「犯人は、甲冑が持っていた剣を凶器として使用した……ということは」

思いつきを大急ぎでまとめているかのようだ。

「犯人は玲さんの首を切るつもりはなかったのかもしれない。被害者を殴り倒してから、首の切断を思いついたのではないだろうか」

憂羅が聞く。

「何故そう思う」

差賀はやはり茫洋とした調子で答える。

「首を切るつもりだったなら、最初から鉈《なた》とか斧とか包丁とかの凶器を用意してきたと思う。ところが犯人はそれをせず、石を用意しただけだった。首の切断は、予定外のことだったといえないか」

「いえねえよ」

巡査はあっさり否定し、

「犯人は玲の部屋の様子をよく知っている奴だったのかもしれねえ。奴は部屋に甲冑があることや、甲冑が剣を持っていることを熟知していた。凶器が部屋で調達できるなら、わざわざ持ち運ぶ必要はない。首の切断は予定の範囲内だったことになる」

「とすると……」

差賀がためらいがちにいった。

「犯人は、この部屋の様子をよく知っている人物であり、おそらくは大門の一族の中にいる、ということになりはしないだろうか」

微妙な沈黙が生まれた。頭の中に夕方見た顔が次々に浮かぶ。鳥新啓太の痩せた顔、鳥新法子の丸々と太った顔、目の前にいる憂羅希明のごつい顔、憂羅有里のインド人のような顔、そして何故か、玄関前で会った王渕一馬の太った顔まで浮かんだ。

巡査は咳払いをしてから、

「前言撤回。犯人はやっぱり、玲を殴り倒してから、甲冑の剣が目に入ったのかもしれねえな。それでとっさに首を切断することを思いついた。間違いない」

いい逃れのような口調だ。可能な限り自分を被疑者の圏外におきたいらしい。やはりこの巡査はあてにならないようだ。

私は彼の捜査能力を疑いながらも、質問した。

「石とか剣は、部屋の中から発見されましたか」

「どっちもなかったな」

憂羅は即答し、

「後で庭や家の周りを調べてみるよ。他に聞きてえことはないか」

「母はいつ死んだんでしょうか」

この質問には差賀が答えた。

「大体の見当だと、午後七時から九時までの二時間というところだろうか」

「二時間ですか。かなり曖昧ですね」

巡査が私を指差し、

「お前の証言から、もう少し絞ることはできる。俺たち夫婦や鳥新夫婦が帰ってから、タクマと玲はしばらく食堂にいて、話していた。タクマが自分の部屋に上がったのが七時半で、それ以降、玲は一人になったわけだ。当然、殺人は七時半から九時の間に行われたことになる」

「一時間半か。もっと絞り込めるかもしれませんね」

間秀のことを話していいものかどうか、まだ迷っていた。しかし、かまわないだろう。母の乱れた男女関係のことは、京香さえ知っていた。玲と間秀の関係も、広範に伝わっているのかもしれず、今さら隠すこともあるまい。

「実は……」

それでもためらいがちに、私は切り出す。

「今夜、間秀さんが母の部屋に来ていたんです。密会に」

差賀の顔がひきつるのがわかった。

憂羅巡査は怒声を上げ、

「馬鹿野郎、何で早くいわない」

「故人の名誉に関わりますから」

「隠し事はよくないぜ。しかしあのエロ坊主、夜這いに来てやがったか。いつ来て、いつ帰った。正直に答えな」

私は記憶を辿りながら、

「偶然、窓から見かけたんです。間秀さんは庭を横切り、窓から母の部屋に入りました。ほぼ八時のことです。そして彼が帰っていったのは八時二十分でした。やはり窓から出ていくところを見ました」

「窓から入って窓から出るか。伝統的な夜這いだね。しかしこれは重要な事実だぜ」

巡査の含み笑いが気になったが、私はうなずき、

「殺人は間秀さんが帰ってから、すなわち八時二十分から九時の間に行われたのではない

でしょうか。つまり殺害の時間は、四十分に絞られたわけです。窓は俺が死体を発見した十一時まで開きっ放しでしたから、犯人は自由に出入りできました」

憂羅は首を横に振って、にやりと笑う。

「俺が重要だといっているのはそんなことじゃねえ」

思わず聞き返す。

「まさか、伯父さんは第一容疑者が浮上した――と、いいたいわけではないでしょうね」

「まさかでも何でもねえ。当然だろうが」

憂羅は芝居気たっぷりにうなずき、

「どう見たって、玲を殺したのは間秀じゃねえか。現段階で一番怪しいのはクソ坊主だ。奴は玲と姦淫してから、殺した。それで決まりよ」

短絡的だ。

差賀が憂羅を見ながら反論する。

「間秀には玲を殺す動機がないんじゃないのか」

「二人が男女の関係にあったのは確かだぜ。恋愛感情のもつれから殺人が起こるなんてのは、ゲップが出るほどありふれた話だ」

巡査はいやらしく笑い、

「それに間秀は、ずいぶんな変態坊主だっていうしな。快楽殺人ってこともあり得る」

差賀は不快そうに、

「世の中には、確かに快楽殺人犯が存在するし、女を殺して気持ちのいい男というのもいるだろう。しかしこの場合、殺人の動機を変態心理のせいにするのは、男女関係のもつれとするよりも、更に弱い」

気づいたことがある。

母と間秀と差賀の間には、三角関係が成立するのではないか。死体を見た時の、差賀の狼狽ぶりからみて、彼はまだ玲を愛している可能性もある。ならば差賀にも玲を殺す動機が存在するのではないか。確かに普通なら、恋敵である間秀の方を殺害するのが筋だろう。しかし自分をさしおいて他の男と愛を交わす女が許せなかったのかもしれない。可愛さ余って憎さ百倍ということもある。

もう一度、苦悩に沈んだ差賀の顔を見た。

オールバックの整った顔は誠実さと知性に溢れている。ひいき目かもしれないが、殺人者の顔ではない。こんな男が人を殺せるとは思えなかった。女の頭を殴り、首を切断することなどあり得ない。

憂羅は煙草をくわえ、火を点ける。メンソールだ。ものの本で、メンソールは女性向き

女もないのかもしれない。煙草など吸ったことがないのでよくわからないが、嗜好品に男も

だと読んだことがある。

差賀が憂羅の方を見て、

「憂羅さん、長々と話していても仕方がない。ここらで、例のことをタクマ君と話し合った方がいいんじゃないか」

「例の話か」

巡査は目を細めて、

「その前に、ぜひとも確かめなきゃならんことがある。話はその次だな」

彼は鼻から煙を吐き、私を見据えて、

「タクマよ、確認しておきてえんだが、お前は大門玲を殺してねえよな」

巡査の目は大真面目だ。差賀も心配そうな目つきで見ている。

私は腹の底からいった。

「殺していませんよ。絶対に」

憂羅は煙で輪を作りながら、

「絶対殺ってねえと証明できるものがあるといいんだがな。お前が殺したんじゃないという証拠がないと、話が一歩も先へ進まねえんだ」

私にはアリバイがある。

口を開こうとしたとたん、京香が助け舟を出した。

「タクマ君は殺してません。証明できると思います」

巡査は目を細めて、

「どういうことだ」

「間秀さんが犯人でなかったと仮定します。その場合殺人があったのは、彼が帰った午後八時二十分から九時の間だった。ここまではいいですか」

「ああ。間秀が殺したんじゃなければ、そういうことになる」

京香は一拍置き、

「私はその間、タクマ君と一緒にいました。正確には、この家に来た午後八時から、今に至るまで、タクマ君にはアリバイが成立します」

「八時二十分から九時の間、二人で何をしてたんだ」

「テレビを観てました。《スパイ・ハード》という映画です」

「タクマはその四十分の間、一度も部屋を出なかったのか」

「出ませんでした」

「トイレにも行かなかったのか」

「行ってません。それどころか、私たちは八時から十一時頃までずっと一緒です。タクマ君に玲さんが殺せたはずはありません」

差賀はうなずき、京香を見た。

「完璧なアリバイだな。この子が嘘をついているとは思えない」

巡査は灰皿で煙草を揉み消し、

「タクマはシロか」

つまらなさそうに下唇を突き出すと、

「確認は終わった。ならば、いよいよ次の段階の相談に入るぜ。タクマ、お前はこの事件をどうする」

「どうする……とは」

意味がわからなかった。

憂羅は続けて、

「事件を警察に連絡するか、しないのか」

私は目を白黒させていたに違いない。

「殺人事件が起こったんですよ。通報するのが当然でしょう」

「それがな、当たり前じゃねえんだよ、この町ではな。そんなことはどうとでもなるのさ」

「伯父さんが独力で犯人を捕まえるとでも」

「まさかな」

「ならば警察に連絡しないで、どうするというんです」

憂羅は煙草を灰皿でもみ消し、

「こんなふうにもみ消すこともできるんだぜ。考えてもみろよ。自然死として処理してしまえば、そもそも犯人などいなくなる。面倒は何もなくなるんだ」

「母の死を自然死として処理することなんて、できませんよ」

「できるさ。ここには医者がいる。お前の都合のいいように診断書を書いてくれるぜ。葬儀屋だって一蓮托生だ。俺が頼めば一発よ」

「殺人を握りつぶす——と」

差賀が苦渋に満ちた表情でいう。

「この町では、そういう選択もありなんだよ、タクマ君」

憂羅が気色の悪い猫なで声を出す。

「タクマよ。玲が死んだ今となっては、お前が大門の家を仕切るのだ。いいや大門家だけじゃねえ、お前が俺たち一族の頭目ということになる。今や、大門玲の死をどう扱うかも、タクマの裁量一つにかかっているというわけだ。警察を呼んで大騒ぎするも、自然死としてひっそりと処理するも、お前の勝手だ。あの大門家から変死者が出たなんて、醜聞そのものだぜ。大騒ぎしたって死んだ者が帰ってくるわけでもない。事なかれ主義は必ずしも悪いことじゃねえ。むしろこの場合は正解だ。玲はひっそりと葬ってやるべきじゃないのか。平凡な死を迎えた、幸せな女としてな。違うか」

そんな理屈は通らない。だが、この地方では、人の死に関するこのようなでたらめ――事なかれ主義が長らくはびこってきたのだろう。何百、いや何千という変死が、自然死として処理されてきたかわからない。実の母によると、祖父の死にも不気味で不自然な要素があったらしいが、表向きは自然死として扱われたのではないだろうか。

憂羅が静かに一押ししてくる。

「悪いことはいわん。事なかれ主義で行こうぜ、タクマ」

殺人事件をもみ消すことなど許されるはずはない。そう思っているのは、私だけなのだろうか。憂羅の目を見ると、いやらしく睨み返された。こいつは状況を楽しんでいる。差賀に目を移す。彼は目を逸らし、うつむいた。憂羅のいいぶんを認めてはいないが、流されるのも仕方ないと思っているのかもしれない。最後に京香の目を捉えた。彼女はまっすぐに見返し、視線で問いかけてくる。

——タクマ君、どうするの。

どうする？　決まっているではないか。玲の死は明らかに変死、しかも他殺だ。迷うことはない。警察を呼ぶべきだ。いや、それをいうなら、伯父など呼ぶ前に、警察に電話するべきだったのだ。しかし事態はそういうふうに運ばなかった。その時点で、私は既に、町の魔力に囚われていたのかもしれない。

どうすればいいのか。

警察を介入させるのが当然なのだが、何かが私の良識に楔《くさび》を打つ。警察を呼ぶことが、この町では、問題の解決につながらないような不思議な感覚がある。町のしきたりに従った方がすべては丸く収まるのではないか。私も事なかれ主義者になるべきではないのか。

だが……それでも。腹をくっていう。

「警察を呼びます。警察を呼んで、母の死を殺人事件として捜査してもらいます」

当たり前だ。

しかし、いい切った瞬間、とんでもない失策を犯したような、後味の悪い気分に襲われたのは、何故だったのだろう。

第十四章　サイン

午前中を家ですごし、昼から登校すると、昼休みの教室は、クラス討議の真っ最中だった。例によって烏合の衆による、話し合いにならない話し合いだ。今回は司会を土岐不二男が務め、憂羅充が書記をやっている。黒板には前回と同じく〈文化祭クラス企画について〉の文字があった。

充は痩せた悪魔のような顔で、うつむいている。彼の父親とはさっきまで顔を合わせていたが、天地ほどに顔が違うし、その母――憂羅有里のインド風の顔――と似ているわけでもない。彼は悪魔が有里に孕ませた子供なのかもしれなかった。

生徒たちはまったく意見を出さず、時間だけがすぎていく。委員長の鳥新康子も、殺人事件のことを気にしてか、暗い顔をしてうつむいている。彼女は眼鏡を落ち着きなくいじり、目をそわそわさせて、心ここにあらずといった態だ。

昼休みの終わりが近づき、司会が〈似顔絵展示〉の案を出す。挙手を求めると九十パーセント以上の手が上がった。いいかげんだ。不二男は自分で自分の首を絞めた恰好だが、予期した結果だったのか、飄々としたものだった。

彼は自分の席に着くと、肩をすくめ、

「部室で考えたアイディアに決定しました。アホくさい」

「準備が役立ったんだから、よかったじゃないか」

「慰めをいってくれますね」

「藁半紙に企画を書いて出した奴はいなかったのか」

「一人も」

「一つでも案が出ていれば、それに決まりだったのに」

「だから出さないんでしょう。この雰囲気では、案を出した人が、『お前がやれ』といわれそうですからね」

私も藁半紙は出さなかったくちだから、偉そうなことはいえない。

不二男は大げさに溜息をつき、

「この企画、『お前一人で描け』といわれても、タクマ君だけは巻きこみますよ。死ぬ時は一緒です」

五限は国語の授業だった。

教壇に立った鳥新啓太は、娘の康子以上にぼんやりとし、疲れきっているように見えた。板書する手は止まりがちで、説明は時々とどこおる。細い目の下の隈《くま》が濃く、徹夜したのではないかと思われた。

昨夜、警察に連絡してから、鳥新の家にも電話した。鳥新夫妻は、駆けつけるといい始めたが、憂羅が止めた。親族が来たところで混乱するだけである。結果、鳥新の家族は、私の家には来なかったが、啓太は眠らずに夜を明かしたのかもしれない。

私は一睡もしなかった。緊張が持続しているらしく、頭が微熱を帯びてはいたが、眠気はない。

疲れは六時間目に出た。

運悪く体育の授業で、長距離走だったのだ。授業中、校外に出るのはいいが、マラソン大会のコースを走らされてはたまらない。すぐに息が上がったので、無理をせずに最後尾を走った。すると、少し前を行く集団から、明らかに意図的に離れてきた生徒がいる。

不二男だ。

彼は私とペースを合わせ、併走する。

「今日は遅刻しましたね。どうしたんですか」

「午前中、家に警察が来てたんだよ」

「巡査ではなく警察が。泥棒に入られたとか」

「殺人があったんだ」

さすがの不二男もピンと来なかったらしい。

こちらをじっと見て、

「殺人ですか」

「昨夜、母が殺された」

口にした言葉に現実感がこもらない。玲に対する思い入れが薄かったせいもあるだろう。

不二男はしばらく黙ってから、

「大事件じゃないですか」

「だから遅刻せざるを得なかったんだよ」

しゃべりながら走るのがきつくなってきた。歩くほどのスピードに落とす。店先に佇んでいたエプロン姿の見知らぬおばさんが、何を思ったのか、私たちに向かって手を振った。

不二男は彼女から顔を背けると、

「午前中は警察の取調べがあったってわけですか」

うなずいたが、この時頭をよぎったのは、警察は思ったほど機動性がない、ということだった。ここが田舎で事件に慣れていないせいなのか、全体に警察の力が落ちてきているのかは、わからない。電話したのが午前零時頃で、捜査が始まったのは午前二時頃だ。憂羅がいうには、警察署からここに来るまで車で三十分はかかるというが、真夜中の通報にしても動きが遅すぎるのではないか。

京香は午前一時頃に帰っていった。憂羅と差賀が相談して、彼女を帰すことに決めたのだ。家まで送ると申し出たが、必要ないと断わられた。それでも私は、門の前まで彼女をエスコートすることにした。

そして私たちは……発見したのである。

「京香さん、あれ何でしょう」

私は、門の手前右側の、かなり離れた地点を指差した。塀際に布の塊みたいなものがあり、その向こうに月光を受けて光るものがある。近づくと、布らしきものは雨合羽だった。月明かりしかないのでよくはわからないが、色は黒か紺だろう。その少し先で、不気味な輝きを放っているのは、剣だ。間違いなく、玲の部屋の甲冑が握っていたものである。

私はしゃがみこみ、

「犯人の遺留品ですね」

「そのままの状態で、巡査に知らせた方がいいわ」

京香のいう通りだ。

私は地面に膝を立てて、雨合羽を観察した。丸めて置かれた雨合羽の、ところどころに血の飛沫《しぶき》らしきものが付着している。母の頭を殴った時、あるいは首を切断した時、返り血を浴びたのだろう。長さ八十センチ、太さ五センチ位の剣にも、先端から真ん中にかけて、血のりらしきものがべったりとついている。

「重要な証拠物件ですね」

そういった時、足元に煙草の吸殻が落ちていることに気づいた。

うっかり拾いあげると、セブンスターだ。大門家の者は、祖母にせよ母にせよ私にせよ煙草は吸わない。ならば夕方来た憂羅夫妻か、鳥新夫妻のうちの誰かが吸ったのだろうか。憂羅希明ではないだろう。彼はさっき、メンソールをふかしていた。ならば犯人が吸った煙草だろうか。そいつは殺人を実行する前、あるいは実行した後で——気持ちを落ち着かせるために？——煙草に火を点けた。殺人を犯した後は一刻も早く逃げたいわけだから、煙草を吸うとしたら、やはり犯行以前だろうか……

慌てて吸殻をポケットにしまう。私の指紋がついたかもしれないし、変に疑われても困る。その時の私は混乱しており、煙草を拾いあげ、しかも隠蔽したことによって、失敗に失敗を重ねたことに気づかなかった。京香の様子をうかがうと、まるで別方向を見ており、何も気づいた様子はない。

彼女の視線を追うと、雨合羽の右側に石があった。直径二十センチくらいの、ほぼ球体の石で――おそらくは血に――濡れている。

「母の頭を殴った凶器ですか」

「そうね。たぶん、犯人が用意してきた石だわ」

京香はそういってから、一歩引き、

「これ以上、証拠に近づかない方がいいわ。犯人の足跡が残っているかもしれないし」

私は静かに立ち上がった。門の前まで下がりながら、いう。

「憂羅さんと差賀さんが、この家に来た時、当然この辺りを通ったわけです。彼らは遺留品に気づかなかったんでしょうか」

「気づかなくても無理はないわ。通報を受けた彼らは、家の中がどうなっているかで頭が一杯だったでしょうからね。暗いし、庭に落ちてるゴミなんか目に入るはずがない」

もう一度、雨合羽に目を遣り、

「準備のいい犯人ですよね。雨合羽を用意するなんて」

「君の家にあった物ではないの」

「違いますね。見たことありません」

「ならば犯人は、雨合羽を着て、玲さんの部屋に侵入したのかしら。そして殺人を犯した。犯行後、窓から庭に出る。それからここに来て、凶器一式を捨て、雨合羽を脱ぎ捨てた」

「犯人は何故、剣や石を部屋から持ち出したのでしょうか」

「処分するつもりだったのではないかしら。近くの川に捨てるつもりだった、とかね」

「しかしそいつは凶器をここに捨てた。どうして」

「単に、外まで持ち出すのが面倒になったんじゃないかしら。剣と石なんて、けっこうかさばるし、目立つもの。ところでタクマ君」

彼女は、視線を証拠物件から私に移して、

「間秀さんは、雨合羽を着ていたの」

思い出すまでもない。

「着ていません。普通の服を着ていました」

「出てくる時も」

「同じ恰好でした」

「窓から出る時、剣とか石を持っていたの」

「石くらいなら隠せたかもしれませんが、剣や雨合羽は無理です。手ぶらで出てきました」

「すると」

「間秀さんは、犯人ではない」

「殺人鬼は間秀さんではなく、彼が帰った午後八時二十分以降に、玲さんの部屋に侵入した奴だ。そういう結論になりそうね」

ふと、間秀が戻ってきたとしたらどうだろう、と考えた。八時二十分に、坊主はいったん玲の部屋を出たが、再び戻ってきて母を殺したのだとしたら……

だが間秀は、何故そんなことをしたのだろう。どうしてそういう成り行きになったのかがわからなければ、この仮説に説得力はない。やはり間秀は犯人ではない、とするのが妥当だと思う。

「京香さん、巡査たちに証拠物件を見つけたことを知らせてきます。本当にあなたを家まで送らなくていいですか」

彼女は少し考えてから、

「やっぱり送ってもらおうかな。この辺を殺人鬼がうろうろしていたのは確かだし、ちょっと怖くなっちゃった。夜道でご対面なんてことになったら大変だし」

結局、京香の家の前まで、彼女につき添った。無言の道行きであり、異常な事件に遭遇した後ではあったが、ほんの少し楽しかった。気分だけはナイトだったのだ。京香の家は、山の斜面のかなり上にあり、山荘といっていいくらいだった。

別れ際に彼女はこういった。

「送ってくれてありがとう。ひどい夜だったけど、それでもいわせてもらう。一緒にすごせて、とても楽しかった。あなたの家では警察も待っているだろうし、これから色々大変だと思うけど、頑張ってね」

ところが家に帰っても、警察はまだ来ていなかったのだ。大門家に戻ったのが午前一時半くらいで、警察が来るには更に三十分を要した。警察に対し不信感を抱いても、仕方がなかろう。


六時間目の体育を乗り切り、適当に教室を清掃し、放課後、部室に入って京香の姿を探した。彼女はいなかった。無理もない。今日は欠席したのかもしれなかった。舞の姿もなく、男二人で話しこむ。不二男は当然、事件のことを聞きたがる。彼はイギリス紳士のように上品に足を組み、膝の上に両手を乗せた。

「事件について話してくれませんか」

不二男の細い目は知的な光を放っていて、ちょっとした少年探偵のようにも見える。

殺人事件のことを洗いざらい話した。不思議なものだ。吐き出すことによって心が落ちついてくる。というより、昨夜から今まで、いかに浮わついていたかがわかった。そして徐々に、真に異常な事態に直面していることを理解していった。殺人事件に巻きこまれることなど、人生にそうはないことのはずだし、首切り死体を目にすることは、もっとまれだ。更に私の場合、今年に実の両親を失い、引き取られた先の義母が間をおかずして死んだのだ。今度は殺しであることもはっきりしている。これを異常といわずして何を異常というのか。呪いというものがあるとしたら、信じたい気持ちになる。

不二男は話を聞き終えると、開口一番、こういった。

「不気味です。事件には何か、人智では計り知れない不可思議な……神秘的な要素がある」

彼は腕を組み、難しい顔をしている。

母の死に、それほど謎めいた要素があっただろうか。首を切断されたのだから、残虐な事件であるし、猟奇的な犯罪といってもいい。しかし神秘的な事件とはいえないのではないか。出入り不可能な部屋で殺されていたとか、犯人の姿がかき消すように消えてしまったとか、幽霊を目撃したとか、そういった不可解な要素は皆無なのだ。

不二男の考えがわからず、

「大門玲の死に、人智を超えたような部分はないと思うが」

「僕はそう思いません。第一に……いや、それをいうのはまだ早い。もっと普通の線から検討していきましょう。まず、死因や死亡推定時刻はどうなりましたか。警察が調べたと思うんですが」

「さっき話した通り、差賀医師のみたてと同じ結果になった。ただし解剖してみないと、正確なところはわからない」

母は解剖されることになったが、考えてみると、変死体といえども解剖にふすのは残酷なことだ。この町で、変死を自然死として扱いたがるのも、単なる事なかれ主義——面倒臭がりゆえではなく、死者を悼む気持ちの現われということなのかもしれない。

不二男はうなずき、

「お葬式は、玲さんの亡骸が家に帰ってきてからということになりますね。次に、動機についてはどう思いますか。大門玲さんを殺す、どんな動機が存在するでしょうか」

「一番ありそうなのは、痴情関係のもつれだろうか」

「浮上してくる容疑者は、間秀さんと差賀あきら医師ですね。男女関係の面から、他に心当たりの人は」

「母は男にだらしなかったらしいから、俺の知らない交際相手もいたかもしれない」

「そこまで話を広げないとして、間秀さんの奥さんというのはどうでしょうか」

「ありそうだね」

「第一の動機は痴情関係」

彼は一拍置き、

「第二に考えられる動機は、いうまでもなく遺産目当てです。犯人は金欲しさに玲さんを殺した。この動機だとタクマ君、君が第一容疑者なんですよね」

「俺が」

「当然でしょう。大門家の遺産は今やすべて君のものといっても過言ではありません」

「過言だよ。親族が多いし」

「その親族が全員、容疑者となり得ますね。まずは鳥新啓太先生」

「エネルギーがなさすぎる。人を殺す前に倒れそうだ」

「でも教師だって何するかわかりませんからね。次に奥さんの法子さん」

エネルギーという面では鳥新法子の方が遥かに上だ。しかし、

「あの明るさと殺人という暗い行為にギャップを感じる」

不二男は、面識のない法子の顔を想像していたのか、にんまりし、

「そこで次の容疑者です。憂羅希明巡査、妻の有里さん」

「治安を守る町の巡査が、殺人を犯すだろうか」

「憂羅さんは、僕には一番人を殺しそうなタイプに見えますけどね」

否定できない。妻の有里も謎めいた、性格の悪そうな女だ。

「鳥新康子と憂羅充も忘れてはなりません」

「委員長と文化委員を？　中学生まで被疑者に含めるのか」

「タクマ君を容疑者として数えるんだったら、彼らを外すわけにはいきませんよ。今の子供は怖いですからね」

「君も今の子供だろうが」

「だからわかるんですよ」

充はともかく、康子は犯罪とは無縁の少女に思える。

不二男は指を三本立て、

「そして第三の動機、憎悪」

「憎しみか」

「大門の家に恨みを持つ者が殺した。このラインで浮上してくるのは、王渕一馬、つまり町長です」

「町長が殺人か」

あの夜、町会議員の家へ行くといっていた、太った後姿を思い出す。

「あり得ないとはいいきれませんよ。王渕町長は選挙戦での確執以来、大門家に恨みを持っている。妻と娘が死んだ時の、悪魔の呪い騒動もある。彼を外すことはできません」

「当然グレンも」

「グレンすなわち王渕一也も、念のため子分のガンも除外はできないでしょう」

「ずいぶんな数の人たちに、動機があるような気がしてきた」

「更に、ですよ」

彼は思わせぶりに一拍置き、

「痴情、遺産、憎悪――これら三つの動機の他に、僕にはもう一つの動機が存在するような気がするのです。何だと思いますか」

しばらく考えてみたが、わからない。

「降参だ。教えてくれ」

「いいでしょう。それは、裁きです」

「裁きだと」

「いうなれば、神の裁きです」

「動機に宗教が絡んでるのか。新興宗教を巡る殺人なんかは、わりと起こるけど」

「いいえ」

彼はきっぱりと否定し、

「そういう意味ではないのです」

ならばどういう意味なのか。大門玲を殺すことが、どうして裁き——しかも神の裁きなのだろう。思考に飛躍がありすぎてついていけない。

彼は私の目をのぞきこんで、

「わかりませんか。無理もありませんね。しかしこの点は、一応押さえておいてもらうとして、別の検討に移りましょう。アリバイです。警察が現在調査中だと思うのですが、さっき挙げた容疑者たちの中で、アリバイの成立しそうな人はいますか」

「情報が少なすぎるが、アリバイがはっきりしているとしたら俺くらいかな。京香さんと一緒にいたから」

「いいな」

不二男の口調がちょっと変わり、

「その話、うらやましいですね。あやかりたいくらいです。僕も一つ部屋で夜をすごしたいですよ」

まさか俺と？

「むろん部長さんとですよ」

「不二男君は女嫌いかと思っていたが、京香さんのことが好きなのか」

彼はどこか白々しい調子で、

「男なら美人はみんな好きですよ。で、君たちは、どこまで行ったんです。手くらい握りましたか、それともキスしたとか。まさかそれ以上の……」

好奇の眼差しが可笑しかった。

「安心しなよ、不二男君。二人でテレビを観ていただけだよ」

「よかった。いや、そんな、もったいない」

「話を戻す。アリバイの成立しそうな人が、もう一人いた。差賀あきらさんだ。彼は隣の家で、奥さんからご馳走されていたらしい」

「差賀医師か。確かにアリバイが成立しそうですね。僕はもともと、あの医者が人を殺すとは思っていません。彼は美男ですし、いい人ですから」

美男というのは判断基準にならないが、

「同感だね」

「他の容疑者は、どうでしょう」

「夕方から夜にかけての時間帯だしね。アリバイの確かな人はいないかもしれない」

予測にすぎなかったが、後の警察の調査により、確固たるアリバイを持つ者はいないことがわかった。

「ところで不二男君」

今度は私から切り出す。

「君は、この検討を始める最初の段階で、大門玲殺人事件に神秘的なものを感じるといっていたね。そろそろどういうことなのか、教えてくれないか」

「その話ですか……」

不二男は頬を掻きながら、

「いいでしょう。しかし君に神秘を感じとるセンスがあるかどうか」

「センス、とは」

「例えばですね。仮に聞いてみますが、君には幽霊が見えますか」

「見たことはない。君の話を理解するには、幽霊が見える能力が必要なのか」

「必ずしもそういうわけではありません。幽霊というのも、例えばの話で、いわば目に見えないものの代表として挙げただけです」

「必要なのは、目に見えないものを感じ取る感覚というわけか」

彼は深くうなずき、

「この世には、目に見えないものが確かに存在します。科学では未だ解明されていない、常識の範疇を超えるものが、この世界には実在しているのです。それらの一つは、あるいは幽霊みたいなものとして出現することもあるでしょうし、未確認の怪獣のような形を取ることもあるでしょう。また、不可知なものの出現が、必ずしも異常なものであるとは限りません。もっと日常的なもの、明らかに尋常なもののわずかな変化、ちょっとした印、兆し、予感、サインとして、それらが現われてくることも多いのです。要は、そうした兆候を敏感に感じ取り、解釈する感覚があるかどうか、ということなんですよね」

「母の事件に、サインなんてあったのか」

不二男はふっと息を吐き、

「例えばですね。玲さんはスリップを着ていたといいます。何色でしたか」

「緑」

「緑色。それが既にサインです。しかも片足が足首から膝まで出ていた。間違いありませんね」

「そうだ」

「それもサインの一つです。更に、更にですよ。部屋にあったガラスケースの中には、ワニが入っていた」

「メガネカイマン。そんなことも」

「関係大ありです。加えて大門玲さんは外国語が堪能ではありませんでしたか」

「母は外語大出身で、英語、フランス語、ドイツ語、中国語をかじったといっていた」

「すばらしい。完全に符牒が合います」

「符牒？　こんなにばらばらな事実の積み重ねから、何かがわかるのか」

「わかりますとも」

彼はにやりと笑って、

「被害者と、犯人の正体が」

息を呑んだ。

ガラクタのような手掛かりの集積から、彼は犯人の正体までわかったというのか。

「教えてくれ、不二男君、犯人は誰なんだ」

「さて……僕は、被害者と犯人の正体がわかった、といっただけですよ。犯人が誰かわかったとはいっていません」

〝正体＝誰〟ということではないのか。ならば正体とは何のことなのか。それに、犯人の正体の方はともかく、被害者の正体とはどういうことか。大門玲には隠されていた〝正体〟があったとでもいうのだろうか。

首をひねっていると、

「話を変えますが、犯人は何故玲さんの首を切断したと思いますか」

「普通に考えると、憎しみかな。犯人は母の首を切り落としたくなるほどの憎悪に燃えていた」

「憎んでいたからといって、首なんて切りますかね。そんな人がいてもおかしくはないですが、他の考えはありませんか」

「胴体の方の死体は、母のものではなかった。別人の胴体を、母のものに見せかけようとした」

「何故そんなことをするのです」

「わからない」

この点については、警察により後ほど確認されている。指紋、手術痕、ほくろの位置などから、胴体は明らかに大門玲のものであると断定された。

「タクマ君、別の考えは」

「王渕町長の妻と娘が、首を切り落とされて死んだという。今度の事件も同じ犯人が殺した。あるいは別の犯人が、前の事件と今回の事件を関連づけようとした」

「後者の場合、関連づけてどんな利益があるのでしょうか」

「この殺人を、王渕家三人殺しの犯人のせいにできる。または、王渕家三人殺しは魔物の仕業にされたというが、今回の事件もそう思わせようとした」

「巡査でも警察でも、誰かが、そんなふうに考えていますか」

「どうだろう」

「ねぇタクマ君」

彼は小首を傾げながら、

「単純に考えてみてはどうでしょうか。犯人は首を切った。ただそれだけだったとしたら、どうでしょう」

「首を切ることにエクスタシーを感じたとか」

「快楽殺人ですか。いえいえ」

不二男は笑って、

「僕はサイコキラーのことをいっているのではありません。首を切るということは、すなわち斬首。日本でも西洋でも、古来よりありふれた処刑の方法ではありませんか」

「斬首……刑？」

彼は深くうなずき、まっすぐに私の目を捉えた。

「その通りです、タクマ君。つまり犯人は、被害者に刑罰を与え、処刑した。大門玲さんは斬首刑に処されたのですよ」

第十五章　月

ついてくる。付いてくる。憑いてくる。邪悪で陰惨な目を持つものが、ついてくる。歩いても歩いてもついてくる。振り返っても、そこにはいない。辺りを見回しても姿が見えない。しかし確かについてくる。目の高さにはいない。そいつは地面を這うようについてくる。さっきからずっと、捕食者のような目でこちらを見ている。私を狙っている。得体の知れないものが、ついてくる。気のせいだろうか。不二男から、目に見えぬ世界からのサインの話を聞いて、神経過敏になっているのか。昨夜からの疲れが出て、ナーバスになりすぎているのか。それとも本当に、何かがついてきているのだろうか。

辺りは夕陽で赤一色に染まっている。

「顔色が悪いぜ」

憂羅巡査が聞く。

「大丈夫です」

私は首を横に振った。

町なかを抜けて、段々畑をすぎ、杉林をぐるると、安寧寺が現われる。県内で五指に入る名刹だといわれるが、今は寂れて見る影もない。夕焼けに翳る三重の塔の前で、竹箒を構える間秀を見つけた。

憂羅が変に陽気に声をかける。

「間秀さん、せいが出るね」

巡査の斜め後ろから、間秀を眺めた。中肉中背だが、腹の辺りが丸く前に突き出している。下膨れの顔に、びっくりしているようなぎょろりとした目は、確かに狸だ。八の字眉がユーモラスで、悪人には見えない。

坊主は竹箒を止めて、

「憂羅巡査かね。そちらこそご足労様で」

間秀の声を初めて聞いた。低く渋い声で、意外にも男性的な魅力がある。女にもてそうな好男子ではないが、二度も結婚しており、母とも関係があったのだから、声以外にも、子供にはわからない魅力があるのかもしれない。

坊主は続けて、

「今日は警察が来たり、町の巡査が来たりで、にぎやかだねぇ。後ろにいる少年は誰だね」

彼は目をすがめて私を見、

「ああ、大門の家で、すれ違った子だね」

「如月タクマです」

自己紹介した瞬間に、彼の目つきが変わった。平べったく丸い、魚の目のようになったのだ。内面の変質的なものが一気に噴出した感じだった。変質者が常にそれらしい顔をしているとは限らない。変わる時は、一瞬に変わるのかもしれない。間秀は不気味な眼差しで、こちらの頭から爪先まで眺め、何かつぶやく。はっきりとは聞き取れなかったが、親子丼――とか何とか口走ったようだ。それから彼は、ぞっとするような赤い舌で、唇をべろりと舐めた。私は総毛立った。

後に不二男に聞いてみたことがある。

〝親子丼〟とは何を意味するのか。

彼はあきれた顔をして、こういった。

――例えばある男が、誰かの奥さんと娘さんの両方に手を出した、という状況を考えて下さい。その場合の彼は、鳥と卵すなわち親と子を両方食べちゃった、ということですね。だから親子丼なんです。あれって鶏肉が卵でとじてあるでしょう。その伝でいえば、あの変態坊主、大門玲さんの次に君を食べちゃおうと思ったんじゃないですか。

それを聞いて、吐き気がした。

間秀は私を見て、さらに不可解なことを口走る。

「タクマ君というのかい。ところで君、辺りに変な臭いが漂ってないか。ちょっと生臭いような」

いわれてみれば、そんな気もする。寺に来る途中で感じた、ついてくるものの気配を再び思い出した。生臭坊主とはいえ、僧侶である間秀には、超自然的な感覚が備わっているのかもしれない。

間秀は私の後方に茫洋とした眼差しを投げながら、

「近くに這うものがいる……ようだ。そいつは時々現われ、寺の周りを徘徊する。だが今日は、タクマ君についてきたのかもしれない」

這うものという言葉が、怪しい連想を誘う。祖父の大門大造が呼び出した悪魔は〝這う〟ような怪物だったという。そいつが今も、この辺りをうろつき回っているとしたら、どうか。怪物は、大造と同じ血を私の中に嗅ぎ取って、ついてきたのだろうか。

間秀の目が私から憂羅へと移動する。目の表情が一瞬にして、愛嬌のある狸へと変化した。

「ところで巡査、どうしてこんな子供を連れてきたのかね」

「下校途中のこいつを、偶然見つけたのさ。間秀さんの寺に行くといったら、のこのこついてきやがった」

のこのこ来たわけではない。母と関係のあった男に興味があったのだ。

間秀は竹箒を杖にし、寄りかかるような姿勢で、

「あんたらに話すようなことは何もないんだがねぇ」

「そういうな。警察から聞いただろうが、大門玲が殺された。昨夜だ」

「らしいねえ。ご愁傷様です」

「犯行があった夜、つまり昨日の夜だね、あんたは玲を訪ねている」

「知らないと、いいたいところだね」

「タクマに見られている」

「警察もそんなことをいっていたよ。二階から見られているなんて、気づきもしなかったねえ」

「あんたは八時少し前に玲の部屋に入り、八時二十分に部屋から出た。入る時も出る時も、窓を使っている。その間、何をしていた」

「無粋なことを聞くねえ。男と女が密室にこもってやることなんて、一つしかないだろ

う」

　脳裏に、母のふしだらな姿が甦る。脚が変な恰好に上がっていた。

　憂羅は、いかつい顎を手でこすって、

「俺が確かめたいのはその後さ」

「その後だって」

「あんたは玲と寝た後、どうした」

「すぐに家に帰ったよ。警察にもそういった」

「俺はそうは思わないね。あんた、女と寝てから、彼女を殺したんじゃないのか。石で後頭部を殴って」

「馬鹿な。あんないい女、殺したらもったいないよ」

「いい女だから殺したくなることもあるらしいぜ。変態ってのはな」

「あいにく僕は変態じゃないからねえ。町の巡査ともあろうものが、噂を信じちゃいけない。僕の心はウブなの」

　憂羅はちょっと笑って、

「大昔の流行歌みたいなことをいうなよ。気恥ずかしいぜ」

「それにさ、玲は石で殴り殺されたのかい。初耳だね」

「ふふ、余計なことをいっちまったかな」

警察は間秀に、庭で凶器が発見されたことは話していないのかもしれない。重要な証拠に関することは、被疑者に伝えないのが常識だろう。

憂羅は重ねて聞く。

「部屋を出た時、玲は生きていたんだな」

「当たり前だよ。彼女はしつこくて『もう一回お願い』とか何とか、はしたないことを口走ってたが、あいにくこちらが限界だった。もう若くないんでね。僕は『ごめんなさい』と謝って窓から出たんだ」

「あんたは八時二十分に、一旦は部屋を出たかもしれない。しかし、もう一度戻ってきて、玲を殺したんじゃないのか」

「どうしても僕を犯人にしたいらしいねえ。でも、まっすぐ寺に帰ったよ。着いたのは八時四十分くらいじゃなかったかな。女房が証言してくれる」

「配偶者の証言は、法的な証拠にはならない」

「とはいうがね。妻には浮気がばれている。もともと知ってはいたようだが、警察のおかげで確証を得られてしまった。今は戦争状態だ。お粗末な話だよ。現時点の女房は、他人以上の他人さ。僕を憎みまくっているからねえ。その女が証言してくれるんだから、これ以上確かな証人はないといえないか」

憂羅は間秀を見据え、

「大門家から寺まで、歩いて二十分はかかる。しかしあんたは車を使ったかもしれない」

「運転できないし、タクシーも使ってない。むろん共犯者もいない」

「走ればいい。自転車や自動二輪を使うという手もある」

「なら目撃者を探しなよ。可能性ばかりを挙げても仕方ないでしょ。道沿いを片っ端から聞いて回ればいい。誰かが、私が車や自転車に乗ったり、猛ダッシュしたりしてる姿を見ているかもしれないよ」

「面倒臭えが、やってみるしかないか」

「無駄だよ。目撃者が出ても、坊主がちんたら歩いてるのを見たとか、その程度さ」

「じゃ、やめとくか」

やめるのか？

巡査は気の抜けたような声で、

「とりあえず聞きたいことはそれだけだ。無礼なことをいったが許してくれ。仕事なんでね」

「わかっているよ。町の巡査も大変だねえ」

「何かあったらまた来る」

「この件では金輪際お目にかかりたくないね」

帰り道、憂羅と話しながら歩いた。

陽は沈み、すっかり暗くなっている。段々畑の向こうに町の灯が見えた。

「なぁタクマ、さっきの間秀の話をどう思う」

「彼は気持ちのいい男ではありませんが、嘘をついているようにも思えませんでした」

「俺の勘でもあいつはシロだな。いやらしい野郎だが、殺してはいないと見た」

「犯人はやはり、間秀が部屋を出てから、玲の部屋に侵入した何者かだと思います。いったい誰なんでしょう」

「さてな」

巡査の口調は投げやりだった。

途中で伯父と別れ、一人で大門の家に向かう。

足取りが徐々に重くなる。大門の館には誰もいない。死の影が漂う真っ暗な屋敷が待っているだけだ。私の足は、遠回りを選ぶ。

川沿いを歩くと、いつからか、臭いがまとわりついていることに気づいた。寺で嗅いだ、生ぐさい臭いだ。土手の向こうの草むらがざわざわと音を立てる。

何かがいる。
鋭い目で見据えている。
取って食おうとするように。
姿は見えない。
這っているのかもしれない。
ほら……また草むらが動いた。
風のせいか。風が、草を揺らしているだけなのか。
しかし、また……今度はずっと近くの……草むらが音を立てている……
息を吸う。水面に月が揺れている。天を仰ぐ。月の光が怖いくらいだ。
視線を戻す。
と、そこに人がいた。
草むらの揺れが収まっている。辺りは静まり返っていた。
巨大な月を背に、少女が立っている。
彼女の出現と共に、怪しい気配はかき消すように消えていた。
少女が魔を追い払ったかのようだった。
「江留美麗――」

思わず、その名をつぶやいていた。

黒一色のワンピースを着た江留美麗は、夜の帳《とばり》を身にまとっているようだった。月明かりが彼女のボブ・ヘアーを柔らかく縁取っている。蒼白い顔が闇にうっすらと浮かんでいるさまは、もう一つの月のごとくだった。

私は呆然としながら、少女を見つめる。彼女はいつからそこにいたのだろう。黒い服を着ているため、今まで見えなかったのかもしれないが、一瞬のうちに、宙から舞い降りたかのようだ。彼女の吊り上がり気味の目から、切りつけるような視線を感じる。唇はいつもながらに、堅く一本に結ばれていた。私の体は硬直したように動かない。

どうにか言葉を搾り出す。

「……江留さん」

彼女はまったく反応しない。

「江留さん……この前はありがとう。グレンたちから助けてくれて」

少女は間合いを二歩詰めて、低い声でいった。

「美麗でいい」

彼女は、もう一歩近づいて、

「美麗でいいの」

苗字でなく、名前で呼んでくれということらしい。

「なら美麗さん、この間は君のおかげで助かった」

彼女は目の前で立ち止まり、こちらをじっと見つめた。

しかし、何もいわない。

極度に緊張し、この場にそぐわないことを、いきなり聞いてしまう。

「美麗さん、君が放火したのか。ツキモノハギの小屋に火を点けたのは、君か」

間抜けだ。何でこんなことを聞いてしまったのだろう。つい、口からこぼれてしまった――にしても、うかつだ。こんな質問をされて愉快に思う人はいないし、はいそうですと答える馬鹿もいない。

彼女は首を斜めに傾げる。

沈黙が生まれた。

気を悪くしたか。臍《へそ》を曲げたのではないか。

脂汗をかくほど焦った。怒らせたくない。怒らせるのが、怖い。どうして同世代の少女にこれほどのプレッシャーを感じるのだろう。失言したからといって、本来ならどうということはないはずだ。謝って仕切りなおせば済むことだろう。しかし彼女には下手な謝罪を許さない、裁判官のように厳格な雰囲気がある。裁判官――というよりは、裁きの天使といった方が的確だろうか。

美麗はゆっくりと私の周りを一周し、やがて真横に並ぶ。二の腕に、少女の肩が触れた。彼女は私よりかなり背が低い。意外と小柄なのだ。無礼な質問に対して、どんな答えが返ってくるのだろう。真横にいる彼女の顔を、ちゃんと見ることができない。

彼女は、息を吐くようにさりげなくいった。

「名前」

「え」

「あなたの名前」

「如月タクマだけど」

「タクマ君……」

シャンプーだろうか、いい匂いがする。

美麗はまた、黙りこむ。

私も何をいったらいいか、わからない。

棒のように、立っていた。動くことを禁じられたように、そして動くことを忘れてしまったかのように、ただ佇むだけだった。放火がどうのと聞いた、まずい質問は、宙に浮いたままどこかへ消えてしまった。長い時間がすぎたような気がしたが、一瞬だったのかもしれない。町の灯は遠く、人の気配すらなく、夜の闇の中に、川の音だけが静かに響いていた。空気が澄んでいるのか、月が近い。月明かりの中で、二人だけになったような気がした。天には月、足元には地球。事実、その瞬間、この宇宙には私と美麗しかいなかったのかもしれない。

「きれい」

と、彼女はいった。

顔を横に向けるのに、かなりの意志の力が必要だったが、私は少女を見た。美麗は空を見上げている。ややのけぞった首が、驚くほど白かった。

「きれい」

彼女はまたいった。

月がきれい、といいたいのだろう。私はその横顔に見とれながらも、いった。

「君のことが、少しわかった。いや、わかったような気がする」

彼女は横顔を見せたままだ。

「君は言葉が足りないんだ。もう少し言葉を増やして、説明しなきゃ、他人には伝わらない」

説教臭い。彼女は二年生、いわば先輩であり、ほとんど話したこともない相手である。

普段の私なら、堅苦しいくらいの言葉遣いで話す。しかし今夜は、どういうわけか丁寧語が出てこなかった。月、空気、川、草むら——自然が私から枷を取り払い、自由な気分の中に解放してくれたのかもしれない。しかし内容的には失言のくちだろう。

少し間を置いてから、恐る恐るいう。

「ひょっとして美麗さんは、あんまり人と話したことがないのかな」

途端に後悔した。また失言だ。こういう言い方は時として人を傷つける。彼女が黙ったままなので、慌ててフォローするつもりでいう。

「俺は男でも女でも、無口な方が好きなんだ。おしゃべりな人より、言葉数の少ない人の方が気楽につき合える。いつも明るいのは、いつも暗いのと同じくらいおかしいし」

私の話が耳に入っていたのかどうか。

彼女は空を見上げたままいった。

「月は、目」

どういうことなのか。

翻訳するような気分でいう。

「月は、夜空に浮かぶ目みたいなものってことか」

「盤古の目」

「ばんこ？」

「神の死。体は大地。血は川。皮は田畑。骨と歯は岩石。体毛は植物。両目は太陽と月」

細切れの言葉が当惑を生む。まるで暗号だ。

想像力を働かせると、次のようになる。〝ばんこ〟というのは神様の名前だ。響きからいって中国か韓国辺りの神話に登場している。その神が死んだ。体の各部分は川や岩や植物になり、両目が太陽と月になった。この推測がどの程度当たっているのかはわからない。

とりあえず、自分の知識に引き寄せていってみる。

「近い話は授業でも聞いたことがある。月はイザナギの目から誕生した。イザナギが黄泉から帰った時、阿波岐原で禊《みそぎ》をする。左目を洗うと天照大御神が生まれ、右目を洗うと月読命が生まれた」

彼女は何もいわなかった。

興味をひかなかったらしい。

試しに、こう話を振ってみる。

「つくよみのみこと。月の神か。月には神がいるんだろうか」

すると美麗は答えた。

「月にいるのは少女」

良かった。反応があった。私は知識を動員し、

「ウサギじゃないのか。日本で見る〝月のウサギ〟は餅をつき、中国から見る〝月のウサギ〟は薬を杵でついているという。しかし月に少女がいるという話は初耳だ。どんな少女なんだろう」

美麗は一拍置いていう。

「トルコの貧しい少女。両親のない、生活の苦しい少女。可哀相に思う月。夜、彼女は水を汲みに出る。下りてくる月。彼女は、天へ行った。月と一緒に。だから、月に見えるのは女の子。天秤棒を担いだ女の子。私も」

彼女はしばらく言葉を切り、

「行きたい。月へ」

美麗の澄んだ声が、ゆっくりと闇に溶けていく。音楽を聴いているような気がした。

彼女は月へ行きたいという。

何故なのだろう。

月に住む少女は、両親がなかったという。

オカルト研の面々は、江留美麗は祖母と暮らしているといっていた。彼女には父と母がいないのだ。私にしても同じだ。両親を失っている。誰にでも触れられたくないことはあ

る。私は彼女の親のことを聞く代わりに、こういった。

「似ているのかも。君とは」

理解を期待した言葉ではなかった。

彼女は何も答えない。

しばらくして、いってみた。

「月へ飛ぶ——という概念は、大昔の人々には、ロケットのような概念はなかったかもしれない。しかし月に行きたかった人はいたはずだ。彼らはどうやって、月にまで辿り着けると考えたのだろうか。月に行く方法を思いついた人はいるのかな」

回答があると思ってした質問ではなかったが、美麗は即答した。

「塔」

そして、ふっつりと黙りこむ。

私は少し考えてからいった。

「塔を建てるのか。天空まで」

非科学的ではあるが、ある意味手堅い発想だ。

美麗は、ほぼ満月に近い月を見て、目を細める。

「伝説。インドシナの。地球に、一つの村しかない時代。苦しい暮らしは、月のせい。それは、月が欠けるから。人々は思う。いつも満月を見たい」

「欠けた月が人間の生活に悪影響を及ぼす。わかったような、わからないような」

「月を、捕まえたい。満月にするために。始まるのは、大きな塔の建設。流れるのは、果てしない時。でも届かないのが天。あきらめ。上がり下りさえ嫌に。そして人は、ばらばらに」

よくわからないが、月をいつも満月にしようとした人々は、ついに塔を届かせることができず、建設をやめ、各階で別々に住み始めた、ということだろうか。

私は月に目を凝らして、

「塔が完成するまでに、ものすごい月日が経っているんだね。天に届く塔なら、当然か」

「ばらばらな人々。生まれるのは、違う言葉、違う暮らし。ある時、月は知る。人の計画、そして傲慢。激怒する月」

「人間の分際で月を捕らえようとは、まして常に満月であるようにしようとは」

「怒る月、狂う月。破壊。引き倒されたのは、塔」

「天空までそびえる塔を倒す力か。神か悪魔の力だな。月は神か、それとも悪魔か」

塔が崩れる情景を思い描く。既視感を感じる。

彼女は間を置いて、

「放り出される人々。ごみ屑のように。彼らが作るのは、新しい村。忘れないのは、それぞれの言葉」

「言語や習慣は塔の生活のままに引き継がれた。だから世界には、異なる言語や習慣があると。まるで――」

オカルト研の部室に飾られていた絵が頭を掠める。その絵はさかさまになっていた。

「――バベルの塔。バベルの塔の物語だな」

彼女はそれには答えず、

「月に行けたら」

ふっと息を吐き、

「私、見たい。この星を見たい。月の岩に、腰かけて。満ち欠けのある地球。半月のような地球。ずっと眺めていたい。あの月で」

「でも、空気がないんだよ」

いや、こんなことをいっては駄目だ。月に大気がないことなんか誰でも知っている。座り続けることができないことなど、小さな子供でもわかる。

私はすぐにいい直す。

「月には空気がない。だから地球はよく見える……だろうか」

「地球の反射は、月の四倍。面積も。だから、あれ――」

白い指がまっすぐに月を指す。

「明るさは、あれの十六倍」

「月からはとてもよく地球が見えるんだね」

「地球の影。輝くのは、都市の明かり、自然の光」

「自然の光って」

「雷。オーロラ」

「地球の影になる部分には、色々な光の点が瞬いているということか。きれいだろうね」

「近づく太陽。大気は赤。透明な、赤に染まる」

「夕焼けの色、ということか」

精一杯想像力を働かせて、光景を思い描く。

「俺も見たいよ。ちょっとだけ月へ行きたくなった」

彼女と並んで、夜空を見る。

二人で、いつまでも月を眺めている。

第十六章　出棺

ドラキュラ映画の中で、突然鬼が暴れだしたとしたら、どうだろう。

大門玲の葬式の日、心ならずもそんなことを考えていた。

映画の背景には古い洋館の室内が映っている。暖炉のある天井の高い部屋だ。貴婦人が窓の外に脅えている。ガラスの向こうに、二つの赤い目が光っているのだ。彼女は恐れつつも魅かれ、自分から窓を開けてしまう。被害者自ら迎え入れないと、怪物は部屋に入れない。貴婦人が静かに窓から後退すると、赤い目をした怪物がおもむろに部屋に侵入してくる。観客は息を呑む。マントをひるがえす恐ろしくも優雅な怪物を期待しているのだ。しかしそこに現われたのは、雷模様の布を腰に巻いた、筋骨隆々たる赤鬼であった。赤鬼は、手にトゲトゲのついた鉄棒を持ち、頭に二本の角を生やして、凄まじい形相をしている。怖いことは怖い。しかしこの時、観客はどんな反応をするだろうか。ただ驚く。失笑する。それとも怒り出すか。

町の人々は大門家の葬式に参列しても、驚きも笑いも怒りもしなかった。平然と、それが当たり前であるかのようにふるまうだけだったのだ。

大門の家は、古い洋館である。本来なら西洋風の葬儀が行われるのが普通だろう。ところが母の葬儀は完全に和風だった。洋館の中に坊さんが入ってきて、お経を上げたのだ。日本の至る所で見られる光景ではあろう。完全に和風の建築などなきに等しい現在、あらかた和洋折衷の家で和風の葬式が行われている。しかし大門家の場合、あまりに洋風の建物だったため、少なくとも私はギャップを感じてしまった。ヴェルサイユ宮殿にいきなり仏壇がしつらえられたとしたらどうか。違和感を感じないだろうか。ところが事態は、まさにそのように進行していったのだ。

緊急時やトラブルが起こった時に、人の本性が現われるというのは本当で、親族はそれぞれに興味深い動きを見せた。

一番うろたえていたのが鳥新啓太だ。彼は痩せた顔をうつむかせて、おろおろしているだけに見えた。喪主をすることになったが、何をどうしたらいいのかわからないようだった。教師が一般常識を知らないというのは本当らしい。

代わりに活躍したのが、妻の法子だ。丸顔でエネルギッシュな彼女は、ひっきりなしにしゃべりながら、ばたばたと行動した。必要以上と思えるほどだ。同時に二つ以上のことを考えながら指示するので、いわれた人は、時に何を頼まれたのかわからないことがあった。そそっかしいくらいに仕事が速い。葬儀屋に連絡を取ったのも、関係者への通達もすべて彼女が手がけた。

憂羅希明は何もしなかった。喪主が義兄であるのをいいことに、悠然としていた。

案外、無駄なく仕事を進めたのが、インド人のような憂羅有里だ。彼女はほとんど口を開かなかったが、掃除や、花や灯籠の設置など会場造りに関する実務を、葬儀屋と共に黙々とこなしていた。常に冷静で手が早い。単なるシビアな皮肉屋ではないのだ。私は少し見直した。

この町の慣習なのか〝死者の出た家ではその家族が葬式の準備をする必要はない〟というくらいに、近所の人々がよく動く。隣家の痛風のご主人も、松葉杖をつきながら手伝ってくれた。

私はといえば、一人真空地帯にいたようなものだ。周りは嵐のように動き回っているが、常にぽつりと一人取り残されている。「手伝いますよ」というと、「いいのいいの、休んでいなさい」との返事が返る。こんな時にじっとしているのも居心地が悪い。気まずさを感じながら自室の机に向かっていると、憂羅巡査が入ってきた。

「さぼってていいのかい」

「仕事をさせてくれないんですよ。伯父さんこそ、いいんですか」

「ちょっと一服ってよ」

「ずっと一服でしょう」

彼は煙草を取り出し、火を点ける。

「灰皿はあるか」

ゴミ箱の中からジュースの空き缶を取り出して、渡す。

「憂羅さん、それマイルドセブンですか」

彼は目を細めて、

「何でそんなことを聞く」

「この前は、確かメンソールでしたよね」

「あれは女房のだ。煙草を切らしてたんで、有里からもらったんだが、やっぱ駄目だったぜ。不味すぎる。強い煙草は嫌いな俺だが、メンソールはいただけねえ」

「捜査は進展してますか」

「どっちの」

一瞬、意味がつかめなかったが、

「警察の」

「いいや。警察の捜査は暗礁に乗り上げてるんじゃないのかな。あんまりぱっとした話は聞かねえぜ。通りすがりの変質者の仕業ってセンが有力視されてるらしい」

「変質者か。憂羅さんはどう思います」

「単純に遺産目当ての犯行じゃないかと思うね」

「誰に目星をつけてるんです。親族の中で、アリバイがあった人はいますか」

「いないね。まず俺自身にアリバイがない。あの夜はこの家からまっすぐ帰ったが、それ以降、家から抜け出ようと思えばできた。むろん妻もな」

「充君はどうですか」

「あいつか。犯人として考えたこともなかったが、やればできただろうね」

「鳥新さんのところは」

「うちと似たり寄ったりだ。啓太さんは、自分の家族が、殺人なんてするわけがないという。あの夜は一人も家から出ていない、といいはっている。しかし、お互いに始終見張っていたわけでもあるまいし、そっと抜け出して、犯行に及ぶことは可能だったはずだぜ。啓太も法子もよ」

「康子さんはどうなんです」

「これまた想像もしていなかったぜ。殺ろうと思えばできただろうが――なんだい、最近は中学生も、首切り殺人の犯人として疑ってみなきゃいけないのか」

「そういう事件も起こってるでしょう」

「相手は大人の女だぜ。簡単に殺られるとも思えんが」

「どうでしょう。間秀さんとの性交の後で、ぼんやりしていたとしたら、案外たやすく殺せたのではないでしょうか」

「性交の後だぁ？」

伯父は、空き缶に灰を叩き落とし、

「わかったようなことをいうじゃねえか。もう女を知ってるのかい」

顔が赤らむのを感じ、慌てて話を変える。

「お祖母さんを呼ばなくていいんですか。自分の子供の葬式だというのに、帰ってきませんね」

彼は無表情な目で私を見つめて、

「お前、何にも聞いてねえのか」

「九州の老人ホームに入ったと聞きました」

「誰から」

「母から」

「そうか」

彼はニタリと唇を歪ませた。いかつい顎が無精髭で覆われている。

「タクマ、聞いた話だが、鳥新法子は、今夜のことを大門松にも電話したという。しかし松さんは最近体調がひどく悪くて、九州から飛んでくることはできない。娘の葬式を宜しく頼む、とのことだったそうだ」

疑う根拠はないが、どうにも嘘くさい。だとしたら、どうしてそんな嘘をつく必要があるのだろう。祖母は本当に具合が悪いのか。そもそも九州に行ったというのは本当だろうか。彼女はいったい、どうしてしまったのだろう。

伯父はプルトップの穴に煙草の吸殻を落とし、缶ごと私に返してくる。私は受け取り、ゴミ箱に放った。

「友だちから聞いたんですが、大門家は私設の美術館を持ってるんですってね」

「そんなことも知らないのか」

「祖母と母は教えてくれませんでした」

「気の利かねえ奴らだぜ。あんなもの、隠すまでもねえから、単にいい忘れてただけなんだろうけどな」

「どこにあるんですか」

「昔、昇り崖のあった場所だよ」

「昇り崖って、何です」

「だから崖だ。奥地といってもいいような場所に、その崖はひっそりとあったんだが、昭和三十九年の大震災で崩れてしまった。俺たち町民にとっては大事な場所だったんだけどな」

「崖が、重要な場所ですか」

「何でもその昔、昇念とかいう聖人が昇天したという、いわくつきの崖だ。そこに義父は美術館を建てた。ありがたいとも罰当たりともいわれている」

「あんまりよくわからないんですが」

「この町の住人になりきってしまえば、実によくわかる話なんだぜ」

「美術館には何が収められているんですか」

「ガラクタだ。大門大造には、理解しがたい蒐集癖があった。彼が金にあかせて買い集めた、膨大なコレクションが収蔵品なのだ。お前の部屋にも甲冑があっただろう。あれなんか、美術館に収まりきれなかった物のうちの一つだぜ」

「母の部屋の甲冑も、ワニの剝製もそうですか」

「全部大造が買ったものだ」

「美術館への道を教えてくれますか」

「口で説明できるほど簡単な道じゃねえ。家内か鳥新法子に聞きな。あいつらが美術館を管理してるから。有里よりは法子の方が丁寧に教えてくれるかもしれん。地図でも書いてもらうんだな」

「おばさんたちが美術館を。商売になるんですか」

「ならんね。一年のうち、四月から六月と九月から十一月までの六ヵ月間しか公開していない。夏は暑すぎるし、冬は大雪でとうてい観光客など見こめない。しかも一週間のうち、金土日だけの開館だ」

「商売っけなしですね」

「長く開けていても、人が集まるような内容じゃねえよ。見ればわかるぜ。家内と法子も、それだけじゃ収入不足なので、パートをしている。有里は飲食店で、法子はスーパーで」

「その美術館は、どんな外観なんですか」

「どんなって、そんな、……おっといけねえ、そろそろ読経が始まる時間だぜ。俺たちも行かにゃあ」

告別式の会場は、応接室だった。テーブルや椅子を取っ払い、絨毯の上に座布団を並べてある。奥に杉の棺が配置され、中には警察から返ってきた遺体が入っていた。葬儀屋のメイクは見事で、母は比較的穏やかな、ある程度見られる顔になっていた。首には白布が巻いてあるが、布を取ると縫合の痕が見られるかもしれない。

この地方では死体に五円玉を持たせ、棺に日本刀を一本納める。金は三途の川を渡るために入れる。五円は〝ご縁〟に由来するのかもしれないが、いつからその金額なのか、ずいぶん安いような気もする。三途の川の渡し守は、値上げをしないのだろうか。

刀の由来はよくわからない。死者のこの世への未練を断ち切るために入れるとか、近づいてくる魔物たちを切るために死者の手元に置くのだとかいわれている。

棺の横に、簡単な仏壇がセットされていた。葬儀屋が用意したもので、安っぽく見えないように、意匠や塗装を渋くしてある。

私たちが入った時には、参列者は揃っていた。五十人ほどだが、知らない顔が多い。前列に、鳥新夫婦と康子、憂羅有里と充が正座している。私と希明の場所が二つ開けてあった。

真ん中くらいに、王渕町長のでっぷりした姿が見え、隣にいる茶髪の男はグレンだ。どうしてあんな奴らを呼んだのだろう。伯母が大門家と王渕家の確執を知らないとは考えにくい。後に法子に聞いてみたが、王渕親子は呼ばれたのではなく、自ら参列したという。仮にも町長親子が来たのであり、むげに追い返すわけにもいかなかったらしい。

私自身は、法子から友だちを呼ぶかと聞かれ、土岐不二男の名前だけを挙げておいた。その不二男も来ており、最後尾で背中を丸めて小さくなっている。申し訳ないことをしたような気分になった。

不二男の隣には差賀あきらの姿も見える。苦いものを噛み殺しているような、痛々しい表情を浮かべていた。参列者の中で、最も悲しみに打ちひしがれているのは彼かもしれない。

読経をしたのは間秀だ。堂々としたものだった。低いが朗々と響く声には、住職としての風格すら感じられる。袈裟の色は黒いが、紫や朱色でもおかしくないほどだ。寺の庭で竹箒を構えていた男と同一人物とは思えない。彼は背中を向けているが、どんな表情をしているのか見たいものだ。間の抜けた狸づらはしていまい。

お経が粛々と室内を清めていく。

香台が回ってくる。焼香の仕方がわからないので、隣の人の様子をそれとなく眺めた。お香をつまみ、額の辺りまで持ち上げて祈り、また香台に戻す。それを三回繰り返している。真似てやってみた。誰が見ているわけでもないが、緊張する。香台を隣に回すと、ほっとした。

正座が長引き、しびれてきたので、足の上下を入れ替える。

その時、声が聞こえた。

間秀の声ではない。

後ろでひそひそ話している者がいる。

葬式で私語とは、世も末だ。

しかし、もっと問題なのは、その内容だった。

……あのホトケさん、首を切られて死んだそうだぜ。刀みてえなもので、すっぱりと首を切断されて殺されたんだ。惨殺だぜ。恐ろしい話じゃねえか。大門の家は呪われてるよ。思い出すねぇ。俺の母と妹たちも、首をちょん切られて殺されたんだ。頭と体が、見事におさらばしてたよ。ひどかった。悪魔が殺ったみてえだった。今度のホトケさんだって、そうだよ。同じ殺り方だぜ。あの時の魔物が、また殺したんじゃねえか。誰かが、同じ悪魔を甦らせたのかもしれねえ。大門大造が召喚した怪物をよ。その魔物は、五年前に、三人の女を一瞬にして虐殺した。そして今度は巫女を殺した。ああ怖え怖え、これからだって、何が起こるかわかりゃしねえ……

グレンだ。

王渕一也が呪いの言葉を吐いている。低いが、よく通る声で、一同に悪い魔法をかけているかのようだ。どうして誰も止めないのだろう。周りに座る大人が注意するべきではないか。それともグレンの陰口に、傾聴すべき内容が含まれているとでもいうのか。

グレンを睨みつけてやろうと思ったが、振り向くことができなかった。目を合わせるのが怖かったのではない。背中をつついているような気がしたからだ。気持ちのいいものではない。複数の視線が、ツキモノハギの時に感じた町民の目つきを思い出す。あの時一瞬、そこにいた人すべてが、悪意のこもった眼差しを私に集中させたような気がした。今も背後に、同じような気配を感じる。気のせいだろうか。

気分がすぐれぬまま、読経と焼香が終わる。グレンは、間秀が経文を読み終えるまで話をやめなかった。

次は出棺である。私は痺れの切れた足で無理に立とうとし、不覚にもふらつく。周囲は素早く身を引き、支えてくれる者はない。親族一同で棺を持ち、庭で待つ霊柩車へと運ぶ。参列者たちも立ち上がり、ついてきた。

そして棺が玄関の戸口まで来た時、椿事が持ち上がったのだ。

グレンが大声で、王渕町長に話しかける。

「なぁ、オヤジ」

王渕は微かに怪訝な顔をする。憂羅と鳥新を始め、出棺者たちも何故か足を止めたので、私は前にいる憂羅充にぶつかってしまった。

グレンは辺りはばからず——というより、明らかに周りに聞かせようと大声を出す。

「オヤジよ、この町はどうなるんだよ。だってよ、巫女が殺されちまったんだぜ。大門玲は弟子を取ってなかったんだろ。巫女が絶えちまったじゃねえか。ツキモノハギができる人が、いなくなっちまったってことだぜ。今度、ツキモノイリが出たり、他所からやってきたりしたら、どうするんだよ。放っておくのか。だって誰も何もできないんだぜ。つまりはさ、ツキモノがのさばりっ放しになるってこった。悪魔が野放しになるんだぜ。いいのかよ」

無視して棺を運び出したい。しかし出棺者たちの足は、床に貼りついたように動かなかった。すべての人がグレンの話に耳を傾けている。不謹慎だと咎める者はいない。むしろ理解ある眼差しで少年を見ている。奇妙な事態だ。何かが狂っている。

グレンは一歩前に出て、更に声を張りあげた。

「巫女が絶滅する。どうしてこんなことになったんだ。それをいうなら誰がそんなことをしたんだ。むろん殺した理由は明らかだ。ツキモノハギの力を恐れたからだ。つまり、巫女がいては困る奴がいるんだよ。つまりはツキモノイリだ。そいつが邪魔者を消した。ではそれは、誰だ」

グレンの匕首《あいくち》のような視線が突き刺さった。尖った顔つきが昆虫的で、カマキリそのものだ。蟷螂《とうろう》が今、斧を振り上げようとしている。

「そいつは――」

彼は指を突き出し、

「如月タクマ、おめえだよ」

馬鹿な。

カマキリ男はなおもいいつのる。

「この前、ツキモノハギの小屋が燃えたよな。今度は、巫女の殺害だ。おかしいじゃねえか。おめえが来てから、バタバタと異常な事件が起こってる。むしろこう考えるのが自然だ。如月タクマが来てから変事が起こってるんじゃなく、如月タクマが変事を起こしてるんじゃねえのか。つまりだぜ、放火も殺人もおめえの仕業だ、違うかい、このツキモノイリが」

さすがに私もいい返した。

「出棺の途中なんだぞ、言葉を慎め」

グレンは歯牙にもかけず、演説するような身振りでいう。

「なぁ、みんな、こいつは間違いなくツキモノイリだぜ。火を点けたり、首をざっくり切り落としたりする魔物を、その身に飼っているんだ。ちょうど大門大造がそうだったようによ。こんなやつをそのままにしておいていいのか。義理とはいえ、自分の母親を惨殺するような男だぜ。これからだって何をするかわからねえ。こいつ、きっとまた殺るぜ。これからも死人がどんどん増えていく。それでいいのかよ、みんな」

こんな言葉を真に受ける大人がいるはずがない。

私はそう思っていた。

しかし私の考えとは裏腹に、容赦ない視線が突き刺さった。参列者たちが、あからさまな憎悪をこめて睨みつけている。理不尽だ。どうしてこんな仕打ちをうけなければならない。私が何をした。それとも大門大造が、孫に祟るほど嫌われていたとでもいうのだろうか。まさか。……ツキモノハギの時と同じだ。敵か。この町の人々はみんな私の敵なのか。馬鹿な……そんな馬鹿なことがあるはずがない。しかし、現に突き刺さってくるこの視線は何なのか。おかしいではないか。この場で非難されるべきは、厳粛な葬式に横槍を入れたグレンであるはずだ。なのに私の方が非難されるなんて不条理だ。これはとてつもない不条理劇だ……

周囲のプレッシャーに耐えられなくなった頃、人々を掻き分けて差賀医師が前に出てきた。

彼は額に落ちる髪を掻きあげ、グレンを指差し、

「場違いな発言はやめたまえ。出棺なのに不謹慎だぞ。今は丁重に死者を送ってやるべき時のはずだ」

彼は棺の後ろ側に手を添えて、

「さぁ、行きましょう」

鳥新啓太がびくっと身を震わし、目を見開く。催眠術から解けたような具合だ。

「進みましょう、巡査」

差賀に呼びかけられた憂羅は、頭を振り、

「あ、……ああ、そうだったな」

私たちは、ゆっくりと前進を始めた。

沈黙を背に、外へ出て、霊柩車に棺を収める。遺体には、喪主と私がつき添うことになった。

火葬場の手前に、ツキモノハギの小屋の残骸があった。全焼している。霊柩車が火葬場に着いた時には、先回りした参列者の車が数台ほど駐車場に停まっていた。

母の骨は、細く、小さかった。

遺灰を持って大門家へと帰った頃には、陽が暮れていた。身内や近所の人たちなど、家に残っていた参列者に簡単なまかないをして、葬式はお開きとなった。今晩は鳥新法子が一泊するという。お通夜ができなかったので、遺灰と共に、一晩すごしたいというのだ。彼女は丸顔に、さすがに疲れた微笑を浮かべていった。

「タクマちゃん、あなたは眠っていいのよ。私は仏様に、一晩中、線香と蠟燭を絶やさないようにするから。最後くらいは玲とゆっくり話したいからね」

今後しばらくは、法子と有里で交代しながら、毎日通ってきて、玲の代わりに私の面倒を見てくれるともいう。

私は抹香臭い室内を避けて、夜気を吸いに外へ出た。

ふと、遺灰ダイヤモンドのことを考えた。遺灰からは、良質な炭素が抽出でき、それからダイヤモンドを作ることも可能だという。アメリカの企業がそれをコマーシャルしたところ、注文が殺到したらしい。玲の遺灰も宝石になるだろうか。なったとしても、持っていたくはない。しかし故人の遺灰を宝石に変えたい気持ちは、わからないでもなかった。

深呼吸し、家の中に戻ろうと踵を返した時、私はそれを発見した。

ドラゴンの象嵌《ぞうがん》がほどこされた細長い郵便受けから、丸められた白い紙が顔をのぞかせている。

何だろう。

私は紙を取り出して開く。

戸口を照らし出す電灯の弱い光が、紙に描かれた不気味な模様を浮かび上がらせた。

白い紙の中央に、マジックで大きく丸が描いてあり、その中に複雑な幾何学文様が描きこまれている。祖父の離れの床に描かれていた模様に似ているが、少し違うようだ。ポケットに手を遣り、不二男に生徒手帳を貸したままであることを思い出した。

改めて紙に目を落とす。

これは、何か。

どうして、こんなものが現われたのか。

参列者の一人には違いないだろうが、誰が郵便受けに入れたのか。

それは私の前に現われた——見るからに禍々しい——第二の悪魔の紋章だった。

間章A　現在――二〇〇七年三月十六日

「超心理学という言葉があります」

私は壇上で語り始めた。

「この言葉には、素朴な疑問を抱きます。そもそも何故、超心理学というのか。どうして超物理学や超科学ではないのか。超自然現象という言葉はあるが、超自然現象学という言い方はしない。あくまで超心理学なのです。何故なのでしょうか。ちなみに超心理学とは、辞書によると『現在の科学的常識を超えた、透視・念力・テレパシー・予知などのサイ現象を、実証的・実験的に研究しようとする心理学の一分野』ということになります。では、そもそも心理学とは何か」

聞き手は専門家だ。

心理学の研究者たちに向かって、心理学を説くなど滑稽である。

「その問いに、明確には答えられませんが、私見では、心理学とは『人の心理を自然科学的なアプローチ・ロジック・方法論で解明する学問』であると思います。『人の心理を解明する』だけだとしたら文学でもよいわけです。自然科学的な実験、方法論というのが心理学の心理学たる所以《ゆえん》であり、したがって自然科学的なアプローチが確立していない時代の心理学は、非常に文学に近いものになります」

見渡すと、六十以上の目が集中していた。どの顔も秀才然とし、知性が滲み出ている。聴衆としては、望み得る最高レベルであろう。

「例えばフロイトやユングです。彼らの理論がミステリやホラーに頻繁に取り入れられるのは、もともとその性格が近いからです。例えばフロイトのレオナルド・ダ・ヴィンチ分析。これを木々高太郎は推理小説に含めました。こういったフロイトなどの精神分析学が発達したのは十九世紀末であり、これがまた非常に興味深い時代です」

私は『ホラー小説と心理学』について話している。

恩師である川野は、名古屋の某大学に勤務し、〈抑制・開示研究会〉という心理学系研究会の執行部の一員である。今年の研究会が、たまたま私の住居の近くで開かれるという

川野《かわの》教授から講演を依頼されたのだ。

こともあり、講演の依頼が回って来た。

私は小説家であり、一応文化人という括りに入るのだろうが、研究会の面々に紹介された時の〝研究会開催地居住の有名人〟という言い方は誤りで、この辺りに住んでいるには違いないが、まったくの無名である。

会場には三十数人が集まっており、このメンバーで三日にわたり宿泊し、研究発表や討論を行なうという。宿泊地に選ばれたのは〈いなもと〉という大型旅館で、城を思わせる外観をしていた。講演会場は広く、大型テレビやホワイトボードも設置されていて、宴会や結婚式にも利用できるようだ。

私は一息つき、話を続ける。

「何故十九世紀末が面白いのか。それはこの時期、ほぼ生没年の同じ、三つの分析的知性が現われるからです。一人目は精神分析学のジークムント・フロイト。彼は一八五六年に生まれ、一九三九年に没しました。二人目は推理小説を書いたアーサー・コナン・ドイル。一八五九年生、一九三〇年没。三人目は図像解釈学のアビ・ヴァールブルク。彼もまた一八六六年に生まれ、一九二九年に没しています。この三人の生没年はほとんど同じなのです。まったくの同時代人といってよいでしょう。もともと十八世紀ロココ宮廷文化の時代は啓蒙主義の時代、すなわち知識の総合化への憧れの時代です。ディドロやダランベールの百科全書派はもちろん、マルキ・ド・サドのような暗黒の文学ですら、性の百科全書的性質を帯びています。そしてその総合への欲求が分化し始めたのが十九世紀であり、ことに十九世紀末はそれが顕著になり、そこに登場したのが件《くだん》の三人というわけなのです」

困った。

こんなペースで話していては、なかなかホラー小説にまで話が及ばない。

本題に入る前に時間切れとなるおそれもある。緊張して、冷静な判断ができなくなっているのかもしれない。小説の執筆は内にこもる仕事であり、作家は本来、人前に出るべきではない。人前に出るのが好きならば、それなりの職業を選べばよいわけである。

聴衆を前にしてあがり、予定内容を話しきろうとあがき、じたばたしているうちに、講演は終わった。

質問の時間には脳が飽和状態になっており、拍手に送られ会場を出る頃には、微熱さえ出てきた。己の体力のなさが情けなく、集中力の欠如がふがいなく、一階の喫茶コーナーに行こうとエレベーターを探したが、方向を見失い、迷ってしまう。

エレベーター前に辿りつき、下降スイッチを押し、箱の到着を待っていると、後ろから涼しげな声がした。

「A先生」

振り向くと、赤いセーターが目に入った。目元のすっきりした、可憐な顔立ちの女性である。思慮深そうな表情が好ましい。彼女はまっすぐにこちらを見ていう。

「講演、たいへん面白かったです。お疲れさまでした」

見知らぬ若い女性から——クレームならともかく——ねぎらいの言葉をかけられるとは思わなかった。頭が飛んでしまい、思わず謝る。

「すみませんでした」

エレベーターのドアが開いた。

「お聴きいただいて、ありがとうございました。あんなお話しかできなくて、お恥ずかしい限りです」

慌ててつけ足し、頭を下げる。もう少し会話してから立ち去る方が感じがよいのだろうが、照れくさくて、後ろ向きのまま下がり、エレベーターに乗ろうとした。それが、間違いだった。閉まりかけたドアに、みっともなく挟まれてしまったのだ。彼女が「ああ」と手を伸ばして、頰を赤くするのが見えた。何をしているのだろう。作家たるもの、この程度で狼狽すべきではない。しかし私は、ただ慌てふためき、ドアを押し開いて、箱の中に入ってしまった。

ほっと息を吐いたのも束の間、ドアがすぐに開く。一瞬、赤いセーターの美女が入ってきたのかと思ったが、違う。

この人、――この男性は……

その時の私の複雑な感情を言葉にすることは難しい。できるだけ冷静かつ客観的に、その後のいきさつを叙述してみよう。

入ってきたのは、こぎれいな身なりの青年だった。中肉中背で、ちょっと見にはこれといった特徴がない。眼差しが知的で、歳にそぐわぬ落ち着きが感じられる。彼は私の顔を遠慮がちに見て、こういった。

「A先生、ご講演ありがとうございました」

私は少し、返答に窮したが、

「いいえ、お粗末さまでした」

と、さりげなくいう。

彼の声は低かったが、心に侵入してくるような響きがあった。よく見ると、目立たないけれども、実に整った顔をしている。こういって伝わるかどうか疑問だが、化粧をすると美人になりすぎるので、あえて素顔でいる女の人に近い。己の美を知り、美を抑えている人間特有の奥ゆかしさが、彼にはある。美しさには影響力というものがあり、それは必ずしも良い方向にばかり働くわけではない。美は時に悪を招く。彼はそういったことも熟知しているのではないかと思えた。

エレベーターが静かに下がっていき、止まり、ドアが開く。外に出ると青年が話しかけてきた。

「先生は、夕食会には出られるのですか」

「心理学を研究してる人たちと話せる機会は少ないですから、お邪魔させてもらいます。実をいうと、話をするより聞くほうが、何倍も好きなんです」

「なら少しお話ししませんか。夜の部まで時間があります」

「じゃ、そこの喫茶コーナーで」

フロントの前が簡単な喫茶店のようになっている。二人ともコーヒーを注文した。〈いなもとコーヒー〉という名がついているが、味は特殊なものではない。香ばしい液体を口に含むと、落ちついた。

青年が一拍置いてから口を開く。

「A先生は〝心理学者にオススメする五つのホラー〟ということでモダンホラーを五篇紹介されました。その中で……」

公演内容についての会話が始まった。

アドリブで口にしたことも多いので、内容を思い出しながら受け答えする。質疑応答がひとしきり続いた後で、彼はさりげなくいう。

「お話の中で、異端の話が出てきましたね」

〝異端〟か。それについては、こんなことをいった。十九世紀には学問が専門化し、分化した。ちなみにその傾向がさらに突き進み、専門が細分化しすぎて〝隣は何をする人ぞ〟状態になったのが二十世紀である。このような二十世紀的世界で、各ジャンルを横断する知性ないし学者というのが、しばしば〝異端〟といわれる。

彼は話を続けて、

「先生のおっしゃる異端は、ある意味でプラスの異端でした。しかし私は――」

彼は自分のことを〝私〟という。落ち着いている。

「少年の頃、ある田舎町でマイナスの異端を見ました。その一族は――祖母と孫娘の二人しかいませんでしたが――本当に町から浮いていたんです」

「つまり比喩としての異端ではなくて、本物の異端ですね」

「流れ者の私は、町の人々から仲間外れにされても、何もできませんでしたが、彼女たちは戦っていました。反抗していたのです。体制に抵抗する意味での異端でした。そして私は、その町で……」

何故か言葉を呑む。

私は先を促す。

「その町で、どうしたのですか。何かあったのですか」

彼は答えず、遠慮がちな視線を向け、こういった。

「悪魔は本当にいるのでしょうか」

目を見ると、からかう様子は微塵もない。

彼は重ねて聞く。

「悪魔はこの世に存在しているのでしょうか。日本にも、いるのでしょうか」

真剣な眼差しに気後れを感じた。ごまかせる雰囲気ではない。真面目に答えを探し、断言する。

「悪魔などいません。想像上の産物です」

「しかし私は悪魔を見た。いや、見たような気がします」

「まさか。いつ、どこで」

「日本で。少年の頃、一時期をすごした田舎町で」

「あり得ませんよ。日本の辺境で悪魔を見るなんてことは。悪魔とはキリスト教的世界観の中にある、神に対立する存在で、単なる概念にすぎません。作り物です」

「作り物だったとしても、人間が作ったのは悪魔ではなく、悪魔という言葉だけだったのではないでしょうか」

「どういう意味ですか」

「得体の知れぬ、不気味な力を持つ、怪物のようなもの——つまり現在悪魔と呼ばれるものは、キリスト教が存在する遙か以前から、この世に存在していたのではないでしょうか。その存在をいい表わすために、人間は〝悪魔〟という言葉を作った」

「もともと存在した妖異に、悪魔というラベルを貼ったというわけですね」

彼はうなずき、

「悪魔という概念は、確かにキリスト教上のものかもしれません。しかし悪魔と名づけられるような存在は、キリスト教や他の宗教、あるいは人間が発生する遙か以前から、この世にいたのかもしれない。いい換えれば、悪魔はあらゆる宗教よりも古い存在だったのではないでしょうか」

「だから、この日本にも、西洋では悪魔と名づけられた得体の知れぬものが存在していても、おかしくないということですか」

「私はそう思います」

「その意味では、日本にも悪魔はいたかもしれませんが……」

その結論よりも、彼がどうしてそんな結論を持つに至ったかの方が、ずっと興味深く思えた。彼が「悪魔はいるのか」などといい出すようになるまでに、何があったのだろう。

しかし、私はまだ、青年の名前を確かめていない。

彼に「お名前は」と聞こうとした時、髪を自然に分けた、目つきの鋭い男が近づいてきた。川野教授だ。彼はいつものようにクールな口調で私にいう。

「そろそろ夕食会の時間だ。会場に行こう」

第二部　アンチ・バベル

第一章　ヒトマアマ

警察に初めて恐怖を感じたのは、その指を見た時だったのだ。

テーブルの上に置かれた握りこぶしの、第二関節がぐしゃりとつぶれている。硬いものに叩きつけたか、ボクサーか空手家のように何度も打撃を繰り返したのか。こちらの視線に気づいたらしく、牧野刑事はゆっくりと掌を広げてから、テーブルの下に隠した。

二人の男が目の前に座っている。

風貌に見覚えがあった。玲の事件現場へやってきた刑事たちだ。一人は映画俳優のような二枚目で、もう一人は重戦車のようにいかつい男である。

あらためて紹介を受けたが、二枚目は影屋といい、重戦車は牧野といった。一度聞いた覚えはあるが、二人の名などすっかり忘れている。事件の夜、人の名前を覚える余裕はなかった。質問はもっぱら影屋が受け持ち、牧野は刺すような視線で圧力をかけ続けている。

俳優のような影屋刑事は、うつむきがちにいう。

「大門玲さんの殺害に関しては、流しの犯行という見方も出ています。金目のものは盗られていませんか」

「知っている範囲では、なくなっていないようです」

「知っている範囲とは」

「この家に来て間もないので、もともと何があったのか、よくわからないのです」

影屋は応接室を見回し、

「無理もないですね。では現金や通帳、カードの類が紛失していても、君にはわからなかったと」

「伯父や伯母が、何も盗られていないと確認しました。信じるしかありません」

「庭に落ちていた雨合羽は、本当にこの家の物ではありませんでしたか」

「おそらく」

「あいまいですね」

「すみません」

「雨合羽には被害者の血が付着していました。犯人の指紋や体毛などは残されていません。

ビニールのありふれた市販品です。調べてみると、この雨合羽を売っている店は、町内に二軒ありました。最近買った者も一人二人いますが、関係者の名は出てきません」

牧野がふてくされたようにいう。

「犯人が用心深い奴なら、この町で買うようなことはせんだろうがな」

影屋はうなずきつつも、私に向かって、

「殺人者は時として信じられないくらい愚かです。手近な場所で雨合羽を手に入れたという可能性は高い。大抵の場合は、そういうところから足がつくものです」

愚かな行為と聞いて、思い出した。

庭で煙草を拾ったことだ。あれはとっくに捨ててしまったけれども、まずいことをした。犯人が吸ったものだとしたら、少なくとも唾液は付着していただろう。DNA鑑定にかければ、動かぬ証拠となったかもしれない。私は証拠を隠滅してしまったのか。あれが犯人の遺留品でないことを祈った。

影屋は高い頬骨の辺りを指でなぞりながらいう。

「大門松さんのことをあらためて聞きたいんですが――」

影屋は私から、松について知る限りの情報を引き出した。

結果として、いかに彼女のことを知らなかったか思い知らされた。

影屋の方が詳しいくらいであり、例えばこんなことをいう。

「松さんの出身は鹿児島です」

「本当に九州の出だったんですか」

「はるばる嫁いできたんですね。そして彼女の姿を最後に見たのは、どうやら君らしいんです」

「いいえ、母だと思います」

「そうかもしれませんが、玲さんは故人ですから」

「祖母の行方は、わからないんですか」

「不明です。九州の老人ホームに入ったというだけではね、調査に時間がかかりますよ。老人ホームの名前は、聞いていないということでしたね」

「知りません。母はあの時機嫌が悪く、何らかの程度で嘘をついていた可能性もありますし」

「何らかの程度とは」

「老人ホームに入ったというのが作り話かもしれません。事実だとしても、九州というのがでたらめかもしれません。実は、祖母が九州出身ということさえ疑っていました」

「なるほど。松さんは他県……首都圏の老人ホームに入った可能性すらあるし、そもそも入園さえしていないかもしれないと。そうなると、調べようもありません」

その時、刑事たちの考えがわかったような気がした。彼らは、松が玲を殺して逃亡したと考えているのではないか。二人が良い関係の親子だったといえないことは、多数の者が知っていただろうし、警察の耳に入っていてもおかしくない。そこから大門松犯人説を組み立てる可能性もあるだろう。しかしこの点については聞かずにおいた。無防備に話すと、狐罠に足を突っこむような気がする。

影屋はゆっくりと視線を合わせて、

「不思議なことに、松さんがこの町から出た痕跡が見つからないのです。近所の人はもちろん、タクシーやバス、もよりの駅でも彼女の姿は見られていません。行方を知る手掛りがまったくない。君が見た後で松さんは、ふと消えてしまったような具合なのです」

「奇妙ですね」

そういうしかなかった。

会話が途切れ、しばらく影屋の整いすぎた容貌――高い鼻、引き締まった頬、深く沈んだ知的な双眸――に目をやっていると、彼は思い出したようにこういった。

「そういえばこんなことがありました。大門家の二軒向こうの家に、お爺さんが住んでいるんですが――」

その老人はこの春まで農業をしていたが、腰を痛めて隠居した。彼は大門玲殺人事件の夜、外で争うような音を聞いた。はっきりした時間はわからないが、夜の九時頃だ。若い者が酔って、喧嘩でもしているのだろうか。彼はトイレに入っていたが、便器から立ち上がり、ズボンを上げながら、小さな窓から外を見た。街灯に照らされて三人の人影がもみ合っているのが見えた。二人は少年で、一人は中年女のようだ。背の高い方の少年は髪の毛を立たせており、もう一人はがっしりとしていた。三人とも顔はよく見えなかった。

その話を聞き、髪の毛が立っていたというのが気になった。即座に浮かんだのはグレンである。もしそうならば、がっしりした少年というのは、ガンだろう。

試しにいってみた。

「少年のうち一人は、王渕町長の息子と、髪型が似ているような気がします」

影屋はうなずき、

「調べてみると少年たちは、王渕一也と木村修一でした」

「グレンとガンですか」

「学校ではそう呼ばれているらしいですね」

二人がグレンとガンだとしたら、あの夜大門家の近くに彼らもいたことになる。九時というのも、死亡推定時刻の範囲内だ。庭に落ちていた煙草は、グレンかガンが吸ったものではないか。不良少年たちは殺人を犯す前に、煙草を吸って庭に捨てた。一本の煙草を交互にふかしたのかもしれない。それから玲の部屋に侵入して殴り倒し、首を切断して脱出した。

首を切るというのは常識を外れた行為だが、少年犯罪においては、さほど過激とはいえない。彼らにとっては刺すのも首を切断するのも同じなのだ。違うのは手間がかかるかどうかということくらいである。血を見てハイになったグレンたちは、勢いに乗って、通りすがりの女に絡んでカツアゲしようとする。

私はささやくようにいった。

「女の方は誰だったんでしょうか」

「判明していません。中年というのも定かではないのです。顔は全然見えなかったというし」

謎の女……か。

ただの通りすがりかもしれない。しかし妙に引っかかる。もしかしたら犯人はグレンたちではなく、その中年女だったのではないか。彼女は玲を殺害し、外に出たはいいが、運悪く通りかかった不良どもに絡まれてしまった。いや、やはりそう考えるのは早計だ。何もかも事件に近づけて考えすぎている。仮説を立てるには曖昧すぎる目撃談だ。

少し突っこんで聞いてみる。

「少年たちは女の顔を見たはずですよね」

「彼らは、見知らぬおばさんを、ちょっとからかっただけだといっています」

考えてみれば当然の答えだ。悪さしたわけだから、グレンたちが相手の名前を知っていたとしても、いうはずがない。

影屋に別のことを聞いた。

「流しの犯行……だとしたら、怪しい人物はいるんですか」

「ニュースで見たかもしれませんが、近くの県で凶悪殺人犯が逃亡中です」

思い出した。十七歳無職——という奴だ。逃げ回った先々で殺人を犯している。しかしこんな町まで来るだろうか。

「間秀さんはどうなんですか」

いってから後悔した。質問が多すぎる。これ以上こちらから聞くのは危険な感じがする。

牧野の、刃物のような視線を痛いほど感じながら、仕方なく言葉を継ぐ。

「……彼が、第一容疑者だという説もあるようですが」

「間秀さんですか」

影屋は顎を引き、

「殺人は頑強に否定しています。被害者との男女関係も、その夜の性交渉も認めてはいるのですが、あくまでこういい張るのです。『自分が帰った時、確かに大門玲は生きていた。その後に侵入した誰かが殺したのだ。犯人は自分ではない』」

私はその後、質問は一切せず、答えることに徹した。頭と気を遣い、神経が擦り切れてぼろぼろになった頃、ようやく二人は帰っていった。

解放されたのだ。

寝室のベッドに頭から倒れこむ。

うんざりだ。

刑事たちは飽きるほどに同じ質問を繰り返す。違うことをいうと、すぐに突っこみが入りそうだ。常に「犯人にされるかもしれない」という恐怖を感じる。テレビドラマの素人探偵たちは、どうして刑事と気安くなれるのだろう。平凡な勤め人や主婦である彼らは、事件の謎を解こうなどという意欲を、何故易々と燃やせるのか。

私にしても、事件の謎を解きたい気持ちはある。誰が何のために大門玲を殺したのか、どうして首を切ったのか、大門松はどこへ行ったのか、出現した悪魔の紋章にはいかなる意味があるのか、あらゆる謎をすっきりさせたいとは思う。しかしそれ以上に、すべてを投げ出したくなる気持ちの方が強い。

こうしていても母の無残な姿――首のない死体、その残忍な切り口――が目に浮かぶ。忘れようとしても、脳裏に貼りついて離れない。事件のことを考えるたびに、頭で映像が再生される。考えることを続けたら、危険領域に入りそうだ。その前に無意識のうちに歯止めをかけている。

人は、本当に危ないものからは遠ざかる。極端にいうと、なかったことにしてしまう。殺人などなかった。首なし死体など見なかった。だから事件の謎は解きようもない。そんなものはもともと存在しないのだから。

〝逃げ〟だ。しかし逃げを否定してはいけない。精神の均衡を保つためには、時には逃走も必要なのだ。うまくいかない学校生活、目の当たりにした猟奇事件、繰り返される警察の精神的拷問、もうたくさんだ。休みたい。ひび割れた神経を少しでも休ませたい。ささくれた心をわずかでも休息させてやりたい。

だから――

敬老の日がないのがショックだったのだ。

一日でも多く休みたいのに、この町には敬老の日がない。

九月十五日なのに、学校が休みにならない。

「そんなことがあっていいのか」

しぶしぶ登校した私の問いに、不二男はあっさりと答えた。

「いいんじゃないですか。中学は町立だし、町のしきたりに従ってもね。この町には、老人を敬う習慣なんてないんです」

「この学校以外、この日に登校してる生徒なんていないと思う」

「数の多いほうが正しいわけではありません。町には敬老の日がない。よって学校も休みにならない。これはこれで正しい。単純明快です」

「法律とか条例とかの違反では」

「教育委員会からクレームがついたという話は聞きませんね。登校するのがそんなに嫌なんですか」

「そういう問題じゃない。根本的に間違っているような気がする」

「正道ですよ、この町ではね。少なくとも僕は助かります。登校日が増えると、余裕を持って作業できますから」

彼は放課後、教室に一人残って、文化祭の準備をしているのだ。

似顔絵の下描きである。

今も模造紙いっぱいに、大きな顔を描き入れている。

あらためてそれを見て、〝上手い〟と思わずにいられなかった。浮世絵をモダンにしたようなイラストレーションだ。模造紙には、濃い鉛筆で簡単に目鼻立ちが描いてあるだけだが、悪魔のような風貌は、紛うことなき憂羅充のものである。

不二男は下描きから目を離し、

「充君は描きやすいんですよ。ものすごく特徴があるでしょう」

「確かに。でもクラス全員分と、先生たちの顔を描き切るのは大変だろう」

「時間はかかります。しかし始めてしまえば終わるものです」

案外楽しんでいるのかもしれない。押しつけられて嫌々やっているという感じではなさそうだ。

「できればタクマ君も、色塗りをしてほしいんですが」

「すまない。今日は調子が悪くてね」

「敬老の日が休みじゃないのが、そんなにこたえましたか」

「色々あるんだよ」

「ま、わかるような気もしますがね。でも僕としては、自分の似顔絵は自分で色を塗る、というのを原則にしたいんです。僕が下描きをし、クラス全員が一人一枚色塗りをする」

彼は机と椅子だけが並ぶ教室を見回し、

「うまくいかないかもしれませんが」

私はうなずき、

「大部分の絵は、君が色塗りをした方が賢明かも」

「そうせざるを得なくなりそうですね」

「あと数日で、完成するだろうか」

「さてね。でも明日は委員長も手を貸してくれるらしいし」

「康子さんは今日、どうしたんだ」

「習字の塾に行くとのことです。でも明日は友だちと一緒に手伝ってくれるというし、何とかなるんじゃないですか。困難って、時間が経つとどうにかなっちゃうもんですよ、うん」

彼は一人でうなずく。見かけによらずポジティブな性格らしい。

私は、葬式の日に現われた、第二の悪魔の紋章について聞こうとし、やめた。彼の忙しさを見て、気がひけたのだ。

不二男の作業を横目で見、後ろ髪を引かれるような思いで下校する。手伝いたい気持ちはあるが、学校に長く留まっている気に、どうしてもなれなかった。

気分転換が必要だ。

しばらく棚上げにしていた、私設美術館訪問を実行してみようか。

帰宅すると鳥新法子が、流し台に立っていた。丸々とした腰を揺らし、鼻歌を歌っている。美術館への道を聞くと、彼女は洗い物をしながらいった。

「今から行くの。休館日なのに」

彼女は柱時計から視線を移して、

「それに道を間違えたら危ないしね」

「危ない？」

「危ないのよ、あの辺にはヒトマアマが出るから」

ヒトマアマ？

「何ですか、それ」

「ううん、いいのいいの、何でもないから。道を間違えずに行ければ関係ないのよ。あんなことタクマちゃんは知らないほうがいい。気持ち悪くなるだけだし、普通は実害ないしね。別にどうってことないの。何を聞かれたんだっけ。そうそう、美術館への道のりね。口でいうのも何だし、地図でも描いてあげようか。百聞は一見にしかず」

「お願いします」

彼女は水を止めると、ホワイトボードに貼ってあった紙切れを外し、テーブルに置いて、たどたどしい手つきで絵地図を描き始める。

「大門美術館は、とてもわかりにくい場所に建っているの」

彼女はボールペンを走らせながら、

「この町は、町というより村だよねぇ。いいえ村というより僻村かしら。そんな僻地のさらに奥に、その建物はあるのよ。私なんか、車で行けるところまで行って、後は歩いてる。車なんて放っておいても誰も悪さなんかしないからねぇ、この辺はのどかなもんでさ。歩くって健康にはとてもいいのよ。ああ、タクマちゃんは別に太ってないけどね、大門美術館に通うのはいいダイエットになるの」

「伯父さんの話では、もともと昇り崖という、崖があった場所にあるらしいですね」

「あら希明さんは、そんなこともいったの。昇り崖は地震で崩れちゃったのよ。でもさ、あそこがこの町の臍であることに変わりないわねぇ」

「臍、ですか」

「とても重要な場所、ということよ。さぁ、できた」

渡された地図を見ると、美術館は確かにかなりの奥地にあるようだ。地元の来館者も行きにくいだろうが、他所からこんな場所まで観光に来るのは、よほどの物好きだろう。どうしてここが町の臍なのだろうか。

「どうして臍なんですか。上空から見て、町全体の形のちょうど中心が、そこなんですか」

メインとなる市街地が、必ずしも土地的な中心点にあるとは限らない。辺境の地が中心ということはあり得る。

法子は変な含み笑いをして、話をはぐらかした。

「タクマちゃんは面白いことをいうのねぇ、やっぱり頭のいい子なんだ。でも違うのよ、理由は他にある。ここで私が教えちゃってもいいけどさ、まぁ、あんたにもいつかわかるわよ。その時までのお楽しみということで」

「楽しめるようなことなんですか」

「どうかしらねぇ。でもさ、とにかく行くのはよしたほうがいいよ、今日行くのは無駄だから」

しかし私は無駄なことがしたかったのだ。

気分転換になることのほとんどは、本質的に無駄なことではないだろうか。

家を出ると、伯母の描いた地図を見ながら自転車をこいだ。美術館の中に入れなくてもいい。外観だけでも見ておきたい。

法子の地図は、簡略すぎた。もともと絵地図というのはあてにならない。作成者の主観が混じっているからだろう。人が違えば見える風景も異なる。目印も各人各様だ。法子の描いた地図は、主観の塊だった。

町並を少し外れると、段々に並んだ水田や畑があり、川が流れ、家々の向こうに、小さいが急峻な崖がぽっかりと現われたりする。千切れ雲が浮かぶ朱色の空が赤みを増し、やがて砂漠に消える太陽のごとき毒々しい赤となった。

夕焼けがきつすぎる。血を流しているかのようだ。天変地異の前触れだろうか。どこからか、ねっとりとした視線が送られているような気がした。背後をうかがうが、追跡者の気配はない。気のせいだろう。

上空を見ると、奇態な鳥のようなものが羽ばたいている。真っ黒な蝙蝠が、ゆらゆらと曲がりくねって飛んでいるのだ。それは一つ二つと増えていき、やがて数十羽になった。吸血蝙蝠の群れが、空に滲む鮮血に吸いついているかのようだ。腕ほどもある巨大な蝙蝠も混じっている。

進むうちに、ずいぶん細い道に入ってしまった。

地図を見直す。曲がり角を間違えたか。

右手に農家が見えてくる。

近づくと庭先に何人か集まっているのがわかった。

いずれも四十歳以上で、男が四人、女が二人である。誰もが、灰を被ったような砂色の服を着ていた。彼らは焚火を囲み、何かを火にくべて食っている。漂う煙に、焼けた肉の臭いが混じっていた。手にした串には、細長くて黒く、四本の足が生えたものが刺さっている。

道を聞こうとして、やめた。

不気味だ。彼らは何を食べているのだろう。食用蛙かもしれないが、私にはトカゲのように見えた。通りすぎようとした時、どんよりした目が一斉にこちらを向く。その目は一様に無表情で、死人のようだった。

小さな橋を渡る。

意外なことに川の水面はかなり下方だ。落ちたら無事にはすまない。

目がおかしなものを捉えた。川に人面らしきものが浮いている。顔だけがぽっかりと水面に出ているが、両目が離れ、平べったい鼻をしたそれは、グレンの仲間の半魚人に似ていた。幻だ。あんなに遠くにある顔が、目鼻立ちまで見えるはずがない。見直すと、顔は消えていた。大きな葉かゴミだったのだろう。

橋を渡ると辺りに人家はなく、道はさらに細くなり両側が木々になっていた。

進むたびに林が密になっていく。

自転車を降り、押して歩いた。次第に枝振りが道に近づいてくるさまは、ゲルマンの魔の森が這いよっているかのようだ。幹と幹の間に白いものが現われては消えた。狼のようなものが何匹か走っている。野犬だろうか。それにしては大きい。一匹が近づいて、また遠ざかったが、人に喰らいつきそうな凄まじい形相をしていた。

地図に目を戻す。陽は落ちて暗い。明らかに迷った。

――と思った瞬間、目の端に何かが映った。

木々の間を、犬ではなく、右足しかない女が奇妙に素早く走っている。女の行く先に目を遣ると、林の中の少し開けた場所に、十人ほどの人間がごろごろと大きな芋虫のように転がっていた。芋虫――という印象を持ったのは、中に両足のない男や、手足がすべてない女がいたからだ。彼らは何なのか。浮浪者の群れなのかもしれないが――農家の庭に集まっていた人々が、生ける死者の群れに見えたように――彼らは煉獄に蠢く者どものように思える。

見てはいけないものを見てしまったような気がして目を逸らす。黙々と先を急ぐ。異形の群れは林の影に隠れた。

前方を見ると、行き止まりだった。

道は平屋建ての建物に続いており、その先はないらしい。引き返そうとして、やめる。建物をもう一度確認すると、老人ホームだ。大門松の顔が脳裏をよぎる。ひょっとしたら、彼女はここにいるのではないか。

近づくと、廃屋であることがわかった。

庭は荒れ放題で、バルコニーの向こうに並ぶ、居室の窓のいくつかは割れている。使われなくなってから、かなり経っているようだ。建物そのものが、ひからびたミイラのように思える。

玄関のドアは外れて転がっていた。

ぽっかり開いた矩形の入り口から中をのぞきこむと、闇の奥に、ちらりと赤いものが揺れた。人か獣か、赤くて動くものが、廃屋の中にいるらしい。

何故か、ぞっとした。

祖母がこんな所にいるはずがない。

家に帰ろう。

決めた瞬間、巨大な蝙蝠が、目の前をゆらりと横切り、頭上ではためいたかと思うと、背後の木をかすめて消えた。

自転車を押し、駆け出す。

後ろから何者かが追ってこないか、得体のしれないものが林から飛び出してこないかと、恐れながら。

第二章　お化けが出る

文化祭当日は地獄絵図から始まった。

登校した時には既に、事件が起こった後だったのだ。

教室の中が騒々しい。

思い切ってドアを横に引く。

展示の様子が一気に目に飛びこんでくる。

「何だこれ」

思ったことが、そのまま口から出ていた。

ひどい。これはひどい。

すべての絵が赤く汚れている。似顔絵の上に、赤いスプレーで落書きされているのだ。○×△から、卑猥な絵、わけのわからない模様、えげつない言葉まで、ありとあらゆる落書きがなされている。私の顔は生皮を剝がされていた。顔全体が真っ赤に潰され、ペンキが血のように垂れているのだ。背景上部には、スプレー文字で、ツキモノイリと書かれている。

会場を見回して、吐き気がした。

血の祭壇、という言葉が唐突に浮かぶ。撒き散らされた赤は、血液ではなくスプレーだし、祭壇を思わせる具体的な要素もない。しかし何故か、血の祭壇という言葉が頭をよぎったのだ。

教室には、まだ半分くらいの生徒しか来ていない。

皆が茫然としている。

私は不二男の姿を見つけて、近づいた。

「これはどういうことだ」

彼は焦点を結ばぬ目で、おかしなことを口走った。

「文化祭って、祭ですよね。祭ってもともとは神仏や祖先を祭ることだったんです。特定の日を選んで、身を清め、供物を捧げて祈願や慰霊をする。そういう意味では、この教室の展示は祭に相応しい。ただし祭るのは神仏ではなくて悪魔です。供物になるのは僕たちすべてです。これは悪魔の祭壇です」

祭壇という言葉にぎょっとしたが、

「しっかりしてくれ。変なことをいってるぞ」

「そ……そうですかね」

かなりショックを受けている。当然だろう。

「どうしてこんなことになったんだ」


文化祭前日の盛り上がりは不思議だった。

クラス企画の準備が遅れていたことが、かえってよい結果を生んだのかもしれない。昼休みが終わると、誰が音頭を取るわけでもなく、クラスメイト一人一人が不二男に近づき始めた。

「俺、その絵塗ろうか」

「輪郭線をマジックで清書したげる」

「鉛筆削ってきまーす」

「仕事ない？」

彼らは彼らなりに、放課後黙々と働く不二男の姿を見て、後ろめたい思いをしていたのかもしれない。次々に声をかけられ、不二男は困惑していた。

私は団結という言葉を信じた。

姿を見なかったのはガンくらいなものだ。ガンは一日、欠席していた。

「ガン細胞なんて、ないにこしたことないんですよ。本来いらないものですからね」

不二男は辺りはばからずにいい放った。

憂羅充も村山舞も助力を惜しまなかった。舞は眠そうな大きな目で画面を見ながら、ドライヤーで絵の具を乾かしていく。水彩絵の具なので、熱風をかけると、みるみる乾燥する。充が、乾いた端から、パネルに展示していく。

飾りつけの終わった教室を見回すと、なかなかのものだった。全面にクラスメイトと先生たちの巨大な似顔絵が並んでいるさまは、壮観だ。背景の色は、赤、青、黄色などのベタ塗りだが、並べるとレインボーカラーになっていて、目がちかちかするほど派手だ。まずまずの出し物として仕上がった――はずだった。

私は誰にともなくいう。

「いつから、こうなった。誰がこんなひどいことをした」

不二男が頭を振ってから、答えた。

「ああ……そういうことですか。誰がこんなことをしたかはわかりません。いつから、というなら僕が登校した時からこうなってました。どうして、ということになると――」

横から鳥新康子が割りこんできた。

「タクマ君、君のせいじゃないの」

「俺の」

「君よ。君が来てからすべてはおかしくなったのよ。文化祭でこんなことが起こるなんて信じられない。確かに不良はいたよ。でも、そんなのがいたって、ここはのどかな学校だった。それがどう。見て、この落書きを。ひどいものよ。中でも君の似顔絵に書かれた落書きが一番凄い。まるで皮剝ぎ死体。このイタズラを仕組んだ人は、絶対君に嫌がらせをしたかったのよ。そのために展示が全部駄目になるなんてひどすぎる」

何もいえなかった。

康子はおそらく正しい。必死で描いた絵を潰された不二男の心中を思うと、心が痛んだ。

黙ったままでいると、不二男が慌てたようにいった。

「タクマ君のせいじゃない。君が悪いわけじゃないんです。気にしないで下さい」

「すまない。君の気持ちはわかるよ」

そんなふうにしかいえなかった。

やがてショートホームルームの時間が来て、教室の様子を一目見た鳥新啓太は、あんぐりと口を開けた。

「これは何ですか、君たち」

彼は展示物の惨状をもう一度見渡して、

「まるで暴走族の落書きじゃないですか。誰がこんなイタズラを」

机と椅子が廊下に出されているので、全員が立ったままだ。その中から鳥新康子が一歩前に出て、

「他のクラスの誰かの仕業だと思います。朝、教室に来たらこうなっていました。一番に落書きを見たのは私です。会場の最終チェックをしようと思って、早く登校したんです。その時には落書きされていませんでした。昨日の夜ということはないと思うから、今朝誰かが、私より早く教室に入って、スプレーを撒き散らしたんだと思います。あんまりだと思いませんか」

担任は垂れ目に困惑の色を浮かべて、

「うーむ、これじゃ、一般公開できませんね」

どことなくツボの外れたことをいった。

康子は語調を荒げ、

「犯人を見つけて下さい！　すごく頑張ったんですよ。これで私たちのクラス企画が終わりだなんて納得できません。何とかして下さい！」

鳥新は少し考えてから、

「できるだけの対応は取ります。職員会議にかけますから、教室はこのままにしておいて下さい。戸は施錠します。こんな状態の教室に、間違ってお客さんが入ったら大変ですからね」

彼は視線を康子からクラス全体に移し、

「君たちは今日一日、他の学年やクラブの企画を見て回って下さい。終わりの点呼は視聴覚室で行いますから、時間厳守で集まること」

それから彼は出欠を取った。ガンと村山舞が欠席していた。ガンはいつもながらだが、舞はどうしたのだろう。昨日、頑張りすぎたのだろうか。日頃ののんびりムードとは打って変わって、素早くドライヤーを動かしていた姿が目に浮かぶ。

私と不二男はとりあえず部室へと移動する。

二人の会話は、自然と〝誰が落書きしたか〟になった。

「グレンとガンと、その一味でしょう」

不二男はいう。

「彼らのうちの誰かが、朝早く教室に忍びこんで落書きしたんです。先生もいってたけど暴走族的なセンスが感じられましたしね」

うなずいたが、納得できないものを感じてもいた。クラスの絵を汚すとしたら、グレンよりガンの方が適任だと思うが、彼は昨日欠席していた。当然、完成した会場を見てもいない。それなのにスプレーを用意して、朝早く侵入し、落書きするなどということがあるのだろうか。あるかもしれない。スプレーをかける対象など、何でもよかったのかもしれないし、似顔絵展示のことは知っていた。しかし……

すっきりしなかったが、時間も来たので、私たちは開会式へと向かった。

式に続いて、演劇、吹奏楽、合唱のステージ発表がある。

それが終わると、私は文化祭企画の様子を見て回ることにした。不二男は部室に戻り、休んでから行くという。

まず、三年生の企画へ回ってみることにした。根津京香のいる場所へは一人で行きたい。始まったばかりのはずだが、フリーマーケットは大盛況だった。客の大部分は一年生で、一般客の姿もかなりある。販売担当の生徒は五人いて、交替制らしい。京香の姿はなかった。がっかりしたが、一応売り物をチェックする。

CDやDVD、マンガや小説の文庫本が圧倒的に多い。コップや茶碗、食器類もかなりある。扇風機や電子レンジといった電化製品も並んでいた。どこから持ってきたのか、トイレットペーパーや砂糖などというものもある。中では超格安のDVDレコーダーに惹かれた。財布を確認すると足りない。不二男から借りようかと考えていると、後ろから声をかけられた。

「貸してあげようか、タクマ君」

振り向くと、胸の前で腕を組み、根津京香が立っていた。

頭からDVDレコーダーのことが飛ぶ。

彼女はのぞきこむようにして聞く。

「目ぼしいもの、あったんでしょ。お金が足りなければ貸すわ」

「それより、ちょっと聞きたいことがあるんです」

「なら隅に行きましょうか」

人ごみを離れ、京香は壁に背を凭《もた》せかけた。仕草に大人っぽい落ち着きが感じられる。

私は今朝から漠然と抱いていた疑問を口にした。

「今日、グレンは来てますか」

「話ってそんなこと」

まったくだ。どうして、もっとましな話題がないのだろう。

彼女は怪訝そうな眼差しで、

「昨日から休んでるわよ。仲間の何人かも二日間、欠席してる。三年のクラスはガラガラよ。平和でいいけどね。あんな奴らが文化祭の準備とか当日の仕事なんてするわけないし。何でそんなことを聞くの」

私はクラスで起きた事件のことを話した。

「小耳には挟んでたけど、想像以上にひどい事件ね。許せないわ」

「クラス全員があんなに頑張ったのに、それを無にするとは」

「いいえ」

彼女はきっぱりといい、

「私がいいたいのは、そういうことじゃない。私、あなたを苦しめるのが許せないの」

視線が衝突した。彼女の切れ長の大きな目は、まったく揺るがない。

「タクマ君。その事件は明らかに、あなたに対する嫌がらせだわ。私はあなたを苦しめるすべてのものが許せないの」

息を呑んだ。

どう答えたらいいかわからない。

あげくの果て、

「そういえば……うちのクラスのガンも、昨日と今日は欠席してました」

などといってしまった。

彼女は少し微笑んで、

「そういうの、好きよ」

そしてフリーマーケットの方に目をやり、

「グレンとガンの不良グループは、一泊二日の旅行に行っちゃったのかもね」

その時、販売係の女子が京香を呼んだ。

「京香、手伝って！　手が足りないの」

彼女は肩をすくめて、

「ということよ。タクマ君、またね」

京香は売り場の向こうへ消えていった。

話し足りない。

もう一度、京香の方を見てから、会場を出た。

廊下を歩きながら考える。

グレンもガンもその一味も、昨日と今日は欠席しているという。奴らがわざわざ朝早く起きて、落書きをしに学校まで来るだろうか。前の中学では、夜中に学校のガラスを割りに来た不良たちもいたから、あり得ないとはいえない。しかし腑に落ちない。不自然な気がする。犯人はやはりクラス展示の完成を目にし、落書きのイタズラを思いついたと考えるのが自然だ。

するとクラスメイトの中に犯人がいるのだろうか。ガンの他にグレンの一味が紛れこんでいるなどということがあるのか。不良グループとはまったく関係なく、私をよく思わない奴がいるのか。そもそも本当に私をターゲットにしたイタズラなのか。もし別の目的があったとしたら……

想像はとめどなく広がる。

美術部や写真部や書道部の会場を回ったが、何も目に入らなかった。ぼんやりしながら廊下を歩いていると〈お化け屋敷〉の看板が目に入る。

思い出した。

二年生の企画は、お化け屋敷だったのだ。

戸の前に机が置かれ、受付が設置されている。係の生徒は物凄く太った男子で、机が異常に小さく見えた。彼は、入場者の数を記録するカウンターをもてあそびながら、気のなさそうな呼びこみをしている。

「お客さん、どうぞお入り下さい。わがクラスの企画は、お化け屋敷。絶対楽しめますよー、さぁ、どうぞー、いかがですかぁー」

私は戸口から暗い室内をのぞきこんで聞く。

「どんなお化けが出るんですか」

デブはいきなりぞんざいな口調になり、

「だからお化けだっていってるだろ」

と、答えにならない答えを返してから、

「早く入れよ、一年坊主！」

命令するようにいった。

私はおとなしく教室の中へと向かう。

気のせいか、肥満児には神経質なタイプが多いような気がする。

一歩足を踏み入れると、ダンボールの臭いがした。同世代が作るお化け屋敷など大したことはないと見くびっていたが、迷路はよくできている。ダンボールで壁を作り、教室を仕切っているのだが、行き止まりがあったりして、一応迷えるのだ。いただけないのは肝心のお化けで、フランケンシュタインや狼男やジェイソンの、市販品のマスクを被った生徒が突っ立っているだけだった。迷路を組み立てた段階で力尽きたのだろうか、制服のままなのが笑える。

というか、しらける。

立っているだけでなく、動いてびっくりさせてほしい。だがそれはそれで問題があるのだろう。お客さんの中に心臓の弱い人がいたらたいへんだし、マスクをした制服の子供が変な動きを始めたら、怖いというより気持ち悪い。

出口の近くまで来て、馬鹿馬鹿しくなった。

どうせ次の角にも、お化けが立っているに決まっている。今度は吸血鬼か半魚人か、フレディ・クルーガーか。落書き事件のせいで気持ちが荒んでいたからか、急に、よくない考えが湧きあがってきた。こちらから、お化けを驚かせてやろう。角を曲がった途端、「わっ」と大声を出そうか。それともいきなり抱きついてやろうか。

角を曲がると、案の定、何かがいた。

私は反射的に抱きついた。

大声を出すのは趣味じゃない。

しかし……

その瞬間に後悔していた。

相手がおぞましい怪物だった——からではない。

相手が生身の女の子だったからだ。

背中に回した両手の感触が、丸みを感じ取る。

胸の下辺りにも、相手の胸の柔らかい二つの膨らみを感じた。

いけない。

女の子に抱きついた。

顔を見ると、狐だった。真っ白い顔の中に、細く吊りあがった二つの目と、突き出した鼻がある。

動けない。

体が硬直し、背中に回した手を外すことができなかった。温かい体温が伝わってくる。心臓が早鐘のように打つ。冷や汗が出た。狐なんかじゃない。女の子を抱いているのだ。生まれて初めて、暗闇の中で同世代の少女を抱きしめている。女性というものが、こんなにも柔らかく、弾力に満ち、華奢で、温かいものだったなんて。両手を離さなければ、でも離したくないし、でも離さなければ、このままでいたい気もするけど、しかし相手が誰かもわかりはしないのに、狐面の奥、とんでもない不細工な顔があったらどうする、いいや人間は中身だ、女の子は性格だ、古来より女は愛嬌だというし、いや、お前は馬鹿か、今はそんなこと考えてる場合じゃない、離れなければ——

不思議なことに、狐面の少女は微動だにしなかった。

香水のようないい匂いを、ふと感じる。どこかで嗅いだような匂いだ。

その香りに、麻痺した脳髄が刺激されたのか、私はやっとのことで体を離した。わずかな時間だったはずだが、ずいぶん長く抱いていたような気がする。頬の辺りが熱を帯びていた。恥ずかしい。慌てて謝った。

「すみません」

相手は何の反応もしない。

いたたまれず、早足で迷路を抜け、廊下へ出た。

受付のデブが不思議そうにこっちを見ている。

彼に背を向け、歩き出す。

馬鹿なことをした。抱きつくなんて大人げなかった。中学一年は子供だからいいじゃないか、というのはいいわけだ。分相応の大人らしさというのは、やはりある。私のやったことは、中学一年にしても子供っぽすぎた。

相手の立場になって考える。迷路の中でお客から抱きつかれたら、どんな気がするだろう。〝ギャッ！〟〝何だこいつ？〟〝やめろ〟〝ふざけるな！〟それとも単に〝!?〟だろうか。本物のお化け屋敷で働くプロの役者さんだったら、そんな状況でも客を怖がらせようとするかもしれない。しかし相手は中学二年生の女の子なのだ。

実のところ、狐面の少女はどう思ったのだろう。

彼女は驚くでもなく、構えるでもなく、植物のように、ただ立っていた。感情というものがまったく伝わってこなかったのだ。

鼻腔の中に微かな残り香があるような気がする。彼女を抱いた時に嗅いだ香りだ。いい匂いだった。

あの匂い……どこかで嗅いだことがある。

第三章　巨人の臓物

悪魔の紋章の件が気になっていたが、まずは文化祭の代休を使って、大門大造が建てたという私設美術館を再び訪ねることにした。

クラス展示に落書きした犯人は、結局判明しなかった。

後日、鳥新康子から聞いた話――つまりは父の啓太が漏らしたわけだが――によると、先生方の中には、この事件は警察に預けた方がいいのでは、という人もいたらしい。生徒が書いたとは思えないような凶悪な落書きである。しかし校長が反対した。学校にはいかなる事件が起こっても、簡単に官憲を入れるべきではない。ならば町の巡査に調べてもらったらどうかという意見も出たが、多数が反対した。憂羅巡査向きの事件ではない。そして結局はうやむやにされ、私たちは〝未解決〟という結末を、むりに呑みこまざるを得なかった。

文化祭が終わってから帰宅すると、鳥新法子から、今度は詳細な絵地図を描いてもらった。これなら迷うことはないだろう。美術館の正式名称は〈大門美術館〉というらしい。

伯母は一緒に行くかと誘った。

「明日はあたしも、どうせ美術館へ出勤するんだから、ここまで迎えに来てあげようか。森までは車で行った方が楽よぉ。仕事なんて暇なもんだから、案内してあげられるし」

断わった。朝っぱらから行く気になれなかったし、遠回りをしてもみたい。この前行き着いた老人ホームへの道のりを再び辿ってみるつもりだ。あの日の夕方見たものを、もう一度確認してみたい。

昼すぎに出発する。

白日の下では何もかもが違って見えた。

農家にはゾンビの群れはいなかったし、森に入っても怪犬は現われず、まして芋虫のような集団になど、出合えようはずもなかった。すべては幻だったとしか思えない。

ただし芋虫集団のいた辺りで、不思議なものを発見した。

狭い空き地の中央に、いびつなドラム缶のようなものが置かれていたのである。

近づいて調べてみると、ドラム缶に見えたものは、土鍋のような質感の、巨大な釜だった。釜の下には木の燃えかすが残っている。異形の一団は、やはり実在し、これを使っていたのかもしれない。

彼らは、いわば浮浪者たちで、五右衛門風呂のようにして、釜を使っていたのだろうか。あるいはこれで、食べ物を煮て、食べていたのか。釜の中をのぞきこんでみると、底に得体の知れない塊が乾燥しており、ひどい異臭が鼻をついた。二十センチはありそうな赤黒いムカデが、ぐるぐると走り回っている。

こんなことをしていても仕方がない。

廃老人ホームを一目見て、美術館に向かうことにする。

弱い日差しの中に現われた老人ホームは、神秘性を失い、単なる廃屋と化していた。

しかし……

人を外見で判断してはいけないという。

建物も同じことだ。

私は気を緩めるべきではなかった。

地面に倒れているドアを踏み、玄関から建物の中をのぞきこむ。前回目撃した、赤い影らしきものはない。壁はグレイで、中央はテラスガーデンになっている。廊下に並ぶ茶色のソファは破れ、詰め物がはみ出していた。外に出て周りをぐるりと回っていくと、居室は全部で十五ほどある。角を曲がり、避難用滑り台を越え、その向こうが見えた時、思わず足が止まった。

誰かがいる。

ウッドデッキに座って、足をぶらぶらさせている。

赤い服の女だ。彼女は一見——おかしなことに——カニのように見えた。赤い胴体から八本の手足が生えている。

首を振り、見直す。

ショートカットの細い女だ。年齢不詳だが三十は越えているだろう。細長い手足とはアンバランスな、ふっくらした顔をしている。目は一本の線で描けるほど細く、砂地のようなざらざらの肌は浅黒い。Tシャツにチノパンといういでたちで、どちらの服も、煮たタラバガニのような赤い色をしていた。

胸の前で子供を子守帯で留めている。赤子ではなくかなり大きな子で、四、五歳にはなるだろう。髪は短く、男の子のように見えるが、よくわからない。呆けた、中性的な顔をしている。子供は赤いランニングに赤い短パンを着ており、子守帯から伸びた妙に細長い手足が、母親の肩と腹の辺りから突き出し、かくかくと動いていた。だから八本足に見えたのだ。

目を合わせてはいけない。

立ち去らなければ。

私はそろりと背中を向けた。

その時――

「おにいさん!」

甲高い声に呼び止められた。反射的に振り返る。女はゆっくりと右手を差し出す。掌の上には真っ赤なトマトが載っていた。

「おにいさん」

女は繰り返し、静かな声でこういった。

「トマトいらんかえ」

どう返答したらいいかわからない。手で拒絶の仕草をすると、背を向け、歩き始めた。

後ろで、ザッと動く音がする。

ぞっとした。

ダッシュしてその場を離れた。森林の中、息を切らして駆ける。途中で振り返ると、幹の間に赤い色が見えた。追ってきている。私はスピードを上げた。森を抜けるまで、足を止めなかった。出口に置いた自転車に飛び乗ると、猛然とペダルをこぐ。

農家が見える場所まで全力で走った。息があがっている。確認したが、追っ手はいないようだ。私はスピードを緩めた。

さっきのは、何だったのだろう。

廃老人ホームに住み着いてる浮浪者だろうか。前回来た時、老人ホームの中でちらついた赤は、あの母子の服だったのか。何にせよ常人ではあるまい。回り道など、しなければよかった。

気持ちを切り替えよう。

地図を片手に、美術館へ向かうための、森の入り口を探す。

今度は、間違えることもなかった。

この前は見逃していた〈大門美術館〉という立て看板を発見したのだ。

ところが、うまくいかない時は、徹底してうまくいかないものらしい。

入り口に自転車を置き、森に入ったのだが、そこからが問題だった。

どこから間違えたのか、気づくと道が先細りになって消えている。その度に引き返さざるを得ないので、ひどく時間が掛かった。方向が完全にわからなくなり、ぞっとしたこともある。樹海を迷うというのはこういうことかもしれない。

天は枝と葉に覆われ、隙間から弱い陽射しが差しこむだけだ。周りにはひたすら同じような幹が見える。方角を確かめられる何ものもない。虫の声どころか物音一つしなかった。原生林というのは自然が作った完璧な迷路だ。

暗くなってきた時には、さすがにあせった。森の外では日が翳っているだろう。美術館に着いた時には閉館しているかもしれない。今日の午後行くと、伯母には伝えてあるが、あまりに遅いと、予定を変更したと思われることもありそうだ。電話すればいいのだが、携帯を忘れた。

このまま辿り着けないのだろうか。今来た道を引き返すことになるのか。何にせよ、森林で夜を迎えたくはない。

本当に引き返そうかと思い始めた時、やっと森を抜けた。

しかし視界が開けた――とはいえなかった。山の急斜面がそそり立っている。行く手の全面を塞ぐようにして、剝き出しの岩肌の圧迫感に押し潰されそうだ。

その岩盤に沿うようにして、怪異な塔が建っていた。

夕陽を浴びた塔の、第一印象は〝巨人の臓物〟であった。山のように聳え立つ巨人が割腹し、そのはらわたが、とぐろを巻きながら落下して固まったら、こんなものができるのではないだろうか。朱色と赤黒い色のレンガが夕陽を毒々しく照り返している。

これが美術館なのだろうか。

こんな美術館があってもいいのか。

地図を見直すが、間違いない。眼前に建つ三重の塔が、大門美術館なのだ。

さかさまのバベルの塔だった。

第一層より第二層が、第二層より第三層がわずかに広いその形は、見るからに不安定で、こちらのパースペクティブな感覚を狂わせる。天から落ちたバベルだ。

ただし大きさはバベルの塔に及ぶべくもない。中野の中学校は四階建てだったが、あれと同じくらいだろう。改めて見ると、巨人の臓物というほどには不整形でなく、むしろ幾何学的な形態をしているのだが、禍々しさを発していることに変わりはなかった。

しばらく茫然と立ちすくんでいたが、気を取り直し、入り口へと歩を向けた。どんなに第一印象が悪くても、しょせんは祖父が作った私設美術館にすぎないのだ。取って食われるわけではない。

入り口まで行くと、観音式に開くドアには〈OPEN〉の札が下がっている。

ドアを開け、薄暗いフロアーに入ると、右手に受付があった。

受付の男は所在なさそうにうつむいている。

ストレートな前髪が長く垂れ、顔の半面を隠していた。年齢不詳だが四十を越えてはいまい。薄い藤色の三つ揃えを品よく着こなしている。伏し目に知的な趣きがあり、悩める哲学者のようでもあった。顎に手を遣り、『考える人』のようなポーズをしている。

国立西洋美術館でロダンの『地獄の門』を見た時、浮き彫りされた人体群像の中の一つに『考える人』を見つけたことがある。あれは、地獄の門の番人のように思えた。してみると受付の男も番人か。美術館の受付は地獄の門で、この奥は地獄に続いているのだろうか。

下らない妄想を振り払い、私は受付の男に聞いた。

「閉館間際だと思うんですけど、入れますか」

「むろん」

男の理知的な目が私を捉えた。湖のように深みのある眼差しだ。ものすごく上等か、あるいはものすごく下等な人のみが持つ、癖のあるオーラを放っている。

彼は続けて、

「如月タクマ君だね。鳥新さんから話は聞いている。今日、甥が来るから宜しくってね」

私は料金の掲示板に目を遣り、

「中学生は四百円ですか」

「いらんよ。君は特例だからね」

「でも」

「いいのだよ。考えてもごらん。この美術館は——むろん展示品も含めて——今や君のものといっていい。自分の美術館に入館料を払う人がいるのかね」

そんなことは考えてもいなかったが、

「今や俺のものですか。実感が湧きません。初めて来たわけですし」

「館内を案内しようか」

「伯母たちに挨拶させて下さい。中にいるんでしょう」

「鳥新さんも憂羅さんも帰宅してはいないはずだがね」

青年は立ち上がり、

「では、行こう」

「受付はいいんですか」

「これから来る客などない。今日の来館者は結局一人、君だけだよ」

伯母たちは、一階の事務室兼学芸員室にいた。部屋に入ると、鳥新法子は編み物の手を休めて、丸顔に笑みを浮かべる。

「あらタクマちゃん、ずいぶん遅かったじゃない。もう帰ろうかと思ってたところよ。あの地図とっても役に立ったでしょう。細かいところまでちゃんと描いてあげたんだもの。

ああ、これ。編み物してるの。この仕事はずいぶん暇でね。でも、やることがなくても、管理人が誰もいないというわけにはいかないしね」

法子は相変わらず、立て板に水だ。

一方の憂羅有里は机に向かって本を読んでいた。私たちに注意を向ける気配はない。日本語を解さぬインド女のように、完全に一人の世界に浸っている。

聞いてみると、法子が館長代理兼事務、有里が学芸員兼管理を担当しているらしい。

法子は帰り支度を始めながら、

「タクマちゃん、あたし帰るけど、せっかくだからゆっくり見ていってね。そして相談にのって欲しいの。こんな美術館じゃ採算が取れないから、収蔵品を売ろうかと思ってるのよ。いいえもちろん全部じゃないわ。でもめぼしいものだけでもオークションにかければ、一財産築けそうな気がするのよね。今、有里に、何を売りに出すか選定に入ってもらっているところなの。あなたの意見もぜひ聞きたいわ」

彼女は青年に顔を向けて、

「じゃ後のことは頼むわ。この子を案内してあげてね、アクさん」

男はうなずき、私たちは展示室へと向かった。

彼はアクさんというらしい。アクというのは、苗字か名前か、ニックネームか。

大門美術館の一階には、事務室兼学芸員室、館長室、資料室、倉庫といったものがあり、二階と三階が展示室になっている。

二階を一目見て、まず思ったのは、

――骨董屋みたいだな。

ということだった。

雑然としており、特定の方針に基づいて展示されているとは思えない。西洋のものと東洋のものくらい分けて並べて欲しい。ヨーロッパの王侯貴族を刻んだカメオが数十個並んでいると思えば、隣には湯飲み茶碗が幾つも展示されている。

「めちゃくちゃですね、この展示」

アクはうなずき、

「確かに東西文化が入り混じっている。しかし傾向がないわけではない。一見無秩序な現象の中から法則を見つけることは、しばしば重要であり、面白くもある。むろん、そんな努力が無意味なこともあるが」

私たちは、円形の展示室を進んでいく。外側の壁に沿って、ガラスケースや展示品が並び、内側は円形の壁――というより太い円柱か――のようになっている。床の中央にも台が置かれ、所々に展示がなされていた。

「アクさん、このコレクションにどんな法則があるというんですか」

「例えばだ、日本の美術品は陶芸に限られている。絵画や彫刻などはない。見たまえ、大谷焼の壺、有田焼の皿、萩焼の茶碗、それもあまり一流でない品が並べられている。かといって、それが何を意味しているわけでもないのだが」

所々に陶器類があるが、一流二流の区別がつかない。というより陶器そのものに興味が湧かない。こんなものを集めて何が楽しいのだろう。

アクは含み笑いをして、

「つまらなさそうな顔をしているね。骨董に興味がある中学生の男の子がいたら、その方が変わっている」

私の身長ほどもある巨大な壺がいくつかあった。壺の両側に、龍を象《かたど》った持ち手が二つ付いている。全体には腰がくびれた、やや太めの女性のような形をしていた。

私はそれを指差し、

「あれは陶器じゃないですよね」

「青銅器だね。日本製ではなく、中国の物だよ」

「中国産」

「古代中国の青銅器だ。贋物みたいだがね」

私はもう一度青銅器に目を遣り、

「つまりは日本の美術品のコレクションは陶芸だけだということが、法則ですか。その他に法則——というか蒐集の基準なんて、ないように思えますが」

巨大な青銅器群の隣には、西洋の軍服が幾つか掛かっている。

アクは展示品を一瞥し、

「法則がないことが法則なのかもしれない。コレクションというのは、当然のことながらコレクター自身なのだ。蒐集家が考えている以上に、無意識のうちにも己をさらけ出してしまう。大門大造という人は、いい意味でも悪い意味でも、ごった煮のような人だったのだろう。彼の中には東洋と西洋の垣根などなかった」

納得できる話だ。鄙《ひな》の中の洋館、水田や段々畑に囲まれての悪魔学。

アクは目を細めて、

「そして、その——垣根がなく、雑多で、何でも取り込み、同列に並べてしまう、という——特徴は、大門大造だけに当てはまるものではない。この町そのものがそうなのだ。だいいち、この町でいうツキモノイリの概念からしておかしい。普通、地方で憑き物が憑いたという場合、人に憑くのは狐や狸の動物霊か、人間の悪霊、いずれにせよ土俗的な霊だ。しかしここでは西洋的な悪魔や怪物も普通に憑くらしい。典型的な日本の田舎なのに、ある意味コスモポリタンな感覚がある」

「四畳半に下宿しながら、宇宙を想像するようなものでしょうか」

彼は少し笑って、

「極小が極大につながるという点では共通している。君は不思議に思わなかったかね。この町には方言がないことを」

「そういえば、そうですね」

「老若男女問わず、この町特有の方言を使っている人に、私は会ったことがない。正確には、方言がないことはないだろうが、少ないことは間違いない。何故だろう」

「方言って――」

考えをまとめながら、

「モノローグの延長みたいなものですよね。ごく限られた集団の中でのみ意味が通じれば、目的は達せられる。つまり他の集団との交流が薄い場合ほど、方言はきつくなる。ということは、この土地は、ある程度は他の地域との交流があったということですね」

彼はうなずき、

「そこで思い出すのは、ツキモノハギという風習だ。この儀式のために、他の地域からも患者がやってきたという。忌み嫌われた人々を引き取ってくれる場所などそうはない。この町は、いつの間にか、流れ者の総本山みたいな場所になっていたのだろう。悠長に方言など使っていたら、意思の疎通ができないほどにね。しかし一方、ここが閉ざされた町であることも確かなのだ。その限定された土地と、流れの多い人々が、この町特有の風土を作っていったのかもしれない」

「ツキモノハギの影響は大きかったでしょうね」

私は一拍おき、

「アクさんは、ヒトマアマっていう言葉を聞いたことがありますか」

「ない。それは何のことかね」

「俺も知りません。ただ、良くないものであることだけは確かなようで、伯母なんかにとっては、ツキモノハギ以上に、口にしたくないことらしいんです」

彼に、さっき体験した森での出来事を話してみた。空き地の釜や、赤いカニのような女――あれらは、ヒトマアマと関連がありそうだ。しかしアクは、「ふーん」といっただけだった。

私は彼の顔を見て、

「あなたはこの町の人ではありませんね」

「流れ者だよ。ただし流れ流れて、ここを終の棲家としたわけではない。この町には、しばらく滞在しているだけだ」

「美術館の受付はアルバイトですか」

「ボランティアだね。不思議な美術館があるというので来てみた。展示品を研究させてもらいつつ、使ってもらっている」

素朴な疑問が湧いた。

「もともとのお仕事は何ですか」

「大学に勤めていた」

「学者さんですか」

「学者もどきだったが、今は公職についていない。たまに書き物をする程度だね」

「作家」

「ではないね。研究者、自由業、つまるところ風来坊みたいなものさ」

私は妙な親近感を抱いた。差賀医師も同じように知的なタイプだが、この男ほど風通しがよくない。差賀は土地に縛られている。その点アクは、私と同じく、しょせんはよそ者だ。

展示されている西洋の軍服に目を遣る。真っ赤な服が多かった。左肩に、豹の毛皮を下げているのが、特に目立つ。

アクは私の視線を追い、

「君にはやっぱり、洋物の美術品の方が面白いようだね」

「華がありますから。わかりやすい長所があるというか」

冠のコレクションもあった。プレートを見ると、『ルドルフ二世の皇帝冠』というのも含まれているが、真品だろうか。壁に飾られているモーツァルトの『ドイツ舞曲の楽譜』などは、とうてい真筆とは思えないのだが。

アクはガラスケースに並ぶクラシックな銃を眺めながら、

「銃に興味はあるかね。これは火打石式フリント銃、隣は車輪式カービン銃、その向こうは火打石式のピストル」

「興味ありませんね。友だちの中には武器マニアもいましたけど、子供の扱っていいものとも思えないし」

「マリア・テレジアは八歳の時に専用の狩猟銃を持っていたというよ。父の皇帝カール六世が狩猟狂だったからね」

「毛並みが違いますよ」

エンブレムが描かれたトランプ台や、脚がナマズの形になっているテーブル、ダマスク織の絹が貼られたソファなどの家具もある。水晶の花瓶や、瑠璃の蓋付きの深皿、オウム貝のカップもあった。

展示室を一回りする頃に、甲冑の一団が出現した。歩兵将校用、騎兵用と色々な種類があるらしい。顔がお面みたいになっているのは競技用で、甲冑の面頬《めんぼお》は、想像上の人物や動物をかたどっている。ここから溢れた物が、大門の家に飾られたのだろう。

甲冑の中で、形が面白いのは競技用だ。左右非対称なのだ。何故か、と聞くと、アクはこう答えた。

「戦う際に、左半身に相手の槍の攻撃を受けることが多い。だから左肩の装甲を大きくしてある」

甲冑の周りには、長剣や盾、馬用の兜なども展示されている。

長剣の一つが、大門玲の首を切った凶器にそっくりだった。

「どうした。顔色が悪いね」

「嫌なことを思い出したんです」

「殺人事件のことだね」

「どうしてわかるんです」

「勘だよ。大門玲さんの事件については、町中の人が知っている。私も話には聞いているよ。玲さんは殺されてから、首を切り落とされていたという。彼女の息子の君は、長剣を見て具合が悪くなっている。大門の家には甲冑が置いてあったと聞く。その甲冑が、こんな長剣を持っていたとしても不思議ではない。更にその剣が、玲さんの首を切断する道具に使われたと聞いても、私なら驚かないね」

「よくわかりますね」

「わかってはいなかったさ。君の反応を見ながら推測したという程度だね」

アクは洞察力に長けているらしい。

彼は続けて、

「殺人事件にはいささか個人的な興味もある。野次馬根性だと蔑まれるかもしれないがね」

「人殺しに興味があるのですか」

「悪趣味なのさ。できれば君の口から、事件の経緯について教えてもらいたいくらいだよ。どうかね、話してみては。いいたくないならかまわないが」

話してもいい。事件にもこの町にも関係のない第三者に、話を聞いてもらいたいような気分が、なくはないのだ……

気づくと――

洗いざらいしゃべってしまっていた。

アクの誘導尋問のような話術に乗せられてしまったのだが、それだけではなく、この男にはどこかイエス・キリストのような、こちらを救ってくれそうな雰囲気がある。気のせいかもしれないが。

話が終わると、彼は難しい顔をして、

「土岐不二男君というのは、興味深い少年だね」

「博識だし、変わった発想をします」

「ああ、とても面白い。殺人事件について現段階でいえることは何もないが、これだけは君に話しておいた方がいいかな」

彼は一拍置き、

「例えばここに、十六世紀の西洋絵画があるとする。それには裸の女性と、白鳥が描いてあった。学者はその絵を見て、これは何を描いたものなのだろうと考える。むろん女も白鳥も写実的に描いてあり、現代絵画のように、作者が説明しなければ、女や白鳥とわからないようなシロモノではない」

「つまり学者は、その絵の主題、テーマを考えているわけですね」

「イエス。彼の頭には簡単に解答が浮かぶ。女と白鳥の組み合わせ、これはギリシア神話のレダと白鳥だ——と」

「極めて当然の結論みたいですが」

「学者は、はっきりといい切る。この画家は『レダと白鳥』を描いたのだ」

彼は私の目を探るように見て、

「しかし本当にそうなのだろうか。本当に画家は、『レダと白鳥』を描いたのか。その絵には、学者の頭には思いもよらぬような解釈があるのではないか」

「女と白鳥の組み合わせに『レダと白鳥』以外の、似たような主題があるのですか」

彼は指を横に振り、

「そう考えること自体が、思考のトラックの限界を示している。別の可能性に思い当たるには、トラックから外に出なければならない」

「どんな可能性があるんですか」

「画家の立場になって考えてみよう。彼は裸の女を描いた。レダではなく裸の女が描きたかっただけだった。背景は暗い褐色だ。だから、白鳥を描き加えた。画面の中に、息の抜ける、白い色が欲しかったからだ」

「白い色」

「イエス。色が白ければ、鳩でも犬でも花瓶でも何でもよかった。つまり画家は『レダと白鳥』を描いたのではなく、『肌色と白い色』を描いたのである」

私は少し考えてから、

「話はわかりましたが、今度の事件と、どういうつながりがあるのですか」

「見たままの要素から、直接犯人の意図を汲み取るのは危険だという、たとえ話だよ。頭の隅に置いておきたまえ。ふふっ、どうも話が呑みこめないような顔をしているね」

私が黙ったままでいると、彼はうなずき、

「君に一つ提案がある。過去に起きた二つの事件を、あらためて調べてみてはどうだろうか」

「二つですか」

「まず王渕家の女たちの首切り。これは明らかに殺人だ。二つ目は、大門大造の死」

「祖父の死も殺人だと」

「わからない。私も小耳に挟んだくらいだが、普通の死に方ではなかったようだ。まずは王渕事件のことについて調べてみるのがいいだろう。憂羅巡査なら事情を詳しく知っていると思う」

「機会があったら、やってみます」

彼は階段に足をかけ、

「閉館時間をだいぶすぎた。大急ぎで三階の展示室を案内するとしよう。三階は二階よりも法則性がはっきりしている。遠慮なくいえば――」

上に目を遣り、憂鬱そうにいう。

「気味の悪いところさ」

第四章　隠れ蓑

翌日、アクの示唆に従い、憂羅巡査を訪ねた。次から次へと調べることが多すぎる。だが、どう切り出したらいいだろう。

憂羅希明は、いつも煙草を吸っている。

本当はいつもというわけではない。少なくともヘビースモーカーではないようだ。しかし彼のイメージは、常に煙草と共にある。

巡査は今日も煙草をふかしながら、庭で何かしていた。

「憂羅さん、その機械は何ですか」

運転席が露出した赤いボディの下に、小さなキャタピラが付いている。前には三つの白い棒状の突起物があった。軽自動車より一回り小さい。

彼は紫煙に目を細めながらいう。

「タクマか、珍しいな。学校はもう終わったのか」

「昨日は文化祭の代休でした。だから今日の放課後は、長々と居残る気分じゃなかったんです」

「休み明けは気分が塞ぐ、勤め人の憂鬱みたいなもんか。社会人もガキも同じらしいな。俺にはわからん心境だが」

彼は、赤い機体に目を遣ると、

「稲刈り機だよ。前に棒みてえなのがついてるだろ。ここから稲を巻きこみ、切断して後ろに放っていく。そろそろ稲刈りの時期だからな。手入れでもしとこうかと思ってよ」

「農業もするんですか」

「田畑は持ってねえぜ。近所の百姓の手伝いをするだけだ。町の巡査だけじゃ食えねえからな。俺、職業欄には農業って書くんだぜ」

彼は煙草を投げ捨て、踏み消した。

「今日はセブンスターですね。マイルドセブンが好きだといってませんでしたか」

「よく見てるな。俺は煙草を切らすと、目の前にいる人からもらっちゃうんだよ。これは大工からもらった。大工っていっても、町で唯一の建設会社の大旦那だがよ。この煙草は俺にはきつすぎるぜ」

「吸殻を庭に捨てるなんて」

「俺の庭だぜ。問題ねえよ」

希明は無精髭をざらりと一撫でし、小さな二階建ての家を見て、

「寄ってくか。有里も充も帰ってねえが、お茶くらい出すぜ」

私もそちらに目を遣る。

と、おかしなものが見えた。

赤い袖と腕がちらりと見えたのだ。剝き出しの腕は奇妙に細長く、関節がくっきりと浮き出ている。赤いTシャツを着た何者かだ。一瞬のうちに、そいつは建物の向こうに隠れた。

頭の中に、カニ女の映像が甦る。さっきのは、森で見た赤い服の女ではないだろうか。あいつが何故ここにいるのか。憂羅を訪ねて来たのか。まさか、私を追って来たのでは。森で振り切ったつもりなのに、どうにかしてこちらの居場所を突きとめ、私立探偵のように尾行している、いや、ストーカーのようにつきまとっている……のだろうか。

駆け出していって、確かめたい気持ちに駆られながら、聞く。

「家には、本当に憂羅さんしかいないんですか」

「変なことをいうなよ。妻も子もいねえぜ」

「家の陰に誰か隠れたみたいです。赤いTシャツを着ていました」

彼は私の視線を追い、

「近所のガキだろ」

そして、どうでもよさそうに手を振り、

「気にすんな。この辺りのガキは平気で他人の庭に入りやがる。都会育ちのお前さんにゃ、信じられないだろうがよ」

「見てきていいですか」

「好きにしな」

私は、家の周りをぐるりと回った。

何者も発見できなかった。

憂羅は、戻ってきた私をひとにらみすると、

「お前、変だぜ。何しに来たんだよ」

赤い影が気になったが、本来の目的をおろそかにもできない。

単刀直入に切り出す。

「昔起こった殺人事件について、聞きに来たんです」

希明は濃い眉をひそめ、見下すような目つきになる。しかし臆する必要はどこにもない。

私は言葉を継ぎ、

「その時、王渕家の三人が殺されたといいます。どういう事件だったんですか」

彼は間を置いてから、

「どの程度知ってる」

「不思議な事件だったと聞きました」

オカルト研のメンバーから聞いた話を思い出しながら、

「町長の奥さんと娘さん二人が、一瞬のうちに首を切り落とされた。犯人の姿は影も形もなかった」

「まぁ、そんな事件だったな」

「詳しく話してくれませんか」

「何で聞きたがる」

「母の殺人事件と関係があるかもしれないからです」

「俺はそうは思わねえ」

「隠すことでもないはずです。教えて下さい」

彼は低くうなると、

「確かに話してはならんということもない。あれは五年前のことだから、お前はまだ七、八歳の頃だ。季節は冬だった」

「冬で、町長選があった時期だと聞きました」

「その年の町長が任期途中で急死してしまい、急に選挙することになったんで、立候補が出るかどうかみんな心配したもんだ。蓋を開けてみたら、意外にも立候補者は二人いた」

「大門大造と王渕一馬ですね」

「知ってるじゃねえか。事件は選挙戦もたけなわの一月半ばすぎ——確か一月二十日に起こった。辺り一面が雪に埋まってる頃だ」

「埋まるほど、積もるんですか」

「お前は、まだこの町の冬を体験してないからな。見たらカルチャーショックを受けるぜ。町並みも田畑も白一色になる」

「想像できません」

「一・五メートル程度の——時には、お前の背の高さくらいの積雪が、すべてを覆っている世界を思い浮かべてみろ」

「道路さえ埋まってしまうのでは」

「道は大丈夫だ。除雪車やブルドーザーが入るからな。朝を含めて一日数回、徹底的に除雪して、アスファルトが見えるようにしておく。でないと車が通れねえ。それでも道路の表面が雪に覆われちまうことがままあるわけだが」

私は状況を思い描き、

「すると……道の上だけはアスファルトが出ていて、道の両側は一・五メートルの雪の壁ができているというわけですね」

逆にいうと、一面に広がる雪原の中を、深さ一・五メートル凹ませた部分が道ということになる。

伯父はうなずき、

「そういう状況の中で殺人は起こった。お前にもわかってきたんじゃねえのか。王渕事件の不可思議性が」

「何となく」

「順を追って話そう。王渕の妻は和重《かずえ》といい、器量よしで有名だった。もとは温泉芸者だったといい、目がぱっちりして、小鳥みたいな顔をしていたな。姉妹のうち、姉の雪子《ゆきこ》は和重にそっくりで、妹の竹美《たけみ》は誰にも似ていなかった。竹美は陰気な娘で、どちらかというと王渕の息子に近い感じだったね。三人はその日、選挙運動をしていた」

「近所づき合いの延長みたいな形で、町を回り歩いていたらしいですね」

「訪ねられた方は、煩わしくても無下《むげ》にもできない。で、彼女たちは、ある家から次の家へ向かう途中だった。事件はその途上で起こった」

「雪道で起こったのですね」

「そうだ。その道は、山の斜面の中腹を横に走っていた」

「町中ではなかった？」

「町外れだ。道路沿いに建物はない。右も左も雪野原だった。一方通行の道で、幅は狭い。三人の女は、そんな道を横一列になって歩いていた。手をつないでいたらしい」

「横一列だったということが、どうしてわかるんですか」

「目撃者がいたんだよ。後ろで見ていた奴がいた」

「そうでしたね」

「死体の倒れていた状況もそれを裏づけている」

「事件は何時頃起こったのですか」

「午前十時頃だった。寒い日で積雪の表面は凍結していた」

「三人の後ろにいた通行人とは」

「新海盛子《しんかいもりこ》という女だ。この女が事件の重要な証人となった。彼女の証言はよく覚えている。鳥新の女房なみにおしゃべりな女で、こんなことを話してくれたよ」

新海盛子はその年、六十二歳だった。

農業だけでは生活も苦しいので、時々織物工場に通って収入を得ている。

その日も、織物工場へと向かっていた。背が高く、油断すると鯨のように太ってしまうので、歩いて通っている。晴れてはいるが凍てつくような寒さで、雪は凍結しており、滑りやすかった。慣れていても、時々足を取られる。周りには雪だけしかなく、白一色だ。吐く息も白く、そのまま白い塊となって、下に落ちそうだった。

盛子の前を三人の女が歩いている。

高価そうな白いロングコートを着ているのは、王渕和重だ。町では誰一人知らぬ者のない器量よしだが、お高くとまっていて苦手だ。三人で手をつないでいるところを見ると、二人の子供は、彼女の娘たちなのだろう。中央の女の子がお姉さんなのか、身長がちょうど二人の真ん中くらいだ。右端の少女が妹なのだろうが、雪の壁は彼女の肩くらいまであった。この地方ではまだ大雪とはいえない。

声をかけようと思えば、できた。しかし和重とは話が合いそうもない。あの親子、どうして道いっぱいに広がって歩いているのだろう。交通量が少ないとはいえ、車が走ってこないとも限らない。道は少し先で左にカーブしているが、そこから車が突っこんで来たら、どうする気なのだろう。雪が視界を塞いでおり、車が来たとしても見えはしないのだ。

王渕家の三人は無言のまま歩いていく。何気なく振り返ると、後ろには誰もいなかった。行く先の道は、ほぼ直角に左に曲がっている。三人はカーブの向こうへ消えた。

「その時何か音がしたかもしれない――と、盛子は証言している。ザッという音とか、ギャッという悲鳴とか、そんなものだ」

「まったくの無音ではなかったのですね」

「絹を裂くような悲鳴や、獣のような咆哮、不気味な高笑いとかが聞こえてくればドラマチックになるのだろうが、そういったものはなかった」

「曲がった先に、殺人者が待ち伏せしていたのでしょうか」

「あるいはな」

「あるいは？」

「待ち伏せしていたのは殺人者かそれとも……ふふふ、化け物だったのかもしれん」

一瞬、三人の姿が、新海盛子の視界から消えた。

虫の知らせのような悪い予感は特になかったと、盛子はいっている。

だから何か物音は聞いたが、まったく気にしていなかった。向こうにある木の枝から雪

が落ちたか、斜面を雪が滑り落ちたのだろう、くらいにしか考えなかった。後になってい
われてみれば、その雑音の中に悲鳴が混じっていたような気がする、という程度だ。

母子が曲がってから少しして、盛子も曲がり角に到着する。

そして——当然、まったく無防備なまま——体の向きを変えた。

瞬時に息が止まった。

顎が、がくっと下がり、そのまま凍ってしまったかと思えた。

女たちが死んでいる。

ついさっきまで……時間にして二、三分前まで元気に歩いていた母と娘が、冷たい骸に
なっている。

いや、冷たいかどうかは知らないが、死体であることには間違いないだろう。

何故なら女たちは、首をぶった切られていたから。

三人が三人とも、頭と体が別々になっていたのだから。

悲鳴も出なかった。視線が、無残な犯行現場に貼りついて離れない。

左手、つまり尾根側に母が倒れていた。白いコートの赤い染みが、見る間に広がってい
く。真ん中に姉、右に妹の胴体が転がっている。三人とも、切れた首を向こうに向けて倒
れ、糸の切れた操り人形のように、手足がバラバラな方向を向いていた。

右側の少女の小さな頭は、二メートルほども転がったらしい。真ん中の女の子の頭はそれよりは手前にあるが、赤く丸い切断面しか見えていない。母の頭は切り口を下にして、体のすぐ近くに落ちている。こちらに顔を向けており、口をいびつに開け、目をかっと見開いていた。おかしなことに盛子は、和重の死に顔に、恐怖よりも滑稽味を感じたという。あんなに取り澄ました女がこんな顔もするのだ——と。

ぼんやりと、死体の向こうに目を遣る。

道が果てしなく続いていた。

初めて恐怖に囚われた。

これをやった奴は……どこに行ったのだろう。

この先はずっと一本道である。枝道はなく、犯人が逃走したとしたら、必ず後姿が見えるはずだ。

しかし、そんなものはどこにもない。

消え失せた。

犯人はどこへ行ったのだ。

振り向く。

むろん誰もいない。

路上の赤黒い染みが、徐々に広がっていく。

彼女は細い悲鳴を上げ始めた。

「そして俺が呼ばれた。盛子が携帯電話をかけてきたわけだ」

「警察より先に、伯父さんに」

「この町では誰もがそうする。俺が到着する頃には、盛子は驚くほど平静になっていた。どちらかといえば、俺の方が死体を見てひどい気分だったかもしれねえ」

「伯父さんが」

「三人の首切り死体だぜ。吐き気がして仕方がなかった。調査を始めたが、驚くべきことに犯人の痕跡はまったく見つからない。殺人者は煙のように消え失せたとしか思えなかった」

「被害者たちを待ち伏せすることはできたのでしょうか」

「可能だ。彼女たちがその日、どの家を訪ねるかは誰でも見当がついた。あの親子は順番に、しらみつぶしに家を回っていたからな。また、王渕の家を出た時から彼女たちを尾けていき、待ち伏せすることも容易だった。道が限られているから、その道から目的地に行って、同じ道を帰るしかない。犯人に必要なのは、情報収集能力ではなく、忍耐力だった

という わけだ」

「酷寒の中で、ひたすら我慢して待ったと」

「俺にはできねえな」

「犯人の足跡は残っていなかったのですか」

「なかった」

「一応確認しますが、死因は首を切られたことだったんですよね」

「全員が首を切断されたために即死していた。他の外傷や薬物反応などはいっさい発見されていない」

　ボケをかましてみる。

「そこにある稲刈り機で首を切断することはできますか」

「やってみな」

「新海盛子という目撃者は信用できるのですか」

「できると思うが、何故だ」

「普通に考えるとその女が一番怪しいと思います」

「盛子には、王渕親子を殺す動機がまったくなかった」

「伯父さんの口ぶりでは、彼女は王渕の奥さんに好意を持っていなかったようですが」

「だからといって殺すほどじゃねえ」

「彼女は六十二歳でしたね。視力が低かったとか」

「歳を食ってるが目はいい。あの状況であれだけ冷静なんだから度胸もいいだろう。かなり信頼の置ける目撃者だと思ったぜ」

「警察は呼んだんですよね」

「調査を一通り終えてから、王渕一馬に電話した。彼は警察を呼ぶことを望んだ」

「しかし警察の手にも負えなかったのですね」

「犯人は未だ捕まらず」

「盛子さんの視界から三人が消えてから、死体を発見するまでに、どれくらいの時間が経ったのでしょうか」

「正確にはわからない。その点に関しては盛子の記憶があいまいなのだ。一分以内だったような気もするし、三分くらいかかっているかもしれないという」

「噂では、一分ということになっているようですね」

「噂だからな。時間が短い方が話としては面白い」

「曲がり角の向こうで、犯人が三人の首を切ったとします。それから犯人は身を隠した。どうやって逃げたと思いますか」

「わからん。いい知恵があったら貸してくれ」

「道の両サイドには雪が積もっていたわけですが、一メートルから一・五メートル程度なら雪原に上って逃げることもできたのでは」

「雪の表面に足跡や、スキーや、かんじきの跡がなかった」

「かんじき、って」

「雪の上を歩く道具だよ」

「その日はかなり寒くて、雪の表面が固まっていたのではないですか」

「凍っていたのは表面数ミリで、手で押せば拳がめり込んだ。痕跡を残さずに雪原を渡ることは不可能だったぜ」

「道の両側は直角に立った雪の壁みたいになっており、高さが一メートル以上もあった。とすると……こんなのはどうです。雪の壁に、体を丸めれば入るような穴を掘っておく。同時に板に雪をつけるとかして、穴の蓋も作る。犯人は三人を殺すと、凶器を手にしたまま穴に隠れ、蓋を閉めてしまった。目撃者からは、雪の壁が続いているようにしか見えない」

「雪の隠れ蓑か。それは俺も警察も考えついた。しかしそんなものは、どこにも見つからなかったぜ。道脇の壁だけじゃない。雪原にもなかった」

隠れ蓑という言葉が新たな連想を生む。

「もしかしたら」

ジョークを一つ、思いついた。

「犯人はずっと盛子さんの目の前にいたのかもしれませんよ」

「いたのに、見えなかったのか」

「そうです。犯人は目撃者の目の前を、堂々と歩き去っていったのです」

私は思わせぶりに一拍置き、

「頭から、白い布を被ってね」

伯父は目を丸くし、

「白い布？　それだけで」

「それだけです」

彼はこらえ切れず、爆笑した。

「たまげた。まさに隠れ蓑だ。白い布か、そりゃあ傑作だぜ。稲刈り機での首切りと同じくらい愉快だよ。犯行現場の周りは雪のため、白一色の世界だ。その中を、白い布を被った犯人が、堂々と去っていく。白の中の白。目撃者は高齢で、死体を前にして冷静ではなかったから、犯人の姿を見逃した……」

「あり得ませんか」

彼はまだ笑っている。

「その日はな、晴れてたんだよ。猛吹雪の日ならともかく、そんな怪しげな奴が目の前にいたとしたら絶対に気づく」

「絶対ですか」

「保証するぜ。それに、犯人の立場になって考えてみろ。そんな馬鹿な逃げ方を実行するほど胆力のある奴は、世の中にいねえよ」

「怪人二十面相かルパンくらいでしょうね」

「お前もここで冬を越していれば、もっと現実的な考えが浮かんだかもしれねえな。俺にわからなかったことが、お前にわかるとは、もともと思ってなかったけどよ」

不二男から話を聞いた段階では、こういうタイプの謎だとは思ってもみなかった。漠然と、町中で起こった事件ではないかと想像していたのだ。町並み――建物で視界が塞がれているのであれば、もう少し人が隠れる余地がある。例えばマンホール、ゴミ箱、建物の隙間、非常口など、どこかに逃走経路が見つかりそうだ。あるいは何らかのトリックを使って、ロープで小さなビルの上まで、スパイダーマンのように駆け上がるという手もある(ないか?)。

伯父は稲刈り機に片手を置いて、

「そろそろ仕事に戻りてえんだが、他に聞きたいことはないかな」

「祖父はどんな人だったんでしょうか」

「大門大造ね。風貌はなかなか立派だったぜ。将校みたいに姿勢がよく、長い鼻髭をピンと立てている。目つきは鷹のようで、顎が長く、前に突き出ていた。あの時代の人にしては背が高く、声にも深みがあって、舞台俳優みてえだったな」

「聞きたいのは、そういうことじゃないんです」

憂羅は無言で先を促す。

「そういうことじゃなくて……祖父は本当に、悪魔に憑かれていたんでしょうか」

彼はニヒルな笑みを浮かべると、

「噂があるにはあったな」

「王渕一馬は妻と娘を一度に失い、政敵の大門大造を疑ったといいます。大造が悪魔を使い、不可解な殺人を行ったのだと」

「そんなことをいう奴もいたな。しかし現実には、母子三人を殺す動機のありそうな人間はいなかった。大門大造にしたところで、リアルに考えれば、対抗馬の妻と娘を殺すとは思えない。結局、通り魔的な犯行なのではないかとの説が有力だった」

「王渕一馬と一也の親子は、そうは考えませんでした。彼らは『大造が殺した。何故なら大造はツキモノイリだったからだ』といいふらしたようです」

「大造がツキモノイリだったかどうかは知らない。しかし彼が、怪しげな本を読んだり、変な儀式めいたことを、コンクリートの離れでやっていたことは間違いない。その目的も動機も、実は何をしていたのかも、俺にはわからんが」

「祖父が呼び出した悪魔……を見た者がいるそうですね」

「それも噂だよ。確かなのは、彼が変な趣味を持っていたということだけだ。読書や儀式のほかにも、大造は一時期しょっちゅう海に行っていたらしい」

「その話は祖母から聞いたことがあります。祖父は海釣りが好きだったと」

「誕生日のプレゼントが、当時愛用した船だったんだぜ。漁師さんから贈られてよ。一時は、大門家の庭に廃船が置かれていたんだ。信じられるかよ」

情景を思い浮かべようとしたが、

「想像もできません。しかし海に行くのは、おかしな趣味ではないと思いますが」

「彼の海釣りの話は、俺も親爺から聞いただけだがな。問題は釣りの回数だ。大造は一時期、毎週のように粟島に通っていたという。知り合いの漁師の船を借りてね」

「粟島ですか。観光という感じではないですね」

「小さな、何もない島だからな」

彼は指で、粟島の形を宙に描き、

「しかしある時、大造は、ふっつりと渡航をやめてしまう。ガキだった俺は、その理由を親爺に聞いたことがある。親爺は何と答えたと思う」

「飽きたから」

「違うぜ。親爺はこういった。『奴め、大物を釣り上げたんだ。で、すっかり満足しちまったんだろうよ』そして変な声で笑った」

「大物とは」

「俺は続けて聞いた。『大物の魚を釣ったのなら見せてもらったら』と。親爺は大造とは親しかったから、それも可能だと思ったのだ。すると親爺は鼻の下をこすりながら答えた。『確かに町まで持っては来たが、もったいなくて見せられんらしい。あいつ、人魚か何か釣り上げたんじゃねえのか』」

「人魚？　それはいつのことですか」

「美術館ができた頃だから、昭和三十九年前後だと思う」

伯父は遠い目をしていう。

「俺は今でも時々考えるぜ。大門大造はあの頃、どうしてあんなに海に出ていたのか。粟島まで往復していたのだとしたら何故なのか。そして彼は、最後に何を手にいれ、この町に持ち帰ったのだろうか……とな」

第五章　まさに悪魔の姿

その日、夕食の時、茄子味噌をほおばる法子に聞いてみる。

「森の中に老人ホームがありますよね」

味噌汁を少し啜ってから、

「あそこが潰れたのは、いつ頃のことなんですか」

彼女は食べながら答えた。大きく開いた口の中に、ぐずぐずの茄子が見える。

「ちょっとこれ、辛すぎたわねぇ、ま、味がはっきりしてていいか。でも、老人ホームですって？　タクマちゃんも馬鹿ねぇ。あんなとこまで行ったの。あっちの方角は良くない場所だから近づかない方がいいのに。ちゃんと地図まで描いてあげたでしょ。美術館に行くにも森を通るけど、入り口がまるで違うんだから」

質問になかなか答えてくれない。

彼女は勝手に言葉をつなげて、

「まぁ、行っちゃったものはしょうがないわねぇ。タクマちゃんには土地鑑もないわけだし。でもさ、この町に老人ホームなんて笑わせるわよねぇ」

何故ですか——と聞こうとしてやめた。法子には勝手にしゃべらせておいた方がいい。彼女は、ご飯をかきこんでから言葉を継ぐ。

「あれ、よそ者が建てたのよ。どっかの馬鹿がさ。この町の惨状を見かねるとかいって。何にも知らないくせにね。善意からなんだろうけど、愚かだわ。当然潰れるわよ。入居者なんかいるわけないんだからさ。でも、いつ潰れたんだろうか。はっきりとは覚えてないけど、十年以上は前だと思うわよ」

入居者が〝いるわけない〟という強い否定に引っかかり、

「どうして入る人がいないんですか。町には高齢者もいるでしょうに」

「あのねぇ、老人ホームはただでは入れないの、お金がかかるのよ、わかってる？　町の人はみんな貧乏だから、入りたくても入れないってわけよ」

法子は天井に目を遣り、

「場所も悪いわよねぇ。町の人ならあんな所に絶対に施設は造らない。悪い土地ってのは本当にあるのよ。おっと、ご飯がまずくなるからこの話は打ち切り」

「老人ホームに住み着いている、浮浪者らしい人を見かけました。赤い服を着た、母と子です」

「聞こえなかったの、話は打ち切りっていったでしょ。そりゃ屋根があれば浮浪者も寄りつくでしょうよ。取り壊しもせずに、十年もほっとけばね。でもそんなの、知ったこっちゃないわねぇ。そうそうタクマちゃん」

彼女はうかがうようにこちらを見て、

「こんな時になんだけどいっとくわね。旦那とも相談してるんだけど、あんたをいつまでも一人暮らしにさせとくわけにはいかないわ。あたしも有里も、いつまでもここに通ってるのはしんどいしね。でもさ、あたしんちも有里のところも、あんたを引き取るほどの余裕はないの。そこであんたの父方のご家庭に引き取ってもらったらどうか、という話が出てきたのよ」

強引に話題をずらされてしまった。

箸を置き、答える。

「当然、そういう展開になるだろうと思っていました」

彼女は丸い目を、きょろっとさせて、

「まぁねぇ、先方にも都合というものがあるでしょうから、すぐにというわけにもいかないでしょうけどさ。でもそれが一番いいと思うの。あなたもそう思うでしょ、ねぇ、タクマちゃん」

「そうですね」

と、いっておいたが、話はそう簡単ではない。父の家は老舗の料亭だった。父は跡を継ぐ、継がないで両親と衝突し、半ば勘当されるような形で家を出たと聞く。父方の祖父母は、最終的には私を拒絶はしないだろうが、すんなりと話が運ぶとも思えない。

しかし今は、伯母にその話をするだけの気力がなかった。面倒なことや嫌なことは後回しだ。

伯母は食堂を見回し、

「あなたがいなくなったら、この家も売り払おうと思うの。どうせ誰も住まないし、あたしたちじゃ管理もできないしさ。美術館のお宝とこの家を売れば、一財産できるからねぇ」

結局、私が邪魔なだけなのかもしれない。

彼女は両目を細めて、

「じゃ、そういうことでお父さんの実家に連絡を取ってみるから、連絡先を教えてちょうだい」

父方の家の電話番号は生徒手帳に控えてあった。しかし不二男に貸したまま、返してもらっていない。すぐにはわからないから調べておくと約束した。

夕食が済むと、伯母は帰っていった。

翌日の授業の準備をし、早めに就寝した。電灯を消し、外から響く虫の声に耳を澄ませる。

突然、美術館にいたアクという男——地獄の門の番人——の顔を思い出す。うつむくと真っ直ぐな前髪が垂れ、顔の半分を隠していた。伏し目の憂い顔は、受付よりもバーのカウンターの向こうに立つ方が相応しい。彼は学者崩れだといっていた。

アクにそそのかされて、過去の殺人事件を調べてみたが、それと大門玲の殺人事件がどうつながるのかはよくわからない。王渕事件と玲の事件は、本当に関連しているのだろうか。むしろまったく関係していない可能性の方が高いのではないか。

アクにしたところで、何かがわかっていて、過去の事件の調査を勧めたとは限らない。子供の相手を、極めていい加減にしていただけかもしれない。彼はでたらめな人間には思えなかったが、私があの男の何を知っているというのか。見ようによっては悪人にも見えるポーカーフェイス——アクは単なる奇人変人である可能性も高い。

しかし一度は彼に、憂羅巡査から聞いた王渕事件の話をしてみたいのも事実だ。もしかしたらアクは、不可能犯罪の謎を一刀両断してくれるかもしれない。奇跡を起こすイエス

・キリストのように。あるいはワトスン博士に謎解きするシャーロック・ホームズのように。

だがアクは、一面神秘家のような部分もあり、こんなことをいい出す可能性もなきにしもあらずだ。

――タクマ君、それはカマイタチの仕業だよ。『北越奇談』にいう、越後の七不思議の一つに当たる。〝多くは社地を過る者、不慮に面部《めんぶ》手足《しゅそく》なんど皮肉割破れて白く爆《は》ぜ返ることなり〟つまり気づかぬうちに、体がすっぱりと切られている。多くの場合、さして血も出ず痛みもなく、どうして切ったのかわからない。いわゆる風の妖怪だね。他の地域では、これを〝かま風〟と呼ぶこともあるという……

アクの顔が、イタチに変わった。

見ると両手が巨大な鎌になっている。

化け物は鎌を持ち上げると、一瞬のうちに三人の女の首を、すぱっ、すぱっと切ってしまった。

三人の女の顔は大門玲と、京香と、美麗だった……

………

砂漠に塔は建っていた。

塔は、巨大な円筒形を何層にも積み重ねたような形をしている。材質はレンガらしい。驚くべきはその巨大さで、基底部に当たる第一層だけでも、大都市の五つや六つは簡単に入りそうだった。事実、塔の中は巨大都市になっているようだ。

一層一層の印象は、ローマのコロシアムを思わせる。巨大コロシアムの上に、わずかに小さいコロシアムが重なり、その上に、またわずかに小さいコロシアムが載る。見上げると、その繰り返しが果てしなく続き、雲へと届いているのだ。

陽は沈みかけ、空一面は不吉なほどの毒々しい赤に染まっている。紫に近い濃い赤だが、他では見たことのない色あいだ。最後の審判の時に現われる、トランペット赤のような光が、塔全体を赤く染めている。まるで血にまみれた塔だ。

一陣の風が吹きぬけ、砂塵を巻き上げる。

砂が目を覆い、視界を塞ぐ。目をこすると涙がにじんだ。

かすむ視界の向こうに、陽炎のように少女が現われる。

彼女は天使が着るような、ゆったりとした白いドレスを風になびかせていた。肩の辺りで切りそろえた黒髪も揺れている。

神々しいくらいに鋭い目が、まっすぐに私を見た。

怖い。

畏いと書くべきかもしれない。その厳しい美しさには、どこか畏敬を促すようなところがあった。

私は少女に問いかける。

「あれは、バベルの塔か」

彼女は答えない。

私は続けて、

「ここはシンアルの地か。バビロニアか」

少女の瞳の色が変わった。灰色に近くなり、目全体が白一色になったように感じた。

「ここは地上ではない。地球でもない」

彼女はゆっくりといって、空を指差し、

「あの赤。あれは地球上にある色ではない」

私は足元を見た。

「ではここは。この大地は」

その瞬間、天地が逆転した。

感覚が裏返った。

下が一瞬にして上と化した。
大地と空が入れ替わった。
足場を失って、私は落ちた。
頭上にある砂漠が、見る見る遠ざかっていく。私は悲鳴を上げていた。
空へ向かって落ちていく。
見ると、少女も、目の前で両手を広げている。無言のうちに助けを求めた。
彼女は首を横に振り、
「落ちるのではない。飛ぶ。心を開放して」
簡単にできるものではない。雲の中に突っこむ。雲海の中で、みっともなくもがく。
「両手を広げ、気持ちを強く」
少女の声が響く。私はやっとのことで、両手両脚を大の字に開いた。
雲を突きぬけ、大気圏を越え、ついには宇宙空間に出て、やっと飛ぶ感覚をつかんだ。
全方位に幾億の星が瞬いている。
宇宙のスカイダイビングだ。
少女と共に宇宙を飛んでいる。
巨大な金色の月が見えた。

月の照り返しを受けた少女は、神々しい金色に包まれ、まばゆいばかりである。このまま月にまで行けたら、どんなにいいだろう。二人で、月に飛べたら。

ところがそうはいかなかったのだ。

宇宙空間を貫き、巨大な塔は遙かに続いている。私たちは、それに沿うようにして飛び続けた。

「見て」

彼女が指差す方向を見る。巨大な塔が線のように細くなる先に、見慣れた青い星が見えた。

地球だ。

確かにこれはバベルの塔ではない。バベルの塔は地上から天界へ向かって伸びている。これはその逆だ。天から地へと、果てしなく伸びる塔なのだ。

少女が眉をひそめ、天界の方を振り仰ぐ。

私もそちらに目を遣って聞く。

「どうした」

彼女は鋭い眼差しで、天界の方向を睨みながら叫んだ。

「来る！」

凄まじいものが見えた。塔が裂けている。瞬時に粉々になっていく。私たちが飛んで来た方向、すなわち塔の基底部の方から、砕け散っていくのだ。まるで巨大宇宙船の爆発だ。爆発は連鎖して起こっている。見る間に破壊は近づき、私たちを爆発に巻きこんだ。救いを求めるように手を伸ばす。右手が、少女の手をつかんだ。私たちは巨大なレンガの破片に激突し、はじかれた。

翻弄され、もみくちゃにされながらも、私は見た。

塔を破壊していくものの正体を。

それは……天界から地上まで続くと思われるほどの……巨大な長い……

怪物──鱗一枚が、学校のグラウンドほどもある──が、塔の中心を食い荒らすように前進し、猛り狂う蛇行で外壁を粉々にしていく。

悪魔だ。

まさに悪魔の姿だった。

ふと目覚めると、朝になっていた。いつの間にか夢を見ていたらしい。

その日は、ぼんやりしているうちに学校が終わった。

帰宅して、祖父の離れへ行く。

久しぶりに入る離れは、以前私が放置したままの状態だった。コンクリートの床に、ダンボール箱が幾つも転がっている。いつまでそのままにしておくのかと、母に叱られたことを、何となく懐かしく思い出した。私は持ってきたダンボール箱を組み立て始める。片づけの続きをしようと思ったのだ。このまま放っておいても支障はないが、気分が悪い。

床に空のダンボール箱が二十個以上も並ぶ。

書棚に残った本を、片っ端からダンボールに詰め始める。紙の腐ったような臭いが鼻を突いた。洋書ばかりだ。本当に、悪魔や魔術に関する本なのだろうか。

一冊開いてみたが、やはり読めない。しかし途中で、例の悪魔の紋章みたいな挿絵が出てきたので、凝視してしまった。コンクリートの床に描かれた模様と比較してみたが、どうやら別物のようだ。開いたページが汚らわしく思え、慌てて頁を閉じ、箱に詰めこむ。以降、すべてを収納するまで、本を開くことはなかった。こんなものは人目につかない場所に隠してしまった方がいい。

ダンボールの箱を物置に運び始める。

十個を越える頃、腕が痛くなってきた。休みながらやればいいのだろうが、一気に片づけないと気が済まない。

十三個目を運ぶ時、お客が来たのかと思った。

庭を横切っていると、門の向こうに人影が見えたのだ。赤い服を着ている。手足が妙に多いようだ。見直すと、影はすっと消える。憂羅巡査の家で見かけた時と同じだ。廃老人ホームに座っていた、子供を抱いたカニ女だろう。一瞬だが、全身が見えたので、今度は間違いない。

箱を足元に置き、後を追った。

門を抜けるまで全力で走ったが、道に出た時には、辺りに人影はなかった。

あの女、どういうつもりなのか。森の中でも追ってきた。巡査の家にも現われた。そして今は大門家の前だ。次第に近づいて来ている。異常だ。ストーカーとしかいいようがない。彼女とは、あの日一度会っただけなのに、何故追っかけ回すのか。一目惚れでもされたのだろうか。

異常者の思考回路など、わからなくて当然だが、こちらの居場所をつきとめるだけの知恵ないし運を持っていることも確かで、あなどれない。限りなく不快だ。

気持ち悪さを紛らすかのように、ダンボール運びを再開する。離れと物置を何度も往復する。

そしてついに最後の一箱となった。

これにて終了！

ダンボール箱を物置の床に置き、万歳のポーズをして、

「終わった!」

と叫んでみる。

虚しくなっただけだった。

期待していた充実感の欠片もない。

そこはかとない侘しさの中に、祖母の映像が割りこんできた。ひっそりと、闇に消えるように、この物置に入っていった、大門松の、細い後姿が。

改めて室内を眺める。

壁がまったく見えないほど、物が溢れている。木箱が一番多い。ドラキュラの棺のような長持ちや、脚のがっちりした古テーブル、巨大な花瓶、扇風機や草刈り機まであった。入り口向かいの壁には、仏像が安置されているが、ごみごみと物に囲まれているため、本来あるべき威厳が損なわれている。

祖母はあの時、何をしにここに入ったのだろう。以来、彼女の姿を見ていないというのも不可解だ。彼女は以前に収納した物を探しに来たのか。それとも仏像にお祈りでもしていたのだろうか。

足は自然に、仏像の前へと進んだ。

かなり古い。金箔は剝がれ、全体に黒ずんでいる。鎌倉の大仏を等身大にしたような形だ。体つき、衣文《えもん》ともに穏やかで、面持ちも柔らかい。案外名工の手になる物なのかもしれない。後ろに回って背面を調べているうち、床の妙な具合に気づいた。

床一面には——とはいえ物が置かれているため、露出している部分はあまりないが——薄く埃が積もっている。しかし仏像の右側が、比較的きれいになっているのだ。ちょうど台座と同じくらいの面積で、埃が取れている。仏像を、台座ごと左から右に動かしたらこんなふうに埃が取れるかもしれない。

仏像の左に回って、肩をそっと押してみる。

音もなく、わずかに動いた。

更に力を加える。

すると、ほとんど抵抗なく台座ごと右にスライドし、その下から真っ黒い正方形の穴が現われた。

床に穴が開いている。

地下室への入り口か。

人一人、やっとくぐり抜けられそうな広さだった。のぞきこんでみると、梯子《はしご》が付いているのがわかる。明かりが届かず、深さは不明だ。

私は本館に行き、懐中電灯を手にすると、再び物置に引き返した。

一つ息を吸うと、懐中電灯を灯し、穴の中へと入っていく。木製の梯子は多くの人に握られたためか、ぬめりがあった。

明かりで下を確認しながら、ゆっくりと下りていく。

思ったより早く、底まで着いた。普通の家屋の、一階分の高さくらいではないだろうか。

周りを検めてみると、地下室ではなく、単なる洞穴だ。梯子を背にし、前方に直径二メートルほどの穴の道が続いている。光の届かぬ洞窟の不気味さは、出来合いのお化け屋敷の比ではない。闇の向こうから、得体の知れないものが、ひたひたと近づいてくるような予感に襲われ、うかつに足を踏み出せなかった。引き返そうかと本気で考えたが、わざわざ母屋から懐中電灯を持ってきたのだからと、変な理屈をつけて己を納得させ、一歩踏み出す。

しばらく進むと、後ろからの光が完全に届かなくなった。

左手で岩肌を探りながら、懐中電灯の光を頼りに歩き続ける。

自分の呼吸の音しか聞こえない。

何故、こんなに息が荒いのだろう。まだ一キロも歩いていないのに、長距離走の後みたいだ……

はっ、とした。

思わず足が止まる。

道が二つに別れている。この地下道には、枝道があるのだ。まさか、迷路のように入り組んでいるのでは？

首筋がちりちりした。うかつに進んで、道に迷ったら、どうする。地下道の暗闇を死ぬまでさまようことになりはしないか。こんな所でのたれ死んだら、死体が腐り白骨になっても、決して発見されることはあるまい。

どうする。

引き返すか。

しかし私は、もう少しだけ進んでみることにした。左側の道を選んだのは、右よりも少し広かったせいかもしれない。

すぐに後悔した。

妙に下り坂なのだ。一歩進むごとに、地底へ潜っていくような気がする。こんな道がどこかへ行き着いているとは思えない。

下り続ける洞窟は、冥府への道行きだ。

どれほど進んだ頃だろう、私は、左手の感触が次第に変わっていくのに気づいた。

岩肌が湿ってきたのだ。

指先が、はっきりと冷たさを感じた時、それは起こった。

ちゃぷん。

靴が、水の中に突っこんでいる。

靴下が一気に濡れていく。

ぞっとして一歩下がる。

足元を照らす。水際が見えた。わずかに流れがあるようだ。懐中電灯で探ると、前方は水溜りになっている。その向こうに光は届かない。

おそらく、湧き水だろう。しかし前方に進む度胸はなかった。深さがわからない。一歩めは足が底についたが、二歩めも同じとは限らないのだ。一気に深くなっていたら、どうするのか。

洞窟の水溜りというのが、こんなに恐ろしいものだとは思わなかった。

実際には、同じような広さの道が続き、洞窟はまた上がり始め、地上へと出ているのかもしれない。水溜りにしても、水深わずか十センチ程度で、数メートル続いているだけかもしれないのだ。

しかし懐中電灯の明かりでは、水溜りの全貌を捉えることができない。

この道が、底なしに下っていることだって充分考えられる。いや、この先が末広がりになり、巨大な地底湖になっている可能性だってあるのだ。

目の前の闇の中に、太古より眠る、巨大な地底湖が、ひっそりと横たわっている。それは底知れぬ深さを持ち、淀んだ水の中には、どんな生き物が息を潜めているかわからない。

そのイメージが、私を震撼させた。

ぞっとするほど生々しく感じたのだ。

思わず、後ずさっていた。

こんなところにはいられない。今にも、何かぬるぬるするものが、水辺から這い上がってくるような感じがする。

私は駆け出した。上がり坂を一気に駆け上がる。

頭の隅に恐ろしい考えが浮かんだ。ここに来る途中で、私の気づかぬ枝道があったとしたらどうか。それでも物置まで辿り着けるのだろうか。知らぬうちに、地下道の迷路の中に踏み込んでしまうのではないか。もしあの水溜りの場所にもう一度出てしまったらどうする。恐ろしさに、叫びだしてしまうのではないか。

息が切れるほど走り続け、目の前に明かりが見えた時には、ほっとした。洞窟は単なるY字路になっていただけらしい。距離にしても大したことはなかった。恐ろしいのは想像力だ。水溜りを地底湖に変えてしまう、闇の力だ。

梯子を上りきり、やっと一息ついた。

仏像を乱暴に元の位置に戻す。

こんな探索は二度とごめんだ。地下道になど決して入りたくない。

物置から出て、太陽を浴びると、人心地がついた。

祖母の姿をまた思い浮かべる。

彼女は本当に老人ホームに入ったのだろうか。もしかしたら私と同じように、地下道に入っていったのではないか。

だとしたら彼女は、Y字路のどちらに進んだのだろう。

左側に行って——仮に地底湖があったとしての話だが——深い水の底に自ら沈んでいったのか。それとも右側を進み、どこか別の場所に——つながっているとしての話だが——出たのだろうか。もっとも地下道の出口がどこに続いているにせよ、あまりいい場所に出るとは思えない。大門松の姿は、あれから、煙のように消えてしまっているのだから。

第六章　釜で煮る

「〝ヒトマアマ〟って、どういう意味だと思う」

不二男は即答した。

「ヒトのママ、つまり〝他人の母〟って意味じゃないでしょうか」

私たちは、森閑とした図書館の一角に、並んで座っている。学校の図書室をやや広くした程度の部屋だ。

中間テストが近いので、町立図書館に勉強をしに来たはずなのだが、はかどってはいない。机の上には、社会や理科の教科書や参考書、ルーズリーフ式のノートなどが雑然と置かれたままになっている。頭の中で様々な問題が渦巻き、中間テストどころではなかった。

不二男は周囲を見回し、誰もいないことを確認すると、やや声を高めた。

「本気でいってるわけじゃありませんけどね」

「なら、どういう意味だと思う」

「わかりませんね。ただし〝まんま〟ならわかります。〝ご飯〟という意味です。この辺の人は、飯を食う時、〝まんまを食う〟といいます。まれに〝まんま〟を〝まあま〟と発音する人もいるみたいです」

「方言か。でも、聞いたことがない」

「無理もありません。町でも、かなり歳を食った人しか使いませんから」

「〝ひとまんま〟か。しかし〝人〟が〝まんま〟すなわち〝ご飯〟を食べるのは当たり前のようだが」

「そうですね」

「伯母は、ヒトマアマは危ないという類のことをいっていた」

「なら危険なものなんでしょう」

「ご飯を食べる人が危険なはずもない。そう、ご飯といえば、森の空き地には、巨大な釜が置いてあった。君は見たことがあるか」

「ありますよ。方角としては、老人ホームの廃墟の方ですね」

うなずくと、彼は言葉を継いで、

「そういえば、あの辺でおかしな事件が起こっているんですよ。僕たちが生まれるずっと前のことなんですけどね」

〝悪い土地ってのは本当にあるのよ〟という伯母の言葉が頭をよぎる。

「どんなことが起こったんだ」

「新聞記事を探してみますか。五十年代……確か昭和五×年の話です」

受付の女性に相談し、一時間以上かけて、その記事を見つけ出した。地方紙の三面だった。

〝昨日、×町の森林奥で、子供の白骨死体が発見された。遺留品から、行方不明だった千《せん》住博《じゅうひろし》君（六歳）と見られる。……千住君は先月から捜索願いが出されていた。〟

「簡単すぎて、よくわからないね。それにどうしてこれが、おかしな事件なのか」

「いいえ、おかしな事件なんですよ。僕はこの事件については、色々な人から聞いて、よく知っているんです」

「なら新聞を探す必要などなかったじゃないか」

「死体が発見された日付を確認しておきたかったんです。ところで被害者は、例の釜の中から白骨となって発見されました」

な」

「犯人は、あの釜の中に死体を捨てたのか。猟奇的だが、おかしい、という感じではない
「千住君は隣町の幼稚園から忽然と消えました。確か八月二十九日のこと——ちなみに、この日は僕の誕生日！——です。何者かに誘拐されたらしいのですが、保護者には連絡がありませんでした」

「金銭を目的としない、異常者の仕業だったのだろうか。にしても、おかしな事件というほどではない」

「なら、新聞の日付を見てください。何日ですか」

「九月一日」

「ということは、死体が発見されたのは」

「八月三十一日」

「ね、おかしいでしょう」

やっと、彼のいう意味がわかってきた。

「……そうだな」

「おかしいですよ。だって被害者は白骨で見つかったんですよ。千住君がいなくなったのは八月二十九日、発見されたのは八月三十一日。彼は蒸発してから、わずか二日後に白骨

化したことになる。通常では考えられない」

「何があったのか」

「結論からいいますと――釜で煮たんですよ、犯人は。子供をね」

不二男の目を見ると、涼しい視線が返ってきた。たちの悪いジョークではないらしい。

彼は平板な口調で続けて、

「誘拐犯は、森の奥の巨大な釜で、千住君を煮たと白状しました。幼稚園から連れ去るところを見ていた人が現われ、犯人はすぐに逮捕されたんです。確か、死体が発見された翌日のことでした」

「子供を救うには、一足遅かったというわけだ」

「犯人は、森の周辺に住む極度に貧しい町民の一人でした。母と娘の二人暮らしだったといいます。そのお母さんの方が誘拐殺人を犯したのです」

ふと、カニ女を思い出す。しかし昭和五十年代の誘拐殺人犯が彼女であるわけもない。

「犯人は死刑になったのか」

「噂では、獄中で病死したとのことです」

「しかし何故、釜で煮る必要があったのだろう」

「警察は、精神の錯乱と判断したようです」

「君はどう思う」

「死体処理のためでしょうかね」

「本当にそう思うのか」

「サイコの気持ちなんてわかりませんよ」

「金のためでないとしたら、犯人はどうして、隣町の子供を誘拐したんだろう」

「動機ですか。うーん、警察の発表はどうだったんでしょうね。影屋さん辺りに聞けば、調べてくれるかもしれませんが」

「影屋？」

「話したことなかったですか。知り合いの刑事さんです」

大門玲の事件で取調べに来た刑事も、確か影屋といった。オールバックの美男子だったと思う。不二男にそのことを話すと、彼はうなずいた。

「僕、その影屋さんの友だちなんです」

「刑事と友だちなのか。君とは歳もかなり離れているが」

しかし彼らは友だちだったのだ。

この町には銭湯がある。小規模だが温泉が湧き、薬効も期待できるらしい。しかし観光客を呼べるほどではなく、町民もほとんど行かない。だから不二男は、あえて行くことにした。はやらない飲食店に入り、嫌われ者――私だ――の味方をし、廃れた温泉に行く。誰もいない大浴場に身を浸していると心が和む。同世代に会うことがないのも好ましい。タイル張りの室内はどことなく不潔に見え、壁に掛かる巨大な富士の絵は、いかにも安っぽい。

私は情景を思い浮かべながらいった。

「君に銭湯は似合わない」

「しかしある時、もっと似合わない男の人が入って来たんです」

湯気の向こうから現われたのは、黒髪に縁取られた端正な顔と、筋肉で引き締まった体を持つ男だった。前を隠していないので、不二男はまじまじとその部分を眺めたらしいが、コメントは控えた。男の垢抜けた様子は、売れない俳優が湯治にでも来たのかと思わせた。不二男は鼻まで湯につけ、上目遣いで彼を見ていたが、男は体を洗ってから、湯船のかなり離れた場所に身を沈めた。

その距離が、次第に縮んでいったのだ。

おかしなことに彼らはよく一緒になった。二回目にはわずかに近くなり、三回目には人三人ぶん程度しか離れておらず、四回目には手を伸ばせば届く距離になった。いずれの場合にも周りに人の姿はなかった。そして五回目に、向こうから話しかけてきたのである。

――よく会うが、君くらいの歳で銭湯に来るなんて珍しいね。

話してみると、気難しさがまったくなく、知的でもあるので、学者か研究者の類ではないかと思えたという。


「その知的な美形が刑事だったということか」

「意外にもね。僕たちは銭湯以外でも時々会うようになりました。僕は警察の仕事に興味がありますし、生々しい事件の話を聞くのも、憂さ晴らしになります。彼は時々〝漏らしていいの？〟というようなことまで話してくれますよ」

不二男と影屋は昭和初期の人情話みたいなつながり方だな、と思いながら、

「彼は不良警官なんだ」

「守秘義務はあるんでしょうが、それ以上に僕のことを信用してくれてもいるんでしょうね」

影屋のことを話していたら、何故か美術館にいたアクのことを思い出した。

二人を俳優に見立てると、影屋の方が美形で、一般的な人気が出そうだが、アクにもマ

ニアックなファンがつきそうだ。探偵映画に出演したら、どちらかといえばアクがホームズ役で、影屋がワトスン役だろうか。

「不二男君、美術館の受付にアクという人がいる。知っているか」

「知りません。最近行ってませんから」

「アクというのは、苗字か名前か、どっちだと思う」

「苗字ですね」

「何故そう思う」

「君は自己紹介する時〝タクマです〟とかいいますか。頭の悪い女の子みたいに〝タクマでーす〟とか。普通ならいいませんよね。そんな時は必ず〝如月です〟と苗字をいうでしょう。その人も常識的な大人なら苗字を名乗ったはずです」

アクは常識的な大人だろうか。

私は首を傾げながら聞く。

「苗字だとしたらアクって、どういう字を書くのだろう」

私たちはノートに該当する漢字を書き出してみた。

亜久、安久、阿駒、蛙供、啞九、握、灰汁、まさか悪ではあるまい。

「不二男君はアクって名前の学者を知らないか」

「知りませんね。彼らの世界はあんまり世間に露出しませんから。テレビに出てくるタレント学者は別ですけど」

「アクさんは何故、名前までいわなかったのだろう」

「特別な理由はないでしょう。知り合いで、苗字しか知らない人ってけっこういますよ。というより関わりの薄い人の大部分が、そんな感じじゃないんでしょうか」

「まったく」

「フルネームを聞けばよかったんですよ」

それもその通り。

「アクさんは不二男君に関心を持っていたよ。とても興味深いといっていた」

「僕のことも話したんですか」

「母の殺人事件について君がいったことは、残らず話した」

「通りすがりみたいな人に、余計なことをいうものですね。興味深いって……微妙ないい方ですよ。氏は僕のことを褒めていたのか、貶《けな》していたのか」

「どっちだろう。そのアクさんに大門美術館を案内してもらったわけだ」

「初めて見た美術館、どうでした」

「変人の道楽としか思えなかった」

「建物も異様な外観ですよね」

「バベルの塔が逆立ちしている」

「まさしく」

彼は顎に手を遣り、悪巧みをする時のような目をした。

私は彼の横顔を眺めながら、

「オカルト研の部室に貼ってあったバベルの塔の絵も、さかさまになっていた」

「よく覚えてますね。あれは僕がさかさまにしたんです」

「何故」

「考えてたんですよ。絵を見ながら、さかさまのバベルにどんな意味があるのかを」

「さかさまの意味だって」

「そうです。いうなれば――アンチ・バベルの意味をね」

「アンチ……」

彼は深くうなずき、

「大門美術館の姿を思い浮かべて下さい。あれは、いってみればアンチ・バベルなのです。その形に、どんな意味があるのか。創設者の大門大造氏はあの形にどんな象徴をこめ、いかなる秘密を隠したのか」

「美術館の外観に特別な意味などあるのだろうか」

「ありますね」

彼は難しい顔で考えこんでいる。

私は話の接ぎ穂を探し、

「行ってみるまでは、あんなにおかしな形の建物だとは思わなかった。本質的にあり得ないフォルムの建築だと思う」

彼は薄く笑って、

「世界は広いんですよ。ニューヨークにもあるんです。あんな形の美術館がね。しかも大門美術館より、遙かに大規模なものです」

「アメリカに」

「グッゲンハイム美術館といいます。大富豪ソロモン・R・グッゲンハイムが創設しました。一九五九年にオープンし、設計したのは有名なフランク・ロイド・ライトです」

「うちの美術館が建ったのは、いつなのだろう」

「昭和三十九年、つまり一九六四年の大震災以降であることは間違いありませんね。あの時、昇り崖が崩れ、そこに美術館を建てたのですから」

「大門美術館はグッゲンハイム美術館の後に建造されたわけだ。かの地の建物を雛形にした可能性があるかも」

「可能性としては否定しませんが、相違点も多いですよ。大門美術館は、基本的には三階の建物で、各階に階段を使って上り下りします。グッゲンハイム美術館は螺旋構造なんです」

「螺旋でできた建築とは」

「『美術館は下から上にかけてバランスよく伸びた一つのフロアーであるべきで、どこにも切れ目があってはならない。』フランク・ロイド・ライトはそういっています」

私は小学生の頃作った、蛇の紙工作を思い出した。

画用紙の中心に蛇の頭を描き、蚊取り線香のように胴体を描いていく。それを輪郭線通りに切って、頭を持ち上げれば、とぐろを巻いた蛇ができる。むろん尻尾を持ち上げれば、頭が底にある逆三角形——というより逆円錐形——の蛇になるわけだ。グッゲンハイム美術館のフロアーはそんなふうになっているのだろう。

巨大な蛇の紙工作をイメージしながら、

「螺旋状のフロアーを持つ美術館なんてすごいな」

彼はうなずき、

「その点だけ取っても違いは歴然としていますが、もう一つ大門美術館とは明らかに違う点があるのです。グッゲンハイム美術館の場合、建物の中央が吹き抜けになっています。来館者は、まず美術館の一番上まで上り、フロアーを下りながら作品を鑑賞していきます。来館者はどの位置にいても、吹き抜けから館内全体を見ることができるわけです」

「建物の中央に何もないとは、不思議な設計だ」

「一方、大門美術館の中央はどうなっていましたか」

「塞がっている。円筒形の壁というか、柱があるね。支えるためなのか、建物の中央が円柱になっていて、それに階段が付いている」

「円柱……ですか」

彼は変な笑みを浮かべ、奇妙なことを口走った。

「君がそれを円柱だというとき、タクマ君は既にトリックに引っかかっているのです。欺かれている、といってもいいでしょう」

「円柱がトリックとはどういうことだ」

「円柱……というより、大門美術館の中央にトリックが仕かけられているというべきでしょうか」

「トリックというが、誰が、何のために、誰に向かって、どんなトリックを仕かけているのか、すべてがわからない。ちゃんと説明してくれないか」

「それは――それを説明するとしたら、順を追って話さなければならないでしょうね。いきなり結論に飛びついても面白くありませんし」

「結論を先送りにされるのも面白くないんだが」

「まぁ……」

彼は言葉を呑むと、

「グッゲンハイム美術館の収蔵品には、どんなものがあると思いますか」

話題を変えた。

はぐらかされた気がしたが、

「大門美術館の展示品とは似ても似つかぬ物であることだけは間違いない」

「あちらには、ピカソやマチスやカンディンスキーなどの巨匠の代表作が並んでいます。デュシャンやレジェやジャコメッティもあります。二十世紀を代表する名作のオンパレードです。一方、大門美術館の方はどうか」

「西洋と東洋の骨董的屑と贋作のオンパレードだね」

彼は笑って、

「いいすぎですね。日本人は身内に厳しすぎます。お祖父さんに失礼ですよ。あの美術館も、よく見ると、なかなかどうして捨てたものではありません」

「何度も見ているらしいね」

「去年までに十回以上は足を運んでいますよ。単純に面白いですから」

「この前は閉館ぎりぎりの時間に行ったから、ゆっくり見られなかった。三階など駆け足で回ってしまった」

「残念なことをしましたね。三階の方が面白いんですよ。面白いといって語弊があれば、意味深な物が多いといいますかね。三階の展示品の中で印象に残っているものはありませんか」

「黒いマリアがあった」

「印象的ですよね」

全体が黒く塗られていたから、聖母像には見えなかった。これは何かとアクに聞くと、彼は教えてくれた。

——黒い聖母だよ。

よく見ると、確かに聖母像だ。一メートルくらいの坐像で、膝の上に幼児キリストを抱いている。異様なのは服も顔も手も、すべてが黒いことだ。

「エルサレムの娘たちよ。私は黒いけれども美しい。ケダルの天幕のように、ソロモンの帳のように」

不二男はなめらかな口調でいい、

「旧約聖書の雅歌ですよ。黒い聖母像はフランスのあちこちで見られます。ノートル・ダム聖堂にも、アンドレ・マルローが賞賛した黒い聖母像があります。何故黒く塗られているのかはわかりません」

「定説がない」

「そうです。しかし古代神話の大地の女神イシスは、黒い色で表現されてきました。イシスは死者の守護神であり、黒は死の色です」

「黒いマリアはイシスだというのか」

「というよりイシスとマリアが合体した、つまり古代信仰とキリスト教信仰が同化したということでしょう。確かなのは中世キリスト教美術において、黒は不吉な色であり、悪魔を表現する時に用いられたということだけです」

「黒い聖母は、悪魔の聖母か」

「悪魔崇拝に使われていたなどという俗説を発表したら、学会では笑いものにされるでしょうがね」

「しかし否定もできない」

彼は首を縦に振り、

「定説がないんですからね。ところでタクマ君、三階では他にどんなものを覚えてますか」

「ガーゴイルがあったよ。物凄い数だった」

「ああ、あれは圧巻ですね」

怪物の石彫が百体以上も展示されていたのだ。三階の展示室は、怪物の群れで埋まっているといってもいいくらいだった。五十センチから一メートルくらいの大きさの彫刻が多く、アクの話では、大部分がゴシックの大聖堂についているガーゴイルの模作だという。しかし中には本物――すなわち盗品もあるらしい。

動物の形をしているガーゴイルが一番多く、ライオンに似たものがほとんどだが、羊や猿や鳥を模したものもあった。人間形もあり、嘔吐するポーズを取ったり、糞尿を引っかけようとしている――かくも瀆神的なものが何故大聖堂についているのだろう――ものまであるのだ。幻獣タイプのガーゴイルもいる。スフィンクスやドラゴンに近いものなど、ルーツがわかりやすいものもあるが、得体の知れぬ四足獣も多い。

すべての彫刻が、見る者に憎悪を叩きつけているようで、石彫にすぎないとわかってはいても、圧倒的な数の憎しみの顔に囲まれると慄然としてしまう。いきなりこいつらが背中に生やした羽を動かし、飛び上がって一斉に襲いかかってきてもおかしくないように思える。

「ガーゴイル、フランス語読みではガルグイユ」

不二男は蘊蓄を垂れ、

「君はその群れを見てどう思いましたか」

「本物の悪魔の群れに囲まれているようだった」

「そうです。確かに君はその時、悪魔の軍団に包囲されていたのです」

彼は私をじっと見つめて、

「創世記戦争の時のようにね」

「ミルトンの『失楽園』か」

「ミルトンによると、サタンは神に最も愛されていた天使でしたが、ある時、全天使のうちの三分の一を引きつれて反乱を起こします。しかし結果はサタン軍の敗北でした。これが創世記戦争です。天上での戦いに敗れたサタンは、地上へと降ります」

「サタンは堕天使となった」

「この時敗走した配下の悪魔たちも堕天使となりました。彼らは、地上の人間たちを堕落に導くことで、神への復讐を果たそうとします」

「蛇の形をした悪魔が、アダムとイヴに与えたリンゴは復讐の第一歩だった」

「そう……悪魔は時に、蛇の形をしている」

不二男は思わせぶりにうなずき、

「そして大門美術館の三階は、まさに創世記戦争の悪魔軍の視覚化なのです。ということは――」

鋭い視線が私を捉える。

「この時、サタンはどこにいるのか」

その目つきに気後れを感じながらも、

「サタンがいなければならないのか」

「僕の理屈ではそうなります」

記憶の中の展示室を思い描き、

「強引だね。あの部屋にサタンの像はなかったし、それに類する展示品もなかった」

不二男は深く息を吸ってから、静かに吐き、

「タクマ君、こんな話を聞いたら君はどう思いますか。ガーゴイルの話の延長なんですけど……」

彼は一瞬目を閉じ、憂えるような眼差しになった。

「ガーゴイルはね、つまるところ意味のわからない造形物なんです。美術史の大家もいっ

ています。ガーゴイルには象徴的な意味が発見できないと。つまり図像学的には解釈できないのです。にもかかわらずガーゴイルの原型のようなものは、十一世紀ロマネスクの時代に現われてきています。そしてこの時代、実際にそのような悪魔の姿を目撃した人々の記録が残されているのです。私は悪魔を見ました——という目撃談がね」

「十一世紀の人々は、現実に見た悪魔の姿を、聖堂の彫刻に刻んでいたというのか」

彼は否定とも肯定とも取れる仕草で首を傾げ、鞄の中から本を取り出して開く。悪魔関係の本らしい。

「当時の修道院長が、悪魔に遭っているらしいのです。その悪魔は、一見人間のように見えたが、鼻先が異常に長く、獣のような顔をしていたといいます。またこの時代、ある人はこんな悪魔を見ました。そいつは小柄だが物凄い鳩胸で、いつもぶるぶると体を震わせていた。髪が針のように——ちょうどグレンのように——鋭く立ち、牙の生えた口は耳まで裂けていた」

不二男は静かにページを閉じる。

私は彼の目をのぞきこんだ
「もしかして悪魔は実在する、とでもいいたいのか」

答えない不二男に、重ねていう。

「たとえ実在したとしても西洋中世、十一世紀のことだ。そんなものを現代の日本に結びつけるのには無理がある」

「まあね」

「無理だ」

「大門大造氏は、そうは思わなかったかもしれません」

「祖父が悪魔的な蒐集品に凝っていたのは認める。だからといってそれが悪魔の実在に結びつきはしない」

「世の中には常識で計り知れないこともありますから」

「とはいうが、さすがに悪魔がいるとは思えない」

「確かに、中世に実在したような悪魔が、いきなりこの地に湧いて出るようなことは、難しいかもしれません」

彼は一拍置いて、

「しかしですね、こうは考えられませんか。大造氏は悪魔の美術品を運んできたように、悪魔そのものも運んできたのではないか……と」

「運んだ？」

「思い出してください。大門大造氏はある時期、頻繁に海に出て、粟島に行っていたといいます」

「粟島ね。釣りが趣味だったらしいから」

「世間的にはそういうことになっていますね。しかし彼に別の目的があったとしたら」

「ならば何のために祖父は海に出ていたというんだ」

不二男は声のトーンを落として、

「粟島という言葉から何を連想しますか」

「佐渡島と並ぶ、この県の離島以外には特に何も連想しないが」

「では、あわしまとひらがなで字面を思い浮かべてみて下さい。どうですか」

「何も」

「そうですか。僕は、あわしまといえば『古事記』を思い浮かべますね。『古事記』のあわしま。知りませんか」

「国造りに関係して出てきたな」

「イザナギとイザナミは、天界からオノゴロ島に下りてきて結婚します。そして子供を作るわけですが、最初に生まれたのは水蛭子でした。水の蛭の子と書いてヒルコです。この第一子は何故か、葦の舟に入れて、流して捨てました。次に生まれたのが、あわしまです。漢字で書くと、淡いと山へんの嶋で淡嶋です。この第二子もできそこないだったらしく

『この子の例には入らず』と記されています」

「あわしまは、人間のできそこない」

「民俗学的にはあわしまは淡路島のことではないか、といわれています。あるいは四国の阿波ではないかとか。あるミステリー小説では房総半島の安房説まで出されています。しかし〝あわじしま〟や〝あわ〟ではなく、わが県にはそのものずばりの〝あわしま〟すなわち粟島があるではありませんか」

「本気でそんなことを考えているのか。古事記のあわしまが粟島だと」

「いけませんか。あわしまは粟島に流れ着いた。そういう仮説があってもいいはずです。それに――」

彼は細く息を吐き、

「タクマ君はさっき、あわしまは人間のできそこないだといいました。その通りです。ならばこうもいえるのではないでしょうか。イザナギとイザナミが神であった以上、その子あわしまは、神のできそこないでもある。つまり粟島には、流れ着いた神のできそこないがいたのではないでしょうか」

「神のできそこないだって」

不二男は深くうなずき、いっそう声を潜めて、

「そう、神のできそこない、すなわち――悪魔です」

「君のいいたいことは、もしかして、大門大造は……」

憂羅の話を思い出す。

大門大造は一時期、毎週のように粟島に通っていたが、ある時、ふっつりと渡航をやめてしまう。憂羅の父は、それについてこういった。〝奴め、大物を釣り上げたんだ。で、すっかり満足しちまったんだろうよ〟〝(大物を) 確かに町まで持っては来たが、もったいなくて見せられんらしい。あいつ、人魚か何か釣り上げたんじゃねえのか〟

不二男の顔をのぞきこむと、怖いように輝く瞳が、続く言葉を促していた。

私は言葉を搾り出す。

「大門大造は……祖父は、悪魔を探しに粟島へ行っていたのではないか、と……そして……

……」

不二男は私の言葉を引き取って、いい切る。

「そして粟島から悪魔を持ち帰ったのではないかと」

第七章　巨大な蠟燭

ほとんど準備もせず、中間テストを受けるはめになった。

今日はテストの初日だが、空席がある。

悪魔のモデル——憂羅充の机が空いているのだ。

それとなく気にしていたが、一限の国語の試験が始まっても、充は来ない。国語のテストは漢字の書き取りが多くて助かったが、時間が終わっても、彼の姿はなかった。休憩の時に鳥新康子に聞いてみると、彼女は眼鏡を直しながらいう。

「充君のことなんて知らない。風邪でもひいたんじゃないの。それより準備よ、次の時間のテストの準備をしなくちゃ。英語よ英語」

結局、最後の時間まで憂羅充は来なかった。一日欠席。三教科は試験を受け損ねたことになる。大丈夫なのだろうか。

しかし他人の心配ができるほど、自分に余裕があったわけではない。

帰り道、不二男にいった。

「テストにぜんぜん集中できなかった」

「君の場合は仕方ないでしょう。周りで色々起こりすぎますから」

「君もおかしなことを吹きこみすぎるし」

「勉強どころじゃなくなりますよね」

「気分転換が必要だ。不二男君、君なら何をするんだろう」

「何もしませんよ。僕はストレス、溜まらない人ですし」

「最近何を読んでいる」

「このところホラーしか読んでません」

「ホラー小説か。オススメとかは」

「どんな傾向のを読みたいですか」

「古臭くないやつ」

「モダンホラーですか。海外のモダンホラーは珍品の宝庫ですが、普通の人は『ローズマリーの赤ちゃん』とスティーヴン・キングのどれか一冊を読めば充分ですよ」

彼は遠くを見る目つきになり、

「でも、もしよければ、オススメモダンホラーのリストを作成してみましょうか」

ホラー小説というより、不二男がどんな本を薦めるかに興味が湧き、「よろしく」と頼んだ。

彼は「了解です」と即答し、

「時間を下さい。本格的なエッセイを書きますから」

それが単なる口約束ではないとわかったのは、少し後になってからだ。不二男は事実、『オススメモダンホラー』というエッセイを書き上げ――その時身動きできないほど痛めつけられていた――私に届けたのである。

彼は唇の両端を上げていう。

「中間テストにもいいことが一つだけあります」

「早く帰れることとか」

「午前放課ですからね。お茶でも飲んで行きませんか」

「そこの喫茶店で」

喫茶店に足を踏み入れた途端、モーツァルトに包まれる。褐色に統一された室内の色調が、落ち着いた雰囲気を演出していた。正午近いせいか混んでいて、中学校の制服姿も何人かいる。しかし、テーブルに着いた瞬間に、落ち着くどころではなくなってしまった。向こう側に、ちらりと根津京香の姿を捉えたからだ。

不二男はメニューを熱心にのぞきこんでいる。

京香は一番窓側のテーブルに座っていた。帰り道で寄ったらしく制服を着ている。二人連れであるところも、私たちと同じだが、彼女の相手は男子生徒だった。こちらに背を向けているために顔は見えないが、雰囲気から見て三年生の男子らしい。

「どうしたんですか、タクマ君、変な顔をして」

「変な顔ですまない」

とはいったが、心は乱れていた。思った以上に衝撃を受けていたのだ。

京香が男子生徒とお茶を飲んでいるからといって、二人がつき合っているとは限らない。少なくとも男女交際をしているという証拠にはならない。単なる友だちか、知り合い程度でも喫茶店くらい入るだろう。しかしあの男が京香の恋人である可能性も高い。二人はどんな話をしているのだろう。しかしだ、たとえ彼女が男とつき合っていたとしても、私に何の関係があるのか。彼女は恋人でも何でもなく、単なる先輩にすぎない。少なくとも現時点では、そうだ。

「僕はウィンナーコーヒーにします。君はどうしますか」

「同じものを」

反射的に答えた。頭に微熱があり、心臓の鼓動が速くなっている。血圧が上がる、とはこういうことか。水を一気に飲み干すと、少し落ち着いた。

不二男がゆっくりとした口調で切り出す。

「憂羅充君が学校を休みましたよね。どうしてだか知ってますか」

「知らない」

充のことなどどうでもよくなっていたが、続く不二男の言葉に思わず引きこまれてしまった。

「充君、万引きをしたらしいんですよ」

「万引き？」

「噂で聞いただけですけどね、昨日友人二人と本屋でマンガを盗ったらしいです。万引きした本は、三人合わせて二十冊以上だといいます。僕は充君と一緒に補導された友だちの、その友だちから聞いたんですけどね」

「警察が介入したのか。憂羅巡査の息子なのに」

「店長は巡査には連絡せず、直接警察にいったらしいですよ。学校にも通報したようです」

鳥新は知っていて連絡しなかった。教室の中でうかつにいえることではない。

「前に住んでいた町では、親に知らせはするが、学校や警察には連絡しない店も多かった」

「店長がね、正義の味方みたいな人なんですよ。たとえていえば、ビデオショップに〈アダルトビデオが置いてあるから店を閉めろ〉と張り紙する類のね。いってる意味、わかりますか」

「その人、自分だけに理があると思っているんだね」

「かといって、店で起きた犯罪をそのままにしておくわけにはいきませんよ。店長のやったことは妥当です」

「むろんだが、憂羅巡査はどういう反応をしたのだろうか」

「立場上、きつく説教せざるを得ないでしょうね」

「ヤクザもどきの伯父が、ちゃんとした説教などできるだろうか」

「説教でも折檻でもやるでしょう。今日も、自主的に家庭謹慎させているのかもしれません」

「あるいは充君が学校に来られないほど気持ちが沈んでいるとか」

「または学校には来られないほど、父親からボコボコに殴られたか」

憂羅充が万引きをしたと聞いて〝さもありなん〟と思ってしまうのもどうかと思うが、見かけとは恐ろしいもので、小ずるそうな充の容姿は、容易に犯罪行為に結びつく。人間の見方が浅いといわれれば、一言もない。

二人の前にウィンナーコーヒーが置かれた。生クリームをすくってから、コーヒーを口に含んでみる。ちょっと薄い。

「そうそう！」

不二男は口の周りのクリームを拭きながら、

「ずっと忘れててごめんなさい。これ、ありがとう」

ポケットから出した生徒手帳を返してきた。

開くと、例のページがすぐに出た。悪魔の紋章だ。かなり入念に調べてみたのか、開き癖がついている。

「この絵を見て何かわかったか」

「うーん、わかったといえばわかりましたが、君の絵も正確ではないので、自信を持っていい切ることはできません」

「離れの床の模様は、洗浄されて消えかかっていた。これ以上しっかりと写し取るのは無理だ。で、君の結論は」

「あえて断言するとしたら、これはアモンの紋章です」

「アモン？　それは悪魔の名前か」

「永井豪の往年の名作、『デビルマン』を読んだことがありますか。あれの主人公は悪魔の体を乗っ取りますが、その悪魔の元々の名前はアモンといいます」

「アモンって……もしかしたらA・M・O・Nか」

祖父の本の背表紙で、その綴りを見たことを思い出す。

「そうですね、AMONと書きます。でもどうして」

「祖父がそんなタイトルの洋書を持っていた」

「ならば床に描かれた紋章は、アモンのものであると断定して間違いないでしょう」

「君は前に、悪魔の紋章は召喚のために使うといっていた。どういうふうに紋章を使用するのだろう」

「悪魔の召喚法ですか」

彼は鞄から『悪魔百科』という本を引っ張り出す。

「えーっと、ここのページに出てますけど、悪魔の召喚法にも色々あります」

不二男は、高等魔術を使う方法や、祭儀を復活させる方法など、幾つかの召喚法を読み上げた。しかし――

「難しすぎる。ものすごく特殊な知識が必要だ」

「悪魔の知識なんて、全部がものすごく特殊なものだと思いますが」

「簡単な召喚法はないのか」

「誰でもできそうなのがあります。まず悪魔の紋章を用意し、ドアの前に座って雑念を払います。次に頭の中でドアに悪魔の紋章を描きます。描き終えたら、ドアを開けて入っていく自分の姿をイメージします。すると悪魔が現われ、地獄へ案内してくれるというのです」

「それって、もしかしたら全部想像の中で召喚が終始するんじゃないのか。幻覚、自己暗示――というより、はっきりいって妄想にすぎないんでは」

「まぁね。でも大門大造氏が用いた方法には、一番近いような気がします。氏がどんな方法を用いたのか、はっきりとはわかりませんが」

「もっと容易で確実な呼び方はないのか」

「確実ではありませんが、すごいのがありますよ。コラン・ド・プランシーの方法です。悪魔の紋章を枕の下に敷いて寝る。すると夢に悪魔が出てくる、というのです」

「確かにすごい。そこまでいったら既に召喚とはいえまい」

「ちなみにこの方法を提唱したコラン・ド・プランシーの本は、『地獄の辞典』として抄訳されています。よかったら貸しますけど」

「遠慮しとく」

私は『デビルマン』を思い描きながら、

「祖父が呼び出そうとしていたのは、デビルマンみたいな姿の悪魔なのだろうか」

「つまりアモンというのは、蝙蝠をベースにした、マッチョな人間型の悪魔なんじゃないかと」

彼は少し笑って、

「アモンは、蛇の尻尾をした狼型の悪魔ですが、顔はフクロウに似ていて、くちばしに――妙なことに――鋸《のこぎり》のような牙が生えています。デビルマンタイプの人間っぽい体に変身することもできますが、顔は蝙蝠ではなくカラスになるんです」

「永井豪の描いた主人公とはずいぶん違うね。そいつは、どんな能力を持っているのだろう」

「口から火を噴きますね。アモンは占いが得意な魔界貴族で、悪魔の大部隊を従えています。ソロモン王の前では詩を作り、絶賛されたといいます。人々が喧嘩した場合の調停役を買って出たりもします」

「仲直りさせたり、詩を読み上げたりする。けっこういい奴みたいじゃないか」

「もともとはエジプトの神ですから。サタンと共に創世記戦争に参加し、敗戦後も付き従ったとされます。この本のイラストを見てください。ここにアモンの姿があります」

示された頁のイラストを見た途端に、少しだけ寒気を感じた。図版が恐ろしかったわけではない。アモンの姿は奇怪だが、恐怖を誘うようなものではなかった。尻尾が蛇になっているとのことだが、どちらかというと下半身が巨大な蛇になっていると表現した方が正しい。後足は生えていないようだ。狼のような二本の前足を使って前進するらしい。イラストにもう一度目を遣ると、心にざらりと鑢《やすり》が当たる。

ある記憶——何度か耳にした言葉——が甦った。

這う、という言葉だ。

何故なら——

大門大造が呼び出した悪魔は〝這う〟ものだったというではないか。

このアモンという悪魔は、前足を動かしながら、蛇腹でずるずると〝這う〟ように進むのではないかと思われる……

「どうしたんですか、タクマ君。変な顔をして——って、同じ質問をするのは今日これで二度目ですよ」

「変な顔で申しわけない」

同じ答えを返したのも二度目だが、一度目と二度目では理由が違う。

京香の方をちらりと見ると、彼女は微笑を浮かべて男と話している。不二男が本を閉じ、鞄にしまう。私も生徒手帳をしまい、続いて鞄から紙切れを引っ張り出す。

「見てもらいたいものがある。この紙なんだが、君に聞いてみようと思って鞄に入れたままだった」

折り畳まれた紙を開き、テーブルの上に置く。大門玲の葬式直後に出現した、第二の悪魔の紋章である。

それを見た時、不二男は独特の表情をした。梅干を噛み、種を吐き出したいのだが、人目が気になってできない時の顔……といったら、いくらか近いだろうか。しかし何故そんな顔をしたのかは、かなり後になるまでわからなかった。

不二男はいったん目を逸らし、コーヒーを飲み干してから、

「これは悪魔の紋章ですね。いったいどこからこんなものが」

「母の葬式の日のことだ。すべてが終わってから郵便受けを見ると、この紙が入っていた。アモンの紋章とは違うようだが、どう見ても悪魔の紋章だろう」

「そうですね」

そっけない口調が気になった。どうしたというのだろう。紙切れを見た途端、様子が変わった。さっきまでは得意満面に悪魔学の蘊蓄をひけらかしていたはずだ。今は、落ち着きのない幼稚園児のようにそわそわしている。

彼はこちらを、ちらっと見ると、

「調べてみますよ。貸して下さい」

返事も待たず、奪うように紙切れを鞄に入れてしまう。

「ちょっと不二男君――」

「忘れるところでしたよ、明日は中間テストの二日目ですよね。僕、もう帰って勉強しなきゃ」

唐突にいうと、伝票の上に千円札を置き、立ち上がった。

「先に帰りますよ、タクマ君。ゆっくりしていって下さい。今日のコーヒー代は僕が持ちますから。じゃあ！」

いたたまれないといった様子で、そそくさとレジに向かっていく。背中に言葉をかける隙すら与えない。ただ呆然と見送らざるを得なかった。いったいどうしたというのだろう。

あの紙切れの何が、彼をあれほどにも狼狽させたというのか。

残りのコーヒーに口をつけた時、京香とその連れが立ち上がった。

こっちに向かってくる。

緊張した。

京香は男の二歩ほど後ろを歩いている。

男は背の高い体育会系の好男子だ。歩く姿も颯爽としていて、さわやかである。Jリーグにこんな感じの選手がいたような気がした。京香とはお似合いだ。少なくとも私よりは遙かに釣り合う。

彼らがこちらにやってくる。

声をかけようか。いかにも親しげに手を上げて。部長、先輩、京香さん。迷っている場合ではない。ほら、男はもう目の前にいる。

思い切って顔を上げ、手を振ろうと持ち上げた。

彼女は前を向いたままだった。

肩にかかる髪が揺れている。

京香は眉一つ動かさずに通りすぎていく。

美人であるだけに、余計に冷たい顔に見えた。

私はうつむき、コーヒーカップに口をつける。

空だとわかっているのに唇をつける。

テーブルについている私の姿が、見えなかったはずはない。

完全に無視されたのだ。

夜中、勉強にまったく集中できなかった。教科書を読んでいるはずなのに、京香の顔が頭に浮かんでくる。喫茶店で、男とテーブルにつく京香の姿が見え、続いて、よからぬ妄想が膨らんでいく。その後二人はどうしたのだろう、とか。

こんなことでは中間テスト二日目も、惨憺たる結果となるだろう。

空気でも入れ替えようか。

机を離れ、窓に向かった。レースの白いカーテンが古びて黄ばんでいる。私はカーテンに手を伸ばそうとして、——止めた。

音が聞こえたのだ。

手を引っこめ、耳を澄ます。

カツカツ…カツカツ……

何かがガラスに当たっている。虫がぶつかっているのだろうか。それにしては音が大きい。窓の向こうに誰かがいて、硬く小さなもので、窓を叩いているような感じだ。爪先でも、こんな音を出せるかもしれない。

カツカツ…カツカツ……

空耳ではない。確かに、何者かがガラスを叩いている。部屋は二階にあるが、梯子を掛ければ、できないことはない。時計を見ると、午前零時だ。こんな時間に誰が来たというのだろう。何にせよ、まともな人間とは思えない。

一歩引き、呼吸を整え、思い切ってカーテンを開けた。

ぎょっとした。

窓一面に、光に集まってきた昆虫が貼りついている。小型の白っぽい蛾、鮮やかな羽の巨大な蛾、胴体が葉巻のように太い蛾が、数十匹も蠢いていた。よく見ると、カマキリやバッタやコガネムシ、得体の知れない虫もいる。

だが虫に気を取られている暇はなかった。

轟音と共に、いきなり窓がぶち破られたのだ。

後方へ飛びのくと同時に、ガラスが飛び散り、激しい勢いで、赤いものが部屋に飛びこんでくる。

手足が八本あるように見えた。

カニ女だ。

カニ女が来た。

部屋にまで侵入してきたのだ。

女は顔をゆっくりと上げると、頭をカクカクと上下させた。

ふっくらした顔に、線のような目をしていた。子守帯に留められた子供の顔に、異常なほど多くの、小さなホクロがある。二人とも赤い服を着ていた。奇妙にも、カニ女は右手に巨大な蠟燭を持っている。戒名のような筆書きが入った、葬式の時に立てる蠟燭らしい。これを振り回してガラスを割ったのだろう。

カニ女はどこかぼんやりした様子で立ち、部屋の中を見回すと、蠟燭を静かに上げて私を指した。母子ともに表情がまったくない。女の薄い唇が開き、何かささやく。かろうじて次の言葉が聞き取れた。

「……マンマ……」

ママではない。この女はマンマといった。

「……マンマ、マンマ……」

なおも繰り返す。私はじりじりと後ずさる。すると女は、蠟燭を放り投げ、背を丸めると、すさまじい声で叫んだ。獣の咆哮だった。女は顔の半分を口にして――同時に子供の口もパックリと開く――飛びかかってきた。四本の手が迫った。横に飛ぶ。一本の手に服をつかまれた。無様に転倒する。背が壁を感じる。その瞬間、鋭い痛みが走り、私は悲鳴を上げた。

見ると、子供がふくらはぎに嚙みついている。

丸く開かれた目の、黒目が点のように小さい。引きちぎらんばかりの物凄い力で食いついている。私は悲鳴を上げ、手足をめちゃめちゃに振り回す。

足が女の側頭部に当たった。「ぎゃっ」と叫んで女がのけぞる。子供の口が離れた。ひどく痛い。肉が嚙み千切られ、床に血だまりを作っている。

逃げなければと、ドアに目を遣った。

女は素早く立ち上がり、行く手を塞ぐ。

足を引きながら窓際へと回る。

母子はゆらゆらと体を動かしていた。

四本の手がばらばらに動いている。

子供の口は血まみれだ。

母親は、無表情に子供の顔を見やり、子の口に手を突っこみ、赤い塊をつまみ出す。それを自らの口に含むと、グチャグチャと咀嚼してから、また子供の口に戻した。

子供は口から新たな鮮血をしたたらせて、

「マンマ」

といった。

母が床から、ゆっくりと蠟燭を取り、頭上に振りかざす。

そして怪鳥のような奇声と共に、再び襲いかかってきた。

頭をかばい、反射的にしゃがみ込む。

意図があったわけではない。攻撃を避けただけだ。

偶然、母子の腹の辺りが、私の肩の上に乗った。

思い切り体を逸らす。

柔道かレスリングの技のように、母子の体がくるりと回転する。カニ女は足を上にし、割れた窓を突きぬけて、……そのまま、戸外へと落下していった。

ぐしゃり、という音が響く。

同時に、何かが倒れた音がした。

肩で息をする。

下を見る気になれない。

呼吸が楽になってから、窓から身を乗り出す。暗くてよくわからないが、地面には巨大なカニが潰れているように見えた。その横には梯子が倒れている。しりもちを着き、天井を仰ぐ。電灯の周りを無数の蛾が舞っていた。

私は携帯を取り出し、憂羅巡査に電話する。

第八章　たたらを踏む

カニ女が落ちてからほどなくして現われた憂羅巡査は、呆然としている私を横目に、てきぱきと仕事を進めた。母子共に死んではおらず、彼らは病院へと運ばれた。

「もっともすぐに別の病院へ移されるだろうがな」

巡査は自分の頭を差し、指をぐるぐる回す。

「伯父さん、警察へは」

「連絡しなくていいぜ。全部俺が処理してやる。町の巡査っていうシステムも、なかなか便利なもんだろ、え、坊ちゃん」

反論する気力さえ残っていない。

「あの女と子供は何者なんですか」

「ヒトママアマだ」

「ヒトママアマって」

「ん？　まぁそうだな、ひらたくいえば、森の中や周辺に巣食っている悪どい連中のことだよ。そこには危ない奴、おかしな奴、ひどく貧乏な奴、つまりはちゃんとした屋根の持てねえ奴がたむろしている」

「都会でいう浮浪者みたいなものですか」

「浮浪者の中にも、貧しいだけの奴もいれば、そうでないのもいるだろ。ここでも同じだ。単に貧しいだけでない、悪い奴らのことを、この町ではヒトマアマと呼ぶのさ」

「悪いって、例えばどんなことをするんですか」

「悪いは、悪いだ。他にいいようがねえ」

明らかにごまかされている。

「でもマアマってなんのことです」

「お前にゃどうでもいいことだぜ。それより、なんであんな奴らと関わりあいになった」

「一度会っただけです。会ったというより、見たという程度なんです。道に迷って、森に入り、老人ホームの廃墟で彼女たちを見かけました。何で襲われたのか、さっぱりわかりません」

憂羅は、ざらざらした頬を掻き、含み笑いをして、こういった。

「あいつら、たぶんお前のことが、よほど気に入ったんだろうぜ」

次の日は病院へ行ったため、中間テストを受け損ねた。三教科未受験だ。憂羅充を笑えない。当面、成績は考えないことにする。

病院から帰ると、今夜は憂羅有里が夕食の準備をしていた。

左頬にホクロのある、色の浅黒い有里が作ると、普通のカレーが本場のインドカレーみたいに見えてくるから不思議だ。

「昨夜は、伯父さんにたいへんお世話になりました。ありがとうございました」

「あれが巡査の仕事さ」

明日もう一日、中間テストが残っている。もはや勉強する気にさえなれない。テスト明けには、確か、遠足があった。そんなものでも、ないよりはいい。

「伯母さん、一週間ほど後に遠足なんですよ。バスでK海岸へ行きます」

「遠足なんてなくてもいい。金が掛かるばかりで意味がない。なんであんな行事が続いてるのかね。無駄だよ。同じ金額でもっといい場所へ行ける。今時、K海岸なんてチンケな場所へ行ってどうするのさ」

相変わらずシビアだ。

私は彼女の、黒目がちの大きな目を見ながら、

「団体で行動する良さってのもあると思います」

「団体行動を学ぶってか。あんた、先生みたいなことをいうね」

一応うなずいたが、私は別の〝良さ〟のことを考えていた。

この学校は三クラスしかないので、学校全体で同じ場所に行く。つまり学年別で異なる目的地へ行くことはしない。それで何がプラスになるかというと、三年生とも一緒になるわけだから、根津京香と遠足に行ける。そんなところにでも楽しみを見つけないと、やっていられない。

伯母は私の前に食事を並べ、

「今日は野暮用があるから、これで帰る。片づけくらいできるだろ」

「いつもありがとうございます」

「いつも、ね……。でも、いつまでも、じゃない。それに関していっておく。私にしても法子にしても、いつまでもあんたの面倒が見られるわけじゃない」

私のことが負担になってくるのは当然である。

有里は無表情な目で私を見て、

「この前、法子の旦那が、あんたの父方の爺さんに連絡してみたんだ。そしたら爺さん、いきなり怒鳴り始めたらしい。『うちにはそんな息子もいなければ孫もいない』ってね。

あんたの亡くなった父さん、その爺さんとだいぶもめたようだね」

「跡継ぎのことで、一悶着あったと聞きます」

「高級料亭なんだってね。爺さんも昔かたぎの職人気質で、ずいぶん難しい人らしい」

「父方の誰かに、俺を引き取ってもらうのは難しい気がします」

「他人事みたいにいうんじゃないよ。難しくても、どうにかしてもらわなければ困る。こんな家に中学生を一人暮らしさせとくわけにはいかないだろ。実の祖父母に、面倒見てもらうのが、筋ってもんじゃないの。違う」

「確かに」

有里は、ふっと息を吐き、

「あんたに対して熱くなっても仕方ないんだけどね。とにかく先方と交渉を続けさせてもらうよ。遅くとも年内には、あんたを引き取ってもらうつもりでいる。わかったね」

彼女はそういうと、出ていった。

伯母たちの目論見通り話が進んだとしたら、また転校ということになる。それもいい。この町ではろくなことがなかったし、これからもどうなることやらわからないのだ。

私は次の日から、昼休みと放課後、必ず部室に顔を出すことにした。いずれは離れ離れになるにせよ、京香とはもう少し仲良くなっておきたい。しかしどうしたことか、いっこうに会えなかった。

放課後、部室でぼんやりとホラーマンガを読んでいる村山舞に話しかける。

「最近、部長の顔を見ないね」

「京香さんが気になるの」

「まあね」

「あの人、彼氏でもできたんじゃないのぉ。最近よく男と一緒にいるよ」

「背の高いサッカー選手みたいな奴か」

「うん、その人。でもサッカー部じゃなくてバスケ部らしいよ。てことは京香さん、彼氏ができちゃったからさ、部活どころじゃなくなったんじゃないの。ねえタクマ君、君さぁ」

舞は、トロンとした大きな目で、

「京香さんのこと好きでしょ」

「別に」

「愛してるでしょ」

「大げさな」

「またまた。顔がひきつってるよ」

少し、息を呑む。

彼女はけたたましく笑って、

「嘘だよぉ、からかいがいのある奴」

私は、あからさまにむっとしたらしい。

彼女は肩をすくめて、下からのぞきこむような目をし、

「京香さんに彼氏ができたかどうかはわからないけどさぁ、いっとくけど彼女、もう部員じゃないんだよ」

「部長をやめたのか」

「ていうかぁ、この学校では、二学期の中間テストが終わる頃、文化部の三年は引退するの。文化祭は終わってるし、高校受験も控えてるじゃない。いつまでも部活なんてやってらんないでしょ」

「そうか……退部したのか」

「部員は今じゃ一年生だけ。あたしたち三人しかいないの。残念でしょ」

「新部長は誰になったんだ」

「あ、ごまかしたぁ」

「部長は誰に」

「へへ、不二男君だよ。他にいる」

「妥当なセンだね。でも俺がいないところで決めたのか」

「文句ある」

「異議なし。ずっと不思議だったんだが、何で京香さんのような人がオカルト研にいたんだろう」

「やっぱ、京香さんのこと、好きなんだー。ふふ彼女さぁ、本好きだったから、この部にいたんじゃない。ここは読書部みたいなもんでしょ。京香さん、けっこうミステリー読んでたんだよ」

「どんな作家を」

「ジャプリゾとかアルレー」

「面白いのか」

読んでいないので、それ以上、反応しようもない。

舞はにんまりと笑って、

「ねぇタクマ君、京香さんのこと好きなら、いっちゃえば。男は押しよ」

「俺は押しが弱いんでね」

「ほんと、そうらしいね。君は今まで女の子とつき合ったことあんの」

「舞ちゃんは」

「あるよ。ていうか、今もつき合ってるよ」

「誰と」

「秘密。でもすごくワイルドな人」

「そういえば誰かから、君には彼氏がいるらしいって聞いたことがある」

「なんだータクマ君、あたしのことも狙ってたのー、や〜らしい〜」

「勘弁してくれよ」

舞は、ちょっと困ったように眉をひそめて私を見る。何でそんな目をするのだろう。

「困ったなぁ」

「だから狙ってないって」

「ううん、違うの。タクマ君の顔見てたら、彼氏から頼まれたこと思い出しちゃって。うーん、どうしようかなー」

「何考えてるんだ。俺の顔を見て、恋人の言いつけを思い出すのか。意味不明だよ。君の思考回路はわからない」

「当たり前じゃん。あたしにも、わかんなーい」

彼女にしては難しい顔をして、何か考えこんでいる。

「ねぇタクマ君、遠足には行く」

「いきなりどうした。もちろん行くよ」

「へー行くんだ。でもあんまり楽しくないよ、きっと」


舞の予感は、現実になりそうだった。

遠足の当日は雨だったのだ。

天気予報によれば、そのうち曇りになるということだが、気分はよくない。

ガンは参加しなかった。

さぼったらしい。

不二男もいなかった。

珍しく風邪をひき、熱を出したという。

携帯にメールが入っており〈みんなにヨロシク〉とのことだ。

バスの中では憂羅充の隣になった。

彼を嫌う理由はないが、気持ちが弾む相手ともいえない。

「K海岸って、行ったことある」

私が話しかけると、

「ああ」

充は手短に答える。

そこで話が途切れてしまう。

私は続けて、

「何度行った」

「二度」

また沈黙。

彼は間を持たせるということを知らない。

時たま、

「海って……」

彼の方から口を開いたかと思うと、

「嫌いだ。一つの大きな生き物みたいで、気持ち悪い」

と、気分が沈むようなことをいう。

やっていられない。

こちらの気分とは裏腹に車内ではカラオケ大会が始まり、異様な盛り上がりを見せている。気持ちが余計にささくれた。私に順番が回ってきた時には、やけくそになって歌いまくった。しかし、むなしさの上塗りをしただけだった。

充は悪魔のような横顔を見せたまま、

「歌、下手だね」

とポツリという。

ドッと落ちこんだ。

余計なお世話だ。

二時間も車に揺られ、目的地に着いた頃、やっと雨が上がった。

しかし当初の目論見は大きく外れた。

各学年で駐車場がまったく違うのだ。二、三年生のバスは、遙か彼方まで行ってしまった。

私は、隣に座る悪魔少年に聞く。

「上級生は違う場所へ行くのか」

充は黙って遠足のプリントを渡す。私も持っているプリントだったが、改めて地図を見ると、それぞれの学年の駐車場が小さくマークされていた。二年生の駐車場は私たちの数キロ先で、三年生の駐車場はそれより遙かに向こうだった。とうてい歩いて行ける距離ではない。これでは京香の姿さえ捉えることができないではないか。

K海岸の細長さを呪う。

昼食が済み、自由時間になると、委員長を始めとするクラスメイトたちがビーチバレーを始めた。何人かが先生の言いつけを破って、海に飛びこんでいる。貝を探したり、当てどなくふらついている者も多い。座り込んで携帯電話をいじっている生徒もいた。厭世的な気分になって、一人群れから離れる。

自然に足は、三年のバスが去った方向に向かっていた。京香に会えると期待したわけではない。自由時間内では、二年生の場所に行けるくらいが、せいぜいだろう。しかし私は歩き続けた。嚙まれた傷が時々痛む。砂浜はしばらく行くと岩場になり、やがて崖が現われる。低い崖で、手すりがなかった。のぞきこむと、崖下で砕ける荒波が、かなりの迫力で迫る。吸いこまれるような気分になった。

私は海に向かって、一歩、身を乗り出す。

その時だ。

背中に衝撃を受けた。

強く押された？

たたらを踏む。

次の瞬間、宙に投げ出されていた。

青黒い海面がスローモーションのように近づく。

頭から海に突っこんだ。

衝撃と共に天地がわからなくなる。崖下の複雑な潮流に弄ばれ、体が変なふうにねじれた。無意識のうちに手足をばたつかせている。苦しい。海面を探すが、わからない。でたらめに動かす手や足が、岩に激突した。目の隅に、にごった海水を捉える。血かもしれない。自分の血？　わけもわからずにもがく。体全体があらゆる方向に回転している。息が苦しい。おぼれかけている。いや、すでにおぼれているのか。

ふと頭が海面に出た。大きく息を吸う。塩辛い海水も喉に入った。激しく咳きこむ。喉がやけるようだ。一瞬目にした風景に衝撃を受けた。あっという間に海岸から離れている。崖までは十メートルくらいだろうが、絶望的な距離に思えた。とうてい辿り着ける距離ではない。体が重い。服がまとわりついて、手足がうまく動かせない。体が沈む。足が底に届かない。底のない海に芯からの恐怖を感じた。泳げない。浮くことすらできない。沈む。もがく。息ができない。苦しい。手足をばたつかせる。駄目だ。海水が喉に詰まった。窒息しそうだ。沈む、沈む、沈んでいく。手足を動かしても、体は容赦なく沈んでいく。助けて、助けて、助けてくれ……

死ぬ。

間違いなく、死んでしまう。

こんなつまらない遠足の途中で死んでしまうのか。遠足の自由時間に、崖を歩いていた生徒が、足を滑らし、溺れ死にました……お笑いぐさだ。一瞬意識が途切れ、また戻る。カニ女の次の敵は、海か。立て続けによくも。が、今度の敵は強力強大だ。勝ち目はない。海面は遥か頭上にある。猛烈な恐怖。頭の上の海。足元には底なしの海、暗い海。飲みこまれていく。息、息ができない。苦し、い、死、死ぬ、死ぬ、死、死、死死死死死死……

束の間、再び頭がはっきりした気がした。

何者かの白い腕が、背中から両脇を支えた、ような。

意識が飛ぶ。

第九章　月へ

地獄で目覚めたかと思った。
私は目を開いている。
何があったのか。
死んだんだっけ。
天が暗い。
空にごつごつした質感がある。
これは、岩。
何か……白いものも見える。
それは人の形。
天使。
いや、ここが地獄だとしたら、悪魔か。

サタンは堕天使だという。その姿は今も、天使のままに美しいかもしれない。するとと私の隣にいるのは、堕天使か。

サタンなのか。

「気がついた」

白いものが口を開く。

女の子の、澄んだ声だ。

私は口を開こうとし、何かいいかけた途端に、咳きこんでしまった。

「大丈夫」

少女らしきものが平たい口調でいう。その声には、どうして起伏がないのだろう。感情がまるでこもっていない。これでは死人か人形ではないか。

私は、冷たくてざらざらした地面の上に横たわっている。指先で探ると岩肌のようだった。上半身をゆっくりと起こすと、カメラのピントが合う時のように、情景にゆっくりと焦点が合ってくる。洞窟だ。私は洞窟に寝かされていた。

同時に、目の前の白いものが、少女の形を取っていく。黒い三角形は髪だ。ボブ・ヘアーというのか、額できっちりと切り揃えてある。その中に、真っ白い顔があった。二つのやや吊り上がり気味の目は冷たく、鋭く、凍てつくようだ。鼻は高くて細い。薄い唇は硬く一本に結ばれている。

「えりゅう……みれい……」

私は、ぼんやりした頭を振りながら、

「……美麗さん……？」

白い少女は江留美麗だった。彼女が何故、こんな所に座っているのか。

しかしその時の私には、もっと不可解なことがあったのだ。

「……でも美麗さん、君、服はどうしたんだ」

事実、彼女は半裸のように見えた。岩肌に背をつけ、両腕で膝を抱えて座っている。なだらかな肩から、二の腕にかけての線が、流れるように美しい。組まれた指の先が、ほっそりとして繊細だった。細いうなじの色は抜けるほど白く、くっきりと出た鎖骨が肌に薄い影を落としている。肩にかかる白い紐はブラジャーだろうか。胸のうっすらとした谷間は両膝に隠れ、わずかにしか見えない。膝から足首にかけての、すっと引き締まったラインが、太ももの豊かなボリュームを引き立てている。足首の向こうに、真っ白いパンティがちらりとのぞいていた。

幻影のようだ。

猥雑さがない。

肉体が持つ生臭さみたいなものが、まったく感じられないのだ。

私はもう一度聞いてみる。

「君は、何で服を着ていない」

「あなたも」

彼女は微動だにせず、まっすぐに私を見すえて、

「あなたも半裸。タクマ君」

はっとした。

見ると確かにパンツしか穿いていない。

彼女は平然とこちらを見ている。

わずかに身を引き、

「何で俺は半裸に。君が脱がせたのか。どうしてこんなことになった」

「覚えてないの」

「覚えて……」

そうだった。

何者かに、崖から突き落とされたのだ。そしてふがいなく溺れた。意識が途切れかけた時、誰かの救いの手を感じたが――

「あれは美麗さんだったのか。君が助けてくれた」

「そう」

「海に飛びこんで」

彼女はうなずく。

「ありがとう」

美麗は何も答えない。

自分の両手両脚を見ると、傷だらけだった。中には深い切り傷もある。それらを目にした途端に、全身がうずき始めた。体中がずきずきする。頭も痛い。触れてみると、側頭部に外傷があるようだ。

私と美麗の服は岩に掛けてあった。搾られた跡があるところを見ると、彼女が乾かしてくれたのだろう。洞窟は緩く傾斜しており、入り口まで海水が入りこんでいる。遥か彼方に水平線が見え、空は曇っているが、まだ明るい。思ったより時間は経っていないらしい。意識がはっきりしてきたので、彼女に視線を戻し、そして私は狼狽した。

下着を着ているとはいえ、初めて見る女の子のしどけない姿だ。しかも同世代である。写真や映像で見たことはあるが、実物をこんなに間近で見たことはない。驚くべきは、その肌だ。彼女の肌は抜けるほど白く、肌理《きめ》細やかで、内側から溢れる弾力性のようなものが感じられる。目を逸らそうとしても、自然と目が彼女の体のラインを追ってしまう。美麗のうなじ、胸元、太もも、足首——いいや駄目だ、やっぱり見てはいけない。

私は視線を海に向ける。

意志の力が必要だった。

「でも……よくも溺れてる俺を見つけられたものだね。あんな場所で何をしていた」

「あなたは、何してたの」

「一人になりたくて、海岸線沿いに歩いていた。そしたら崖に来てしまった」

「私も同じ」

私は一年の場所から二年の場所へと移動していったが、逆に彼女は、二年の場所から一年の方へと歩いてきたのだろう。

「君は崖の上で、俺以外の人を見なかったか」

「どうして」

「誰かに背を押され、海に突き落とされた」

「知らない」

美麗は誰も見ていないらしい。彼女が溺れている私を見つけた時には、犯人は逃げ去った後だったということか。

軽い冗談のつもりでいう。

「君が俺を突き落としたんじゃないよね」

「何故」

「何故って……」

「なんで、そんなこと、聞くの」

無表情のままの美麗に、私は素直に謝る。

「ごめん」

「だから、どうして。なんで謝るの」

「命の恩人を疑ったりして、悪かった」

「そう」

「そうって……」

会話のペースがつかめない。

話題を変えてみる。

「君は泳ぎが上手いらしい。男子一人を運んで、ここまで泳ぎ着くなんて」

「……」

「俺はほとんど泳げない。君がいなかったら今頃死んでいた」

「……」

「すごいね。溺れている人を見て飛びこむなんて勇気がある」

「違う」

「違うって」

「勇気じゃない。私、死んでいい」

「何だって」

彼女の顔を見る。冷たい目にまっすぐに見すえられた。

美麗は視線を外さずにいう。

「私いつでも、死んでいい」

彼女の双眸は、曇り一つなく澄み切っていて、怖いくらいだった。

私は視線の圧力に耐え切れず、目を逸らす。

「『太陽と死は正視できない』」

思わず、そんな言葉が漏れた。

「何」

と、彼女が聞く。

「ラ・ロシュフーコー」

「誰」

「十七世紀フランスの思想家だ」

「そう」

「もっとも君なら、太陽も死も正視できるのかもしれないが」

「そう」

美麗が〝そう〟しかいわないので、話を変える。

「こんな洞窟にいたら、誰も見つけてくれないだろうな」

「電話した。担任に」

「防水式の携帯を持っていたのか」

彼女はうなずく。

「なら、もうじき助けが来るか。乾いてなくても服を着た方がいいかもしれない」

私たちは半乾きの服を着た。

ところが、船はなかなか来なかったのだ。

いざという時、意外にあてにならないのが教師である。彼らはどこに連絡したらいいかわからなかったのではないか。救援の船は確かに出たのだろうか。あるいは船は出たが、この洞穴が見つけられないのか。

やがて陽が暮れた。

傷の痛みが増してきている。寒さも加わって、全身が震え始めた。頭の中を時々激痛が走る。側頭部の傷が思ったより深いのかもしれない。カニ女の子供に嚙まれた傷も、ひどくうずき始めている。

いつの間にか美麗と並んで、海を見ていた。

二人で膝を抱え、闇に消える水平線を眺めている。

孤島に取り残された気分だ。

肩を寄せ合い、ただ座る。気温は一気に低くなった。お互いを暖めるのは、お互いの体温しかない。彼女の体も微かに震えている。しっかりと身を寄せたり、抱き合ったりすればいいのだろうが、できなかった。

私は腕のあたりに彼女の微熱を感じながらいう。

「風邪をひいてしまうな。ごめん」

「どうして、謝るの」

「俺を助けなければ、君はこんなことにはならなかった。悪いことに巻きこんでしまった」

「あなた、悪くない」

「まったく、どこのどいつが突き落としたのか」

「心当たりは」

「あるといえばある。転校してからずっと、ひどいめに遭ってたからね。俺を嫌っている奴はけっこういる。グレンやガンによれば、俺はツキモノイリらしい。奴らの一味が、またもやってくれたんだろう」

ガンではあるまい。奴は欠席している。私を突き落とす者がいたとしたら、常識的に考えれば、ガン以外の同じクラスの誰かということになりそうだ。そいつはずっと後をつけてきて、人気のない場所に着いた時、俺の背中を押した。

美麗は少し間を置いて、ささやくようにいう。

「ツキモノイリ、そしてツキモノハギ……悪しき伝統」

「悪しき、か」

この町の風習を、はっきりと悪くいうのを初めて耳にした。伯父や伯母たちも、康子や不二男でさえも、あからさまに悪くはいわない。疑念を呈している差賀医師でさえ、現況に呑みこまれつつある。

「美麗さん、君は――」

かねてから疑問に思っていたことをぶつけてみる。

「ツキモノハギの小屋が燃えた時、その場にいたよね。もしかしたら君が火を点けたんじゃないのか」

同じことを聞くのは二度目だ。

彼女は細く息を吐き、短く答える。

「いいえ」

私は彼女の横顔を見ながら、

「聞くところによると、美麗さんと、君のお祖母さんは、町のしきたりに反逆しているという。だから君が小屋を燃やしてしまったのかと思っていた。むろん責めているわけじゃない。俺もツキモノハギなんて、なくなった方がいいと思う。あんな小屋、全焼して正解だ。本当に君が放火したんじゃないのか」

美麗の横顔に、変化はなかった。

「でも、私じゃない」

その言葉を疑う理由はない。

「ごめん。謝ってばかりいるね。また君を悪くいってしまった」

「いいの、慣れてるから」

「慣れている」

「悪くいわれるの、慣れてるから」

彼女と祖母は、町の反逆者だ。グレンでさえ気味悪がっていた。よくいわれているはずもない。

時間は容赦なく過ぎていく。

救助船は来ない。

完全に夜の帳が下りている。

洞窟の入り口から寒風が吹きこむと、体がひどく震えた。痛みが耐え切れないほどに増している。寒い。この寒さは、風によるものだけではないようだ。体の内部から震えがくる。傷口は燃えるようだ。それに、この頭痛は何だろう。時おり銅鑼が頭の中で響くような感じだ。もしかしたら私は、かなり危険な状態になってきたのではないか。

その時、細い腕が肩に回るのを感じた。彼女は体をぴったりと密着させる。

「あなた、震えてる」

「君は、マッチだね」

「え」

「マッチ売りの少女のマッチ。少女を暖めるものは、もう売り物のマッチしかありませんでした」

「なら……あなたが、ならなければ。私を暖める、マッチにならなければ」

「そうだね」

私も彼女の肩に手を回す。少し引きよせてみる。柔らかい。

「こんなことしたら、君に悪いような気がする」

「私たち、初めてじゃない」

「何だって」

「忘れたの。お化け屋敷の抱擁」

「文化祭か。あの時の狐面は、やはり美麗さんだったのか」

「驚いた。いきなり、抱きすくめられた、から」

「すまなかった。俺はどうしょうもない馬鹿だ」

「いいの。それに私……」

彼女は言葉を呑む。

それに私、――何だというのだろう。

美麗がいつまで経っても言葉をつなげないので、私はいった。

「君の方こそ、自分を悪く感じるのはやめようよ。悪くいわれるのに慣れてるなんて、認めちゃいけない。いつ死んでもいいなんて、絶対にいわないでくれ」

同じ〝そう〟でもニュアンスが変わってきたような気がする。

私は声に力をこめて、

「そうだよ」

「そうなの」

『太陽と死は正視できない』といった思想家は、こうもいった。『人は悟りからではなく、愚かさと慣わしから死に耐える。死なねばならないから死ぬだけの話である』

「当たり前のこと」

「確かにね。死に対する覚悟や哲学を持っていなくても、死ぬ時は死ぬ」

「死は消滅。天国も地獄もない。それは、ただの、終わり」

「だから、いつ死んでもいいと」

「私が死んでも、変わらない。世界は」

「変わるさ。少なくとも俺は悲しむ」

「そう」

「そうさ。君はたぶん、物事をクリアーに見すぎている。でも人はあまりに明るい光の中では生きていけない。薄明かりの中の方が生きやすいんだ。愛や幸せといったものをうたい文句にして、その生きやすさを助長させるのが哲学だと思う」

「いらない。死ぬために、哲学なんか。どうして、思想家の言葉なんて、いうの」

「死なないためには、哲学がいるから」

彼女と目が合う。

「君にも、哲学が必要かもしれないよ」

「生きろ……ということ」

「そうさ、生きよう。あきらめてはいけない。この世界を。すべてを。振り返ってもいい。辺りを見回してもいい。迷ってもいい。しかし足を止めてはいけない。立ち止まってはいけない。歩く。歩き続ける。坂道ばかりではない。砂利道ばかりじゃない。トンネルばかりでもない。いつかは歩きやすい道に出る。それは思いもかけぬ、いい場所に続いているかもしれない」

「悪い場所に、続いているかも」

私は彼女に微笑みかけた。

「良い場所に出るまで歩くんだよ。悪い場所で止まってはいけない。幸せ者というのは幸せになるまで生きた人のことをいう」

美麗は瞬きして正面を見る。

「私の道は……どこへ」

「月へ」

彼女が細く息を吸うのがわかった。

私はうなずき、

「空へ、宇宙へ、そして月へ。君はいってたね。月へ行きたいって。美麗さんならきっと行けるよ。月まで」

「本当に」

「君なら月へ飛べる。生きてさえいれば。生き続けていれば。何なら俺も一緒に行くよ」

「月まで」

「ロケットに乗って、成層圏を超え、宇宙《そら》を渡り」

「哲学」

「そう、必要なのは哲学だ」

美麗の長い睫が震え、瞼が静かに閉じていく。

ふと箴言《しんげん》が頭に浮かぶ。

〝愛するものに騙される方が、時として本心を告げられるより幸せである〟ラ・ロシュフーコー。

当然口にしなかった。騙してなどいないし、美麗に愛されているなど、自惚れがすぎる。

「その思想家、他にどんなこと、いったの」

「『別れは、半端な愛なら冷却し、真の愛なら深める。蠟燭の火なら吹き消し、火事なら燃え猛らせる風のように』

「当たり前のこと。それから」

「『真実の愛は幽霊である。口にはするが、出合えない』」

いつの間にか蘊蓄少年になってた。

美麗はまた黙りこんでいる。

鋭い目で、海をじっと見たままだ。

私は静かに聞く。

「美麗さん、どうかしたのか」

「光」

「え?」

「海面に、光が見えた、かも」

救助の船が来たのかもしれない。

私たちは波打ち際に近づく。

目を凝らすが、船の明かりらしきものはなかった。空には月もない。しかし、星があった。後方は見えないが、全天に星がばらまかれているのではないか。

こんなに多くの星々をはっきりと目にしたことはない。この町に来て、星を見てはいたが、見えてはいなかったのだろう。

数え切れぬほどの星が輝いている空は、怖いくらいに美しい。

美麗は夜空を見上げながら、私たちの苦境にそぐわぬことをいった。

「機嫌のいい星たち。いつもより、ずっと輝いている」

気持ちはわかる。

星屑は確かに輝いていた。明るい星も、微かに瞬く星もある。色も、白っぽいものから、赤いもの、青いものと様々だ。色の異なる宝石を、細かく砕いて撒き散らしたら、こんなふうになるだろうか。

実感を口にした。

「こうしていると、昔の人たちが、夜空を見ているうちに、星と星をつなげて絵を描きたくなった気持ちがわかる。星座ってそんなふうにして生まれたんだろうね」

色ガラスみたいな星々が、彼らの絵の具だった。昔の人はそれを使って、夜空のキャンバスに神や英雄や動物を描いた。

彼女は天を指し、

「あれが、ヘラクレス座、そして、こと座。これは、わし座。はくちょう座。へびつかい座。かんむり座……」

美麗はゆっくりと星座の名前をあげ続ける。白く華奢な指が、星と星をつなぐように動いていく。

一つとして、わからなかった。

どの星とどの星が星座に当てはまるのか、見当もつかない。

それでも私は星座を探した。

彼女の挙げた星座の一つでも発見したいと、心から願った。見つけたい。一つだけでもいい。どうしてわからないのだろう。じれったい、情けない。しかし、なかなか星たちは、星座の形につながろうとしなかった。

駄目だ。星座など、最初からクリアーに見えるものではあるまい。でも、それでも、見つけたい。何度も何度も目を凝らす。どうしても見たい。今、見ないといけないのだ。今、この時、発見しなければ駄目なのだ。次の機会では遅い。美麗が隣にいる、今この時でなければいけないのだ。

星座の形って、どんなものがあっただろう。

雑誌や図鑑で、何度か見ているはずだ。しかし思い出せない。もどかしい。
このまま見つけられなかったらどうなるのか。
どうもなりはしない。
しかし。
悔いは残る。たぶん、一生後悔する。
発見しなければ。
何としてでも、今、見つけなければ。
そうしないと私は――
見つける。必ず見つけてみせる。
見つけられないと、私、私と彼女は……
どうなるというのだろう？
その時、突然、七つの星が、一つの形にまとまった。
翼を広げた鳥の姿になったのだ。
はくちょう座。
大きな白鳥が夜空に羽ばたいている。
奇跡。

その発見は、私にとって、確かにささやかな奇跡だったのだと思う。

「見えた！」

私は右手で天を指し、思わず左手で彼女の手を握っていた。美麗が、はっと息を呑むのがわかる。しかし私は、星座の発見に有頂天になっていた。

「見つけた、見つけたよ、はくちょう座だ、やった、俺にも見えた。……すごい、星座って、こんなふうに見えるんだ。確かに白鳥だね。初めて見た、感動した。何だかとても嬉しい」

彼女は、天空から私に視線を移し、静かにいった。

「見えて、よかったね、タクマ君」

聞きようによっては優しいとも取れる声だった。

私の手を握る美麗の指に、微かな力がこもったような気がしたのは、気のせいか。

そして彼女は、再び天を仰いで、透き通るような声で、こう続ける。

「痛い。私の手、離してくれる、タクマ君」

第十章　異端扱い

私は市立病院の六人部屋にいた。K海岸から最も近い病院に運ばれたのだ。五日ほど入院したが、そのうち二日は高熱に苦しんだ。三日目から熱が下がってきて、四日目には平熱になった。見舞いに来た差賀あきらと話をしたのは、四日目の夕方のことだった。

「ひどい目に遭ったね」

差賀はいった。

彼はベッド脇の丸椅子に掛け、足を優雅に組む。一つ一つの動作が洗練されていて、英国貴族もかくやと思わせる。

「タクマ君」

彼は遠慮がちに目を細めて、

「風間医師のいうところでは明日には退院できるそうだ」

「聞いてます。わざわざ見舞いに来ていただいてありがとうございます」

差賀は、ふっと笑い、

「風間医師は大学時代の友人なんだ。彼と電話していたら、今回の騒動についての話になった。聞いているうちに、如月タクマ君、君の名前が出てくるじゃないか。遠足に来た生徒が海に落ちて溺れ、傷だらけになって運びこまれたという。驚いたよ。だから、ちょっと様子を見に来たというわけだ」

「先生のクリニックからだと二時間はかかりますよね」

「ドライブ気分だったよ。わが町が、いかに人里離れているかがわかる」

私は手足の包帯を見た。頭にも包帯が巻かれており、ちょっとしたミイラ少年だ。

「だいぶ縫っていただいたようですね」

「君の体はバラバラになっていたから、つなぎ合わせるのに苦労したらしい」

「合体ロボットみたいにパーツをドッキングさせたと」

「あるいはフランケンシュタインのようにね。しかし安心したまえ。目立つ傷はほとんど残らないそうだ。この病院に入院できて正解だよ。設備がいい。私のクリニックとは比較にならない」

「差賀クリニックも、きれいに見えましたが」

「ボロボロさ。この前、裏口の鍵が錆びて壊れた」

「いつでも出入り自由ですか。安全管理上問題がありそうですね」

「問題ないさ。のんびりした町だから、鍵も掛けずに眠る農家もけっこうある。壊れた鍵のことなんて忙しさに紛れ、普段は忘れているくらいだ。それより」

彼は真剣な顔になり、

「崖から落ちたというが、どうしてかね」

背中を押されたことは、美麗以外には話していないし、話す機会もなかった。

真実を伝えるべきかどうか迷ったが、こう答える。

「足を滑らせたんです。不注意でした」

彼はいぶかしげにいう。

「本当か」

「疲れていたんだと思います」

すべてを話す必要はない。いって、どうなるものでもないだろう。

彼は納得したのかしないのか、こういった。

「充分気をつけてくれたまえ」

「はい。多くの人に迷惑をかけてしまいました」

「そんなことはいい。もっと自分自身のことに心を砕くべきだ」

しかし結果的に、大騒動になってしまったことも事実だ。

後に知ったことも含めて経緯をまとめると、次のようになる。

美麗から携帯による連絡を受けたのは、二年生のクラス担任だった。彼は今年採用されたばかりの若者で、判断に迷ったらしい。自分一人では対処できず、引率の教師すべてと連絡を取り合うことにした。これが結果としてまずかった。

議論が百出したのだ。警察に連絡すべきだ。いや、消防署には遠足前に通知してあるのだから、救助は当然消防署に依頼すべきだ。いいや海上保安庁の特殊救助隊を呼んだらどうだろうか。

情報不足なので状況をもっとよくつかめという先生も、むろんいた。美麗の言葉足らずの電話からでは、どういう状況なのか――特に二人がどこにいるのか、よくわからなかったのだ。私たちのいる場所によっては、船を出さずに、教員だけで救出できるかもしれない。そういった可能性があることも、救助を遅らせる一因になった。

生徒が海に落ちたなどというのは、引率者の管理ミスである。教員にしてみると、自分たちの失態が公にならないに越したことはないし、話を大きくしたくもない。二年の担任は折り返し美麗に電話を入れた。しかし、つながらない。どうやら電話が切れているらしい。

その話を聞いて、私は不思議に思った。

この時、どうして美麗は電話を切っておいたのだろう。単に気が利かないだけなのか、電池がなくなっていたのか、それとも別の理由があったのだろうか。彼女の意図はわからないが、冷静になって考えてみると、こちらから何度でも救助要請の電話をするべきだった。

非常時は判断力が鈍る。体調の悪さを割り引くとしても、私はうかつだった。一方、美麗は電話での更なる連絡を考えなかったのだろうか。彼女は怪我もしていないし、始終冷静だった。事実、一度は電話で担任に連絡を取ってもいる。どうして繰り返し助けを呼ばなかったのだろう。

結局、先生たちは消防と警察の両方に電話し、消防サイドより救助船が手配された。船が出てからも、救助は難航した。似たような崖が幾つもあり、洞窟の数も多かったからである。救助隊としては端から順に調べるしかなく、私たちの洞窟に辿り着くのにかなりの時間を要した。その間に生徒たちは学校へと帰った。現場には鳥新と、二年の担任が残り、主に副任たちが生徒を引率して復路を取った。帰りのバスの中は、私の話題でもちきりだったらしい。

船に乗せられてから病院に着くまでのことは、ほとんど覚えていない。治療の記憶もあいまいだ。時々気絶していたのだろうし、麻酔薬で眠らされていたのかもしれない。

混乱した記憶の中に、断片のような映像がある。救助隊員の黄色いヘルメットや厳しい顔。救助船の中で、蓑虫のように毛布をまとって長椅子に座る、江留美麗の姿。心配そうにのぞき込む鳥新先生。救急車なのか、白い天井。治療してくれた太り気味の医者(風間医師?)の顔。馬面の看護婦。駆けつけた伯父や伯母たち。どこで見たのか、唇を固く結んだ美麗の横顔――

私は差賀に目を遣り、

「彼女は無事だったんですか」

「彼女?」

「江留さん。俺と一緒に病院へ運ばれてきた二年生の女子です。風間医師から聞いていませんか」

「聞いたよ。そっちの生徒は怪我一つなく、その日のうちに家に帰った。しかしタクマ君」

彼は憂わしげに見つめて、

「その子の名は、江留というのか」

「江留美麗さんです」

差賀の右瞼が痙攣する。

彼はそこをこすりながら、

「江留という姓はわが町には一軒しかない。婆さんと二人で暮らしている子かね」

「そうですが」

「彼女とはどういう関係なんだ」

「知り合いです。上級生で、何回か話したことがある程度ですよ」

「特別の関係ではないんだね」

「もちろん」

「ならいい」

「どうしてそんなことを聞くんです」

「気にするな」

「といわれて気にしない人はいません。どうしたっていうんですか」

差賀は困ったように眉をひそめ、低い声でいった。

「彼女には近づかない方がいい。その子は危険だ」

あらためて彼の顔を見る。差賀は伏し目がちに、自分の足元を見ている。

少し間を置いてから聞く。

「何故、危険なんです」

差賀は黙りこんでいる。内なる何かと戦っているような感じだ。言葉を出すことが、即、負けになるような気分であるらしい。

私は繰りかえす。

「どうして美麗さんが危険なんですか」

彼はぽつりと言葉を吐いた。

「異端だからだ」

「彼女が異端の人」

「そうだ。異端と関わる者は、異端と見なされてしまう」

「俺が彼女とつき合うと、町中でつまはじきにされてしまうということですか」

「そうだ」

「馬鹿な」

「馬鹿なことだが、現実なんだ」

「何故あなたまでそんなことをいうんです」

「事実だからだよ」

「間違ってます」

「私も現状を認めてはいけないと思う。しかし彼女と交際していれば、町のみんなからは冷たい目で見られる。君のためにいってるんだ」

「彼女は――」

自分の言葉に確信はないが、この場合いい切るしかない。

「とてもいい子です。異端扱いは気の毒ですよ」

「彼女がどういう子なのかは関係ない。あえていえば、家が悪いのだ」

「家に左右されるわけですか」

「家あっての人なんだよ。環境あっての個人だ。私の町では特に」

「美麗さんの家が、何で異端視されなきゃならないんです」

「江留の家は――」

彼は一拍置いてからいった。

「毒を作るからだ」

意味がわからない。

独り言のように、言葉が漏れた。

「毒……を作る、ですって」

「町の者ならみんな知っていることだ。君には私から話しておいたほうがいいだろう」

差賀によると――

江留の者は、この土地の出身ではない。基本的によそ者であり、岡山から来たという。彼らが町に住み着いたのは江戸中期からといわれている。一説によると、当時の巫女が彼方より呼び寄せたらしい。

江留の仕事は巫女の尻拭いだった。巫女はツキモノハギによって、ツキモノイリをお祓いする。しかしツキモノが落ちない場合も多い。暴力の嵐をくぐり抜けて生き延び、ツキモノが剝がれればそれでよい。死んでしまっても、それはそれで問題ない。しかし生き延びた上で、なおかつツキモノが落ちないこともままある。

その時はどうするか。

次なる手段は、もっと強制的な死である。誰にも知られぬ、静かな最期――つまりは毒を盛って、人知れず確実に死に至らしめるのである。つまりはここに江留が登場する余地が生まれる――

私は啞然としながらいった。

「江留の者は、ツキモノハギに失敗したツキモノイリを殺してきた。彼らは人殺しだと」

差賀はうなずき、

「江留は、儀式を伴わない殺人を職業的に請け負う者であり、絶対確実な暗殺者でもある。彼らは、時に検出不可能な毒薬を調合するという、特殊技能者なのだ」

「信じられません」

「無理もないがね」

あまりに現実離れしている。

差賀は細く息を吐き、

「江留の者はもともと、怪しげな術師だったという」

「西洋でいえば魔女のような」

「まさしく魔女だね」

江留美麗の冷たく神秘的な顔を思い出す。その容姿は、魔女やクールな殺し屋に相応しい。彼女なら確かに、深夜に大釜で毒薬を調合していそうだし、ひっそりと何のためらいもなく毒を盛りそうだ。しかしそれは——憂羅充を泥棒に相応しい容貌だとする以上に——間違った決めつけであることは確かである。差賀の話を鵜呑みにはできない。

だが、次のような疑問は氷解する。

空き教室で、美麗に救われたことがある。彼女は、グレンたちに囲まれた私を助けてくれた。しかし私は、心の隅でちょっとした違和感を抱いてもいた。グレンのような荒くれ者たちが、どうして美麗に対しては腰が引けていたのか。力では圧倒的に有利な彼らが、何故あの時簡単に退散したのか。その理由がずっとわからなかった。江留の家が嫌われているとしても、不良どもを駆逐するほどの影響力があるとは思えない。

今、わかった。彼らは毒を恐れていたのだ。突発的な暴力など、しょせん冷酷無比な毒殺にはかなわない。美麗を叩きのめすのは簡単だが、その後、いつ毒を盛られるかわからないのだ。その陰湿な恐怖は、不良たちをも恐れさせるに充分だった。彼らが美麗のことを〝汚らわしい〟といった気持ちも理解できる。

「しかし」

いわずにはいられなかった。美麗の味方はおそらく私だけなのだから。

「しかし差賀さん。今でも江留家はそんなことをやっているのですか。ツキモノハギの風習が残っているにしても、未だに江留家が毒殺まで請け負っているとは思えません」

「今では、やっていないだろうね」

彼は曖昧に肯定し、

「江留の者が毒殺を実行していたのは、遙か昔のことのはずだ。しかもそれすら事実かどうか確認できない。証拠が残らない完璧な毒殺だったらしいからね」

「なら美麗さんを疎外する根拠など、ない。あなたは間違ってます。彼女は現代に生きています。今の世界で呼吸をしている人間なんです。彼女の祖先が何をしていたにせよ、関係ありません。彼女は彼女なんです。排除しては駄目なんです」

「人々の意識の中に植えつけられたマイナスのイメージは、時代が下っても、なかなか消えるものではない。これも閉ざされた社会の中では厳然たる事実なのだ」

「あなたは！」

突然、怒りが湧いた。

「あなたはどっちの味方なんですか！　俺ですか、それとも間違った伝統主義者の馬鹿者どもですか。差賀さん、あなただってツキモノハギを否定していたはずです。この町に残るよくない伝統、悪しき風習をあんなにも憎んでいたじゃないですか。そのあなたがどうして江留さんを疎外しようとするのです。何故、彼女を異端などというのですか。あなたが江留を排斥する者の味方をするのはおかしいじゃないですか。以前俺にいったことは、嘘だったんですか」

「嘘ではない」

「いいえ嘘です。あなたのいうことは詭弁にしか聞こえません。都合のいい時に、相手に合わせて調子のいいことをいっているだけです」

「しかしね、タクマ君」

彼は穏やかな目をし、静かにいった。

「私は嘘つきではないよ。その時その時で本心をいっている。私はいつでも、今この時でも、私を生んだ町を憎んでいる。どうにかしたいと思っている。すべてを破壊したいという誘惑に駆られる。いつ爆発してもおかしくないくらいに、常に怒りを感じている。しかしその穢れた町は、私を生んだ町──私を育んだ町なのだ。抜け出そうにも抜け出せない、切り離したくても切り捨てられない、私の町なのだ。町が私の手に足に、決して逃れられない枷をかけている。そのつらさ、苦しさ、悲しさは、並大抵のものではない。君には……」

彼はふと、悲しげな表情になって、

「君にはわかってもらえないかもしれないのだが」

「大人の泣き言は見苦しいですよ」

「きついね。しかし君は正しい。正しいことを正しいといえるのは子供の特権だ。だが、あえていわせてもらう。今、この現状で、君は江留の者に近づいてはならない。美麗さんという少女を避けることが、現在の君のためになると、私は信じている。わかってくれとはいわない。しかし私がこういったということを、胸のうちに留めておいてほしい」

私は答えなかった。納得できない。

「差賀先生……あなたは、いえあなたも」

この町に呪われているのだ。

私は議論から引くことにした。

「差賀さん」

「何かね」

「実は前から聞いてみたいことがあったんです。伯父や伯母が相手だと、ごまかされそうな気がして」

「私が知っていることだろうか」

「と思います。実は……」

「実は」

「ずばり聞きます。祖父の大門大造は、どんなふうにして死んだんですか」

「気になるのかね」

「祖父の死に方が普通ではなかったらしいということが、ずっと頭に引っかかっています」

差賀は遠くを見るような目をし、

「確かにね、普通の死に方ではなかったな」

「教えて下さい。大門大造の最期を」

「わかった」

彼は、予期していた以上にあっさり了承し、こう続ける。

「いいだろう。大門家の総領たる君には、知る権利がある」

そして差賀は、大門大造の死の顚末を語った。


この時、差賀が語った話は、プロローグに記してある。誕生パーティの日の、閉ざされた離れでの変死。

あきれたことに、死体発見後のいきさつは、例によって例のごとくだった。

大門大造の死体を検めながらも、巡査は医師に聞いたという。

「先生、大造さんの死因は何だと思う」

「全身の骨が砕かれている。しかし……直接の死因は、ショックによる心臓発作の再発だと思う」

「心臓か。つまりは持病だな」

巡査は、入り口からのぞきこむ一族の面々に向かって、

「お前ら！　大造さんは持病の心臓発作で死んだんだってよ。どうするね」

差賀は、憂羅の顔を睨み、

「これは普通の死に方じゃない。明らかに変死だ」

その言葉が耳に入らなかったように、巡査は大声で話し続ける。

「松さん、それから一族の皆さん、どうするね。名門大門家の家長は、今夜、お亡くなりになった。直接の死因は、持病によるものだそうだ。さあ、どうする。警察を呼んで大騒ぎをするか、それとも静かに逝かせてあげるか。俺の意見はおいておく。これでも一応巡査の立場ってもんがあるからな。さて、どうするのが正解なのか、あんたらの判断にすべては委ねられた。さいわい、ここには医者もいる。差賀先生はたぶん、みんなのいいように取り計らってくれるだろうぜ」

憂羅は凄い笑いを浮かべていった。

「そうだろう、差賀あきら先生？」

そして事件は、闇から闇へと葬り去られたのである。

第十一章　オススメモダンホラー

差賀が帰った直後、不二男が入ってきた。

妙にそわそわしている。

「長居する気はありません。明日は退院だそうですね。受付で聞きました。これ、退院祝いにどうぞ」

彼はサイドテーブルに、メロンやバナナやリンゴが入った果物籠を置き、それから大きな茶封筒を手渡した。

「何だ、この封筒は」

「見てのお楽しみです。寝る前にでも、ゆっくり読んで下さい」

そして彼は出ていった。

すぐに封筒を開く。開けてみないではいられなかった。出てきたのは、プリントアウトされた紙の束だ。

『オスヌメモダンホラー』というゴシック体の文字が目に飛びこむ。

以前交わした会話を思い出す。彼はお薦めの本に関する本格的なエッセイを書くといっていた。話半分に聞いていたが、実行したらしい。

一見して驚いたのはその物量だ。読んでみると内容もなかなかで、本格的という形容は伊達ではなかった……。

一人の読者のために膨大な手間ひまをかけて、このような文章が書けるというのは、中学生ならではのことだろう。当時の私たちにあったのは、無限に思える時間と、友だちや恋人に時として惜しみなく与える情熱であり——「こんなことまで知ってるぞ」というちょっとした優越感も含めて——不二男の文章にはそのすべてがあった。

その後、薦められた本をほとんど読みはしなかったが、彼が私のために書いてくれたエッセイは何度も読み返した。中学を出てからも、折にふれ読んだ。文脈の一つ一つをたどるたびに、不二男の顔が彷彿とした。それは物質となった思い出であり、二つとない宝物であり、今もこの手に残る、文字になった少年時代である。故に私は、それをここに書き記すという誘惑に打ち克つことができない。他人が読んでどう感じるのかは不明だが、この一文を欠いたら私の手記は完全なものにならないように思え、あえて次に全文を掲げる次第である。

＊

オススメモダンホラー（一九五〇〜）

土岐不二男

I　キーワード別

　タクマ君からの依頼にお応えして、面白いホラーを選び出してみた。幸いなことに親父が本屋をやっており（今度遊びに来てほしい）、父も物好き（のホラー好き）だったので、これらの本を容易に読むことができたが、中には手に入りにくい本もあるようだ。ただしこの場合のキーワードという言葉は、僕が引っかかった部分とか、偏愛する要素という程度の意味であり、作品のテーマやモチーフとは関わりない場合が多い。一九五〇年以降のいわゆるモダンホラーのみにしぼったが、これらの長篇が例えば二一〇〇年になってもモダンホラーと呼ばれるかどうかは定かではない。

〈チ○ポコ〉

中学生たる僕たちにとってまず一番の関心は性だ、とは限らないが僕のような朴念仁(死語)にしても、セックスに興味関心があることは間違いない。町内で一番の逸物持ちは安寧寺の間秀だという下種《げす》な噂があるが、ホラーの中には「チ○ポコが怖い!」というそのものの作品があって、『インキュバス』(レイ・ラッセル 七六年)の中に出てくる〝チ○ポコ〟は本当に怖い。何しろ刺し貫いた女性を内部から引き裂き、死に至らしめるほど巨大なペニスが出てくるのだ。こんな武器を持っているのは、もちろん怪物だ。しかしてその正体やいかに?——という興味でレイ・ラッセルは読者を最後まで引っぱり、謎解きにおいても決して失望させることはない。

これは後のリチャード・レイモンなどに連なるチ○ポコホラーを確立した作品といってもいいが、もちろんそれ以前にも『淫獣の幻影』(P・J・ファーマー 六八年)のように「ままならない」チ○ポコが出てくる怪作は存在しており、この作品においてはなんと、怪しげな薬によって超・絶倫男となった主人公が、射精しながらの逃走劇を繰り広げるのである。その続篇『淫獣の妖宴』(六八年)も、SFが腐り始めた時期、作者の個人的趣味でホラーとSFが結びついてしまったような奇妙な小説で、正続篇に共通するガジェットである〝人間風船〟がなかなかに怖い。

そうそう射精といえば、少年が美女を前にしただけで射精してしまうという場面が、『**フェイド**』（ロバート・コーミア　八八年）の中に出てきたが、そんなことが本当にあり得るのだろうか？　現実に、見ただけで、一物を刺激することもなしに、放出するなんてことが？　向こうの少年は強いのか？　単に素直なだけなのか？　それとも僕が弱いのか？　謎は深まるばかりである。ただしこの『フェイド』はメタな味わいのあるよくできた透明人間ホラーであり、キワモノとはほど遠く、登場人物たちが生き生きと活写された傑作である。そして嬉しいことに、大詰めでは透明人間同士の格闘（！）まで見せてくれるのだ。

それから、息子がムスコをおっ立てて母親に挑むというバチ当たりなシーンが印象的なのが『**ナイトワールド**』（F・ポール・ウィルスン　九三年）だ――これには先の〝人間風船〟ならぬ〝人間土嚢〟が出てくる――が、色々な意味で荒っぽい作品である。

〈迷宮〉

わが町には迷路が二つある。

一つは大門美術館の周辺に広がる森であり、もう一つはいわぬが花だろう。

ところで本邦には迷宮（迷路）が出てくる名作ミステリは幾つもあって、例えば乱歩の『孤島の鬼』や翻案『幽霊塔』、正史の『八つ墓村』などがすぐに思い浮かぶが、西洋のクラシックな怪奇短篇の中で最も有名なのはM・R・ジェイムズの「ハンフリーズ氏とその遺産」だろう。これに対し、本格的な迷路を扱った海外長篇としてすぐに思い浮かぶのが『**魔性の森**』（ハーバート・リーバーマン　七三年）である。これは〝迷宮〟と化した森をさまよう男女たちの葛藤を描いた手堅い小説だ。境界を確認するため、土地の所有者たちが森に入り、迷ってしまうのである。この小説ではことに、幾つかの解釈が可能なエピローグが効いているのだが、もし下手な作家がこんな話を書いたら「エピローグの解釈なんて、どーだっていいじゃない？」ということになりかねない。しかしリーバーマンの筆致は巧みで、ラスト解釈の議論を馬鹿馬鹿しいものに感じさせない。

これに対し、本質的には下手な小説なのだが、その小説の下手さを逆利用し、ラストの恐怖感に直結させるという離れ業を演じてみせたのが『**穴**』（ガイ・バート　九三年）である。これは地下室に閉じこめられた生徒たちの数日間を描いた小説で、迷路が出てくるわけではない。迷路をさまようのは読者の方である。ここにおいては〝可能性〟が怖い。起こり得たかもしれない可能性が読者を果てしない恐怖の迷宮の中に置き去りにする。

これらと並ぶ迷宮譚のベスト3として、『**迷宮へ行った男**』（マーティン・ラッセル七七年）をあげておこう。これは〝思い違い〟が怖い、という作品で、「突然、周りのみんなが私を知らないという↓私がなにものかわからない↓私探し↓それから？」というパターンの基本形を確立した作品といってよい。

〈レア・モンスター〉

「レア・モンスターって何？」という疑問に答えよう。まずはメジャーなモンスターを思い浮かべてみるとよい。吸血鬼？　狼男？　フランケンシュタインの怪物？　ゾンビ？　その通り。みんな有名な怪物で、モダンホラーへの登場頻度も高い。彼らを扱ったホラーは『地球最後の男』（リチャード・マシスン　五四年）『呪われた町』（スティーヴン・キング　七五年）『夜明けのヴァンパイア』（アン・ライス　七六年）『ウルフェン』（ホイットリー・ストリーバー　七八年）『フィーヴァードリーム』（ジョージ・R・R・マーティン　八二年）『けだもの』（ジョン・スキップ&クレイグ・スペクター　九三年）『ウェットワーク』（フィリップ・ナットマン　九三年）……と枚挙にいとまがない。つまりレア・モンスターとはそういった怪物以外の怪物のことをいう。ということで、ここではあえてレアなモンスターを取り上げる。少数者に愛を！

まずは〝蛇女〟。『サーペント・ゴッド』（ジョン・ファリス　七七年）には蛇女まぁ（！）が出てくるのだ。嗚呼、蛇女！　僕はどうしたものか、この怪物が大好きだ。まぁ正確には蛇女というより蛇神なのだろうが、どっちでもかまわない、脱皮シーンを見せてくれただけで満足である。このジョン・ファリスという作家は、ホラーというより小説そのものの上手い作家で、キングが愛好したのもよくわかる。なお蛇女が、かっぷりと男の顔面に噛みつくという、丸呑みもどきのシーンがあるのが『デーモン・ナイト』（J・マイケル・ストラジンスキー　八八年）だが、これは蛇女ものではなく、洞窟に潜む悪の存在に、ちょっと頼りない超能力者が挑む、サイキック・ホラーである（少しお手軽な小説という感じがなきにしもあらずだが）。

次に〝ミイラ男〟。ミイラ男といえばアン・ライスだ。しかしここでは『アムレット』（マイケル・マクダウエル　七九年）を紹介したい。これは呪われた護符を手にした人々に、次々と惨劇の輪が広がっていくという呪物ものなのだが、むしろミイラ男が怖く、実にいい味出している。まぁミイラ男といっても、負傷した旦那さんが、包帯をぐるぐるまきにしているだけなのだが、本当にそれだけだったのか、という疑問が後々まで残る。この作家の書くものは、短篇を読んでもホラー味が濃厚で、邦訳長篇がこれ一篇しかないのが惜しまれる。

『虚ろな穴』（キャシー・コージャ　九一年）では、〝半魚人〟が怖い。といってもこれも半魚人ものではなく、床にできた大きな穴に入れたものが変形してしまうという異様な現象を扱った小説なのだが、怪異とは関係なく切れてる人たちばかりが登場し、その意味で面白い。その中の一人が最後に、穴の中にむりやり頭を突っこまれ、深海魚のような口になって、泣きながら逃げていくのだ。僕はこの場面を読んで、楳図かずおの名作『半魚人』を思い出してしまった。この漫画においては少年がむりやり半魚人に改造されてしまう。しかも物凄く切れなさそうな刃物で口を切り裂かれることによって。それにしても楳図かずおってすごい。何故なら彼がいなければ楳図をうめずと読める人はあんまりいないだろうから（そういえばグレンの手下にも半魚人みたいなのがいたよね）。

〝雪男〟？ それも緑色の雪男？……ってなんだろう、というのが『蛾』（ロザリンド・アッシュ 七六年）である。といってもこれはまたまた雪男もののホラーではなく（そんなものがあったら読んでみたい）、M・R・ジェイムズが長篇ホラーを書いたらこんなものになるのではないかと思わせるような、典雅な〝幽霊プラス宿命の女〟テーマの作品なのだ。前世紀の女優霊がのりうつったのか、その女と情交した男たちが次々と死んでいく。主人公も彼女に魅かれるうちの一人で、その彼が見る幻覚の一つに、緑色の雪男というのが出てくるのだ。それにしても緑色の雪男って……なんなのだろう？

『サマー・オブ・ナイト』（ダン・シモンズ 九一年）もあげておきたい。ここに出てくるヤツメウナギの化け物は、〝軟体ノタクリ怪物〟というくくりに入れてしまうと、あまりレアとはいえないかもしれない（大造が呼んだという〝這う〟怪物もこの意味ではレアとはいえない）が、とにかくイカシテルのだ。特に神父を襲う兵隊（この兵隊も実はヤツメウナギ系）の場面がステキで、忘れられない。こういった怪物たちの親玉が、学校に巣くう鐘（！）で、この魔鐘に少年たちが戦いを挑んでいくというストーリー。

最後にレアもメジャーも含めて、モンスターラリーと化しているのが、いわずとしれた『**IT**』（スティーヴン・キング　八六年）である。キングは『ゴースト・ストーリー』で幽霊ものの総括をしたストラウブの向こうを張って、この大長篇で怪物ものの総括をしたかったのかもしれない。これに登場する怪物たちの中で、僕のお気に入りは〝ラドン〟だ！

〈ささいなもの――生物〉

ホラーを読んでいると、ささいなオブジェが目に焼きつくことがある。例えば鳥。鳥の中でも、例えば〝カッコー〟。他の鳥の巣に卵を産みつけるという、あのカッコーである。『**神の遣わせしもの**』（バーナード・テイラー　七六年）ではカッコーが怖い。しかしカッコーという鳥はこの作品の中には実際には出てこない。しかしなおかつ、カッコーが怖いのである。テイラーは、〝置き去りにされた赤子の面倒を見たがために、実の子供たちが次々に死んでいく〟というこの陰惨な物語を、イギリス作家らしい渋い筆致で綴っている。

もちろん鳥といえばヒッチコックやデュ・モーリアを思い浮かべるのが普通だ。この町でもカラスやコウモリが時々大量発生するので、いつかは襲われるのではないかと不安になる（？）。こういった〝人を襲う動物もの〟の中で、まず指を折りたいのが『**スラッグス**』（ショーン・ハトスン　八二年）だ。〝ナメクジ〟が大活躍するこの長篇こそ、まさにナスティ！　つまりはお下劣！　おまけにバカ！　である。この作家、『**闇の祭壇**』（八六年）などでもやりたい放題で、まったくもって最高だ。『スラッグス』に先行する作品としては『**鼠**』（ジェームズ・ハーバート　七四年）があるが、ここでは、チャーミングな〝巨大母親鼠〟に会える（遭える）。この手のものには、鼠の他にも猫や犬を扱ったものがあり、中で一つ取り上げるとしたら短い――小動物が人間を襲う、という典型的なプロットを持ちながらも文庫一八〇ページ程度！――という理由で『**人喰い猫**』（バートン・ルーシェ　七四年）ということになる。短いことは美徳である。〝恐竜〟が大暴れする『**恐竜クライシス**』（ハリー・アダム・ナイト　八四年）なんかもこのジャンルに含めていいかもしれない。恐竜はささいな生き物ではないが。

それから、〝豚〟が怖いというのもある。『アミティヴィルの恐怖』（ジェイ・アンソン　七七年）の中では、父親が窓を見上げると、女の子の後ろに豚さんが立っていたりする。西洋では豚は悪魔に近い存在らしい。ちなみにこの長篇はドキュメントと銘打たれて出版された呪いの館ものだが、展開が巧みで思わず引きこまれる。ドキュメントではないけれども『ポゼッション』（ピーター・ジェイムズ　八八年）は、ちょっとわが国のテレビの再現ドラマ風の長篇で、こういった再現ドラマ風ホラーは海外には案外少ない。しかしこの長篇の主人公は（おそらく作者は意図せず）性格がバラバラで、怪異現象よりあんたの方がよっぽど怖い。また、豚に近いものとしては〝猪〟がいるが、猪型の化け物が出てくるのが『ミステリー・ウォーク』（ロバート・R・マキャモン　八三年）だ。これは泣かせる佳作だが、叫ぶ鋸（！）や花火（！）などのチャームポイントも満載である。

〈ささいなもの――静物〉

『ティー・パーティ』（チャールズ・L・グラント　八五年）。ここで怖いものは、何と石！　道端に転がっている類の、あの石っころである。〝石〟でホラーを書くとはさすがはグラントである。あっぱれである。雰囲気派のチャンプである。こういう男がいるからホラーは面白い。石造りの古い屋敷にまつわるこのホラーは、よくいわれるほど地味ではない。ちょっとマグリット風のビジョンも楽しい。まぁ石をモチーフにしたホラーとしては、先史時代の石柱などを扱うのがオーソドックス（その石柱を使って、かつて呪いの儀式が行なわれていたのだ！　トカ）で、この手のものに『**ゴースト・トレイン**』（スティーヴン・ローズ　八五年）がある。これは暴走する列車の話だ。しかしこのローズという作家、『**スペクター**』（八六年）なんかでも存分に暴れており、彼には〝暴走作家〟の桂冠を与えてよいと思われる（？）。

ささいなものの描写、というか細部描写が抜群に上手いのが、ピーター・ストラウブだ。たとえば『**ジュリアの館**』（ピーター・ストラウブ　七五年）における、〝自転車〟や〝亀〟の使い方の怖さは後々まで印象に残る。というと「何だって？　自転車とか亀なんて怖いのか？」と反論されそうだ。ところが怖いのだ、自転車と亀も、この作家の手に掛かると。ストラウブはこの名作において一つ一つは新味のないもの——死んだ娘の亡霊らしき少女の出現とそれに続く怪奇現象、借家にまつわる因縁話、主人公の過去にまつわる謎解きなど——を、じっくりと巧みに描き、極上の恐怖小説を作り上げている。

『**闇から来た子供**』（ジョン・コイン　九〇年）では、直接出てくるわけではないが〝松かさ〟が怖い。死体が切り刻まれ、まるで松かさのようになっている、というのである。この作品の中ではまた、〝元気な老婆〟が強烈な印象を残す（江留家の老婆、麻夜も不気味なほどに元気だが、麻夜の方がＩＱはずっと高そうだ)。ホームレスの子供を引き取ったソーシャルワーカーが恐ろしい目に遭うというこの作品は、そうとうにシビアかつ陰惨であり、一般に九〇年代ホラーはしんどい。それに比べて〝白衣〟が怖いという**『ナニー』**(ダン・グリーンバーグ 八七年)は、八〇年代ホラーの大らかさ(?)がよく表われた作品で、文章も垢抜けており、白衣フェチにもオススメだ。この長篇においては、住込のベビーシッター(の怪物)が、愛ゆえに雇い主の一家を追い詰めていく。そうそう、ふと思い出したが、ウィルキー・コリンズの『白衣の女』(岩波文庫)ではタイトルに、〝びゃくえのおんな〟とルビがふられているのだが、僕は〝はくいのおんな〟の方がゴロがいいと思う。でもルビは〝びゃくえ〟なのだ。何故なのか? 〝はくい〟だと看護婦さんの話だと勘違いされるからだろうか???

〝電話〟が怖い、というのはよくある話だが、その基本形を作ったのが**『コーリング』**(ボブ・ランドル 八一年)だろう。しかしこれほど強力な力を持つ悪の存在が、ヒロインを貶めるのに、わざわざ電話を使わなくともよさそうなものなのだが。そうそう基本形といえば——先述**『迷宮へ行った男』**もだが——八〇年くらいまでにはホラーの基本形はほぼ出揃っており、その中で悪霊憑依ものの基本ともいうべき展開を見せるのが**『デラニーの悪霊』**(ラモナ・スチュアート 七〇年)である。これは基本形であり傑作でもある、という作品なのだが、地味といえば地味な話で、これを袋綴じで出した早川書房ってすごい。

そうそう地味でも傑作！　というものの一つに『闇の聖母』（フリッツ・ライバー　七七年）がある。これには文字通りの〝本〟の怪物が登場する。本でできた怪物というのは珍重に値するし、そもそも作品全体がホラー小説のアレゴリーといった趣のある傑作である。これに対し『魔女の丘』（ウェルウィン・W・カーツ　八四年）に出てくる本も相当に怖い。こちらも本の怪物なのだが、現われ方は『闇の聖母』とは天と地ほどに隔たっている。

家が怖い……ということになると、いわゆる幽霊屋敷ものの大半が含まれてしまうので（だいいち家って、ささいなものじゃないし）、避けたいのだが、一つだけあげておくとしたら『家』（ロバート・マラスコ　七三年）だろう。この作品の〝プール〟は本当に怖く、作中屈指の名場面となっている。水と幽霊は相性がいいらしい。

それにつけても思うのは、このマラスコの作品を始めとして、『ローズマリーの赤ちゃん』の影響力というのは凄まじいものがあり、いかに多くの作家がローズマリー・コンプレックス（造語）に陥っていたかがわかる。ボブ・ランドルもバーナード・テイラーもジエフリイ・コンヴィッツも、ある意味スティーヴン・キングですらもその影響を受けている。七〇年代ホラーはローズマリーの影の下にあったといっていいくらいのものなのだ。例えば『ローズマリーの赤ちゃん』の舞台を都会から田舎に移すと『**悪魔の収穫祭**』（トマス・トライオン　七三年）になる（というのはいいすぎか？）。『悪魔の収穫祭』は、後味の悪い（褒め言葉）、よくできたホラーではあるのだが。

最後に〝懐中電灯〟が怖い、という作品をあげておこう。『**スティンガー**』（ロバート・R・マキャモン　八八年）である。もっともここで、懐中電灯を怖がっているのは人間ではない。怪物の方である。宇宙から来襲した（『幻魔大戦』の幻魔のごとき）凶暴凶悪なスティンガーが恐れるのが、なんと懐中電灯なのだ。つまり「人間の武器は懐中電灯！」というごきげんな小説なんである。まぁこれは作者が意図してチープな設定を取り入れているのだが、マキャモンというのは本質的に、感動シーンを際立たせるためにホラー描写を盛り上げているようなところがあり――この傾向が極まったのが『**少年時代**』（九一年）――ホラーという廃墟の中にぽっかりとできた草原のような、砂漠の中のオアシスのような作家だ。僕はダウナー系の救いのない話が大好きで、だからホラーが好きなんだけど、続けて読んでいるといささかやりきれなくなることもある。そういう時にはマキャモンに手が伸びるわけで、南部文学がどうのというムツカシイ議論とは別に、この作家がモダンホラー全盛期のアメリカで大事にされていたのもうなずける（？）、そういう貴重な作家だ。

〈普通〉

普通って怖いだろうか？　いいや、普通は普通、怖くない。普通が怖くなるとしたら、それは周りが普通の状態にある時ではなく、周りが特殊な状態にある時であろう。例えばおかしな霧が発生し、住民すべてが狂ってしまったとしたら……。『**霧**』（ジェームズ・ハーバート　七五年）はそういう設定のホラーだ。霧のためにすべての人間が狂い、異常な行動に走る。その中で、普通に行動している――なくなった会社に出勤しようとしたり、壊れたバス停に並んでいたりする――人間こそ最も怖い。何故なら彼らは、素直に狂態を示している人々より、遙かに異常で、常軌を逸しているからである。この作品の中では他にも「女が海岸で入水自殺を思いとどまり、引き返そうとしたが、狂気に駆られ海に向かっていく群集に押し戻されて、結局水死してしまう」といった、怖いシーンが幾つもあり、ハーバートの傑作という評価もうなずける。

西洋人がカトリックを信仰するのは普通である。しかしこの〝カトリック〟こそ怖いというのが『**悪魔の見張り**』（ジェフリイ・コンヴィッツ　七四年）である。事実、この作品においては悪魔よりもカトリックの方が遙かに怖い。僕は一読して、この小説の核となるアイディアには心底痺れてしまった。『聖なる血』（トマス・F・モンテルオーニ九二年）なんかも〝カトリックが怖い〟パターンといえなくもないが、あそこまでいくとむしろ、怖いというより、ひたすらオドロオドロに面白い（神父が、ちょっとウルトラマン風に手から怪光線を出したり）。ゴテゴテした小説が好きな人向け。

ふだんは意識しないけど、普通の生活って大切だ。『雨の午後の降霊術』（マーク・マクシェーン六一年）の女主人公も、フツーに職業霊媒師をやってればいいものを、欲を出して女の子を誘拐しようとなんてするから、人生が狂うのである。これは小粒の佳作といった印象の小説だが、最後の最後で怪異現象が起こる幕切れは皮肉で、おまけに少し泣かせる。

さて、五体満足の人が、不測の事態からいきなり手を失ったとしたら、どうだろう？それって普通に怖いよね？『カリブの悪夢』（フランク・デ・フェリータ八〇年）には主人公の奥さんが、ある事情から手を失う場面がある。これがなかなかに怖い。その場面には、手足がフツーにぶっ飛ぶスプラッタでは得られない、真正のショックがみなぎっている。スプラッタ描写に慣れると「手を切断されるって怖い」という当たり前の感覚が麻痺してしまう。堅実な描写を積みかさね、恐怖感を盛り上げるフェリータの名匠ぶりが、このサイコ・ホラーには遺憾なく発揮されている。

堅実な描写の積み重ねという点では『殺したくないのに』（バリ・ウッド 七五年）も負けていない。この作品では日常描写が見事に活写されているため、超能力が、まるで手に触れることができる物質――壁かなにか――のようにリアルに表現されているのだ。〝超能力者〟が怖いなんていうと、よくある話のようだが、さにあらず、もし僕たちが普通に生きている中で「こんな能力に遭遇したらほんとに怖いだろうなー」と思わせるウッドの筆致は、真にまれなものである。

これに対し『ムーン』（ジェームズ・ハーバート 八五年）の主人公も超能力者だが、この作品においてはそれよりも、普通人（サイコキラーだけど）である犯人がものすごく強烈な印象を残す。こういった、超能力者を絡ませたサイコスリラーは数多く書かれ、怪作も多い。

〈なんだかわからない〉

普通の次は、普通でないもの＝なんだかわからないものを取り上げる。というと「なにいってんだい、もともとなんだかわからんものを描くのがホラーじゃないか」と反論されそうだが、いやいや、そういう意味ではない。この気分を説明するには、いきなり作品名をあげるのがよいだろう。

まずは『扉のない部屋』（スティーヴン・ギャラガー　八八年）。〝人間びっくり箱〟には笑わせてもらったが、この作者、いったい何が書きたかったのか？　製薬研究所を訪れた男が、ひょんなことから新薬を注射されてしまい、それからおかしなことになり始める――というこの長篇は、そもそもストーリーの核がどこにあるのかよくわからない。いいかげんといえばいいかげんで、つまりはなんだかわからない。退廃している。退廃ホラーである。そして『密会』（マイケル・ディブディン　八九年）。これもイギリス作家が時々書きたがる、実に変な小説である。そもそも執筆プランがあったのか、なかったのか？　でなくて、ものすごく緻密な計算の上に成り立っているのか？　ストーリーは心理カウンセラーの女性の元に少年が送られてくるところから始まる。カウンセラーは彼を見て、亡くした自分の子だという奇妙な既視感に囚われ、子供は子供で「誰かが自分を殺そうとしている」といい出す。出だしからしてなんだかわからないが、途中でゴースト・ストーリーのようになったり、ラストでは不条理運命劇となったりする。

こういった怪作に対し、作品前半の、明らかに計算し尽くされた〝なんだかわからない〟感を利用して、異常世界に読者を引きずりこむのが『結晶する魂』（K・W・ジーター　八三年）である。他人の魂を喰い、体をのっとる（ただしそれが可能なのは血縁者のみ）という怪物が出てくるこの作品では、冷凍トラックにぶらさがる〝牛肉〟がなかなかにエグい。正確には、牛肉の隣にぶら下がっている、あるものが。

わからないということではないが、時々突っこみどころが満載のホラーに出合うことがある。『シャドウアイズ』（キャスリン・プタセク　八四年）がその好例だ。シャーマンのチャトさんと黄色い目の怪物たちの戦いを描くこの作品において、主人公が唐突に打たれる稲妻って、何だったのか？（わからん！）そしてインディアンの彫刻って、結局なんだったのよ？（わからん！）……などなど、疑問が雲のように湧きあがり、思わず「がんばれ！　グラントのワイフ！」と声援を送りたくなる。

『蜂工場』（イアン・バンクス　八四年）にも触れておこう。これもなんだかわからない、というほどわからない小説ではないが、そうとうに妙な小説だ。島に暮らすフランクは動物を虐待している。フランクは（お約束通り）人も三人殺している。そして徐々に島に近づいてくる異常な兄……という長篇は、しかしながら、ある意味、とてつもなく馬鹿な話である。

〈実体化〉

近代ホラー小説を簡単におさらいしていくと、まずは、

①怪異を怪異として描く。

という傾向が現われるわけだが、これはホラーがいわば怪奇小説であった以上当然である。M・R・ジェイムズやブラックウッドそしてラヴクラフトなどの巨匠は、なべてこのスクールに属すると考えていいだろう。これに対し、

②怪異を見る心理を描く。

というのがヘンリー・ジェイムズやウォルター・デ・ラ・メアだとすると、アメリカで勃興したモダンホラー初期の顕著な傾向は、

③怪異か心理かで揺れ動く。

というものだった。アイラ・レヴィンやシャーリー・ジャクスン、フリッツ・ライバーはもちろん、ウィリアム・ピーター・ブラッティの『エクソシスト』でさえ、ストーリーの大部分が、「これは本当に超自然現象なのかどうか」という検討に費やされる。それにしても『ローズマリーの赤ちゃん』の結末は象徴的であり、ここではラストで主人公が怪異の側に取りこまれてしまうわけで、つまりローズマリーは恐怖を感じる側から恐怖を与える側に転化してしまう。これはある意味、「お前が怖い」状態の走りともいえ、ここまでくると、心に魔を棲まわせる〝人間〟が怖いというところまであと一歩だ。

ということで、

④怪異を見る心理を持つ人間を描く。

というサイコ・スリラーの隆盛が始まる。同じ頃、キングを領袖とする八〇年代モダンホラー派が「怪異を怪異として描く」ことをためらわなかったのは面白い傾向だ。それは一種の逆戻りの動きでもあったわけだから。そしてこの逆戻りのもう一つの傾向が、⑤怪異を見る人間心理が逆に怪異を現実化させてしまう。

という九〇年代ホラーの一潮流なのだ。

ということで、『覚醒するアダム』（デヴィッド・アンブローズ　九七年）である。この長篇の中では、「幽霊は人の想念が作り出す」と考える心理学者が、幽霊を作り出す実験をする。すると幽霊が実体化してしまう、というか本当に出現してしまう。さらにそのことが現実世界をも改変していく。ことここに至ると、物語は自然とメタ・ホラーの雰囲気を漂わせ始めている。九〇年代にはキム・ニューマンのようなメタ・ホラーの書き手としかいいようのない作家も活躍しているが、根は同じところにありそうだ。『シック』（ジェイ・R・ボナンジンガ　九五年）も実体化の作例としてあげておこう。この作品では、主人公が心理セラピーの一手段として、立方体の箱を思い浮かべ、中にあらゆる苦悩を閉じこめる。その箱が脳の中で、立方体の腫瘍として実体化してしまう。そしてその腫瘍が突如として消滅する時、さらに恐ろしいことが起こるのである。

Ⅱ　オールタイムベスト10・発表年代順

問答無用の名作を並べる。ただし、これまでにゴシック体で記したタイトルは除く。コメントする必要がない作品ばかりだが、ちょっとだけいわせてもらうと、モダンホラーにありがちな〝ファンハウス〟ではなく、本物の〝幽霊屋敷〟を見せてくれる1は、ひょっとしたら（長篇の中では）未だにナンバーワンのホラーかもしれない。9はシモンズの処女作で、もっと円熟した作品と入れ替えてもいいが、なんといっても書き出しがすばらしい。この書き出しも、モダンホラー界ナンバーワンかもしれない。

1　**『山荘綺談』**（五九年）シャーリイ・ジャクスン
2　**『ローズマリーの赤ちゃん』**（六七年）アイラ・レヴィン
3　**『地獄の家』**（七一年）リチャード・マシスン
4　**『エクソシスト』**（七一年）ウィリアム・ピーター・ブラッティ
5　**『悪を呼ぶ少年』**（七一年）トマス・トライオン
6　**『暗い森の少女』**（七七年）ジョン・ソール

7 『シャイニング』（七七年）スティーヴン・キング
8 『ゴースト・ストーリー』（七九年）ピーター・ストラウブ
9 『カーリーの歌』（八五年）ダン・シモンズ
10 『スワン・ソング』（八七年）ロバート・R・マキャモン

Ⅲ 偏愛ベスト10・発表年代順

偏愛といえば、僕はすべてのホラーを偏愛している――もちろん五〇年以前のクラシカルなホラーも――といってもいいが、次にあげるのは中でもお気に入りのモダンホラーだ。

1 **『妻という名の魔女たち』**（五三年）フリッツ・ライバー
タイトル通り、「奥様は魔女でした」という、ロマンティックなホラー。生き物と化して襲ってくるガーゴイルもなかなかによい。なおこの作品のロマンティシズムを廃し、徹底的にヴードゥの魔法を咀嚼して、より精緻重厚に物語を構築したのが『**サンテリア**』（ニコラス・コンデ　八二年）といっていいかもしれない。この『サンテリア』は、魔術世界をリアリズムで書き切った真面目な作品で、八二年に刊行されたが、むしろ七〇年代ホラーの総括といった趣きの作品だ。ちなみに八〇年代のノーテンキなホラーの総括は、先述した九三年発表の『ナイトワールド』だろう（？）。

ところでマキャモンは、ホラー小説の変遷についておおよそ次のように語っているという。「七〇年代後半までは、ホラーにはまだ文学的可能性があったが、八〇年代に入ると、粗悪なスプラッタ・ムービーまがいの作品が大半を占め（嘆かわしいことに、そうした類のものがよく売れる）、美学も優雅さもモラルもなくなってしまった」……まさにその通りである。七〇年代はマジメ。八〇年代はノーテンキ。そして九〇年代は、しんどい。

2 **『母親を喰った人形』**（七六年）ラムジー・キャンベル

まったくもってみごとな屈折ホラー。魔術に呪われ、母親を喰って生きのびた子供が、連続異常殺人者になっているというこの長篇は、これだけの道具立てでありながら、大捜査小説にも大サイコホラーにも大アクションものにもならない。徹頭徹尾ホラー以外の何ものでもない。まさにキャンベルこそはホラー作家の鑑である。

3 **『呪われた絵』**（七六年）スティーヴン・マーロウ

絵画をメインテーマにした長篇ホラーは、ありふれているようで意外と少ない。中でもこれは、呪われた絵という正統的なモチーフを扱った正真正銘の傑作である。古い絵を手にした主人公の周りで怪異が続発していくのだが、もちろん惨劇には描かれた絵柄が関係している。推理小説として扱えば見立て殺人ものとして書くこともできるだろう。なおこの作家の**『幻夢』**はエドガー・アラン・ポーを題材としているが、同じくポー・テーマの長篇**『ポーをめぐる殺人』**をものしたのが、寡作家ウィリアム・ヒョーツバーグである。このヒョーツバーグのよく知られた作品は**『堕ちる天使』**（七八年）だが、これも大方の映画原作と同じで、小説の方が出来がいい。にしてもミッキー・ロークって今はどうしているんだろう？（僕が知らないだけかもしれないが）

4　**『魔性の落とし子』**（八〇年）ローレンス・ブロック

〝パイド・パイパー〟が怖い。ただしこの場合は笛吹き男ではなく、笛吹き女であるが。魔性の落とし子たるエアリアルという少女の描写が魅力に富み、この作を真の傑作の一つにしている。さすがにローレンス・ブロックは一流である（まあ僕は二流作家が大好きだけど）。関係ないが、僕はこのエアリアルから、何故か江留美麗を連想してしまった。まったく違うキャラクターだとは思うのだが。

5 『**かかし**』（八一年）ロバート・ウェストール

モダンホラーばかり読んでいると舌が荒れる。百冊とはいわないが二〇冊も続けて読めば、この気分はわかってもらえる（と思う）。そんな時、ふとウェストールを読むと、本物の味わいにイカレてしまう。端的にいって小説がうまい。そのうまさは、かかしが動き出すというチープになりかねない場面にすら説得力を与える。そればかりではなく、怖い。かかしが家に侵入したら何が起こるのか、登場人物にも読者にもわからない。よくできたホラーである。

6 『**雷鳴の館**』（八二年）ディーン・R・クーンツ

これぞクーンツのベスト。次点はワンちゃんの出てくる『ウォッチャーズ』（八七年）あるいは『**戦慄のシャドウファイア**』（八七年）ないし『ファントム』（八三年）だが（なんだ怪物ものばかりじゃないか？）、しかしそれでもなおかつこの『雷鳴の館』なのだ！　でも何故？　もっといい作品がたくさんあるじゃないか？　まさにその通り。でも僕はこのキワモノ感にゾクゾクする（クーンツってゲスだぜ、だから好きなんだけど）。この作品、変人向けともいえるが、クーンツの中では恐怖度も高くオススメだ！！

7 『黒衣の女』（八三年） スーザン・ヒル

格調高い幽霊小説の名作。のみならず怨霊の怖さをこれほどみごとに表現しきった長篇は少ない。沼地にひっそりと建つ館や、流砂に呑み込まれる馬車、そして黒衣の女といったありきたりの要素を用いながらも、古びた感じがまったくしない。モダンである。モダンホラーである。ホラー小説もやっぱり小説なのだ。文章なのだ。……というより、ホラー小説こそ文章が鍵なのだ、という当然のことを再認識させてくれる逸品。

8 『マンハッタンの戦慄』（八四年） F・ポール・ウィルスン

おちゃめな怪物ラコシに一票！ この作品に出てくるラコシたちに愛を感じるのは僕だけか？ たぶん違うと思う。確かに奴らは凶悪凶暴なのだが、そこはかとなく愛嬌が漂っている。なんというか、加速装置がついているかのように素早く動くウルフェンよりもちょっとだけ、いやかなり愛嬌がある。数多くの作品を発表しているF・ポール・ウィルスンだが、未だにこの長篇がナンバーワン！ （これは僕だけが思っていることではないと思う）。パルプ・ホラー系のガジェットが、ストーリーにピタリと嵌まっているのも心にくい。

9 『ライヴ・ガールズ』（八七年）レイ・ガートン
エッチを売りにした作品だが、それだけではない。というよりこれは、大方のモダンホラーより、よほどホラー風味の濃厚な傑作である。モダンホラーって、案外ホラー・スピリットが希薄だったりするのだ。しかしこれはそうではない。登場する女吸血鬼もチャーミングだし、フリーク吸血鬼軍団も同じくらいに魅力的。ゆくりなくも思うのだが、『吸血鬼ドラキュラ』が平井呈一によって訳されたのは、一般に思われている以上に幸運だったのかもしれない。何故なら本来モンスターものであるこの古典に――ゴースト・ストーリー翻訳の名人の才が加わることにより――幽霊もののような怖さがプラスされたからだ。

10 『死都伝説』（八八年）クライヴ・バーカー
クライヴ・バーカーは僕にとって、長らくモダンホラーのチャンピオンだった。エレガントな語り口とエグイ内容、そして妙にポジティブな感性。あからさまな変態性。もろに怪物を描き切るところ。etc……。『血の本』（今回短篇は取り上げない）も『ダムネーション・ゲーム』（八五年）も『不滅の愛』（八九年）もみんな素晴らしい。ならば何で『死都伝説』なのか？　答えは簡単、『デビルマン』みたいだからである。つまりは単に、

「これから！」というところで終わっている、この作品の続きが読みたいんである。

Ⅳ　オススメモダンホラー年表

最後に、今まで記した作品を年表にしてみる。こうして並べてみると、いかに七〇年代がホラーしてたか、そして八〇年代がモダンホラーの時代だったかが、一目でわかる。また八〇年代に入ると、上下巻の本が増え（一巻本でも分厚い本が多い）、いかに長大作が流行ったかもわかる。

一九五四　『地球最後の男』　リチャード・マシスン　ハヤカワ文庫ＮＶ
一九五九　『山荘綺談』　シャーリイ・ジャクスン　ハヤカワ文庫ＮＶ
一九六一　『雨の午後の降霊術』　マーク・マクシェーン　トパーズプレス
一九六七　『ローズマリーの赤ちゃん』　アイラ・レヴィン　ハヤカワ文庫ＮＶ
一九六八　『淫獣の幻影』　Ｐ・Ｊ・ファーマー　光文社ＣＲ文庫
『淫獣の妖宴』　Ｐ・Ｊ・ファーマー　光文社ＣＲ文庫

一九七〇『デラニーの悪霊』ラモナ・スチュアート　早川書房
一九七一『地獄の家』リチャード・マシスン　ハヤカワ文庫NV
『エクソシスト』ウィリアム・ピーター・ブラッティ　創元推理文庫
『悪を呼ぶ少年』トマス・トライオン　角川文庫
一九七三『悪魔の収穫祭』（上下）トマス・トライオン　角川ホラー文庫
『家』ロバート・マラスコ　ハヤカワ文庫NV
『魔性の森』ハーバート・リーバーマン　角川文庫
一九七四『鼠』ジェームズ・ハーバート　サンケイ出版
『悪魔の見張り』ジェフリイ・コンヴィッツ　ハヤカワ文庫NV
『人喰い猫』バートン・ルーシェ　角川文庫
一九七五『霧』　ジェームズ・ハーバート　サンケイ出版
『殺したくないのに』バリ・ウッド　集英社文庫
『ジュリアの館』ピーター・ストラウブ　早川書房
『呪われた町』スティーヴン・キング　集英社文庫
一九七六『夜明けのヴァンパイア』アン・ライス　ハヤカワ文庫NV
『インキュバス』レイ・ラッセル　ハヤカワ文庫NV

『呪われた絵』スティーヴン・マーロウ　角川書店
『母親を喰った人形』ラムジー・キャンベル　ハヤカワ文庫NV
『神の遣わせしもの』バーナード・テイラー　角川書店
『蛾』ロザリンド・アッシュ　サンリオSF文庫
一九七七『暗い森の少女』ジョン・ソール　ハヤカワ文庫NV
『シャイニング』（上下）スティーヴン・キング　文春文庫
『サーペント・ゴッド』ジョン・ファリス　ハヤカワ文庫NV
『闇の聖母』フリッツ・ライバー　ハヤカワ文庫SF
『迷宮へ行った男』マーティン・ラッセル　角川文庫
『アミティヴィルの恐怖』ジェイ・アンソン　徳間書店
一九七八『ウルフェン』ホイットリー・ストリーバー　ハヤカワ文庫NV
『堕ちる天使』ウィリアム・ヒョーツバーグ　ハヤカワ文庫NV
『ゴースト・ストーリー』（上下）ピーター・ストラウブ　ハヤカワ文庫NV
一九七九『アムレット』マイケル・マクダウエル　ハヤカワ文庫NV
『カリブの悪夢』フランク・デ・フェリータ　角川書店
一九八〇『魔性の落とし子』ローレンス・ブロック　二見文庫

一九八一　『かかし』ロバート・ウェストール　徳間書店
一九八二　『コーリング』ボブ・ランドル　講談社
『雷鳴の館』ディーン・R・クーンツ　扶桑社ミステリー
『フィーヴァードリーム』(上下) ジョージ・R・R・マーティン　創元推理文庫
『スラッグス』ショーン・ハトスン　ハヤカワ文庫NV
『サンテリア』ニコラス・コンデ　創元推理文庫
一九八三　『黒衣の女』スーザン・ヒル　ハヤカワ文庫NV
『ミステリー・ウォーク』(上下) ロバート・R・マキャモン　創元推理文庫
『結晶する魂』K・W・ジーター　ハヤカワ文庫NV
『ファントム』(上下) ディーン・R・クーンツ　ハヤカワ文庫NV
『マンハッタンの戦慄』(上下) F・ポール・ウィルスン　扶桑社ミステリー
一九八四　『蜂工場』イアン・バンクス　集英社文庫
『魔女の丘』ウェルウィン・W・カーツ　福武文庫
『シャドウアイズ』キャスリン・プタセク　創元ノヴェルズ
『恐竜クライシス』ハリー・アダム・ナイト　創元推理文庫

一九八五　『カーリーの歌』ダン・シモンズ　ハヤカワ文庫NV
『ムーン』ジェームズ・ハーバート　ハヤカワ文庫NV
『ティー・パーティ』チャールズ・L・グラント　ハヤカワ文庫NV
『ダムネーション・ゲーム』（上下）クライヴ・バーカー　扶桑社ミステリー
『ゴースト・トレイン』（上下）スティーヴン・ローズ　創元ノヴェルズ
一九八六　『IT』（1，2，3，4）スティーヴン・キング　文春文庫
『スペクター』スティーヴン・ローズ　創元推理文庫
『闇の祭壇』ショーン・ハトスン　ハヤカワ文庫NV
『スワン・ソング』（上下）ロバート・R・マキャモン　福武文庫
一九八七　『ライヴ・ガールズ』レイ・ガートン　文春文庫
『ウォッチャーズ』（上下）ディーン・R・クーンツ　文春文庫
『戦慄のシャドウファイア』（上下）ディーン・R・クーンツ　扶桑社ミステリー
『ナニー』ダン・グリーンバーグ　新潮文庫
一九八八　『死都伝説』クライヴ・バーカー　集英社文庫
『扉のない部屋』スティーヴン・ギャラガー　角川ホラー文庫

『ポゼッション』 ピーター・ジェイムズ 角川ホラー文庫
『スティンガー』（上下） ロバート・R・マキャモン 扶桑社ミステリー
『デーモン・ナイト』（上下） J・マイケル・ストラジンスキー ハヤカワ文庫NV
一九八九 『フェイド』 ロバート・コーミア 扶桑社ミステリー
『密会』 マイケル・ディブディン 新潮文庫
『不滅の愛』（上下） クライヴ・バーカー 角川文庫
一九九〇 『闇から来た子供』 ジョン・コイン 扶桑社ミステリー
『サマー・オブ・ナイト』（上下） ダン・シモンズ 扶桑社ミステリー
一九九一 『虚ろな穴』 キャシー・コージャ ハヤカワ文庫NV
『少年時代』（上下） ロバート・R・マキャモン 文春文庫
一九九二 『聖なる血』 トマス・F・モンテルオーニ 扶桑社ミステリー
『ウェットワーク』 フィリップ・ナットマン 文春文庫
『穴』 ガイ・バート アーティストハウス
一九九三 『けだもの』 ジョン・スキップ＆クレイグ・スペクター 文春文庫
『ナイトワールド』 F・ポール・ウィルスン 扶桑社ミステリー

一九九五　『シック』ジェイ・R・ボナンジンガ　学研
一九九七　『覚醒するアダム』デヴィッド・アンブローズ　角川文庫

第十二章　レディ

市立病院から帰ってきた私を迎えたのは、温かい拍手ではなく、クラスメイトの、以前とは少しだけ変わった顔つきだった。

誰も彼もが仮面を被っていた。

一人一人の前に、空気の壁のようなものができていたのだ。

唯一の例外である不二男がいうには、

「ずっと、君を悪者にするきっかけがほしかったんだと思いますよ」

とのことだ。

彼はいいにくそうに続けて、

「僕たちは無意識のうちに差別する対象を求めています。何故なら常に、差別する側に回りたいからです。自分がいじめる側に立っていれば、いじめを受けることはない」

「俺は人身御供か」

「狙われやすい立場ではありましたね。二学期から現われたよそ者だし、転入早々不良どもに目をつけられるし」

「それに文化祭」

「あれもまずかった。誰もが思ったに違いありません。いたずら書きは君へのイジメだとね。なまじ一致団結して作り上げた展示会場だけに、破壊された時のダメージも大きい。誰のせいでこんなことになったんだ？　むろん、あいつのせいだ……君に対する悪い感情が、いつの間にか細菌のように増殖していった。そこへきて今度の遠足騒ぎです」

「みんなの楽しい気分に水をかけたわけだ」

「おかしなもので、事前に楽しみにしていなかった奴の方が、君のことを悪くいいます。僕にいわせれば『お前、もともと遠足に乗り気じゃなかったじゃん』という感じなんですが。加えて」

彼は声を潜め、

「救助された時、江留美麗といたことも印象を悪くしているんです」

「君もそんなふうにいうのか」

差賀あきらと同じだ。

不二男は苦々しい顔になって、

「事実は事実です。江留の者に対するいい伝えは知ってますか」

「最近聞いた」

「なら君が悪くいわれるのもわかるでしょう。だいいち、おかしいですよね。どうしてタクマ君が彼女と一緒に発見されなきゃならないんです。彼女は二年生、君は一年生ですよ。みんな、陰で噂してます。如月タクマは江留美麗とできてるって」

「何だって」

遠足を利用して、人けのない場所で待ち合わせたことにされているのだろうか。

不二男は流し目になって、

「いやしくも学校行事の最中にあんな女とデートするなんて」

「それは君の気持ちか」

「一般的な感じ方を代弁しています」

「あれは偶然だ。海に落ちた俺を、通りかかった美麗さんが助けてくれた」

「その話、僕は信じますよ。でも僕だけしか信じないでしょう」

その通りかもしれない。

「不二男君、君自身は、江留美麗という女の子をどんなふうに見ている」

「僕は」

彼は気難しい顔をして、

「とっても美人だと思います」

さらっといった。

彼の目を見ると、涼しい微笑が浮かぶ。

オススメモダンホラーの中に、江留美麗の名が出ていたことが頭をよぎる。

「そんな顔をしないで下さいタクマ君。君の聞いてる意味は、わかってます。真面目に答えますと、僕は彼女の存在をとても興味深く思っています。むろん町のみんながいってるような意味においてじゃありません。それどころか彼女の立ち位置というのは、毒を作る魔女どころじゃなくて……もっと別なものなのではないかと思います。もっと別の、そう、何というかもっとすごい——しかしその話は、今は置いておくとして」

「その話が聞きたいよ」

「今はさておき、とにかく美麗さんには気をつけた方がいいですよ。町のみんなは江留の者を敬して——敬さずかな——遠ざけてますので。長い時間をかけて、人々の心の奥底に沈んだ薄汚いイメージは、簡単に抜けるものではありませんからね」

「江留さんの家はどこにあるのかな」

「川潮《かわしお》酒造の場所はわかりますか。大きな蔵のある、割と有名な地酒屋ですよ。そこの脇から山の方に一本道が続いていて、ひたすら上がっていくと江留家に着くんです。まさか行こうっていうんじゃないでしょうね」

「命を救われたことは間違いないし、お礼をしておきたい」

「気持ちはわかりますが、やめといた方がいいですよ。誰に見られないとも限りませんし、江留の婆さんに会うのは、昼でも心臓に悪いし」

「そんなに凄い婆さんなのか」

「うーん、まぁ、僕がいうほどでもないのかな。ともかくあの家に近づくのは、およしなさい。それにこの機会に……」

不二男は眉に皺をよせて、

「もう一ついっておきたいことがあるのです。僕は心から心配してるんですけど」

「今以上に悪いことが起こり得るのか」

「下には下がありますから。それは何かというと、子供の間に広がった病気は、親にもうつるということです」

「俺が親からも嫌われると」

「今後、大人からのいじめも始まるかもしれませんね」

「大人も子供も、つまりは町中の人たちから迫害に遭うとか」

「可能性はありますね。君にはツキモノイリ――僕がいってるんじゃないですよ――の下地がありますから、心の準備だけはしておいた方がいいと思います。巫女なき今、君がもし……万一ですよ、ツキモノイリだと判断されてしまったら、町中の人たちが、彼ら自身によるツキモノハギを始めるかもしれません」

「中学生一人を相手にか」

「あり得ますよ。賛同者が多ければ町をあげての総力戦みたいになるかもしれません」

「戦争というか、百姓一揆みたいなものだろうか」

彼は苦笑して、

「そんな感じになりますかね」

否定できないのがつらい。ツキモノハギや葬式の時に感じた、町民たちからの異様な視線を思い出す。この町の連中なら、確かに一致団結して私に襲いかかってくるかもしれない。

一気に落ちこみ、その日は担任に無断で早退した。

転校して初めての早引きだった。

あるいは生まれて初めてのさぼりだ。

まっすぐ帰る気にならず、痛む足をかかえながら町をぶらぶら歩く。

〈MODAN・I〉という商店の名が描かれた看板が目に入る。

綴り変えればDAIMONだ。小さな木造の商店で、ガラス戸から中をのぞくと、洋服屋である。もう一度看板に目をやると、確かに〝大門〟のアナグラムになっている。しかし何故MODERNではなくMODANなのか。地方では、モダンという言葉が英語というより、和製英語としてイメージされていたのだろうか。だからあえてローマ字表記にした。ローマ字で書いた方が、モダン・アイとカタカナで書くより、ほどよくハイカラである。

MODAN・Iの〝I〟は〝私〟だと思い、最初はモダンな私という程の意味だと考えたが、MODANがローマ字である以上、Iだけが英語ということもなかろう。しかし疑問はすぐに解けた。戸のガラスに、消えかけた白い文字で池永洋服店の名があったからである。Iは池永のイニシャルだ。つまりモダン池永ということになる。

書店に寄り、今回の事件の参考になるような本はないかと、推理小説の棚を物色してみた。

しかし〝今回の事件〟とは、具体的にいうと、どんな事件なのだろう。

強烈な体験だったツキモノハギとヒトマアマについては除外して――それらが殺人と関わっている可能性はなきにしもあらずなのだが――とりあえず、殺人事件にしぼって考えてみよう。

まず五年前に王渕の女たちの首切り事件があった。次に今年の六月、大門大造が変死した。そして同年九月、大門玲が首を切り落とされて死んだ。知っている範囲では三つの事件が起きている。いずれも犯人は挙がっていない。町の巡査を介入させる、この町のシステムでは無理もないといえる。第一と第二の事件は不可解な様相を呈し、犯人が存在し得るのかどうかすら定かではない。更に、三つの事件のつながりも不明だ。

しかし事件の関連という点については、大雑把な可能性としてこんなものが考えられる。大門大造か、一族のうち誰かが、政敵に対する憎悪を理由に王渕の一族三人を殺した。それを察した王渕サイドの誰かが、復讐のため大門の者を次々に殺していっている。この推測が正しいとするなら、犯人は更なる犯行を重ねるかもしれない。次の被害者が出る可能性は大いにある。

むろん三つの事件が、それぞれ独立した事件であるという考えも捨てがたい。特に第一の事件は、別個の犯罪である可能性が高い。大造と玲の事件は、大門家の遺産狙いの連続殺人として、説明がつかないでもないからである。これらが遺産目当ての連続殺人だとしたら、やはり次なる犠牲者が生まれる確率が高い。

大門美術館の番人アク氏の半面を隠した顔が浮かぶ。彼の指示通り、過去の事件について調べてみたが、アクなら——彼が本当に洞察力に富んでいるという保証はないのだが——どんな推理を組み立てるだろうか。

しばらく推理小説を物色したが、めぼしい本もないので、菓子折りを買いに行くことにした。

不二男はああいうが、お礼くらいはしておいた方がいいし、美麗の家を見ておきたい気持ちもある。彼女はどんな家に住んでいるのか、どういう環境があういう少女を育むのか、興味があるのだ。ぶらぶらするうちに下校時を過ぎたので、これから行けば、美麗も帰宅しているかもしれない。もし不在なら、彼女の祖母にお礼をいえばいいだろう。

和菓子屋に寄って菓子を買い、店員に川潮酒造への行き方を聞く。

足を運ぶと、すぐにわかった。確かに立派な蔵が幾つも並んでおり、家の脇から山の方に細い一本道が続いてもいた。ここを上がると美麗の家が見えてくると不二男はいった。

細く傾斜の急な道をひたすら上がっていく。

少し歩いただけで、両脇を木と草に囲まれた獣道になった。この町が入り組んだ山地の上に建っていることを実感する。かなり進んでも何もない。人家があるとは思えなかった。一本道なので間違えようがないが、このままでは陽が暮れてしまう。山道を夜中に歩きたくはない。野犬や熊が出てきそうだ。

稜線が赤く染まり始めた頃、その家は突然目の前に現われた。

しかしこれが家か。

単なる山小屋ではないか。

小さな平屋で、無骨な丸太や板と、粗末なトタン屋根で組み立てられている。ドアの前に立ったが、表札や郵便ポストはない。ノックしようとした時、ドアが少し開いていることに気づいた。

隙間に目を近づけると、

「なんじゃ！」

いきなり後ろから怒鳴りつけられた。獣の咆哮のように凄まじい一喝だ。

「そのガキ、何しとるんじゃ！」

思わず、振り返る。

息が止まってしまった。

化け物だ。

手に鎌を持っている。百姓が通常使う鎌の、およそ三倍はあろうかという大鎌だ。あれならこちらの首など一刀両断できるだろう。彼女……女だろうか……は、ドレスのように長い、だぶだぶの黒い服を着ている。

真っ白な長い髪は、何ヵ月も櫛を入れていないかのように乱れまくり、げっそりと頬のこけた皺だらけの顔の中の、鋭く吊りあがった目が不気味な光を放っていた。異様に高い、魔女のような鉤鼻だ。こんなに大きい口は今までに見たことがない。まさに耳まで裂けているのだ。本当に人間なのか。こんな人間がいるのだろうか。

硬直している私に、老婆は樹木の葉を震わせるような大声でいった。

「何とかいったらどうじゃ。レディの家をのぞきこむとはどういう了見か」

思わず、口から言葉が漏れる。

「レ、レディ……？」

「レディだとも！　それとも何か。わしがレディに見えんとでもいうのかね」

「いいえ……でも……その鼻は作りものじゃないですよね」

何でそんなことをいってしまったのだろう。

老婆はカッと目を見開いた。

私は引っこみがつかなくなり、

「あんまり見事な鼻なもので、パーティなんかで使う、つけっ鼻かと思いました」

ああ、また馬鹿なことをいってしまった。

殺される。

確実に殺される。

次の瞬間大鎌が振り上げられるはずだ。

しかし意外なことが起こった。

彼女は呵呵大笑したのだ。

よけいに恐ろしかった。

巨大な口の中の、所々抜けた乱杭歯の先が、削ったように鋭い。真っ赤な舌が異様に長く、口の中でとぐろを巻いているように見えた。

お土産を落としそうになる。

彼女は鉤鼻をつまんで、

「ホホホホ作り物なんかであるものか。この鼻は親からもらった生まれつきのものじゃよ。ところでお前は何をしに来た」

「えっと――」

「黙れ！」

老婆がまた大声を出した。聞いておいて黙れはないだろう。思わずドアまで後ずさる。

両手が汗ばんでいた。

彼女は、両口の端をぎゅっと上げると、

「やっぱりいわんでいい！　わしはすべてお見通しだ。お前の名前は如月タクマ、遠足の時、海に落ち、孫の美麗に助けられた間抜けなガキだ。退院し、今日はそのお礼をしにきた。お土産を提げてな。ちなみにその菓子折りの中には、金つばが入っている。どうじゃ、わしのいう通りじゃろうが」

すべて正解だ。不思議さが恐怖に勝り、質問してみた。

「何でわかったんですか」

千里眼ですか、魔法ですか、超能力ですか。

彼女はまた大口――そのチロチロと動く真っ赤な舌先の恐ろしさといったら――を開けて高笑いし、

「世の中に魔法なんぞあるものか！　推理じゃよ。観察と洞察じゃ。何でもないことなのじゃよ」

「観察と洞察」

「おうさ。お前の姿を見てみろ。いかにもお土産ですと宣言するような菓子折りをぶら下げて、こんな場所までやって来ておる。しかしわしは最近、お土産をもらうようなことはしていない」

彼女は一呼吸おき、

「孫は別だがな。となるとお前は、遠足で美麗が助けた相手だという可能性が高い」

「俺の名前まで知っていたのは」

「美麗に聞いていた。当たり前じゃろうが。わしの記憶力もまだまだ捨てたものではないぞ」

「でもどうして、菓子折りの中身まで」

彼女は節くれだった長い人差し指で、お土産の紙袋を指差す。指先の爪も長く、先が刃物のように尖っていた。

「タクマ君――」

いつの間にか、ガキからタクマ君に昇格している。

「その紙袋を見てみろ。綱島屋《つなしまや》とある。町の和菓子の名店じゃ。お前さんは、美麗がババアと二人住まいなのを知って、気を利かせてわざわざ和菓子を買ってくれたのじゃろう。わしの口に合うようにとな。しかしあんたくらいの歳の者は、和菓子の味など知らん。だから店員にお勧めを聞いた。そしてあの店で一番のお勧めは、金つばじゃ」

「全部あなたのいう通りです」

ちょっと感心してしまった。

老婆は鼻を鳴らし、

「だてに歳を食ってるわけじゃないよ。そうそう自己紹介しよう。わしは江留麻夜《えりゅうまや》じゃ。立ち話もなんだから、ちょっと寄っていったらどうじゃね」

「ありがとうございます」

恐る恐る入った室内の様子にも、度肝を抜かれた。

狭い応接室らしき部屋が、植物園のようになっている。何十種類もある木と草の濃密な臭いが鼻を満たす。部屋を占領する植物の隙間に、簡素な木のテーブルと椅子が置かれている。ぎごちなくお礼をいってお土産を渡す。椅子を勧められたので腰掛ける。

「タクマ君、コーヒーくらい飲んでいきな。そのうち美麗が帰ってくるかもしれん。ところでお前さんはコーヒーが飲めるかね」

「おかまいなく」

「今、お湯を沸かすから。これでもつまんで待っててておくれ」

麻夜はどこからか、透明の壜を取り出した。二〇〇Cの牛乳瓶くらいの大きさだ。彼女は静かに蓋を開け、私の目の前に置く。白濁した液体の中に、細長くてぷっくりと丸みを帯びたものが幾つも詰まっている。野菜かなと思ったが、よく見ると節らしきものが見えた。ぎょっとする。これは青虫……というか、何かの幼虫ではないだろうか。

呆然と目を見張っている私を残し、麻夜は菓子折りを手に隣の部屋に入っていく。開け放たれたドアの向こうに目を遣ると、流しが見える。小さな台所だ。老婆はお湯を沸かしているらしい。美麗はなかなか帰ってこない。しばらくして麻夜は、お盆にコーヒーカップを二つ載せて戻ってきた。

彼女は壜に目を遣り、目を細めると、

「おつまみ、食ってみたかい」

「いいえ」

「どうした。食え。旨いぞ、遠慮はいらん」

「けっこうです。お腹が空いていませんので」

「食えんか。ふふふ、そうじゃろうなぁ。美麗といいお前さんといい、今の若いもんは、こんなものは食わん。これでも昔は、この辺鄙な土地には貴重なタンパク源だったのじゃがな」

「虫ですか」

「そうじゃよ。虫を食うのは自然なことじゃ。青虫、こおろぎ、ザザ虫、ナメクジ、何でも食ったもんじゃよ」

「ザザ虫ってなんです」

「持ってきてやろうか」

「遠慮します」

「虫だけではないぞ、カエルやトカゲや蛇、タヌキやモモンガまで、獲れたものなら何でも食ったもんじゃ」

美術館への途上、トカゲもどきを焼いて食っていた一団を思い出し、

「両生類も爬虫類も、到底食う気になりません」

「フフン、そんなことでは田舎には住めんぞ」

「じきに別の町に引越すことになると思いますから」

「流れ者か」

「夏に大門家にもらわれてきたんです。なのにまた、引き取り手を探しています。流れ者といえなくもありませんが、望んでそうなったわけではありません」

「そうか。しかしうらやましいぞ」

麻夜の顔を見ると、彼女はにやりと不気味に笑い、

「流れ者はいい。土地に縛られるより遥かに幸福じゃよ。わしもこの町の桎梏《しっこく》から逃れて、どこへなりと流れて行きたいものじゃ。自由に、風のようにな。もっとも、もう少し若ければの話じゃが」

目の前にカップが置かれた。どろどろした黒い液体から、漢方薬のような臭いが漂って

くる。麻夜は目の前に座り、鶏殻のような喉を震わせて、コーヒーをごくりと飲む。

「うまい！　さすがは自家栽培のコーヒーじゃ。お前さんも飲んでみい」

私はカップに口がつけられず、話を逸らす。

「お婆さんは幾つですか」

「もうじき八十じゃよ。お前さんとこの松さんと同じ歳じゃ」

「お祖母さんと」

「若い頃は、この町の二人小町といわれたものじゃ。西の松ちゃんと東の麻夜ちゃん。まぁ、東西横綱みたいなもんじゃな。おいおい、何だその疑わしそうな目つきは」

「確かにそうだったと思います」

「ふふん、お前さんは美麗のことをどう思う」

「どうって」

「なかなかの器量よしだと思わんか。あれはわしの若い頃にそっくりなんじゃ」

「そんな」

すると、美麗も歳を取ると、こうなってしまうのだろうか。

「ハハハハハ、怪訝そうな顔をするんじゃない。まぁよいわ。わしは確かにほら吹きじゃ。ところで松さんは、もう誕生日を迎えたかの」

「この前に」

「では、松さんも行ったか」

「遠方の老人ホームに行きましたが」

「うむ。そう聞いたか」

「違うんですか」

「知らん。大門の家庭の事情など知るわけもあるまい」

麻夜は何か知っていて、隠したような気がする。しかし聞き出す方法が思い浮かばず、

「この町、老人が少ないですよね」

「そう思うか」

「何度か意外に思いました。過疎地って、老人と子供しかいないというイメージがありましたから」

「確かにな」

「森の中の老人ホームだって、建てたはいいが、入る人がいなくて潰れたと聞きます」

「あんなところにも行ったのか。あの辺にはヒトマンマがいて危ないじゃろうに」

彼女はヒトマアマではなく、ヒトマンマと発音した。

「確かに危ない目に遭いました。森でおかしな母子を見て、その数日後、襲われたんです。

彼らは俺の家までやってきました」

「お前さんも気の毒にな」

「ヒトマア……ヒトマンマって何なんですか」

麻夜は答えを逸らさなかった。

「読んで字のごとくじゃ。マンマは〝飯〟、つまり〝人飯〟、俗にいう〝人食い〟のことだよ」

「人食い？」

気のせいか、嚙みちぎられたふくらはぎが痛み出す。

「確かに……彼らは俺の肉を食っていたように見えました。しかし、現代の日本で食人なんて」

「あり得ないとでもいいたいのか。今の子はほんとに何も知らんの。さっきもいったばかりじゃろ。青虫、こおろぎ、ザザ虫、ナメクジ、カエル、トカゲ、蛇、タヌキ、モモンガ──わしらは何でも食ったもんじゃと。中には人を食う奴がいてもおかしくはあるまい」

「おかしいですよ。さすがに……人間を食うなんて」

老婆は生真面目な顔で、

「いいかな、少年。いざとなると、人は何でも食うものなんじゃ。生きるためにな。昭和五十年代にこんな事件があった。森に住む女が、隣町の子供をさらって来た。子供は白骨で発見された。森にある大釜の中でな」

「知っています」

「その年は大凶作でな。米も野菜もまるでとれなかった。他ならぬわしも、ひもじい思いをしたもんじゃ。そこでだ、何故その誘拐犯は、わざわざ隣町まで行って、子供などさらってきたのじゃろうか」

「まさか……」

「まさかじゃない。もちろん、食うためさ。彼女は、さらってきた子を大釜で煮て、ランチだかディナーにした。白骨になるまで食い尽くしたのだ。実は、この町では大凶作、大飢饉のたびに、時々そういう事件が起こっておる。表ざたにならないだけでの。おそらく、わしが生まれるずっと前から、同じような惨劇が起こり続けていたに違いない。ヒトマンマは、たぶんツキモノハギよりも古い、この町の悪しき風習なのじゃろうて」

「吐き気がします。伯母も伯父も語りたがらなかったわけが、今、わかりました」

「ヒトマンマ、ヒトマアマは禁忌じゃからな。町の者にとっては、口にするだに忌まわしいもののはずじゃ。ツキモノハギにはまだしも――方法はともかく――悪しきものを剝ぎとるという大義名分がある。しかしヒトマンマにはそれもない」

「しいていえば、〝生きるため〟ということですか」

「物分かりがいいな」

「……すると、俺も」

「食われかかったということじゃろうね。お前を襲った女は、もしかしたら誘拐犯の娘だったのかもしれん。逮捕された女には、娘がいたはずじゃからの」

「俺を襲った女も、子供と一緒でした」

「そいつは殺人犯の孫かもしれんな。誘拐殺人事件の時、娘も母と一緒に子供を食ったということもありそうじゃ。以降、人肉嗜食が習慣化し、長じてお前さんを襲う仕儀となった」

「あの女に会った時、彼女は『トマトいらんかえ』といっていましたが……」

「トマト？　ああ、おかずだろうよ。ご飯にはおかずが必要だから」

麻夜のそっけない口調が、逆に恐ろしく、思わず話題を変えた。

「町に敬老の日がないのも意外でした」

「ジジイとババアがいなけりゃ、なくて当然だろうが」

「どうしてお年寄りの姿を見かけないんですか」

「貧しいからじゃ」

「いったろ。ここは——時にヒトマンマが出るほどに——ずっと貧しかった。そんな場所ではわしらは長く生きられないんじゃよ」

「え？」

「今でも、ですか」

「今もな。みんな面倒見が悪いからのう。ところでタクマ君、さっきから見ておると、コーヒーにまったく口をつけておらんね。どうしたのじゃ。飲めるのじゃろう」

「ええ」

「一口くらい飲んでみてはどうじゃ。案外いけるぞ。フフフ、どうした。ほれ、お飲みなされ——」

彼女は鋸のような歯を見せて大声で笑い、

「アハハハッ、毒など入っておらんよ」

第十三章　暗黒天使

「毒なんて入っとらんから、どうぞ」

私はカップに口をつける。苦い。しかし、もう一口啜る。

「いかがかな、タクマ君。意外といけるじゃろう」

私はうなずき、

「江留さんのところでは」

思い切って切り出す。

「今でも毒を作っているんですか」

「悪しきいい伝えを聞いたのじゃな。お前さんはどう思う」

「現代の日本に、そんな風習が残っているとは思いません」

「ツキモノハギは残っているぞ。ヒトマンマもな」

「ではお婆さんや美麗さんが、今でも暗殺を請け負っているというんですか」

「やっとらん。毒すら作っていない。それどころか今の仕事は薬を作ることじゃ」

私は周りを見回し、

「部屋の植物は薬草ですか」

「観葉もあれば薬の元になるものもある。毒薬も薬の一部だし、先祖伝来の知識が役に立っておる」

「毒作りから薬作りに切り替えたのですね。いつからなのですか」

「わしの母は薬しか作っていなかった。その前はわからん」

「毒薬を作っていたとしても、ずいぶん前の話ですね。町の人たちの誤解を解こうとしましたか」

麻夜は大きな口を皮肉に歪め、質問に質問で答えた。

「なんでお前さんは、コーヒーに口をつけなかったのかね」

彼女は目を細めて、

「どうしてタクマ君は、ずっと、わしの出したものを飲もうとしなかったのかね。あんたは土地の出身者ではなく、江留の者の噂が染みこんでいるわけではなかった。誰かからわしらの家の悪い噂を聞いてはいたけれども、鵜呑みにしてもいなかった。違うかな」

「その通りです」

「なら何故コーヒーを飲まなかった。コーヒーを、飲めなかったのじゃ」

単に不味そうだったからです——とはいい切れない。

麻夜は極めて穏やかな声でいう。

「それがすべての答えじゃよ。わしら江留の者が何もしなかったと思うのか。しかしやったところで徒労じゃった。大衆は強者の言葉でしか動かん。わしら弱者に、なすすべなどなかったのじゃ」

「それは、あまりに」

「あまりに空しく、悲しく、悔しく、苦しい。だから反逆者になったのさ」

「誰かがいっていました。江留の家のお祖母さんと孫は反体制だと。町に逆らっていると」

「魔女などとさげすまれながらな。しかし反逆というほど勢いがよくはないがの。ま、へそを曲げているという程度じゃね」

「だから、ツキモノハギの小屋を燃やしたのですか」

心拍数が一気に上がる。

麻夜は鋭い目で一瞥し、短くいう。

「何？」

私は息を吐き、呼吸を整えてから、

「ツキモノハギの小屋の出火を消防署に知らせたのは俺です。あの夜、町民が全員帰った後で、美麗さんが現われました。つまり俺は、火災現場で彼女を見ているんです」

老婆は黙って先を促す。

「最初は美麗さんが火を点けたと思いました。でも彼女はやっていないといいます」

「それでわしが火を点けた、と」

「短絡的な結論ですが、そう思います」

「無礼なことをいっていると、自分で気づいているのかい」

「すみません」

「いいさ。何故なら」

彼女は顎を傲然と反らすと、

「小屋に火を点けたのは確かにわしだからな」

信憑性を疑うほど、あっさりといい切った。

老婆の目を見る。目力の強さに視線が押し返された。

「本当ですか」

「ハハハ、自分でいい出しておいて何じゃ。嘘をつく理由はない。美麗をかばっているのでもないぞ。わしが放火したのじゃ。孫は、わしが放火してから現場に駆けつけたらしい。こちらの意図を察し、ひょっとしたら止めに来たのかもしれん。あの子はわしほどには割り切っていないようじゃからな。わしも老い先短い身だし、一つくらいへそ曲がりの証を残してもよかろう」

「放火はやりすぎです。犯罪じゃないですか」

「確かに犯罪ともいうな。しかしわしにとっては善行なのじゃよ」

「善？　馬鹿な」

「善と悪とは相対的なものじゃ。立場によって、善悪の基準も判断も変わる。確かに相手側にとっては、わしのやったことは悪じゃろう。しかしそれを悪というのなら、わしは悪、悪であることを誇りとする」

理屈はわからないでもないが、他の手段はなかったのか。

彼女はコーヒーの残りを飲み干すと、自嘲するようにいう。

「この歳になると制裁も怖くはないしな。ふん、八十か。わしも、もう八十になろうとしている」

何故かフォローしてやりたい気分になり、

「百歳くらいまではいけるんじゃないですか」

百歳どころか、何世紀でも生きられそうに見える。

彼女は首を横に振ると、

「無理なんじゃよ、流れ者のタクマ君。お前さんにはわからんじゃろうが」

その諦念が理解できなかった。持病でも持っているのだろうか。

「長生きして下さい、麻夜さん」

「ありがとうよタクマ君。イッヒッヒ、そんなことをいってくれるのは世界中でお前さんだけじゃよ。しかしな」

彼女は急に意地悪い目つきになって、

「胡麻をすっても美麗はくれてやらんぞ」

「そんなことは考えてません」

「即座に否定するところがますます怪しいわい」

「ほんとに考えてませんてば」

「善哉善哉《よきかなよきかな》。ま、わしも本気でいっているわけではないがな。にしても、お前さんのような反応を見せる子供に会えて嬉しいよ。何しろ毎日顔を合わせてるのが、あの美麗じゃからな」

「やっぱり変わってると思いますか」

「わしの孫じゃからね」

この際だからと、聞いてみる。

「俺には親がいません。実の父と母が事故で死に、もらわれてきた家では新しい母が殺されました。美麗さんも両親がいないようですが、どうしたんですか」

「お前さんも踏んだり蹴ったりだが、美麗も似たようなものじゃ。わしには一人娘がいた。優貴《ゆうき》というきつい性格の子で、この町を嫌い東京へ出た。しかし女子大を出たはいいが、定職につかず、製紙工場や印刷所でアルバイトをしとった」

「フリーターですか」

「うむ。そして町で出合った男といつの間にか同棲し、身ごもってしまった。優貴は結婚を迫ったが、相手は拒否した」

「どんな男だったんですか」

「わからん。会ったこともない。しかし何でも……きれいな男だったという」

「きれい？」

老婆は深くうなずき、

「優貴がいうには、まるで光輪をつけた天使のようにきれいだった――と」

「神の使いと見紛うほどの美男ですか」

「男の胸には十字の傷痕があった。それはまるで、天使のしるしのように見えたという」

「十字架のような傷。聖痕みたいなものでしょうか。彼の職業は何だったんです」

「知らん。優貴は男のことをほとんど話さなかった。ともかく得体の知れぬ男だったことだけは確かじゃ。娘の話では『彼は天から降りてきて、道路に落ちていた私を拾ってくれた』ということじゃった」

「大げさな表現ですね」

老婆は遠い目をし、

「まあな。しかしだ、本当に言葉通りだったのかもしれんぞ」

「現実にその男が、空から鳥のように舞い降りてきたと」

「ヤコブと戦った暗黒天使みたいにな」

「ダーク・エンジェル」

「旧約聖書の『創世記』じゃね。ユダヤ人の祖ヤコブはヤボク河畔で、暗黒天使と夜を明かして戦ったという」

「今の日本に暗黒天使が現われるなどあり得ません」

「まぁ、あり得んだろうがね……」

彼女は歯切れ悪くいって、

「ともかく優貴は、そいつの子供を出産し、自分は死んだ」

「籍を入れる前に亡くなったのですか」

「そうじゃ。しかし男は子供を見捨てなかった。おかしな話じゃ。夫婦にもなっていなかったのに、その男は美麗を引き取り、男手一つで育てたのじゃよ」

「美麗さんは、天使――のような男に育てられた。どれくらいの期間を彼と一緒にすごしたのですか」

「五つになるまでじゃ。美麗は五歳の時、一人でわしの元に帰ってきた。その五年間で何があったのか、父親がどうしたのか、決していおうとせん」

「釈然としませんね。その間にあなたの方から、お子さんやお孫さんに連絡を取ろうとはしなかったのですか」

「わしがそんなにマメな女に見えるかい」

「……」

「加えて何故そんなことをする必要がある。娘は家出同然で出ていった。面倒を見てやる必要などない。余計なお世話といわれるだけじゃ。それに、こんな町に呼び戻すのは、それはそれで不幸なことじゃからの。江留の家など、わしの代で絶えてしまってもいいんじゃ。お前さんもそう思わんか」

彼女はふと、窓から外を見て、

「しかし美麗は戻ってきた」

しかし美麗は戻ってこなかった。

今夜はいつになっても学校から帰宅しない。しびれを切らし、私は帰ることにした。麻夜は、麓まで送ろうかという。私は謹んで辞退した。

江留麻夜は、見かけとはずいぶん違う人のようだ。頭も切れそうだし、性格も悪くはないらしい。少なくとも私は好印象を持った。しかし、小屋に火を点けた犯罪者だと告白したことは確かだし、夜道で同伴したくないほど怖い顔をしていることも間違いない。暗い山道を彼女と歩くのは、一人で歩くよりも度胸がいる。

私は道を下り始めた。

振り返ると、麻夜はまだ開かれたドアの前にいた。背後から赤っぽい光を受け、黒い姿が逆光に沈んでいる。手には——これから何をしようというのだろう——ここに来た時見た大鎌を握っていた。見送ってくれているのだろうが、私の足は自然と速くなり、江留家の明かりが見えなくなっても、歩を緩められなかった。

今夜の月は底冷えのするような冷たい輝きを放っている。狼男を変身させるような光だ。

狭い道の両脇から伸びる木の枝に引っかかり、はっとする。誰かに摑まれたような感じだ。気のせいか、後ろから足音がついてくるような気もする。ヒタヒタ、ヒタヒタと、足音は次第に大きくなり、振り返ると、月光にきらめく大鎌が……

見えるはずもなかった。

闇が恐怖心を増大させている。

いつの間にか駆け出していた。梢がざわざわと音を立てる。近くに大きな生き物がいるらしい。熊か、猪か。この異様な臭いは何だろう。間秀の寺や川べりで、二度ほど嗅いだことのある生ぐさい臭いに似ている。まさか〝這う〟ものだろうか。祖父が呼び出したという、這うものが現われたのか。

アモン。

頭が梟で、狼の前脚を持ち、下半身が大蛇になっている怪物――というより、悪魔か。そんなものいるわけがない。しかし江留麻夜は暗黒天使の存在をほのめかした。天使がいるのなら悪魔もいるかもしれない。アモンやサタンですら実在しているかもしれない。いや、やはりそんなことはあり得ない。幽霊や未確認生命体以上に、この世には存在しないはずだ。まったく架空のものだ。ならば、この夜道に漂う不吉な気配は何なのだろう。私につきまとう生ぐさい臭いは、どこから発するのか。そして時々聞こえる、ズルッという這うような音は、いかなる生き物が発しているのだろうか。

息を切らして駆け続ける。

もう少しだ。もう少し下りれば、道が広がる。あの桜の木。せめてそこまで辿り着くことができれば。

思わず、足の速度を緩める。

前方で鳴き声が聞こえたのだ。

〝這う〟ものの声ではない。そいつの気配も臭いもいつの間にか消えている。

また吼《ほ》えた。

これは、犬の声だ。

犬が、鳴き喚いている。

野犬か。

それにしては、この物悲しげな叫びは何なのか。

私は桜の幹に身を隠し、行く手を観察した。

おかしなものが見えた。

白く大きな犬の後ろに、男が密着している。狸のような顔に見覚えがあった。間秀だ。

表情はよく見えないが、口をあんぐりと開けているらしい。

彼は何故ズボンを下ろしているのだろう。パンツも脱いでいて、青白い尻が丸見えだ。彼はその剝き出しの下半身を犬の尻に密着させ、突き上げている。それに合わせて犬は声を上げているのだ。

獣姦？

間秀は犬とセックスしているのか。

坊主の腰の動きが激しさを増す。男も犬と一緒にうめき始めた。

おぞましい。吐き気がする。母があんな男と関係があったなんて。いや、あんな男だからこそ、大門玲と引っついたのか。前後関係はよくわからないが、あの間秀という男が、噂通りのアブノーマルな性欲を持っていることはこれではっきりした。

愕然としながら間秀の腰の動きを見つめる。物凄いスピードだ。犬との交合など理解の外にあるが、あんなことをして気持ちがいいのか。犬の性器――尻の穴？――に挿入するなんて不潔極まりない行為ではないか。黴菌が入り、病気にでもなったらどうするのだろう。間秀はずっと前からこんなことをしていたのだろうか。だとしたら犬とセックスしながらも、時には母を相手にしていたのか。なんて汚らわしい、忌まわしい男だ。

携帯の振動を感じ、我に返った。

マナーモードにしておいてよかった。こんな時に呼び出し音が鳴ったら、あの変態坊主からどんな目に遭わされるかわからない。電話はすぐに切れたが、表示を見ると、非通知設定とある。誰だろう。

その時、絶頂を感じさせる、男の大きなうなり声がした。犬と間秀――まったく、どっちが獣かわかりはしない。犬が坊主から離れていく。彼はティッシュペーパーを取り出すと、自分の一物を拭き、紙を投げ捨てる。パンツとズボンを穿いて、犬に優しく呼びかけた。

「みっちゃん、おいで」

猫なで声――犬なで声？――に虫酸《むしず》が走る。みっちゃんは、彼の飼い犬らしい。間秀は白い犬を連れて去っていく。私は彼の姿が完全に消えるまで、桜の木の陰でじっとしていた。

月が翳っていく。

桜の木から向こうは道がずいぶんよくなっている。

一歩踏み出す。

町並が近くなってきた頃、やっと動悸が鎮まった。酒屋付近で携帯がまた鳴る。無造作にスイッチを入れ、耳に当てた。頭の中では、間秀の汚らわしい映像がちらちらしている。

「あ、タクマ君」

女の声だ。

「如月ですけど」

「私、京香です」

耳を疑った。

「京香さん、どうしたんです。こんな真夜中に」

携帯のあちら側で笑い声が起き、

「タクマ君こそどうしたの。真夜中っていうけど、まだ九時前よ」

「俺の携帯番号がよくわかりましたね」

「部員名簿に書いてあったじゃない」

「で、どうしたんですか」

「デートのお誘いよ」

「は？」

「お・さ・そ・い」

「……デート」

実感が湧かず、間抜けな声になる。

「私とのデートじゃ、不満？」

「とんでもない。身に余る光栄です」

「わざとらしい言い方ね、本当にそう思ってるの」

「本心をいっています。でも彼氏の方は、いいんですか」

つまらないことを聞いた。いわなければよかった。

彼女は怪訝そうな声を出し、

「彼氏って」

「京香さんは、バスケ部の三年とつき合ってるという噂を聞きました」

「噂よ。その人とは何でもないわ。一、二度お茶を飲んだくらい。向こうはおつき合いを深めたかったみたいだけど、断わった」

「何故です」

「私、好きな人がいるもの」

「それは」

「何？」

「いいえ。じゃ、いつにします」

「今度の日曜なんてどうかしら。暇？」

「暇ですよ。することなんてありません」

死ぬほど忙しかったとしても、こんな時暇を作らずにいつ作るというのだろう。

第十四章　新婚旅行

人は時に、現実世界で、いつまでも忘れないシーンに出合うことがある。その場面は、何年が過ぎても、映画で見た名場面のワンカットのように、目に焼きついて離れない。私にとっては、その時の京香が忘れえぬ映像として残っている。

何気ない場面だった。

彼女は、丸テーブルの上に左肘を置き、頬杖をついている。右手はテーブルの下に行ったままだ。上品な鶯色のブラウスを着て、第二ボタンまで外している。わずかにのぞく鎖骨のくぼみが艶めいていた。

彼女は薄く微笑んでいる。ピンクっぽい色の唇の両端が、少しだけ上がっている。

何かしゃべっていたことは間違いないのだが、記憶の中の彼女は、ビデオの静止画像のように、ずっと口を閉じ、笑顔のままでいるのだ。

アーモンド形の大きな目は、透明な蒼い湖のように澄んでいた。長い睫が二重の目を麗しく飾りつけている。軽くウェーブのかかった髪を、緩い陽射しが柔らかく包んでいた。彼女はまったく動かない。

実際、四、五分は、そのままのポーズでいたような気がする。

私が画家ならば、京香の姿を描いて画面にとどめておきたくなったことだろう。その姿をいつ見たのかも、はっきりと覚えている。十月十六日の昼だ。場所は、彼女の家のキッチンだった。思えばあの日が、この町ですごした最後の平穏な一日だったのである。

その日は、こうして始まった。

六時前に起床する。寝ていられなかった。京香とのデートの日なのだ。彼女とは祖母の誕生日の頃、二人で町を歩いたことはあるが、たまたまそうなったまでのことで、今日が初デートといってよい。

顔を洗うと、目の下がちょっと黒ずんでいるのが気になった。よく寝ていないし、仕方ない。歯を磨き、髪を梳かす。時間があるので、風呂にでも入ろうかと思ったが——女の子じゃあるまいし——やめた。

余裕を持って家を出て、大門美術館へと向かう。美術館の前で待ち合わせている。自転車で森の前まで行くと、伯母から書いてもらった絵地図を取り出す。今日は絶対に迷えない。この前に来た時見つけた目印は、自分で書き加えてある。

森に足を踏み入れ早足で進む。時間を食わずに出口に到着した。前回迷ったのが嘘のようだ。予定より十五分早く美術館に着く。彼女は十時ちょうどに現われた。陽気に手を振って近づいてくる。普段着の彼女は、とても垢抜けて見えた。

「おはよう、タクマ君」

「おはようございます」

「ございます、はやめてよ。よそよそしい」

「おはようです」

京香は軽く笑って、

「ま、いいか」

受付にはアクがいた。彼は相変わらず半面を隠してうつむいていたが、こちらに気づくと前髪をかき上げ、声をかけてきた。

「開館早々に若い恋人たちが来たか。珍しいこともあるものだね」

彼は入場料を取らなかった。

私は一応財布を取り出し、

「京香さんの分は払わなきゃ駄目でしょう」

「オーナーは君だ。その彼女から金など取ったら、いつ首にされるかわからん」

「彼女だなんて」

アクは片方の眉を芝居気たっぷりに上げて、

「彼女じゃないのか」

後ろから京香が口を出す。

「彼女です」

一時間ほど二階の展示室を見た。

京香は何度かここに来たことがあるらしく、色々と蘊蓄を傾けてくる。私は「そうですね、そうですか」といいかげんに相槌を打ちながら、彼女だけを見ていた。その髪、大きな目、高い鼻、うなじ、胸元、腰、脚、足——すべてを記憶にとどめておきたい。

三階へ行こうと、二人で階段を上りかけた時、京香が足を止める。

「電話だわ、ちょっと待って」

京香は携帯を取り出して、後ろを向き、

「先に行ってて、すぐに済むから」

といって、早足で、もと来た方向へ戻る。聞かれたら具合が悪いことでもあるのだろう。

私は先に三階へと上った。京香は二、三分で戻ってきた。

「ごめんなさい」

「誰からです」

「例の男よ、バスケ部の。しつこいったらないわ。『いい加減にして』と怒鳴りつけてやった」

「携帯の番号を変えた方がいいですよ」

「そうね」

「新しい番号、教えてくれますか」

「いいわ」

そんな一言でも、私は有頂天になった。悪魔像など見る気分ではなかったので、三階はあっさりと一巡し、美術館を出る。アクは居眠りをするように目を閉じていた。

二人で森を歩く。風景というのは、気分で見え方が変わる。その日の草木の緑は、二人を優しく包むかのようだった。緑色が暖かく見えることを、初めて実感した。緑や茶色といった中間色は時と場合によって、寒色にも暖色にもなるのだ。鳥の鳴き声も、二人に笑いかけるかのように心地よく響いた。

森を出ると、自転車で京香の家へと向かう。彼女が案内してくれるというのだ。しばしのサイクリングを楽しむ。京香の家は入り組んだ土地の上に建っていて、急な坂道にかかると、彼女は自転車を降りた。

「ここからは歩いた方が楽よ」

私も自転車を降り、彼女と並んで歩く。車一台分くらいしか道幅がない。右手がコンクリートで固められた低い崖になっている。山の斜面を削って道を作ったらしい。左側にはガードレールがあり、その先にかなりの急斜面が下降している。前方に急カーブが見えてきた。

「この辺りよ」

彼女は歩く速度を緩めて、

「ここで、王渕の女たち三人の死体が発見されたの」

「五年前の事件ですね」

今では事件の痕跡すらない。緑と土に溢れた秋の環境から、冬の状態を想像することは困難だ。振り返ると、今来た一本道が遙か先まで続いている。なるほど、この道を逃走したとしたら、必ず後姿を見られてしまうだろう。

私はガードレールを指し、

「これが埋まるほど、冬は雪が積もるんですよね」

「そうよ。毎年一メートル以上は積もってるわ」

私は右手の崖を示し、

「この上にも」

「こっちは更に高い崖になって壁みたいよ。崖の上に雪が積もるんだもの」

そのどちら側にも犯人の痕跡は残っていなかったという。こうして実際に歩いていると、小細工が通用するような状況ではまったくない。急カーブを曲がると、傾斜は更にきつくなる。蛇行する道をしばらく上ると、京香の家に着いた。大きくはないが、瀟洒な和洋折衷の家だ。大門家のような退廃的な感じがなく、典型的な田舎の富裕層の建築に思えた。庭には、母屋とほぼ同じ大きさの資材置き場が建っている。その脇に大きなガラスが数十枚重ねられ、角材が何十本も積まれていた。

ふと、目に留まったものがある。

「これは何ですか」

「リヤカーよ」

彼女は取っ手を持ち上げ、リヤカーを一メートルほど動かしてみせる。

「じゃなくて上に乗っているものです」

「ああ、これ」

京香が布をまくりあげると、巨大な石が出てきた。

「大理石、彫刻の材料よ。美術の古木《ふるき》先生が使うんですって。あの人は中央でも名の知れた彫刻家なの。急いで学校に運ばなきゃならないんで、明日、会社の若い衆が取りにきて運んでくれることになってるわ」

「ふーん」

それとなく聞き流したが——後になってみると——あのおぞましい事件の渦中で、京香と意外にもそのリヤカーが、一度は私の命を救ってくれることになったのだ。それはさておき。

私は彼女に聞いてみた。

「根津建築の会社って、どこにありましたっけ」

「事務所は本町通りにあるの。工場もそこにあるわ。もちろんこの資材置き場より大きな倉庫も持っている。ここはいわば第二倉庫ね」

「儲かってますか」

「バブルの頃はね。今は違うわ」

田舎にもバブル景気があったらしい。

彼女は家の玄関を示し、

「入って。誰もいないから。両親は新婚旅行に出かけたの」

「新婚ですか。そんなことって」

「あるのよ」

京香は微笑むと、それ以上何も答えずに家に入っていった。私も後に続く。清掃の行き届いたきれいな室内だ。わざとらしい装飾はなく、すっきりと機能的にまとまっている。

私をキッチンに案内すると、彼女は、白いカバーの掛かった丸テーブルを示し、

「どうぞ。お茶でもいれるから」

私は丸テーブル付きの椅子に腰掛けた。彼女はポットからお湯を注ぎ、紅茶をいれ始める。

その背中に向かい、

「新婚旅行ってどういうことですか」

「ああ、そのこと。あの人たち今年で結婚二十周年なの。でも新婚ほやほやの時は、忙しくてどこにも行けなかった。だから二十周年記念にヨーロッパ旅行を企画したというわけ。今はパリの空の下よ。だから単なる旅行にすぎないんだけど、彼らにとっては新婚旅行なの。私は一昨日から一人でお留守番よ」

「いつ、お帰りなんですか」

「五日後よ。一週間は気ままな一人暮らしね」

「一人で寂しくないですか」

「楽しいわ。勝手ができるから。今日はあなたがいるし、昨日は康子さんを呼んじゃった」

「委員長を」

「しかも夜。彼女の家って、そういうところはアバウトなのよね。うちと違って」

「教員の子供はでたらめだといわれてます。で、何をしたんです」

彼女は紅茶を丸テーブルに置き、「どうぞ」と勧めてから、

「昨夜はアニメを観た。こっちでは放送しなかった連続テレビアニメのDVDよ。途中でやめるつもりだったけど、もう一話、あと一話と見続けているうちに、ついに最終回まで見てしまったわ」

「一話完結ものならともかく、三十分枠の連続アニメって、途中でやめられなくなりますからね」

「おかげで徹夜。馬鹿なことしたわ」

「で委員長は」

「明け方帰っていったわ」

「今日が日曜でよかったですね。実は俺も寝てないんです」

「何故」

「京香さんのことを考えて眠れなくなったんです」

「そう」

何故か、沈黙が生まれる。

京香は丸テーブルに頬杖をついた。

この時の姿が、記憶に硬く刻みこまれたのだ。

彼女は丸テーブルの上に左肘を置き、頬杖をついている。右手はテーブルの下に行ったままだ。上品な鶯色のブラウスを着て、薄く微笑んでいる。唇の両端が少しだけ上がっていて、目は透明な蒼い湖のように澄んでいた。髪を緩い陽射しが柔らかく包んでいる。

京香は、私の次の言葉を待っているようにも、何も考えていないようにも見えた。

何分かが無為に過ぎる。

いたたまれずに口を開く。

「京香さんは、眠れない時どうします」

「睡眠薬を飲むわ」

「手に入るんですか」

「アングラ系のネットなら、かなりキツイのも入手できるのよ」

「薬はよくないですよ」

「そうね」

彼女はポーズを変えない。

私は別の言葉を期待されているのだと思った。

しかし……

「俺もアニメとか、けっこう好きですよ。これから一緒に観ますか」

彼女が何かを期待していたとしても、こんな言葉を待っていたわけではあるまい。

私は、

――京香さんのことを考えて眠れなくなったんです。

といったが、これに続く言葉は、

――あなたのことが好きだから。

以外にはあるまい。

頭ではわかっていたが、度胸がついていかなかった。

案の定、彼女は平たい口調でいう。

「それもいいわね。でもさっきいった通り、アニメは朝まで観てたから」

意味もなく時計を見ると、十二時十五分。いい言葉が思い浮かばず、適当なセリフを発見できたとしても、とうにタイミングを外していることに気づき、何もできずにいるうちに、京香がポーズを変えた。右手がテーブルの下から、ゆっくりと出てきて、両肘を着く。次に、両手の指を静かに組み、その上に、恰好のいい顎を乗せる。とんでもない失策を犯したような気分になった。ポーズのちょっとした変化が、失敗の証だ。金の切れ目が縁の切れ目……とは違うが、取り返しのつかないことをしてしまったような、妙な後ろめたさに襲われた。

京香は上目遣いに私を見て、

「今日はタクマ君とおうちでゆっくり話したかったのよ。でも、気分が変わっちゃった。外で遊びましょう。体でも動かしてね」

「そうしましょう！」

必要以上に元気のいい声が出た。空しい。完全にコケた。チャンスを逃した。すべてが駄目になる失敗の予感に脅えながらも、彼女に続いて自転車をこぐ。前を行く彼女の髪が、風に遊ばれている。連れて行かれた場所は巨大なボーリング場だった。

ボーリングなどというゲームは過去の遺物だと思っていたが、この町ではそこそこ人気があるらしい。経験がなかったので、京香に手取り足取り教えてもらった。それはそれで楽しかった。時々感じる——断じて私のほうから触ったのではない！——彼女の体の柔らかい感触にどきりとした。私は顔がにやけないように、わざと苦味走った表情を作った。結果として、かなりおかしな顔になっていたらしい。

彼女は私の顔を見て、明るく笑いながら、

「変な顔してるよ」

「こんな俺とボーリングしてて、先輩は楽しいのかな、と……」

「初心者なんてそんなものよ。気にしなさんな」

気にしなさんな？

京香は、また笑った。

結局四時頃までそんなことをしてから、私たちはボーリング場を出た。町で一番立派な、といっても中規模のデパートへ足を運ぶ。今日の記念になるものを買おうというのだ。いや私に、買ってくれということかもしれない。そのあたりを聞いてみると、お互いに記念品を買って交換しようということのようだ。しかしこれが、なかなか決まらなかった。二人とも高価なものでは気が重いし、大きなものやかさばるものは何となく嫌だ。やはり後に残るものがいいだろう。しかし、もしかしたら、後に残らないものの方がいいのではないか。ならいっそのこと、お金を、おいしいものを食べることに使おうか。

結局何も買わずにデパートを出た。

午後六時。

安価で旨いという定食屋に入る。卵とじのカツ丼が特にいけるという。

私は目の前に運ばれた、湯気の立つどんぶりに目を遣りながら、

「京香さんにカツ丼は似合いませんよ」

「幻滅した？　でも私、こう見えても親父くさいのよ。ボーリングだってそうだし、大物経営者の格言とか好きだし」

「どんな格言ですか」

「やりたいことは今やろう。機会をのがさずに。先延ばしはしない。今楽しいことが、将来は楽しくないかもしれない。先人から学んだことは、先人のような生き方をしないということだ」

「先人のような生き方をしないか。けっこうエゴの強い言葉ですね」

「エゴイスト、大いにけっこう。私も極端なエゴイストだわ。そして更にエゴを強くしようと思っているくらいなのよ」

彼女はカツを少しだけ齧り、

「ん、美味しい！」

一日は、あっという間にすぎていく。楽しいとしみじみ思う間もなく、駆け足のように

早く。良き日というものはそんなものらしい。店を出ると京香と別れ、一人家路についた。もう陽が暮れている。

充足感と疲労感が半々だった。もう少し、彼女との関係を深めたかったが、中学生の初デートなどこんなものだろう。この次にはもっと上手くいく。だが……

この次など、ありはしなかったのだ。

その時の私は、デートで遊び呆けていたこの日、一方で悪魔が鋭い爪を研いでいたことなど知るよしもなかった。

間章B　現在――二〇〇七年三月十六日

日本間の、いわゆる宴会場だった。

「一月生まれの人から順番に席について下さい」

マイクを握って仕切っているのは、研究会の世話役の一人で、木邑《きむら》さんという活力に満ちた女性だ。講演会場でも見かけたが、ミニスカートを穿き、てきぱきと準備している姿は垢抜けていて、研究者というより民放のアナウンサーのように見えた。

彼女の指示に従い、講演会の参加者たちが、一月から十二月まで誕生日の順に、端から端まで座っていく。普段一緒にならない人と接するための座り方らしいが、初めて目にした。

乾杯の音頭を取ったのは「ミリタリーが好きだ」という学者であり、宴会が進むうちに、どこかのパソコンからロックが流れてくる。心理学的実験かと勘ぐったが、聞いてみると、単にロック好きな研究者がいるというだけのことだった。

心理学者やその卵たちと話をするのは予想通りに面白い。例えば〝自分と他人の違い、その境界〟について研究している学者がいて、様々な知見が聞ける。臨床的な分野で活躍しようとする若者や、犯罪心理学を学ぶ学生などもいて、興味が尽きない。

彼らの多くは話がうまく、しかも長い。人に伝えたい気持ちが強いともいえるが、日頃の鬱屈が相当に溜まってもいるようだ。

研究職は孤独である。

人知れずくりかえす地味な実験が成功したとしても、決定的結論が得られなければ、業績を後世に残すことは難しい。更に、優れた研究でもプレゼンテーション（論文、学会での発表など）の下手さ故に埋もれてしまうことがままある。

加えて彼らの研究の多くは、あまりに細分化され、マニアックになりすぎて、大衆に理解されない。人のために役立つ学問なのに、世間との溝は深いのだ。故に、彼らはジークムント・フロイト——日頃馬鹿にしている十九世紀の遺物——ほどの知名度も得られないというジレンマに逢着《ほうちゃく》する。

執行委員の余呉《よご》教授の奥さんに続き、例の木邑さんがサインを求めてきたが、差し出された文庫本を見て驚く。かつてお目にかかったことがないほどボロボロの本である。しかし彼女の活き活きした大きな目に見られ、「色々な人に貸したためにこうなった」と説明されると、「読まれてこその本だ」と、妙に納得してしまう。

次に来たのは、エレベーターで一緒になった青年だった。

ビールを注ぐ彼に、聞いてみる。

「悪魔に関心をお持ちのようですね」

「今は、あまりありません」

「昔はあったのですか」

「中学生の頃は」

「少年時代はオカルトに魅かれるものでしょうね。空飛ぶ円盤とか、ネス湖のネッシー、心霊写真」

彼はあいまいにうなずき、

「私の場合、興味や関心があったというより、不本意ながら巻きこまれてしまったという感じでした。しかし、それも過去のものとなり、現在では平々凡々と暮らしています。このところ、先生のおっしゃる意味でのホラーな目には、まったく遭いませんし」

「テラーな目にも」

「そっちも記憶にありません」

講演の中で、小説におけるホラーとテラーの違いについて次のように説明した。

ある映画館で《エクステ》という邦画を見た。死体収容所に勤めていて、女の死体から髪を切り取る癖のある男がいる。彼は手に入れた髪をエクステにして売り始めるのだが、その中に臓器売買のために殺された女の髪も混じっていた。そのエクステを付けた女や周りの男が、次々に超常現象――目や口や傷口から髪が生える――に遭い、変死を遂げていく。

おおよそ、そういったストーリーなのだが、私はその映画館で、映画以上の恐怖を体験した。がらがらの館内で、前に座っていた男がいきなりしゃべり始めたのだ。映画とは微妙に関係のないことをひたすら話し続けている。気の毒な方なのか、イッちゃってる人なのか、そのどちらでもあるのか、わからない。静かにしてほしいのだが、怖くて、注意することなど、とてもできなかった。

ところで、この場合に、私が前席の人に感じるのはテラーであり、映画内容に感じるのはホラーである。どちらも恐怖には違いないが、その相違点は恐怖を感じる部分に、超自然現象――目や口や傷口から髪が生えるといった――が含まれているかどうかということになる。

私は青年に向かっていう。

「あなたはホラーもテラーも関わりないという。ならば何故、悪魔はいるのか、なんて聞いたのですか」

「深い意味はありません」

「ちょっと意味深な様子に見えましたが」

青年は顎を引き、一拍置いてからいう。

「実は、私はかつて、ホラーとテラーがごっちゃになったような経験をしているのです。思い出すだにおぞましい体験でした」

「いつですか」

「中学一年の時です」

なるほど、その頃か。

少しだけ腑に落ちたが、声には出さず、

「今は縁がないと」

「幸いにも」

「お名前を聞いていなかったですね」

彼はふっと息を吐き、

「失礼しました、A先生。如月タクマといいます」

青年の顔をじっと見つめる。

彼の目が憂いを帯びた伏し目になり、やがて閉じた。

「……如月さん。お住まいは」

「仙台です」

本当だろうか。

「わざわざ遠くからいらしたんですね」

「徳島から来た人もいるくらいですから」

要項を確認すると、確かに徳島大学の名もある。私はプリントから目を離して、

「中学時代の体験談を聞きたいですね」

「読んでいただくことならできますが」

「どういうことですか」

「あの頃の経験を手記に書いたのです。かなり長く、四百字詰め原稿用紙に換算して千枚くらいになってしまいました」

「もしかしたら心理学的な実験ですか。トラウマになっている、つらい思い出を文章化していき、その行為が及ぼす効果を研究したとか」

「そういう実験もあるようですが、私の場合は違います。ただ書きたかったのです」

「千枚とはすごい物量ですよね。そんなに長い小説は書いたことがありません。八百枚が最高です」

「つらつらと書いていたら長くなってしまいました。もし興味がおありならば、手記をお送りします」

「それにはホラー体験やテラー体験が書かれているのですか」

「どちらともいえない恐怖体験が、必要以上に、多く」

知人やその知り合いから、うっかり原稿を預かると、ひどい目に遭う。内容のつまらなさはおく(他人のことはいえないのだ)としても、対応が遅れると「私の才能を握りつぶすつもりか」と、いいがかりをつけられたりする。

少し考えたが、こういった。

「機会があったら、その手記を出版社気付で送って下さい」

「わかりました。でしたら、もう少し、講演の内容に関してお話ししたいんですが、いいですか」

「けっこうですよ」

「先生のご専門でいうと、ホラー小説の中には悪魔が登場するものが多いらしいですね」

「確かに悪魔の出てくるホラーは多いですね。もちろん純文学にも数多くの悪魔が出てきます」

「では、天使の登場する小説はどうですか。やはり数多くあるのですか」

すぐに思いつくのはアナトール・フランスの『天使の反逆』だ。バルザックの『セラフィタ』もこの分野に含めていいかもしれない。有名なのはその程度である。

「天使を正面から扱う小説は少ないですね。脇役でならけっこう出ているんでしょうが」

「どうしてなんでしょうか」

「さて……」

簡単には答えが浮かばず、間をもたせるためにいう。

「少し前、天使ブームみたいなものがありました。アメリカで流行って、日本に伝わったわけですが、その時は天使グッズが色々と売り出されたり、横尾忠則が天使を作品のテーマに取り上げたりしました。けれども小説作品が増えたわけではないですね」

「何故悪魔を扱う文学は多いのに、天使を扱う文学は少ないのでしょうか」

「わかりません」

「実作者としては、どうです」

「悪魔の方が書きやすいことは確かですね。面白みがあります。天使はしょせん伝達係であり、神の使い走りにすぎません。彼らは主の言葉を伝えはするのですが、内容には関知していない。天使が時として冷たく見えるのはそのためです」

「ああ」

彼は実感をこめてうなずき、

「天使は確かに冷たく見えますね。しかし彼らに心がないとはいえない。天使にも心があるような気がする。いいえ、心があるはずです」

奇妙なことをいう。まるで天使の実在を前提にしているような口ぶりである。首を傾げながらも私は、論旨の展開を続けた。

「天使に対して悪魔には主体性があります。悪魔は自分の意思を持っている。それ故書きやすい。しかも悪魔は人間と契約します。その駆け引きがドラマを生む。天使のように一方通行ではないのです」

「天使は一方通行か。おっしゃる通りです」

また変なところで納得している。

私は彼の様子をうかがいながら、

「こういうこともあります。一般に天使は美しく、悪魔の多くは醜い。書く身としては、醜い方が書きやすいし、意外に楽しく書けたりします。醜には様々な表現があり得ますかられね。対して美のヴァリエーションは非常に少ない」

「否定的なものは表現しやすいといいますね」

「小説なんかだと、否定的なもの、醜いもの、残酷なもの、下種なものは、容易に書けてしまうんです。自戒をこめていっているのですが、可能であるならできるだけ肯定的なもの、美しいものを作品にこめた方がいい。難しいんですけどね」

「映画なんかでも悪の方が表現は豊かです」

「同じレベルの俳優二人が悪人と善人を演じたとします。すると悪役の方が光ります。悪玉が善玉を喰ってしまうのです」

私は彼の顔を見て、

「考えてみて下さい。善の誘惑より悪の誘惑の方が遙かに強い。善いことのほとんどは面倒くさく、やりたくないことだったりします。一方、悪いことは、案外楽しかったりする。しかも悪いことのほとんどは、やりたくても、できない。禁じられている。この不可能性が誘惑を生む。禁忌を破ることは快感です。できないことは、できないことであるが故、それ故に誘惑が強まるわけです」

「悪の誘惑ですか。確かに悪魔の誘惑には魅力がありますね」

「天使は誘惑しませんし」

「だから悪魔を扱った文学は多いと」

「そういうこともあると思います」

ふと、思った。

「今、悪魔の文学と天使の文学について考えてみたのですが、そもそも何故、あなたは悪魔に対するに天使を持ってきたのですか」

「おかしいですか」

「おかしくはありません。しかし普通は、悪魔に対して神を持ってくるのではないでしょうか」

「確かに悪魔の対立概念は神でしょうね」

「神を扱った文学なら多いと思います。しかしあなたは、天使を持ち出した。理由があるのですか」

「あるといえばあります」

彼は視線を宙にさまよわせ、

「私にとっては、長らく、悪魔に対するものは天使だったのです。どうしてか――は簡単にはいえません。話せば長くなるからです。もしよろしければ、さっき触れた体験記をお読み下さい」

「千枚の、ですか」

彼は微笑み、

「もちろん、よろしければ、ということでけっこうです。家に帰りましたら、手記をお送りします。お読みいただければ、私がどうして悪魔の実在を気にしたのか、何故悪魔に対するに天使をおいたのか、きっとおわかりいただけることと思います」

第三部　天使が現われなければならない

第一章　第二次創世記戦争

予兆。

その朝私は予兆を感じたのかもしれない。

玄関から一歩出た時、それはいきなりやってきた。月曜日の朝だ。気が重い。熟睡していなかった。京香とのデートの思い出を反芻し、一晩中悶々としていたのだ。しかし学校へは行かなければならない。庭へと一歩踏み出す。その時——

ゴゴゴゴォ……

という音が響いた。腹の底に響くような、大気を震わす不吉な音だった。低空を飛行機が飛んでいるのかと思い、空を見るが、機影はない。雲が低いのが気になった。厚い雲が地面に向かって落ちてくるような気がする。威圧感のある雲海というものを初めて見た。

まるで天空からの攻撃だ。どこかで犬がけたたましく吠えている。怪しいものの接近を恐れ、遠ざけようとするかのようだ。

ゴゴゴゴォ……

また音が響く。いっそう強く。飛行機の爆音ではない。地鳴りだ。地面が震えている。うなり声を上げているのだ。天からの圧迫に、大地が歯ぎしりしているようだった。まるで天と地の戦いが始まろうとしているようではないか。いや——不二男ではあるまいし——考えすぎ、ないし感じすぎだ。もっと現実的な心配をしなければならない。嫌な地鳴りは、実際に天変地異が起こる前ぶれではないだろうか。足元を支える地面の中が平常なら、これほどの軋み音がするはずもない。何かが起こる。とてつもなく大きな、嫌なことが起きようとしている。予兆には違いないが、吉兆ではなく凶兆だ。

物置小屋が目に入る。

おかしい。

戸がわずかに開いている。隙間から中をのぞく。ガラクタが多すぎて、異常があるのかどうかわからないが、戸が開いたままなのはおかしい。昨夜、何者かが侵入したのか。それとも伯母が閉め忘れたのだろうか。少なくとも私は昨日、物置の戸に手を触れていない。漠然と抱いていた違和感が、はっきりした形を取る。そもそも何故、物置小屋の戸には鍵が付いていないのだろう。盗みに入る者がいないほどのんびりした田舎——差賀医師などは、医院裏口の鍵が壊れても放置したままだという——だからだろうか。しかし大門家本館や離れはがっちりと鍵で守られている。離れに至っては二重の鍵で施錠されているのだ。物置小屋は和風建築だから鍵がないのか。しかし建築様式がどうであれ、戸に鍵を取り付けることなど容易だ。この建物だけ施錠できないのはおかしい。大門一族はこの建物に、あえて鍵を付けなかったと考えるのが妥当だ。

物置は防御されていない。

というより、もしかしたら、開放されている……のではないだろうか。

あらためて物置小屋を見る。小屋というより小さな寺か、大きな祠だ。中には仏像が安置されてもいる。どう見ても町の鎮守様だ。

そう……おそらくは、そうなのだ。

大門家の庭に、古風な和風建築が作られたのではない。町の鎮守様の敷地に、大門家が建ったのだ。都会では時々、ビルの間に唐突に祠が建っている。あれと同じだ。この物置小屋は、本館や離れが建つ以前からここにある。本館を建てる時に取り壊せなかったというのが、真相に近いだろう。しかし一族の中に不信心な者がいて、鎮守様を安置する室内を使い潰してしまった。だから現在は物置小屋と化している。しかし一方、町の鎮守様としての機能は今も生きているとしたら、どうだろう。物置小屋は町の人々にずっと開放されていたとしたら。

その場合、知らない間に何人もの町民が、ここに足を踏み入れていたということになりはしないか。都会の人なら勝手に他人の敷地に侵入することをためらうだろうが、この町の人々は、長い期間にわたる慣習に従い、遠慮なく足を踏み入れたに違いない。学校にいる間や夜間なら、誰がいつ入ってもわかりはしない。今朝、戸が開いていたから、その可能性に思い至ったが、気づくのが遅すぎたともいえる。

しかし――

町の人たちは何故あの小屋に入るのだろう。目的がわからない。

頭の中に、暗い洞窟のヴィジョンが甦る。その映像は不気味な地底湖の幻想――幻想だろうか――を伴っていた。

洞窟。

あの洞窟に何か関係があるのだろうか……

浮かぬ気分で自転車をこぎ続けると、校門が見えてきた。

人だかりができている。

自転車を下り、歩きながら近づく。するとおかしなことが起こった。生徒たちが蜘蛛の子を散らすように、すーっと引いたのだ。私一人を残し、皆早足で校舎に向かっていく。

だが、それよりも気になることがあった。

血文字のような禍々しい文字が、目に飛びこんできたのだ。

〈如月タクマはツキモノイリだ。去れ！ 去らねば殺す！〉

縦一メートル、横五十センチくらいのパネルに、赤いペンキで書かれていた。メーデーの時、組合員が手に掲げているプラカードみたいに見える。把手の角材が土に突き刺さり、パネルは石門に立てかけられていた。

文化祭の記憶が甦る。文字の書き方があの時と似ていた。引き抜こうとするが、なかなか抜けない。深く突き刺してある。やっと引き抜いて、掌を見ると、棘だらけだった。かっときて、蹴った。パネルが破れるまで蹴り続けた。

登校してきた子供たちが、遠回りに行きすぎていくのを感じる。足を止める者も話しかける者もいない。一人の生徒と目が合った。同じクラスの男子だ。彼は目を逸らさなかった。無表情にこちらを見ている。体が透明になったような気がした。彼には私が見えていない。先に目を逸らしたのは、私だ。

呼吸が落ち着くまでしばらく待ち、校門をくぐった。今日まで意識もしなかった石造りの校門が、地獄の門に見える。門という存在が、人を受け入れると同時に拒絶するものであることを実感した。

生徒玄関にも人だかりができている。思わず、早足になった。ざわめいていた生徒たちが、私の姿を目にした途端に静まり、音もなく校舎の中に消えていく。体に私と対極の磁石が付いているかのようだ。何ともいえぬ嫌な気分が胸の中に広がり、ぶつけ場所のない怒りが生まれた。生徒玄関はひどいことになっている。ガラス戸のすべてにべたべたと貼り紙がされ、一枚一枚に汚い字で次のような短文が書き殴られているのだ。

〈タクマよ去れ！〉
〈ツキモノイリは去れ！〉
〈お前は呪われている〉
〈如月タクマはツキモノイリ〉
〈タクマがいるとタタリが起こる〉
〈死ね！〉
〈タクマをぶっ殺す！〉
〈死ね！　死ね！〉
〈タタリが起こる前に死すべし！〉

〈如月タクマを殺すべし！〉

〈殺すべし！〉

〈殺殺殺殺殺殺殺殺殺殺殺殺〉


わかったよ。

だったらどうだというんだ。

私は一枚ずつ紙を剥がし始めた。接着剤でべったりと貼り付けられ、なかなか取れない。しかし意地でも剝ぎ取ってやる。不思議なことにその瞬間は、怒りも悲しみも感じなかった。理不尽にも、諦念を伴った恥ずかしさだけを感じていた。しかし何をどう恥じるというのか。

ショートホームルームには間に合わなかった。

教室に入ったのは、一時間目が終わる頃だ。結局、きれいには剝げなかった。

クラスメイトたちは何事もなかったかのような顔をしている。受け入れているのではなく、拒絶しているのだ。あれだけの貼り紙事件があったのに、平然としている方がむしろおかしい。ガンでさえ、しらっとした顔で私を見た。クラス全体で完全にイジメの態勢に入っている。

土岐不二男の姿はない。鳥新康子と憂羅充もいなかった。三人とも欠席したのかと思ったが、不二男だけ昼休みに来た。風邪をひいたため、半日休んだということだ。私は彼を部室に誘い、今朝の事件を話す。

彼は暗い顔でいう。

「やっぱり」

「予測していたのか」

「タクマ君が入院していたころから、おかしな動きの予兆はあったんです。君はネットをやっていますか」

「大門の家ではしていない」

「不幸中の幸いですね。しばらく前から生徒のブログや掲示板で君の悪口を書かれまくっています」

「見てないんでピンとこない」

「一昨日、ある掲示板に犯行予告が出たんですよ。おおむねこんな文章です。〈如月タクマを粛清する。手始めはこれだ。市役所、公民館、体育館、郵便局〉」

「意味がわからないね」

「でも僕は一応、昨日の昼頃、市役所や公民館に行ってきました。そしたらプラカードが刺さってましたよ。たぶん君が今朝、校門で見たのと同じね」

「四つの場所全部に」

「はい。もちろん僕は四つとも引っこ抜いて回収しました」

「ありがとう。ひどいイタズラだ」

「ついに敵が実力行使に出てきたんです」

「とっくに実力行使されてるよ。呼び出されたり、文化祭をめちゃめちゃにされたり、海に突き落とされたり」

「僕がいいたいのはそういうことじゃなくて……脅すわけではありませんが、今回の動きは、それらとはちょっと違うんじゃないかということです」

「どう違う」

「ネットを見ている頃から感じていたことなんですが、今回の動きには大人が介入しているんじゃないでしょうか。それも一人や二人ではない数の大人が。だいいちプラカードという発想自体が、僕たちの世代のものではありません」

「子供だけではなく親もイジメに加わり、町をあげての粛清が開始されたと」

「杞憂ならいいんですがね。ちなみに昨夜もネット上の書きこみがありました。同じような文面で、今度は駅と学校が指定されていました」

「学校のは見たが、駅にも」

「ありましたね。プラカードが立ってました。中に入ってみると、駅構内の掲示板に、君が生徒玄関で見たような貼り紙が」

「べたべたと貼ってあったか」

「はい。僕は駅員さんと共にそれを剝がし、プラカードを引き抜きました」

「君は風邪をひいて寝こんでいたのでは」

「嘘ですよ。馬鹿馬鹿しい作業をしたら気分が悪くなって、午前中は登校する気になりませんでした」

「すまない、つまらん作業をさせて。しかし駅員は、ビラが貼られたことに気づかなかったのだろうか」

「気づいていて、剝がさなかったのかもしれませんよ。君のことを世に知らしめるためにね」

「町中の人が俺のことを知っているらしいのに」

「アジテーションとはそういうものです。僕がいいたいのは駅員だろうが教員だろうが政治家だろうが、誰が敵側の人間であってもおかしくないということですね」

鳥新啓太の泣いたような目を思い浮かべ、

「担任も敵に回るなどということがあるだろうか」

「ありますね。この町では」

「朝のホームルームには出られなかったが、鳥新は今朝の貼り紙事件について、みんなにどう話したんだろう」

「一言も触れなかったんじゃないですか。先生なんて、いじめに関しては最初からあてになりませんし、まして今回は鳥新もグルかもしれないんですから」

私は首をひねる。

「鳥新は、指導力はともかく、善良な人間に見える」

「善良な人間はいじめをしませんか。悪人しかいじめをしないんですか。違うでしょう。人間は状況によって、誰でもいじめる側に立つ可能性があるのです」

認めざるを得なかった。

「ところでタクマ君、昨日プラカードを回収してから、電話したんですよ。さすがに知らせておかなければってね。でも君は電話に出ませんでした。どこへ行っていたのです」

「大門美術館へ行っていた」

嘘ではない。一人ではなかっただけのことで。

不二男は自らに説明するかのように、

「お休みの日に、じっとしていられるはずもないか。しかし大門美術館とは……そう、これについては、いつか君にいおうと思っていたのですが――いや、その前に」

彼は思わせぶりを口にしながらも、ポケットから紙を取り出して開く。

玲の葬式の時に現われた悪魔の紋章だ。

「この紋章の悪魔がわかりましたよ。地獄の公爵アガレスです」

「どんな悪魔なんだ」

彼は机の中から『悪魔百科』を取り出し、それを開いて私に渡した。見ると、ワニにまたがった悪魔のイラストが載っている。いかにも悪魔といった風体の、人間型の悪魔だ。読んでみると、アガレスは大地を揺るがす力を持ち、悪霊の大部隊を従えているという。もとはナイル川流域の農耕神であったらしい。

私は何気なくその本をぴらぴらと繰ってみた。

最初の方に悪魔の紋章の一覧表が出ている。離れの床にあったものらしき紋章も出ていたので、確認してみると、確かにアモンの紋章だった。その時ふと奇妙な違和感を抱いたが、原因を深く考えるでもなく、私はこういった。

「大門大造の床にはアモンの紋章が描かれ、大門玲の葬式にはアガレスの紋章が現われた。やはり連続殺人事件なのだろうか」

不二男が口にしたのは、あいまいな同意だった。

「君のいう通り……一連の事件ですね」

彼は少し怪訝な顔をし、

「しかし一方では、こういうことも考えられませんか。被害者が出るたびに悪魔の紋章が現われる。連続して暗示される悪魔たちの名前。これは、もしかして——」

彼は伏し目になり、深く息をついて、

「もしかしたら、第二次創世記戦争が始まろうとしているのではないでしょうか」

「第二次……」

「創世記戦争です。紀元前四〇〇〇年にメソポタミアで起こったのが、第一次創世記戦争でした。この時のヤハウェ軍とルシファー軍の戦いは、ルシファー軍の大敗に終わります。ヤハウェ軍の総司令官は大天使ミカエルでした。この戦いの後ルシファーたちは敗走して悪魔と呼ばれることになります。敗れたものたちは……」

不二男は窓から、垂れこめる暗い雲を見て静かにいう。

「悪魔たちは地上に散り散りになりましたが、虎視眈々と再起の機会をうかがっていたのかもしれません。六〇〇〇年もの間、復活を夢見つつ戦いの準備をしていたかもしれないのです。そして今、彼らはまた立ち上がったのかもしれません」

「二度目の戦いが、こんなところで。飛躍しすぎじゃないのか」

「どうでしょうか」

不二男は沈鬱な顔で続ける。

「考えてもみて下さい。古代メソポタミアに住んでいた人たちだって、創世記戦争が始まった時は、誰もそんな大がかりな戦いだとは思わなかったかもしれません。それどころか戦いにまったく気づかなかったかもしれないのです」

「空や大地に、天使と悪魔が満ち溢れ、大混乱のうちにバトルしていたんじゃないのか」

「特撮ヒーローものみたいに派手に、ですか。必ずしもそうとは限りません。天界の者たちは、人類には気づかれないように、ひっそりと戦ったのかもしれませんよ。人間にはその戦いは、幻のような閃光、一つの異音、微かな臭い、わずかな振動くらいにしか思えなかったのかもしれないのです」

地鳴りの音が不気味に甦った。

「今朝鳴った、地鳴りのようなものか」

「君も聞きましたか。嫌な感じでしたね」

不二男が黙りこむ。

室内を不気味な沈黙が支配する。窓からさす光は薄暗く、部室の隅に闇を作った。欠けた石膏像の顔が、撲殺された死体のように見える。

静寂に耐えきれず、私は聞く。

「不二男君、俺に話しておきたい大門美術館の話って、何だ」

「……その話ですか」

彼は気持ちを切り替えるように一拍置き、

「ダンテの『神曲』を読んだことがありますか」

「抄訳でなら」

「ならば大体のことはわかると思いますが、あれはまさに、キリスト教上の地獄を具体的に描写した作品なんです。ダンテによると地獄は――上が広がり下がすぼまった――漏斗のような形をしています。それは全体が九圏からなる環状の世界で、第一圏から順に、不信・邪淫・大食・浪費・憤怒・異端・暴力・虚偽・反逆地獄と呼ばれます」

「ダンテはヴェルギリウスの案内で地獄の門を開き、嘆きの河アケロンテを渡って、地獄めぐりをするんだったね」

「そうです。しかしここで想像してほしいのは『神曲』の中の地獄の形です」

「地獄の形？……漏斗状、つまり九圏の逆円錐形の構造」

「そのうち最深部の暴力地獄、虚偽地獄、反逆地獄の三層の形を思い描いてみて下さい。

どこかで見覚えがあるような気がしませんか」

彼の示唆していることがわかった。

目を見ると、不二男は深くうなずき、

「そう、大門美術館です。あの美術館は地獄の形をしています。私は以前、その形態をアンチ・バベルと呼びましたが、アンチ・バベルとは地獄そのもののことなのです」

「地獄を象った……美術館」

彼はアガレスの紋章が描かれた紙を裏返し、ボールペンを走らせる。

「見て下さい」

そこには大門美術館の簡単な断面図が描かれている。

「この建物は三層で、上に行くほど広くなっています。しかし、君は気づきませんでしたか」

「何を」

「展示スペースの幅が、二階も三階も同じだったということを」

私は、二回ほど入った美術館の内部を思い描く。

「不二男君のいう通りだったかもしれない。しかしそれにどういう意味がある」

「何故そんなふうになっているんでしょうね。三階の方が広いとしたら、三階の展示室も広くすればいいんです。違いますか」

「美観とか、建築デザイン上の問題ではないのか」

「違いますね」

彼は断面図に線を書き加えながら、

「これを見て下さい。一階は展示室ではありませんが、フロアーの広さは同じだと予想されます。中央には大黒柱のような円柱が入っています。そして円柱は上の階に行くほど太くなります。一階より二階の円柱は一回り太く、二回より三階の円柱は更に太い。そうすると三階の中央は、異常なほど太い円柱が入っていることになります」

「祖父は何故そんなものを造らせたのか。どんな意図があったのだろう」

不二男は私の目を捕らえ、

「三階中央の円柱が、もし空洞だったとしたら、どうですか」

かつての不二男の言葉が甦る。

〝それを円柱だという時、タクマ君は既にトリックに引っかかっている〟

〝大門美術館の中央にトリックが仕かけられている〟

「つまり不二男君……三階の中央にあるのは円柱ではなく、円筒形の部屋なのだと」

彼はにんまりと笑い、

「少なくとも、一つの部屋――ほとんどもう一つの展示室といっていいほどのスペースがあることは事実です」

「しかし入り口らしきものは見当たらなかった」

「一見してわかるようなら、隠し部屋とはいえないでしょう」

「何の目的で隠し部屋など作るんだ」

「それは……うかつにはいえませんね。今はまだそれを告げる時期ではない。しかし大門美術館の三階に、秘密の部屋が隠されている可能性があるということは覚えておいて下さい」

不二男の悪い癖が出た。すぐに思わせぶりを口にし、気が向かないと何を聞いても答えない。

私の気分を知ってか知らずか、彼は淡々と続ける。

「もうすぐ五時間目が始まります。教室に戻りましょう。タクマ君の気分がすぐれなかったら、早退を勧めます。僕から担任に連絡しておきますから」

「授業に出るよ」

反射的にそう答えた。

結果からすると、それが失敗だったのだ。人生には分かれ道というものがやはりある。

不二男の勧めに従うべきだった。私がこの時あっさりと下校していれば、少なくとも、その後に起こった怒濤の悪しき展開は回避できていたのである。

第二章　縄人間

果てしない悪夢のドミノ倒しは、清掃の時の、教師の何気ない言葉から始まった。

昼休みが終わる直前に、不二男と教室に戻った私は、午後の授業を辛《から》くも消化した。朝起きた事件のせいで、心に火傷を負ったらしい。指先に火傷するとしばらくはひりひりと痛み、何をやっても集中できないものだが、午後はずっとそんな感じだった。五限の英語も六限の国語も頭に入らない。清掃などさぼって帰ろうかと思ったが、思い直して箒を握る。矜持というか、ささやかな意地みたいなものが残っていたのだ。六人の清掃班だったが、私以外の五人は楽しそうにしゃべりながら、床も見ずに箒を動かしていた。話の輪に入れず、一人黙々と掃き続ける。

清掃が終わろうかという頃、担任が様子を見に来た。

彼は「掃除もそろそろ終了ですかねえ」と独り言をいいながら、しきりに天井を気にしている。どうしたのかと見ると、目がばっちりと合ってしまった。

「タクマ君」

彼は気まずさを紛らわすようにいい、

「教室の蛍光灯が一つ、切れています。悪いけど倉庫から取ってきてくれませんか」

そしてそれが、ドミノ倒しのきっかけだったのだ。

さりげなく押された最初のドミノ。

事態が悪い方に転がりだしたなどとは露思わず、私は聞き返す。

「倉庫って体育館脇にあるやつですよね」

「そうです。事務室から鍵を借りていって下さい」

「倉庫に行けば、蛍光灯がどこにあるかわかりますか」

「目につくところにあったはずです。脚立も忘れず運んでくるように」

うなずくと、教室を出た。

途端に、軽いめまいに襲われる。体調がひどく悪い。廊下が果てしなく長く見える。足が一歩進むごとに重くなっていく。おかしい。廊下が狭くなっていくような気がする。行く先は、遠近法的な意味で狭まって見えるのではなく、実際に狭くなっているのではないか。進むたびに、高さも幅も縮んでいるとしたら、このまま歩いているうちに、廊下に体がぴったりと嵌まってしまうかもしれない。前にも後ろにも移動できず、死ぬまで——死んでからも、建物に挟まったままだ。怖い。いや、怖いというより、こんなことを考えるなんて、どうかしている。不条理な幻覚に脅えるほど、いつの間にか精神を病んでいたのか。あり得ることだ。絶え間ないいじめと異常事の連続に、気が休まる暇もなかった。

廊下が狭まる——か。

馬鹿な幻想だ。

しかし現実の世界では、私は確かにそんな状態にあるのではないだろうか。何故なら転校してからこの方、先すぼまりの廊下を歩いているようなものだからだ。いじめは沈静化する気配もなく繰り返される。中には命を落としかねない、ひどいものもあった。これから先もますますエスカレートしかねない。このまま進むと、身動きできなくなってしまうのではないか。両壁と天井と床に、ぴったりと押さえつけられてしまうのではないだろうか。罠だ。どんな罠かはわからないが、行く手には必ず陥穽《かんせい》が待ち受けている。それなのに足を前に出す。愚かだ。引き返せばいいのだ。逃げればそれで済むのに……

しかし——

何故逃げなければならない。私が何をしたというのだ。この町に、どんな害悪をもたらしたというのか。何もしていないではないか。なのに奴らは牙を剝いてくる。命を奪うほどの攻撃を仕かけてくる。憎い。何もかもが憎い。クラスの奴らも、グレンも、町の大人たちも、私をこんな町に追いやった実の両親でさえも、すべてが憎く、わずらわしい。はらわたが煮えくり返る。殺してやりたい。ぶっ殺したい。

……〝ぶっ殺したい〟だって？

そんなこと、生まれて初めて考えた。

心の底から人を殺したいなどと思ったことは今までになかった。しかし今、一瞬にせよ、殺意の生成を自覚した。町の奴らを皆殺しにしたいと本気で考えた。もしかしたら一連の事件の犯人も、私と同じ精神状態なのではないか。その人物は本来なら人を殺すような性格ではなく、周りからもそう思われていない。しかし何らかの理由で町を憎んでいる。この町が憎くて憎くて仕方がないのだ。その感情は、今の私のように、一瞬にして殺意に変わり得るもののはずだ。犯人は、町の住民すべてに怒りと憎悪を覚えていた。それが、ある瞬間を境にして、殺意へと変化したとしたら。だから……

だから犯人は、王渕家の三人や、大門家の二人を殺したのではないか。

つまり五年前の事件にも、大門大造の事件にも、大門玲の事件にも、個々に対する動機などなかったのかもしれない。犯人の心には、ただ町への呪詛だけがあった。殺人鬼はつまみ食いをするように、適当に被害者を選んだ。殺す相手は、ある意味誰でもよかったのだ。王渕や大門の家の者が犠牲者となったのは、彼らが目立っていたからではないか。目立つといって適当でなければ、町の住民の代表格だと思われたからではないだろうか。犯人――彼か彼女か――は目についた者、ないし目立つ者を、自分に都合のいいタイミングで、衝動的に殺戮していったのかもしれない。

しかし、そんなことで王渕三人殺しや大門大造事件の不可解な状況が生まれるのか――とも思うが、逆に考えると、気まぐれな殺しだからこそ、ああいった不可能犯罪もどきの状況になったかもしれないのだ。犯人はこの町の者など、誰がいつ、どこで死んでもいいと考えている。皆殺しにしてもいいとすら思っているかもしれない。爆弾を落としたり、毒ガスを撒き散らしたりするわけではないのでわかりにくいが、これは形を変えた大量虐殺事件なのではないだろうか。だが、私以外にそんな町民皆殺し……ジェノサイドの動機を持つ人間とは、いったい誰なのだろう。

事務室から鍵を借り、外へ出ると、カラスの群れが見えた。学校の近くで、これほどの大群を見かけるのは初めてだ。カラスが珍しいわけではないが、気持ちのいいものではなかった。

体育館脇の倉庫へと足を運ぶ。

近づくうちに、異変に気づいた。ドアが少し開いている。鍵は掛かっていないらしい。ドアを押す。激しい軋み音がした。弱い太陽光線が倉庫の中を照らす。そして、中に――

あったのだ。

蛍光灯ではなく……

死体が。

磔にされた、少女の死体が。

無意識のうちに足を踏み入れる。

神経が麻痺しているのか、恐怖は感じない。

ただ、見たい、とだけ思った。

磔刑《たっけい》を受けていたのは鳥新康子だ。眼鏡を外した顔は初めて見たが、のっぺりと間が抜け、紙粘土に粗雑に書かれた落書きのようだった。血の引いた白すぎる肌が、紙粘土の印象を強めている。絞殺されたらしく、舌が付け根まで出ていた。驚くほど長い舌だ。ほとんど顎の先に届いている。赤い舌は、ドリルの先端のように、ぐるりとねじれたまま固まっていた。私服を着て死んでいるところを見ると、昨日か一昨日の土日に殺されたのかもしれない。首に縄が巻きついているが、これで絞められたのかどうかはわからない。というのは、彼女の全身に縄が巻きついていたからだ。腕も胴体も脚も、荒縄がぐるぐると絡みついている。死者を冒瀆するいいようかもしれないが、ほとんど〝縄人間〟と名づけたいくらいだった。

康子は両腕を開き、うなだれ、全身で十字を描いて死んでいる。両足が地面から浮いているので宙に浮かんでいるように見えたが、近づくと、脚立に縛りつけられていることがわかった。がっちりとした鉄の脚立に荒縄で固定されているのである。ふと浮かんだ疑問は、縄の量が必要以上に多いような気がするということだった。死体を脚立に固定するだけなら、これほどの物量はいらないだろう。しかし犯人は、康子の全身に縄を巻きつけた。何故こんなことをしたのだろう。

ぼんやりと眺めていると、康子の頭の上から細長いものがぬるりと落ちてきて、顔の上を這った。蝮だ。どこから入りこんだのか、毒蛇が死体の顔に貼りついている。しかし驚いている余裕はなかった。

「きさま！」

いきなり後ろから怒声が飛んだのだ。

振り返ると、カマキリのような顔が見えた。

「そこで何をしている！」

グレンだ。

彼は凄い目で一睨みしてから、

「何してるのかと聞いてんだよ、このガキ」

一瞬ひるんだが、横暴な口の利き方に反感が湧く。こんな奴に正直に答える必要はない。

「お前の知ったことか」

彼は唇をねじって笑った。

どうなるにせよ、動きがとれないとまずい。倉庫の出口へと足を向けると、グレンと二人の仲間が入り口を塞いだ。グレンの右側にいるのは、いつかの半魚人だ。前歯のない口でにやにやしている。魚のように無表情な瞳に、ぞっとした。左側はガンだ。殺意のこもった目で一睨みし、くわえ煙草を投げ捨てる。

いらだっていたのか、彼らの神経を逆なでしたくなった。暴力沙汰にでも何でもなればいいのだ。

私はガンの足元の煙草を指差し、投げやりな気分でいう。

「どうせ放課後つるんで、体育館と倉庫の間で煙草でも吸ってたんだろう。汚い奴らは隅に入りたがる。建物と建物の間に入って一服って、お前らゴキブリか」

「いい気になるなよ、てめえ」

ガンがドスの利いた声を出す。

グレンがからかうように大声でいう。

「ゴキブリはどっちかなあ。タクマちゃんこそ倉庫にこそこそ入って何してるんですかあ。

「その後ろのものはなんですかぁ」

そして急に声を低め、

「俺たちが気分よく煙草をふかしてたら、おめえの姿が見えた。様子を見に来たら、このざまだ。人なんて殺しやがって、このツキモノイリが」

「殺してない」

グレンは肩をすくめ、さげすむような目でこちらを一舐めすると、

「あーあ、ついにやっちまったな。ひどいことするねえ、おめえはマジ、悪魔ちゃんだよ」

「馬鹿か」

吐き捨てるようにいい、後ろの死体を指差しながら、

「お前らは俺の姿を見てここに来たといった。だったらわかるはずだ。彼女を殺して縛りつけてる時間なんてなかった」

「馬鹿はおめえだ。確かに今は殺す時間なんてなかった。しかしそんなことは犯人ではないという証拠にはならねえ。ずっと前に女を殺して死体をここに運び、今は様子を見に来ただけかもしれねえだろ。犯人は犯行現場に戻るって、よくいうよな」

彼は康子の死体をしげしげと眺め、

「そいつ鳥新康子って女だろ。かわいそうにクラスメイトに殺されるなんてよ。ベロをベローンと出して死んでやがる」

「俺が殺したんじゃない」

「おめえだよ。如月タクマが殺ったんだ。何で縄で縛ったんだよ。あーっ、わかった、SMだ。これはSM殺人だな。おめえは変態だよ。正真正銘のツキモノイリだぜ」

いわれっ放しなのも癪なのでいい返す。

「グレン、お前が殺したんじゃないのか」

理詰めで反撃できないのがつらい。〝お前の母ちゃん出臍〟といい合っている小学生みたいな気分だ。

グレンはヘラヘラと笑い、

「殺す動機がねえ、俺にはよ」

「俺にもない」

「あるさ。遺産狙いという立派な動機がよ。大門の一族が減れば、おめえの取り分も増えるんだろ」

「知らないね」

「へー知らねえの。でも知らなくても、お前はそう思ったのさ。だから殺した」

「矛盾したことをいってるよ」

「俺はおめえが殺ったといいてえだけだ。俺はどこでも証言してやるぜ。如月タクマ君が鳥新康子さんを殺したところを見ました。ついでに、殺してから縛りつけるところも見ちまいましたってな」

「全部デタラメじゃないか。誰が信じるものか」

「残念でした。少なくとも町のみんなは、おめえの言葉より俺の言葉を信じるぜ」

あながち嘘ともいえない。町の住民なら、私の言葉より町長の息子のいうことを信じるだろう。彼がたとえ、グレンと呼ばれる札付きであったとしてもだ。くやしいが、これが現実というものらしい。

グレンは高笑いし、

「如月タクマは有罪確定。お前は殺人犯、もう死刑になったも同じだよ」

彼らがゆっくりと倉庫に入ってきた。

私は数歩後ずさる。

グレンは顎をなで、

「さて、どうしようかな。巡査に突き出すだけじゃ面白くねえ」

ガンが低くいう。

「ツキモノハギにかけるってのは」

「いいねえ、それ」

私は、にやけるグレンから目を離さずにいう。

「巫女はもういない」

「おめえが殺しちまったからな」

「何でもかんでも俺のせいにすればいいってものじゃない」

「大門玲を殺しておくなんて準備がいいよな。でもおあいにくさまだ。ツキモノハギなら、町の男たちだけでもできるんだぜ」

「巫女のいないツキモノハギ？」

祈りもなく殴る蹴るの暴行を加えるのか。

「それこそただのリンチだ」

「リンチじゃねえよ、ツキモノハギだ。神聖な儀式だぜ。巫女がいねえから略式だがよ。ちょっと声をかけりゃ、町の男衆二、三十人はすぐに集まるぜ」

「俺を集団リンチにかけようってのか」

「神聖な儀式だといってるだろ。今朝も生徒玄関に貼ってあったじゃねえか。〈如月タクマを殺すべし〉って町民の総意がよ。それを儀式に即してやろうというんだ。ありがたく思いな」

「プラカードを立てたり、貼り紙をしたりしたのはお前だな」

　グレンはずるそうに目を細め、

「あんなこと俺一人でできるもんか」

「それは、認めたってことだよな」

「認めて何が悪い。俺はみんなの気持ちを代弁してやっただけだぜ」

「でもお前が主犯なんだろう」

「確かに俺は校門前にプラカードを立てた。生徒玄関に貼り紙もしたぜ」

「駅とか公民館なんかにも、同じことをやったらしいな」

「やる時は徹底しねえとな」

「ご苦労なことだ」

「手伝ってもらったからな。おめえを嫌っている奴は大勢いるんだよ」

「お前の親父とか」

　不二男は、貼り紙事件には大人も関与していると示唆した。町長が一枚嚙んでいるとしたら、敵グループに含まれる大人は一人や二人ではあるまい。

　やり場のない怒りに駆られ、私は言葉を荒らげた。

「くそ！　何故だ？　何故そんなに憎まれなきゃならない」

「知れたことよ。ツキモノイリだからだ。お前も大造もな」

「それでお前たち親子は、大造の孫の俺に八つ当たりをしてるわけだ。祖父が犯人だって証拠もないのに」

「黒魔術を研究してたってのが何よりの証拠だぜ」

「どこが」

「世の中には心証ってものもあるんだよ。町中が俺たちの味方だ」

「机に蛇を入れたり、下駄箱にミミズを入れたりしたのもお前か」

ガンが横から口を出す。

「やったのはグレンさんじゃねえ。俺だ」

「どっちでも同じだ。どうせグレンが命令してるんだから」

私はグレンを睨んで、

「文化祭の落書きも、俺を海に突き落としたのもお前だな」

一瞬、沈黙が生まれた。

誰も答えない。奇妙な瞬間だった。隠し事をしている空気ではない。三人が三人とも、誰かの告白を待っているかのようなのだ。しかし口を開く者はない。

私は重ねて聞く。

「白状しろよグレン、お前がやったんだろう」

ガンがグレンに向かい、

「こいつ、うぜえよ。ちょっといい気になりすぎじゃねえの」

そして低い声でつけ加えた。

「こんな奴、この場で殺しちまったらどうですか」

第三章　カラス

実際にナイフを舐める人間に出遭うとは思わなかったが、彼にはお似合いの仕草だ。半魚人が、映画の中の悪役のようにナイフを舐めている。軟体動物のように蠢く舌が気持ち悪い。あのナイフで刺されるのは、単なるナイフで刺されるのとは別の嫌さがある。不潔なのだ。彼は私に歯を折られたから、お返ししたくて仕方がないのだろう。瞬き一つしない濁った目に陰湿な恨みをこめて、じりじりとにじり寄ってくる。その後ろにはガンがいた。シャープペンシルを回すようにさりげなく、大型のナイフを回転させながら近づいてくる。細い目が異様に据わり、中学生とは思えなかった。グレンは入り口で腕を組み無表情にこちらを見ている。高みの見物を決めこむつもりらしい。

半魚人とガンからは、はっきりと殺意を感じた。目が〝イッちゃって〟いる。とにかく殺したい、殺してからのことなんて知らないよ、という目つきだ。近づく二人に威圧され、私の体は自然と引いた。手で後ろを探りながら後退していく。狭い倉庫だ。すぐに壁に突き当たる。右手が何かに触れた。探ってみるとスコップらしい。

半魚人が平たい口調で脅す。

「よくも歯を折ってくれたね。今度はこっちの番だよ。刺してやる、切り刻んでやる、メッタメタにしてやる」

そしてまたナイフを舐める。

私は、何かいい返したいと思い、オウム返しにいう。

「メッタメタに――」

言葉を発したことによって、ナイフの脅威がわずかに減じた。反撃してやる。ただじゃ、やられない。こんな奴らにむざむざ刺されてたまるか。背中で、スコップの柄を握る手に力をこめ、声を限りに叫ぶ。

「してみろよ!」

いきなりスコップを振り回す。半魚人の頭を横から薙《な》ぐつもりだった。容赦しない。殺してもいい。正当防衛じゃないか。しかしドラマのようにはいかないものだ。半魚人はステップバックし、スコップは空を切った。私はバランスを崩し、たたらを踏む。何とかこらえて倒れずに済んだ。ぶざまなものだ。日頃テレビや映画で観ているアクションシーンとは雲泥の差がある。しかし半魚人がよけたおかげで、相手の布陣に隙ができた。この瞬間を見逃す手はない。

「うおおおお」

自分の叫びが、下手な演技のように倉庫内に響く。己を奮い立たせようと雄叫びを上げたつもりだ。それがどうしてこんなに間抜けに響くのか。憎しみよりも恐れよりも怒りが倍増し、スコップをめちゃくちゃに振り回しながらドアへと突進する。ガンはボクサーのように軽いフットワークで攻撃をかわした。グレンは笑いを貼りつけたまま、猿芝居のように大げさに、私をよける。

チャンス！

ドアはがら空きだ。

一気に外へと駆け抜け……

そして――

脛《すね》に衝撃を受けた。目の前一杯に焦げ茶の土が広がる。頭から地面に突っこむ。頬を擦り、肩も強く打った。膝に激痛が走る。スコップはどこかに飛んでいた。転倒したのだ。

だが、ひるまない。ひるんでいる余裕はない。素早く立つ。倉庫の入り口をちらっと見やると、ドアの脇に少女が立っていた。

私は短くいう。

「お前は」

そいつはにやにやしながら答えた。

「ごめんねーあたしさ、グレンの彼女なのぉ」

倉庫から三人がゆっくり出てこようとしている。

駆け出す。ぐずぐずしてはいられない。逃げなければ。

全力で駆けた。行く先は後で考えればいい。今は走ることだ。

後ろから甲高い笑いが追っかけてくる。私の足を引っかけた女の馬鹿笑いだ。そいつは一人、倉庫の外で待機していたのだろう。いや待機していたのではなく、ただぼんやりと立っていただけかもしれない。あいつならあり得る。普段から何も考えていなさそうだった。彼女は、私が三人を振り切って倉庫から飛び出してきたのを見計らって、足を引っかけた。私はみごとに足を払われ、転倒したのだ。

そうか。

あいつだったのか。

彼女が、グレンの一味だったのか。それですべての説明がつく。

おかしいとは思っていたのだ。

最初にグレンから呼び出された時のことだ。昼休みに、呼び出しの手紙が机の中に入っていた。しかしその時間、ガンの姿はなかった。では誰が手紙を入れたのだろう。同じクラスの生徒以外にそんなことができたとは思えなかった。

文化祭の時もそうだ。展示物に落書きした犯人は、クラス展示が完成した状態を見ていた可能性が高い。犯人は教室の様子を知っていて、スプレー缶を持ち込んだ――と考える方が自然だ。しかしグレンもガンも、文化祭前日から欠席していた。わざわざ落書きするために文化祭の早朝に登校してくるとも考えにくい。この事件の時も、犯人はクラスメイトの一人ではないかと思えた。

バス遠足の時にも、ガンは欠席していた。私を海に突き落とした犯人は同じクラスにいて、私の後をつけ、ひと気のない場所で背中を突いたと思われる。二、三年生がやったという可能性は皆無ではないが、やはりクラスメイトの中に犯人が紛れていたという可能性が高い。

それら一連の事件の犯人とは、誰であったのか。

彼女――そう、あの少女だったのではないか。

彼女はバス遠足の前、男女交際の話になった時、こういっていた。

〝今もつき合ってるよ。すごくワイルドな人〟

グレンすなわち王渕一也が恋人なら、これ以上ワイルドな男はいない。

そして彼女はこうもいった。

〝タクマ君の顔見てたら、彼氏から頼まれたこと思い出しちゃって。うーん、どうしようかなー〟

その時は、何故私の顔を見て、彼氏からの頼まれごとを思い出すのかと不思議だった。しかし〝タクマ君の顔見てたら、グレンから頼まれたこと思い出しちゃって〟というのなら、わからない話ではない。頼まれごとの内容も見当がつく。大方、こんなところだろう。

〝バス遠足の時、如月タクマに嫌がらせをしてやれ。K海岸に行くんだから、崖から突き落とすのが面白くていいかもな。この時期なら海水も冷てえし、心臓麻痺でイチコロかも〟だから私は海に突き落とされたのだ。倉庫の前で両手を組み、顎を突き出して高笑いしていた彼女に。トロンとした目をし、厚ぼったい唇をした村山舞に。

村山舞。

彼女なら、私の机に手紙を入れることも容易だし、文化祭のクラス展示を目茶目茶にするのにも適任だし、私を崖から突き落とすこともできただろう。それにさっき、倉庫の中でグレンたちに〝文化祭の落書きも、俺を海に突き落としたのもお前だな〟と聞いた時、変な沈黙が生まれた。どうしてなのか不思議だったが、腑に落ちた。あの三人は確かに手を下してはいなかったのだ。実行犯は村山舞だったのだから。

どうして今まで、疑いもしなかったのだろう。無理もない。私にとっては、オカルト研イコール仲間というイメージだった。加えて舞に対する、少し頭が弱くて可愛い女の子という印象が隠れ蓑になっていたのだ。実際には彼女は、グレンのいじめグループの一員だったのである。

ちくしょう！

どいつもこいつも！

必死で駆ける。わき目もふらず走る。自分の愚かさを振り落とそうとするかのように走り続ける。右手にプールが見えた。複雑な逃走経路を取った方が捕まりにくいだろう。階段を駆け、プールサイドへと上る。

しかし、それが失敗だったのだ。

直進したほうが良かった。

目の前に異様な光景が広がっている。

カラスだ。

巨大なカラスが、群れをなして飛び交っている。三十羽以上はいるかもしれない。気のせいか、威嚇するような声で鳴いている。人を恐れる様子もなく、目の前を何羽かが飛びすぎた。プールサイドで羽を休めているカラスも、間際に近づくまでは飛び立とうとしない。馬鹿にされているみたいな気がした。陽が沈みかけており、空は異様に赤い。いつか見た塔の夢の、背景の色みたいだ。最後の審判の日に出現するトランペット赤のように毒々しい色彩だった。不気味な緋色に染まる空の中を、黒い鳥が何十羽も群れ飛ぶ。思わず、足の速度が緩んだ。夕焼けが濁った水面に反射している。その反射光の近くに奇妙なものを見つけた。何か白っぽいものが浮いている。足早に近づく。妨害するようにカラスが目先を掠める。

あれは何だろう。

白濁しかけた汚いプールの中に浮かんでいる、あれは。

まるで……人の顔ではないか。

顔？

そうだ、人の顔だ。人面……しかも見覚えがある。

あれは——

痩せ細った悪魔のようなあの顔は——

憂羅充。

充が両手両脚を力なく広げ、プールにぷっかりと浮かんでいるのだ。

まったく動かないところを見ると、おそらく死んでいる。口を大きく開け、顔全体が苦悶の表情に歪んでいた。私服を着ている。そういえば康子も私服を着ていた。鳥新康子と憂羅充——今日の欠席者が二人とも死んでいる。両方とも休日のうちに殺されたのかもしれない。この土日にいったい何があったのだろう。追われている状況も忘れ、茫然とプールに浮かぶ少年を見ていた。

しばらくして、ふと、思う。

グレンたちはどうしたのか。とっくに追いついていいころだ。

するとプールの出入り口に、一人の男が現われた。いかつい顎をした、がっちりした体格の男だ。彼は右手を上げ、陽気な口調で呼びかけてきた。

「よぉタクマ」

憂羅希明だ。

彼は後ろに、グレンとガンと半魚人を従えている。どう見ても暴力団予備軍を引き連れた組長だ。村山舞の姿が見えないのが気になる。

憂羅巡査は顔をしかめながらカラスに目を遣り、妙なことをいった。

「カラスの群れはお前が連れてきたのか。さすがはツキモノイリだな」

彼はゆっくりとこちらに近づいてくる。水の中の充には、まだ気づいていない。私だけに視線を集中している。グレンたちは階段を上がったところで止まったまま、近づいてこない。ここからでも三人の顔がいやらしく歪んでいるのがわかる。巡査は、あと三歩の位置まで来て足を止めた。両手をポケットに突っこんで、私の顔をギロリと睨む。

プレッシャーに耐え切れず、聞いた。

「伯父さん、どうしたんですか」

「王渕の坊主たちに呼ばれた。近くにいたんで、すぐに駆けつけることができた。だがお前、とんでもないことをしでかしてくれたな。人を殺したんだって」

「やっていません。ちゃんと調べて下さい」

憂羅は聞く耳持たぬという顔で、

「倉庫の中をちらっと見てきたよ。康子が死んでいた。殺さなくてもいいだろうによ」

「だから俺じゃありません」

「彼女は昨日の午前中には死んでいたようだ。王渕たちは、お前が康子を脚立に縛りつけるところを見たといってたぜ。何で今頃、死体を縛ったりしたんだ」

「奴らのいうことはすべて嘘です。それより」

私はプールの中を指差した。

「あれを見て下さい」

憂羅の表情の変化は劇的だった。クールな装いがすっぽりと剝げ落ち、ひどい狼狽の表情になる。彼はウォッという叫び声を上げると、頭からプールに飛びこんだ。飛沫が私の顔にかかる。憂羅は一息に、浮いている息子の所へ泳ぎ着く。グレンたちに目を遣ると、奴らは不気味なくらい動かない。

憂羅は充を抱きかかえ、名前を呼ぶ。

「充！　充！」

体を揺すり、頬を叩くが反応はない。

「くそっ」

と悪態をつくと、彼は充の体をプールサイドまで運んできた。

「タクマ！」

物凄い怒声で呼ばれる。

「ぼけっとするな！　充を上げるぞ、手伝え！」

プールサイドに横たえられた充は、糸の切れた操り人形のようだった。完全にこと切れている。憂羅はあきらめきれないのか、人工呼吸や心臓マッサージを繰り返す。いつの間にかグレンたちが、死体と巡査を挟んで二メートルの位置まで近づいていた。彼らはまだ、笑いを貼りつけている。こいつらが顔色を変える死体などあるのか。誰がどんなふうに死んでいても、グレンやガンはニヤニヤしているのではないだろうか。

グレンが必要以上の大声でいう。

「巡査さんよお、手遅れだぜ。もう死んでいる」

憂羅も怒鳴り返す。

「うるせえぞ、いわれるまでもねえ。でもやめられるか！」

まるで工事現場の会話だ。

「伯父さん……」

私が声をかけた瞬間、それが合図だったかのように、彼はいきなり充の胸に当てていた手を止め、立ち上がった。おもむろに煙草を取り出し火を点ける。三分の一も吸わず、プールに捨てた。心ここにあらずといった態で動かぬ息子の骸を見下ろし、吐き捨てるようにいう。

「やめだやめだ、あーあくだらねえ。どうせ死んでるんだ」

彼は茫洋とした眼差しを息子に注いだまま、

「一日は経ってる。おそらく昨日の午前中に溺死した。あるいは溺死させられた」

「溺れて死んだんですか」

彼は問いには答えず、曇った眼差しをこちらに向けた。

「タクマよ。お前はなんで冷静なんだ」

「え？」

憂羅の目に、再び暗い光が揺曳《ようえい》し始める。

「どうしてお前は、そんなに冷静でいられるんだ」

言葉に詰まった私に、憂羅は重ねて、

「何で充のあんな姿を見て放っておけたんだ。俺が来るまで、棒みたいに突っ立ったままでいるなんて、おかしいじゃねえか。お前は同級生がプールに浮いているのを見て、助けようともしなかった。何故だ。どうしてお前はそんなに平然としていられるんだ」

憂羅の後ろから、グレンが声を上げた。

「救命なんて手遅れだと知ってたからさ。このツキモノイリ野郎が、あんたの息子を殺したんだからよ」

巡査は息を細く吐き、底冷えのするような荒んだ目でこちらを見据えていう。

「タクマが充を殺したのか。鳥新康子を殺したように」

「違う――」

否定しようとした時、

「いいや、違いません！」

あらぬ方向から声が飛んできた。

プールの入り口に、鳥新啓太と村山舞の姿がある。舞が鳥新を呼んできたに違いない。

〝先生の娘が如月タクマに殺されました〟などといって。

鳥新は震える指で私をさし、

「見損ないましたよ。何というひどい生徒なのですか。どうして康子を殺したんです。娘が何をしたというんですか。まだ十三歳だったのに、十三年しか生きていないというのに、あんまりだと思いませんか。そんなに大門家のお金が欲しいんですか」

丁寧な口調とは裏腹に、鳥新の目は恐ろしいほどに吊り上がっている。日頃の泣きっ面など跡形もない悪鬼の形相だ。

私は一歩後退しながら、こちらに向かってくる鳥新に対し、声を張り上げた。

「金など欲しくありませんし、康子さんも殺していません」

「なら何で、康子を脚立に縛りつけたんですか」

「やってません。何のためにそんなことをする必要があるんです」

「こっちが聞いているのです。この期に及んでとぼけないで下さい。君が康子を縛りつけている姿は、舞さんに見られているんですよ」

「舞さんのいうことが嘘です」

「他にも証人が三人もいるんです。往生際が悪いですよ」

「四人で口裏を合わせているんです。数の多い方が常に正しいとは限りません」

「確かにな」

憂羅が口を挟み、

「多数意見が正しいとは限らねえ。しかしお前一人の証言よりは、遙かに信用できるぜ。タクマよ、康子だけじゃなく、何で充も殺した。やっぱり金が欲しかったのか。近頃のガキときたら、金欲しさのためにはどんなことでもやりやがる」

鳥新もうなずき、

「一族を減らすのなら、私たち大人より、同世代の子供の方が殺しやすいでしょうしね」

私は自然と後ずさりをしていた。どうしてこいつらは、私よりもグレンたちのいうことを鵜呑みにするのだろう。土着民と流れ者の違いか。鳥新や憂羅にとって、私はこの不良どもより胡散くさい存在らしい。もしかしたら伯父たちは、私を排除すれば遺産の取り分が増えるとでも思っているのだろうか。でなくて単なる馬鹿なのか。

増えていく。

いつの間にか四人の敵が六人になっている。

じきに、六人が十人になり、十人が二十人に増殖していくのだろう。

かくして魔女狩りが始まる。

憂羅の隣に並んだ鳥新が、いびつな笑いを浮かべていう。

「タクマ君を捕まえましょう。今の子供は殴られたことがありませんから、巡査から四、五発くらえばすぐに白状しますよ」

憂羅は顎の無精髭をなでながら、

「四、五発じゃ足りねえなあ。腕か足一本くらいもらわねえと」

舞が笑いながらいう。

「いっそのこと殺しちゃったら」

グレンが受け、

「馬鹿だなあ、殺しじゃなくてツキモノハギだろ」

先生がまとめた。

「いいですね。町民の有志を集めて、如月タクマをツキモノハギにかける。たくさんの人が集まると思いますよ。ま、落としどころはそのへんなんでしょうね」

六人の悪魔の周りを、漆黒のカラスの群れが舞っている。

第四章　伝道師

走る。

プールサイドから飛び降り全力で走る。

息を切らしながら走る。

わき目も振らず走り続ける。

足が速い方ではない。逃げるのに必死で忘れていた、足の傷も痛み始めた。しかし捕まらないのはどういうわけか。

後ろを見る。

かなり後ろを六人が緩く駆けていた。談笑している奴らもいる。

笑っているのだ。

必死で逃げ回る私の姿を笑いものにしている。

畜生！

クラブ遠征用小型バスの車庫を過ぎ、部室棟の後ろ側を走り、角まで行くと右に折れる。これで奴らの視界から消えたはずだ。部室棟の先には格技場が見える。そこまで行かず、もう一度、右に折れた。コンクリート造りの長屋のような部室棟には、ドアが幾つも付いている。施錠するのが基本だが、バスケ部のドアの鍵は壊れていると聞いた。その噂に賭ける。バスケ部のドアを押すと、開いた。素早く中に入る。しゃがんでドアに身をもたせかけ、反対側にある窓に目を遣る。曇りガラスの向こうを何人かが行きすぎていく。キレたように笑っているのはグレンだ。少しして背の高い影が二つ通りすぎる。鳥新と憂羅だろう。

このままじっとしていたほうがいいか。いや、駄目だ。窓から出て、追跡者たちが行きすぎた通路を、逆方向に逃走するべきだろう。しかしタイミングが難しい。窓を行きすぎた奴らが、全員次の角を曲がりきってから、外に出なければならない。彼らがみんな、部室の角を曲がり、まっすぐに格技場の方へ行ってくれれば問題ない。しかし部室のドア側に折れてくる者もいるだろう。さらには私と同じ考えから、バスケ部のドアを開こうとする奴もいるかもしれない。案の定、足音がこのドアに近づいてきたような気がする。

部屋を数歩で渡り、素早く窓を開く。音はほとんど立てなかった。外をのぞいて、ぎょっとする。格技場側の角のところに鳥新が立っているのだ。他の五人はどちらかへ曲がっていったらしい。鳥新は一休みしているのか、背を向け、ぼんやりと立っている。だが少しでも背後に気配を感じれば、こちらを向くだろう。

ドア側の足音は確実に近づいていた。私の動きを読んだ奴がいる。いつドアが開かれてもおかしくない。ぐずぐずしてはいられなかった。

窓から外へ出る。着地した時に音がした。心臓が飛び出しそうだ。

素早く確認すると、鳥新は向こうをむいたままだ。

それとは逆のプール側を見ると、誰もいない。プールまでとはいわないが、せめて部室と車庫の間にまで行ければ、建物の間に身を隠せる。そこまでの数メートルが絶望的に遠い。鳥新がこちらを見たら、私の姿は丸見えだ。できるだけ音を立てずに歩き出す。その時、バスケ部のドアが開く音がした。誰が入ってきたにせよ、そいつは開かれた窓から首を出し、こちらを見るだろう。絶望的だ。

もう少し。もうちょっとで部室棟の角に着く。

鳥新よ、あとわずかな間だけこちらを向かないでくれ。

誰も窓からのぞかないでくれ。

私に気づかないでくれ。

神様、何とかしてくれ。

角まで着くと素早く曲がり、部室棟と車庫の間の狭い通路に飛びこんだ。

ほっとした次の瞬間、心臓が止まるかと思った。

人影があったのだ。

叫びかけた私の口を白い手が覆う。

驚きの種類が変わった。

根津京香である。

足元にリヤカーがあった。彼女の家で見たものだ。昨日は、白い布が掛けられた丸いものが載せてあり、中身は大理石だということだった。今は布が畳んで置かれているだけだ。

彼女は無言のまま布を取り、指でリヤカーをさす。これに乗れということらしい。私はリヤカーに乗り、体を丸めて寝転んだ。無意識のうちに、昨夜見た大理石の形を模倣している。京香は素早く私に布をかけた。リヤカーの方向を変え、進み始める。

「根津さん」

後ろから鳥新の声が呼びかける。奴はこっちへ引き返してきたらしい。

「はい」

彼女は答えたが、足を止めずにゆっくり進んでいく。

もし鳥新が近づいてきて、布がまくられてしまったら、すべては終わりだ。その上、京香まで巻きこんでしまう。握った掌がじっとりと湿る。

私の気持ちとは裏腹に、彼女はさわやかな口調で教師に話しかけた。

「美術の先生から、大理石を届けてくれと頼まれてるんです。重いし、早く運んじゃわないと」

「そうですか」

鳥新が近づいてくる気配はない。

「いつもご苦労さまです。女の子なのに力仕事なんて大変ですね」

「いいえ。慣れてますから」

「頑張って下さいね」

「はい」

京香の教師うけの良さに、救われたというべきだろう。鳥新は女子生徒に声をかけたかっただけらしい。ボケ教師で、助かった。

彼女はさりげなく足を速め、ささやくようにいった。

「トラックまで行くわ。グラウンド脇の駐車場に停めてあるの」

警戒を解くわけにはいかない。いつグレンたちに見つかるかわからないのだ。全身を緊張させ、体を石のように固めて、呼吸も可能な限り抑える。しばらく揺られて、体の節々が痛くなってきた頃、リヤカーが止まった。駐車場に着いたらしい。

「降りて。周りにグレンたちはいないわ」

京香が白布をまくりあげていう。素早く辺りを見回すと、まばらに車が停まっているだけで、人の姿はない。リヤカーから降りた時、指名手配犯の気持ちがわかったような気がした。なるほど嫌なものだ。

彼女はトラックのドアの横まで行って、運転手に話しかける。

「友だちも乗せてもらえる」

私は京香の後ろから小さい声でいう。

「俺は荷台でいいです」

「じゃあ私もつきあうわ」

幌つきの荷台の中、二人で揺られながら学校を離れる。校門が見えなくなった時、初めて力が抜けた。緊張が一気に解け、だるさを感じる。長距離を走ったわけではないが、全力疾走を続けたため、乳酸が溜まったようだ。偏頭痛もする。何とか口を開いた。

「ありがとう。助かりました」

京香は、にっと笑って、

「今日の放課後、うちの社の人が大理石を持ってきたの。家の庭で見た、あれよ。美術の先生が買った物で、私はそれを美術準備室まで運ぶのを手伝ったわけ。先生に大理石を渡してから、リヤカーをトラックまで運んでいると、逃げているタクマ君が見えた」

グレンや先生たちから逃走している姿は、京香からはどのように見えたのだろう。

彼女は視線を泳がせると、

「状況はよくわからなかったけど、良くないことが起きていることだけはわかったわ。あなたは死に物狂いで走っていた。他のみんなは、にやにやして気持ち悪かったな。私は直感的にタクマ君を助けなきゃ、と思ったの」

「女性の直感は馬鹿になりませんね」

「何があったの」

私は説明を始めたが、言葉がうまく出てこず、時々しどろもどろになった。死体を次々に見たショックも、追いかけられた恐怖も鎮まっていない。落ち着こう。こうしている間にもトラックはかなり進んでいるはずだ。学校からの脱出には成功したと見ていい。意識して呼吸を整える。

京香は話を聞き終えると、目に憂いを宿していう。

「教師と巡査まで敵に回るとはね」

「最初から味方という感じでもありませんでした。俺はしょせん、よそ者なんでしょう」

「よそ者でも疎外していいわけじゃない。これから大騒ぎになるわね。

が死ぬなんて」

語尾が震えている。

脅す気はなかったが、こういった。

「たぶん二人とも殺されたんです」

「誰に」

私は首を横に振り、

「グレンやガンは俺が殺したことにしたいようです」

「あいつらは何でもあなたのせいにするのね。でもタクマ君は殺してないんでしょ」

「当たり前です。俺じゃありません」

「グレンたちが犯人だといいんだけど」

「動機がないんですよね、彼らには」

「あの二人を殺すほど憎んでいた人なんていたの」

「二人を殺して得をする人がいたのかもしれません」

「遺産相続――とか」

「まぁ、そんなものです」

彼女は答えず、首を傾げていた。

村山舞がグレンの恋人だったことは、京香にとってそれほど意外ではなかったらしい。

彼女はこうコメントした。

「タクマ君を油断させて罠にかけるなんて、卑怯な女ね」

「彼女の場合、天然ボケでそれができるわけですから、ある意味すごいです」

トラックには大門邸まで送ってもらった。

京香は私と共に荷台を下り、

「後でまた君の家に来るかもしれない」

といいながら、助手席に乗り換える。

「どうしてですか」

と聞くと、

「理由はないわ。虫の知らせかしら」

と謎めいた答えが返ってきた。

運転席のパンチパーマの青年はちらりとこちらを睨むと、何故かVサインをして車を発進させた。辺りはすっかり宵闇に覆われ、静まりかえっている。トラックが向こうの曲がり角に消えるまで見送り、本館に向かおうとすると、物置小屋の前に少年が立っているのが見えた。ほっそりとしたはかなげな姿で、悄然とたたずんでいる。

土岐不二男だ。

暗い庭に、不二男の白い顔が、自ら発光する深海魚のように浮かび上がった。

右手を上げる不二男に近づきながら、話しかける。

「何でこんなところに」

「遊びに来たんですよ。いけませんか」

「妙に早いじゃないか」

「僕は掃除当番じゃありません」

「六時間目が終わって、すぐに帰ったわけだ」

彼はうなずき、

「タクマ君の家に遊びに行こうかと自転車をこぎました。君は掃除後に帰宅するはずですから、ちょっと待てば、時間差で到着するだろうと」

「なるほどね」

「京香さんと一緒だったんですね。どうしてトラックなんかで帰ってきたんですか。トラックでデートですか」

「そんな無粋な」

「無粋なんて言い方をする中学生は君くらいのものですよ。京香さんが荷物を運ぶのを手伝っていたとか」

「彼女が荷物を運んでいたのは事実だが、手伝っていたわけではない」

「ならば何故」

「一言ではいえないよ」

「百語でも千語でも使って下さい」

私は本館に目を遣り、

「中で話さないか」

彼は物置小屋を見て、

「ここの中でいいですよ」

物置小屋の中に入ると、電灯を点けた。雑然とした室内を、裸電球のオレンジの光が照らし出す。不二男はミカン箱に座る。両膝に両肘を置き、指を組み、その上に細い顎を乗せる。私は彼と向かい合う恰好で、長持ちの上に座った。弱い明かりが不二男の眉の下に濃い影を作っている。

彼は上目遣いで私を見るといった。

「君がトラックで帰ってきたわけを聞きましょうか」

京香に説明した時よりは上手く話せたと思う。しかし頻繁に質問が挟まるので、時間がかかった。その間も頭の隅に、時々疑問が浮かぶ。悠長に説明などしている場合ではないのではないか。グレンたちはあの後どう動くだろう。こうしている間にも姦計が着々と進行しているかもしれない。何やら悪いものが、刻々と迫りつつあるのではないだろうか……

頭ではその危機を理解していたのだが、感覚は麻痺していて——実際に六人に追いかけられた後だというのに——実感を伴わない。人間は長時間の緊張には耐えられないものらしい。脳のどこかが逃避し、麻酔薬を出し、忘れさせ、心そのものが壊れるのを防いでいる。狼に追われているのに、穴の中に首だけ突っこんで、「狼が見えなくなった」と安心しているアヒルみたいなものだ。

不二男は聞き終わった後も、黙りこんでいる。

話しかけようとすると、彼はふっと細い顎を上げた。

憂いを秘めた目がまっすぐに見返してくる。

私は戸惑い、言葉を呑む。

彼は繊細な口元を開き、小声だが、揺るぎない口調で厳かにいった。

「天使が現われなければならない」

闇に浮かぶ﨟《ろう》たけた顔は、暗い聖堂の中の預言者のように見えた。静かにうつむくと、顔が影の中にすっぽりと沈む。すると両手が、目には見えない本を見ているように、顔の前に広がった。透明な項をじっと見つめているかのようだ。

私は彼の、少し震える細い指先に目を凝らしながらいう。

「天使？」

――天使が現われなければならない。

意味がわからず、彼の様子をうかがう。不二男は床に目を遣る。彼の視線を追うと、床に踏み潰されたカメムシの死骸があった。

沈黙を続ける少年に、もう一度聞く。

「天使とは何のことだ。康子と充の事件にどういう関係がある」

不二男は顔を上げたが、拒絶するように強く首を横に振り、弱々しくいう。

「ともかく……今は誰も信用してはいけない、ということです」

何故ポイントをずらすのだろう。彼は、私が本当に聞きたい質問をいつもはぐらかす。白紙に近い心の中に、一点の黒い染みのようなものが広がっていく。誰も信用してはいけない――ということは、他ならぬ不二男自身も信用するな、ということなのだろうか。脳裏に一冊の本が浮かび上がる。『悪魔百科』だ。この本は幾つかの場面に現われたが、何度か奇妙な違和感を感じた。母の葬式の日に見つけた悪魔の紋章を、彼に渡した時にも、おかしな気分になった。何故なのだろう。その理由を探るうちに、ある確信に思い至った。

「不二男君――」

私は彼の目をじっと見据えながら、

「君もか。君も信用してはいけないのか」

彼は一本の線のように目をすぼめる。

「何でそんなことをいうのですか」

「それは君が――」

ためらいを振り切り、私はいった。

「アガレスの紋章を書いたからだ。母の葬式の日に、悪魔の紋章を新聞受けに入れたのは、土岐不二男君、君だ」

彼は奇妙な笑いを浮かべた。照れ笑いのような、少し気まずそうな口元だった。

彼は変な笑顔のままいう。

「どうして僕が。というか、何でそんな結論になるのですか」

「『悪魔百科』だよ」

「あの本が、何か」

「俺は何度かあの本を目にしている。つい最近も見せてもらった。母の葬式に現われた悪魔の紋章がアガレスのものであることを、君が示した時だ」

「部室で、でしたね」

私はうなずき、

「悪魔の紋章の一覧表は『悪魔百科』の冒頭に載っている。これを見れば、母の葬式に現われた悪魔の紋章がアガレスのものだということなど、一目瞭然だ」

「だから」

「だから君はとてもおかしなことをやったことになる。自分でもわかっているはずだが」

「おかしなこと？　いつですか」

いつか見た、テーブルの向こうの京香とバスケ部の男の姿が頭をよぎる。

「俺が君に、喫茶店で、アガレスの紋章が書かれた紙を渡した時だ。あの時、君の様子はとても変だった。明らかに狼狽し、隠すように紙切れをしまって、慌てて店を出ていった。調べてみなければ、どの悪魔の紋章かわからない、というようなことを口走りながら」

「おかしいですか」

「あの時はおかしかったんだよ。というのは、あの日も君は『悪魔百科』を持っていた。実際に俺に見せてくれたわけだからね。なのに君は、調べなければわからないといって、悪魔の紋章を隠した。調べるも何も『悪魔百科』を開けば、その場で瞬間的に——悪魔の紋章の一覧表が、本の冒頭に出ているのだから——どの悪魔のものかわかったのに」

「それなのに、僕は本を開きもしなかった……と」

「君はただうろたえるばかりだった。中間テストがどうのという理由にならない理由をつけて、喫茶店を出た。しかし何故だ。何故そんなに狼狽しなければならない。それは君が——君自身が、あの悪魔の紋章を書いたからだ。不二男君が悪魔の紋章を書いたのだ。君は母の葬式にも来ていた。紙切れを新聞受けに入れることなど容易だったはずだ」

「簡単でしたね」

不二男は唇を一本に結び、気難しい役人といった表情になった。

「やはり君が」

「僕です。僕がアガレスの紋章を書き、新聞受けに入れたんです」

彼は認め、悪びれることもなく、真摯といってもいい目つきで見返してくる。

その気持ちも意図もわからず、

「何故そんなことをしたんだ。新聞受けから悪魔の紋章を発見した時は、ものすごく嫌な感じがした」

「僕には僕の意図があったのです」

「君が母を殺したんじゃあるまいな」

「違いますよ。動機もないし」

「ならどうして、あんなことを」

「気づいてほしかったのです」

「何を」

「この一連の事件の本質を」

話がわからなくなった。

彼は瞼を揉み、

「大門大造事件、大門玲事件、鳥新康子事件、憂羅充事件は一連の事件です」

「王渕家の三人殺しは」

「明らかに別個の事件ですね。しかし大造事件以降の四つの事件はつながっています。もちろん僕がアガレスの紋章を書いた時点では、事件は二つしか起きていませんでした。でもその頃には二つの事件がつながっていることを確信し、これからも殺人が続くことを予想していたんです」

「四つの事件はやはり連続殺人だったのか」

不二男は深くうなずき、

「予測通り康子と充が殺され、今日死体が発見されました。これらも一つの大きな事件のピースです。僕は事件の背後に隠された枠組み――神秘的で不気味な――を暗示しようとして、君の家の新聞受けに、悪魔の紋章を入れたのです」

素朴な感想が浮かんだ。

「暗示なんて遠まわしなことをしないで、直接説明してくれればいいのに」

「遠まわしでないと伝わらないことってあると思います。露骨にいうと信憑性が薄れ、暗示にとどめると信憑性が増す。なべてオカルトはそういうものです。それに、もって回った言い方が好きなんです。僕の趣味ですね」

「困った趣味だ。悪趣味ともいう。四つの事件が連続殺人だとすると、犯人も一人なのか」

「一人です」

「共犯者もいない」

「そうです」

「なら犯人は誰なんだ」

「天使です」

そっけない答えに、あっけに取られた。からかわれている。

　しかし彼は大真面目な顔で、こちらを見ていた。

　返答できずにいると、不二男は熱っぽい声で素早くいう。

「犯人は天使です。天使が殺したのです。連続して起こっている殺人事件は、天使と悪魔の事件なのです。わかりますか」

　彼の細く鋭い目が、怪しく発光している。ファナティックな伝道師のような視線に、思わず呑まれた。言葉が出ない。

　無言で続きを待っていると、

「あっ」

　不二男が奇声を発した。

「タクマ君、外で音がしませんでしたか」

「さっきの話だけど――」

「後で！」

　彼は口の前に指を立てる。いつもの思わせぶりではないらしい。耳を澄ます。静かだ。何も聞こえない。

　不二男が聞き取りにくい声でいう。

「僕が間違っていました。事件の謎解きなどしていられません」

「そうか」

ぼんやりと答える私を、不二男は不審げに見て、

「学校で何がありましたか。二人の子供が死んだ。グレンたちから、君が犯人だという濡れ衣を着せられた。そして六人に追われた。としたら必ず追っ手がかかるでしょう」

「ここに来ると」

「絶対に来ます。もはや相手は不良少年だけではないのです。巡査や教師まで加わっているのです。特に巡査が危険です。影響力があるからです。彼は町の人たちを必ず扇動します。そして町をあげてのツキモノハギが始まるんです」

「町民すべてが敵になる」

「ほぼ、すべてがね」

「魔女狩りか」

不二男は慌てて立ち上がり、よろけた。

「魔女狩りが始まります。逃げなければなりません。今すぐこの町から出るのです。お金がなければ貸します。長々と話していた僕たちは、ほんとに馬鹿でした。一刻の猶予もありません」

そうかもしれない。いや、そうに違いないのだが、すぐに反応できない。頭の神経が何

本か切れている感じだ。

　やっと腰を上げる。

　彼は急いた口調で、

「行くあてはありますか」

「父方の実家か、昔の学校の友だちの家かな」

「了解。ホテルでもどこでもいい。この町を出さえすればいいんです。さ、行きましょう」

　彼は戸に手をかけ、横に引いた。板戸が音を立てて開く。外の闇の中に瞬く光がちらついた。懐中電灯か。一つではない。

　その瞬間――

「うわっ」

　不二男が悲鳴を上げた。

　彼は腰をかがめつつ、一息に戸を閉める。素早く突っかい棒をかう。流れるような動作だった。

「タクマ君！」

　振り向いた顔に驚愕した。額がざっくりと裂け、真っ赤な血が顔中を濡らしている。

「タクマ君！ 戸を塞いで下さい。長持ちでもダンボール箱でも何でもいい、すぐに戸の前に運ぶんです」

「しかし、その顔」

「急いで！ 奴らが来ました！ 早くバリケードを作るんです！」

第五章　アリバイ

不二男は痩身だし、体育の授業では、ぱっとしない。走るのも遅いし、握力など同世代の女の子より低かった。その不二男が馬鹿力を出している。彼は一気に長持ちを戸に押しつける。その時、戸が揺れた。激しく叩かれている。彼は見る間に木箱を積んでいく。神がかりという言葉を信じた。別次元のものが少年にとり憑き、つき動かしている。

彼は鬼気迫る表情でいう。

「ぼっとしないで下さい。何でもいいから戸の前に積むんです」

私も全力で、本の入ったダンボール箱を運ぶ。かなり重く、ある程度の障壁にはなるだろう。すぐに息が上がり、汗が噴き出す。不二男の手は私の倍も動いている。額からの出血がひどく、顔の造作を覆い隠すほどだ。

私はダンボール箱を積みながら聞く。

「傷は大丈夫か」

「大丈夫じゃありません。石を投げられました。額を割られて平気なのはプロレスラーだけです。でも今はかまっていられない。外の様子を見ましたか」

「懐中電灯の光しか見えなかった」

「見えただけでも二十人くらいいました。間違いなくそれ以上集まっています」

「二十人以上か」

戸がガタガタ軋み、長持ちや箱が震えた。

「押さえて!」

不二男が叫ぶ。二人でバリケードを押さえつける。必死になって障壁物を押しつけるが、いつまでもつか。

外から、獣のような怒声が響く。

「如月タクマ、中にいるのはわかってるぜ! さっき汚ねえツラが見えたからな。このツキモノイリが!」

グレンだ。彼は続けて怒鳴った。

「こそこそしてねえで出てこいゴキブリ野郎。おとなしく出てくれば、優しくツキモノを落としてやるからよ。この人殺し!」

その声に、よく通る低音の大声が重なる。

「抵抗は無駄だぞ。息子から聞いた。お前は同級生を二人も殺したそうだな」

王渕町長だ。町長自ら出陣というわけか。

「まったくもって呪われておる。お前のような男は粛清せねばならぬ。往生際が悪いぞ。出て来い」

議論は無駄だと思ったが、私は外に向かって叫んだ。物置小屋は古くて壁も薄く、声は筒抜けだ。

「俺は殺していない！」

「土岐不二男君！」

鳥新の声だ。

「中にいるんでしょう。さっきは石を当ててごめんなさい。私は如月タクマを狙ったんです。君からもタクマ君が出てくるように説得して下さい。彼が素直にツキモノハギにかかれば、不二男君の罪は不問にします。犯罪者を幇助するのは大罪ですよ。それからタクマ君、聞いてますか。私の娘を殺すなんて、そんなにお金が欲しいんですか。子供の癖に、君は金の亡者ですか。醜すぎます。一刻も早く正々堂々と出てきなさい。犯した罪をつぐなうのです」

激しい衝撃が来た。誰かが戸に体当たりを始めたのだ。

「ちっ」

不二男が舌打ちし、つぶやく。

「教師が生徒に石を投げるなんて世も末です。それに何が正々堂々ですか。中学生を大勢で追い詰める奴に、そんなことをいう資格があるんですかね」

全身でバリケードを押さえつける。突破されるのは時間の問題か。どうする？

外から今度は、憂羅巡査の声が聞こえてきた。

「タクマよ。お前が充をプールに突き落としたんだろ。お前は憑かれてるぜ。だったらツキモノハギにかけなきゃな。お前の体から悪魔を追い出して、きれいにしてやろうってわけだ。俺たちに感謝してもらいたいくらいだぜ。ツキモノハギをして、まともにしてやろうってんだからよ」

私はいい返した。

「まともにするだと。殺す気だろうが！」

笑い声が響く。

「殺すと？　馬鹿な」

笑ったのは王渕町長だ。

「わしらはそんなことは考えとらんよ。ツキモノハギにかけるだけだ。少しは痛いかもしれんが、殴られても蹴られても、お前に体力があればどうということはない。憑き物を落として、すっきりできるはずだ。お前の罪は重い。鳥新康子と憂羅充を金目当てで殺した。それだけではない。自分の母である大門玲すら殺した。遺産目当てか、それとも玲が巫女だったからか。お前は呪われておる。さすがに悪魔憑きの孫だ」

私は怒鳴った。

「濡れ衣だ！」

「いいや」

町長は強く否定し、

「濡れ衣ではないな。大門大造は悪魔を呼び出した。そして政敵であるわしの女房と子供たちを殺した。召喚された悪魔を使ってな。しかし魔物など、いつまでも自分の意のままに操れるはずもない。大造は子飼いの怪物に反逆され、離れの中で自らが殺されてしまった。いい気味だ。そしてお前は、その呪われた男の跡取りなのだよ」

「悪魔なんているものか！」

叫んだ途端に不二男の言葉が頭をよぎる。〝これは天使と悪魔の事件なのです〟

町長はいやらしくフフフと笑い、

「悪魔はいるとも。魔力でもなければ、わしの妻や娘たちを、あんなふうに殺せるわけがない。噂によると大造自身も、密室の中で骨をばらばらにされて死んでおったという。これが悪魔の仕業でなくて何なのだ。わしはな、タクマ、お前がこの町に来た時から目を光らせておった。悪魔憑きの孫は、やはり悪魔憑きなのではないかと確信していたからな。そしてお前は、まんまと尻尾を出しおった。考えてもみろ。お前がこの町に来てから、ばたばたと人が死んでいる。ツキモノハギの小屋が燃えたりな。どう考えても、お前が事件を引き起こしているとしか考えられん。わしのいうことが間違っておるか」

「間違いだらけだ、町長。お前が色々な手を使って、俺を誹謗中傷していたんだな」

「プラカードぐらいなら立てた。悪い芽は早いうちに摘まんとな。この町でお前のようなツキモノイリを野放しにするわけにはいかんのだ」

　グレンの背後にはやはり王渕町長がいた。とすればツキモノハギや葬式など、人の集まる場所での冷たい視線も納得がいく。町長なら簡単に、私の立場を危うくすることができただろう。敵は強力だ。

　筋骨たくましい町民たちが、代わる代わるタックルしているのか、振動はますます激しくなっていく。一番上のダンボール箱が転がり落ち、床に本が四散した。足に洋書の一つが当たる。見ると『Amon』だ。こんな本が現われるとは、ちょっとした呪いか。息が荒い。もう駄目だ。押さえきれない。

その時、外で鋭い声が響いた。

「待て！」

凜とした声に、有無をいわせぬ力がある。ざわついた気配が一気に鎮まった。不二男の顔を見ると、彼は顔の血を手の甲で拭う。わずかな沈黙の後、声に信頼を滲ませる医者独特の声が響いた。

「みんな、何をしているんだ。落ち着け。冷静になりたまえ。そして私の話を聞いてくれ」

不二男の「差賀先生ですね」という言葉に、私はうなずく。

町長がうなるような声でいう。

「差賀さん、何でここに来た。あんたに声はかけなかったはずだぞ」

「むしろ私に声をかけてほしかったね」

緊張とは裏腹に、不思議にも会話がよそよそしく耳に響く。ラジオドラマを聞いているような感じなのだ。薄い板壁の向こうでは、差賀あきらという、とりあえずの味方が登場した。ストーリーの次の展開はどうなるのだろう。

差賀は冷静に続けた。

「私は今日、たまたま学校に行っていた。体育の授業で頭を打った生徒がいてね。軽い脳震盪だったが、念のため、呼ばれたんだ。治療が済み、しばらく保健室でくつろいでいたら、今度は校長に呼ばれた。見てもらいたいものがあるという。行ってみて驚いたね。二人の子供の死体があった。倉庫とプールに」

グレンが話の腰を折るように、

「鳥新康子と憂羅充だろ。二人とも如月タクマが殺ったんだぜ」

差賀は、冷たさを感じるほど平たい口調で話し続ける。

「一見した限りタクマ君が殺したという証拠はない。二人とも殺された、ともいい切れない。康子さんは明らかに縄のようなもので絞め殺されていた。しかし充君は溺死らしく、抵抗した様子はないし、客観的に見て殺人かどうかはわからない。事故死である可能性もある」

グレンは鼻で笑ってから、

「充も殺されたに決まってるじゃねえか。プールサイドに呼び出されて、突き落とされたのよ。ツキモノイリの如月タクマにな」

「その通りだぜ」

巡査が同意し、

「息子を殺したのはタクマだ。こんな奴、絶対許せねえ」

「そうですとも。許してはいけません」

　甲高い声だ。

「それが町の総意です。だからこうして、町のみんなで集まっているんです」

　鳥新だった。普段と違うヒステリックな声で叫んでいる。

「町の総意だと。ツキモノハギがか！」

　差賀が声を荒らげた。

　彼は隠しようもない怨嗟《えんさ》をこめて、

「憂羅巡査、そして鳥新さん、私はツキモノハギを憎んでいる。そんなものを許容し、存続させている町の体質を憎悪している。学校で死体を見、巡査たちがタクマ君を追っていたという話を聞き、嫌な予感がしてここに来てみたら、この体たらくだ。巫女もいないのにツキモノハギか。いつまでこんな馬鹿なことを続けるつもりだ。冷静になれ。少しは進歩したらどうだ」

「冷静になどなれますか！」

　鳥新が叫ぶ。

「わが子を殺されたのですよ。卑劣な殺人鬼に絞め殺されたのです。如月タクマという少年犯罪者にね。これを放っておけますか。放っておいていいのですか。私たち自身のために、私たち自身の手で、できるだけのことをするのが、何故いけないのです」

「確かに康子さんの死が殺人であることは認める。しかし鳥新先生、タクマ君が殺したという証拠はあるのかね」

「目撃者がいるのですよ」

グレンがそれに応え、挑発的にいう。

「俺が見たんだよ。この目でな」

差賀は静かに聞き返す。

「犯行の瞬間を見たのかね」

グレンは少しためらってから、

「見たぜ。タクマが康子の首を絞めてるところをよ」

「その目で見たのか」

「この目で見たんだ」

「嘘だね」

「何で嘘だといえる」

「康子さんの死体は、死後一日は経過していた。殺されたのは昨日、つまり日曜日だ。君が今日の放課後、殺人の瞬間を見ているはずがない」

「今日見たとはいってねえぜ。昨日も俺は学校に来て、倉庫の中をのぞいた。煙草でも吸おうかってな。そしたらタクマが女を殺してたんだ」

初めて聞く話だ。でまかせとしか思えない。

グレンは甲高く笑ってから、

「俺が見間違えるはずはねえ。そして今日も見た。タクマは、康子を縄で脚立に縛りつけてたんだ。殺人犯でもなきゃ、どうしてそんなことをする」

「タクマ君が殺したのなら、何故死後一日も経ってから、死体を脚立に縛りつけたりしたのかね」

「知らねえよ。本人に聞きな」

話の続きを、憂羅が引き取った。

「こいつのいうとおりだぜ。タクマ自身に聞けばすむことよ」

差賀は冷笑し、

「ツキモノハギと称する拷問にかけてか。そんな前近代的なことはやめ、警察に連絡するんだ。そして事件をしっかりと調べてもらう。リンチの犠牲者を見るのはもうたくさんだ。タクマ君を罰するべき確たる根拠はない。疑わしきは罰せずともいう。私刑などやめ、すべてを官憲の手にゆだね、君たちは引くべきだ」

「いいや、引けんな」

町長がいった。

「考えてもみろ。殺したという確証はないかもしれん。しかし如月タクマが昨日、康子と充を殺さなかったという証拠もない」

「何故それほど、タクマ君が二人を殺したといいはるのかね」

「奴が大門大造の孫だからだ。悪魔憑きの孫は悪魔憑きだ。それで充分だろうが」

「ナンセンスだ」

こんな議論は不毛だ。町民たちの結論は最初から決まっている。奴らは私を犯人にできれば理由は何でもよいのだ。ロジックでこの状況を覆せるものではあるまい。不二男が苦笑いしてつぶやく。

「駄目ですね。これでは集団ヒステリーは収まらない。攻撃が再開されるのは時間の問題です」

戸外から王渕の笑い声が響く。

「差賀さん、あんたがどう思うかなど関係ない。わしと町のみんながどう思うかが重要なのだ。みんなはどう思う。如月タクマをツキモノハギするべきか否か。どうだ」

至る所から声が上がった。

ツキモノハギだ！　やれ！　引くな！　追い詰めろ！　殺せ！

大勢の町民が集まっている。差賀一人ではどうしようもない。

その時、澄んだ声が響いた。

「違うわ！　みんな間違ってる！」

根津京香だ。そういえば彼女は〝後でまた君の家に来るかもしれない〟といっていた。

少女は続けて、

「差賀先生、充君と康子さんは、昨日殺されたんでしょう」

「その点は間違いない」

「もっと細かいことはわかりませんか。二人はいつ死んだんです」

「死亡推定時刻か。充君は午前十時半から十二時半の間に溺死したと思われる。康子さんは午前十一時から午後一時にかけて絞殺されたと推定される」

「そうですか、なら――」

京香は間を置いてから、力強くいった。

「タクマ君は犯人ではありません」

すかさず誰かが問う。

「何故だ」

「タクマ君にはアリバイが成立するんです。彼に二人を殺せたはずがありません」

どっとざわついた。

京香は声を張りあげ、

「聞いて下さい。タクマ君は充君も康子さんも殺していません。証人はこの私です。彼には絶対確実なアリバイが成立するんです。何故ならタクマ君は、昨日一日、ずっと私と一緒だったからです」

辺りが静まり返った。

京香は一拍置き、諭すように語り始める。

「充君は午前十時半から十二時半の間に死にました。溺死です。殺人だとしたら、犯人はおそらく、プールに充君を呼び出して突き落としたのでしょう。この時、私とタクマ君は大門美術館にいたんです。十時に待ち合わせて十一時すぎまで、一緒に展示品を見ていました。それから二人で私の家へ向かったんです。午前十時半から十二時半の間、私たちが別々になった時間はありません。彼が充君を殺すことなんて、絶対にできないんです。絶対に！」

「ふん！」

誰かが鼻で笑った。

「京香さんのいうことを信じるとしてもですね」

鳥新先生だ。

彼は意地の悪い声で続ける。

「充君は事故死だったのかもしれない。彼は単に、足を滑らせてプールに落ちて死んだのかもしれないんですよ。だからその時間にアリバイがあっても、タクマ君が殺人鬼でないという証明にはなりません。一方、康子は明らかに殺害されました。娘が殺された時間に、彼にはアリバイがあるのですか」

「同じことです」

京香の口調に乱れはない。

「康子さんは午前十一時から午後一時にかけて殺されたといいます。その時間帯にも、彼には確実なアリバイがあります。タクマ君と私は、美術館から私の家までずっと一緒でした。家ではキッチンのテーブルで、お茶を飲んだりしてたんです。午前十一時から午後一時——この時間帯にも、お互いの目を離れた瞬間は、一瞬たりともありません」

鳥新は疑うように、

「一瞬たりとも」

「そうです。一秒もないといっていいくらいです」

確かにそうだ。あの状況で私が鳥新康子を絞め殺せるはずもない。絶対確実なアリバイである。

不二男がこちらを見て聞く。

「京香さんの話は本当ですか」

「間違いない。俺は昨日、京香さんとずっと一緒にいた。確実にアリバイが成立する。まさか君まで俺を疑っていたのか」

「いいえ」

彼はきっぱりと否定し、

「これでタクマ君が犯人ではないという裏づけが取れました。しかし……」

しかし、この状況を切り抜けられるほどの情報とは思えなかった。

案の定、

「ふざけるな！」

グレンが吠える。

「お前のいうことなんて信用できるかよ」

「どうしてよ」

毅然と切り返す京香に、グレンが噛みつく。

「タクマの女の言葉なんて信じられるか。恋人のことをかばって嘘をついているに決まってるぜ」

「だから馬鹿って嫌いなのよ。私はまだ、タクマ君とそういう関係じゃないし――」

そうなのか？

「――それに、嘘なんていわない」

「わかるものか。どうせおめえの他に、タクマのアリバイを証明できる奴なんていねえんだろ」

「でも」

「みんな、聞いてるか！」

グレンは大声を張り上げ、

「こんな奴のいうことに耳を貸す必要なんてねえんだ。全部嘘なんだからよ」

憂羅巡査も口を出す。

「メスガキのたわごとなんて聞いちゃおれんぜ」

鳥新も追従するようにいう。

「配偶者の証言は法的な証拠にはならないといいますしね」

京香もすかさず、

「私は配偶者じゃない」

　グレンが嘲るようにいう。

「いずれ結婚するのなら同じことじゃねえか」

「私、そんなこと考えてません」

　不二男は血みどろの顔で、照れたように微笑し、

「京香さん、結婚までは考えてないんですって」

　こんな時に、何をいっているのだろう。

　グレンは続けて、

「いいや、お前は如月タクマと結婚してえのさ。金目当てでね。女はみんな金の亡者よ。底が見えてて片腹痛えぜ」

「馬鹿いわないで！」

　京香もヒステリックに叫び、

「愚劣な！　あなたみたいな人間と一緒にしないでよ！」

　私は思ったことを口にした。

「論点がずれてきたね」

「京香さん、グレンのペースにのせられすぎですよ。相手は誹謗中傷するだけの男ですか

ら、まともに議論してはいけません」

「多勢に無勢だし、こんなことでは……」

いきなり、怒声が響いた。

「くだらん！」

町長だ。

「いつまでもくだらぬ妄言につき合っている暇などないわ！　医者や子供が何といおうと、わしはやめんぞ！　断固としてツキモノハギを実行してやる。なあ、みんな、そうすべきだとは思わんか！」

京香と差賀がいい返そうとしたようだが、喧騒にかき消された。

町民が口々に叫んでいる。

そうだ。町長のいう通りだ。ツキモノハギだ。かけろ！　かけろ！　如月タクマをツキモノハギにかけろ！

いっせいに声が上がり、町民は烏合の衆と化した。しかし烏というには、あまりに凶暴すぎる。戸にぶつかる音と共に、激しい衝撃を感じ、再びバリケードを押し返す。体当たりが再開されたのだ。怒声が小屋の周りを包む。そこら中から獣のような叫びが聞こえる。

人間も動物の一種であり、理性を失った人間は獣と同じだ。言葉がただの吠え声と化している。女の悲鳴が聞こえた。京香か。暴漢に襲われたのか。守りたい。飛び出していって守らなければならない。しかし守れない。ふがいなかった。逃げてくれ。心から願う。彼女が私のために傷つくのは耐えられない。せめて差賀が京香を守ってくれるよう祈る。耳を澄ましたが、京香の気配を捉えることはできない。

壁の揺れは、正面から側面、そして背面へと広がっていく。瞬く間に壁全体が揺れ始めた。小屋そのものを壊そうとしているかのように、四方から殴ったり蹴ったりしている。まさに暴動だ。町民が怒りや憎しみを板壁にぶつけている。壁を突き破らんばかりに、拳や足を叩きつけている。

「いけない！」

不二男はいって、不可解な行動を取った。持ち場を離れ、後ろに走り出したのだ。

その行為が理解できず、必死で木箱を押しながら、

「何をしているんだ」

彼はふり向きもせず、

「奴らの欲求不満の捌け口にされたら、たまったものではありません。少しだけ一人で持ちこたえられますか」

「何を考えてる」

「逃げるんですよ。逃げ道を確保するんです。これでは守りきれません」

衝撃は更に激しさを増している。敵が侵入してくるのは時間の問題だ。物置そのものが、壊されてしまうかもしれない。目で追うと、不二男は部屋の奥へと走り、仏像に手をかけている。

「不二男君、君は地下道のことを知っているのか」

仏像の下には、地下道へと続く入り口がある。この前発見した秘密を、この少年は知っているらしい。彼は、押し倒さんばかりの勢いで仏像を動かす。地下へと続く穴が、ぽっかりと現われた。

不二男は額の傷に手を遣ると、

「秘密の入り口のことなら知ってましたよ。地下道へ入れるはずです」

「どうして知っている」

「話は後です。ここから逃げるんです。早く！」

いうが早いか、彼は穴の中へと消えた。

少しためらう。京香の声は聞こえない。どうか無事でありますように。木箱から手を離し、一気に穴まで駆ける。深い闇を黒々と孕んだ穴が、地獄への入り口のように見えた。

そして私は、魔界へと飛びこんだ。

第六章　実験体

洞窟の闇は夜の闇とは違う。

密度が濃く抵抗感がある。

追われているせいかもしれない。空気を掻き分けて進んでいるような感じがする。走っているつもりだが、足元が不確かで速度が出ない。悪夢の感覚に似ている。幽霊や怪物に追われている時に限って、足が前に出ない。透明な鎖でつながれているかのように、動きが鈍くなる。もどかしい。

少し進むと、背後からの明かりは途切れたが、小屋を叩く音や怒声は聞こえた。とっさに組み立てた防壁が、予想以上に持ちこたえている。不二男が携帯電話のスイッチを入れた。細い光が一瞬前方を照らし、切れる。彼はすぐに光を灯す。懐中電灯にはほど遠いが、暗黒の中を進むよりいい。オススメモダンホラーの中に出てきた、懐中電灯を恐れる怪物のことを思い出す。あれを読んだ時には笑ったものだが、光は確かに——携帯の弱々しい明かりであっても——闇に対する強力な武器なのだ。天使が光をまとって現われるのも、故なきことではない。私も携帯を取り出し、不二男と同じように使った。

襲撃者たちの音が消える頃、分岐点に着いた。ここまでは来たことがある。左は駄目だといおうとした時、不二男は迷わず右へ進む。彼は道を知っているらしい。闇の圧迫感は凄まじく、どこまでも地下道が続いているような気がする。携帯の明かりが点るたびに、不二男の白い顔が鬼火のように浮かぶ。警察に電話しようとしたが、圏外だ。

不二男は察したかのように、

「電波は届きませんよ。警察に助けを求めるのが一番いいんですが」

「物置小屋から電話すればよかった」

「思いつきませんでした」

「俺もだ」

その時だ。

足元が揺れた。

立っていられないほどの激しい振動だ。二人ともしゃがみこむ。凄まじい音が轟き、土砂が降り注いだ。暗闇の中の揺れは、猛烈な恐怖を生む。一瞬、追われている恐怖を、生き埋めの恐怖がしのぐ。

揺れが収まるまで、前進することができなかった。未だに頭上からパラパラと石や土が落ちてくる。天井部分が落下し、下敷きになってしまうのではないか。追っ手から逃れるどころか、地下道で惨めに圧死してしまうのではないだろうか。

不二男が何かいっている。

「東京で地下鉄に乗っている時、ぐらぐらっと来て、列車が止まってしまったことがあるんですよ。何時間も止まりっぱなしで、大変でした。やっと動き始めたと思ったら、のろのろ走って、次の駅で停車し、そこで降ろされちゃいました。出口から外へ出たはいいが──僕は田舎者ですから──今度は見ず知らずの街に放り出されてしまったわけです。さてどうしたものか。あの時は途方にくれましたよ」

呼吸を止めながら、彼の話に耳を傾けているうちに、気味の悪い横揺れは収まった。不二男も怖かったのだと思う。恐怖を紛らわすために言葉に頼ったという感じだった。

彼はふっと息を吐き、

「鎮まりましたね」

「潰れなくてすんだらしい」

「ついに天変地異が起きましたね。今朝の地鳴りが気になってはいたんです。こんなに強い揺れは、生まれて初めて経験しました」

「東京はしょっちゅう揺れているが、俺もだ」

「何か悪いことが起こる前触れでしょうか」

「凶事なんて、充分起きてる」

「もっと悪いこと……根源的に禍々しいことが、起ころうとしているのかもしれません」

「例えば」

「世界の崩壊。終末のような」

「キリスト教的世界観はわからないし、信じることもできない」

「しかし否定することもできませんよ」

不二男は前後を見て、

「今の揺れで地下道が塞がったかもしれませんね」

「行く手を塞がれたとしたら、閉じこめられたか。最悪だな」

「袋の鼠ですか。ツキモノハギに巻きこまれて殺されるのもごめんですが、生き埋めで死ぬのも勘弁してほしいですね」

私は思わず、いった。

「すまない」

「何が」

「俺のせいで君まで巻きこんでしまった」

それ以上のことをいいたいのだが、気持ちをうまく言葉にできない。

彼は、あっけらかんとした口調で、

「町の馬鹿どものせいです」

「本当に申し訳ない」

不二男はそれには答えず、

「岩が崩れるような音は、後ろから聞こえたような気がします」

「確かに」

「だとしたら、後ろの地下道が塞がったかもしれません」

「そう願いたい。追っ手を阻んでくれるからね」

「くれぐれも前方が崩落していませんように。では前進しましょう」

不二男は携帯電話のスイッチを入れる。微かな光が、狭い洞窟の中を照らし出す。

足元を確認しながら話しかける。

「君はどうして、ここに地下道があることを知っていた」

「町の年寄りなら、みんな知ってるみたいですよ」

「君はまだ中学生だが」

「耳年増ならぬ耳年寄りなんです」

「誰から聞いたんだ」

「お祖父さんとお祖母さんが生きていた時、この地下道のことを話してました。小耳に挟んだんですけど、ひそひそと秘密めいた会話でしたよ。内緒話って、思わず耳を傾けてしまうものでしょう」

「どんな会話だったのか」

「詳しくは覚えてません。でも大門家の物置小屋は昔からあって、そこに地下道へと続く穴があることは聞き取れました。仏像の下に入り口があることも」

「その話は、町の誰でも知っているわけではないんだね」

「子供は知らないようです。でもある歳以上の人たちは、みんな知っているんじゃないでしょうか。推測ですけど町の全員が、ある年齢になると、親や近所の人から地下道のことを教えられる、ということではないかと思います」

「この道は町の人たち共通の秘密なのか。一定の歳に達するまでは、秘密を教えないのだとしたら、何故なのか」

「わかりませんね。おや」

不二男が足を止める。弱い光しかなかったが、行く先が二股に分かれていることはわかった。地下道に入ってから二つ目の分岐点だ。

「どっちへ進む」

質問した途端に、携帯の光が切れる。彼は光を再び点し、右側の洞窟を示す。

「こっちです」

「ためらいがないね。さっきの分岐点も、君は迷わず右の道を選んだ。どうして右が正しい道だとわかる」

「祖父たちの会話で、道が分岐していたら、必ず右側へ進むと聞きました。左に進むと行き止まりだそうです」

私たちは右側の道を進み始めた。

私は以前の体験を思い出し、

「左は行き止まりか。実は以前に、一つ前の分岐点までは入ったことがあるんだ。その時は左の道を進んだ」

「どうなってました」

「水溜りがあった」

地底湖の幻想が甦り、ぞっとした。光も射さぬ地底に太古から横たわる巨大な湖。濡れた足先のおぞましい感触をありありと思い出す。

不二男は他愛ないといったふうに、

「水溜りのすぐ先が、きっと壁みたいに塞がっていたんですよ」

「そうかもしれない」

「塞がった——といえば、僕たちの後ろは、さっきの揺れで本当に塞がってしまったみたいですね」

「何故そう思う」

「音が聞こえてきません。追っ手が進んできたら、声なり足音なりが聞こえてきてもいいはずです」

耳を澄ます。濃い闇の中には、私たちの足音しか聞こえない。追跡者たちの気配はなかった。物置を取り囲んだ時、奴らはあれほどの馬鹿騒ぎをしたのだ。地下道に入ってから、いきなり足音を忍ばせて気配を消すとも思えない。携帯の光は弱く、暗い洞窟が果てしなく続いているように思える。空気がじっとりと湿っていて、不快だ。

彼は囁くようにいう。

「追っ手の気配がないのはラッキーです。逃げ切れる可能性が出てきました」

私はふと思いつき、

「先回りの可能性はないだろうか」

「ありますね。敵のほとんどは大人ですから、車を持っています。向こうは圧倒的に足が速い」

「奴らはこの道の到着地点を知っているのか」

「たぶん」

「だとしたら、出口で待ち伏せされている可能性さえある」

「まったく。しかし後退するわけにもいきませんよ」

「地下道はどこへ続いているんだ」

「以前は、昇り崖へ続いていたといいます」

「昇り崖？　ということは、今は……」

「そうですね。地下道はその場所に至る道なのです」

「大門美術館への道なのか」

「地獄への道ですよ」

その言葉が存外に重く生々しかったので、鸚鵡返しに聞いてみる。

「地獄への道か」

「そう……」

彼は一拍置き、

「いったはずですよ。大門美術館は地獄を象っている。アンチ・バベルは天からの下降、すなわち地獄そのものだと」

「覚えているよ。君は美術館の建物にトリックが仕組まれているといった。三階の中央に広い部屋が隠されているともね。そろそろ教えてくれてもいいだろう。そこには、何がある」

「君にも、うすうすわかっているはずです」

「俺にも」

「そうです。ご覧なさい」

彼は携帯の光をぐるりと回し、

「この暗い洞窟を。まるで冥府への道ではありませんか。ここは嘆きの河アケロンテなのです。そしてタクマ君、君はダンテというわけです」

「ならば君はヴェルギリウスか」

「おおせの通り、僕の役割はローマの詩聖、地獄の案内役です」

「確かに君にはふさわしい役柄だ。一連の事件を天使と悪魔の事件であるとほのめかしたり」

「ほのめかしではありません。事実です。それが真相なのです」

「空想としか思えない。現実の世界に天使と悪魔などいない」

「現実の世界……ですか。しかし現実の世界など本当にあるのでしょうか。唯一絶対の世界など存在するとは思えません。そこにあるのは、あなたの現実、僕の現実といったものだけなのではないでしょうか。そして人は、誰も他人の現実を共有することはできない。もしかしたら、ある人間の世界では、確かに君はダンテであり僕はヴェルギリウスであり、地獄は実在し、天使も悪魔も肉体を持って存在しているのかもしれない。違いますか」

「それが君の世界だと」

「僕の世界ではありません。しかし僕が感じとれる、ある一つの世界の姿です」

「その世界の中では、今回の事件はどんなふうに見えるのだろう」

「こう考えてください。時系列的にいうと、四つの事件――大門大造、大門玲、憂羅充、鳥新康子殺人事件――の中で、大門大造の事件が最初に起こっています。しかしこの大造事件は、本当は最後の事件ではなかったか、と」

「最初の事件が最後の事件に反転する？」

数ヵ月前に起こった大造の死が、昨日殺された充や康子の死より後の事件だというのか。どう考えたら、そんな発想が出てくるのだろう。

「君の考えがわからない」

「わかろうとしないだけです。思い出してください。大造は離れの中で死んでいました。床にはアモンの紋章が描かれていましたね。彼は何のためにそんなものを描いたのでしょう」

「普通に考えれば──」

私が呑んだ言葉を、不二男が続ける。

「大造は悪魔アモンを召喚しようとしたんです。当然そういう結論になります。悪魔を呼び出そうとする人は、古今東西幾らでもいたはずですし、今だっているでしょう。そして事実、彼は悪魔を呼び出すことに成功したのです」

「あり得ない」

「では何故、大造は鍵の掛かった離れの中で死んでいたのですか。全身の骨をバラバラにされて。人間の仕業とはとても思えません。犯人が人間だとしたら、何かのトリックを弄したのでしょうが、どうしてそんな状況を作り出す必要があったのですか。不自然ですよ。むしろこう考えた方が自然です。彼は実際にアモンを呼び出した。しかし怪物を制御しきれなくなって、逆に殺されてしまったのです」

〝大造は子飼いの怪物に反逆され、離れの中で自らが殺されてしまった〟とは、他ならぬ王渕町長がさっき口にした言葉だが──

「そうです。悪魔は実在したのです。事実、大門の家の周りで、怪物が目撃されてもいます。そいつは〝這う〟ものだったという。そしてアモンは半身が大蛇だとされています。君は、この町に来てから何度か、何ものかが這う不気味な気配を感じたといいました。それがアモンの気配だったとしたら、怪物は未だに、大造の孫の君につきまとっているのかもしれません。町長の言葉にも一理はあったのです。大造はアモンを使って、政敵である王渕の妻と二人の娘を殺した」

「悪魔の力によって、三人の女の首を一瞬に切断したと」

「アモンの力なら、いともたやすくできたことでしょう。もちろん大造を、鍵の掛かった部屋の中で殺すことなど造作もありません」

「その大門大造の事件が〝最後の事件〟というのは、どういう意味だ」

「正確には、大造の事件というよりアモンの事件……いや、アモンの召喚が最後だったというべきでしょうか」

「召喚が、最後」

ますますわからない。

携帯の光が消え、洞窟が真の闇になる。まさに地獄行だ。得体の知れないものが暗闇に潜んでいるような気になる。少年が再び明かりを灯す。細い背中が逆光に浮かんだ。

「ねえ、タクマ君」

不二男は何故か声を潜めて、

「大造が呼び出した悪魔は、アモンだけだと思いますか」

虚をつかれ、返答に間が空いた。

「他にも悪魔を呼び出しているというのか」

「そうです。おそらくは何十年も前から」

彼は細く息を吐き、

「思い出してください。大門玲の殺人事件を。彼女は緑色のスリップを着て、片足を足首から膝まで出していました。しかも部屋の中にはワニの剝製が置いてあった。そうですね」

「間違いない」

「悪魔の中に、片足を足首から膝まで露出した、緑衣の女性の姿で出現するものがいます。そいつは金髪の老人として現われることもあるのですが、その場合にはワニにまたがっているのです」

「緑衣、足首から膝まで露出、そしてワニ。では、その悪魔というのは……」

「そうです。僕自ら紋章を描いて暗示した悪魔、アガレスです」

「まさか」

私は馬鹿のように〝まさか〟を繰り返し、

「まさか母が……大門玲が、アガレス――つまり悪魔だったと、いいたいんじゃないだろうな」

「そのまさかです」

彼は強い口調で、

「大門玲はアガレスだったんですよ。おそらくは大門大造が、最初に呼び出すことに成功した悪魔、つまりは実験体第一号というわけです。あるいは、成功した最初の実験体、というべきですかね」

玲のあだっぽい顔を思い出す。あの女が悪魔などということがあるのだろうか。

闇の中、私は首を振って、

「あり得ない。では大造は、呼び出した悪魔を、娘として育てたというのか」

不二男はクールにいい切る。

「そうです。あり得ますとも。僕はさっき、君から充と康子の事件現場の話を聞きましたよね。それで強く確信したんです。大門玲がアガレスだということを」

漠然とだが、話の方向性が見えてきた。

彼は口早に、

「まず康子の場合です。彼女は縄でぐるぐる巻きにされていたが、それはこの際どうでもいい。問題は蛇です。死体の顔には毒蛇が貼りついていたといいましたよね」

「蝮がね」

「悪魔の中に、犬を連れ、毒蛇を持つ美女に変身する奴がいます。シトリーです」

「康子さんは犬を飼っていたのか」

「ルルという愛犬がいましたよ。それにシトリーは男女の仲を取り持つのが得意なんです。まさに鳥新康子そのものじゃないですか、あのお節介焼きの」

康子は、私には京香との仲を取り持とうとし、不二男にも女の子を紹介した。

「鳥新康子がシトリー。憂羅充は、どうなんだ」

「プールの上にはカラスの大群が舞っていました。また充君は、中間テストの時、盗みをやっています。ラウムという悪魔は、カラスの姿で出現し、盗みが得意なんです」

「憂羅充はラウムか」

「見かけ通りに悪魔だったのです。そこで何かに気づきませんか」

「何に」

「もともと彼らの名前の中に、悪魔の名前が含まれていることに」

町の通りで見かけた商店の、〈MODAN・I〉の看板を思い出す。あれは大門すなわちDAIMONのアナグラムになっていた。
じっくりと考えてみる。
TORISIN＝SITRI
URAMITURU＝RAUM
完全なアナグラムとはいえないが、文字は含まれている。
しかし、
DAIMONREI
は、どうか。
「大門玲はどうなんだ？　彼女がAGARESだとしたら、Aが一つ足りないし、GとSもない」
「ふふふ」
彼は奇妙な声で笑って、
「忘れたんですか。玲は一時、差賀先生と結婚していたんですよ」
「差賀玲か」
SAGAREI＝AGARES

なるほど。

不二男は静かに話し続け、

「人間の中に、〝人の形をした人でないもの〟が混じっていた時代がありました。西欧十一世紀から十三世紀に、多数の悪魔が、愚かな顔にみすぼらしい姿で跳梁《ちょうりょう》しています。その際に奴らは一様に世をすね、ひねくれた外れ者として現われるのです。思い出してください。憂羅充はいつでも外れ者でしたし、鳥新康子は田舎の出自を嫌い、常に世をすねていました。出現した悪魔の多くは賢くもなく、時として間抜けで、人間に出し抜かれたりします。悪魔の知性は特別ではないのです。奴らは一見、充や康子のように、普通の人間に見えるのです。容姿だってそうです。醜い顔をしている場合も多いが、悪魔と確定できるほど突出しているわけではなく、民衆に紛れる程度には人並みなのです。平凡な康子の顔や、まして充の陰気な顔が悪魔のものであったとしても、僕は驚きませんね」

「玲も外れ者だった。自分に重荷を押しつけた一族を憎み、死ぬまでひねくれていた」

「彼女のＤＡＩＭＯＮという姓も象徴的ですよね。ソクラテスは、自分はアガソダイモンすなわち善き霊に導かれているといったそうです。この善き霊に対し、人間を破滅に誘う災いの霊がカコダイモンです。後のキリスト教では、このカコダイモンのみが伝播し、やがて悪鬼を意味するダイモンすなわちデーモンとして定着したといわれています」

私は蘊蓄を聞き流し、

「すると大造の悪魔の実験は、末娘でまず成功し、それ以降は孫二人で成功している――と」

「そういうことになりますね。呼び出した悪魔の順番はアガレス、シトリー、ラウム、アモンです。その意味で最後に召喚されたのはアモンであり、アモンが引き起こした大造事件が最後の事件である、ということになります」

彼のいう、事件の順番の逆転が理解できた。

同時に気づいたことがある。

「すると連続殺人の被害者は、大造をのぞき、三人とも悪魔だったということか」

「そうです。彼らは悪魔だったのです。それぞれの死に方を見て下さい。玲は斬首され、康子は磔にされ、充は水責めで死んでいます。まるで悪魔を拷問に掛け、刑罰を与えているようではありませんか」

「拷問刑？」

「ではタクマ君、悪魔を拷問したり、悪魔に刑罰を与えたりできるのは、何者ですか。悪魔を殺すことができるのは誰ですか」

「神――」

第一次創世記戦争の時、ヤハウェ軍の総司令官はミカエルだったという。

「いや、天使か」

「そうです。天使です。天使が悪魔を拷問刑にかけているのです。悪魔が堕天使だとしたら、堕天使拷問刑に処しているといってもいい」

「つまり犯人は、天使だと？」

「はい。すなわち、天使が現われなければならない。この事件は、天使と悪魔の事件なのですよ」

第二次創世記戦争。

第七章　出現

嗅覚というのは、人間の五感の中で、もっとも鈍いものではないだろうか。少なくとも私にとっては、そうだ。視力は昔から良かったし、耳もいい方だと思う。しかし匂いには鈍い。日頃からほとんど嗅覚を使用しているという感じがない。だが、その時は違った。全身の感覚が鼻一点に集中したような気さえした。地下道の終点に着き、不二男が頭上の戸を押し上げた時、変な臭いがしたのである。

ぽっかり開いた四角い入り口から、明かりが差しこんでいる。彼は上へと登っていった。

「さあタクマ君、早く！」

目の前の壁に木製の梯子が付いている。握ってみると、かなり風化していた。梯子を上り、地下道を出ると、大門美術館の一階だった。足元の四角い穴は、受付内側の床に開いている。来客からは見えない場所だ。受付側に立つと、一階の様子がまったく別物に見える。アクは毎日、こんな風景の中に現われる来客を見てすごしていたのだろう。

隣に立つ不二男に視線を移し、仰天した。

「……その顔……」

血に染まっていた。彼はペンキを塗ったように真っ赤な顔で笑う。

「笑ってる場合じゃないだろ。大丈夫か」

「そう、笑ってますか。くらくらしますよ。思ったより傷が深かったみたいです。血が止まらないんですよね。貧血でぶっ倒れそうです」

「早く病院へ行かなければ」

「そのつもりです。でもタクマ君、何で美術館に電気が点いているんでしょうか。誰かまだ中にいるのか、帰る前に消灯し忘れたのか」

「どうでもいい。ここから出ていこう」

美術館の入り口へと向かう。その時また臭ったのだ。生臭い、独特の悪臭だ。足が止まった。見ると、ドアがわずかに開いている。その薄く開いた隙間が、徐々に幅を広げ、瘴気を孕んだ闇と共に、何か得体の知れないものが、ぬるっと顔を出した。

フットボール以上もある、ひび割れた黒い顔だ。

蛇だ。いや……蛇だろうか。

蛇にしては大きすぎる。こんな生き物は見たことがない。そいつはずるりとフロアーに進入すると、二メートルほども鎌首をもたげた。板を積み重ねたような、凄まじい蛇腹だ。裂けた口から、二股に分かれた舌がちらちらとのぞく。それ自体が普通の蛇ほどもある舌だ。黒く錆びた小判を貼りつけたような鱗が、ぎとぎとと光っている。こちらを見ているのだろうが、丸い目には何の変化もない。まさに人外のものだった。

私たちは静かに後退した。大蛇から目を離さず、一歩二歩と下がっていく。踵が階段に接した。不二男を見ると、彼はうなずく。階段を駆け上がった。二階まで一気に上がり、振り返る。怪物は悠々と蛇行しながら、近づいてきた。その体はドアの外まで続いており、まだ全身を現わしていない。全長十メートル以上はあるのではないか。嫌な臭いがまた鼻を突く。思い出した。この臭いはこれまでに何度か嗅いだことがある。寺で、河原で、同じ気配を感じた。アモン。こいつが私につきまとっていた悪魔ではないのか。祖父が呼び出したという〝這う〟怪物ではないか。悪魔アモンが、ついに、まったき姿を現わしたのか。

大蛇は、するり、と階段を上がってきた。

「何してるんですか、早く！」

不二男に促される。

隠れる場所はないのか。身を隠す障害物がほしい。とっさに、巨大な青銅器が並ぶ方へと向かう。すぐ後ろに気配を感じた。見ると、巨大な口が菱形に開いている。その中は乾きかけた血のように黒ずんだ赤だ。咬まれる。食われる。足がもつれた。不二男を巻きこんで倒れる。頭から青銅器にぶつかった。目から火が飛ぶ。背丈以上の巨大な青銅器の数々が、ボーリングのピンのように倒れていく。轟音が壁に反響し、耳を塞いだ。不二男と床に転がる。こぼれた水が頬を濡らす。無様に倒れたまま背後を見る。細長く鋭い牙が鼻先にあった。もう駄目だ。

その時、怪物の頭に何かがぶつかった。壺が飛んできたのだ。スイカほどの陶器の壺が、床に落ちて砕ける。大蛇の意識が一瞬逸れた。壺を投げた何者かが、「うおお！」と叫びながら怪物に駆け寄る。手には展示品らしき剣を振りかざしていた。銀色の剣が、怪物の側頭部を薙ぐ。返り血が男の顔に降りそそいだ。

アクだ。彼はまだ帰っていなかったのだ。だから館内に電気が点いていたということか。アクはまた、剣を振り上げる。しかし蛇の方が早かった。巨大な尾がアクを薙ぎ払う。男は三メートルほどもふっ飛んだ。丸太のように転がって壁に激突する。爬虫類はしぶとい。なかなか止《とど》めを刺すことができない。トカゲは尻尾を切って逃げるし、蛇は頭を切断されても動き続ける。アクの与えた傷程度では、とうてい致命傷にはならない。

しかし怪物に迷いが生まれたらしいことは、わかった。奴は動きを止め、鎌首をもたげ、どこか茫洋とした様子に見えた。アクとこちらのどちらを狙うか、決めかねているふうだ。黒々とひび割れた顔が、側頭部から流れた血に染まっていく。悪魔だ。まさに悪魔そのものだ。

その時、いつか見た悪夢が甦った。天と地が反転し、少女と宙を飛び、怪物が塔を破壊する。あの怪物は、巨大な蛇の姿をしていたのだ。

私は静かに立ちあがり、不二男に近寄る。彼は腰を床についたまま、両手で後ずさった。蛇が動く。瞬間移動するように、巨大な口が一気に迫る。ひどく生臭い。二つに分かれた舌が鼻先を掠めた。食われた。頭から丸のみだ——と、思った瞬間、蛇の口先が目の前で閉じた。蛇の頭が後ろに逸れる。見るとアクが、蛇の尾に楔を打つように、剣を突き立てていた。すかさず不二男を抱き起こす。

アクが鋭く叫ぶ。

「逃げろ！　少年たち！　三階へ！」

蛇に再び迷いが生まれた。何を狙うか決めかねている。

私と不二男は三階の階段へと駆けた。本当は一階に下がる階段へ向かい、外に脱出したいところだが、そちら側には蛇がいる。三階へ向かうしかない。蛇の頭がこちらを向き、そして静かにアクに向いた。

次の瞬間、怪物は怪しげな動きをした。

超常的な感覚で、何かの気配を感じたかのように振り返り、一階に続く階段を見たのだ。

ほぼ同時に、下から鬨《とき》の声が上がった。一斉の雄叫びが、けたたましい轟音と化していく。床を踏み荒らす音、硬いものをガチガチとこすり合わせる音がそれに続いた。町民たちが来たのだ。地下道はやはり地震で崩れていたのか、狩人たちは、外からこの美術館を目指してやってきた。彼らは、地下道がここに続いていることを、やはり知っていたのだ。

恫喝するような掛け声と共に、階段を駆け上がる幾つもの足音が響く。最初にグレンが現われた。手に鎌を持ち、鋭い目が異様に吊りあがっている。続いて町長、巡査、教師を始めとして、ツキモノハギの町民たちが、わらわら湧くように駆け上がってきた。それぞれが手に、鍬や斧や鉈を持っている。竹槍を構えている者さえいた。まるで百姓一揆だ。

驚くべきは、彼らの顔だった。人間とは思えないのだ。顔の造作は確かに、見知っているグレンや鳥新や憂羅のものだ。しかしどこかが違う。微妙な目の吊りあがりや口の歪み、頬の窪みや眉間の皺、そういったわずかの違いが魔性を孕んでいる。人間と悪魔の違いは、ほんの一歩なのだろう。早くも三十人以上が集まっていたが、各々の個性が薄れ、同じ者が大勢いるように見える。理性を踏み越え、狂信的な感情に囚われて、非個性の単なる集団と化した人々は、自ずと怪物に近づくのかもしれない。彼らの目はまず大蛇に貼りつき、続いて私の姿を捉えた。異形の怪物を見ても、ほとんど動揺らしきものが生まれない。彼ら自身も怪物と化している。

蛇は私たちより、新たな獲物たちを選んだ。素早く体を蛇行させ、町民たちに挑む。鎌首をもたげ、一気に振り下ろす。グレンの後ろにいた王渕町長が最初の犠牲者になった。頭からすっぽりとかぶりつかれたのだ。悲鳴を上げる間もなかった。王渕の太い手足がビクビクと痙攣している。蛇は男の頭をくわえたまま、太った体を軽々と振り回した。町長の体は首からちぎれ、血を噴きながら数メートルも飛び、壁に激突して落ちた。それから始まった光景は、まさに地獄そのものだった。町民と怪物の戦いは、悪魔同士の戦いに思えた。大蛇は誰彼かまわず町民に齧りつき、強力な尾でなぎ払った。太い胴体が鳥新啓太の細い体に巻きつく。教師は凄まじい絶叫を上げる。ぎしぎしと骨が砕ける音が響く。脳に食いこむような不快な軋み音だ。グレンとガンが、めったやたらに蛇の胴体を切りつけている。他の町民たちも黙ってはいない。手にした得物で、容赦なく蛇を切り刻み、刺し貫き、肉をえぐった。その攻撃が、ますます蛇を猛らせる。

死体は累々と重なり、フロアーには負傷者たちがのたうち回った。ちぎれた手足が散乱し、臓腑や脳漿《のうしょう》が飛び散り、床を赤黒く染めていく。蛇は町民と自分の流した血に塗れ、もともとの色がもはやわからない。怪物の体には無数の刃物や竹槍が突き刺さり、体中から奇妙な触手が生えたかのようだった。しかし、その動きは一向に衰えない。ガンは両脚を嚙み切られ、しばらく泣き叫びながら床を這いずり回っていたが、やがて動かなくなった。グレンは左肘から先がなかった。辺りに血を振りまきながら、手にした鎌を怪物の左目に突き立てている。顔には、一種恍惚とした笑いが浮かんでいた。鎌の刃の根元までが深々と蛇の頭蓋に沈んだ。しかし次の瞬間、顔面にかぶりつかれ、脳味噌と眼球をぶちまけながら、床に突っ伏して、果てた。

私と不二男は放心したように、階段の途中でその戦いを見ていた。あまりのおぞましさに、身動きすることすら忘れていた。

「何をしている！」

アクが下から一喝し、

「早く逃げろ」

彼はそういうと、剣を持ち直した。蛇との戦いをかいくぐり、こちらに突進してきた一団がいたのだ。アクは彼らの中に、頭から突っこんでいく。剣を振り下ろす。憂羅巡査の鉄パイプが受け止める。剣はあっけなく折れた。鉄パイプが容赦なくアクの体に食いこむ。

不二男に手を引かれた。

「急ぎましょう」

ちらりと振り返ると、暴漢たちに揉みくちゃにされ、血みどろになっていくアクの姿が見えた。

不二男に向かい、

「アクさんが天使か。君のいう天使なのか。彼は悪魔と戦っているように見える。連続殺人の犯人も彼なのか」

「彼は天使ではありません。彼はいわば〝騎士〟ですね。役割的にはドラゴンに立ち向かう騎士です。天使は別にいて――」

その時、激しい揺れが来た。階段から転げ落ちそうになったが、危く踏みとどまる。振動はすぐには収まらない。

不二男が中腰のままいう。

「タクマ君、急ぎましょう」

「急ぐったって、三階までいって、それからどうする」

「いったでしょう、三階には巨大な隠し部屋があるはずです」

「それを見つけて」

「身を隠します」

「それから」

「その時考えましょう。隠し部屋がどこかにつながっているかもしれませんし」

そんなに都合よく運ぶとも思えないが、私は不二男について三階まで一気に駆けあがった。とたんに、ジェット機が頭上すれすれを掠めたような爆音がした。続いて激しい揺れが襲う。今まで感じた中で、もっとも強い。建物のどこかが爆発したかのような激しさだ。頭上から欠片がパラパラと降り注ぐ。揺れはなかなか収まらない。不気味な地鳴りが続く。大地が怪物と化したかのように咆哮している。二階から、身も凍るような悲鳴が上がった。幾つも、幾つも。蛇との戦いも混迷を極めているのだろう。アクは、どうなったのか。私たちは三階の床に身を伏せる。立っていられない。目の前の床に、細長い亀裂が見る間に走っていく。割れる？　崩れる？　そう……建物そのものが崩れようとしている。

振動がやや収まると、恐る恐る腰を上げ、不二男を見る。目が合うと彼はいった。

「秘密の部屋への入り口を探しましょう」

私たちは前進を始めた。揺れのため、あらゆる展示品が床にちらばり、破損している。黒い聖母は首なし死体と化し、ガーゴイルの残骸が転がっていた。足場を探すことすら難しい。展示室中央の太い円柱に目を遣る。

「隠し部屋には何があるんだ」

不二男は眉間に皺を寄せ、

「その部屋にあるのは、おそらく大門大造が粟島から持ち帰ったもの、つまり人間のできそこないです。また人が神を象ったものだとするなら、神のできそこないといってもいいでしょう」

「神のできそこないとは、悪魔のことか」

「悪魔も悪魔。〝あわしま〟は神が作ったそもそものできそこない、つまりもっとも神に近い堕天使、それは――」

「サタン？」

不二男は深くうなずき、

「サタンという言葉は、もともとは神の国の役職名だったらしいのです。神の支配に逆らって建軍、戦闘、あげくに敗走した悪魔、その名をルシファーといいます。それはサタンの別名です」

「ルシファー……サタンがここに眠っていると」

「そう。サタンは北極の氷の中で長い眠りについているといいます。しかし本当は、北極ではなかったのかもしれない。悪魔は案外、近い場所にいたのかもしれません。大門大造は、ついにそれを手に入れ、保管したのかもしれないのです」

「そのための、美術館」

「そのための、アンチ・バベルです」

床にはガーゴイルをはじめ、あらゆる姿の悪魔や異形のものが壊れて散乱している。まるでルシファーの軍団が敗れた時みたいだ。第一次創世記戦争の後では、こんなふうに悪魔の死骸が累々と転がっていたのではないだろうか。

「そうだった！」

不二男が急に大声を出し、足を止めた。折り重なって倒れた、石造りの悪魔像の向こうに、人影を捕らえたのだ。彼はその人影に目を凝らしつつも、繰り返す。

「そうでした……天使が、玲＝アガレスや康子＝シトリー、充＝ラウムを殺して……倒していったとするなら、そもそもの元凶、ルシファーに刃を向けないはずがない。ということは、天使がこの場に出現してもおかしくはない。いやここに、この場にこそ、天使が現われなければならないのです。そして……見よ……彼女はそこにいる」

不二男は指差す。その先に、一人の少女が立っていた。全身を純白のワンピースで包み、背筋をまっすぐに伸ばして直立不動の姿勢を取っている。凍てつく瞳が私を捉えた。薄い唇が一本に結ばれている。三角形の髪形は整いすぎて作り物の人形のようだ。作り物……彼女は神が創った人形――江留美麗は事実、天使だったのかもしれない。

不二男は声に畏れのようなものを滲ませて、

「ERYUMIREI　その名に含まれている天使の名は、REMIEL」

「Lがない」

「ローマ字表記ではLを使わないのでRで代替するしかありません」

「レミエルか」

「七人の大天使のうちの一人です。エノク書によれば最後の審判の〝門番〟であり、死者の魂を管理するといわれています。また幻影や預言を統括するとも――」

「タクマ！」

不二男の語りに、後ろから怒声が割って入った。振り返ると巡査だ。憂羅巡査が無造作に鉄パイプを構え、階段の上がり際に仁王立ちしている。鉄パイプの先から、血の雫がぽたぽたと落ちた。憂羅は無精髭だらけの顎を上げると、にやりと笑う。次の瞬間、不二男が予想外の行動を取った。私に向かって「逃げて！」と叫ぶと、一直線に巡査に突っこんでいったのだ。細身ながらラグビー選手のようだった。巡査はゲラゲラ笑いながら、鉄パイプを振り上げ、不二男の頭に向かって振り下ろす。頭蓋が砕け、彼は即死した――はずだった。〝はず〟というのは、その時、予期せぬアクシデントが起こったのだ。不二男は、憂羅に達する寸前、床に転がる悪魔の像に足を取られ、転倒しかけて、相手の膝の辺りに組みついた。鉄パイプは不二男の頭を逸れ、背中に食いこんだ。膝を押さえこまれた憂羅は、バランスを失い、不二男もろとも階段を転げ落ちていった。

次の瞬間、また大地が震えた。爆発するような激しい揺れの中、おぼつかぬ足取りで、江留美麗に近づいていく。彼女の目は不思議な光を秘めていた。鋭く厳しいが、底知れぬ悲しみを秘めた、その瞳。頭上から、天からの攻撃のように、剝がれた天井が彼女に向けて落下する。足場も定まらぬまま、私は飛んだ。美麗に組みつく。二人で床に転がる。瓦礫は私の両脚を直撃した。悲鳴すら上げられなかった。痛すぎて、体のどこかで、痛みをシャットアウトしてしまったようだ。

体の下に、柔らかい彼女の体を感じる。目の前に、切れ長の目が、ピンク色の唇があった。美麗は目を逸らさない。瞬き一つしなかった。私の視線が、吸いこまれていく。思わず、いった。

「君は〝門番〟で、そして死者の魂を管理しているのか」

不二男の言葉を繰り返すと、彼女は眉一つ動かさず、いい切った。

「そうよ」

答えに迷いはなかった。彼女はやはり、レミエル＝天使だったのか。そして悪魔たち＝大門玲や鳥新康子や憂羅充を殺していったのだろうか。私は重ねて聞く。

「君はレミエルか？　七人の大天使の一人なのか？　そして君が連続殺人の犯人だったの

か？」

その時、カタストロフィーがきた。地が裂け、天が落ちるほどの、最大級の横揺れが起こったのだ。お互いの体に回した手に力がこもる。天井は崩れ、壁は砕け、床がひび割れていく。彼女がふと、視線を左に向ける。その瞬間、床が崩れ落ちた。しかしその時、確かに私は見た。展示室の内壁に、矩形の入り口が開いているのを。その中が、一つの大きな部屋になっているのを。そして……その中にあった、世にも恐ろしいものを。

私は見た。

確かに見た。

そして私は、美麗と抱き合いながら、暗黒の中へと落ちていった。

第八章　崩壊

すべてが崩れた。

この世の終わり。世界の果て。

彼女は月へ、行けたのだろうか。

第九章　彼方

あの時、どうしてサマセット・モームを読んでいたのだろう。

一ヵ月に及ぶ入院生活も半ばを過ぎた辺りから、暇を持て余すようになった。若かったのか回復も順調だったようだ。

ある時、文庫本を一山差しいれてくれた人がいた。

その中に、サマセット・モームも紛れていたのである。

新潮文庫の『月と六ペンス』だ。

無造作にその本を選び、期待もなく頁を繰りはじめた。

今にして思うと、理由はあったのかもしれない。

彼女は月へ行きたいといった。

だからその本を手に取ったのかもしれない。

株式取引所員のストリックランドは、絵を描くために家庭も仕事も捨ててロンドンからパリに出奔《しゅっぽん》する。語り手の僕は、この奇矯な画家を追いかけるが、ストリックランドはパリから、遠くタヒチにまで渡ってしまう。ポール・ゴーギャンをモデルにした小説だ。さして面白く思うでもなく読了したと記憶する。

しかしタイトルには引っかかった。

『月と六ペンス』とは、どういう意味なのか。

日本でいう、月とすっぽんみたいなものなのか。美しいものとそうでないもの、冴えたものと冴えないものの喩えなのか。形は似ているけれども、月が芸術を表わし、六ペンス、すなわちお金が世俗を象徴している、というような意味なのだろうか。モーム自身は晩年、このタイトルの意味を聞かれて、次のように答えたらしい。

――昔は意味がわかっていたが、今はわからなくなった。

ストリックランドにせよゴーギャンにせよ、彼らは何故タヒチを目指したのか。ロンドンから芸術の都パリに出るというのはわかるが、どうしてその先が南方なのか。

ゴーギャンの場合には、個人的な理由も大きかったらしい。彼の苦難の生涯で、唯一の幸せな時代が幼少時のペルーでの日々だった。母に見守られて熱帯で暮らした日々を、晩年、彼はタヒチで取り戻そうとした。ペルーは彼の楽園だったのだ。これを自分に引き寄せていえば、私にとっての楽園は東京であり、取り戻すべきは中野での平凡な日々なのかもしれない。母は並外れて美しかったわけでもなく、父は平凡そのものの男だったが、この町での暮らしよりは遙かにまともだった。

そんなことを考えていたある日、如月源太《きさらぎげんた》が来た。父方の祖父だ。

源太は白髪を短く刈り上げた職人風の男で、鼻から口にかけて刻まれた皺が気難しそうだった。

彼はぶっきらぼうな早口でいう。

「久しぶりだな、タクマ。ずいぶんひどい目に遭ったようだ」

一連の体験を語っても信じてもらえないだろう。

私はうなずき、

「生まれて初めての体験をたくさんしました」

「町はめちゃめちゃだ。お前はあの時、大門美術館にいたそうだな」

「美術館は全壊でした。生きているのが不思議なくらいです」

「ほんとにな。大門家も全壊した。鳥新法子は気の毒なことをした」

「伯母さんは本館の中にいたそうですね」

「彼女は崩れた建物の下敷きになって亡くなった。お前は運が強い。美術館の瓦礫に塗れても生き残ったのだから」

確かにそうだ。

源太はしばらく黙りこんでから、

「お前はわしの家で引き取る。今日はそれをいいにきた」

いいも悪いもなかった。今やこの町に頼るものはない。

一応、聞いてみた。

「父とのことは、もういいのですか」

「わだかまりがないとはいわん。お前の父は、跡を継がなかった馬鹿息子だからな。しかし息子は息子、孫は孫なのだ。お前は俺の元へ来い。異存はないな」

「ありません。ありがとうございます」

「今日はそれだけを伝えに来た。また来る」

「もう帰るのですか」

「特に話すことはない」

「お祖父さん」

「何だ」

「お元気で」

祖父は答えず、病室を出ていった。

窓から外を見ると、天災が刻んだ傷痕がはっきりと残っていた。建物の数々が、巨人の足で踏まれたように潰れており、道路には罅が入り、電柱も倒れている。戦争――第二次創世記戦争?――が生んだ惨禍のようにも思えた。

町からの脱出は、悪くない。

遠くへ行きたい。

彼方へ。

ストリックランドもゴーギャンも、彼方を目指した。もともと南洋への憧れは、十九世紀から西欧の社会に深く浸透していた。ルソーやノヴァーリスやユーゴーなどのロマン派の作家たちが口火をつけたらしい。彼らのモットーは、

――ここよりも彼方へ。

であった。

南太平洋の島々には、ゴーギャン以前にも、熱い視線が注がれていた。ハーマン・メルヴィルも『タイピー』や『オムー』で、かの地を取り上げている。『オムー』は、その後スティーヴンソンの愛読書となり、彼の南太平洋行きのきっかけの一つになった。スティーヴンソンはゴーギャンより一足早くタヒチに滞在している。

しかし南方への憧れと、現実の間にはギャップも大きかった。

ゴーギャンがタヒチに渡る十年以上も前の、こんなエピソードが伝えられている。

ある公爵が、ニューアイルランド島に楽園の建設をもくろんだ。植民地の名前は『新しいフランス』という。七十人ほどのフランス人とドイツ人が、公爵の誘いに乗り、南海を目指した。航海は長く、困難を極めた。

しかし彼らが辿り着いた島は、楽園とはほど遠かった。

白い砂浜も、珊瑚礁も、椰子も、鮮やかな花もない。不気味な霧がたちこめ、濃い緑の毒々しい密林が広がるだけだった。彼らは上陸したが、たちまちマラリアや赤痢に感染し、雇われた船員たちは、荷物も降ろしきらぬうちに逃げ去ってしまったという。

ある時、意外な人物が見舞いに来た。

村山舞だ。

彼女は菓子折りを置き、

「毒なんて入ってないよん」

と、とろりとした目つきでいった。

私は彼女の真意がわからず、

「信じられないね。舞さんは俺を殺そうとしたじゃないか」

「そうだったかなぁ。覚えてないよ。君を殺そうとしたのはグレンじゃないの」

「君はグレンの恋人だったはずだ」

「忘れた。あの人、死んじゃったらしいし」

「らしい？」

蛇に顔面を食いちぎられて倒れたグレンの姿が浮かぶ。

「君はあの場にいなかったのか」

「あの場ってどこ。美術館？　いたらピンピンしてるわけないじゃん。グレンみたいに死んでるか、タクマ君みたいに大怪我してるよ」

それもそうだ。彼女はツキモノハギには参加しなかったらしい。

「あたし、放課後タクマ君を追っかけた後、すぐに家に帰ったの。観たいテレビがあったから」

「テレビか」

「グレンたちは熱くなってたけどさぁ、あたしにはツキモノハギなんて、どーでもいいことよ。ドラマの続きの方が重要だもん」

その〝どーでもいい〟ことのために、こちらは死ぬ目に遭ったのだ。

「タクマ君は、本当にラッキーだったね。あの時、美術館にいた人はみんな死んじゃったのに。あっ！　そうそう不二男君も生きてたっけ」

「ああいう人は簡単には死なないよ」

「意外にタフだもんね」

「この世にまだ役割があるんだろう」

土岐不二男は私より先に退院している。

彼は美術館が倒壊した時、間一髪で脱出したという。

不二男は憂羅巡査と共に階段を落ちたが、憂羅の体がクッションになり、大したダメージは受けなかった。憂羅は頭を強く打ったのか、ぴくりとも動かない。見ると、二階は真に修羅場と化していた。床は何十人もの死体と負傷者で溢れ、大蛇の動作は緩慢だったが、まだ生きていた。不二男は立ち上がると、血みどろのアクを見つけた。その時、最後の揺れが来た。その先はよく覚えていないが、気づくとアクを背に、建物の外にいたという。

確かに不二男は、意外にタフな男なのだ。

アクは現在も入院中である。

舞はいつもながらのぼんやりした口調で、

「不二男君は、もう面会に来たの」

「来たよ。彼の家族も被災している。なかなか大変らしい」

「あたしだって大変なのよ。おうちは半壊するし、怪我人は出るし」

「半壊か」

「ほぼ全壊だけどね。玄関に〈危険につき、中に入らないように〉って、黄色い紙が貼ってあるよ」

「今どこに住んでいる」

「公民館。避難所になってるの」

「学校はどうなってる。しばらく休校になったと聞いたが」

「もう再開してる。午前放課だけど」

「町は簡単には復旧しないだろうね」

「揺れるし、汚いし、こんな町出ていきたいなー」

「町を出て、どこへ行く」

「ハワイ」

「年寄り臭いな」

「じゃオーストラリア」

「暖かいところか」

「そう。あったかいところ。いいじゃん。ぽかぁーんとしててさ」

舞のあっけらかんとした態度を見ていると、私を攻撃した側の人間であったことが信じられなくなる。あの時、ツキモノハギに参加した人たちの大部分も、家庭ではよき夫、よき妻、よき子供だったに違いない。その普通の人々が、ちょっとしたことで集団リンチを繰り広げる。複雑な気分だ。

彼女はしばらく駄弁《だべ》ってから出ていった。

村山舞の行きたい場所はハワイやオーストラリアであり、やはり南方だ。

現代の日本人も、南の国に楽園幻想を持っている。

十九世紀の西欧人も、南の国に楽園幻想を持っていた。西洋人に楽園のイメージをうえつけた作家の一人に、ピエール・ロティがいる。彼はいう。

——コロニー（植民地）というこの一言は、子供の頃の私にとって、なんと心を騒がせる、魔術的な響きを持っていたことだろう！

ラフカディオ・ハーンもゴーギャンと同じ頃、マルティニック島に滞在し、こういった。

——この死にかけた惑星の中で生きているのは熱帯地方だけです。ここはまさしく神の土地なのです。

しかし、現在、誰が熱帯を神の土地などと思うだろう。誰が熱帯のコロニーなどという言葉に、魔術的な響きを覚えるのか。そして誰が、〝ここよりも彼方へ〟の〝彼方〟を、熱帯などに想い定めるというのか。

だから、月なのだ。

事実、二十一世紀の私たちにとって、コロニーという響きから連想するのは、南海の植民地ではなく、スペース・コロニーすなわち宇宙の植民地ではないだろうか。

そう……

それ故、彼女は月へ行きたいといったのだ。

彼女にとっての〝彼方〟は月だった。

ノヴァーリスが青い花を求めたように、彼女は月を求めた。

むろん——例えば村山舞のように——神の土地が、魔術的な響きを持つ場所が、そして彼方が、熱帯である人間がいてもまったくかまわない。

しかし彼女は違った。

彼女は月へ行きたかったのだ。

絶対零度の少女、あの江留美麗は。

美術館が崩れ、美麗は私と共に落下し、そして——

差賀医師が来た。

私は差賀クリニックに入院している。

彼は、もうすぐ退院できるといった。回復はすこぶる順調である、と。

差賀と京香は、大門家の庭で、私の味方をしたばかりに、暴漢たちによって木に縛りつけられてしまった。天変地異が起きた時も、そんな状態だったので、大門家が倒壊するのを目の当たりにした。本館は池に沈むようにひしゃげていったという。物置小屋が簡単に潰れたのはともかく、あの呪われた離れも、あっけなく壊れた。コンクリートで固められてはいたが、基底部はもろかったらしい。彼らは翌日、隣の家の奥さんに発見されるまで、そのままだった。


不二男が来た。

久しぶりだ。

彼はしばらく自分の近況を話してからいった。

「終わりましたね、タクマ君」

「何が」

「事件のすべてが」

「ああ……」

天使と悪魔の事件。その意味では確かに事件は終わっているのだ。おそらく彼の意図するところとは、まったく別の意味合いで、幕が下りている。

不二男は、額に巻いた白い包帯に指を当てながら、

「タクマ君は、顔色がよくなってきましたね」

「治ってきている。でも町はめちゃくちゃだね」

「自然の力恐るべしですよ。君にとっては、かえってよかったのかもしれませんけど。町のみんなは自分のことで手一杯で、君どころじゃないし。タクマ君を目の敵にしていた奴らは、ほとんど全部が死んじゃったし」

「町長も死んだからね」

「町議会は、しっちゃかめっちゃからしいですよ。県や国から金を取る取らないで大わらわです」

私は一拍置き、

「この町を出ることになった。父方の祖父が引き取ってくれるそうだ」

不二男が口を開くまで、間が空いた。

「よかったじゃないですか。本当に、すべてが終わりますよ」

「終わりだ」

しばらくの沈黙の後、不二男が遠慮がちに切り出す。

「塞がりかけた傷口を開くみたいですまないんですけど、この前お見舞いに来た時、教えてくれなかった質問に答えてくれませんか」

「何だっけ」

「ほら……例の──」

「ああ、そのことか」

「もう話せるでしょう。かなり回復しているみたいだし」

「体はね」

「心は」

「ひどいトラウマが残っている」

「なるほど。それほどのものを見たのですね。あの時、美術館の三階で」

美麗と床に転がり、私は展示室の円柱を見た。そこには矩形の穴が開いていた。

「秘密の部屋には何があったのですか。どんなものが隠されていたのですか。君は、何を見たのですか」

「恐ろしいものだった」

「悪魔ですか」

「……」

「氷づけにされた悪魔ですか。サタンではなかったのですか」

目を閉じる。あの日の映像がまざまざと甦った。秘密の部屋の中には、想像を絶するものがあったのだ。

目を開くと、不二男は瞬きもせず見つめている。

「タクマ君、君はいったい、何を見たのです」

「俺が見たのは――」

私は、ぽつり、ぽつりと言葉を搾り出していく。

不二男の口があんぐりと開き、やがて驚愕の表情が顔中を覆っていった。

第十章　門番

白い日傘はどこへ消えたのか。

驚きに呆けた不二男の顔を眺めながらも、そんなことを思う。

私は彼に、あの時に見た秘密の部屋の情景を、嘘偽りなく語った。

長い沈黙が続いている。

そう……

日傘。

祖母の誕生日のプレゼントには、白い日傘を買ったのだ。

何を贈るか迷い、京香にも相談して、やっと買い求めたものだ。値段の張る物ではないが、心はこもっていたと信じている。

しかし、渡すことはできなかった。

祖母がいきなり、消えてしまったからだ。私がプレゼントを渡す前に、大門松はいなくなった。玲からは、老人ホームに入ったと聞かされた。机の上に置かれ、弱々しい朝の光に照らされた日傘は、泣いているように見えた。

あの日傘は、どこへ行ってしまったのだろう。

いつからか、目にしなくなった。

年老いた飼い猫が、知らぬ間に飼い主の前から姿を消すように、用のなくなった品物も、自ら行方をくらますらしい。

不二男がやっと、口を開く。

「本当ですか。君の見たものは、そんな……そんなものだったんですか……」

私はゆっくりとうなずく。

大門松――

彼女には良い印象しかない。

薄暗い食堂の中で、白いテーブルクロスの向こう、老婦人がバロネスのようにナイフとフォークを動かしている。

私はお祖父さんやお祖母さんと暮らしたことがない。

だから、食卓に祖母がいるのが、新鮮だった。

厳かな感じさえした。

彼女はいつも白い髪をきっちりとまとめていた。常に上品にうつむき、伏し目には憂愁が漂っていた。横顔に往年の美貌の名残りがあり、イギリス上流家庭の老婦人というイメージだ。普段の口調には優しさが滲んでいたが、娘を叱りつける時など、峻厳そのものだった。

祖母とはもう少し、話してみたかった。

今となっては、遅いのだが。

私は、もう、彼女と話ができないことを知っている。

祖母の誕生日の日のことだ。

物置小屋に入ろうとしている松の姿を見た。特別な光景ではなかったはずだが、その姿は脳裏に深く刻みこまれている。彼女は毅然とした足取りで歩いていたが、背中には力がなかった。死を覚悟し、断頭台に向かう貴婦人のように思えた。

その印象は、間違ってはいなかったのだ。

彼女は物置小屋に入り、それからどうしたのか。

今ならわかる。

大門松は、仏像を動かし、地下道に入り、暗く湿った洞穴を、悄然と進んでいったのだ。

彼女はむろん、地下道があることも、美術館に続いていることも知っていた。

私は不二男にいう。

「驚くことはない。住民のほとんどは大門美術館の秘密を知っていたはずだ。君もいつか、いっていた。地下道のことは、『ある歳以上の人たちは、みんな知っているんじゃないでしょうか』と」

「地下道のことは知っていたでしょうが、でも」

「ならば美術館の秘密も知っていたさ。町の全員が、ある歳になると、親や近所の人から地下道のことを教えられる。どうしてそんな道があるのか、どういう場合にその道を歩むのか、知らされる。入り口に当たる建物——現在は物置小屋と化している——が、祠を思わせるのも、偶然じゃない。地下道の入り口は、この町の土俗的な神への儀式の始まりを意味していたのだから」

祠とは神道で、主神を奉斎し、教義の宣布や儀式の執行を目的とする建物のことだ。

「土俗的な神というより、土俗的な慣習でしょうか。大門美術館の正体が、悪魔の保管場所なんかじゃなく、土臭い、いかにも和風の魔窟だったなんて……」

しかし、事実なのだ。

私は大門松の姿を思い描く。

彼女は、暗い地下道をひたすら進む。足腰が痛むが、歩を緩めることはない。ようやく道の行き止まりまで到着した。目の前に梯子がある。それを上って、戸を押し上げると、大門美術館の一階フロアーに出る。彼女は休まず、美術館の階段を、一階、二階、三階へと上り、秘密の部屋を目指す。

いや。

彼女が目指していたのは、正確には、秘密の部屋というより、昇り崖だったというべきかもしれない。

いつか憂羅巡査がいった。美術館は昇り崖のあった場所に建てられた、と。

——奥地といってもいいような場所に、その崖はひっそりとあったんだが、昭和三十九年の震災で、崩れてしまった。俺たち町民にとっては、重要な場所だったんだけどな。

——その昔、昇念という聖人が、昇天したという、いわくつきの崖だ。そこに義父は美術館を建てた。ありがたいとも、罰当たりともいわれている。

また、鳥新法子もこういっている。

——あそこがこの町の臍であることは間違いないわねぇ。

「君は昇り崖って、知ってるだろう」

「もちろん」

「昇り崖は、町の臍といわれるほど、町民にとっては重要な場所だった。それは、この地に暮らす人々にとって、ある目的を達するために訪れる聖地でもあったのだ」

「しかし崖は崩れました」

「人々は慌てふためいたことだろう。聖地を失ってしまった。これからどうしたらいいのかわからない」

「だから大門大造は、その場所に、昇り崖の代わりとなる巨大建築を建てた――というわけですか」

「そうだ。しかし祖父は凄まじい変人でもある。お寺でも建立すればいいものを、実際に建てたのは、洋風の異様な建築物だった」

「賛否両論が巻き起こったことでしょう。例えばこんなふうに」

――聖地に建てるには、いかにも相応しくない塔だ。ありがたみに欠ける。罰当たりだ。

――そうでもない。高さといい、広さといい、かつての崖を思わせる。昇り崖の代替としては、まずまずではないか。ありがたいことだ。

「時間の力って偉大ですよね。いつしかそんな議論も消え、町民はいつの間にか、昇り崖の代わりに、違和感なく美術館を訪ねるようになったのですから」

「正確には美術館三階の、秘密の部屋を訪ねたのだ」

「地下道を通ってね」

美麗の祖母、江留麻夜もまた、地下道を進んでいった。大門松と同じ運命を辿ったのだ。

忘れ難い人、江留麻夜。

麻夜は魔女のような鉤鼻と、怪物じみた大きな口をしていた。指の爪は長く鋭く、鉤爪のようだった。恐ろしい声で高笑いし、手には大鎌を持って現われた。若い頃は大門松と共に、二人小町と称されたというが、とうてい信じられない。

麻夜はあの夜、私に、これから誕生日を迎えるといっていた。

――もうじき八十じゃよ。お前さんとこの松さんと同じ歳じゃ。ところで松さんは、もう誕生日を迎えたかの。

その問いに、私は〝この前に〟と答えた。すると麻夜はこういったのだ。

――では、松さんも行ったか。

その〝行った〟先は、もちろん老人ホームではなく、昇り崖イコール大門美術館だ。麻夜はそれを先刻承知していた。何故ならそれが、町の掟だったからだ。

だから私は見ることになったのだ。

あの、異様な光景を。

美術館が崩れた時。

美麗と共に床に転がり、私は円柱に目を遣った。

ぽっかりと開いた矩形の入り口の向こうには、恐ろしいものがあった。

人骨の山があったのだ。

何十何百という骸骨が、山のように積み重なっていた。上のほうにある髑髏やあばら骨は原形を留めていたが、下側になるにつれ、ぐちゃぐちゃに潰れて単なる骨片と化していた。また、上にある死骸は、身にまとった服の違いがかろうじて見分けられたが、下にいくにつれ、服はぼろぼろになり、最下層では服が、模様も色も定かならぬ布切れへと変化しているのが見て取れた。白骨というにはあまりに茶色く薄汚い髑髏の、何百というガランドウの眼窩がうつろな視線を投げかけている。かなりの量の髪の毛が、別の生き物のように残留しているのも、おぞましい。

骨の山の前に、二人の骸が正座していた。

左の小柄な老婆は腐りきって、ひどい状態になっている。真っ黒くなった腐肉が、顔面から半ばずり落ち、耳から長い虫のようなものがぶら下がっていた。変わり果ててはいたが、間違いなく大門松だ。

右の老婆は死んで間もないように見えた。毒でもあおったのか、口の端から一筋、真っ赤な血を流している。特徴的な鉤鼻と、皮肉に歪んだ大きな口は、生前のままともいえた。江留麻夜だ。

二人小町が並んで死んでいる。

私は心の中で合掌しながら、不二男にいった。

「大門松も江留麻夜も、自ら秘密の部屋へ死にに行ったのだ。八十歳になったから」

「大門美術館は、つまり……」

不二男はためらうようにいう。

「姥《うば》捨て山だったのですね」

姥捨て山——それが昇り崖、つまりは大門美術館の正体だったのだ。

私は一拍置いてから、

「悪魔、などというものとは関係がなかった」

そもそもこの町では高齢者をあまり見かけなかった。敬老の日もなく、老人ホームはすぐに潰れた。姥捨ての風習が残る地域で、老人ホームが成立するはずはなく、敬老の日を祝うはずもない。

私はこんなふうに語ったことがある。

——田舎って、もっと歳を取った人が大勢いると思っていた。でもこの町ではほとんど見かけない。青年層がいないのはわかる。高校を出ると、別の土地へ行ってしまうのだろうから。でも老人が少ないというのは意外だったよ。

同じことを、他ならぬ江留麻夜にもいったことがあった。〝この町、老人が少ないですよね〟。

魔女は〝確かにな〟と認め、続けていった。

――貧しいからじゃ。ここは、時にヒトマンマが出るほどに、ずっと貧しかった。そんな場所ではわしらは長く生きられないんじゃよ。みんな面倒見が悪いからのう。

不二男は一人うなずきながら、

「貧しい土地ゆえ、高齢者は食いぶちを減らすために自ら山へと入っていきました。歩けない年寄りは、その子や親戚縁者に連れられて、帰ることができないほど山奥に運ばれたのです。それが姥捨て山です」

「この町では八十歳をすぎた老人は自ら命を捨てた。捨てに行く場所が、山ではなく崖だったというだけの話だ」

不二男は顔をしかめていう。

「大門美術館の隠し部屋は、内側から開くことのできない、牢獄みたいなものだったのかもしれませんね」

「どうして」

「聖人君子ばかりではありません。八十になっても、死を悟りきれぬ町民もいたはずです」

「そうかもしれない」

ちらりと見た秘密の部屋の情景が、底知れぬ恐ろしさを秘めていた理由も、そのあたりにあるのかもしれない。世の中、物分かりのいい人ばかりではない。悟りきって死んだ者もいただろうが、強制的に閉じこめられ、死を余儀なくされた老人もいたはずである。あるいは自ら覚悟して部屋に入ったとしても、いざとなると簡単には死を迎えられず、みっともなくもがくのが、並みの人間というものではないか。

だからおそらく、不二男のいうように、あの部屋は決して内側からは開けられないようになっていたのだと思う。室内に入って仔細に観察してみるならば、壁や入り口に無数の爪あと——脱出の痕跡——が残っていたに違いない。思い返しても、山となった骨は、浄化されたというには程遠い、汚穢《おわい》の感覚に満ちていた。この世への未練が瘴気となって、黒い霧を発しているかのごとくだった。

気分が悪くなり、軽く頭を振ってから、

「君は本当に知らなかったのか。あの部屋が姥捨て山の代わりになっていたことを」

「知りませんでした。僕が知っていたのは地下道があり、それが君の家の物置小屋と美術館をつないでいることくらいです」

「子供たちはみんな、知らないのだろうか」

「何ともいえませんね。まったく知らない子も、すべて知っている子もいるでしょう」

「江留美麗は、どうだったのだろう」

「彼女は知っていたでしょうね」

美麗はおそらく、知っていた。地震の日が、麻夜の八十歳の誕生日だったのだと思う。だから彼女は祖母について、美術館へと向かった。私がツキモノハギに遭い、逃げこんでくることなど、予想外のことだっただろう。

不二男が独り言のようにいう。

「僕はお子ちゃまでした。色々な要素が、自分の仮説に面白いように当てはまったばっかりに、とんでもない結論に至ってしまいました」

いつかアクが『レダと白鳥』の絵を引き合いに出して、こんな話をした。

絵には美女と白鳥が描かれている。それを見て、学者は主題を『レダと白鳥』だと思いこむ。しかし画家は、白い色が欲しいから白鳥を描いただけだったのかもしれない。すなわち、

——見たままの要素から、直接犯人の意図を汲み取るのは危険だという、たとえ話だよ。

不二男が嵌った罠は、それだった。彼は表面に現われた悪魔の痕跡から、奇妙な空想を

育んだ。そして現実世界にいる犯人の意図を、読み損なった。

しかし他人のことはとやかくいえない。私は一瞬にせよ悪魔の実在を信じた。ヒステリックな限界状況に振り回され、絶望の淵に沈み、彼の説を鵜呑みにせざるを得ない精神状態に追い詰められたのだ。

彼を慰めるような気持ちで、

「君の推理は納得できるものだった」

「冷静になれば、天使と悪魔なんて、やっぱりあり得ません。わかってはいたのです。でも話として面白すぎて」

「君はロマンティストらしいね」

「にしても粟島からサタンを運んできたなんて、あまりに……」

「祖父は単に、釣りに行っていただけだと思う」

「美麗さんには悪いことをしました。犯人扱いしちゃったんですから」

「天使といわれて悪い気はしない。君の推理によれば、彼女は天使で、悪魔を次々と倒していったのだから」

「白日のもとでいわれると、恥ずかしいです」

もう少しからかってみたくなり、

「美麗は天使──って、深層心理の表われじゃないのか」

「何ですって」

「前に、彼女は美人だと思うとか、いってなかったか」

「そうでしたっけ」

「つまり君は、美麗さんが好きだったということさ」

珍しく、彼は赤面した。

「そんなことないですよ」

「バレたね」

「違います。僕が好きなのは──しかし、こうなった以上、美麗さんに着せた濡れ衣を晴らさなければ」

「賛成だ。そのために解決しておきたい疑問がある」

「何ですか」

「俺は美麗さんを、一瞬だけ、本当に天使だと信じきった。それにはわけがある」

私は理由を話した。

最後の大揺れが起こる直前、私は美麗に飛びつき、思わずいったのだ。

──君は〝門番〟で、死者の魂を管理しているのか。

これは不二男が、大天使レミエルを解説した際にいった言葉を、とっさに繰り返したものだ。それに対し彼女は、眉一つ動かさず、

——そうよ。

といい切った。答えに迷いはなかった。だから私は〝美麗はやはり、レミエル＝天使だったのか。そして彼女は悪魔たち＝大門玲や鳥新康子や憂羅充を殺していったのだろうか〟と思ったのだ。彼女が天使でなかった——天使であるわけがないのだ——としたら、何故あの時、私の言葉を〝そうよ〟と肯定したのだろう。

おかしいではないか。

聞き終えてから、不二男は顎をなでていう。

「実体化ですね。覚えていますか。僕が書いたエッセイの中に〝実体化〟という章があったでしょう。怪異を見る心理が、逆に怪異を現実化してしまう。幽霊を見る心が、真正の幽霊を作り出す。頭の中で箱を創造すると、頭の中に本物の箱ができてしまう。同じように君は——僕の暗示にかかり——天使を見ようとしたら、本当に天使を見てしまった。天使が実体化したのだ。一見、そんなふうに見えます」

私はうなずき、

「俺はその後で、彼女に質問を重ねた。『君は、レミエルか？　七人の大天使の一人なの

か？　そして君が、連続殺人の犯人だったのか？』」

「美麗さんは答えましたか」

「いいや。最後の揺れが来て、答えを聞く間もなかった」

「でしょうね。答えを聞いていたとしたら、こんなものだったはずです」

彼は裏声を出し、

――何をいってるの。変なこといわないで。

「つまり彼女は、否定したと」

「そのはずです。美麗さんは天使ではなく、殺人犯でもないのですから」

「では何故〝門番〟であり、死者の魂を管理していることを認めたのだろう」

不二男は顎をなでながら、

「推測にすぎませんが、たぶんこんな事情があったのでしょう。江留の者は、かつては毒薬を調合し、ツキモノハギで死に損ねた人たちを葬っていたといいます。彼らはそれ以外にも、もう一つ、公然の秘密たる役割を担っていたのではないでしょうか」

「それが〝門番〟としての仕事だと」

彼はうなずき、

「彼らは隠し部屋の〝門番〟だったのです。江留の家の者だけが、門番として秘密の入り口の鍵を開け閉めすることができた。他の人が鍵を使えたら、情にほだされて、一旦は閉じこめたお爺さんやお婆さんを、再び外に出そうとするかもしれません。それを防ぐために、入り口の開閉は、江留の者の手にのみ委ねられていたのでしょう」

「美術館の管理者は、大門一族だったわけだが」

「大門大造が江留家に任せたのだと思います。誰だって汚れ仕事は嫌ですからね。〝死者の魂を管理する〟ことなど、願い下げだと思います」

「でも、どうして江留家なのか。江留の者が引き受けなければならない理由は、あったのだろうか」

「もちろん、あったでしょう。伝統的、歴史的に、江留家が死者の魂を管理していたのだと思います。美術館が建つ前から」

「昇り崖があった頃から」

「そうです。八十歳になると、老人は昇り崖まで行きます。家族が連れていくかもしれません。その場面には、必ず江留の者が現われたのでしょう」

「江留の者が来る。何のために」

不二男は息を止め、そっけなくいった。

「老人を崖から突き落とすために」

第十一章　網

不二男が帰った後、ベッドに横たわったまま、漫然と窓から外を見た。山では紅葉が始まっている。緑の山並みが徐々に茶色っぽく変わっていき、赤く染まり、そして雪が降るのだろう。そんなことを思っていると、差賀医師が病室に入ってきた。問診が一段落してから、私はいう。

「この地方は雪がすごいそうですね」

「北海道とか東北の比ではないよ」

「積雪が一メートルを越えるとか」

「二メートル近い時もあるね」

「あの事件が起きた時も、積雪は一メートル以上あったらしいですね。ほら……王渕家の女性三人が惨殺された、不可解な殺人事件の時ですよ」

差賀は白衣のポケットに手を入れ、

「冬の事件だったね。だからよけいに不思議だった」

「犯人は逃げも隠れもできない状況にありましたからね」

アクなどは、王渕家三人殺しも今年起きた殺人も、同一の犯人によるものだと考えているのかもしれない。

「差賀さんには、この事件についての考えはないんですか」

「犯人も動機も見当がつかない」

「大門大造の事件はどうですか」

「あれもおかしな事件だった。一種、密室殺人の様相を呈していたね」

「真相はどうだったと思いますか」

「わからない。推理力がないのかな。クイズとかも苦手でね。むしろ君たちのほうが、柔軟な発想をするようだが、どうだろう」

「どうだろう、といわれても」

再び窓から外を見る。茶色がまばらに混じった山から上に視線を移すと、不思議な空だった。雨雲の間から晴れた空がのぞいている。陽が差しながらも、同時に雨が降っているのだ。私は差賀に聞く。

「こんな天気を、狐の嫁入りというんでしたね。今年の六月六日も、こんな空だったと聞きました」

その日は空だけではなく、大門邸の庭の眺めも異常だった。老朽化した中型の漁船が庭に置いてあったのだ。

誕生パーティは六時から始まり、大門大造、鳥新啓太、憂羅希明、憂羅充、大門松、大門玲、鳥新法子、鳥新康子、憂羅有里の九人が集まっていた。しかしパーティの途中で玲といい争いになり、大造は倒れた。心臓が悪かったという。そして差賀あきらが呼ばれた。

「あの日、差賀さんが行った時には、祖父は離れのベッドに寝かされていたんですよね」

「離れの方が落ち着くということだった」

「診察を終えて、離れを出たのは何時でしたか」

「午後八時だ。本館に入って食堂へ行くと、憂羅希明と法子と玲が三人で飲んでいた。鳥新啓太と康子、憂羅有里と充は、七時半頃に部屋に入ったという。私たちが来ると、すぐに憂羅巡査が二階へ退散した。玲と法子は洗い物をしてから九時頃自分の部屋に戻り、松は九時半に寝室へ上がった」

「よく覚えてますね」

「色々な人に何度も話したからね。君にも一度いったはずだ」

「あなたは食堂に一人でいた。そして九時四十五分頃、変な音を聞いた」

「ズルル……というような音だった」

「そして十時過ぎ、再び離れへ行った」

「その時、ドアには鍵が掛かっていた。ドアを壊して開いた時には、十時半を過ぎていた。床に大造が横たわっていた。全身の骨がバラバラになって死んでいたんだ。どうやったらあんなふうになるのか、未だにわからない」

「『巨人が、広大な布で人間を包み、雑巾のように搾り上げたら、こんな死体になるかもしれない』」

「よく覚えているね。直接の死因は、ショックによる心臓発作の再発だと思う」

「どうしたら、そんな殺し方ができるんでしょう」

「さあ」

「九時四十五分頃に庭から聞こえた、何かを引きずるような音って何だと思いますか」

「わからんね」

「本当ですか」

「ああ、わからんね」

「本当に」

「くどいじゃないか。どうしたんだね」

「ちょっと、思ったんです」

そう……

私は、ひらめいたのだ。

差賀が興味深そうに聞く。

「何を思ったのかね」

「九時四十五分の異音は、庭から聞こえたんじゃなくて、あなたが庭で出したんじゃないか——と」

彼は少し沈黙してから、

「私が出した？」

私は少し顎を引き、

「あなたが音を起こした、といいますかね」

「何の音を」

それには答えず、

「どうしたら祖父をそんな状態で殺せるのか、ずっと考えていたんです。たった今、方法を思いつきました」

医師は端正な顔に笑みを浮かべて、

「どうやって殺す」

私は一拍置き、

「離れの出入り口は一つしかありません。ドアです。しかし施錠されていました。おまけにコンクリートのトーチカのような建物です。でも完全な密室でもありません。通風孔が開いていましたから。犯人はそれを利用したのです」

「通風孔か。あんな穴、子供でも通り抜けられない」

「でも、網なら通り抜けられるでしょう」

「網？」

「漁に使う網です」

差賀は目を見開く。

私は続けて、

「犯人は、漁船の中にあった網を、通風孔から離れの中に入れます。そして自分はドアから離れに入ります。この時、ドアに鍵は掛かっていません。犯人は、大門大造が眠っているのをいいことに、網をベッドに広げ、シーツを掛け、大造をベッドに横たえる。その際に大造が目を覚ましたら――延期するなり、一息に殺すなりして――計画を変更するつもりだったんでしょう。犯人は、それから外に出て、ドアを叩く。祖父は起き、ドアの前まで来る。犯人はいいます。『鍵を掛けてからお休みになったほうがいいですよ。用心するに越したことはありません』大造はいわれた通りに施錠し、再びベッドに――張られた罠の中へと――戻る。犯人は施錠を確認すると、船に向かいます。そして網を巻き上げるモーターを始動させます。漁船に取りつけられた強力なモーターが、網を一気に巻き上げる。大造は異変に気づくが、もう遅い。文字通り、網に掛かった獲物となっている。モーターはどんどん網を巻き上げていく。大造の体は壁際に吊り上げられ、ついには通風孔の位置に固定されます。しかし、なおもモーターは回り続け、網は強く絞られていく。祖父の肉をねじり上げ、骨を砕くほどに」

「なるほど……そうして大造は殺されていった。九時四十五分の異音は、モーターが網を巻き上げる音だった」

「その時間、あなたは一人でおり、アリバイもありません」

私は話を継ぎ、

「充分な時間が経過したのを見て、犯人は壁の外から、網に切り口を入れます。モーターは、網だけを通風孔から外へ巻き上げていきます。網の切り方に工夫が必要でしょうが、やってできないことはありません。網から解放された死体は、自然に床へと落下していきます」

「かくして密室は完成した、か」

彼はしばらく天井を見上げていたが、やがて口を開いた。

「面白い。しかし君は、本当に私が大造を殺したと思っているわけではあるまいね」

「思ったら、いけませんか。あなたは大門大造を、玲を、充を、康子を、ひょっとしたら王渕の女たち三人ですら、殺す理由があるのです」

「私に動機があるか。どんな」

「憎しみです」

「憎しみ」

「そうです。この町への果てしない憎悪です。俺は以前、こんなふうに思ったことがあります。いじめがあまりにひどく、沈静化する気配もない。このまま行くと殺される。だから、逃げなければ。しかし何故逃げなければならない。俺が何をしたのか。この町にどんな害悪をもたらしたのか。何もしていないではないか。なのに奴らは牙を剝く。命を奪うほどの攻撃を仕かける。憎い。何もかもが憎い。クラスの奴らも、グレンも、町の大人たちも、すべてが憎く、わずらわしい。殺したい。ぶっ殺したい」

差賀の目に、慈愛といってもいい表情が浮かんだ。

「わかるよ」

「そうでしょうとも。何故ならあなたも同類だからです。みんなを『ぶっ殺したい』と、心の底から人を殺したいと思ったことがあるからです。一瞬にせよ、殺意の生成を自覚したことがあるからです。町の奴らを皆殺しにしたいと、本気で考えたことがあるからです。俺と同じように」

「確かに私はいった。町の悪しき伝統を——この町そのものを、憎んでいると」

「一連の事件の犯人は」

言葉が堰《せき》を切ったように溢れ出していく。

「誰も彼も殺したいと考えた。あの時の俺と同じように。その人物は本来なら人を殺すような性格ではなく、周りからもそう思われていない。しかし町を憎んでいる。この町が憎くて憎くて仕方がないのだ。その感情は一瞬にして殺意に変わり得るもののはずだ。犯人は、町の住民すべてに怒りと憎悪を覚えていた。その憎しみが、ある瞬間を境にして、殺意へと変化したとしたら……。だから犯人は、連続殺人を犯した。王渕家の三人や、大門一族の四人を殺した。王渕も大門もこの町を象徴する一族だ。犠牲者としては最適といえる。つまり五年前の事件にも、大門大造の事件にも、大門玲の事件にも、個々に対する動機などなかった。犯人の心には町への呪詛だけがあった。犯人はこの町の者など、誰がいつ、どこで死んでもいいと考えていた。皆殺しにしてもいいとすら思っていた。爆弾を落としたり、毒ガスを撒き散らしたりするわけではないので、わかりにくいが、これは形を変えた大量虐殺、町民皆殺し、ジェノサイド事件だったのだ」

一気にいい、息を吐く。

「違いますか、先生」

医師は床に目を落としたまま聞いていたが、やがて静かに口を開いた。

「気はすんだかね」

差賀を見ると、彼はまっすぐに見返してくる。

「今のは、私の動機の説明であると共に、これまでずっと苦しんできた君の心情告白でもある、と見た。話して楽になることもある。苦しみが薄らぐこともある。口にするだけで、気持ちが晴れることもある。ちょっとは楽になったかね、タクマ君」

「はい、いいえ」

「どっちなんだね」

彼は少し笑って、

「答えなくていい。訂正させてもらうが、私は犯人ではない。確かに町のみんなを殺したいと思ったことは認める。しかし思うことと、それを実行に移すことには、天と地の開きがあるはずだ。それは君にもわかっていることだと思うが」

「そうですね」

「網のトリックにしても色々とおかしな点がある。いちいちあげつらうことはしないが、一言でいうと、あのトリックは成立しない」

「何故ですか」

「何故なら、最も決定的な理由を一つだけあげるとして——」

彼は一瞬言葉を呑んでから、

「あの船のモーターは壊れていた。網を巻き上げることなんて、できなかったんだよ」

あっけにとられた。

そんな話は聞いていない。

「差賀さんの話の中では『船のエンジンはいかれているが、モーターは生きている』ってことになっていませんでしたか」

「誰かがそんなことをいったのは本当だ。でもいっていただけだ。その人は勘違いをしていた。あるいは誤情報を耳にしていたか。事実は違う。私も船が解体された後で初めて知ったのだが、あの船はエンジンもモーターも壊れていた。これは本当だよ。疑うなら解体業者か、元の持ち主の漁師に問い合わせてもいい。だから、モーターで網を巻き上げることなんて、もともとできなかったんだよ」

「そんな馬鹿な」

アンフェアだ。

「したがって、タクマ君の考えたトリックは成立しない。むろん、私がやったのでもない。君も、私が犯人だと心の底から思っていたわけではあるまい」

それは認めよう。

「はい」

では何故、差賀が犯人だなどといったのか。

差賀のいうとおり、心のもやを晴らすためだったのだろうか。

よくわからない。

彼にしてみれば、いい迷惑だったことだろう。

差賀は気にした様子もなく、軽い調子で話し始めた。

「君たち若者の発想の豊かさには驚かされるよ。網を使った密室トリックなんて考えもしなかった。その調子で、他のトリックを思いつかないかな」

「簡単には浮かびません」

何の代案も浮かばなかった。

この不可能犯罪の解答など、あるのだろうか。

第十二章　ミイラ男

次の日、不二男は再びやってきた。

少年の隣に立つ異形の男を見て、思わずいう。

「あなたは……ミイラ男ですか」

包帯を顔中に巻いた男は、乾いた笑い声をあげ、

「不二男君のおかげで、この程度ですんだのだよ。彼がいなければ死んでいた。見た目ほど大した傷ではない。歩き回ることもできるしね」

「俺よりはずっといいようですね、アクさん」

声は確かにアクのものだった。

「君の回復も順調そうで何よりだ。具合がいいようなら少しばかり話でも、と思ったのさ」

「アクさんの部屋へお見舞いに行って」

不二男が切り出す。

「タクマ君と話したことを、アクさんにも話してみたんです。そしたら」

不二男が横目でミイラ男を見ると、「非常に興味が湧いた」

と、アクが話を引き取った。

「あの美術館が姥捨て山だったなんてね」

私は、包帯の間からのぞく彼の目を捉えながら、

「受付をしていて、気づいたことはありませんでしたか」

「九月のある日、美術館に来て妙な痕跡に気づいた。うっすらとした足跡が、受付の下から三階の円柱まで続いている。行く先の円柱には、カモフラージュされてはいたが入り口らしき跡もあった。入り口をどうやって開くのかは皆目わからなかったが」

「江留家の人しか知らないんでしょう。受付下にある、地下に続く戸には気づきましたか」

「気づいた。施錠されていなかったし、地下道に入ってもみた。しかし三階の中央が姥捨てに使われていたことなど知る由もない。ツキモノハギの伝統が残っている町ならではのことだ」

「九月の侵入者か。その足跡は祖母が残したものかもしれません。ところで地震の日、あ

んなに遅くまで何をしていたのです」

「収蔵品の研究だよ。憂羅さんも鳥新さんも帰っていたが、その方がじっくり見るにはかえって好都合なんだ」

「江留家の人たちが侵入したのには」

「気づかなかった。二階の展示品を調べていたのでね。しかし驚いたよ。君たちが突然現われ、次に怪物が侵入し、最後は暴徒の群れが押しよせたのだから」

「あの時はアクさんのおかげで助かりました」

「私など、ぶちのめされてこのざまだ。それより君たちは、一連の殺人事件の真相を突きとめたいらしいじゃないか」

「知恵を貸してくれるんですか」

「貸すほどの知恵はないが、何といっても、私自身が事件の詳細を聞いてみたい。君にとっては自明のことでも、包み隠さず話してみてはくれないか」

「不二男君からも聞きましたよね。どこから話せばいいんです」

「繰り返しを恐れず、君自身の言葉で話してほしい」

そして私は、覚えている限りのことを話す仕儀となったのである。

「まず」

と私は切り出し、長い独白を始めた。引越しと学校でのいじめ。調べてわかった五年前の王渕三人殺しと今年六月の大門大造の変死。大門玲が首を切り落とされて殺されたこと。町での様々な体験。十月、同級生が二人殺害されたこと。そして大門美術館の崩壊。つまりはこの手記に書いてきたようなことを一通り語った。

「すべての事件で、犯人は挙がっていませんし、第一と第二の事件は不可解な様相を呈し、犯人が存在し得るのかどうかすら定かではありません。これらの事件が、どうつながるのかも不明です。しかし」

私は以前に考えたことを口にした。

「事件の関連という点については、こんなふうにも考えられます。まず大門大造か、その一族のうち誰かが、政敵に対する憎悪を理由に、王渕の家族三人を殺した。それを察した王渕サイドの誰かが、今度は三人の復讐のため、大門の者を次々に殺していっている」

アクはうなずき、

「憎しみ合う二つの一族の殺し合いか。つまり大造事件以降の殺人は、王渕サイドのカウンターアタックというわけだね」

「この仮説には問題点もあります。大造なり一族なりが、町長選挙の対抗馬程度の相手に、その身内三人を殺すほどの憎しみを抱くとは思えないということです。つまり第一の事件、王渕三人殺しはまったく別個の事件で、通り魔みたいな奴が引きおこしたのかもしれない。大造、玲、充、康子の事件は遺産狙いの連続殺人として、説明がつかないこともないからです」

「うーむ、君の考えは大事なところが間違いだが、全部が全部、間違いではないね」

アクは変なことをいい、

「ところで九月の大門玲殺人事件から、君が体験したことを地道におさらいしていこう。二度手間、三度手間になるが、無駄と思えることも包み隠さず、もう一度話してほしい」

私は記憶を探りながら、その夜の間秀の登場までを、再び詳細に語った。

「君は八時十分前に窓から外を見たんだね」

「間秀が庭を横切ったんです。坊主はまっすぐに玲の部屋の窓まで行きました」

「その時、お母さんの部屋から、明かりは漏れていたかね」

「いいえ。暗かったです」

「部屋の電気は消えていた。なるほどね。窓の鍵は」

「掛かっていませんでした。間秀は普通に窓を開けて入っていきました」

坊主が夜這いに来たのだ。私は部屋を出て、母の寝室の前に立った。ドアが少し開いている。

「ちょっと悪趣味だが」

アクは留保をつけてから、

「その時のぞき見た場面を、正確に再現してくれたまえ」

気恥ずかしさを覚えたが、詳しく語り、それからコメントした。

「みっともない姿でした。母も間秀も」

「人の営みだ。人間の姿の一面なんだよ」

「グロテスクで、滑稽なだけに思えました」

「間秀は八時二十分に部屋の窓から出ていき、十一時に君は惨殺死体を発見した」

犯行現場の様子、死体の状態などを説明すると、アクが質問してきた。

「死体を見つけた時も窓は開いていたのかね」

「はい。間秀が出ていってから、開きっ放しだったのでしょう」

「八時二十分から十一時までの二時間四十分の間、窓は開いていたということか」

「そこに何か意味があると」

「うむ。いいや」

彼は言葉を濁し、

「差賀医師を呼んだのは、憂羅巡査だ。君が差賀と別れたのは午後七時少し前だった。彼は隣家へ往診に向かったはずだが、十一時になるまで何をしていたのかね」

「診察は簡単に済んだのですが、帰ろうとしたところを奥さんに引き止められて、一杯やっていたらしいです」

「そこに巡査から電話が入ったと。なるほどね。ところで庭に落ちていた石と剣は、君が発見したんだったね」

「はい。実は、その時、足元に煙草の吸殻が落ちていることにも気づきました」

「煙草？」

ミイラ男の目が鋭く光り、

「初めて聞く情報だ。それで」

「セブンスターが落ちていたんです。大門家に住んでいた者は、祖母にせよ母にせよ俺にせよ煙草は吸いません。犯人が吸った煙草だろうか、と思いました。犯人は殺人を実行する前か、あるいは実行した後で、気持ちを落ち着かせるために煙草に火を点けたのではないか」

「犯行前、犯行後のどちらだと思う」

「殺人を犯した後は一刻も早く逃げたいわけだから、煙草を吸うとしたら、やはり実行以前だと思います」

「妥当な結論だね」

それからアクは、私に煙草に関する質問をいくつもした。私もできるだけは答えたが、もともと私の周りで煙草を吸っていたのは、憂羅巡査くらいだ。しかも彼は煙草を切らすと、誰彼構わず他人から貰うらしく、銘柄もメンソール、マイルドセブン、セブンスターと、会うたびに違っていた。しかしアクは、私の説明に満足したようだ。彼は「うむ」と一つうなずく。何が〝うむ〟なのかわからなかったが、私は話を変えた。

「犯人は何故、凶器を部屋から持ち出したのでしょうか」

「処分するつもりだった。しかし庭の外まで持ち出すのが面倒になった。剣と石なんて、かさばるし目立つ。だから捨てた。それよりタクマ君、雨合羽のことが気にならないかね」

「どうしてです」

「その日、雨は降っていたか」

「降っていません」

「すると犯人は、客を装い玄関から玲に連れられて入ったのではなく、窓から侵入した可能性が高い。晴れているのに雨合羽を着て玄関に立っているわけにはいかない。雨合羽をバッグなどに隠して、犯行直前に着るというのも、ちょっと要領が悪い。犯人は不意打ちを仕かけるように窓から侵入した。しかもその窓は、間秀がいつ来てもいいように、鍵が掛かっていなかった」

「犯人はどうして、その日その時、窓が開いていることを知っていたのでしょう」

「間秀と大門玲のことは公然の秘密だった。町の人なら、そのことは推測できたかもしれない」

「犯人が雨合羽を着て窓から忍びこんだとするなら、間秀は犯人ではなさそうですね。彼は玲の部屋に入った時も出て来た時も、普通のシャツを着ていました。窓から出た時、剣と石を持っていた様子もありません。手ぶらでした。犯人は間秀ではなく、彼が帰った午後八時二十分以降に部屋に侵入した者ということになりそうです」

アクはふーんと鼻でいい、次の設問を立てた。

「大門玲はいつ、死んだのか」

「差賀先生の話では午後七時から九時までの間ということでした。もっとも七時半までは確かに生きてました。俺と話してたわけですから。八時ちょっと前、間秀が夜這いに来る。帰っていったのは、八時二十分。つまり——この時、間秀が殺したのでなければ——八時二十分から九時の間に殺人は行われた。犯行の時間は四十分の間に絞られるわけです。部屋の窓は、俺が死体を発見した十一時まで開きっ放しでしたから、犯人は自由に出入りできました」

アクの反応がないので、私は続ける。

「警察に電話したのが午前零時頃で、捜査が始まったのは午前二時頃でした」

死因や死亡推定時刻は、差賀医師の調査と同じ結果になった。

「犯人は何故」

私は聞いた。

「母の首を切り落としたのでしょう」

「とどめを刺したかった。なおかつ犯人は、大門玲の首を切り落としたくなるほどの憎悪に燃えていた」

「何かのトリックが仕かけられていたということは」

「ない」

珍しくきっぱりといい切った。確固たる推理が固まっているのだろうか。

彼は続けて、

「では次の事件にいってみようか」

「同級生の二つの死に関しては、データを多く語ることができません。事態を冷静に見るほどの余裕がなかったんです」

「わかるよ。さっき、学校から美術館に至る大逃亡劇を聞いたばかりだからね」

彼は優しくいい、

「話せる範囲で構わない」

「十月十七日、月曜日のことでした」

私は当日に起こったことをすべて話してから、アクに疑問をぶつけた。

「鳥新康子の死体を脚立に固定するだけなら、あんなにぐるぐる巻きにする必要はないんです。何であんなことをしたんでしょう」

「木を隠すなら森へ」

彼は即答し、

「彼女の体には、そうやってカモフラージュしなければならないほど、もともと、縄の痕跡が残っていたのだよ」

不二男が口を挟む。

「何故ですか。康子さんは意外にも、ＳＭプレイの常習者だったとか」

馬鹿な。

しかしアクは冷静な口調で、

「うむ。当たらずといえども遠からずだね」

不二男が、思いついたようにいう。

「そうそう、康子さんの死体からは大量の睡眠薬が検出されたそうです」

アクは深くうなずく。

その考えを聞きたかったが、彼は何もいわなかった。

不二男が憂羅充事件について補足する。

「充君は溺死でしたが、体内からはプールの水が検出されています。アクさん、彼は殺されたのだと思いますか」

アクはうなずき、

「間違いないね。憂羅充は殺された。事故や自殺ではなく、殺人だ。彼は溺死させられたのだ」

それから私に向かい、

「タクマ君は死体を、康子、充の順番で発見した。ささいな指摘をさせてもらうなら、実際に殺されたのは、おそらく充、次に康子という順番だった」

充も康子も日曜に死んでいたが、充は午前十時半から十二時半の間に、康子は午前十一時から午後一時にかけて殺されたと推定されている。

不二男が私を守るようにいう。

「この二つの事件でも大門玲の事件でも、タクマ君をのぞけば、完全なアリバイの成立する関係者はいませんでした」

私は不審に思い、

「不二男君、君は警察関係の情報に詳しいね」

「情報源は影屋さんですよ」

「君の銭湯仲間の」

「裸のつきあいですから」

ミイラ男は押し黙って考えこんでいる。

私は彼の憂わしげな目を捉えて、

「どうしたんですか」

「ううむ」

「犯人がわかったのですか」

「ああ」

彼は、拍子抜けするくらいにそっけなく答え、

「犯人ならわかっている。殺人犯は一人しかいない」

「一人ですか」

「単独犯だね。くりかえすが殺人者は一人しかいない。しかし意図せざる共犯者がいた。いや、あれはやはり……共犯者とはいえないか。者ではないしね」

アクは意味不明のことをいい、

「しかし証拠がない。犯人がわかっているのなら、そいつが犯人であるという物証がないのだ」

「犯人がわかっているのなら、何とかしたいですね」

「そこで君にお願いしたいことがあるのだが」

「ベッドから動くことも難しいですが、できることなら」

「あるとも。動けないからこそいいのだ」

「どうすれば」

「うん、まずは私の話を聞いてくれたまえ――」

第十三章　罠

こんな闇を見たことがある。母の死体を発見した夜のことだ。大門玲の寝室の明かりは消えていたが、窓から薄く月光が差しこんでいた。今夜も同じだ。病室の窓から、蒼白い月の光が差しこんでいる。ルナティックという言葉には〝月に影響された〟という意味があり、転じて狂人、変人、愚人などを表わすようになった。しかし何故、月に影響されると精神に変調を来すのか。月の光にどんな力が秘められているというのか。狼男は何故、満月の夜に変身するのだろう。

ここには狼男はいない。

しかしミイラ男と吸血鬼ならいた。

並んでベッドに腰かける怪物たちを、月光が怪しく浮かび上がらせている。顔中を包帯に包んだミイラ男の目は、影に隠れて見えない。白い包帯だけが、不気味に闇に浮かび上がっている。隣に座る吸血鬼の顔色は、それに勝るとも劣らぬほど白かった。整った顔立ちは作り物めいて気味が悪い。黒ずくめの服をまとい、貴族的な顔をしたこの男は、まさに伯爵と呼ばれるにふさわしかった。私は彼らに向かい合うように、来客用の椅子に腰かけている。希望して、ドアに一番近い位置に陣取らせてもらった。今の私は、松葉杖なしでは歩くことができない。自室のベッドからこの部屋まで移動するのも一苦労だった。辺りは異常な緊迫感に包まれている。夜の静寂に支配され、呼吸の音すら聞こえるようだ。心臓は早鐘のように打っている。呼吸は荒く、貧血を起こしそうだ。落ち着かなければならない。頭の中で数字を数え始める。一、二、三、四……三十九まで数えた時だ。ミイラ男が吸血鬼に向かって低い声を出す。

「すまないね影屋さん、こんなことにつきあわせて」

吸血鬼も小声で答える。

「市民の要請に応えるのも仕事のうちですし、他ならぬ不二男君の頼みですから」

「今夜は現役刑事である君の力が必要なのだ」

「くれぐれも今回限りにしていただきたいと思います」

「約束はできないが、努力する。ところでタクマ君、体調はどうかね。横にならなくて大丈夫か。何なら私たちが立って、このベッドを空けてもいいのだが」

「かまいません。ここにいます」

私は、薄く開いてあるドアの隙間に目を遣り、「ここにいて誰かが――いいえ犯人が、隣の病室に入っていくところを見ます。殺人者の姿をこの目で確かめたいんです」

「気持ちはよくわかる」

うなずくミイラ男に、吸血鬼が聞く。

「この少年には事件の真相をすべて話してあるのですか」

「重要な部分はいっていない」

「もっとも重要な部分を伝えるべき人に伝えないとは。そんな態度が、取り返しのつかない事態を招くんです」

「耳が痛い。しかしそれが私の性分でね」

「犯人の名前くらいは告げてあるんでしょうね」

「まだだよ」

吸血鬼が溜め息をつく。彼はフランス映画から抜け出てきたような男前だ。現役刑事というのが信じられないが、不二男の友人だというのは、何となくうなずける。

吸血鬼は額にかかる髪をかきあげると、

「アクさん、今、真相を話したらどうですか。犯人はすぐには来ないでしょう」

「十一時にはまだ時間があるね」

犯人の名前を聞いてみようかと思ったが、どうしたことか質問できなかった。知りたいが、聞くのが怖いような気分もある。代わりにこう聞いた。

「犯人にはどんな罠を仕かけたんですか」

「不二男君から手紙を渡してもらった。その内容はおおよそ次のようなものだ。自分——タクマ君のことだよ——は、犯人にとって抜きさしならない瞬間を目撃した。それについて話がしたい。夜の十一時に病院まで来てほしい。非常口は開けてある」

「非常口が開いたら、警備会社の人が飛んでくるのではないですか」

「差賀先生は警備会社と契約していない」

「何てアバウトな」

差賀は今夜、家で休んでいると聞いた。

「アクさん、もうちょっと話していいですか」

「かまわんよ」

「大門大造事件のことなんですが、昨日あるトリックを思いついたんです」

私は差賀に開陳した漁船網のトリックを語り、それが否定されたことも話した。

アクは頬の辺りの包帯を指で掻くと、

「差賀医師のいうことは正しい。君の推理は間違っている。たとえ船のモーターが動いたとしても、網で殺したら、死体に網目が残ったはずだ」

「しかし、せっかく思いついたトリックを否定されたのは面白くありません。この事件だけでも、どんなカラクリが隠されていたのか教えてくれませんか」

「いいだろう」

「犯人はどんなトリックを使って大造を殺害したのですか」

「答えは簡単――」

彼はちょっと間を置き、

「トリックなど使われなかった。何故なら犯人など存在しないからだ」

「えっ！」

ミイラ男と吸血鬼が、同時に口に人差し指を当て、

「シーッ」

私は再び声を潜める。

「犯人がいない。あの事件は事故か自殺なんですか。それで、あんな無残な死体になるのですか」

アクは立てた指を横に振って、

「犯人がいないとはいったが、殺されていないとはいっていない。大門大造は確かに殺害された」

「でも」

「昨日君に話したことを思い出してくれたまえ。私は一連の事件の犯人は、単独犯だといった。殺人者は一人しかいない、とね。それに続けて、私は何をいった」

「〝意図せざる共犯者〟がいた。そして〝共犯者とはいえないか。者、ではないしね〟と」

「記憶力がいいね。もう君にも答えがわかったはずだ」

「いいえ」

「ヒントを出そう。君は大造のような死体を実際に目撃している」

「俺が？」

「見ているさ。それも一つや二つではない。大量に。地震の日、大門美術館の二階で——ね」

そうだった。

骨がバラバラになり、体の各部がてんでんの方向を向いた……死体。

確かに見た。

「なら……アクさん、祖父も——大造も、あの大蛇が殺したと？」

「そうだ」

彼はきっぱりといい切り、

「君のお祖父さんを殺害したのは、あの大蛇だったのだ。悪魔のような怪物は、その夜、通風孔から離れに入り、大造に巻きついた。心臓の弱い老人などひとたまりもない。彼が死んでも蛇は力を緩めなかった。老人の骨は砕け、体はぐちゃぐちゃになった。そして蛇は、一仕事終えると通風孔から出ていった」

「差賀さんが聞いた、庭の〝引きずるような音〟というのは」

「蛇がおのれの体を引きずる音さ。差賀先生は、蛇が庭を這う音を耳にしたんだよ」

「あんなに巨大な蛇が通風孔をくぐり抜けられたとは思えません」

「六月の時点では、もっとスリムだったのさ。その後脱皮をくりかえし、大きくなっていった」

頭がぼっとしてしまった。大蛇が祖父を殺したというのだ。奇怪すぎる真相である。

「根本的な疑問なんですけど……あんなアナコンダみたいな大蛇が日本にもいるものなんでしょうか」

「その目で見ただろう。しかし自然発生したものではあるまい。例えばこんな事件があった。埼玉県で全長四メートル、太さ五十センチのインドニシキヘビが捕獲されたというのだ。これを目撃した人は、UMAつまり未確認生命体を発見したと思ったかもしれない。あまりに巨大だからね。ペットとして飼われていたものが逃げ出したか、捨てられたと考えられている」

「ではあの大蛇も」

「輸入された蛇だという可能性がある。危険動物に指定されている生き物には、飼育する許可が必要だが、実際には無許可で飼われている例も多い」

「あんな蛇をペットにする人がいるなんて信じられません」

「いるさ。蓼《たで》食う虫も好きずき」

大門大造事件の真相を聞いたら、王渕家三人殺しの謎解きもしてもらいたくなった。

「もう一つ聞きたいんですけど、五年前の事件は――」

「シッ！」

アクが鋭く止める。

いいかけた言葉を呑む。

何かの気配を感じたのか。

耳を澄ましたが物音一つしない。

緩みかけた緊張が再び高まった。空気が固まったかのように、体を動かすことができない。アクも影屋も彫像のごとく動かなかった。息をすることさえ忘れそうだ。身動き一つしてはいけないような気分に囚われる。腕時計で確認すると十時四十五分だった。予定より十五分も早い。全神経を耳に集中する。何も聞こえない。いや……

微かに、ほんの微かに、物音が聞こえたような気がする。

ミシリ。

ほら、まただ。

床が軋むような音が聞こえた。誰かが廊下を歩いているのか。それとも単なる家鳴りだろうか。極度に張り詰めていたせいか、頭がぼんやりし始めた。意識を研ぎ澄まさなければ。

ミシリ。

また聞こえた。聞き違いではない。

何者かが、ゆっくりと足音を忍ばせて歩いているのだ。犯人が、忍び足で私の病室へと近づいている。男たちに目をやると、お化け屋敷の置物のように微動だにしなかった。彼らも全身を耳にしている。握りしめた掌が汗でびっしょりになった。背筋がぞくぞくする。興奮しているのか。違う。怖いのだ。何者かがひっそりと近づいていることが無性に怖い。思わず叫んで廊下に飛び出してしまいたくなるほどだ。いや、ならばこの感情は恐怖ではないのか。恐れているのなら、敵の前に飛び出す気持ちになどならない。逃げ出したくなるはずだ。でもやっぱり怖い。もう一度男たちを見ると、並んでベッドに掛けたまま、動こうともしない。

取り残されたような気分になった。こんな人たちが本当にあてになるのか。いざとなると、私を置き去りにして、逃げてしまうのではないだろうか。もともとがミイラ男と吸血鬼だ。正義の味方どころか、悪の権化ではないか。怪物たちのいうことを信じて、こんな場所で震えているなんて馬鹿だ。愚かとしかいいようがない。いや、愚かではないのか。やはり彼らを信じるべきだ。ここにいるのはミイラ男と吸血鬼ではなく、アクと影屋なのだから。しかも影屋は現役の刑事だ。いざとなったら腕っ節も立つだろう。そしてアクは、大蛇に襲われた時、私を救ってくれた〝騎士〟でもある。さらにアクは……

アクは？

彼は何者なのか。美術館の受付。いや、それは仮の姿だ。以前は大学に勤めていた学者だという。しかし自称だ。正体不明。本当にこの男、頼りになるのか。頼りにして、いいのだろうか。

足音が近づいてくる。間違いない。何かが廊下をやってくる。ミシリ、ミシリ。ゆっくりと歩いている。静かにドアの隙間に顔を近づけた。廊下の壁と床が、蒼白く浮かび上がる。廊下を歩く者は、やがてここを通りすぎ、隣にある私の病室に入っていくだろう。その時、私は犯人の姿を見ることになる。何人もの命を奪った殺人鬼の姿が目の前を掠めるのだ。そいつはどんな姿をしているのだろう。背に蝙蝠の翼を生やした悪魔の姿か。腐肉に覆われたゾンビのような奴なのか。六本の足を持つ昆虫人間か。尻尾の生えた巨大なトカゲか。いかつい体をした殺人サイボーグか。人智を超えた姿を持つ、未知の怪物か。でなくて、平凡な人間の姿をしているのか。もしかしたら見慣れた——これまで何度も会い、会話すらしている、身近な——人間の姿をしているのだろうか。その方が怖い。益体《やくたい》もないことを考えているうちに、そいつは隙間の向こうに、唐突に、ぬっと姿を現わした。

一瞬、息が止まった。

視線を外すことができない。

怪物ではなかった。

人間だ。

平凡な人間の姿をしている。

中肉中背の男だ。特徴的なのは、頭が丸いことだった。つまり、髪がない。俗にいう坊主頭ということだ。男の手が、隣室のドアノブにゆらりと伸びていく。私はアクと影屋を見た。影屋がしなやかに動く。黒豹みたいだった。

視線を隙間に戻すと、隣室のドアが静かに閉まるのが見えた。中には不二男がいる。私の代わりにベッドに横たわっているのだ。黒豹が素早く目の前を通りすぎる。続いて病室を出ようとしたアクは、立ち上がろうとした私を見て足を止めた。

彼は私の肩に手を置き、

「君はここにいたまえ。足手まといだ」

「アクさんこそ、その体では」

「無理はしない。任せておけ」

そして部屋を出ていった。

ドアの隙間を少し広げる。影屋に続いてアクが隣室へ入っていく。

それから何が起こったのかはわからないが、病院らしからぬ騒ぎになったことだけは確かだ。怒声が響き、ぶつかるような音や壁に激突する音が続いた。狭い病室の中で闘牛をやったらこんな感じか。中腰のまま茫然と音に聞き入る。大騒ぎはなかなかやまない。犯人の男が予想以上の大暴れをしているらしい。さすがに六人も人を殺した怪物だけのことはある。しかしあの間秀——さっきの後姿は確かに安寧寺の和尚、間秀だった——が、二人の男（と少年一人）を相手に戦えるほど膂力《りょりょく》があるとは思えない。人は見かけによらないということか。あるいは極限まで追い詰められて持てる以上の力を発揮しているのか。

誰かが壁にぶつかった。少年のものらしい悲鳴が上がる。

もう、じっとしてはいられなかった。

私も行かなければならない。

どうなろうと静観しているわけにはいかないのだ。

外に出ようとノブに手を伸ばす。

その時。

不可解なことが起こった。

ドアがひとりでに動いたのだ。何者かが外からドアを開こうとしている。わけがわからず、立ちすくんでいると、大きく開け放たれたドアから、黒い塊が音もなく入ってきた。

悪魔？

そう……人の形をしたその黒い姿は、私には悪魔のように見えた。

そいつはまっすぐに詰め寄り、右手を素早く突き出す。目の隅に、鈍く輝く白い光を捉えた時には遅かった。避けきれない。肩に鋭い痛みを感じた。

刺された。

もつれて倒れ、悪魔が馬乗りになった。きつい臭いが鼻を突く。煙草だ。この化け物は、私を殺す前に煙草で一服してきたに違いない。私の母、大門玲を殺した時のように。体中が痛み、いうことを聞かない。刃物が顔を狙って振り下ろされる。避けたが、頬を切られた。凶器がもう一度振り上げられる。必死で相手の手首の辺りを押さえた。駄目だ。力が入らない。大型のナイフが徐々に目の前に迫ってくる。一秒もすれば、刃物は私の目と目の間に深々と食いこんでしまうだろう……

一瞬、目が、悪魔の頭の後ろに、棒のような物を捉えた。

壁に立てかけていた、私の松葉杖だ。

松葉杖は凄まじい勢いで悪魔の側頭部をなぎ払う。

「ぎゃ！」

襲撃者の力が一気に抜け、その体が力なく私の上にくずおれた。胸が圧迫され息が苦しい。すぐさま相手を払いのけるほどの体力がなかった。ようやくのことで悪魔の体を脇にどかした時、部屋に明かりが灯される。

そこに立っていたのは――天使だった。

天使の輪は寒々とした蛍光灯、剣は無骨な松葉杖、ドレスは白いパジャマにすぎなかったが、私にはそれが天使のいでたちに見えた。彼女は右腕に副木をし、指の先まで包帯に覆われ、額に包帯を巻き、左目に眼帯までつけていたが、それでも私には、たとえようもなく美しく見えた。

私は天使の実在を信じた。

「ありがとう美麗さん」

彼女は答えず、電灯のスイッチに手を伸ばしたまま、いつもながらの冷たく鋭い目で私を見下ろすだけだ。唇は一本に結ばれ言葉を発する気配さえない。

その瞳が、ゆっくりと私の隣に横たわる者へと移動する。

つられて私もそれを見た。

全身黒ずくめの襲撃者が倒れていた。

強盗が被るような黒いマスクをしている。

私は手を伸ばし、一気にマスクを剝ぎ取った。

そこに現われたのは――

人間とは思えぬほど醜く歪んだ、根津京香の顔だった。

その時私は悪魔の実在を信じた。

第十四章　真相

「たいへんな目に遭ったね、タクマ君。退院の日が延びてしまった」

アク――本名・亜久直人――はいうと、サイドテーブルに置かれた紙コップにウーロン茶を注いだ。

黒い服を着た影屋が、紙コップの一つを持ち上げていう。

「あなたが大変な目に遭わせたんじゃありませんか。タクマ君に事件の真相を知らせていれば、あれほどのことにはならなかったはずです。彼の退院が遅れることもありませんでした」

「君だって生臭坊主を片づけるのにえらく手間取ったじゃないか。人のせいばかりにしてはいけないね。ともかく事件の終了を祝して――」

彼はそういって紙コップを高々と掲げた。包帯はすっかり取れている。見ようによってはいい男の部類に入るのかもしれない。私たちはアクの紙コップにそれぞれの紙コップを近づけた。

「乾杯！」

アクは明るくいい、顔にかかる前髪をかき上げて、

「遠慮なくやってくれたまえ。お茶しかないけどね」

私は紙コップの口を指で押し、楕円形にしながらいう。

「事件の真相を聞きたくてじっとしていられないほどです。わざわざ来てもらってすみません」

アクは微笑を浮かべて、

「ではタクマ君、どこから話せばいい」

「まずは」

私は少し考えてから、

「犯人が捕まった夜のことから。何故あの時、間秀も来たんですか」

アクはうなずき、

「私はあの日、犯人つまり根津京香を呼び出した。しかし敵もさるものだった。彼女は罠が張られているのを予期し、間秀をそそのかして先に潜入させた。当て馬としてね」

影屋が眉一つ動かさず補足する。

「京香はこういったといいます。『間秀さん、今夜は病院の非常口が開いている。タクマ君のカマを掘るチャンスよ』」

不二男があきれたようにいう。

「あいつは前に、大門玲さんとタクマ君で親子丼だ、とかいってたらしいですからね」

憂羅巡査と寺を訪問した日のことだ。間秀は不気味な眼差しで、こちらの頭から爪先まで眺め、小さな声で〝親子丼〟と口走り、ぞっとするような赤い舌で唇をべろりと舐めた。

私は不二男を見て、

「君は俺よりずっと美少年だが、大丈夫だったのか。あの夜は」

「馬鹿いわないで下さい。そんな時間はありませんでしたよ。影屋さんがすぐに駆けつけましたから」

アクが唇の端で笑い、

「しかしその後がぶざまだった。大乱闘になってしまったからな」

私はアクに視線を戻し、

「そんなに強敵だったんですか」

「安寧寺の坊さんじゃなくて少林寺の坊さんかと思ったよ」

アクは肩をすくめ、

「私は怪我人だしね。大の男二人がかりでも取り押さえるのに苦労した。そしてその間に、真犯人は音もなくタクマ君に忍び寄ったというわけだ。美麗さんがいなかったら、どうなっていたことやらわからない」

あの夜、美麗は病室の窓から、不審な人影を見たという。侵入者は二人いて、一人は全身黒ずくめだった。彼らは一人ずつ非常口から侵入した。彼女は不審に思い、自室のドアの陰で彼らをやりすごし、後をつけた。

――よく状況がつかめたね。

というアクの問いに、美麗は、

――タクマ君、襲われてた。だから。

と無表情に答えたという。

改めて思い出しても背筋が凍る。彼女が助けにこなかったら、私は間違いなく京香に刺し殺されていただろう。顔面にナイフを突き立てられていたはずだ。

「アクさん」

私は彼の憂い顔を見据えて、

「そもそも、どうして京香さんが犯人だとわかったのです」

彼は深くうなずき、

「私が最初に気づいた手掛かりは、水だった」

「水？」

「あってはならないところに水があったのだ。覚えているかね。君たちが蛇に追われていた時のことだ。倒れた青銅器の中から水がこぼれ出しただろう」

思い出した。

大蛇が、するり、と階段を上がってくる。私は隠れる場所を探し、巨大な青銅器が並ぶ方へと向かった。その際に足がもつれ、頭から青銅器にぶつかり、巨大な青銅器が次々と倒れていった。その時、青銅器から〝こぼれた水が頬を濡らし〟したのである。

アクは静かに話を再開し、

「思い出したようだね。あの時、青銅器から流れた水が床を濡らしていた。君自身は蛇に襲われパニック状態になっていたから、不審に思う余裕もなかっただろう。でも変じゃないか。あの青銅器は美術館の展示品だよ。中に水なんて入っているわけがない。ということは、何者かが青銅器の中に水を入れたのだ。わざわざ美術館の中に水を運びこんでね。しかし何のために。どうしてそんなことをする必要がある。私には強烈な違和感が残った。そして君たちから一連の事件の話を聞いた時、完全に理解したのだ。あの水は、アリバイ工作のために使われたのだとね」

「アリバイ工作のための、水」

「そうだ。憂羅充は溺死した。体内からはプールの水が検出されている。だから彼は、プールに落ちて死んだか、あるいはプールに突き落とされて殺されたのだ、ということになった。しかし違うのだ。彼が突き落とされて殺されたのは本当だが、落ちた場所はプールではなく、大門美術館の巨大な青銅器の中だったのさ」

「憂羅充は青銅器の中へ突き落とされたのですか」

「犯人である根津京香の手によってね。充も康子も日曜に死んでいたが、充は午前十時半から十二時半の間に、康子は午前十一時から午後一時にかけて殺された。この二つの殺人に関してタクマ君にはアリバイが成立し、ひいてはそれを証明した根津京香にもアリバイが成立した。そこが犯人の巧妙な点だ。京香を疑っている者など誰もいない。それを知りつつ、もっとも疑わしいタクマ君をかばうことによって、アリバイ的にも完全に容疑者の圏外にフェイドアウトしてしまう。それが彼女の狙いだった」

わたしは一つうなずき、アクに聞く。

「京香はいつ充を突き落としたんですか。美術館では彼女とずっと一緒でした」

「よく思い出してみたまえ。ほんの少しだけ、君が彼女から目を離した瞬間があったはずだ」

「そんな時間は……」

唐突に、記憶の欠片が甦り、

「……ありましたね。二人で美術館の階段を上りかけた時、京香が足を止めたんです。十一時ちょうどくらいのことでした」

――電話だわ、ちょっと待って。

彼女は携帯を取り出して、後ろを向き、

――先に行ってて、すぐに済むから。

といって、早足で、もと来た方向へ戻っていった。私は三階へと上った。

「彼女は二、三分で戻ってきました。長くても四分というところです。バスケ部の男子から電話が掛かってきて痴話喧嘩みたいになったといってました」

「そのわずかな時間を使って、彼女は充を殺した」

「できますか」

「できるさ。充を青銅器の中に落とすことなど数十秒ですむ」

そうだろうか。しかしもっと強烈な疑問が湧いたので、そちらの質問を先にした。

「鳥新康子は午前十一時から午後一時にかけて殺されています。その時間帯、俺たちは京香の家に向かい、到着するとキッチンのテーブルでお茶を飲んだりしていたはずです。康子は絞殺されていました。京香から目を離した時間はまったくありません。彼女はどうやって康子を絞殺したのですか」

「SMだよ」

アクはにやりとし、

「不二男君がいったじゃないか。『康子さんは、意外にもSMプレイの常習者だった』とかね。それに対して私は、当たらずといえども遠からずと答えている」

「しかし……」

「むろん、康子がSMプレイの常習者だったわけではない。犯人が、康子にSMプレイの手段を応用して犯行を行なったというだけのことだ。死体の発見現場を思い描いてみたまえ。康子の死体は体育館脇の倉庫の中にあった。腕も胴体も脚も、荒縄がぐるぐると巻きついている。タクマ君に聞かれたね。死体を脚立に固定するだけなら、あんなにぐるぐる巻きにする必要はない、何であんなことをしたのか、と」

「あなたはこう答えました。『木を隠すなら森へ』」

「彼女の体には、カモフラージュしなければならないほど、もともと縄の痕跡が残っていたのだ。何故なら康子は脚立に縛りつけられる前に、別のものに縛りつけられていたのだからね。犯人はそれを隠すために、必要以上にロープでぐるぐる巻きにした。では被害者は脚立以前に、何に縛られていたのだろうか」

　彼は私を見て、

「京香の家でのことをもう一度思い浮かべてみたまえ」

「といわれても、あの日俺たちは、ほとんどキッチンにしかいませんでした」

「キッチンのどこにいた」

「二人でテーブルに向かっていました」

「そのテーブルにはシーツが掛かっていたね」

「はい」

「つまり康子はそこにいたんだよ」

　一瞬、耳を疑った。

　康子がテーブルの下にいたというのか。

　しばらくアクの目を見つめてから、

「でも足元には誰もいませんでしたよ」

「それはそうだ。だってその時――」

　彼は唇の両端をにっと上げて、

「康子は、テーブルの裏側に縛りつけられていたのだからね」

「そんな」

アクは平板な口調で、

「SMプレイの一つに、丸テーブル裏側の四つの脚に、人の手足をそれぞれ括りつけて責めさいなむという方法がある。被害者はそんな恰好で、テーブルのパネルの裏側に縛りつけられていたのさ。つまり、君のすぐ前にね」

「ならば犯人は……」

「京香は君の目の前で、被害者を絞め殺したのだ。おそらく会話を楽しみながら、顔には笑みすら浮かべてね」

ぞっとした。

アクを見ると、彼の顔にも笑みが浮かんでいる。瞬間、彼の端正な顔がメフィストフェレスじみて見えた。もっとも、そんな印象は一瞬にして消えたが。

彼は唇を一本に結び、

「被害者をテーブルの裏に固定し、首にもロープを回しておけば、片手一本でも絞め殺すことができる。思い当たるふしがあるだろう」

確かにある。京香はその時、丸テーブルに頬杖をついていた。私の次の言葉を待っているようにも、何も考えていないようにも見えた。

――俺もアニメとか、けっこう好きなんですよ。これから一緒に観ますか。

彼女は平たい口調で、

――アニメもいいわね。でもさっきいった通り、私は朝まで観てたから。

そしてしばらく黙りこんだ。時計を見ると十二時十五分だった。被害者が殺害されたのは午前十一時から午後一時。どんぴしゃりだ。私はその時、京香にいうべき言葉が思い浮かばず何もできずにいた。すると、京香がポーズを変えたのだ。彼女の右手が……テーブルの下から……ゆっくりと出てきて、両肘をついた。この時、殺人は完了したのである。京香はテーブルの下に隠した右手一本で、康子の首に掛けてあった縄を絞めあげ、死に至らしめたのだ。

私はそのことをアクに話した。

いい終えた時、再び脳裏にありありと京香の姿が浮かびあがった。

その殺人者の姿が、忘れえぬ映像として、今も残ってしまったのである。

人は時に、現実世界で、いつまでも忘れないシーンに出合うことがある。その場面は、何年が過ぎても、映画で見た名場面のワンカットのように、目に焼きついて離れることはない。彼女は、丸テーブルの上に左肘をつき、頬杖をついている。右手はテーブルの下に行ったままだ。薄く微笑んでいる。記憶の中の彼女は、ビデオの静止画像のように、ずっと口を閉じ、笑顔のままでいるのだ。彼女はまったく動かない。実際、四、五分は、そのままのポーズでいたような気がする。

京香はその時、人を殺していたのだ。

恋の告白をためらう、私の目の前で。

アクが、淀んだ空気を振り払うように、話し始める。

「京香の犯行は、こんなふうに実行された。彼女はまず、両親が一週間ほど旅行に行くのを知り殺人を決意する。親がいなければいつでも出かけられるし、犯行に及べるからだ。こんなチャンスはめったにない。そこで二人を同じ日に殺すという暴挙に出た。君たちは不思議ではなかったかね。犯人は何故、一日のうちに連続して康子と充を殺したのか、急ぎすぎではないか、と。裏にはそういう事情があった。犯行の当日は十月十六日の日曜日。おそらく、それよりかなり前から青銅器にプールの水を運び入れておいたのだろう。地下通路があるから、夜間ならいつでも美術館への潜入は可能だ。水の量も多くはいらない。あの青銅器は、ちょうど子供が入るくらいの大きさだ。被害者を頭から突き落とせば、すっぽりと嵌まり身動きすらできない。わずかな水量で、充分に窒息死させられる」

私は一応聞いてみた。

「受付にいて、京香が忍びこんだ形跡には気づかなかったのですか」

「不覚ながら。君のお祖母さんと違って、彼女は注意深く痕跡を消したのだろう。そして犯行前日、犯人は康子を自宅に呼び出す。二人でビデオを観る。康子の親には内緒で、泊まっていくようほのめかす。京香と康子は明け方までアニメを観ることになる。その一方で京香は充に電話を掛ける」

影屋がまた補足説明する。

「こんなふうにいって呼び出したらしいです。『明日の朝、受付が来る前に、地下道からこっそり美術館に潜入して。一番大きな青銅器の中に隠れていれば誰にも気づかれない。身を隠して私を待っていてほしい。明日、如月タクマとそこにデートに行くが、何をされるかわからない。彼はツキモノイリだし怖い。あなたは見張っていて、いざとなったら私を助けてほしい』」

私は思わずいった。

「馬鹿げた誘いですね」

アクは指を横に振って、

「助けてといわれると、男は弱いのさ。充は京香に恋愛感情を抱いていたのだろう。チープな頼みでも、好きな女の子のためには動く。君もその立場になったら、のこのこ出かけていったに相違ない。違うかね」

違う、とはいいきれない。

「とにかく充は、出かけていったのさ。犯行当日の朝、犯人のもくろみ通りにね。一方、その朝の京香は忙しかった。康子をテーブルに縛りつけてからデートに出かけなければならない。そこでまず康子に睡眠薬を飲ませた」

京香とこんな会話を交わしたことがある。

――眠れない時はどうしますか。

――睡眠薬を飲むわ。

――手に入るんですか。

――アングラ系のネットで、かなりキツイのも入手できるのよ。

彼女が睡眠薬を持っていたとしても不思議ではない。

アクは語りつぎ、

「京香は昏睡した康子を縛りつけ、美術館へと出かける。十時に美術館に着き、タクマ君と合流する。そして十一時に殺人を実行した。携帯電話が掛かってきたことにして、タクマ君から離れたわけだ。電話は一人になるための格好の理由となる。彼女は充の潜む青銅器へと近づく。『充君、出てきて』充はいわれるまま、のこのこ出ようとし、足が青銅器の縁にかかる。その瞬間京香は、充を隣の、水の入った青銅器に、頭から叩き落とした」

「充の体は『栓みたいにすっぽり嵌まった』そうです。犯人の話によると」

影屋が、胸の悪くなるようなセリフをいう。

アクは続けて、

「京香はそしらぬふりでタクマ君のもとへと戻る。その間数分。しばらくして二人は美術館を出て京香の家へ行く。食堂のテーブルへと向かう。十二時十五分、康子の殺害を完了する。あとはでれでれとデートを続けていればよかった。そして充分時間を潰し、その夜死体を移動させた」

影屋がまたつけ加える。

「最初に家から康子を運び、次に美術館から充を運んだといいます。大忙しだったと、笑っていました」

京香は笑っていたのか。

私は気づいたことを口にする。

「デートの次の日、月曜の朝のことです。学校へ行こうと、家を出がけに、物置小屋の戸がわずかに開いているのに気づき、昨夜何者かが侵入したらしいと思いました。その侵入者は京香だったのかもしれませんね」

アクが答える。

「そうだね。京香は地下道から美術館に侵入し、溺死している充を、再び地下道を通って運び出した。物置小屋の戸が、しっかりと閉まっていなくても不思議ではない」

「子供でも、人って案外重いものだと思います。女の子が、そんなに簡単に死体を運べるでしょうか」

「何をいう。できるに決まってるじゃないか。君だって、京香に運んでもらったことがあるだろう」

「え？」

アクは私の鼻先を指差し、

「君自身が犯人から運搬してもらっているじゃないか。グレンたちから逃げる時に、リヤカーに乗せられてね」

そうだった。私はグレンたちの追跡を逃れるため、京香からリヤカーに乗せられ、布を掛けられて、易々と運ばれたのである。女の子の力でも死体移動は可能なのだ。ただし学校から、美術館や京香の家まで距離があるから、時間はかなりかかる。

それに彼女はこんなこともいっているではないか。京香と初めて会った日のことだ。

〝私こう見えて、力仕事得意なのよ。リヤカーとか大八車でいつも重い荷物を運ばされてるから〟と。

私は続いて九月に起きた事件について聞く。

「大門玲殺人事件でも、根津京香にはアリバイが成立しました」

「あれはあれで特殊な事件だった。八時十分前に間秀が現われ、玲の部屋へ行く。君はその後、二人の情事をのぞき見る。その時見た場面を、いつか正確に再現してもらったが、君はこういったはずだ。『月明かりが室内を満たしていた。ベッドの上で、男が背中を見せている。間秀だ。彼はシャツを着ていたが、尻が丸出しだった。間秀はうめき声を上げながら、腰を小刻みに動かす。母の両脚が、想像もつかない恰好に持ち上げられていた』つまりだ、君は二人の性行為を男の背中側から見ている。玲の顔は、男の体に隠れて見えなかった。違うかね」

「母の顔は見えませんでした」

「その時、玲の声も聞いていないはずだが」

「覚えていません」

「まぁいい」

彼は怪しげに目を細めて、

「そして八時ちょうどに根津京香が来る。その二十分後に間秀が出ていく。そして十一時に玲の死体を発見した」

「京香のアリバイは完璧です。彼女とは午後八時から三時間以上も一緒だったのです。俺の家で起こった殺人ですし、美術館や京香の家のようにアリバイ工作が可能だったはずはありません」

「だから犯人は、工作などしなかったのさ。京香はいかなるトリックも使わなかった。もう少し、事件の経緯を追ってみよう。犯人は石を持って玲の部屋に侵入し、隙を見て殴り倒した。被害者は死んだか、意識を失って昏倒する。犯人はそれから、彼女の首を切断した。その凶器は甲冑が持っていた剣だった。石と剣は、君に発見されている」

「庭には雨合羽と煙草の吸殻も落ちていました」

「その二つは、犯人を暗示する小さな、しかし重要な手掛かりだった」

「煙草について、かなり突っこんで聞いてきましたね」

「煙草から考えてみよう。落ちていた吸殻の銘柄は何だったかね」

「セブンスターでした」

「大門家の者は煙草を吸わない。君は、犯人が気持ちを落ち着かせるため、犯行前に煙草を吸ったのだろうか、と推測した。この結論に異議はない」

「病室で刺された時も、京香の体から煙草の臭いが漂ってきました。彼女は母を殺した時と同じように、襲撃の直前に煙草をふかしてたんだと思います」

アクは天井を見て、

「連続殺人の場合、犯人の癖というのは、犯人が意識すらしていない、おかしな部分に現われることがある。今回の煙草の件はまさにそれだね」

彼は私に目を戻し、

「庭に落ちていた吸殻の話を聞いた時、私は犯人像を思い描いてみた。普通に考えれば、犯人は大人だ。セブンスターは強い煙草だから、犯人は成人男性という可能性が高いだろう。しかし子供が喫煙しないわけではない。グレンのような非行少年は、普通に煙草を吸う。むろん不良だけではない。普通に見える子供でも、煙草を吸っている子は、案外多い。いったいどんな人物が、あの夜、セブンスターをふかしていたのだろう。ところでタクマ君、君は煙草に関して、私に面白いことをいっているのだ。手掛かりといっても、非常に緩い手掛かりで、いかなる意味でも証拠にはなり得ないのだが」

「何かいいましたっけ」

「君は私の質問に答えて、こんなことをいった。自分の周りで煙草を吸っていたのは、憂羅巡査くらいだ。しかも彼は煙草を切らすと、誰彼かまわず他人から貰うらしく、銘柄もメンソール、マイルドセブン、セブンスターと、会うたびに違っていた、とね。さらにこんなことも話していた。憂羅に大門大造の事件を聞きに行った日、君は彼にこんなことを聞く。『今日はセブンスターですね。マイルドセブンが好きだといってませんでしたか』するると彼は答えるのだ。『俺は煙草を切らすと、目の前にいる人からもらっちゃうんだよ。これは大工からもらった。大工っていっても、町で唯一の建設会社の大旦那だがよ』ここで問題だ。憂羅の答えの中の『町で唯一の建設会社の大旦那』というのは誰のことだろう。この町で唯一の建築会社とは、いうまでもなく根津建設だ。当然、大旦那は京香の父ということになる。憂羅は京香の父からセブンスターをもらった。ということは、そもそも京香の父は、セブンスターを吸っているのだ。父の煙草が子供に流れることは充分にあり得る。京香は、こっそりと父の煙草を掠め取り、喫煙する習慣があったのではないか。そして彼女は、その煙草――セブンスターを犯行前に吸い、殺害現場の近くに残したのではないだろうか。つまりはこれが、煙草の手掛かりというわけだ。もっともセブンスターを吸っていたのは京香の父ではなく、祖父だという可能性もあったが」

影屋が補足説明する。

「その推理は犯人自身の話によって裏づけられています。京香は時々、親の目を盗み、父の煙草を手に入れて、吸っていたのです。喫煙は『大事なことをする前のおまじない』みたいなものだといっていました」

不二男がひねた笑いを浮かべ、

「殺人が大事なことですか。文字通りの意味で大事といえば大事ですが、その言い方にセンスのズレを感じます。ところで、もう一つの手掛かり、雨合羽の方は」

アクは頬を掻き、

「雨合羽からも面白いことがわかる。事件当日、雨は降っていなかった。京香は返り血を恐れ、雨合羽を着て窓から侵入し、玲を不意打ちにして殺した。窓は、間秀がいつ来てもいいように、施錠されていなかった。ちなみに間秀と玲の関係は公然の秘密であり、その夜も侵入が容易だろうことは犯人の想定内のことだった。さて、そこでだ。ここで一つ、京香が犯人であることを示す手掛かりが浮かびあがる。タクマ君自身がいったことだ」

「またですか。事件を解く鍵はすべて俺が知っていたみたいじゃないですか」

「事実、その通りなのだ。まずは想像してみたまえ。犯人は雨合羽を着て動き回り、玲を殺し、その首を切断した。一仕事だっただろうし、雨合羽というのは――サウナスーツほどではないが――けっこう蒸れる。だから私としては、犯人が殺人という行為に緊張し、さらにそんな精神状態で大仕事を終えて、滝のような汗をかいた……としても驚かないね」

「汗――」

そうだった。京香は家に来た時、顔全体にうっすらと汗をかいていたのだ。彼女は部屋に入るなりタオルを求め、乱暴ともいえる男性的な仕草で顔や首をぬぐいながらいった。

――走ったから汗をかいたの。ピアノのレッスンが長引いて、約束の時間に遅れそうになったのよね。全力疾走してきたわ。

「京香は確かに汗をかいていました。自分では走ってきたからだといっていましたが、息を切らしてはいませんでした。あの汗は、雨合羽を着ていたから……玲を殺したから、かいたものだったんですね」

アクは一つうなずくと、

「犯人は玲を殺した後で玄関に立った。たった今、大門家に到着したようなふりをしてね」

大門玲は七時半までは私と話していたのだから、犯行は七時半から八時までの間に行われたことになる。

「すると八時には、既に玲は死んでいたのですね。ということになると間秀と玲は、いや間秀は――」

口にするのをためらった単語を、アクがずばりといい切った。

「間秀は死姦していたのさ」

そしてやや置き、

「首の切られた女の体を使ってね」

私は絶句した。誰も何もいわなかった。しばらくして不二男がぽつりとつぶやく。

「変態」

だが、そんなことは、充分にわかっていたはずだ。そもそも村山舞が、初期段階でいっている。間秀は〝エロ坊主〟で、ベッドの上で〝変態極まりないことを〟して、〝前の奥さんなんて、殺されかけた〟。私も美麗の家からの帰り道、彼が獣姦する姿を見ている。さらには私自身、彼の毒牙にかかりかけた。

「ぞっとしますね」

感想を述べると、アクは生真面目な顔で、

「しかし、それが人間であり、そういう人間もいる」

「何故、玲の首を切り落としたんですか」

アクは以前私にいったのと、ほぼ同じ答えをした。

「とどめを刺したかった。さらに犯人は、大門玲に首を切り落としたくなるほどの憎悪を感じてもいた」

京香が犯人だと知った今なら、首を切断した気持ちも理解できる。彼女は、玲への嫌悪を、遠慮なくあらわにしていた。

――あなたのお母さんは嫌い。ツキモノハギなんて汚らわしい。それに、これもいっておく。あなたのお母さんのところに、夜毎に色々な男が通っている。夜這いしているの。不潔よ。

――私、嫌いなものは嫌い。覚えておいてね。

だから彼女は玲を石で殴り殺し、それでも足らず、首まで切り落としたのだ。

影屋が静かにいう。

「犯人は『玲の首を切ったのは発作的な行為だった』といっています。予定したことではなく、甲冑の持つ剣を見て、その場で思いついたことだというのです。憎しみが溢れて抑えきれなかったということでした」

憎しみか。案外、京香は楽しそうに首を切ったのかもしれない。

アクは私にちらりと目を遣ってから、

「夜這いに来た間秀は、死体を見て戸惑ったことだろう。首なし女の死体が転がっていたのだから。しかし、やがて気づいた。これはまたとないチャンスだ。死人と姦淫するのは、どんな気分なのだろう。彼はチャレンジしてみることにした。よくいえば間秀は、性のあくなき探求者だったのだ」

影屋があきれ顔で、

「変質者の擁護をするようなことはいわないで下さい」

「道徳的なものの見方がすべてではない。美は常にビザールなものを含む、とボードレールもいっている。間秀はズボンを下ろし、異常な行為に没頭し、その姿をタクマ君に見られた。この時タクマ君が、玲が生きていると錯覚したのも無理はない。死体と——しかも首のない死体とセックスしているなぞ、常識では考えられないことだからね。間秀はことを終えると帰っていった。八時二十分。かくして京香のアリバイは成立することになった。彼女自身の手を何一つわずらわせることなくね」

不二男は何度かうなずき、

「それで京香は味をしめたのかもしれませんね。最初の殺人では思いもよらず、アリバイが成立した。だから次の殺しからは、自らアリバイトリックを準備するようになった」

それぞれに思うところがあったのか、しばらく誰も口を開かなかった。

間をもたせるため、影屋に聞いてみる。

「どうでもいいことかもしれませんが、その夜、グレンたちがからんでいた、謎の女の正体はわかりましたか」

「町役場に勤めている女性でした。万引き現場を不良たちに見られ、脅迫されていたのです」

「事件とは何の関係もなかったと」

不二男が話を本筋に戻す。

「どうして京香は大門の人たちを殺していったのでしょうか。動機は、結局何だったのです」

「金だよ」

アクは苦い顔をし、

「京香はタクマ君のために殺人を犯した。正確には、タクマ君にお金をプレゼントするために人を殺していったのだ」

「タクマ君の遺産の取り分を増やすために殺したと」

アクはうなずき、影屋を見る。

刑事は何故か、いいにくそうに、

「京香はタクマ君に一旦は遺産が集中するようにし、いずれは全部、自分のものにするつもりだったらしいのです」

不二男があきれたように、

「しかし彼女は町で一、二を争う金持ちの娘ですよ」

影屋はニヒルに微笑み、

「金持ちだから金汚くなるということもあり得るのですよ」

私にはうなずける話だった。いつか部活で交わした、京香と舞との会話が甦る。

舞がのんびりした口調で〝タクマ君は幸せ者じゃん〟という。

――お金があるじゃん。今というより将来かもしれないけどさ。大門の莫大な遺産が転がりこんでくるんだよ。この幸せ者！

舞の現金な言葉に、意外にも京香が〝そうね〟と同意したのだ。

――タクマ君、君も捨てたものではないのよ。いつかは莫大な遺産が転がりこむ。これは、いいことよ。お金のことは、はっきりいいことだもの。とすると。

彼女は〝とすると〟に続く言葉を呑んだが、こう続けたかったのかもしれない。

――とすると、邪魔者が一人でも減れば、君の取り分はそれだけ増えるわけね。

思えばこの時、京香の歪んだ脳髄に、私以外の大門一族皆殺しという、遠大で異常な殺人計画が芽生えたのかもしれない。それからふと、あることに思い至り、ぞっとした。部活を終えて、私が帰ろうとすると、京香に呼び止められたのだ。

――タクマ君、遊びに行ってもいいかしら。今夜。

――いいですけど、突然ですね。

すると、彼女は思わせぶりにいった。

――ふふっ、思い立ったが吉日。

その時は、京香が単に、私の家に遊びに来るのを〝思い立った〟だけだと思っていた。

しかし彼女はこの時、おそらく大門玲の殺害も〝思い立った〟に違いない。思い立ったが吉日――そこには二重の意味があった。京香は殺人を思いつき、その夜に実行に移したのである。

影屋は私を見ていう。

「京香はいずれタクマ君と結婚して、遺産を自分のものにするつもりでした」

私たちはまだ中学生だ。

「ずいぶん遠回りな計画ですね。俺が他の女と結婚してしまったら、どうするつもりだったんでしょう」

不二男がささやくようにいう。

「彼女は自信家でしたからね、とても」

その言葉と関係するかどうか微妙なところだが、京香はこうもいっていた。

――エゴイスト、大いにけっこう。私も極端なエゴイストだわ。そして更にエゴを強くしようと思っているくらいなのよ。

不二男は眉をひそめて、

「遠大な計画を立てたわりには、京香は病院で、タクマ君をあっさりと刺し殺そうとしました。あれはどう考えればいいんです」

私はアクに聞く。

「罠をかける時、彼女に渡した手紙の内容は、具体的にはどんなものだったんですか」

「大略次のようなものだ。書き主はタクマ君を装ったわけだが『美術館で京香さんは〝携帯がかかってきた〟といって俺——つまりタクマ君のことだよ——から離れていった。この時、実は君の後を追ったのだ。他の男からの電話じゃないかと気になって、盗み聞きするつもりだった。そしたら京香さんが、充君を青銅器に突き落とし、殺すところを見てしまった』」

不二男はうなずき、

「なるほどわかりました。犯人にとっては抜きさしならない場面を目撃されてしまったわけですから、愛しのタクマ君を殺さざるを得なかったと。その点はいいとしましょう。次にアクさん——」

彼は大門大造事件について質問し、アクは——私が病室で聞いた——蛇による殺人の推理を繰り返す。

続けて不二男は聞く。

「僕にはもう一つ、腑に落ちない点があるんです。というより、これが一連の事件の最大の疑問点です。あなたは、五年前の王渕三人殺しも根津京香がやったと考えていますか」

「いかにも」

「あの事件が起こった時、彼女はわずか九歳でした。おまけに殺害状況は謎めいています。京香は何故、彼女たちを殺したのですか。どうやって三人もの女を、一瞬にして殺害することができたのですか」

「それほど不可解な事件ではないさ」

アクはいって、

「その時被害者三人は、どんな場所を、どんなふうに歩いていたのかね」

「道は山の斜面の中腹を横に走っていました。右も左も雪の斜面です。三人の女は、そんな道を、手をつなぎ横一列になって歩いていました」

「横一列」

アクが注意を促し、

「尾根側に母、中央に姉、谷側に妹だったね。寒い日で、積雪の表面は凍結していたという。そこで何が起こった」

「三人の行く先は、ほぼ直角に左に曲がっています。その後ろには、新海盛子という女が歩いていました。盛子の目の前で三人はカーブの向こうへと消えます」

「そこだ」

アクはまた指摘する。

「その時何かの音がした。そうだったねタクマ君」

「盛子によると『ザッという音とか、ギャッという悲鳴とか、そんなもの』が聞こえたといいます」

アクはうなずき、

「さて不二男君、続きだ」

「母子が曲がってから少しして、盛子も曲がり角に到着し、道の行く先に母子の死体を見つけたんです。三人とも、頭と体が別々になっていました。以上が事件の概要です」

不二男は一拍置き、

「京香が犯人だとしたら、彼女はどうやって殺したのでしょうか」

「殺害の手段は簡単だよ。だから動機の方から説明したい」

不二男はまっすぐにアクを見て、

「確かに動機も不可解です。京香が王渕の女たちを殺しても、何の得にもならないのです。当時、九つの女の子が、どうして三人の女を殺害するに至ったのですか」

「九歳だからだ」

アクは天井を見上げて、

「九つの少女だから、三人も殺せたのだ」

「何ですって」

思わず私がいってしまった。

アクは私たちを順に見て、

「九つの女の子は、エゴの塊だ。全部が全部そうではないだろうが、京香はエゴイストを自認している。彼女は幼い頃から極端なエゴイストだったのだ。そして、つまるところ、京香が王渕の女たちを殺したのは——スピーカーがうるさかったからだ」

「スピーカー？」

不二男がくりかえす。

アクは深くうなずき、

「こういうことだよ。ちょうどその頃、狭い町で異常に過熱した選挙戦が繰り広げられていて、彼女はスピーカーによる舌戦の騒音や、度重なる訪問の選挙運動にいらいらしていた。精神の平衡を失うほどにね」

京香は私にこう語っていた。

——私はまだ九歳だったけど、あの選挙戦のことはよく覚えてる。ひどかったわ。この狭い町を、ひっきりなしにお互いの広報車が通りかかり、スピーカーで宣伝しまくるの。鼓膜を破るくらいの大音量でね。うるさくて気が狂いそうだった。うちにも、王渕さんや、大門さんが、何度も頭を下げに来た。本人だけじゃなく、彼らの家族まで来るのよ。親も閉口してたわ。

「——というわけで、京香は騒音を憎み、騒音を起こしている立候補者たちを憎み、立候補者を応援しているその家族たちを憎んだ。殺したいほどにね。そんな時たまたま王渕の女たちが、彼女の家を訪問したのだ。京香は彼女らを殺すことにした」

「それはアクさんの乱暴な推理ですが」

影屋がいい、

「京香本人も認めているのです。『ある日私の家に、王渕の奥さんが娘を二人連れて遊びにきた。はっきりした選挙運動だったかどうかわからないが、幼い私に不快感を与えたのは確かだ。その不快感が生まれた瞬間、私は女たちを殺すことを決意した』」

不二男は首をかしげ、

「うるさかったから殺すか。そんなことが」

「あるさ」

アクはきっぱりといい切り、

「アパートの隣室がうるさかったから殺したなんてのはよくある話でね。音ってものに、耐性のない人は意外と多い。人は時に、他人がどんなに小さく思う理由であっても殺人を犯し得る。それが、いいとか悪いとかいっているわけではないが」

影屋がニヒルな眼差しをアクに向け、

「あなたがそういうと、どうにも犯罪者を擁護しているように聞こえてしまうのは何故なんですかね」

不二男がアクに聞く。

「では殺害のトリックは」

「トリックなどといえるほど、気の利いたものではなかったのだが――」

アクは伏し目になり、

「京香は殺害を決意する。王渕の女たちは家を出て道を下りていく。京香は下に見えた犠牲者たちに向かってガラス板をすべり落とした」

「ガラス！」

思わずいってしまった。京香の家に行った時、庭に資材置き場が建っていた。その脇に大きなガラスが数十枚も重ねられていたのだ。あの程度のガラスなら、九歳の女の子にでも扱えるだろう。

アクは私を見て、

「そう、ガラスだ。京香はガラスを使った。ガラスは犯人の手を離れ、猛烈な勢いで凍結した尾根側の斜面を滑り落ちていく。そして道路まで達し、母、姉、妹と身長の高い順に並んでいた被害者の首を、一瞬のうちに連続して切り落とす。更にガラスは谷側の雪の上まで飛び、再び斜面を滑り落ちていき、どこかへ消えてしまう。盛子が聞いた〝ザッという音〟とはガラスが滑り落ちる音だった。また彼女はその音を聞いて〝斜面を雪が滑り落ちた〟と思ったが、滑り落ちたのは雪ではなくガラスだったというわけさ」

不二男が疑問を口にする。

「ガラスには血が付いたはずです。着雪した谷側の斜面に、血痕が残ったのでは」

アクは彼に目を遣り、

「三人の首が飛んだ。大量の血が広範囲に飛び散ったはずだ。道路にも、付近の雪原にもね。ガラスが着雪した際の血痕は、その中に紛れてしまったのさ」

不二男は顎を軽く引く。

「瞬間的な切断だったはずだから、ガラスに付着した血そのものは、案外微量だったかもしれませんしね」

アクは表情を引き締め、

「非常に確実性の低い殺害方法だが、犯人にとってはそれでよかった。女たちが死のうが生きようが、怪我をしようが無傷だろうが、どうでもよかったのだ。九歳の京香にとっては、結果ではなく実行することに意味があった」

影屋が続ける。

「偶然、うまくいきすぎてしまったのです。京香のもくろみ以上にうまくいったといいますかね。彼女はただ〝殺しちゃえ〟と思って〝いたずら感覚で〟ガラスを滑らせた。〝結果なんてどうでもよかった〟というのです。変な部分で子供といいますかね。三人の命を奪ったのですから、罪の意識を感じてもよさそうなものですが」

京香には罪の意識などあるまい。彼女は、自信家なのだから。

そしてアクがまとめた。

「つまるところ彼女は、極端なエゴイストだったというわけさ。自分のために、王渕家の女たち三人と、大門玲、憂羅充、鳥新康子の計六人を殺し、そしてタクマ君までも手にかけようとすることに、何のためらいも覚えないほどにね」

エピローグ

雪女は何故、去っていったのだろう。

雪女は男と幸せに暮らし、子供を産むことすらできた。そのままずっと、普通の人間として生活していくことも可能だったはずなのだ。しかし雪女は消えていった。夫が昔、雪女を見たことを話しただけだというのに。

何故なのだろう。

夫が妻の正体に気づいたわけではない。

雪女の話は、ことのついでに出た話題だ。

雪女にしてみれば、笑って聞き流すこともできたはずなのだ。

確かに夫は禁を犯した。雪女を見たことを決して話してはならない、という約束を破ったのだ。

しかしその程度の約束が、重要なことなのだろうか。少年時代に交わした約束など、夫が忘れていても仕方がない。そんな口約束より、結婚し共に暮らした歳月の方が、よほど重くて大切なものだったはずではないか。雪女だって、そう思っていたのではないだろうか。

にもかかわらず、雪女は去っていった。

妻を失った夫は、その後、どうしたのだろう。どんな気持ちで、日々をすごしていったのか。残された夫と子供たちの暮らしは、どうなってしまったのだろうか。

江留美麗とは何だったのだろう。

天使か悪魔か、聖女か魔女か。

いや、美麗は美麗だ。

普通の少女だったのだ。

私は美麗ともう少し話をするべきだった。彼女に何かをしてやるべきだった。彼女を理解しようと努力するべきだった。あるいは彼女を無理やりにでも連れ出すべきだった。しかし中学生の私に、何ができたというのだろう。

私はあまりに幼く、無力だった。

私には何もできなかった。

できるはずもなかったのだ。

あの町は雪国だったという。

冬が来る前に、私は祖父の家へ引越した。

逃げたのだ。

私は美麗を残して逃げた。

彼女はあれからあの町で、幾つの冬をすごしたことだろう。

あの夜――

病室で根津京香に襲われた夜、美麗は私を助けてからいった。

「タクマ君。つらかったの」

彼女らしい質問だ。普通は〝大丈夫？〟とか〝どうしたの〟などと聞く場面だろう。私は立つことができず、両足を床に投げ、壁に背を凭せかけて答える。

「つらいというより痛い。殺されるところだった」

床には殺人鬼の少女が伸びている。

白目を剝き、凄まじい形相だ。

「殺されかかったの、何故」

「何故って……」

犯人を罠に掛けようとして、裏をかかれた。しかしその時の私は、京香の異常な姿に衝撃を受け、何もかもがわからなくなり、まともに対応することができず、こういった。

「俺にもわからんよ。理解できない」

美麗も奇妙な言葉を返す。

「あなた、理解しなかった。他の人を、生徒たちを、この町を、根津京香を」

「何がいいたい」

「あなたが、囚われていたのは、自分のこと。他人を理解しようとしなかった」

「仕方がないだろう。そこまで考える余裕はなかった」

「そんなあなたに、私のこと、理解できた」

「君のことが」

「私のことが、理解できたの」

私は〝理解できた〟と答えるべきだったのかもしれない。でまかせでも嘘でも、そういうべきだったのかもしれない。今になってみると、それが彼女の望んだ答えだったのかもしれないのだ。しかし私にはいえなかった。考える余裕がなく、こう答えるしかなかった。

「理解したといえる自信はない」

少し沈黙があってから、

「そう」

美麗はそっけなく答えて、こう続けた。

「逃げられる。だからいい。あなたには、逃げ場所があるから」

「君にはないのか」

「ない。私にあるのはこの町。この汚い町。古いしきたりの町。天災で壊れた町」

はっとした。彼女は一人なのだ。祖母を失い身寄りすらない。これからどうしていくのだろう。思えば私は、そんなことすら気づかなかった。自分のことで手一杯で、考えてやる余裕すらなかった。他人を思いやる心など、どこかへ飛んでいたのだ。

「君も」

思わずいった。しかし後が続かなかった。頭の中にだけ、言葉が溢れていく。

君も、俺と行こう。俺の祖父の家へ行こう。一緒に行こう。俺も君もどうせ独りだ。この町にこだわる理由なんかない。こんな町は出ていくべきだ。新しい人生を始めよう。俺と行こう。町なんて捨てて。いいことなんて何一つない。君がいなくても町に暮らす人たちの生活は勝手に回っていく。もういいじゃないか。充分じゃないか。君が留まる必要なんてないんだ。ここにこだわる理由なんてないじゃないか。俺と行こう。一緒に行こう。俺と逃げよう。逃げてしまおう。ずっと二人で。今日から二人で。

しかし一言も口にできなかった。

彼女は、すっと顎を上げると、まっすぐにドアへと向かっていく。

私は少女の背中に呼びかけた。

「待てよ」

美麗がふと足を止める。

「君にも逃げる場所があるよ」

彼女は背中を見せたまま言う。

「どこへ？」

ゆっくりと振り向く。

切れ長の目が、怖いように煌《かがや》いていた。

私は天を指していう。

「月へ」

「え？」

「月だ。月へ飛ぶんだよ。いつかいっていたじゃないか。月へ行きたいって。君は月へ行けばいい。月まで逃げればいい」

そして私は、精一杯の笑顔を作った。

彼女はつぶやくように、

「そう……月へ……」

といい、唇の両端を軽く上げた。

笑ったのかもしれない。

美麗はくるりと身を翻し、ドアの向こうへ消えていった。

そして。

再び、彼女の姿を見ることはなかった。

彼女は月へ行けたのだろうか。

行けたのだ、と今は思う。
夏の終わりに、アパートの明かりを消し、窓から花火を見る。
そんな時でも、私は目の隅で月を探してしまうのだ。
月は見えるのか、彼女は月へ行けたのだろうか、と。

月へ飛ぶ。
少女は月に行った。
今でも時々、彼女のことを思い出す。
遥か昔の出来事だったような気がする。
あの頃、現実と空想の境界線はなかった。
自室が宇宙と結びつき、教室が天国と地獄に通じ、友人たちは神と悪魔に変身した。
妄想は際限がなく、私は想像力だけでどこまでも飛んでいけると信じていた。
そして彼女も、月へ行ったのだと信じた。
信じたかったのだ。

ふと思い出す。

祖父の家で、私は六畳間をあてがわれた。長い間使われていなかったのか、湿っぽく、黴くさい臭いがした。水色の砂壁が妙に寂しく、私はそこに月の大きなポスターを貼った。クレーターの一つ一つがはっきりと見える、金色に輝く月のポスターだった。

あれは、どれくらいの間、貼られていたのだったか。

そのポスターも、いつ剝がしたのかさえ覚えておらず、今はない。

年老いた飼い猫が知らぬ間にいなくなるように、用済みの品物も自ら姿を消すらしい。

白い日傘のように。

終章　現在――メール交換・二〇〇七年四月～

Subject: ありがとうございました

A先生

このたびはお忙しい中、開示研でご講演くださり誠にありがとうございました。特別講演はこれまでもあったのですが、やはり先生の講演はかつてないほどの反響でした（前日は先生の作品、そして講演の夜は、ホラー小説一般に関して熱い議論が交わされました……）。本当にありがとうございました。

さて私が、小説登場とは何と嬉しいお気遣いでしょうか！　調子に乗った図々しいお願いをご考慮いただけるとは大変恐縮です。木邑なら、どうぞ、どのようにもお使いくださいませ。彼女（彼もいけます）なら、殺され役も殺し役もサイコも、通りすがりのウエートレスでも必ずや立派に務めてくれるものと思います（ただし謎解きはきっと、とても苦手ですので、ご了承ください）。会食の際の写真もお送りいたします。

では先生のこれからのご活躍を楽しみにしております。

木邑

Subject: お世話になりました

木邑様

つたない講演たいへん失礼致しました。

しかし、お恥ずかしいことに今度出る長篇の大部分は、私が書いたものではありません。講演の際に会った、如月タクマさんという学生が送ってきた手記に、多少手を入れただけのものです。編集者には、彼が書いたままのものを、新人の処女作として出せないものかと持ちかけてみたのですが、私名義でないと出版は難しいとのことでした。

ところでこの如月さんですが、出版社より転送されてきた封筒には名前しかなく、連絡を取ることができません。住所、電話番号、あるいはメール・アドレスでもけっこうですので、ご存知でしたら教えて下さい。

A

Subject: とり急ぎ

A君

木邑さんからメールあり。件の青年に関してだが、研究会には如月タクマという学生は参加していない。というより、もともとそのような学生はこの会の所属者名簿にはない、つまり最初からいないのだ。記憶違いではないだろうか。とり急ぎ用件のみ。

川野

Subject: 不思議です

川野教授

如月タクマという青年はいなかったとのこと、実に不思議です。ではあの時、会話を交わし、手記を送ってきた眉目秀麗の青年は誰だったのでしょうか。

A

Subject:（件名なし）

幻、幻覚、ドッペルゲンガー、あるいは君の別人格ではないだろうか（？）

川野

Subject: そんな馬鹿な

私は幻を見るタイプではありませんし、サイコでもありません。先生ご自身も、宴会場へ行くよう私を呼びに来た時、彼を一度見ているはずです。その青年は、私と一緒にコーヒーを飲んでいました。

彼は確かに存在します。

では研究者のうちの誰かが、何らかの理由で〝如月タクマ〟を名のったのでしょうか。どうしてそんなことをしたのかは、さっぱりわかりませんが。

あるいはあの会場に、まったくの第三者が紛れこんでいたということはないでしょうか。彼はもしかしたら、全国でも珍しい（誇張でも謙遜でもありません）当方の熱心な読者の一人だったのかもしれません。その彼が、どこからか私の講演会があることを聞きつけて、こっそりと忍びこんだ。これがもっとも合理的な解釈であるように思えます。

A

Subject:（件名なし）

研究会の中に他人の名を騙《かた》る者がいたとは、個人的には考えられない。万一可能性があるとしたら、まったくの第三者が、誰に気づかれることもなく講演会場や宴会場に紛れこんだというケースだと思う。

川野

Subject:（件名なし）
如月青年の行方を突きとめる方法はないでしょうか。

Subject: 良ければ
その手記を私にも読ませてもらえないだろうか。

Subject: 発送のご連絡
手記そのものを宅急便にてお送りしました（当然、私が手を加えたものはお見せできません）。明日の夜間着指定です。

Subject:（件名なし）

落手した。一読した限り、如月タクマという人間を追跡する手掛かりは見つからなかった。しかし私は、別のことに気づいた。それを書こう。

手記を読んで、二つの素朴な疑問を抱いた。

内容にはコメントしようもないが、事実の記録というより、推理小説のように感じられ、君が書いたスリラーだ、といわれたら、私は信じたことだろう。門外漢には、推理物としてよくできているかどうかわからないし、気楽に読むには長すぎるようだ。しかし君は、そういった素人の手記を、あえて出版しようとしている。何故なのだろう——というのが最初に抱いた素朴な疑問だ。

次に二つ目の疑問点。

この手記には『堕天使拷問刑』というタイトルが付き、ご丁寧にプロローグとエピローグまで付いている。私には、このプロローグとエピローグ（ことにエピローグ）が、本篇に対して、甘く、感傷的すぎるように感じられた。調子が違うのだ。読む人によっては、不協和音とさえ思えるかもしれない。しかし作者如月は、あえてそれらを付けた（考えてみたまえ、素人の手記に、プロローグとエピローグが付いているのだ！）。この点に、何かの意味、作者如月の意図を求めるのは間違いなのだろうか。

二つの疑問をぼんやりと考えているうち、頭をよぎったことがある。

それはA君、他ならぬ君の名前なのだ。

今でこそ君はA先生だが、本名は確か、江留なにがしというのではなかったかね。学生の名前など覚えない私が、それを記憶していたのは、〝江留〟をしばらくの間〝えどめ〟だと思っていたからである。ということは、手記の中の美麗という少女は、昔の君なのではないだろうか。

君は中学二年の時、如月タクマと知り合っていた。

してみると、ホテルで会った時、君は如月少年の顔を忘れていたのだろうか。いいや、そうではあるまい。私から見るに、君はとても屈折した女性だ（無礼な言い方だが本心である）。君が青年と会い、かつての如月タクマの面影を見て、それをおくびにも出さなかったとしても、私は驚かない。彼にしても奥ゆかしい人間（少なくとも少年時代はそうだった）らしいから、あからさまな再会の抱擁とならなかったのは、当然ともいえる。

とすれば、如月という青年が、君に手記を送り届けた意図も、おぼろげながらわかるというものだ。

そう――この手記は、ラブレターだったのではないだろうか。

昔、出すべき時に出せなかった手紙、遠まわしで長大な恋文、それが『堕天使拷問刑』だったのではないか。

つまり、

『堕天使拷問刑』という手記は、如月タクマから江留美麗へのラブレターだった。

――のであり、これから出版されるであろう、

『堕天使拷問刑』という書籍は、江留美麗から如月タクマへのラブレターの返信となる。

――のではないだろうか。

私は君が、手記にどの程度手を加え、本にしようとしているのかは知らない。それに、たとえ君が江留美麗だったとしても、手記の中でたどたどしく話す中二の少女と、聴衆の前でまがりなりにも講演できる今の君とでは、既に別人だということもできる。

しかし私は、かつて如月タクマという少年だった人物が書き、かつて江留美麗という少女だった君が手を加えた、『堕天使拷問刑』というその本が、ひっそりと世に出され、全国のどこかにいるかもしれない如月青年の手に取られて、静かに読まれるであろうことを、今は祈ろうと思う。

Subject: 確かに

私は江留美麗です。

むろん今では中二の少女ではなく、彼にしたところで中一の少年ではありません。二人を取り巻く環境は、それぞれに大きく変わっていることでしょう。

しかし彼の書いた手記は、私にとって〝物質となった思い出であり、二つとない宝物であり、今もこの手に残る、文字になった〟少女時代なのです。彼にとって、土岐不二男の書いた『オススメモダンホラー』がそうだったように。故に私は、それを活字にして残すという〝誘惑に打ち克つことができない〟のです。

私は今でも、洞窟の中でのことを思い出します。

バス遠足の日、彼が海に落ち、私が助けて、洞窟に連れこんだ。私は先生に救助を要請し、その後、携帯を切ったのです。そのことに関して、彼は退院後、疑問を抱きます。先生は〝折り返し美麗に電話を入れた。しかし、つながらない。どうやら電話が切れているらしい〟〝この時、どうして美麗は電話を切っておいたのだろう〟かと。

私は確かに電話のスイッチを切りました。

むろん〝単に気が利かないだけ〟だったわけではなく、〝電池がなくなっていた〟のでもない。私には私なりの理由があったのです。

私は電話がつながってほしくありませんでした。

そんなものはいらなかった。

彼は〝彼女の意図はわからない〟と書きます。

無理もありません。

しかし――

私は彼といたかった。だから携帯を切ったのです。だから繰り返し助けを呼ばなかったのです。先生の声なんか聞きたくなかった。誰の声も聞きたくなかった。彼と話していたかった。彼とだけ話していたかった。二人きりでいたかった。少しでも長くいたかった。暗い洞窟の中に、ずっと二人でいたかった。見つからなくてもよかった。死んでもいいとさえ思った。私は彼と話したかった。いつまでも星座や哲学の話をしていたかった。彼の声が聞きたかった。彼の声だけが聞きたかった。

私は彼といたかったのです。

主要参考文献

『失楽園』ミルトン作　平井正穂訳　岩波文庫
『天使と悪魔の物語』風間賢二編　ちくま文庫
『西洋魔物図鑑』江口之隆著　翔泳社
『地獄の辞典』コラン・ド・プランシー著　床鍋剛彦訳　吉田八岑協力　講談社
『天使の事典』ジョン・ロナー著　鏡リュウジ・宇佐和通訳　柏書房

解説？

作家　竹本健治

わたくし事になるが、二〇二〇年八月十三日、ツイッター（現X）上で倉野憲比古さんと「変格ミステリ作家クラブ」というのを立ちあげた。ノルマはいっさいなし、特典はメンバーを名乗れることだけ。手あたり次第に声をかけてみたところ、思いのほかお遊びにつきあってくれる方が多く、どんどんメンバーがふえて、二〇二四年十二月十日現在、三百十五名にまでなっている。結果、そのことがきっかけで『変格ミステリ傑作選』の上梓に繋がったのは望外のなりゆきだった。ちなみに飛鳥部さんはツイッターのアカウントはお持ちでないが、ご自分からメンバー加入を申し出て戴いた組である。

さて、お遊びとはいえ、こめた想いもそれなりにあった。五十年近くミステリ作家を生業にしているものの、メインストリームを歩いている感覚は全くなく、自身を位置づけるなら変格ミステリ作家というのがいちばんしっくりくる。加えて、現在は未曾有の本格全盛時代で、洗練されたミステリ的教養を積んだ有力新人が次々に登場する様は壮観そのものだが、欲を言えばもっと歪んだ、それこそミステリのふりをした途轍もない何かが現われてもいいのではないかという渇望である。

そしてこれもわたくし事だが、十年前に転居した佐賀で、二〇一七年から「ミステリー作家トークショー&サイン会 in 佐賀」というのをはじめ、年に一度、僕を含めて四人の作家さんに集まってもらっている。やってみるとたいへん好評で、途中、コロナ禍で二回お休みしたものの、二〇二四年十一月には第五回の開催にこぎつけた。そうして回を重ねるうちに思い浮かんできたのが、いずれ変格作家集合のような回もできればいいなということだった。

それが、ひょんなことから鹿児島でトークショーを開催できる運びとなったのである。「ミステリー作家トークショー&サイン会 in 佐賀」がコロナ禍で休止となった二年目に、密集を避けた代替イベントとして「ミステリ作家たちの横顔展」というのを佐賀で開催した。これは「変格ミステリ作家クラブ」のメンバー三十名に何でもいいから落描きを描いてもらい、展示するというもので、佐賀以降は全国の図書館や文学館、書店等で巡回しているのだが、鹿児島の図書館での開催にあたって、トークショーもという話が持ちあがったのだ。そのとき知ったが、『探偵小説と〈狂気〉』の著者である鈴木優作さんが鹿児島大学に特任助教として在籍され、聞けば同僚の日高優介さんとともにMCを引き受けて戴けるということなので、これはまたとない好機と、迷わず念願の「変格作家集合回」をあてることにした。

もともと僕の頭には、現代変格ミステリ作家の代表格は飛鳥部勝則さんを措いてほかになかった。最近、書泉・芳林堂書店の働きで飛鳥部さんの復刊ブームの勢いが凄いことになっているので、時期的にもちょうどいい。それにもう一人、現代変格ミステリの記念碑的作品である『竹馬男の犯罪』の作者の井上雅彦さんもはずせないだろう。結局そのお二人に声をかけ、二〇二四年十月に「変格ミステリって何?」というテーマで実現したのだった。やってみると、飛鳥部節のまあ面白いこと。会場おおいに盛りあがった。

ということで、この解説を依頼されたのも、そんな一連の流れの延長上だろう。

さて、本題の『堕天使拷問刑』。僕のなかでは飛鳥部さんを現代変格ミステリ作家の代表格と決定的に印象づける作品だった。ただ、内容はきれいさっぱり憶えていない。なので今回、改めて読みなおしてみて驚いた。

何に驚いたかというと、あまりにもきれいさっぱりな忘却ぶりにである。読み進んでも読み進んでも既視感が全く呼び戻されず、まるで初読と同じなのだ。いや、後半に出てくるプールのシーンだけ、うっすらとこんな場面を読んだような気がしたのではあるが。

元来僕はストーリーの記憶が不得手で、小説や映画の筋立てをすぐに忘れてしまうのだが、さすがに二度目に読んだり観たりしたときは、ああ、こんなふうだったな、そうかそうか、ここでこんなふうに展開してたっけと、記憶が呼び覚まされていくケースがほとんどだ。それがここまできれいさっぱり記憶が消却されているというのは、自分のなかでもちょっとほかに例が思いあたらない。

読み終わって、もしや過去に読んだこと自体が偽りの記憶かと疑い、調べてみたところ、二〇二〇年六月十二日に、

飛鳥部勝則『堕天使拷問刑』読了。田舎町の素封家の養子となった少年の周囲で起こる奇怪な事件。飛鳥部ミステリの魅力はほかに置き替えのきかない、タイプの心地よい歪みだと思う。ここでも大胆に歪められた枠組のなかで、次々に巧妙な騙し絵が繰りひろげられる。そして通奏される哀切な叙情。善哉。

と、きちんとツイートしているではないか。

つらつら考えてみて思いついたのは、僕にとって『堕天使拷問刑』は夢のような話だったのではないかということだ。夢を見ているあいだは短期記憶の働きが大幅に減衰しているために、内容がどんどん脈絡からはずれて移ろっていくし、目覚めたあともそこで記憶

をしっかり固定しておかないとすぐに淡雪のように消え去ってしまう。この物語には僕にとって同様の作用があり、結果、あとに残ったのは、内容はすっかり忘れてしまったけど、何だかとても面白い夢だったなという印象記憶だけというわけだ。

ともあれ、今回はさすがにまだ内容を憶えている。だが、これも果たしていつまで続くことやら。

と、極私的なことばかり並べてきたが、はてさて、これで解説代わりになっているのだろうか？

本書は、二〇〇八年一月に早川書房から単行本として
刊行された作品を文庫化したものです。

著者略歴　1964年新潟県生，作家　著書『黒と愛』（早川書房刊）『殉教カテリナ車輪』『バベル消滅』『レオナルドの沈黙』『鏡陥穽』他多数

HM=Hayakawa Mystery
SF=Science Fiction
JA=Japanese Author
NV=Novel
NF=Nonfiction
FT=Fantasy

堕天使拷問刑《だてんしごうもんけい》

〈JA1587〉

二〇二五年一月二十五日　発行
二〇二五年二月二十五日　三刷
（定価はカバーに表示してあります）

著者　飛鳥部勝則《あすかべかつのり》
発行者　早川浩
印刷者　草刈明代
発行所　株式会社早川書房
郵便番号　一〇一-〇〇四六
東京都千代田区神田多町二ノ二
電話　〇三-三二五二-三一一一
振替　〇〇一六〇-三-四七七九九
https://www.hayakawa-online.co.jp

乱丁・落丁本は小社制作部宛お送り下さい。
送料小社負担にてお取りかえいたします。

印刷・中央精版印刷株式会社　製本・株式会社明光社

ISBN978-4-15-031587-0 C0193

本書は活字が大きく読みやすい〈トールサイズ〉です。